.NET技术丛书

.NET平台下 Web程序设计

周羽明　刘元婷　编著

电子工业出版社

Publishing House of Electronics Industry

北京·BEIJING

内 容 简 介

微软公司一直引领 IT 行业的发展，.NET 平台占据市场绝大多数份额。而对于一个计算机的专业的从业人员，对微软整体技术的把握与发展，也是大多数 IT 从业人员的必然选择。

这本书籍就带我们全面地了解、学习、掌握微软.NET 平台下的 Web 程序设计、Web 程序设计中字符串与正则表达式，以及 XML 与 Web Services。相信通过学习，您可以全面地掌握.NET 平台下的 Web 程序设计。

按照学习的顺序和技术的难易程度，每一个知识点都配套详细的实训实验，通过实训实验让我们以最快速度全面地掌握微软平台与技术。

本书适合各种实训学校、计算机软件学院及培训中心作为讲授微软平台与技术的实践类教材和辅导材料。

图书在版编目（CIP）数据

.NET 平台下 Web 程序设计 / 周羽明，刘元婷编著. —北京：电子工业出版社，2010.4
（.NET 技术丛书）
ISBN 978-7-121-10403-9

Ⅰ. N⋯　Ⅱ. ①周⋯　②刘⋯　Ⅲ. 计算机网络－程序设计　Ⅳ. TP393

中国版本图书馆 CIP 数据核字（2010）第 026317 号

责任编辑：李　冰
特约编辑：顾慧芳
印　　刷：北京天宇星印刷厂
装　　订：三河市皇庄路通装订厂
出版发行：电子工业出版社
　　　　　北京市海淀区万寿路 173 信箱　邮编 100036
开　　本：860×1092　1/16　印张：32.25　字数：916 千字
印　　次：2010 年 4 月第 1 次印刷
印　　数：4000 册　定价：58.00 元

凡所购买电子工业出版社图书有缺损问题，请向购买书店调换。若书店售缺，请与本社发行部联系，联系及邮购电话：（010）88254888。
质量投诉请发邮件至 zlts@phei.com.cn，盗版侵权举报请发邮件至 dbqq@phei.com.cn。
服务热线：（010）88258888。

软件产业的未来是我们的

由于经济危机等不利因素的影响，世界经济处在一种不确定中。IT 行业也不能独善其身，同样面临着严峻的挑战。很多 IT 企业开始收缩产品线，裁减开发团队规模以应对这场危机。然而在这样的形势下，我们看到世界基础软件开发及中国的外包产业却逆势上扬，呈现出一种前所未有的所谓"危机、危机、危中寻机"的态势。

十年寒窗，等我们毕业走向社会以后，却发现自己学到的知识与社会有所脱节。特别是计算机行业，技术发展日新月异。但是在学校所学知识真的就没有用么？不！这就像武侠小说中说的，这十年我们已经练就了内功，但是却不会一套拳法、剑法，怎么能闯荡江湖。特别是计算机专业的学生，数学和计算机基础的学习，已经让我们有了不浅的内功，只需要把这些内功发挥出来。所以，我们可能需要一套武林最正派的外家功夫！

.NET 技术丛书

微软公司一直引领着 IT 行业的发展，当今.NET 平台已占据市场绝大多数份额。对计算机专业的毕业生来说，对微软整体技术的把握与发展是极为重要的，这也是大多数 IT 从业人员的必然选择。所以《.NET 技术丛书》将带领我们从基础开始进入微软平台开发领域，本套丛书包含：《.NET 平台与C#面向对象程序设计》、《.NET 平台下 Windows 程序设计》、《.NET 平台下 Web 程序设计》。三本书分别面向基础的语言与面向对象的思想、Windows 平台与 Web 平台；提供最实用的市场主流知识和技术实训试验，让我们全面地掌握微软开发平台的方方面面。本套丛书的作者均来自一线开发人员，具有多年的实践项目经验，除封面署名作者外其他参与编写的人员有：王伟、杨忠兴、谢峰、邹琦。

按照学习的顺序和技术的难易程度，本书的每一个知识点都配有详细的实训实验，通过实训实验让我们以最快的速度学习所有技术的一招一式。除了知识点以外，本书还详细地讲解了 150 多个实验，手把手地带领我们从零开始，进入到.NET 开发的各个方面的知识点；提供 200 多个基础项目实验的源码；当我们学习知识点和试验后，还有四个不同方向的中小型真实项目源码供我们理解，掌握它们以后就可以达到胜任著名外企开发职位或一般企业初级项目经理职位的水准。到此，我们可以真正地下山，闯荡江湖了！☺

关于本书实验部分的源码

本书涉及的所有实验都有完整的代码文件及工程文件供我们下载。

下载网站是：www.broadview.com.cn。

除此之外，本书还给我们提供了 4 个晋级的项目源码，分别针对不同的方向，涉及 Windows 窗体、Web、网络通信、移动设备、游戏等。

通过对这 4 个晋级项目的自学，有可能成长为一名微软技术的高手。

项目名称	项 目 简 介
SMTP Client	SMTP 邮件客户端。通过此项目学习，让学生掌握一般的 Windows Form 项目开发。包含技术有：.NET Framework Windows 基本的控件使用，多线程编程，I/O 流，网络功能（mail），字体编码及文件格式定义、保存和使用
Club Site Starter Kit	入门级的 ASP.NET 2.0 站点。通过学习，学生对网络程序的开发有一定认识，对基本的数据库连接、页面与代码逻辑的结构及服务器控件编程有一定掌握
Pocket Sudoku	趣味性的 Windows Mobile 游戏。通过学习，学生熟悉掌握一般 Mobile 程序开发流程，对 Mobile 设备上的图形绘制、设备的使用、用户界面及简单的网络功能有一定的认识
RSS Reader	RSS 阅读器。通过此项目学习让学生认识智能客户端的要素和一般结构，学习掌握 XML 和 RSS 技术，进一步提高.NET 开发技术。可以尝试做 RSS Reader 的 Web 版本和 Mobile 版本

适用读者

※如果你是计算机专业的毕业生，这套书能最快地把我们大学的知识与积累，转换成为就业的资本和能力，让我们最快地发挥出我们的积累，创造机会。

※如果你想进入计算机行业，这套书能让我们最快地学到最实用的技术，给我们带来更多的工作机会，以及今后的发展方向。

未来是我们的！

编　者

2009 年 12 月于北京

目 录

第 1 章

ASP.NET Web 程序设计

1.1 ASP.NET 开发必备

ASP.NET 是一项功能强大、非常灵活的新技术，它用于编写动态 Web 页面，是 Microsoft 公司的 ASP 和.NET Framework 这两项核心技术的结合。ASP（常称为经典的 ASP）在 Web 计算方面所提供的用于创建动态 Web 页面的强健、快速、有效的方法已经有 7 年以上的历史；.NET Framework 则是一整套的新技术，Microsoft 公司推出此技术的目的是改革未来在所有编程开发中所采用的方法，以及各公司从事业务活动的方法。因此，ASP.NET 是利用.NET Framework 提供的新功能来创建动态 Web 页面的一种方法。

1.1.1 客户端/服务器工作模式

什么是客户端/服务器（Client/Server）？

在了解 ASP.NET 之前，我们先来了解 Client 及 Server 间的关系。在计算机的世界里，凡是提供服务的一方我们称为服务器（Server），而接受服务的另一方我们称作客户端（Client）。我们最常接触到的例子是局域网络里的文件服务器所提供的文件存储服务：提供文件存储的计算机，我们可以说它是服务器；而使用访问服务器的另一方，我们则称作客户端。但是谁是客户端谁是服务器也不是绝对的，如果提供服务的服务器要使用其他机器所提供的服务，则这个服务器便转变为客户端（如图 1-1 所示）。

不过，客户端及服务器的关系不一定建立在两台分开的机器上，同一台机器中也存在这种主从关系。提供服务的服务器及接受服务的客户端也有可能都在同一台机器上，例如我们在提供网页的服务器上通过浏览器执行浏览本机所提供的网页，这样在一台机器上就同时扮演服务器与客户端的角色。

当用户浏览网站时，用户充当客户端的角色，向服务器发出请求（Request），服务器收到请求后，对请求进行响应（Response），将用户请求的内容以 HTML 格式返回给用户，在客户端呈现。

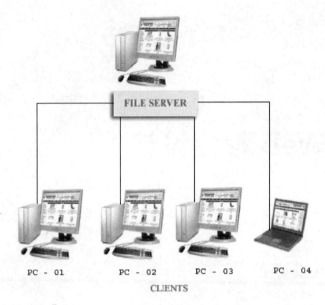

图 1-1 客户端/服务器模型

1.1.2 网页的分类

1. 静态网页

所谓静态网页，就是网页里面没有程序代码，不会被服务器执行。这种网页通常在服务器以扩展名.htm 或.html 储存，表示里面的内容是以 HTML 语言编写的。

HTML 语言是由许多叫做标注（Tag）的元素组成的。这种语言指示了文字、图形等元素在浏览器上面的配置、样式以及这些元素实际上是存放于因特网上的哪个地方（地址），或点选了某段文字或图形后，应该要连接到哪一个网址。我们在浏览这种扩展名为.htm 的网页的时候，网站服务器不用执行任何程序就会把档案传给客户端的浏览器直接进行解读。所以除非网站设计师更新网页档案的内容，否则网页的内容是不会因为执行程序而出现不同内容的。

2. 动态网页

（1）客户端的动态 Web 页面

在客户端模型中，附加到浏览器上的模块（插件）完成创建动态页面的全部工作。HTML 代码通常随包含一套指令的单独文件传送到浏览器，该文件在 HTML 页面中引用。但是，常见的另一种情况是这些指令与 HTML 代码混合在一起。当用户请求 Web 页面时，浏览器利用这些指令为页面生成纯 HTML，也就是说，页面根据请求动态生成，这样就生成了一个要返回到浏览器上的 HTML 页面。

因此，在客户端模型中，生成 Web 页面有以下六个步骤，如图 1-2 所示。

① Web 作者编写一套用于创建 HTML 的指令，并将它保存到.htm 文件中。作者也可以用其他语言编写一套指令，这些指令可以包含在.htm 文件中，或放在单独的文件中。

② 过一段时间后，有用户在其浏览器中输入了请求 Web 页面，该请求就从浏览器传送到 Web 服务器。

③ Web 服务器确定 HTML 页面的位置，也许还需要确定包含指令的第二个文件的位置。

④ Web 服务器将新创建的 HTML 流与指令通过网络传回浏览器。

⑤ 位于浏览器的模块会处理指令，并将 Web 页面的指令以 HTML 形式返回——只返回一个页面，即使有两个请求也是如此。

⑥ 浏览器处理 HTML，并显示该页面。

客户端技术近来已不再受欢迎，因为此项技术需要较长的页面下载时间，特别是当需要下载多个文件时，下载时间就更长。客户端技术的第二个缺点是每一个浏览器以不同的方式解释客户端脚本代码，因此无法保证所有的浏览器以相同的方式解释和执行这些指令。客户端技术的第三个缺点是当编写使用服务器资源（如数据库）的客户端代码时会出现问题，这是因为代码是在客户端解释的，而客户端脚本代码并不安全，很容易通过浏览器中的 View | Source 选项来访问，这不是我们所希望的。

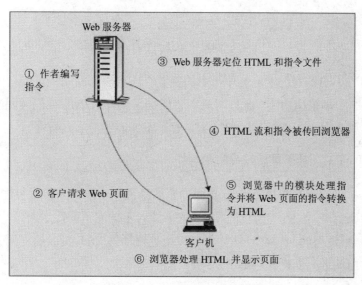

图 1-2　浏览器处理 HTML 模型

（2）服务器的动态 Web 页面

利用服务器模型，HTML 源代码与另外一套指令被传回到 Web 服务器（可以混合在一起传送，也可以分开传送）。当用户请求页面时，再使用这套指令给页面生成 HTML，页面便会根据请求动态生成。在服务器模型中，生成 Web 页面有以下六个步骤，如图 1-3 所示。

① Web 作者编写一套用于创建 HTML 的指令，并将这些指令保存到文件中。

② 有用户在其浏览器中输入请求 Web 页面，该请求就从浏览器传送到 Web 服务器。

③ Web 服务器确定指令文件的位置。

④ Web 服务器根据指令创建 HTML 流。

⑤ Web 服务器将新创建的 HTML 流通过网络传回浏览器。

⑥ 浏览器处理 HTML，并显示 Web 页面。

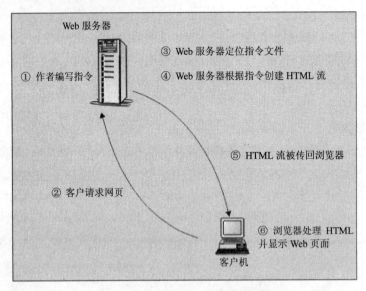

图 1-3 浏览器处理 HTML 模型

这次与前面介绍方法的不同之处是处理指令的位置。在页面返回到浏览器之前，所有处理工作都在服务器上完成。与客户端模型相比，此方法的主要优点是只有 HTML 代码传回浏览器，这意味着页面的初始逻辑隐藏在服务器中，而且可以保证大多数浏览器能够显示该页面。

> 🔒 **注意：** ASP.NET 在服务器进行其处理工作。

客户端和服务器技术都没有在静态 Web 页面的正常处理中增加太多的复杂性（客户端技术的步骤⑤或服务器技术的步骤④），但有一步是至关重要的，即对于动态页面技术而言，直到请求 Web 页面之后，才生成定义 Web 页面的 HTML。例如，可以用处理动态 Web 页面的任何一种方法编写一套指令，来创建显示当前时间的页面，代码如下所示：

```
<html>
  <head>
    <title>The Punctual Web Server</title>
  </head>
  <body>
    <h1>Welcome</h1>
    In Webserverland, the time is exactly
    <INSTRUCTION: write HTML to display the current time>
  </body>
</html>
```

利用这种方法，可以通过纯 HTML 代码构成大多数的 Web 页面，只是不能硬编码当前时间，而是编写一段特殊代码（替换上面突出显示的代码行），当用户请求页面时，这些代码可以指示 Web 服务器通过客户端技术中的步骤⑤或服务器技术中的步骤④来生成对应的 HTML。本章的后面部分还将用到此示例，并介绍如何用 ASP.NET 编写此处的代码。

服务器技术组件安装在 Web 服务器上，故页面运行在服务器上。而在客户端技术中，Web 页面运行在浏览器上。因此，在把服务器脚本发送回浏览器之前，Web 服务器必须先把它们转换为 HTML；浏览器不理解服务器代码，也就不能处理它们。

1.2 ASP.NET 开发入门

1.2.1 ASP.NET 介绍

ASP.NET 不仅仅是 Active Server Page（ASP）的下一个版本，而且还提供了一个统一的 Web 开发模型，其中包括开发人员生成企业级 Web 应用程序所需的各种服务。ASP.NET 的语法在很大程度上与 ASP 兼容，同时它还提供一种新的编程模型和结构，可生成缩放性和稳定性更好的应用程序，并提供更好的安全保护。另外，还可以通过在现有 ASP 应用程序中逐渐添加 ASP.NET 功能，随时增强 ASP 应用程序的功能。

ASP.NET 是一个已编译的、基于 .NET 的环境，可以用任何与 .NET 兼容的语言（包括 Visual Basic .NET、C#和 JScript .NET.）创建应用程序。另外，任何 ASP.NET 应用程序都可以使用整个 .NET Framework。开发人员可以方便地使用这些技术的功能，其中包括托管的公共语言运行库环境、类型安全、继承等。

ASP.NET 可以无缝地与 WYSIWYG HTML 编辑器和其他编程工具（包括 Microsoft Visual Studio .NET）一起工作。这不仅使得 Web 开发更加方便，而且还能提供这些工具的所有优点，包括开发人员可以用来将服务器控件拖曳到 Web 页的 GUI 和完全集成的调试支持。

当创建 ASP.NET 应用程序时，开发人员可以使用 Web 窗体或 XML Web Services，或以他们认为合适的方式进行组合。每个功能都能得到同一结构的支持，使您能够使用身份验证方案，缓存经常使用的数据，或者对应用程序的配置进行自定义，这里只列出以下几种可能性。

（1）使用 Web 窗体可以生成功能强大、基于窗体的 Web 页。生成这些页时，可以使用 ASP.NET 服务器控件来创建公共 UI 元素，以及对它们进行编程以用于执行常见的任务。这些控件使您能够用可重复使用的内置或自定义组件生成 Web 窗体，从而简化页面的代码。

（2）XML Web Services 提供了远程访问服务器功能的途径。使用 XML Web Services，企业可以公开数据或业务逻辑的编程接口，而客户端和服务器应用程序则可以获取和操作这些编程接口。通过使用诸如 HTTP 和 XML 消息传递之类的标准跨越防火墙移动数据，XML Web Services 可在客户端/服务器或服务器/服务器方案下实现数据的交换。XML Web Services 不用依靠特定的组件技术或对象调用约定。因此，用任何语言编写、使用任何组件模型并在任何操作系统上运行的程序，都可以访问 XML Web Services。

（3）这些模型中的每一个模型都可以充分利用所有的 ASP.NET 功能，以及.NET Framework 和.NET Framework 公共语言运行库的强大功能。这些功能以及使用它们的方法概述如下。

① 如果您具有 ASP 开发技能，则一定很熟悉新的 ASP.NET 编程模型。不过，与 ASP 相比，ASP.NET 对象模型变化显著，它更为结构化并且面向对象。但这也意味着 ASP.NET 不是完全向后兼容的，几乎所有现有的 ASP 页都必须经过一定程度的修改后才可以在 ASP.NET 下运行。此外，对 Visual Basic.NET 的一些主要更改也意味着，用 Visual Basic Scripting 版本编写的 ASP 页通常将不会直接移植到 ASP.NET 中。不过，在大多数情况下，只需对少数几行代码进行必要的修改。

② 从 ASP.NET 应用程序访问数据库是 Web 站点访问者显示数据的常用技术。ASP.NET 使得对数据库的访问比以往更加方便，它还能从您的代码管理数据库。

③ ASP.NET 提供一种简单的模型，该模型使 Web 开发人员能够编写在应用程序级运行的逻辑，即可以在 Global.asax 文本文件或在作为程序集部署的已编译类中编写这种代码。这种逻辑可以包括应用程序级事件，但开发人员可以轻松地扩展这种模型，以适应他们 Web 应用程序的需要。

④ ASP.NET 提供易用的应用程序和会话状态功能，它们对于 ASP 开发人员来说是熟悉的，且容易与所有其他的.NET Framework API 兼容。

⑤ 对于需要使用像 ISAPI 编程接口（随附于以前的 ASP 版本中）那样功能强大的 API 的高级开发人员，ASP.NET 提供了 IHttpHandler 和 IHttpModule 接口。实现 IHttpHandler 接口，给您提供了一种与 IIS Web 服务器的低级别请求和响应服务交互的手段，并提供与 ISAPI 扩展非常类似的功能，但编程模型却较为简单。实现 IHttpModule 接口使您可以包含参与对应用程序发出的每个请求的自定义事件。

⑥ ASP.NET 可利用.NET Framework 和公共语言运行库中性能增强的功能。另外，它还可以提供相对于 ASP 和其他 Web 开发平台来说显著的性能改进。所有 ASP.NET 代码都是编译的，而不是解释的，这就允许对本机代码采用早期绑定、强类型处理，以及实时（JIT）编译，这里只列举几个优点而已。ASP.NET 还可方便地分解，即开发人员可以移除那些与他们开发的应用程序不相关的模块（例如，会话模块）。ASP.NET 不仅提供丰富的缓存服务（包括内置服务和缓存 API 两种），而且还提供性能计数器，开发人员和系统管理员可以监视这些性能计数器，以测试新的应用程序和收集有关现有应用程序的度量标准。

⑦ 在 Web 页中编写自定义调试语句，对排除应用程序代码中的错误非常有帮助。但是，如果不移除它们，则会带来麻烦。问题是，在应用程序准备移植到生产服务器时，从页面中移除调试语句会需要很大的工作量。ASP.NET 提供 TraceContext 类，在开发页面时该类用于在页面上编写自定义调试语句。只有当您已经对页面或整个应用程序启用跟踪时它们才出现。启用跟踪还将有关请求的细节追加到页面，或者，追加到存储在应用程序根目录中的自定义跟踪查看器（如果这样指定）。

⑧ .NET Framework 和 ASP.NET 为 Web 应用程序提供默认授权和验证方案，还可以方便地移除、添加或者替换这些方案，这取决于应用程序的需要。

⑨ ASP.NET 配置设置存储在基于 XML 的文件中，这些文件都是人可读和可写的。每一个应用程序都可以有不同的配置文件，可以扩展配置方案，以适应您的要求。

⑩ 当应用程序安装在同一台计算机上，但使用不同的.NET Framework 版本时，就说应用程序是并行运行的。

⑪ IIS 6.0 使用一个称为辅助进程隔离模式的新进程模型，它不同于 IIS 早期版本中使用的进程模型。当在 Windows Server 2003 上运行时，默认情况下 ASP.NET 使用该进程模型。

1.2.2　ASP.NET 工作原理

在大多数情况下，可以将 ASP.NET 页面简单地看成一般的 HTML 页面，页面上包含标记有特殊功能的一些代码段。当安装.NET 时，本地的 IIS Web 服务器会自动配置以查找扩展名为.aspx 的文件，且用 ASP.NET 模块（名为 aspnet_isapi.dll 的文件）处理这些文件。

从技术上讲，ASP.NET 模块分析 ASPX 文件的内容，并将文件内容分解成单独的命令以建立代码的整体结构。完成此工作后，ASP.NET 模块将各命令放置到预定义的类定义中（不需要放在一起，也不需要按编写顺序放置），然后使用这个类定义一个特殊的 ASP.NET 对象 Page。该对象要完成的任务之一就是生成 HTML 流，这些 HTML 流可以返回到 IIS，再从 IIS 返回到客户。简言之，在用户请求 IIS 服务器提供一个页面时，IIS 服务器就根据页面上的文本、HTML 和代码（这对我们来说是最重要的）建立该页面。

将 ASP、ASP.NET 和 C#这些术语区分开来是非常重要的。因此在介绍安装和运行 ASP.NET 之前，要重新对它们进行定义，将它们区分开：

- ASP：用于创建动态 Web 页面的服务器端技术，它只允许使用脚本语言；
- ASP.NET：用于创建动态 Web 页面的服务器技术，它允许使用由.NET 支持的任何一种功能完善的编程语言；
- C#：本书选用的编程语言，用于在 ASP.NET 中编写代码。

ASP.NET 被描述为一门技术而不是一种语言，这是非常重要的！ASP.NET 页面可以用许多语言生成。在此并不需要读者了解这些编程语言，本书也不会讲解它们。本书将选择一种语言，即 C#，并利用它介绍 ASP.NET。之所以选择 C#，是因为它对于初学者来说是最为简单的，而且它可以完成其他.NET 语言能够完成的大多数功能。另外，选择 C#的最为重要的原因是它随 ASP.NET 免费提供。因此，当安装 ASP.NET 时，也就得到了 C#。

介绍到这里，您可能会认为只有掌握了 C#，才能学习 ASP.NET。这听起来是一个令人可怕的学习过程。不过，请不必担心，并不是要您学两种语言。正像在本书开始时介绍的：ASP.NET 不是语言，它是一门技术，该技术通过编程语言访问。本书在介绍 C#的时候介绍 ASP.NET 的功能，换言之，将利用 C#创建 Web 页面，利用 ASP.NET 来驱动它。当然，在系统学习 C#之前，本书将从创建动态 Web 页面的角度介绍它。

总之，ASP.NET 是服务器端技术，它允许用户利用功能完善的编程语言创建自己的 Web 页面。

1.2.3　ASP.NET 网页代码模型

ASP.NET 网页由以下两部分组成：

- 可视元素，包括标记、服务器控件和静态文本；
- 页的编程逻辑，包括事件处理程序和其他代码。

ASP.NET 提供两个用于管理可视元素和代码的模型，即单文件页模型和代码隐藏页模型。这两个模型功能相同，两种模型中可以使用相同的控件和代码。

在请求 ASP.NET 页且该页将标记呈现给浏览器的过程中，运行的不仅仅是为该页创建的代码。相反，ASP.NET 在运行时会生成并编译一个或多个类来实际执行运行该页所需的任务。本主题概述了在运行时生成的代码。

1. 单文件页模型

在单文件页中，标记、服务器元素以及事件处理代码全都位于同一个.aspx 文件中。在对该页进行编译时，编译器将生成和编译一个从Page基类派生或从使用@ Page指令的 Inherits 属性定义的自定义基类派生的新类。例如，如果在应用程序的根目录中创建一个名为 SamplePage1 的新 ASP.NET 网页，随后便将从 Page 类派生一个名为 ASP.SamplePage1_aspx 的新类。对于应用程序子文件夹中的页，将使用子文件夹名称作为生成的类的一部分。生成的类中包含.aspx 页中控件的声明以及您的事件处理程序和其他自定义代码。

在生成页之后，生成的类将编译成程序集，并将该程序集加载到应用程序域，然后对该页类进行实例化并执行该页类以将输出呈现到浏览器。如果对影响生成的类的页进行更改（无论是添加控件还是修改代码），则已编译的类代码将失效，并生成新的类。

单文件 ASP.NET 网页中页类的继承模型，如图 1-4 所示：

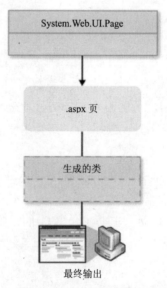

图 1-4　ASP.NET 网页中页类的继承模型

下面的代码示例演示一个单文件页，此页中包含一个Button控件和一个Label控件，突出显示的部分显示的是 script 块中 Button 控件的Click事件处理程序。

```
<%@ Page Language="C#" %>
  <script runat="server"> void Button1_Click(Object sender, EventArgs e){ Label1.Text
= "Clicked at " + DateTime.Now.ToString();}
    </script>
    <html>
      <head>
        <title>Single-File Page Model</title>
      </head>
    <body>
    <form runat="server">
      <div> <asp:Label id="Label1" runat="server" Text="Label"> </asp:Label> <br />
        <asp:Button id="Button1" runat="server" onclick="Button1_Click" Text="Button">
</asp:Button>
      </div>
    </form>
  </body>
  </html>
```

　　script 块可以包含页所需的任意多代码。代码可以包含页中控件的事件处理程序（如该示例所示）、方法、属性及通常在类文件中使用的任何其他代码。在运行时，单文件页被作为从 Page 类派生的类进行处理。该页不包含显式类声明，但编译器将生成将控件作为成员包含的新类。（并不是所有的控件都作为页成员公开；有些控件是其他控件的子控件。）页中的代码成了该类的一部分，例如，创建的事件处理程序将成为派生的 Page 类的成员。

2. 代码隐藏页模型

　　在代码隐藏模型中，页的标记和服务器元素（包括控件声明）位于.aspx 文件中，而您的页代码则位于单独的代码文件中。该代码文件包含一个分部类，即具有关键字 partial（在 Visual Basic 中为 Partial）的类声明，以表示该代码文件只包含构成该页的完整类的全体代码的一部分。在分部类中，添加应用程序要求该页所具有的代码。此代码通常由事件处理程序构成，但也可以包括您需要的任何方法或属性。

　　代码隐藏页的继承模型比单文件页的继承模型要稍微复杂一些，其模型生成的步骤如下。

　　步骤 1　代码隐藏文件包含一个继承自基页类的分部类。基页类可以是 Page 类，也可以是从 Page 派生的其他类。

　　步骤 2　.aspx 文件在@ Page 指令中包含一个指向代码隐藏分部类的 Inherits 属性。

　　步骤 3　在对该页进行编译时，ASP.NET 将基于.aspx 文件生成一个分部类；此类是代码隐藏类文件的分部类。生成的分部类文件包含页控件的声明。使用此分部类，您可以将代码隐藏文件用作完整类的一部分，而无需显式声明控件。

　　步骤 4　最后，ASP.NET 生成另外一个在步骤 3 中生成的类继承的类。生成的第二个类包含生成该页所需的代码。生成的第二个类和代码隐藏类将编译成程序集，运行该程序集可以将输出呈现到浏览器。

　　代码隐藏 ASP.NET 网页中页类的继承模型，如图 1-5 所示：

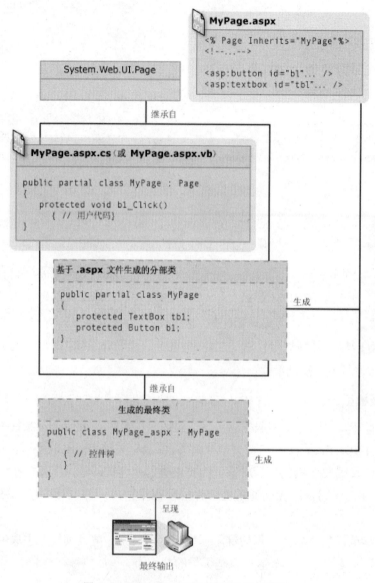

图 1-5　ASP.NET 网页中页类的继承模型

　　如果您正在处理名为 SamplePage 的页，则对应的标记位于 SamplePage.aspx 文件中，而代码位于 SamplePage.aspx.vb (Visual Basic)、SamplePage.aspx.cs (C#) 等文件中。

　　在代码隐藏模型中，前面部分中使用的单文件页示例分成两个部分。标记位于一个文件中（在本示例中为 SamplePage.aspx），并且与单文件页类似，代码示例如下：

```
<%@ Page Language="C#" CodeFile="SamplePage.aspx.cs" Inherits="SamplePage" AutoEvent
Wireup="true" %>
```

```
<html>
  <head runat="server" >
    <title>Code-Behind Page Model</title>
  </head>
<body>
    <form id="form1" runat="server">
     <div> <asp:Label id="Label1" runat="server" Text="Label" > </asp:Label> <br
/>
       <asp:Button id="Button1" runat="server" onclick="Button1_Click" Text="Button">
</asp:Button>
         </div>
    </form>
</body>
</html>
```

在单文件模型和代码隐藏模型之间，.aspx 页有两处差别。第一个差别是，在代码隐藏模型中，不存在具有 runat="server"属性的 script 块（如果要在页中编写客户端脚本，则该页可以包含不具有 runat="server"属性的 script 块。）。第二个差别是，代码隐藏模型中的@ Page指令包含引用外部文件（SamplePage. aspx.vb 或 SamplePage.aspx.cs）和类的属性。这些属性将.aspx 页链接至其代码。

代码位于单独的文件中。下面的代码示例演示一个与单文件页的示例包含相同 Click 事件处理程序的代码隐藏文件。

```
using System;
using System.Web;
using System.Web.UI;
using System.Web.UI.WebControls;
public partial class SamplePage : System.Web.UI.Page
{
    protected void Button1_Click(object sender, EventArgs e)
    {
        Label1.Text = "Clicked at " + DateTime.Now.ToString();
    }
}
```

代码隐藏文件包含默认命名空间中的完整类声明。但是，类是使用 partial 关键字进行声明的，这表明类并不整个包含于一个文件中。而在页运行时，编译器将读取.aspx 页以及它在@ Page 指令中引用的文件，将它们汇编成单个类，然后将它们作为一个单元编译为单个类。

3. 选择页模型

单文件页模型和代码隐藏页模型功能相同。在运行时，这两个模型以相同的方式执行，而且它们之间没有性能差异。因此，页模型的选择取决于其他因素，例如，要在应用程序中组织代码的方式、将页面设计与代码编写分开是否重要等。

单文件模型适用于特定的页，在这些页中，代码主要由页中控件的事件处理程序组成。单文件页模型的优点如下：

- 在没有太多代码的页中，可以方便地将代码和标记保留在同一个文件中，这一点比代码隐藏模型的其他优点都重要。例如，由于可以在一个地方看到代码和标记，因此研究单文件页更容易；
- 因为只有一个文件，所以使用单文件模型编写的页更容易部署或发送给其他程序员；
- 由于文件之间没有相关性，因此更容易对单文件页进行重命名；
- 因为页自包含于单个文件中，故而在源代码管理系统中管理文件稍微简单一些。

代码隐藏页的优点使它们适用于包含大量代码或多个开发人员共同创建网站的 Web 应用程序。代码隐藏页模型的优点如下：

- 代码隐藏页可以清楚地分隔标记（用户界面）和代码。这一点很实用，可以在程序员编写代码的同时让设计人员处理标记；
- 代码并不会向仅使用页标记的页设计人员或其他人员公开；
- 代码可在多个页中重用。

1.2.4 ASP.NET 2.0 网页模型中的新增功能

ASP.NET 2.0 对使用代码隐藏文件创建 ASP.NET 网页的模型进行了重大更改。

ASP.NET 1.1 版支持以下两种 ASP.NET 网页代码编写模型：单文件模型和代码隐藏模型。在单文件模型中，代码插入到页中具有属性 runat="server"的 script 块中。2.0 版仍然支持单文件模型。在代码隐藏模型中，页标记位于.aspx 页中，编程代码位于单独的文件中。2.0 版对代码隐藏模型进行了重大改进，使该模型更易于使用且更可靠。

1. 代码隐藏模型的变化

在 ASP.NET 1.1 中，ASP.NET 页的代码隐藏文件定义一个从 Page 类派生的类。而.aspx 页则反过来表示派生自代码隐藏类的另一个类。代码隐藏类是一个完整的类定义，它包含页中所有控件的实例变量、使用委托的显式事件绑定等。ASP.NET 还支持主要用于基于设计器的工具（如 Visual Studio 2005）的代码隐藏模型。

在 ASP.NET 1.1 的代码隐藏模型中，页的标记在.aspx 页中维护，代码在一个单独的类文件中维护。.aspx 页与其对应的类文件之间的链接在@ Page 指令中建立。典型的指令如下所示：

```
<%@ Page Language="c#" AutoEventWireup="false"
Codebehind="SamplePage.aspx.cs" Inherits= "SampleProject.SamplePage"%>
```

ASP.NET 1.1 版还支持代码隐藏模型的以下变体形式：@ Page 指令的 Codebehind 属性被 Src 属性所替代。

2. ASP.NET 2.0 版的代码隐藏模型

ASP.NET 2.0 版的代码隐藏模型采用称为分部类的新的语言功能。页的代码隐藏文件并非完整类定义，而只包括所需的应用程序代码，如事件处理程序。代码隐藏分部类无需包含实例变量或显式事件绑定。ASP.NET 可以在编译过程中从标记推断控件实例并派生事件绑定。

代码隐藏文件类似于下面的形式：

```
using System;
public partial class SamplePage : System.Web.UI.Page
{
    protected void Button1_Click(Object sender, EventArgs e)
    {
        Label1.Text = "Clicked at " + DateTime.Now.ToString();
    }
}
```

.aspx 页与代码隐藏页之间的链接类似于以前的代码隐藏模型所用的链接。但是，@ Page 指令使用新的 CodeFile 属性取代 Codebehind 或 Src 属性。此外，该指令还包括一个用于指定页的类名的 Inherits 属性，如下面的示例所示：

```
<%@ Page language="C#" CodeFile="SamplePage.aspx.cs"
  Inherits="SamplePage" AutoEventWireup="true" %>
```

3. 代码隐藏模型的改进

与以前的版本相比，ASP.NET 2.0 版中引入的代码隐藏模型提供了以下改进：

- 代码隐藏文件更为简单。它仅包含您自己所编写的代码；
- 您可以在页中包含控件，而无需在代码隐藏类中为其显式创建实例变量。代码隐藏页必然与标记中声明的控件同步；
- 由于可以自声明性控件推断事件绑定，因此您无需在保留的 InitializeComponent 方法中显式绑定委托。

4. 改进了代码与内容的分离

新的代码隐藏模型简化了标记与代码的独立开发。在旧的代码隐藏模型中，如果要在标记中添加控件，必须同时访问代码隐藏页以添加实例变量。在新模型中，无需访问代码隐藏页即可创建页面布局。

1.2.5 ASP.NET 应用程序生命周期概述

本主题概述应用程序生命周期，列出重要的生命周期事件，并描述如何编写适合应用程序生命周期的代码。在 ASP.NET 中，若要对 ASP.NET 应用程序进行初始化并使它处理请求，必须执行一些处理步骤。此外，ASP.NET 只是对浏览器发出的请求进行处理的 Web 服务器结构的一部分。了解应用程序生命周期非常重要，这样才能在适当的生命周期阶段编写代码，达到预期的效果。

ASP.NET 应用程序生命周期的各个阶段如表 1-1 所述。

表 1-1　Asp.NET应用程序生命周期的各个阶段及其说明

阶　段	说　明
用户从 Web 服务器请求应用程序资源	ASP.NET 应用程序的生命周期以浏览器向 Web 服务器（对于 ASP.NET 应用程序，通常为 IIS）发送请求为起点。ASP.NET 是 Web 服务器下的 ISAPI 扩展。Web 服务器接收到请求时，会对所请求的文件的文件扩展名进行检查，确定应由哪个 ISAPI 扩展处理该请求，然后将该请求传递给合适的 ISAPI 扩展。ASP.NET 处理已映射到其上的文件扩展名，如.aspx、.ascx、.ashx 和.asmx。 **注意** 如果文件扩展名尚未映射到 ASP.NET，则 ASP.NET 将不会接收该请求。对于使用 ASP.NET 身份验证的应用程序，理解这一点非常重要。例如，由于.htm 文件通常没有映射到 ASP.NET，因此 ASP.NET 将不会对.htm 文件请求执行身份验证或授权检查。因此，即使文件仅包含静态内容，如果希望 ASP.NET 检查身份验证，也应使用映射到 ASP.NET 的文件扩展名创建该文件，如采用文件扩展名.aspx。 如果要创建服务于特定文件扩展名的自定义处理程序，必须在 IIS 中将该扩展名映射到 ASP.NET，还必须在应用程序的 Web.config 文件中注册该处理程序
ASP.NET 接收对应用程序的第一个请求	当 ASP.NET 接收到对应用程序中任何资源的第一个请求时，名为 ApplicationManager 的类会创建一个应用程序域。应用程序域为全局变量提供应用程序隔离，并允许单独卸载每个应用程序。在应用程序域中，将为名为 HostingEnvironment 的类创建一个实例，该实例提供对有关应用程序的信息（如存储该应用程序的文件夹的名称）的访问。 客户请求与应该程序之间的关系如图 1-6 所示。 图 1-6　客户请求与应用程序之间的关系 如果需要，ASP.NET 还可对应用程序中的顶级项进行编译，其中包括 App_Code 文件夹中的应用程序代码
为每个请求创建 ASP.NET 核心对象	创建了应用程序域并对 HostingEnvironment 对象进行了实例化之后，ASP.NET 将创建并初始化核心对象，如 HttpContext、HttpRequest 和 HttpResponse。HttpContext 类包含特定于当前应用程序请求的对象，如 HttpRequest 和 HttpResponse 对象。HttpRequest 对象包含有关当前请求的信息，包括 Cookie 和浏览器信息。HttpResponse 对象包含发送到客户端的响应，包括所有呈现的输出和 Cookie
将Http Application 对象分配给请求	初始化所有核心应用程序对象之后，将通过创建 HttpApplication 类的实例启动应用程序。如果应用程序具有 Global.asax 文件，则 ASP.NET 会创建 Global.asax 类（从 HttpApplication 类派生）的一个实例，并使用该派生类表示应用程序

续表

阶　　段	说　　明
	注意 　　第一次在应用程序中请求 ASP.NET 页或进程时,将创建 HttpApplication 的一个新实例。不过,为了尽可能提高性能,可对多个请求重复使用 HttpApplication 实例。 　　创建 HttpApplication 的实例时,将同时创建所有已配置的模块。例如,如果将应用程序这样配置,ASP.NET 就会创建一个 SessionStateModule 模块。创建了所有已配置的模块之后,将调用 HttpApplication 类的 Init 方法。 　　多个请求重复使用 HttpApplication 实例的关系如图 1-7 所示: 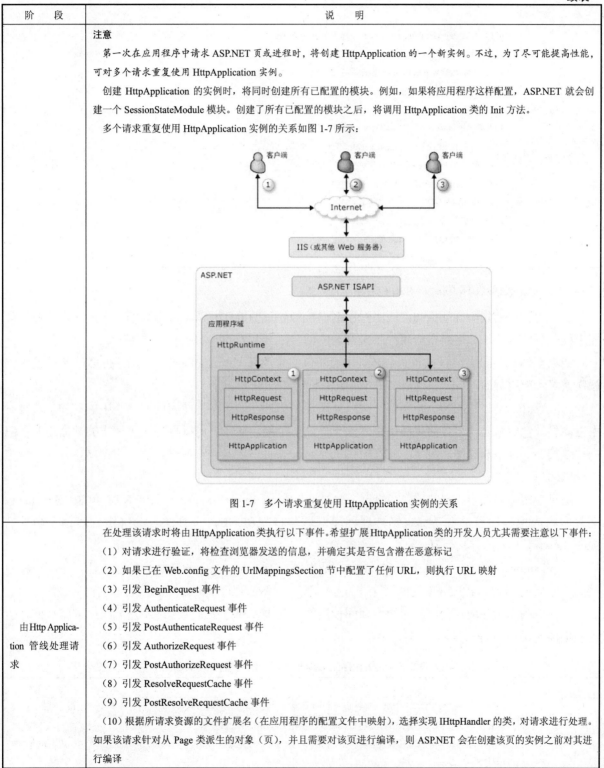 图 1-7　多个请求重复使用 HttpApplication 实例的关系
由 Http Applica-tion 管线处理请求	在处理该请求时将由 HttpApplication 类执行以下事件。希望扩展 HttpApplication 类的开发人员尤其需要注意以下事件: (1) 对请求进行验证,将检查浏览器发送的信息,并确定其是否包含潜在恶意标记 (2) 如果已在 Web.config 文件的 UrlMappingsSection 节中配置了任何 URL,则执行 URL 映射 (3) 引发 BeginRequest 事件 (4) 引发 AuthenticateRequest 事件 (5) 引发 PostAuthenticateRequest 事件 (6) 引发 AuthorizeRequest 事件 (7) 引发 PostAuthorizeRequest 事件 (8) 引发 ResolveRequestCache 事件 (9) 引发 PostResolveRequestCache 事件 (10) 根据所请求资源的文件扩展名(在应用程序的配置文件中映射),选择实现 IHttpHandler 的类,对请求进行处理。 如果该请求针对从 Page 类派生的对象(页),并且需要对该页进行编译,则 ASP.NET 会在创建该页的实例之前对其进行编译

续表

阶　　段	说　　明
	（11）引发 PostMapRequestHandler 事件
	（12）引发 AcquireRequestState 事件
	（13）引发 PostAcquireRequestState 事件
	（14）引发 PreRequestHandlerExecute 事件
	（15）为该请求调用合适的 IHttpHandler 类的 ProcessRequest 方法（或异步版 BeginProcessRequest）。例如，如果该请求针对某页，则当前的页实例将处理该请求
	（16）引发 PostRequestHandlerExecute 事件
	（17）引发 ReleaseRequestState 事件
	（18）引发 PostReleaseRequestState 事件
	（19）如果定义了 Filter 属性，则执行响应筛选
	（20）引发 UpdateRequestCache 事件
	（21）引发 PostUpdateRequestCache 事件
	（22）引发 EndRequest 事件

1．生命周期事件和 Global.asax 文件

在应用程序的生命周期期间，应用程序会引发可处理的事件并调用可重写的特定方法。若要处理应用程序事件或方法，可以在应用程序根目录中创建一个名为 Global.asax 的文件。

如果创建了 Global.asax 文件，ASP.NET 会将其编译为从 HttpApplication 类派生的类，然后使用该派生类表示应用程序。

HttpApplication 进程的一个实例每次只处理一个请求。由于在访问应用程序类中的非静态成员时不需要将其锁定，这样可以简化应用程序的事件处理过程。这样还可以将特定于请求的数据存储在应用程序类的非静态成员中。例如，可以在 Global.asax 文件中定义一个属性，然后为该属性赋一个特定于请求的值。

通过使用命名约定 Application_event（如 Application_BeginRequest），ASP.NET 可在 Global.asax 文件中将应用程序事件自动绑定到处理程序。这与将 ASP.NET 页方法自动绑定到事件（如页的 Page_Load 事件）的方法类似。

Application_Start 和 Application_End 方法是不表示 HttpApplication 事件的特殊方法。在应用程序域的生命周期期间，ASP.NET 仅调用这些方法一次，而不是对每个 HttpApplication 实例都调用一次。

表 1-2 列出了在应用程序生命周期期间使用的一些事件和方法。实际远不止列出的这些事件，但这些事件是最常用的。

表 1-2　应用程序生命周期期间使用的事件和方法

事件或方法	说　　明
Application_Start	请求 ASP.NET 应用程序中第一个资源（如页）时调用。在应用程序的生命周期期间仅调用一次 Application_Start 方法。可以使用此方法执行启动任务，如将数据加载到缓存中以及初始化静态值。 在应用程序启动期间应仅设置静态数据。由于实例数据仅可由创建的 HttpApplication 类的第一个实例使用，所以请勿设置任何实例数据

事件或方法	说　明
Application_event	在应用程序生命周期中的适当时候引发，请参见本主题前面的应用程序生命周期表中列出的内容。 Application_Error 可在应用程序生命周期的任何阶段引发。 由于请求会短路，因此 Application_EndRequest 是唯一能保证每次请求时都会引发的事件。例如，如果有两个模块处理 Application_BeginRequest 事件，第一个模块引发一个异常，则不会为第二个模块调用 Application_BeginRequest 事件。但是，会始终调用 Application_EndRequest 方法使应用程序清理资源
HttpApplication.Init	在创建了所有模块之后，对 HttpApplication 类的每个实例都调用一次
Dispose	在销毁应用程序实例之前调用。可使用此方法手动释放任何非托管资源。有关更多信息，请参见清理非托管资源
Application_End	在卸载应用程序之前对每个应用程序生命周期调用一次

2．HTTP 模块

ASP.NET 应用程序生命周期可通过 IHttpModule 类进行扩展。ASP.NET 包含若干实现 IHttpModule 的类，如 SessionStateModule 类。您还可以自行创建实现 IHttpModule 的类。

如果向应用程序添加模块，模块本身会引发事件。通过使用 modulename_eventname 约定，应用程序可以在 Global.asax 文件中预订这些事件。例如，若要处理 FormsAuthenticationModule 对象引发的 Authenticate 事件，可以创建一个名为 FormsAuthentication_Authenticate 的处理程序。

默认情况下，ASP.NET 中会启用 SessionStateModule 类。所有会话事件将自动命名为 Session_event，如 Session_Start。每次创建新会话时都会引发 Start 事件。

1.2.6　Web 窗体语法

1．ASP.NET Web 窗体语法元素

ASP.NET Web 窗体页是带.aspx 文件扩展名的声明性文本文件。除静态内容外，还可以使用八个独特的语法标记元素。本节复习这些语法元素中的每一个并提供示例说明它们的用法。

呈现代码语法：<% %>和<%= %>

代码呈现块由<% ...%>元素表示，允许自定义控件内容显示，并且在 Web 窗体页执行的呈现阶段执行。下面的示例说明可以如何使用它们在 HTML 内容上循环。

```
<% for (int i=0; i<8; i++) { %>
    <font size="<%=i%>"> Hello World! </font> <br>
<% } %>
```

```
<%@ Page Language="C#" %>

<html>


    <body>
```

```
<% for (int i=0; i<8; i++) { %>
   <font size="<%=i%>"> Hello World! </font> <br>
<% } %>

</body>

</html>
```

只执行由<% ...%>括起来的代码，但计算包含等号的表达式（<%= ...%>），并将结果显示为内容。因此，<%="Hello World" %>呈现与 C#代码<% Response.Write("Hello World"); %>相同的内容。

> **注意**：对于使用标记结束或分隔语句的语言（如 C#中的分号(;)），根据代码的呈现方式正确放置那些标记很重要。

2. 声明代码语法：<script runat="server">

代码声明块定义将编译为生成的 **Page** 类的成员变量和方法。这些块可用于创作页/导航逻辑。下面的示例说明如何在<script runat="server">块内声明 Subtract 方法，然后如何从页中调用此方法。

```
<script language="C#" runat=server>
int subtract(int num1, int num2) {
  return num1 - num2;
}
</script>

<%
 ...
 number = subtract(number, 1);
 ...
%>
```

```
<html>

   <script language="C#" runat=server>

      int subtract(int num1, int num2) {
         return num1-num2;
      }

   </script>

   <body>
```

```
<%
   int number = 100;

   while (number > 0) {
     Response.Write("值: " + number + "<br>");
     number = subtract(number, 1);
   }
%>


</body>

</html>
```

注意: 与 ASP 不同 (在 ASP 中, 函数可以在<% %>块中声明), 所有的函数和全局页变量都必须在<script runat=server>标记中声明。在<% %>块内声明的函数现在将生成语法编译错误。

3. ASP.NET 服务器控件语法

自定义 ASP.NET 服务器控件使页开发人员能够动态生成 HTML 用户界面 (UI) 并响应客户端请求。这些控件在文件内用基于标记的声明语法表示。这些标记不同于其他标记, 因为它们包含 "runat=server" 属性。下面的示例说明可以如何在 ASP.NET 页内使用<asp:label runat="server">服务器控件。该控件与 System.Web.UI.WebControls 命名空间中的 Label 类相对应, 默认情况下包括该命名空间。

通过添加 ID 为 "Message" 的标记, 在运行时创建 Label 的实例:

```
<asp:label id="Message" font-size=24 runat="server"/>
```

然后可用同一名称访问此控件。设置此控件的 Text 属性的代码行如下:

```
Message.Text = "Welcome to ASP.NET";
```

```
<html>


<script language="C#" runat=server>

   void Page_Load(Object sender, EventArgs e) {
     Message.Text = "欢迎使用 ASP.NET";
   }

</script>


<body>

   <asp:label id="Message" font-size=24 runat=server/>
```

```
    </body>

</html>
```

4. ASP.NET HTML 服务器控件语法

HTML 服务器控件使页开发人员能够以编程方式操作页内的 HTML 元素。HTML 服务器控件标记因 "runat=server" 属性而不同于客户端 HTML 元素。下面的示例说明可以如何在 ASP.NET 页内使用 HTML <span runat=server>服务器控件，与其他服务器控件一样，它也能以编程方式访问方法和属性，如以下示例代码所示：

```
<script language="C#" runat="server">
 void Page_Load(Object sender, EventArgs e) {
   Message.InnerHtml = "Welcome to ASP.NET";
 }
</script>
...
<span id="Message" style="font-size:24" runat="server"/>
```

```
<html>


    <script language="C#" runat=server>

        void Page_Load(Object sender, EventArgs e) {
            Message.InnerHtml = "欢迎使用 ASP.NET";
        }

    </script>

    <body>

      <span id="Message" style="font-size:24" runat=server/>

    </body>

</html>
```

5. 数据绑定语法：<%# %>

ASP.NET 中内置的数据绑定支持使页开发人员能够以分层方式将控件属性绑定到数据容器值。位于<%# %>代码块中的代码只有在其父控件容器的 DataBind 方法被调用时才执行。下面的示例说明可以如何在<asp:datalist runat=server>控件内使用数据绑定语法。

在数据列表内，指定了一项的模板。用数据绑定表达式指定项模板的内容，并且 Container.DataItem

引用数据列表 MyList 所使用的数据源。

```
<asp:datalist id="MyList" runat=server>
 <ItemTemplate>
   Here is a value: <%# Container.DataItem %>
 </ItemTemplate>
</asp:datalist>
```

本例中，以编程方式设置 MyList 控件的数据源，然后调用 DataBind()。

```
void Page_Load(Object sender, EventArgs e) {
 ArrayList items = new ArrayList();

 items.Add("One");
 items.Add("Two");
 items.Add("Three");

 MyList.DataSource = items;
 MyList.DataBind();
}
```

调用控件的 DataBind 方法使递归树从此控件开始沿着树向下移动；DataBinding 事件在该层次结构的每个服务器控件上引发，并相应地计算控件上的数据绑定表达式。因此，如果调用页的 DataBind 方法，则将调用页内的每个数据绑定表达式。

```
<html>

  <script language="C#" runat=server>

    void Page_Load(Object sender, EventArgs e) {

      ArrayList items = new ArrayList();

      items.Add("1");
      items.Add("2");
      items.Add("3");

      MyList.DataSource = items;
      MyList.DataBind();
    }

  </script>

  <body>
```

```
    <asp:datalist id="MyList" runat=server>

      <ItemTemplate>

        这里有一个值: <%# Container.DataItem %>

      </ItemTemplate>

    </asp:datalist>

  </body>

</html>
```

6. 对象标记语法: <object runat="server" />

对象标记使页开发人员能够用基于标记的声明语法声明和创建变量的实例。下面的示例说明如何使用对象标记创建 ArrayList 类的实例。

```
<object id="items" class="System.Collections.ArrayList" runat="server"/>
```

运行时自动创建对象，然后可以通过 ID "items" 访问此对象。

```
<html>

  <object id="items" class="System.Collections.ArrayList" runat=server/>

  <script language="C#" runat=server>

    void Page_Load(Object sender, EventArgs e) {

      items.Add("1");
      items.Add("2");
      items.Add("3");

      MyList.DataSource = items;
      MyList.DataBind();
    }

  </script>

<body>

  <asp:datalist id="MyList" runat=server>
```

```
    <ItemTemplate>

        这里有一个值: <%# Container.DataItem %>

    </ItemTemplate>

    </asp:datalist>

</body>

</html>
```

7．服务器注释语法：<%--注释--%>

服务器注释使页开发人员能够防止服务器代码（包括服务器控件）和静态内容执行或呈现。下面的示例说明如何阻止内容执行和发送到客户端。注意，<%--和--%>之间的内容将被筛选掉，仅在原始服务器文件中可见，即使其中包含其他 ASP.NET 指令。

```
<%@ Page Language="C#"%>
<html>



<body>

    已使用服务器注释对浏览器客户端隐藏了以下内容
    (请查看 .aspx 源文件，您就会明白我们的意思:-)
    <%--

    <asp:calendar id="MyCal" runat=server/>

    <% for (int i=0; i<45; i++) { %>
        Hello World <br>
    <% } %>

    --%>

</body>

</html>
```

8．服务器包含语法：<-- #Include File="Locaton.inc" -->

服务器#Includes 使页开发人员能够将指定文件的原始内容插入 ASP.NET 页内的任意位置。下面的示例说明如何将自定义的页眉和页脚插入页中。

```
<!-- #Include File="Header.inc" -->
...
<!-- #Include File="Footer.inc" -->

<%@ Page Language="C#"%>
<html>


  <body>

    <!-- #Include File="Header.inc" -->

    <p>

    <h3> 主页面内容</h3>

    <p>

    <!-- #Include File="Footer.inc" -->

  </body>

</html>
```

1.3 创建基本网页

本演练对 Microsoft Visual Web Developer 进行了简单介绍。它指导您使用 Visual Web Developer 来创建简单页，演示了创建新页、添加控件以及编写代码的基本技术。

本演练中阐释的任务包括：

- 创建文件系统网站；
- 熟悉 Visual Web Developer；
- 在 Visual Web Developer 中创建单文件的 ASP.NET 页；
- 添加控件；
- 添加事件处理程序；
- 使用Visual Web Developer 中的 Web 服务器运行页。

1.3.1 创建网站和网页

在本部分的演练中，将创建一个网站并为其添加新页，还将添加 HTML 文本并在 Web 浏览器中运行该页。

在本演练中，您将创建一个不需要使用 Microsoft Internet 信息服务（IIS）的文件系统网站；相反，您将在本地文件系统中创建和运行页。

文件系统网站是这样一个网站，即在您选择的位于本地计算机上某个位置的文件夹中存储页面和其他文件。其他网站选项包括本地 IIS 网站，它将您的文件存储在本地 IIS 根目录（通常是\Inetpub\Wwwroot\）的子文件夹中。FTP 站点将文件存储在远程服务器上，您可以使用文件传输协议（FTP）通过 Internet 访问该服务器。远程站点将文件存储在您能够跨越本地网络访问的远程服务器上。

1．创建文件系统网站

创建文件系统网络的步骤如下：

（1）打开 Visual Web Developer；

（2）在"文件"菜单上指向"新建"，然后单击"网站"。出现"新建网站"对话框，其屏幕快照如图 1-8 所示；

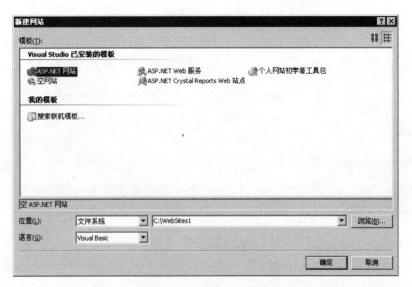

图 1-8　"新建网站"对话框

（3）在"Visual Studio 已安装的模板"之下单击"ASP.NET 网站"。创建网站时需要指定一个模板，每个模板创建包含不同文件和文件夹的 Web 应用程序。在本演练中，您将基于"ASP.NET 网站"模板创建网站，该模板创建一些文件夹和几个默认文件；

（4）在"位置"框中选择"文件系统"框，然后输入要保存网站网页的文件夹的名称。例如，输入文件夹名"C:\WebSites1"；

（5）在"语言"列表中单击"Visual Basic"或"Visual C#"。您选择的编程语言将是网站的默认语言。但是，可以通过使用不同的编程语言创建页和组件在同一个 Web 应用程序中使用多种语言；

（6）单击"确定"按钮。Visual Web Developer 创建该文件夹和一个名为 Default.aspx 的新页。新页创建后，Visual Web Developer 默认以"源"视图显示该页，在该视图下您可以查看页面的 HTML元素。显示一个默认网页的"源"视图的屏幕快照如图 1-9 所示。

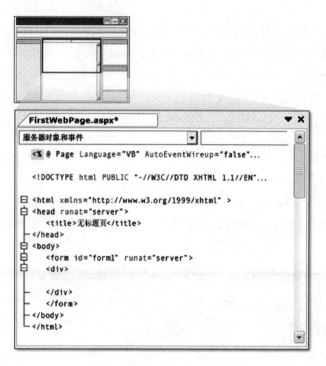

图 1-9　默认页的"源"视图

2. Visual Web Developer 教程

在您继续使用页之前，先熟悉一下 Visual Web Developer 开发环境是很有用的。如图 1-10 所示的插图显示了在 Visual Web Developer 中可用的窗口和工具。

3. 熟悉 Visual Web Developer 中的 Web 设计器

检查如图 1-10 所示的插图并将插图中的文本与下面的列表相互对应起来，该列表描述了最常用的窗口和工具。（并不是您看到的所有窗口和工具都列在这里，列出的只是图 1-10 中标记的那些窗口和工具。）

- 工具栏。提供用于格式化文本、查找文本等的命令。一些工具栏只有在"设计"视图中工作时才可用。
- 解决方案资源管理器。显示网站中的文件和文件夹。
- 文档窗口。显示您正在选项卡式窗口中处理的文档。单击选项卡可以实现在文档间的切换。
- 属性窗口。允许您更改、HTML 元素、控件，以及其他对象的设置。
- 视图选项卡。向您展示同一文档的不同视图。"设计"视图是近似 WYSIWYG 的编辑图面。"源"视图是页的 HTML 编辑器。您将在本演练的后面部分中使用这些视图。如果希望以"设计"视图打开网页，可在"工具"菜单上单击"选项"，选择"HTML 设计器"节点，并更改"起始页位置"选项。
- 工具箱。提供可以拖曳到页上的控件和 HTML 元素。工具箱元素按常用功能分组。

- 服务器资源管理器。显示数据库连接。如果服务器资源管理器在 Visual Web Developer 中不可见，请在"视图"菜单上单击"其他窗口"，然后单击"服务器资源管理器"。

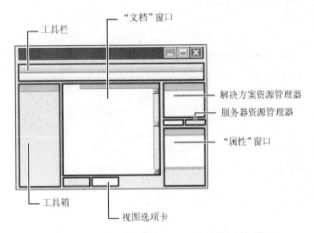

图 1-10　Visual Web Developer 环境的关系图

4. 创建一个新的 Web 窗体页

当您创建新的网站时，Visual Web Developer 将添加一个名为 Default.aspx 的 ASP.NET 页（Web 窗体页）。您可以使用 Default.aspx 页作为网站的主页，但是在本演练中，您将创建并使用一个新页。

（1）将页添加到网站的步骤如下。

① 关闭 Default.aspx 页。为此，右击包含文件名的选项卡并选择"关闭"。

② 在解决方案资源管理器中，右击网站（例如，"C:\BasicWebSite"），然后单击"添加新项"。

③ 在"Visual Studio 已安装的模板"之下单击"Web 窗体"。

④ 在"名称"框中输入"FirstWebPage"。

⑤ 在"语言"列表中，选择您希望使用的编程语言（"Visual Basic"、"C#"或"J#"）。

> ⓘ **注意**：创建网站时您已指定了一种默认语言。但是，每次为网站创建新页或组件时，可以更改默认语言。可以在同一网站中使用不同的编程语言。

⑥ 清除"将代码放在单独的文件中"复选框。如图 1-11 所示的屏幕快照显示了"添加新项"对话框。

在本演练中，您将创建一个代码和 HTML 在同一页的单文件页。ASP.NET 页的代码可以在页或单独的类文件中找到。

⑦ 单击"添加"按钮。

Visual Web Developer 创建新页并以"源"视图打开。

（2）将 HTML 添加到页的演练中，您将向页中添加一些静态文本。向页中添加文本的步骤如下。

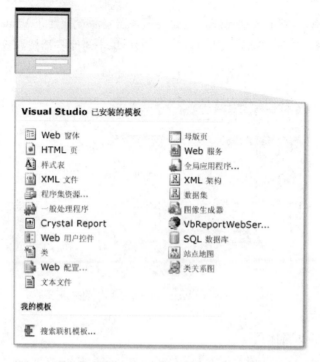

图 1-11 "添加新项"对话框

① 在文档窗口的底部,单击"设计"选项卡以切换到"设计"视图。

"设计"视图以类似 WYSIWYG 的方式显示您正在使用的页。此时,页上没有任何文本或控件,因此页是空白的。

② 在页上输入"欢迎使用 Visual Web Developer"。

如图 1-12 所示的屏幕快照显示了您在"设计"视图中输入的文本。

图 1-12 在"设计"视图中看到的欢迎文本

③ 切换到"源"视图。

通过在"设计"视图中输入而创建的 HTML，可以在"源"视图中看到欢迎文本的屏幕快照如图 1-13 所示。

图 1-13　在"源"视图中看到的欢迎文本

（3）运行该页

在继续向该页添加控件之前，可以尝试运行该页。要运行页，需要一个 Web 服务器。在成品网站中，要使用 IIS 作为 Web 服务器。但是要测试页，可以使用 ASP.NET Development Server，它在本地运行因此不需要 IIS。对于文件系统网站，Visual Web Developer 中默认的 Web 服务器是 ASP.NET Development Server。

运行该页的步骤如下。

① 按 Ctrl+F5 组合键运行该页。

Visual Web Developer 启动 ASP.NET Development Server。工具栏上出现一个图标，指示 Visual Web Developer Web 服务器正在运行。该页在浏览器中显示。虽然创建的页的扩展名为.aspx，但是它当前像任何 HTML 页一样运行。

② 关闭浏览器。

1.3.2　添加控件和对控件编程

在本演练的这一部分中，您将向页中添加 Button、TextBox 和 Label 控件，并编写处理 Button 控件的 Click 事件的代码。

现在您将向页中添加服务器控件。服务器控件（包括按钮、标签、文本框和其他常见控件）为 ASP.NET 网页提供了典型的窗体处理功能。但是，可以使用运行在服务器而不是客户端上的代码对控件编程。

1. 向页中添加控件

向页中添加控件的步骤如下。

① 单击"设计"选项卡切换到"设计"视图。

② 按几次 Shift+Enter 组合键以留出一些空间。

③ 从"工具箱"的"标准"组中将下列三个控件拖到页上：TextBox 控件、Button 控件和 Label 控件。

④ 将插入点放在 TextBox 控件之上，然后输入"输入您的名字:"。

此静态 HTML 文本是 TextBox 控件的标题。可以在同一页上混合放置静态 HTML 和服务器控件。如图 1-14 所示的屏幕快照显示了这三个控件在"设计"视图中是如何放置的。

图 1-14　"设计"视图中的控件

2. 设置控件属性

Visual Web Developer 提供了各种方式来设置页上控件的属性。在本演练的这一部分中，您将在"设计"视图和"源"视图中设置属性。

设置控件属性的步骤如下。

① 选择 Button 控件，然后在"属性"窗口中，将"文本"设置为"显示名称"，其屏幕快照如图 1-15 所示。

图 1-15　更改的按钮控件文本

② 切换到"源"视图。

"源"视图显示该页的 HTML，包括 Visual Web Developer 为服务器控件创建的元素。控件使用类似 HTML 的语法声明，不同的是标记使用前缀 asp:并包括属性 runat="server"。

控件属性（Property）声明为属性（Attribute）。例如，当您在第①步中设置 Button 控件的 Text 属性（Property）时，实际是在设置该控件标记中的 Text 属性（Attribute）。

> **注意**：所有控件都在一个<form>元素之内，该元素也包含属性 runat="server"。控件标记的 runat="server"属性和 asp:前缀表明：当页运行时，它们由 ASP.NET 在服务器进行处理。<form runat="server">和<script runat="server">元素外部的代码由浏览器作为客户端代码解释，这就是为什么 ASP.NET 代码必须在元素内部的原因。

③ 将插入点放在<asp:label>标记内的空白处，然后按空格键。

将出现一个下拉列表，该列表显示可以为 Label 控件设置的属性列表。此功能（称为 IntelliSense）在"源"视图中帮助您了解服务器控件、HTML 元素和页上其他项的语法。如图 1-16 所示的屏幕快照显示了 Label 控件的 IntelliSense 下拉列表。

图 1-16　"标签"控件的 IntelliSense

④ 选择 ForeColor，然后输入一个等号（=）。IntelliSense 将显示一个颜色列表。

⑤ 为 Label 控件的文本选择一种颜色。

ForeColor 属性由您选择的颜色确定。

3．对 Button 控件编程

在对 Button 控件编程的演练中，您将编写实现下列功能的代码：读取用户输入到文本框中的名称并将其显示在 Label 控件中。

添加默认按钮事件处理程序的步骤如下。

① 切换到"设计"视图。

② 双击 Button 控件。

Visual Web Developer 切换到"源"视图，并为 Button 控件的默认事件（Click 事件）创建一个主干事件处理程序。

③ 在处理程序内输入以下内容：

Label1。

Visual Web Developer 显示一个 Label 控件的可用成员的列表，如图 1-17 所示的屏幕快照所示。

④ 完成该按钮的 Click 事件处理程序，代码示例如下所示。

```
protected void Button1_Click(object sender, System.EventArgs e)
{
    Label1.Text = TextBox1.Text + ", welcome to Visual Web Developer!";
}
```

⑤ 向下滚动到<asp:Button>元素。

> 注意：<asp:Button>元素现在具有属性 OnClick="Button1_Click"。此属性将按钮的 Click 事件绑定到第④步中您编写的处理程序方法。

事件处理程序方法可以具有任意名称；您看到的名称是 Visual Web Developer 创建的默认名称。重要的是 OnClick 属性的名称必须与页中某个方法的名称匹配。

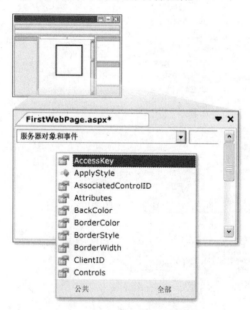

图 1-17 可用的 Label 控件成员

1.3.3 运行网页

现在可以测试页上的服务器控件了。

运行该页的步骤如下。

① 按 Ctrl+F5 组合键，在浏览器中运行该网页，再次使用 ASP.NET Development Server 运行。

② 在文本框中输入名称并单击按钮。

输入的名称显示在 Label 控件中。

> **注意**：当您单击该按钮时，该页将被发送到 Web 服务器。ASP.NET 然后重新创建该页，运行您的代码（本例中运行的是 Button 控件的 Click 事件处理程序），然后将新页发送到浏览器。如果查看浏览器中的状态栏，可以看到每次您单击该按钮该页都将往返 Web 服务器一次。

③ 在浏览器中，查看您正在运行的页的源代码。

在页的源代码中，看到的只是普通 HTML；看不到您正在"源"视图中使用的<asp:>元素。当页运行时，ASP.NET 会处理服务器控件并将执行表示控件功能的 HTML 元素呈现到页上。例如，<asp:Button>控件作为 HTML 元素<input type="submit">呈现。

④ 关闭浏览器。

1.3.4　使用附加控件

在使用附加控件演练的这一部分中，您将使用 Calendar 控件，该控件一次显示一个月的日期。Calendar 控件是比您使用过的按钮、文本框和标签更加复杂的控件，并且阐释了服务器控件的一些其他功能。

在本节中，您将向页中添加一个 Calendar 控件并为其设置格式。

1. 添加"日历"控件的步骤如下。

① 在 Visual Web Developer 中，切换到"设计"视图。

② 从"工具箱"的"标准"部分中，将一个 Calendar 控件拖到页上。

显示该日历的智能标记面板。该面板显示一些命令，这些命令使您能够很容易地对选定控件执行一些最常见的任务。显示在"设计"视图中呈现 Calendar 控件的屏幕快照如图 1-18 所示。

图 1-18　"设计"视图中的"日历"控件

③ 在智能标记面板中，选择"自动套用格式"。

显示"自动套用格式"对话框，该对话框允许您为该日历选择一种格式设置方案。如图 1-19 所示的屏幕快照显示了 Calendar（日历）控件的"自动套用格式"对话框。

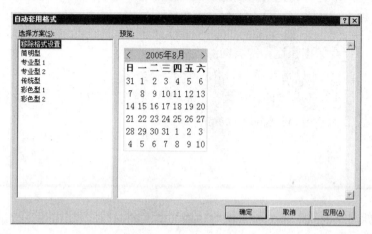

图 1-19 "日历"控件的"自动套用格式"对话框

④ 从"选择方案"列表中选择"简单"，然后单击"确定"按钮。

⑤ 切换到"源"视图。

您会看到<asp:Calendar>元素，此元素比您先前创建的简单控件的元素要长得多。它还包含表示各种格式设置的子元素，如<WeekEndDayStyle>。如图 1-20 所示的屏幕快照显示了"源"视图中的日历控件。

图 1-20 "源"视图中的"日历"控件

2．对"日历"控件编程

在对"日历"控件编程这一节中，您将对"日历"控件编程以显示当前选定的日期。

对"日历"控件编程的步骤如下。

① 从"源"视图顶部左侧的下拉列表中，选择"Calendar1"。

该下拉列表显示一个可为其编写代码的所有对象的列表。

② 从右侧的下拉列表中，选择"SelectionChanged"。

Visual Web Developer 为 Calendar 控件的 SelectionChanged 事件创建一个主干事件处理程序。

现在您已经看到了为控件创建事件处理程序的两种方式。第一种是在"设计"视图中双击控件，第二种是在"源"视图中使用下拉列表选择对象和要为其编写代码的事件。

③ 使用下面突出显示的代码完成 SelectionChanged 事件处理程序。

```
protected void Calendar1_SelectionChanged(object sender, System.EventArgs e)
{
    Label1.Text = Calendar1.SelectedDate.ToString();
}
```

3．运行该页

运行该页就可以测试日历了，运行该页的步骤如下。

1．按 Ctrl+F5 组合键在浏览器中运行该页。

2．单击日历中的一个日期，您单击的日期显示在 Label 控件中。

3．在浏览器中查看该页的源代码。

> 注意：Calendar 控件已作为表格呈现给该页，每一天都作为一个包含<a>元素的<td>元素。

4．关闭浏览器。

1.4　数据绑定基础

1.4.1　数据绑定概述和语法

ASP.NET 引入了新的声明性数据绑定语法。这种非常灵活的语法允许开发人员不仅可以绑定到数据源，而且可以绑定到简单属性、集合、表达式甚至是从方法调用返回的结果。表 1-2 显示了新语法的一些示例。

表 1-2　ASP.NET引入的新的声明性数据绑定语法

简单属性	Customer: <%# custID %>
集合	Orders: <asp:ListBox id="List1" datasource='<%# myArray %>' runat="server">
表达式	Contact: <%# (customer.First Name + " " + customer.LastName) %>
方法结果	Outstanding Balance: <%# GetBalance(custID) %>

尽管该语法看起来与 ASP 的 Response.Write 快捷方式<%= %>相似，但其行为完全不同。ASP Response.Write 快捷方式语法在处理页时进行计算，而 ASP.NET 数据绑定语法仅在调用 DataBind 方法时计算。

DataBind 是页和所有服务器控件的方法。当在父控件上调用 DataBind 时，它级联到该控件的所有子控件。例如，DataList1.DataBind() 将因此对 DataList 模板中的每一控件调用 DataBind 方法。在页上调用 DataBind — Page.DataBind() 或只是 DataBind() 会导致计算页上的所有数据绑定表达式。通常从 Page_Load 事件调用 DataBind，如下例所示：

```
protected void Page_Load(Object Src, EventArgs E) {
    DataBind();
}
```

如果绑定表达式在运行时计算为预期的数据类型，则可以在.aspx 页声明节中的几乎任何位置使用绑定表达式。上面的简单属性、表达式和方法示例在计算时向用户显示文本。在这些情况下，数据绑定表达式必须计算为 String 类型的值。在集合示例中，数据绑定表达式计算 ListBox 的 DataSource 属性的有效类型值。您会发现有必要转换绑定表达式中的类型值，以产生所需的结果。例如，如果 count 是整数：

```
Number of Records: <%# count.ToString() %>
```

1.4.2 绑定到简单属性

ASP.NET 数据绑定语法支持绑定到公共变量、页的属性和页上其他控件的属性。

下面的示例说明如何绑定到公共变量和页上的简单属性。注意这些值在 DataBind() 调用前要初始化。

```
<html>
<head>

    <script language="C#" runat="server">

        void Page_Load(Object sender, EventArgs e) {
            Page.DataBind();
        }

        string custID{
            get {
                return "ALFKI";
            }
        }

        int orderCount{
```

```
        get {
            return 11;
        }
    }


    </script>

</head>
<body>

    <h3><font face="宋体">到页属性的数据绑定</font></h3>

    <form runat=server>

        客户: <b><%# custID %></b><br>
        未结的订单: <b><%# orderCount %></b>

    </form>

</body>
</html>
```

下面的示例说明如何绑定到另一控件的属性。

```
<html>
<head>

    <script language="C#" runat="server">

        void SubmitBtn_Click(Object sender, EventArgs e) {

        // 仅调用"Page.DataBind"，而不是从"StateList"
        // 中显式取出变量，然后操作标签控件。
        // 这将计算页内所有的 <%# %> 表达式

        Page.DataBind();
        }

    </script>

</head>
<body>
```

```
<h3><font face="宋体">到另一个服务器控件的属性的数据绑定</font></h3>

<form runat=server>

    <asp:DropDownList id="StateList" runat="server">
     <asp:ListItem>CA</asp:ListItem>
     <asp:ListItem>IN</asp:ListItem>
     <asp:ListItem>KS</asp:ListItem>
     <asp:ListItem>MD</asp:ListItem>
     <asp:ListItem>MI</asp:ListItem>
     <asp:ListItem>OR</asp:ListItem>
     <asp:ListItem>TN</asp:ListItem>
     <asp:ListItem>UT</asp:ListItem>
    </asp:DropDownList>

    <asp:button Text="提交" OnClick="SubmitBtn_Click" runat=server/>

    <p>

    选定的州: <asp:label text='<%# StateList.SelectedItem.Text %>' runat=server/>

</form>

</body>
</html>
```

1.4.3　绑定到集合和列表

　　像 DataGrid、ListBox 和 HTMLSelect 这样的列表服务器控件将集合用作数据源。下面的示例说明如何绑定到通常的公共语言运行库集合类型。这些控件只能绑定到支持 IEnumerable、ICollection 或 IListSource 接口的集合。最常见的是绑定到 ArrayList、Hashtable、DataView 和 DataReader。

　　绑定到 ArrayList 的示例如下。

```
<html>
<head>
  <script language="C#" runat="server">
    void Page_Load(Object Sender, EventArgs E) {

      if (!Page.IsPostBack) {

        ArrayList values = new ArrayList();

        values.Add ("IN");
```

```
        values.Add ("KS");
        values.Add ("MD");
        values.Add ("MI");
        values.Add ("OR");
        values.Add ("TN");

        DropDown1.DataSource = values;
        DropDown1.DataBind();
    }
}
void SubmitBtn_Click(Object sender, EventArgs e) {
    Label1.Text = "您选择了: " + DropDown1.SelectedItem.Text;
}

</script>

</head>
<body>

    <h3><font face="宋体">数据绑定 DropDownList</font></h3>

    <form runat=server>

        <asp:DropDownList id="DropDown1" runat="server" />

        <asp:button Text="提交" OnClick="SubmitBtn_Click" runat=server/>

        <p>

        <asp:Label id=Label1 font-name="宋体" font-size="10.5pt" runat="server" />

    </form>

</body>
</html>
```

下面的示例说明如何绑定到 DataView。注意 DataView 类在 System.Data 命名空间中定义。

```
<%@ Import namespace="System.Data" %>

<html>
<head>

    <script language="C#" runat="server">
```

```
        void Page_Load(Object sender, EventArgs e ) {

            if (!Page.IsPostBack) {

                DataTable dt = new DataTable();
                DataRow dr;

                dt.Columns.Add(new DataColumn("整数值", typeof(Int32)));
                dt.Columns.Add(new DataColumn("字符串值", typeof(string)));
                dt.Columns.Add(new DataColumn("日期时间值", typeof(DateTime)));
                dt.Columns.Add(new DataColumn("布尔值", typeof(bool)));

                for (int i = 1; i <= 9; i++) {

                    dr = dt.NewRow();

                    dr[0] = i;
                    dr[1] = "项 " + i.ToString();
                    dr[2] = DateTime.Now;
                    dr[3] = (i % 2 != 0) ? true : false;

                    dt.Rows.Add(dr);
                }

                dataGrid1.DataSource = new DataView(dt);
                dataGrid1.DataBind();
            }
        }

    </script>

</head>
<body>

    <h3><font face="宋体">到 DataView 的数据绑定</font></h3>

    <form runat=server>

        <asp:DataGrid id="dataGrid1" runat="server"
          BorderColor="black"
          BorderWidth="1"
          GridLines="Both"
          CellPadding="3"
```

```
        CellSpacing="0"
        HeaderStyle-BackColor="#aaaadd"
    />

    </form>

</body>
</html>
```

绑定到 Hashtable 的示例如下。

```
<html>
<head>

    <script language="C#" runat="server">

        void Page_Load(Object sender, EventArgs e) {
            if (!Page.IsPostBack) {

                Hashtable h = new Hashtable();
                h.Add ("键 1", "值 1");
                h.Add ("键 2", "值 2");
                h.Add ("键 3", "值 3");

                MyDataList.DataSource = h;
                MyDataList.DataBind();
            }
        }

    </script>

</head>
<body>

    <h3><font face="宋体">到哈希表的数据绑定</font></h3>

    <form runat=server>

        <asp:DataList id="MyDataList" runat="server"
          BorderColor="black"
          BorderWidth="1"
          GridLines="Both"
          CellPadding="4"
```

```
            CellSpacing="0"
            >

              <ItemTemplate>
                <%# ((DictionaryEntry)Container.DataItem).Key %> :
                <%# ((DictionaryEntry)Container.DataItem).Value %>
              </ItemTemplate>

          </asp:DataList>

      </form>

  </body>
  </html>
```

1.4.4　绑定到表达式或方法

通常需要在绑定到页或控件之前操作数据。绑定到表达式或方法的返回值的示例如下。

```
<html>
<head>

    <script language="C#" runat="server">

        void Page_Load(Object Src, EventArgs E) {

            if (!Page.IsPostBack) {

                ArrayList values = new ArrayList();

                values.Add (0);
                values.Add (1);
                values.Add (2);
                values.Add (3);
                values.Add (4);
                values.Add (5);
                values.Add (6);

                DataList1.DataSource = values;
                DataList1.DataBind();
            }
        }

        String EvenOrOdd(int number) {
```

```
            if ((number % 2) == 0)
              return "偶数";
            else
              return "奇数";
        }

    </script>

</head>
<body>

    <h3><font face="宋体">到方法和表达式的数据绑定</font></h3>

    <form runat=server>

      <asp:DataList id="DataList1" runat="server"
        BorderColor="black"
        BorderWidth="1"
        GridLines="Both"
        CellPadding="3"
        CellSpacing="0"
        >

        <ItemTemplate>
          数字值: <%# Container.DataItem %>
          偶/奇: <%# EvenOrOdd((int) Container.DataItem) %>
        </ItemTemplate>

      </asp:datalist>

    </form>

</body>
</html>
```

1.4.5　DataBinder.Eval()

　　ASP.NET 框架提供了一种静态方法，计算后期绑定的数据绑定表达式，并且可选择将结果格式化为字符串。DataBinder.Eval 很方便，因为它消除了开发人员为强迫将值转换为所需的数据类型而必须做的许多显式转换。这在数据绑定模板列表内的控件时尤其有用，因为通常数据行和数据字段的类型都必须转换。

　　请看下面的示例，本例中整数将显示为货币字符串。使用标准的 ASP.NET 数据绑定语法，必须首先转换数据行的类型，以便检索数据字段 IntegerValue。下一步，将此作为参数传递给 String.Format 方法。

```
<%# String.Format("{0:c}", ((DataRowView)Container.DataItem)["IntegerValue"]) %>
```

该语法比较复杂，难以记忆。相反，DataBinder.Eval 只是一个具有三个参数的方法：数据项的命名容器、数据字段名和格式字符串。在像 DataList、DataGrid 或 Repeater 这样的模板列表中，命名容器始终是 Container.DataItem。Page 是另一个可与 DataBinder.Eval 一起使用的命名容器。

```
<%# DataBinder.Eval(Container.DataItem, "IntegerValue", "{0:c}") %>
```

格式字符串参数是可选的。如果省略它，则 DataBinder.Eval 返回对象类型的值，如以下示例所示。

```
<%# (bool)DataBinder.Eval(Container.DataItem, "BoolValue") %>
```

DataBinder.Eval 会对标准数据绑定语法带来很明显的性能损失，因为它使用后期绑定反射，注意这一点很重要。使用 DataBinder.Eval 时需要谨慎，尤其是在不需要字符串格式化时。

```
<%@ Import namespace="System.Data" %>

<html>
<head>


    <script language="C#" runat="server">

        void Page_Load(Object sender, EventArgs e) {

            if (!Page.IsPostBack) {

                DataTable dt = new DataTable();
                DataRow dr;

                dt.Columns.Add(new DataColumn("IntegerValue", typeof(Int32)));
                dt.Columns.Add(new DataColumn("StringValue", typeof(string)));
                dt.Columns.Add(new DataColumn("DateTimeValue", typeof(DateTime)));
                dt.Columns.Add(new DataColumn("BoolValue", typeof(bool)));

                for (int i = 0; i < 9; i++) {

                    dr = dt.NewRow();

                    dr[0] = i;
                    dr[1] = "项 " + i.ToString();
                    dr[2] = DateTime.Now;
```

```
            dr[3] = (i % 2 != 0) ? true : false;

            dt.Rows.Add(dr);
        }

        dataList1.DataSource = new DataView(dt);
        dataList1.DataBind();
    }
}

</script>

</head>
<body>

    <h3><font face="宋体">使用 DataBinder.Eval 进行数据绑定</font></h3>

    <form runat=server>

        <asp:DataList id="dataList1" runat="server"
            RepeatColumns="3"
            Width="80%"
            BorderColor="black"
            BorderWidth="1"
            GridLines="Both"
            CellPadding="4"
            CellSpacing="0"
            >

            <ItemTemplate>

                订 购 日 期 : <%# DataBinder.Eval(Container.DataItem, "DateTimeValue",
"{0:d}") %>

                <p>

                数量: <%# DataBinder.Eval(Container.DataItem, "IntegerValue", "{0:N2}")
%>

                <p>

                项: <%# DataBinder.Eval(Container.DataItem, "StringValue") %>

                订 购 日 期 :  <asp:CheckBox id=chk1 Checked='<%# (bool)DataBinder.Eval
```

```
(Container.DataItem, "BoolValue") %>' runat=server/>

                <p>

          </ItemTemplate>

       </asp:Datalist>

    </form>

</body>

</html>
```

1.5 网页的基本数据访问

网页中基本数据访问的演练向您演示，如何使用专门设计用于数据访问的控件创建一个简单的数据绑定页。

通过此演练，您将学会如何执行以下任务：

- 连接到 Microsoft Visual Web Developer Web 开发工具中的 Microsoft SQL Server 数据库；
- 使用拖曳式编辑，创建无需编写代码即可在页中使用的数据访问元素；
- 使用 SqlDataSource 控件，管理数据访问和绑定；
- 使用 GridView 控件，显示数据；
- 配置 GridView 控件，以允许排序和分页；
- 创建一个只显示选定记录的筛选查询。

为了完成本演练，您需要：

- 访问 SQL Server Northwind 数据库；
- 如果 Northwind 数据库与 Web 服务器不在同一台计算机上，则必须具有可访问 Northwind 数据库 SQL Server 用户账户的用户名和密码；
- Microsoft 数据访问组件(MDAC) 2.7 或更高版本。

如果您使用 Microsoft Windows XP 或 Windows Server 2003，那么您已经有了 MDAC 2.7。但是，如果使用 Microsoft Windows 2000，您可能需要升级您计算机上已经安装的 MDAC。

1.5.1 创建网站

如果您已经通过完成演练：在 Visual Web Developer 中创建了基本网页，在 Visual Web Developer 中创建了网站，则可以使用该网站，并转至下一部分。否则，按照下面的步骤创建一个新的网站和网页。

1.5.2　创建文件系统网站

创建文件系统网站的步骤如下。

1．打开 Visual Web Developer。

2．在"文件"菜单上单击"新建网站"，出现"新建网站"对话框。

3．在"Visual Studio 已安装的模板"之下单击"ASP.NET 网站"。

4．在最右边的"位置"框中输入要保存网站网页的文件夹名称，例如，输入文件夹名"C:\WebSites"。

5．在最右边的"语言"列表中，单击您想使用的编程语言。

6．单击"确定"按钮。

Visual Web Developer 创建该文件夹和一个名为 Default.aspx 的新页。

1.5.3　添加显示数据的 GridView 控件

若要在 ASP.NET 网页上显示数据，需要下列三个元素。

- 与数据源（如数据库）的连接。
- 该页上的一个数据源控件，该控件执行查询并管理查询结果。
- 该页上的一个用于实际显示数据的控件。

在下面的过程中，您将创建一个到 SQL Server Northwind 数据库的连接，并将通过 GridView 控件显示数据。GridView 控件将从 SqlDataSource 控件中获取其数据。

可以将这三个元素单独添加到网站中。但通过使用 GridView 控件对数据显示进行可视化处理并使用向导创建连接和数据源控件，更容易下手些。下面的过程解释如何创建在该页上显示数据所必需的这三个元素。

添加并配置用于显示数据的 GridView 控件的步骤如下。

1．在 Visual Web Developer 中，切换到"设计"视图中。

2．从"工具箱"的"数据"文件夹中，将 GridView 控件拖曳到页面上。

3．如果未显示"GridView 任务"快捷菜单，则右击 GridView 控件，然后单击"显示智能标记"。

4．在"GridView 任务"菜单上的"选择数据源"列表中，单击"<新建数据源>"，出现如图 1-21 所示的"数据源配置向导"对话框。

5．单击"数据库"。

这将指定您要从支持 SQL 语句的数据库中获取数据。此类数据库包括 SQL Server 和其他与 OLE-DB 兼容的数据库。在"为数据源指定 ID"框中，将显示默认的数据源控件名称（SqlDataSource1）。可以保留此名称。

6．单击"确定"按钮。随即会显示如图 1-22 所示的"配置数据源"向导，其中显示了一个可在其中选择连接的页面。

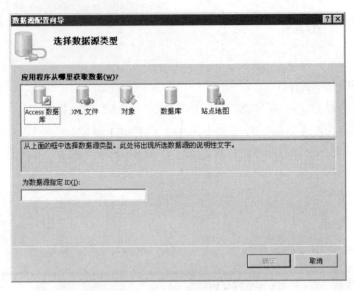

图 1-21 "数据源配置向导"对话框

图 1-22 "配置数据源"向导

7. 单击"新建连接"。

8. 在"选择数据源"对话框的"数据源"下，单击"Microsoft SQL Server"，然后单击"继续"。即出现"添加连接"对话框，如图 1-23 所示。

9. 在如图 1-23 所示的"添加连接"对话框中，在"服务器名"栏中，输入要使用的 SQL Server 的名称。

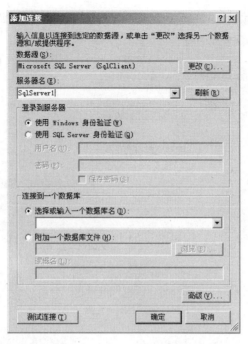

图 1-23 "添加连接"对话框

10. 在登录凭据中，选择可用于访问 SQL Server 数据库的选项（集成安全性或特定的 ID 和密码），并在需要时输入一个用户名和密码。

11. 单击"选择或输入数据库名"，然后输入"Northwind"。

12. 单击"测试连接"，并在确定该连接生效后单击"确定"按钮。随即会显示"配置数据源-<DataSourceName>"向导，其中填充了连接信息。

13. 单击"下一步"按钮。该向导显示一页，从该页中您可以选择将连接字符串存储到配置文件中。将连接字符串存储在配置文件中有以下两个优点：

① 比将连接字符串存储在页面中更安全；

② 可以在多个页中重复使用同一个连接字符串。

14. 确保选中"是，将此连接另存为"复选框，然后单击"下一步"。（可以保留默认连接字符串名称"NorthwindConnectionString"。）该向导显示一页，从该页中可以指定要从数据库中获取的数据。

15. 在"指定来自表或视图的列"下的"名称"列表中，单击"Customers"按钮。

16. 在"列"下，选择"CustomerID"、"CompanyName"和"City"复选框。随即会出现"配置数据源"向导，并在该页底部的框中显示正在创建的 SQL 语句，如图 1-24 所示。

17. 单击"下一步"按钮。

18. 单击"测试查询"以确保正在获取的是所需的数据。

19. 单击"完成"按钮。该向导随即会关闭，您将返回到页面上。通过运行该向导，完成了下列两项任务：

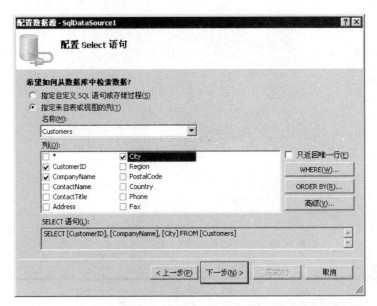

图 1-24 "配置数据源"向导

① 该向导创建并配置了一个 SQLDataSource 控件（名为"SQLDataSource1"），该控件包括指定的连接和查询信息；

② 该向导将 GridView 控件绑定到 SQLDataSource。因此，GridView 控件将显示 SQLDataSource 控件所返回的数据。

如果查看 SQLDataSource 控件的属性，可以看到该向导已为 ConnectionString 和 SelectQuery 属性创建了相应的属性值。

1.5.4　运行和测试页面

现在可以运行页面，步骤如下。

（1）按 Ctrl+F5 组合键运行该页。

该页显示在浏览器中。GridView 控件显示了 Customers 表中所有的数据行。

（2）关闭浏览器。

1.5.5　添加排序和分页

您无需编写任何代码就可以将排序和分页添加到 GridView 控件中。添加排序和分页的步骤如下。

（1）在"设计"视图中，右击 GridView 控件，然后单击"显示智能标记"。

（2）在"GridView 任务"快捷菜单上，选择"启用排序"复选框。GridView 控件中的列标题随即将更改为链接。

（3）在"GridView 任务"菜单上，选择"启用分页"复选框。随即会向 GridView 控件添加带有页码链接的页脚。

（4）（可选）使用"属性"将 PageSize 属性值从 10 更改为较小的页大小。

（5）按 Ctrl+F5 组合键运行该页。您将能够通过单击某一列标题按该列的内容排序。如果数据源中所包含的记录数大于 GridView 控件的页大小，您将可以使用 GridView 控件底部的页导航链接在各页之间移动。

（6）关闭浏览器。

1.5.6　添加筛选

通常，您希望在页上仅显示选定的数据。在添加筛选的演练中，您将修改 SQLDataSource 控件的查询，以便用户可以选择特定城市的客户记录。

首先，您将使用一个 TextBox 控件创建一个文本框，用户可以在该文本框中输入城市名称。然后，您将更改查询以包含参数化筛选（WHERE 子句）。在该过程中，您将为 SQLDataSource 控件创建一个参数元素。该参数元素确定 SQLDataSource 控件将如何为其参数化查询（从该文本框）获取值。

在完成这一部分演练后，该页在"设计"视图中应类似于如图 1-25 所示的形式。

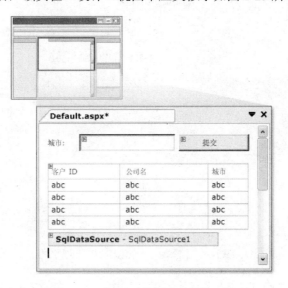

图 1-25　"设计"视图中的控件形式

添加用于指定城市文本框的步骤如下。

（1）从"工具箱"的"标准"组中，将一个 TextBox 控件和一个 Button 控件拖到该页上。Button 控件只用于将该页发送到服务器，无需为该控件编写任何代码。

（2）在 TextBox 控件的"属性"中，将"ID"设置为"textCity"。

（3）如果需要，在该文本框之前输入"城市"或类似的文本以用作标题。

（4）在 Button 控件的"属性"中，将"文本"设置为"提交"。

现在可以修改查询以包含筛选器。

1.5.7 用参数化筛选器修改查询

用参数化筛选器修改查询的步骤如下。

（1）右击 SQLDataSource 控件，然后单击"显示智能标记"。

（2）在"SQLDataSource 任务"菜单上单击"配置数据源"，随即会显示"配置数据源-<Datasource name>"向导。

（3）单击"下一步"按钮，该向导显示当前为 SQLDataSource 控件配置的 SQL 命令。

（4）单击"WHERE"，出现"添加 WHERE 子句"页。

（5）在"列"列表中单击"City"。

（6）在"运算符"列表中单击"="。

（7）在"源"列表中单击"控件"。

（8）在"参数属性"下的"控件 ID"列表中，单击"textCity"，如图 1-26 所示。

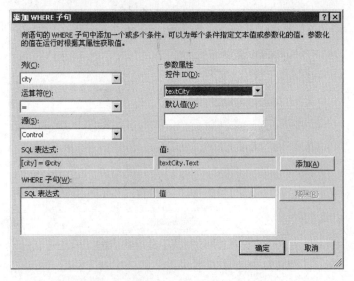

图 1-26 "添加 WHERE 子句"向导

上述步骤（4）～步骤（8）指定查询将从前面过程中添加的 TextBox 控件中获取搜索到的"城市"值，然后：

（1）单击"添加"按钮，创建的 WHERE 子句将显示在该页底部的框中。

（2）单击"确定"按钮，关闭"添加 WHERE 子句"页。

（3）在"配置数据源-<DataSourceName>"向导中，单击"下一步"按钮。

（4）在"测试查询"页上，单击"测试查询"按钮。该向导将出现，并显示"参数值编辑器"页面，该页将提示您输入一个用在 WHERE 子句中的值。

（5）在"值"框中，输入"London"，然后单击"确定"按钮。随即会显示伦敦的客户记录。

（6）单击"完成"按钮关闭向导。

现在可以测试筛选，具体步骤如下。

（1）按 Ctrl+F5 组合键运行该页。

（2）在文本框中，输入"伦敦"，然后单击"提交"按钮。随即会在 GridView 控件中显示来自城市伦敦的客户列表。

（3）尝试输入其他城市，如"布宜诺斯艾利斯"和"柏林"。

1.6 ASP.NET 2.0 的数据访问

1.6.1 数据访问简介

数据访问一直是开发 Web 应用程序的一个关键问题。几乎每个商业应用程序都需要数据驱动的 Web 页面。由于数据访问如此普遍，开发人员不断地为简单的数据库任务重新生成复杂的代码就显得毫无意义了。开发人员需要从格式各异的不同数据源中快速访问数据。幸运的是，ASP.NET 2.0 中新增的数据访问控件和 ADO.NET 2.0 解决了这一问题。

对于传统的 ASP 和 ASP.NET 1.1 应用程序而言，开发人员不得不创建代码访问和更新数据库，将检索到的数据转换为浏览器识别的 HTML 格式。尽管 Visual Studio .NET 的向导可以帮助完成这个任务，但是要完成诸如分页和排序这样的高级功能，仍需要在后端代码和前端显示之间进行复杂的同步。通常，这样的代码难以维护和同步，特别是在数据库发生更改或需要在页面上显示附加数据的时候。此外，作为数据存储，XML 需要添加大量混有数据访问逻辑的代码。

为了提高开发人员的开发效率和 Web 应用程序的性能，ASP.NET 2.0 通过新增的数据控件中封装的功能，更加灵活地控制数据，从而减少访问和显示数据所需的代码。从传统的数据库到 XML 数据存储，各种各样的数据源都能连接到这些控件。所有数据源都以相似的格式进行处理，大大降低了开发数据驱动的应用程序的复杂性。ASP.NET 2.0 需要进行广泛的体系结构改进，以便从内部支持这些功能。新增的数据源对象通过业界认可的最佳方法增加了一个非常可靠的基础结构。现在，大多数复杂的应用程序都可以利用 ASP.NET 2.0 提供的数据访问工具。从体系结构和机制上限制 ASP.NET 1.x 执行的绑定和缓存问题，在 ASP.NET 2.0 中都得以解决了。

如果您是一位 ASP 开发人员，那么您会通过本书了解到 ASP.NET 2.0 新增的数据访问功能和 ADO.NET 2.0 的数据访问模型。如果您是一位 ASP.NET 1.1 的开发人员，那么这本书概括的 ADO.NET 新增的改进功能和数据访问模型，以及介绍的如何使用 ASP.NET 2.0 新增的数据访问控件将帮助您减少开发数据驱动 Web 应用程序时编写的代码数量。

1.6.2 Web 应用程序的数据访问

在.NET Framework 中，通过 ADO.NET API 执行数据访问。API 提供一个抽象层来封装和隐藏直接访问数据库的细节，这些细节有时是很杂乱的。通过提供的一些服务在 ADO.NET 上生成 ASP.NET

2.0 Web 应用程序，这些服务用于自动生成与各种类型数据的连接，将用户控件与数据绑定，减少开发数据识别的 Web 应用程序所需的代码数量。

1．数据访问体系结构

对于.NET Framework 中的 Web 应用程序，数据访问依赖于两个独立的体系结构层。第一层由执行数据访问所需的框架组件组成。第二层由为程序员提供数据访问功能的 API 和控件组成。从实践的观点看，只需了解能否为特定数据源找到匹配的数据提供程序。

数据访问涉及四个主要的组件：Web 应用程序（ASP.NET）、数据层（ADO.NET）、数据提供程序，以及真正的数据源。这些组件之间的关系构成了所有数据识别 Web 应用程序的基础结构，如图 1-27 所示。

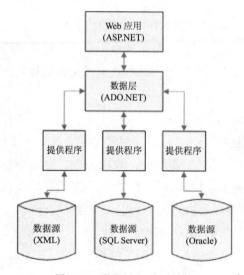

图 1-27　数据访问体系结构

2．数据存储

数据存储始于堆栈底部，提供了整个数据访问体系结构的基础。通过 ADO.NET 2.0、ASP.NET 2.0 的新增控件，Web 应用程序能够访问多种数据存储中的数据，包括关系数据库、XML 文件、Web Services、平面文件，或诸如 Microsoft Excel 这样的电子数据表程序中的数据。实际上，真正的数据源与读取和操作数据所使用的机制关系不大。

3．数据提供程序

由于具有提供程序模型，ADO.NET 使用一组类和命令与不同的数据源进行交互。程序通过定义的一组接口和类挂钩来提供对一个特定数据源的存储和检索功能。这种模型的灵活性使开发人员只需编写一组数据访问代码（使用 ADO.NET）就能够访问多种类型的数据。

在 ASP.NET 2.0 中，除了基本的数据访问之外，提供程序模型实际上还可用于多种不同的任务。例如，使用新增的个性化功能存储用户数据时依赖于几类提供程序。因此，实际提供程序的结构是功能依赖的。一个成员提供程序的用途与数据访问提供程序的用途不同。

组成 ADO.NET 数据提供程序的四个核心对象如表 1-3 所示。

表 1-3　组成ADO.NET数据提供程序的核心对象

对　象	描　述
Connection	建立到指定资源的连接
Command	对一个数据源执行命令。公开 Parameters，在 Connection 的 Transaction 范围内执行
DataReader	从一个数据源读取只进的只读数据流
DataAdapter	填充一个 DataSet，解析数据源的更新

提供程序模型明确地分离了各种使用用途。ASP.NET 开发人员能够集中精力构建功能性的、应用人类工程学的用户界面，而后端开发人员则能够通过现有的企业级数据存储实现复杂的集成。使用 ASP.NET 2.0 的提供程序模型开发 Web 应用程序是一个极好的选择。

4．ADO.NET API

ADO.NET API 定义的抽象层使所有的数据源看起来都是相同的。不论何种数据源，提取信息的过程都涉及相同的关键类和步骤。我们将在第 2 章详细介绍 ADO.NET 的处理过程。

5．Web 应用程序层

ASP.NET 在栈顶提供一系列控件，这些控件的设计意图是为减少开发的数据访问代码数量。例如，开发人员能使用数据源向导自动创建和配置一个数据源，使用这个数据源发布查询和检索结果。此外，不同的控件能够绑定到一个数据源，因此，控件能够依据从数据源检索到的信息，自动设置控件的外观和内容。

这些控件具有各种形状和大小，包括网格、树、菜单和列表。数据绑定控件通过它的 DataSourceID 属性连接到一个数据源，此属性在设计时或运行时声明。

数据源控件通过提供程序（如 ADO.NET 中的那些提供程序）绑定到下层的数据存储。使用数据源控件的好处是能够在页面中声明性地表示出来。此外，能够直接使用诸如分页、排序和更新操作等功能，而无需编写一行代码。

6．数据访问 API

第二个体系结构层提供使用程序、ADO.NET 和 ASP.NET 控件的通用机制。这个体系结构涉及一些通用任务和过程。然而，从开发人员的视角来看，使用 ASP.NET 2.0 提供的各种数据绑定控件和数据源控件无需编写代码来支持这些过程。

7．连接和命令

ADO.NET 包含的.NET Framework 数据提供用于连接一个数据库的程序，执行命令和检索结果。在 ADO.NET 中，使用 Connection 对象连接一个指定的数据源。例如，在 SQL Server 2000 中，能够使用 SQLConnection 对象连接一个数据库，如以下代码所示。

```
SqlConnection nwindConn =
 new SqlConnection("Data Source=localhost; Integrated Security=SSPI;"
 "Initial Catalog=northwind");
nwindConn.Open();
```

连接到数据源后，能够使用 Command 对象执行命令和返回结果。Command 对象通过 Command 的构造函数创建，这个构造函数接收一个 SQL 语句或 SQL 查询。一旦创建了 Command，就能使用 CommandText 属性修改 SQL 语句。

```
SqlCommand catCMD =
 new SqlCommand("SELECT CategoryID, CategoryName FROM Categories",
  nwindConn);
```

您可将一条命令认为是等同于一个特定的 SQL 调用，该调用绑定到一个特定的数据库。一条命令只能用于 CommandText 字段中定义的特定调用。

Command 对象提供了如下一些不同的 Execute 方法来启动存储过程，执行查询或者执行非查询语句，例如更新或插入：

（1）ExecuteReader 方法——将数据作为一个 DataReader 对象返回。用于任何返回数据的 SQL 查询；

（2）ExecuteScalar 方法——返回单独值，例如与特定查询相匹配的记录数，或者数据库功能调用的结果；

（3）ExecuteNonQuery 方法——执行不返回任何行的命令。典型的例子是存储过程、插入和更新。

当然，您需要依据初始化 Command 对象时创建的命令来选择正确的 Execute 方法。

ExecuteReader 方法将任何结果都返回到 DataReader 对象。DataReader 对象是查询数据库返回的一个关联的、只进的只读数据流。执行查询时，第一行返回到 DataReader 中。数据流保持到数据库的连接，然后返回下一条记录。DataReader 从数据库中读取行数据时，每行的列值都被读取和计算，但是不能被编辑。

8. DataAdapter 和 DataSet

虽然连接数据库的应用程序使用 DataReader 就已足够，但是，DataReader 不能很好地支持数据库访问的断开连接模型，而 DataAdapter 和 DataSet 类则满足了这一需求。

DataSet 是 ADO.NET 断开连接体系结构中主要的数据存储工具。填充 DataSet 时，并非通过 Connection 对象将 DataSet 直接连接到数据库。您必须创建一个 DataAdapter 来填充 DataSet。DataAdapter 连接数据库，执行查询并填充 DataSet。当 DataAdapter 调用 Fill 或 Update 方法时，在后台完成所有的数据传输。每个.NET Framework 的数据提供程序都有一个 DataAdapter 对象。

一个 DataSet 代表一组完整的数据，包括表格、约束条件和表关系。DataSet 能够存储代码创建的本地数据，也能存储来自多个数据源的数据，并断开到数据库的连接。

DataAdapter 能控制与现有数据源的交互。DataAdapter 也能将对 DataSet 的变更传输回数据源中。说明使用 DataSet 典型情况的代码如下。

```
SqlConnection nwindConn =
 new SqlConnection("Data Source=localhost;" +
   "IntegratedSecurity=SSPI;Initial Catalog=northwind");
SqlCommand selectCMD =
 new SqlCommand("SELECT CustomerID, CompanyName FROM Customers",
                    nwindConn);
selectCMD.CommandTimeout = 30;

SqlDataAdaptercustDA = new SqlDataAdapter();
custDA.SelectCommand= selectCMD;
nwindConn.Open();
DataSetcustDS = new DataSet();
custDA.Fill(custDS, "Customers");
nwindConn.Close();
```

在以上代码中：

① 创建了一个 SQLConnection 来连接 SQL Server 数据库；

② 创建了一个 SQLCommand 来查询 Customers 表格；

③ 创建了一个 DataAdapter 来执行 SQLCommand 和数据操作的连接部分；

④ 从 DataAdapter 可以创建一个 DataSet。DataSet 是数据操作的断开连接部分，并且能绑定到 ASP.NET 2.0 的各种 Web 控件。

一旦创建了 DataSet，就能够将它绑定到任何数据识别的控件，方法是通过控件的 DataSource 属性和 DataBind() 方法。不幸的是，如果数据发生更改，您不得不再次调用 DataBind()，将控件重新绑定到数据集。因此，ASP.NET 1.x 开发人员不得不考虑调用绑定方法的精确时间和位置。开发出正确的同步方法和同步事件是相当困难的。

由于存在数据源的概念，ASP.NET 2.0 极大地简化了创建、绑定 DataSet 以及保持数据同步的全部过程。

9. ASP.NET 2.0

ASP.NET 2.0 从几个方面极大地改进了基本模型。最突出的一点是，通过 DataSource 隐藏了创建 SQLCommand、生成 DataAdapter 和填充 DataSet 的过程，或者由数据绑定向导自动配置这个过程。

Configure DataSource Wizard 生成的代码能够连接数据源（数据库、平面文件、XML、对象），创建查询，并允许开发人员以简单的几个步骤指定参数。

一旦创建了数据源，下一步就是将数据源连接到一个控件。这里的"连接"就是所谓的数据绑定。从数据源提取的值能够连接到控件属性或作为表格、列表或网格中的值使用，这些操作都无需编写任何代码。

1.6.3　ASP.NET 数据控件

ASP.NET 1.1 是为使用 ADO.NET API 和简化数据访问而设计的。ADO.NET 2.0 通过新增的一组控件和向导进一步简化了数据访问过程和编写代码的数量，这些控件和向导是针对数据识别的应用程序，是为提高开发速度和简化开发过程而设计的。

1．DataSource 控件

新的 ASP.NET 2.0 数据访问系统的核心是 DataSource 控件。一个 DataSource 控件代表一个备份数据存储（数据库、对象、XML、消息队列等），能够在 Web 页面上声明性地表示出来。页面并不显示 DataSource，但是它确实可以为任何数据绑定的 UI 控件提供数据访问。为了支持 DataSource 并使用自动数据绑定，利用一个事件模型以便在更改数据时通知控件，各种 UI 控件都进行了重新设计。此外，数据源还提供了包括排序、分页、更新、删除和插入在内的功能，执行这些功能无需任何附加代码。

最终，所有 DataSource 控件公开一个公共接口，因此，数据绑定控件无需了解连接细节（即连接到一个数据库还是一个 XML 文件）。每个 DataSource 还公开了特定于数据源的属性，因而对开发人员而言更为直观。例如，SQLDataSource 公开了 ConnectionString 和 SelectCommand 属性，而 XMLDataSource 则公开了定义源文件和任何架构的属性。在底层，所有数据源都创建特定于提供程序的基础 ADO.NET 对象，该对象是检索数据所需的。

2．创建一个 DataSource

在 ASP.NET 2.0 中，DataSource 的子类是新增的数据控件中功能最强大的。它们提供了到数据库、XML 文件或其他数据源的声明性配置连接。使用控件从数据源检索和更新数据无需添加任何自定义代码。Configure DataSource Wizards 的图形化界面允许程序员定义相应的细节来配置数据源，只需几个简单的步骤就可以完成。ASP.NET 2.0 自动生成代码来连接资源，如果合适，创建基于参数的查询。自动生成的代码结果存储在一个.ASPX 文件中。例如，在.ASPX 文件中存储的 SQLDataSource 代码包含连接字符串的属性和 SQL 语句的属性。

```
<asp:sqldatasource
  id="SqlDataSource1"
  runat="server"
  selectcommand="select customerid, companyname from customers"
  providername="System.Data.OleDb"
    connectionstring="Provider=SQLOLEDB.1;Integrated Security=SSPI;
    Initial Catalog=Northwind; Data Source=localhost;
    Auto Translate=True; Use Encryption for Data=False>
</asp:sqldatasource>
```

当然，开发人员可以根据需要修改这些代码。例如，可以将提供程序名移动到 web.config 文件或其他中心位置。

3．数据源类型

ASP.NET 2.0 提供了几个独特的数据源对象，用于为数据绑定控件构造一个公共接口框架。数据源的对象用于操作不同的基础结构（从数据库、内存中的对象到 XML 文件），为控件提供抽象数据操作功能。

1.6.4　AccessDataSource

如果在应用程序中使用 Microsoft Access 数据库，则能够通过 System.Web.UI.WebControls.AccessDataSource 执行插入、更新和删除数据的操作。Access 数据库是提供基本关系存储的最小数据库。因为使用起来既简单又方便，所以许多小型的 Web 站点通过 Access 形成数据存储层。虽然 Access 不提供像 SQL Server 这样的关系数据库的所有功能，但是其简单性和易用性使 Access 非常适合应用于原型开发和快速应用程序开发（RAD）。

1.6.5　SQLDataSource

为了提供一个更加健壮的数据库，综合利用 Microsoft SQL Server 提供的广泛功能，ASP.NET 2.0 提供了 SQLDataSource。SQLDataSource 的配置比 AccessDataSource 更为复杂，SQLDataSource 用于企业级应用程序，这些应用程序需要一个真正的数据库管理系统（DBMS）所拥有的功能。

1.6.6　ObjectDataSource

System.Web.UI.WebControls.ObjectDataSource 用于实现一个数据访问层，从而提供更好的封装和抽象。ObjectDataSource 控件支持绑定到一个特定的数据层，而非绑定到一个数据库，其绑定方式与使用其他控件绑定数据库的方式相同。ObjectDataSource 控件能够绑定到任何一个方法，该方法返回一个 DataSet 对象或 IEnumerable 对象（如一个 DataReader 或类集合）。

```
<asp:objectdatasource
    id="ObjectDataSource"
    runat="server"
    typename="DAL.Customers"
    selectmethod="GetOrders">
</asp:objectdatasource>
```

ObjectDataSource 控件使用 Web Services 代理的方式与使用数据访问层的方式完全相同。换句话说，ObjectDataSource 处理设计正确的 Web Services 与处理一个关系数据库的方式相同。

1.6.7　DataSetDataSource

System.Web.UI.WebControls.DataSetDataSource 控件允许使用 XML 列表数据。列表数据以行和列排列。

```xml
<?xml version="1.0"?>
<collection>
  <book>
    <title>cosmos</title>
    <author>carl sagan</author>
    <publisher>ballantine books</publisher>
  </book>
  <book>
    <title>catwings</title>
    <author>ursula k. le guin</author>
    <publisher>scholastic</publisher>
  </book>
</collection>
```

要使用数据，只需设置 **DataFile** 属性，使其指向 **XML** 文件。

```xml
<asp:datasetdatasource id="Datasetdatasource1" runat="server"
                       datafile="collection.xml" />
```

数据源能够连接到任何列表控件，例如 **DataGrid**。

1. XmlDataSource

XML 数据通常用于表示半结构化或层次化数据。使用 XML 文档作为数据源，可以从其他资源（例如，其他公司或现有应用程序）接收 XML 文档，并将 XML 数据格式化，以便与应用程序兼容。

要配置一个 System.Web.UI.WebControls.XmlDataSource，必须指定 XML 文件的路径，如果 XML 需要传输数据，则还需指定 XSLT 样式表路径或 XPath 查询路径（可选）。

```xml
<asp:XmlDataSource
    ID="XmlDataSource1"
    Runat="server"
    DataFile="~/xml/fruits.xml">
</asp:XmlDataSource>
```

XMLDataSource 特别适用于拥有层次结构的控件，例如，树视图或数据列表。

```xml
<asp:TreeView
    ID="TreeView1"
    Runat="server"
    DataSourceID="XmlDataSource1"
    ShowLines="True">
</asp:TreeView>
```

以上两个列表说明如何声明性地配置一个 XmlDataSource 和一个 TreeView 控件，使之呈现如图 1-28 所示的 XML 层次结构。

TreeView 控件自动生成标记来创建一个用户界面，支持用户单击父实体时展开节点。TreeView 控件通过 XMLDataSource 绑定到 fruits.xml 文件。

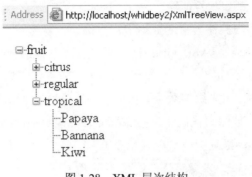

图 1-28   XML 层次结构

2. SiteMapDataSource

System.Web.UI.WebControls.SiteMapDataSource 控件能够在逻辑上（而非物理上）实现 Web 站点的导航。通过生成一个逻辑结构，导航不受文件物理地址变动的影响。即使页面物理位置改变，您也不必更改应用程序的导航结构。

要使用 SiteMapDataSource，第一步是创建一个 XML 文件来映射 SiteMapNode 元素的层次结构，从而指定站点的导航结构。您可以将 XML 文件保存为 app.sitemap。

当您在应用程序中使用 SiteMapDataSource 时，它将查找指定的 app.sitemap 文件。然后，SiteMapDataSource 连接到导航控件，实现逻辑导航，如图 1-29 所示。

图 1-29   逻辑导航（Home-> Articles-> Article 2 页面的详细路经跟踪）

（1）数据绑定

一旦创建了一个数据源，接下来是将数据源连接到一个控件。这里的"连接"就是所谓的数据绑定。ASP.NET v1.x 提供了一些数据绑定控件，例如 DataGrid、DataList 和 DropDownList 等。ASP.NET 2.0 对改进数据绑定控件的概念做出了几个重要的创新。

① 现在，当数据绑定控件绑定到一个数据源控件（通过 **DataSourceID** 属性）时，能够自动绑定本身。这使页面开发人员无须了解页面的生存周期，并且不必在此时显式调用 **DataBind()**。数据绑定控件能够自动完成这些工作，甚至能侦听数据源的更改事件；

② ASP.NET 2.0 引入了新的数据绑定控件，这些控件能自动使用数据源的功能，例如排序、分页、更新、插入和删除。

在 ASP.NET v1.x 中，页面开发人员需要手动处理数据绑定控件事件，编写代码来执行这些操作。

而在 ASP.NET 2.0 中，数据绑定控件直接使用数据源的功能。当然，页面开发人员仍能处理适当的事件以自定义这些操作的处理；例如，验证输入。

ASP.NET 2.0 支持多种不同控件丰富的数据绑定。例如，能够将一个 XML 数据源绑定到<ASP: DropDownList>、<ASP:DataList>、<ASP: GridView>以及许多其他的数据控件。

（2）ASP.NET 2.0 中的数据绑定

传统的应用程序需要编写代码来绑定数据。例如，要在传统的 ASP 中填充下拉列表，或对页面中的值进行硬编码（如下所示），或编写代码来连接数据库，检索数据，再填充下拉列表。如果手动填充下拉列表，则每次更新数据时，必须更改代码（手动）。

```
<select size="1" name="dropdown_menu">
  <option value="1" >test_data1</option>
  <option value="2">test_data2</option>
  <option value="3">test_data3</option>
  <option value="4">test_data4</option>
</select>
```

如果通过访问数据库表的方式填充列表，则不仅需要编写代码来检索信息，而且每次加载页面时，应用程序都需要访问数据库，或在应用程序级或会话级缓存信息。

另外，ASP.NET 1.1 允许将控件绑定到数据库表和 XML 文档。但是，在 ASP.NET 1.1 中，如果要绑定到一个 XML 数据源，需要将 XML 转换为 DataSet（本文前面作过概述）。一旦获得转换后的 DataSet，只要将 DataSet 绑定到控件上即可。

```
//C# code
listbox.DataSource= dataset.Tables[0];
listbox.DataTextField = "Name";
listbox.DataValueField = "ID";
listbox.DataBind()
```

但是，每次更新 XML 数据源，必须重新将控件绑定到一个新的 DataSet，这是因为 DataSet 不能动态地连接到源文件。

（3）在 ASP.NET 2.0 中绑定控件

ASP.NET 2.0 允许将下拉列表绑定到 XML 数据源或数据库，而无须编写任何代码。如果更新基础数据，它能够确保缓存值自动刷新。

要绑定控件，首先需要创建一个数据源。可以手动编写数据源定义代码，或使用 Configure Data Source Wizard，如图 1-30 所示。配置 ObjectDataSource 向导，如图 1-31 所示。

XMLDataSource 配置向导在 Web.config 文件中生成了下面的代码。

```
<asp:xmldatasource id="XmlDataSource1"
  datafile="msdn.xml"
  xpath="rss/channel/item"
```

```
      runat="server"
/>
```

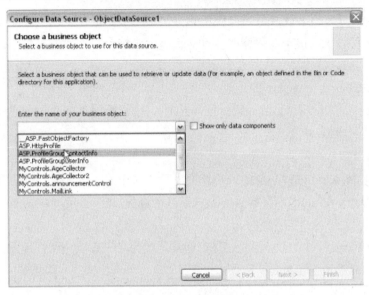

图 1-30　通过创建数据源来绑定控件

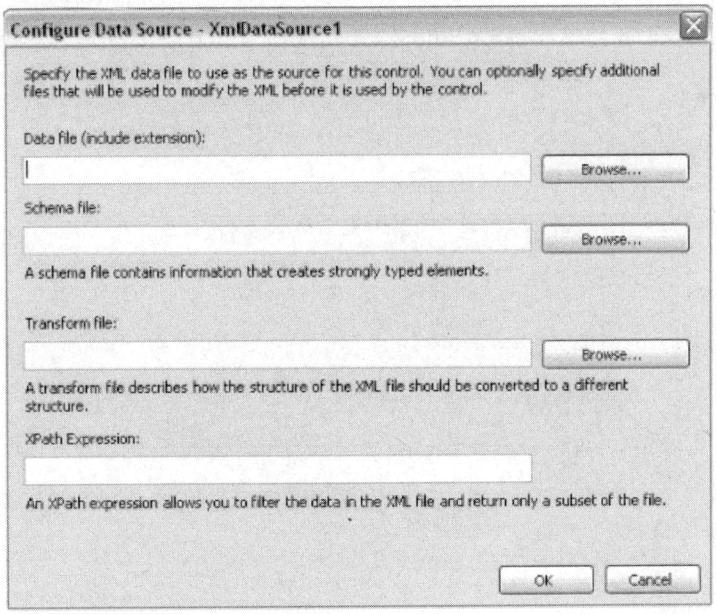

图 1-31　配置 ObjectDataSource 向导

　　一旦建立了数据源，就能够将数据绑定到控件。如何将 XML 数据源绑定到下拉列表控件的代码如下。

```
<asp:dropdownlist id="DropDownList1" runat="server"
```

```
datatextfield="state" datasourceid="XMLDataSource1"
autopostback="true" />
```

请注意，ASP.NET 1.x 和 ASP.NET 2.0 中数据绑定的主要区别在于提供程序模型是否自动同步发生了更改的数据。换句话说，由于在数据源中置入了一个事件模型，如果修改支持数据源的数据，则自动更新绑定控件。

（4）数据绑定控件

ASP.NET 2.0 引入了几个用于显示数据的新控件。这些新控件提供了一些比 ASP.NET 1.1 的 DataGrid 控件更优越的增强功能。

（5）GridView 控件

ASP.NET 1.1 的 DataGrid 控件功能强大，使用灵活，允许显示结构化数据，无需编写大量代码。但是，如果要操作 DataGrid 的内容（如编辑或对返回行进行排序），需要编写适量的代码，自定义控件并提供这些行为。

GridView 与 DataGrid 控件相似；但是，您也能够通过向导一步步声明性地配置控件，启用像编辑和显示多页行数据这样的通用任务。

3. 配置 GridView

为了说明实现上述功能多么轻松，请思考这个例子：根据下拉列表的选择项显示查询结果。只需将 GridView 控件拖曳到页面上，配置 GridView 控件以根据下拉列表的选择项自动显示结果，如图 1-32 所示。

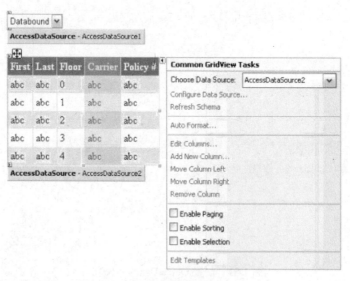

图 1-32　配置 GridView 示例

① 将 GridView 绑定到 DropDown 列表

要配置 GridView 控件，您必须通过 Configure Data Source Wizard 将它绑定到数据源。图 1-32 还显示 DataGrid 对象提供的 Enable Paging、Enable Sorting 和 Enable Selection 选项。

在 Configure Data Source 窗口中，选择适当的表格，然后选择所需的元素。窗口底部显示自动生成的 SQL 查询语句，如图 1-33 所示。

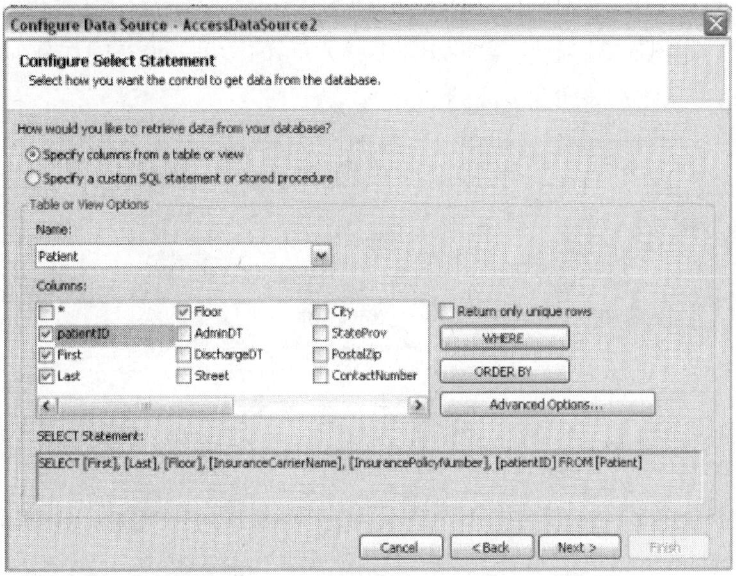

图 1-33　Configure Data Source 窗口

② 编辑 SQL 数据源

下一步，单击"WHERE"按钮，配置 GridView 中显示的记录的条件；在添加 WHERE 语句的窗口中选择 patientID 列，设置操作符和源选项。当源选项设置为 Control 时，当前页面中的所有控件将自动填充到 Parameter 属性的 Control ID 字段中，从列表中选择想要连接的控件。配置好参数和默认值（如果需要）后，单击"Add"按钮，再单击"OK"按钮进行确认，如图 1-34 所示。

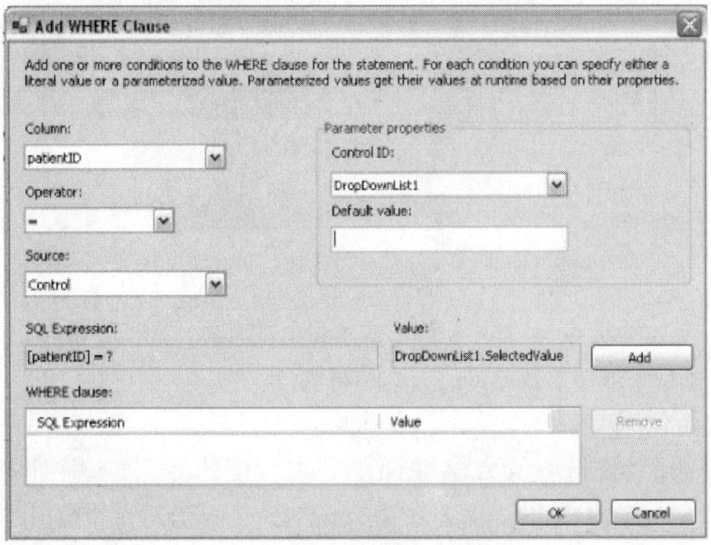

图 1-34　添加 WHERE 语句窗口

③ 查询编辑器对话框

生成的 select 语句可通过 Configure DataSource 窗口查看。

在 ASP 和 ASP.NET 应用程序中，必须编写代码完成所有这些过程，还要编写 HTML 代码来显示格式化的结果。新的 GridView 控件生成了如图 1-35 所示的结果，没有附加任何代码（请注意，Edit 和 Delete 链接是自动可见的，并注意生成的 SQL）。

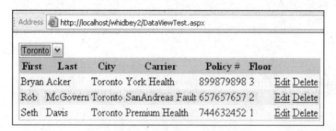

图 1-35 控件运行结果

④ DetailsView 控件

DetailsView 控件与 GridView 控件相似，它使用完全相同的安装机制。GridView 控件可在一页中显示多条记录，而 DetailsView 控件一次只显示一条记录，如图 1-36 所示。

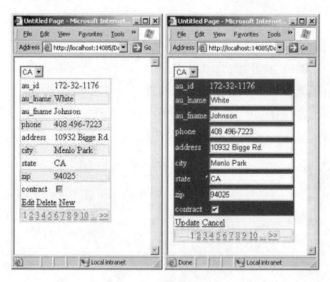

图 1-36 DetailsView 控件与 GridView 控件

因此，DetailsView 控件与 GridView 控件形成了很好的互补。将 DetailsView 连接到 GridView 可以更好地控制更新个别项目或插入新项目的方式和时机。

⑤ FormView 控件

使用上述配置步骤，我们还能够为 ASP.NET 的开发配置另一个新控件——FormView 控件。FormView 控件支持非常灵活的 UI 布局。显示使用 FormView 控件查看单个数据库记录的示例如图 1-37 所示。

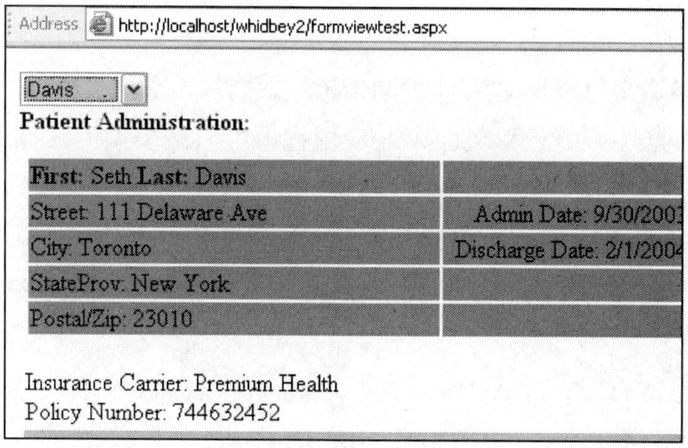

图 1-37　FormView 控件

像 ItemTemplate 和 EditItemTemplate 这样不同的模板用于查看和修改数据库记录，无需任何自定义代码，如图 1-38 所示。

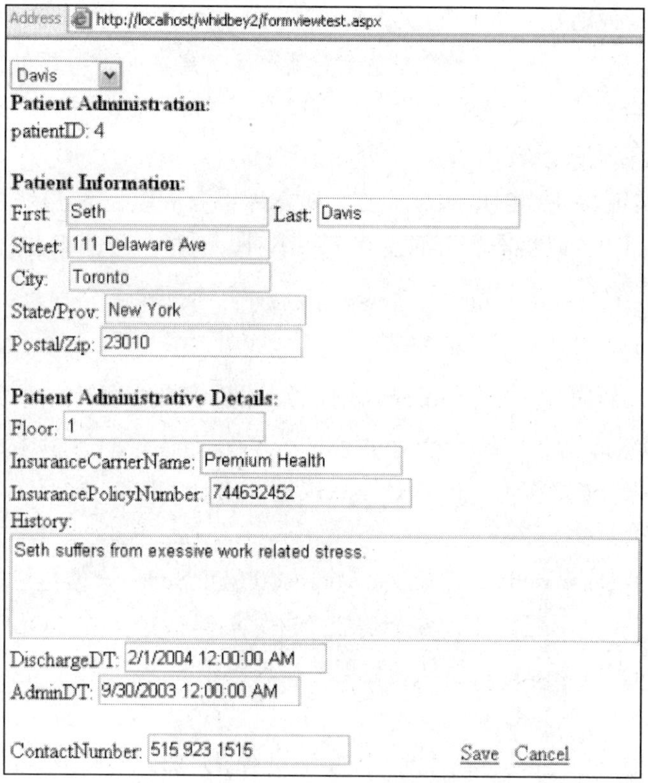

图 1-38　EditItem Template

4．新增的 ASP.NET 2.0 数据功能

除了前面章节介绍的新控件，ASP.NET 2.0 还提供几个与数据访问有关的新功能，这些功能有助于提高数据驱动应用程序的性能和安全性。

① 性能

Web 应用程序的性能通常可以通过两种机制来改进。首先，Web 应用程序层能够缓存尽可能多的数据，减少了不必要的数据层调用。其次，Web 应用程序可以减少调用数据层的次数和大小。

② 数据源缓存

SQLDataSource 和 ObjectDataSource 支持数据层缓存。通过设置数据源对象的一些属性，程序员不用开发任何自定义代码，即可使用缓存 api。数据源对象将自动管理底层存储机制的一致性。

③ SQL 缓存依赖关系

对大多数数据驱动的 Web 站点来说，缓存数据是复杂的任务。Web 站点需要使用缓存来提高性能，但是更新数据的需求也很迫切。ASP.NET 1.x 能将页面缓存一段时间，并通过输入参数（QUERYSTRING 或 POST 参数）进行组织。

```
<%@ outputcache duration="3600" varybyparam="ProdID" %>
```

以上代码根据变量 ProdID（产品 id）可在内存中缓存页面一小时。

如果在应用程序的其他地方更新了下层数据，缓存数据将出现问题。例如，考虑将一个产品目录页面通过产品 ID 进行缓存。如果从一个管理站点更新产品信息（如可用数量或价格），则过期数据仍保留在缓存中，并显示给客户。在 ASP.NET 1.x 中，必须等待缓存失效，或使用 Response.Remove OutputCacheItem 强制缓存失效。

ASP.NET 2.0 通过实现表格级 SQL 通知来支持数据库缓存依赖关系。更改数据时，以一个表格级依赖关系通知页面。下面的代码将产品页面缓存了一小时，但是向数据库表添加了一个依赖关系。

```
<%@ outputcache duration="3600" varybyparam="ProdID"
sqldependency="MyDatabase:Products" %>
```

向 Products 表格添加新的 SQLDependency 属性后，不论表格发生任何更改，缓存过的页面都将失效。SQLDependency 属性必须引用在 web.config 文件中配置的 Microsoft SQL Server DataSource。DataSource 标识了使依赖关系通知有效的数据库连接和参数。

④ 自定义 SQL 依赖关系

虽然默认情况下 SQLDependency 类只支持 Microsoft SQL Server，但是您能够通过 machine.config 和 web.config 文件替代和重新配置类。这个功能允许您创建自定义的 SQLDependency 类，为任何 DataSource（包括 Oracle、Sybase 或其他任何数据库）提供相似的功能。

⑤ 数据源缓存

在 ASP.NET 2.0 中，缓存数据的另一个方法是使用直接置入数据源的缓存机制。例如，SQLDataSource 和 ObjectDataSource 类都支持通过 EnableCaching 属性直接缓存。只需将该属性设置为 true，数据源将自动缓存从数据存储提取的数据。缓存将根据 CacheDuration 属性设定的时间或通过类似于页面级指令的 SQLCacheDependency 失效。由于在数据源控件中置入了这些功能，无需编写任何代码，您就能快速、轻松地实现缓存。

对 ASP.NET 1.1 最多的抱怨是：由于通常要将 DataSet 序列化为 XML，因此通过.NET 远程处理发送 DataSet 比发送其他序列化二进制表示形式慢。ASP.NET 2.0 将 DataSet 作为二进制序列化表示形式进行传输，以帮助减少 DataSet 的传输大小和传递信息所需的传输时间。这样便改进了 DataSet 远程处理支持。

⑥ 安全性

ASP.NET 2.0 提供的一项服务能够加密配置文件的任何部分。通过加密，您能够更安全地存储应用程序内的信息。例如，可以加密 Web.config 文件的 ConnectionString 部分来保护所有的敏感信息。配置加密允许您安全地存储像连接字符串这样的信息。

加密配置信息时，您可以使用国家标准的加密算法，例如三重 DES。因为加密数据存储在配置文件中，所以应用程序不依赖于注册表。

1.6.8　小结

ASP.NET 2.0 致力于帮助您灵活地控制数据，通过在新增的数据控件中封装功能，减少访问数据和显示数据所需的代码数量。新的数据访问模型和控件减少的数据访问代码多达 70%。现在，传统的 ASP 或 ASP.NET 1.1 应用程序中需要手动设计的许多功能都已内置到新的数据控件中了。数据访问的新体系结构也是可扩展的，是为访问多种不同的数据源数据而设计的，这些数据源包括数据库、XML 文件、平面文件、数据流，等等。作为一名企业级开发人员，您能够利用新的体系结构连接任何后端数据源，而仍然使用一个简单的前端接口。

1.7　常用服务器控件

1.7.1　标准控件

1. Label 控件

（1）控件概述

Label Web 服务器控件为您提供了一种以编程方式设置 ASP.NET 网页中文本的方法。通常当希望在运行时更改页面中的文本（如响应按钮单击）时使用 Label 控件。

Label 控件提供了一种在 ASP.NET 网页中显示文本的方法。其他选项包括以下各项：

① HTML 如果想显示静态文本，可以使用 HTML 呈现它；不需要 Label 控件。仅当需要在服务器代码中更改文本的内容或其他特性时，才使用 Label 控件；

② Literal 控件与 Label 控件类似，Literal 控件允许您以编程方式设置要在页面中显示的文本。但是，Literal 控件不支持样式属性，也不支持主题或外观；

③ 可以在设计时或者在运行时，从程序中设置 Label 控件的文本。还可以将 Label 控件的 Text 属性绑定到数据源，以在页面上显示数据库信息。

（2）如何添加控件

可以将 Label Web 服务器控件作为独立控件添加到 ASP.NET 网页上。还可以使 Label 控件成为其他控件的子控件，如在 Web 服务器控件模板中使用这些控件的步骤如下：

① 从工具箱的"标准"选项卡中，将 Label 控件拖到页面上；

② 在"属性"窗口的"外观"类别中，将该控件的 Text 属性设置为要显示的文本。可以在该属性中包括 HTML 格式设置。例如，在 Text 属性中，可以通过在文本中单个单词的两侧放置<b>标记来对其加粗，如图 1-39 所示。

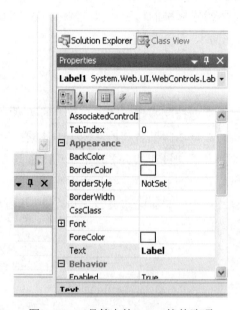

图 1-39　工具箱中的 Label 控件选项

演示如何在运行时设置 Label 控件文本的示例如下面的程序所示。无论用户在名为 TextBox1 的 TextBox 控件中输入了什么内容，该方法都会显示在 Label 控件中。

```
protected void Button1_Click(object sender, System.EventArgs e)
{
        Label1.Text = Server.HtmlEncode(TextBox1.Text;)
}
```

本节首先从一个非常有用的小控件<asp:label>开始。在 ASP.NET 中，该控件用于在 Web 页面上显示文本。它类似于 HTML 的<span>标记。有了文本控件后，就可以在 ASP.NET 代码中可视化地处理它的内容。

（3）控件的属性

label 控件与其他 HTML 窗体控件一样，也有一组可以设置的属性。runat="server"和 ID 属性用于每个 ASP.NET 控件。其他属性都是可选的，包括：

• Text：设置希望标签显示的文本；

- Visible：设置标签控件当前是否在页面上显示，其值必须是 true 或 false；
- BackColor：设置标签的背景色；
- ForeColor：设置标签的前景色；
- Height：以像素为单位设置标签的高度；
- Width：设置标签控件的宽度。

第 2 章介绍的类浏览器可以显示任何控件的所有属性。

（4）控件使用示例

一个控制使用的示例如下列程序所示。

```html
<html>
<head>


    <script language="C#" runat="server">

        void Button1_Click(Object Sender, EventArgs e) {
            Label1.Text = System.Web.HttpUtility.HtmlEncode(Text1.Text);
        }

    </script>

</head>
<body>

    <h3><font face="宋体">Label 示例</font></h3>

    <form runat="server">

        <asp:Label id="Label1" Text="Label1" Font-Name="宋体" Font-Size="10.5pt"
Width="200px" BorderStyle="solid" BorderColor="#cccccc" runat="server"/>

        <p>

        <asp:TextBox id="Text1" Text="将此文本复制到标签" Width="200px" runat="server"
/>

        <asp:Button id="Button1" Text="复制" OnClick="Button1_Click" Runat="server"/>

    </form>

</body>
</html>
```

2. Button 控件

（1）控件概述

在 ASP.NET 网页上使用 ASP.NET Button Web 服务器控件使用户可以指示已完成表单或要执行特定的命令。Web 服务器控件包括三种按钮，每种按钮在网页上显示的方式都不同。

① 按钮类型

表 1-4 列出了可以使用 Web 服务器控件创建的按钮的类型。

表 1-4　可使用Web服务器控件创建的按钮类型

控　件	说　明
Button Web 服务器控件	显示一个标准命令按钮，该按钮呈现为一个 HTML input 元素
LinkButton Web 服务器控件	呈现为页面中的一个超链接。但是，它包含使窗体被发回服务器的客户端脚本（可以使用 HyperLink Web 服务器控件创建真实的超链接）
ImageButton Web 服务器控件	允许您将一个图形指定为按钮。这对于提供丰富的按钮外观非常有用。ImageButton 控件还查明用户在图形中单击的位置，这使您能够将按钮用作图像映射

② 按钮事件

当用户单击这三种类型按钮中的任何一种时，都会向服务器提交一个窗体。这使得在基于服务器的代码中，处理网页，引发任何挂起的事件。这些按钮还可引发它们自己的 Click 事件，您可以为这些事件编写事件处理程序。

③ Button 控件和验证

如果某一页面包含 ASP.NET 验证程序控件，则在默认情况下，单击按钮控件会导致验证程序控件执行检查。如果为验证程序控件启用了客户端验证，则在验证检查失败时不会提交该页面。

表 1-5 描述了按钮控件所支持的使您可以更精确地控制验证过程的属性。

表 1-5　精确控制验证过程的属性说明

属　性	说　明
CausesValidation 属性	指定单击按钮是否还执行验证检查。将此属性设置为 false 可避免验证检查
ValidationGroup 属性	使用该属性可以指定单击按钮时调用页面上的哪些验证程序。如果未建立任何验证组，则单击按钮会调用页面上的所有验证程序

（2）按钮回发行为

当用户单击按钮控件时，该页回发到服务器。默认情况下，该页回发到其本身，在这里重新生成相同的页面并处理该页上控件的事件处理程序。

可以配置按钮以将当前页面回发到另一页面。这对于创建多页窗体可能非常有用。

默认情况下，Button 控件使用 HTML POST 操作提交页面。LinkButton 和 ImageButton 控件不能直接支持 HTML POST 操作。因此，使用这些按钮时，它们将客户端脚本添加到页面以允许控件以编程方式提交页面。（因此 LinkButton 和 ImageButton 控件要求在浏览器上启用客户端脚本。）

在某些情况下，您可能希望 Button 控件也使用客户端脚本执行回发。这在希望以编程方式操作回发（如将回发附加到页面上的其他元素）时可能非常有用。可以将 Button 控件的 UseSubmitBehavior 属性设置为 true，以使 Button 控件使用基于客户端脚本的回发。

（3）处理 Button 控件的客户端事件

Button 控件既可以引发服务器事件，也可以引发客户端事件。服务器事件在回发后发生，且这些事件在为页面编写的服务器端代码中处理。客户端事件在客户端脚本（通常为 ECMAScript (JavaScript)）中处理，并在提交页面前引发。通过向 ASP.NET 按钮控件添加客户端事件，可以执行任务（如在提交页面前显示确认对话框以及可能取消提交）。

（4）数据控件中的按钮

Button Web 服务器控件常用于数据控件（如 DataList、GridView 和 Repeater 列表控件）中。如果是这种情况，则对按钮控件的事件的响应通常应与在窗体上以独占方式使用按钮控件时不同。当用户单击数据控件中的一个按钮时，事件消息发送到该数据控件，该消息在数据控件中引发一个特定于该数据控件的事件。例如，在 DataList 控件中，一个按钮可能引发 DataList 控件的 ItemCommand 事件而不是引发 Button 控件的 Click 事件。

因为 List Web 服务器控件可以包含许多不同的按钮，所以可以设置按钮的 CommandArgument 属性，以指定一个作为事件的一部分传递的值。然后，可以测试该参数以确定哪个按钮被单击。

3. DropDownList 控件

（1）控件概述

DropDownList Web 服务器控件允许用户从预定义的列表中选择一项。它与ListBox Web 服务器控件的不同之处在于，其项列表在用户单击下拉按钮之前一直保持隐藏状态。另外，DropDownList 控件与 ListBox 控件的不同之处还在于它不支持多重选择模式。

（2）修改 DropDownList 控件的外观

可以通过以像素为单位设置 DropDownList 控件的高度和宽度来控制其外观。部分浏览器不支持以像素为单位设置高度和宽度，这些浏览器将使用行计数设置。

您无法指定用户单击下拉按钮时列表中显示的项数，所显示列表的长度由浏览器确定。

与其他 Web 服务器控件一样，您可以使用样式对象来指定 DropDownList 控件的外观。

（3）列表项

DropDownList 控件实际上是列表项的容器，这些列表项都属于ListItem类型。每一个 ListItem 对象都是带有自己属性的单独对象。表 1-6 说明了这些属性。

表 1-6 ListItem对象的属性说明

属　　性	说　　明
Text	指定在列表中显示的文本
Value	包含与某个项相关联的值。设置此属性可使您将该值与特定的项关联而不显示该值。例如，您可以将 Text 属性设置为美国某个州的名称，而将 Value 属性设置为该州的邮政区名缩写
Selected	通过一个布尔值指示是否选择了该项

若要以编程方式处理列表项,请使用 DropDownList 控件的Items集合。Items 集合是一个标准集合,您可以向它添加项对象,也可以从中删除项或清除集合等。

当前所选项可在 DropDownList 控件的SelectedItem属性中得到。

（4）事件

当用户选择一项时,DropDownList 控件将引发一个事件（SelectedIndexChanged 事件）。默认情况下,此事件不会导致将页发送到服务器,但可以通过将AutoPostBack属性设置为 true 使此控件强制立即发送。

> 注意:若要在选中 DropDownList 控件时将其发布到服务器,浏览器必须支持 ECMAScript（JScript、JavaScript）,并且用户的浏览器要启用脚本编写。

（5）控件属性

控件的属性如表 1-7 所示。

表 1-7　控件属性的说明

属　　性	说　　明
Text	指定在列表中显示的文本
Value	包含与某个项相关联的值。设置此属性可使您将该值与特定的项关联而不显示该值。例如,您可以将 Text 属性设置为美国某个州的名称,而将 Value 属性设置为该州的邮政区名缩写
Selected	通过一个布尔值指示是否选择了该项

（6）使用事例

一个控件作用的事例如以下程序所示。

```
<html>
<head>

    <script language="C#" runat="server">

      void SubmitBtn_Click(Object Sender, EventArgs e) {
         Label1.Text="您选择了: " + DropDown1.SelectedItem.Text;
      }

    </script>

</head>
<body>

    <h3><font face="宋体">DropDownList 示例</font></h3>

    <form runat=server>

      <asp:DropDownList id=DropDown1 runat="server">
         <asp:ListItem>项 1</asp:ListItem>
```

```
            <asp:ListItem>项 2</asp:ListItem>
            <asp:ListItem>项 3</asp:ListItem>
            <asp:ListItem>项 4</asp:ListItem>
            <asp:ListItem>项 5</asp:ListItem>
            <asp:ListItem>项 6</asp:ListItem>
        </asp:DropDownList>

        <asp:button text="提交" OnClick="SubmitBtn_Click" runat=server/>

        <p>

        <asp:Label id=Label1 font-name="宋体" font-size="10.5pt" runat="server">
            从列表中选择一个值
        </asp:Label>

    </form>

</body>
</html>
```

4．ListBox 控件

（1）控件概述

ListBox Web 服务器控件使用户能够从预定义的列表中选择一项或多项。它与DropDownList控件不同，可以一次显示多个项，还可以使用户选择多个项。

（2）ListBox 控件外观

ListBox 控件通常用于一次显示一个以上的项。您可以在以下几个方面控制列表的外观：

- 显示的行数。可将该控件设置为显示特定的项数。如果该控件包含比设置的项数更多的项，则显示一个垂直滚动条；
- 高度和宽度。可以以像素为单位设置控件的大小。在这种情况下，控件将忽略已设置的行数，而是显示足够多的行直至填满控件的高度。有些浏览器不支持以像素为单位设置高度和宽度，而使用行数设置。

与其他 Web 服务器控件一样，您可以使用样式对象来指定控件的外观。

（3）项

ListBox 控件是一个或多个列表项的容器。每个列表项都是一个ListItem类型的对象，具有自己的属性，对这些属性进行说明如表 1-8 所示。

表 1-8　ListBox控件的属性说明

属　　性	说　　明
Text	列表中显示的文本
Value	与某个项关联的值。设置此属性使您可以将该值与特定的项关联而不显示该值。例如，您可以将 Text 属性设置为美国某个州的名称，而将 Value 属性设置为该州的邮政区名缩写
Selected	布尔值，指示该项是否被选定

若要以编程方式处理项，请使用 ListBox 控件的Items集合。Items 集合是一个标准集合，您可以向它添加项对象，也可以从中删除项或清除集合等。

当前所选项可在 ListBox 控件的SelectedItem属性中得到。为方便使用，ListBox 控件还支持名为 SelectedItem 的属性。如果控件设置为单选模式，则该属性返回一个选择项，而不必依次通过整个 Items 集合以获取当前所选内容。

（4）单选与多选

通常，用户可以通过单击列表中的单个项来选择它。如果将 ListBox 控件设置为允许进行多重选择，则用户可以在按住 Ctrl 或 Shift 键的同时，单击以选择多个项。

（5）将数据绑定到控件

可以使用 ListBox Web 服务器控件列出使用数据源控件的页可使用的选项。ListBox 控件中的每一项分别对应数据源中的一项（通常是一行）。

控件显示来自数据源的一个字段，控件也可以绑定到第二个字段，以设置一项的值（该值并不显示）。

与其他服务器控件一样，您可以将任何控件属性（如控件的颜色或大小）绑定到数据。

（6）ListBox 事件

当用户选择一项时，ListBox 控件将引发SelectedIndexChanged事件。默认情况下，此事件不会导致将页发送到服务器，但可以通过将AutoPostBack属性设置为 true 使此控件强制立即回发。

> **注意**：若要在选中 ListBox 控件时将其发布到服务器，浏览器必须支持 ECMAScript（JScript、JavaScript），并且用户的浏览器要启用脚本撰写。

5．TextBox 控件

（1）控件概述

TextBox Web 服务器控件为用户提供了一种向 Web 窗体页中输入信息（包括文本、数字和日期）的方法。有多种方法可用于配置 TextBox Web 服务器控件，如表 1-9 所述。

表 1-9　TextBox Web服务器控件的配置说明

配　置	说　明
单行	用户只能在一行中输入信息。您还可以选择限制控件接收的字符数
密码	与单行 TextBox 控件类似，但用户输入的字符将以星号（*）屏蔽，以隐藏这些信息
Multiline	用户在显示多行并允许文本换行的框中输入信息

> **安全注意**：使用为密码设置的 TextBox 控件有助于确保其他人员观察用户输入密码时无法确知该密码。但是，输入的密码文本没有以任何方式进行加密，您应像保护任何其他机密数据那样对它进行保护。例如，为了获得最大程度的安全性，在发送其中带有密码的窗体时，可以使用安全套接字层（SSL）和加密。

（2）TextBox 事件

当用户离开 TextBox 控件时，该控件将引发TextChanged事件。默认情况下，并不立即引发该事件；而是当提交 Web 窗体页时才在服务器上引发。但您可以指定 TextBox 控件在用户离开该字段之后马上将页面提交给服务器。

TextBox Web 服务器控件并非每当用户输入一个键击就引发事件，而是仅当用户离开该控件时才引发事件。可以让 TextBox 控件引发您在客户端脚本中处理的客户端事件，这可能有助于响应单个键击。

（3）TextBox 标题

可以使用Label控件为 TextBox 控件创建标题。该标题可以定义用户按下便可导航 TextBox 控件的访问键。

（4）文本框中的自动完成

许多浏览器都支持自动完成功能，该功能可帮助用户根据以前输入的值向文本框中填充信息。自动完成的精确行为取决于浏览器。通常，浏览器根据文本框的 name 属性存储值；任何同名的文本框（即使在不同页上）都将为用户提供相同的值。有些浏览器还支持 vCard 架构，该架构允许用户使用预定义的名、姓、电话号码、电子邮件地址等值在浏览器中创建配置文件。

TextBox 控件支持AutoCompleteType属性，该属性为您提供了以下用于控制浏览器如何使用自动完成的选项：

- 禁用自动完成。如果您不想让浏览器为文本框提供自动完成功能，则可将其禁用；
- 指定 vCard 值以用作字段的自动完成值。浏览器必须支持 vCard 架构。

6. RadioButton 与 RadioButtonList 控件

（1）控件概述

可以使用两种类型的 Web 服务器控件向 Web 窗体页添加单选按钮：单个RadioButton控件或RadioButtonList控件。这两种控件都允许用户从一小组互相排斥的预定义选项中进行选择。这些控件允许您定义任意数目带标签的单选按钮，并将它们水平或垂直排列。

（2）RadioButton 控件与 RadioButtonList 控件

您可以向页面添加单个 RadioButton 控件，并单独使用这些控件。通常是将两个或多个单独的按钮组合在一起。有关更多信息，请参见向 Web 窗体页添加单个 RadioButton 控件。

与之相反，RadioButtonList 控件是单个控件，可作为一组单选按钮列表项的父控件。它派生自ListControl基类，工作方式与ListBox、DropDownList、BulletedList和CheckBoxList Web 服务器控件很相似。因此，使用 RadioButtonList 控件的很多过程与使用其他列表 Web 服务器控件的过程相同。

每类控件都有各自的优点。单个 RadioButton 控件使您可以更好地控制单选按钮组的布局。例如，您可以在各单选按钮之间加入文本（即非单选按钮文本）。

RadioButtonList 控件不允许您在按钮之间插入文本，但如果想将按钮绑定到数据源，使用这类控件要方便得多。在编写代码以检查所选定的按钮方面，它也稍微简单一些。

（3）对单选按钮分组

单选按钮很少单独使用，而是进行分组以提供一组互斥的选项。在一个组内，每次只能选择一个单选按钮。您可以用下列方法创建分组的单选按钮：

- 先向页中添加单个 RadioButton Web 服务器控件，然后将所有这些控件手动分配到一个组中；这种情况下，该组可为任意名称；具有相同组名的所有单选按钮视为单个组的组成部分；
- 向页中添加一个 RadioButtonList Web 服务器控件，该控件中的列表项将自动进行分组。

（4）单个 RadioButton 控件

单个 RadioButton 控件在用户单击该控件时引发 CheckedChanged 事件。默认情况下，这一事件并不导致向服务器发送页面，但通过将 AutoPostBack 属性设置为 true，可以使该控件强制立即发送。有关直接响应此事件的详细信息，请参见响应 RadioButton 组中的用户选择。

> 注意：若在选中 RadioButton 控件时要将其发送到服务器，浏览器必须支持 ECMAScript（JScript、JavaScript），并且用户的浏览器要启用脚本撰写功能。但无论 RadioButton 控件是否发送到服务器，通常都没有必要为 CheckedChanged 事件创建事件处理程序。相反，更常见的做法是在窗体已被某个控件（如 Button 控件）发送到服务器时测试选定了哪个按钮。

（5）RadioButton 控件 HTML 属性

在 RadioButton 控件向浏览器呈现时分为两部分：表示单选按钮的<input>元素和表示单选按钮标题的单独<label>元素。这两个元素的组合依次包含在<span>元素中。

在对 RadioButton 控件应用样式或属性设置时，这些样式和属性将应用于外部的<span>元素。例如，如果设置了控件的 BackColor 属性，这些设置将应用于<span>标记，从而对内部的<input>和<label>元素均有影响。

有时，可能需要对单选按钮和标签进行单独设置。RadioButton 控件支持两个可在运行时设置的属性：InputAttributes 属性和 LabelAttributes 属性。每个属性分别允许您向<input>和<label>元素添加 HTML 属性。设置的属性将按原样传递到浏览器。例如，下面的代码演示了如何设置<input>元素的属性，从而在用户将鼠标指针滑过它时，只有单选按钮（没有标签）更改颜色。

7. RadioButtonList 控件

与单个的 RadioButton 控件相反，RadioButtonList 控件在用户更改列表中选定的单选按钮时会引发 SelectedIndexChanged 事件。默认情况下，此事件并不导致向服务器发送窗体，但可以通过将 AutoPostBack 属性设置为 true 来指定此选项。有关详细信息，请参见响应 List Web 服务器控件中的更改。

> 注意：若在选中 RadioButtonList 控件时要将其发送到服务器，浏览器必须支持 ECMAScript（JScript、JavaScript），并且用户的浏览器要启用脚本撰写功能。

与单个的 RadioButton 控件一样，更常见的做法是在通过其他方式发送窗体之后测试 RadioButtonList 控件的状态。有关详细信息，请参见确定列表 Web 服务器控件中的选定内容。

8．将数据绑定到控件

与任何 Web 服务器控件一样，您可以将单个 RadioButton 控件绑定到数据源，还可以将 RadioButton 控件的任意属性绑定到数据源的任意字段。例如，可以用数据库中的信息设置该控件的 Text 属性。

但由于单选按钮分组使用，因此将单个单选按钮绑定到数据源的方案并不常见。相反，更常见的做法是将 RadioButtonList 控件绑定到数据源。这种情况下，数据源会为数据源中的每条记录动态生成单选按钮（列表项）。

1.7.2　数据控件

> **注意**：如果用户将控件保留为空白，则此控件将通过比较验证。若要强制用户输入值，则还要添加 RequiredFieldValidator 控件。

1．Data Web 服务器控件

（1）概述

数据绑定 Web 服务器控件是指可绑定到数据源控件，以实现在 Web 应用程序中轻松显示和修改数据的控件。数据绑定 Web 服务器控件是将其他 ASP.NET Web 控件（如 Label 和 TextBox 控件）组合到单个布局中的复合控件。例如，诸如 DetailsView 控件等数据绑定控件可绑定到一个结果集，例如，包含每个雇员的姓名、地址、职务等信息的雇员表。在 DetailsView 控件中，可以将 Label 控件绑定到单个数据值（如名称或地址字段），以便在页面中创建数据布局。使用数据绑定控件，您不仅能够将控件绑定到一个数据结果集，还能够使用模板自定义控件的布局。它们还提供用于处理和取消事件的方便模型。

本主题讨论数据 Web 服务器控件如何绑定到数据以及 ASP.NET 附带的数据绑定控件。

（2）将数据绑定 Web 服务器控件绑定到数据

可通过将一个数据绑定控件绑定到如 ObjectDataSource 或 SqlDataSource 控件等数据源控件来使用它。数据源控件连接到数据库或中间层对象等数据源，然后检索或更新数据。之后，数据绑定控件即可使用此数据。要执行绑定，应将数据绑定控件的 DataSourceID 属性设置为指向数据源控件。当数据绑定控件绑定到数据源控件时，您无需编写代码或只需很少的额外代码即可执行数据操作，因为数据绑定控件可自动利用数据源控件所提供的数据服务。

> **注意**：在 ASP.NET 的早期版本中，数据绑定控件是使用 DataSource 属性绑定到数据的，并且您需要编写代码才能处理数据的显示、分页、排序、编辑和删除等操作。虽然仍可以使用 DataSource 属性（并使用现有代码）将控件绑定到数据，但现已改为使用 DataSourceID 属性执行绑定。

① GridView 控件

GridView 控件以表的形式显示数据，并提供对列进行排序、翻阅数据以及编辑或删除单个记录的功能。

> **注意**：GridView 控件是 ASP.NET 早期版本中提供的 DataGrid 控件的后继控件。除了添加利用数据源控件功能的新功能，GridView 控件还实现了某些改进，例如，定义多个主键字段的功能、使用绑定字段和模板的改进用户界面自定义，以及用于处理或取消事件的新模型。

② DetailsView 控件

DetailsView 控件一次呈现一条表格形式的记录，并提供翻阅多条记录以及插入、更新和删除记录的功能。DetailsView 控件通常用在主/详细信息方案中，在这种方案中，主控件（如 GridView 控件）中的所选记录决定了 DetailsView 控件显示的记录。

③ FormView 控件

FormView 控件与 DetailsView 控件类似，它一次呈现数据源中的一条记录，并提供翻阅多条记录以及插入、更新和删除记录的功能。不过，FormView 控件与 DetailsView 控件之间的差别在于：DetailsView 控件使用基于表的布局，在这种布局中，数据记录的每个字段都显示为控件中的一行。而 FormView 控件则不指定用于显示记录的预定义布局。实际上，您将创建包含控件的模板，以显示记录中的各个字段。该模板包含用于设置窗体布局的格式、控件和绑定表达式。

④ Repeater 控件

Repeater 控件使用数据源返回的一组记录呈现只读列表。与 FormView 控件类似，Repeater 控件不指定内置布局，您可以使用模板创建 Repeater 控件的布局。

⑤ DataList 控件

DataList 控件以表的形式呈现数据，通过该控件，您可以使用不同的布局来显示数据记录，例如，将数据记录排成列或行的形式。您可以对 DataList 控件进行配置，使用户能够编辑或删除表中的记录。（DataList 控件不使用数据源控件的数据修改功能；您必须自己提供此代码。）DataList 控件与 Repeater 控件的不同之处在于：DataList 控件将项显式放在 HTML 表中，而 Repeater 控件则不然。

⑥ GirdView

显示表格数据是软件开发中的一个周期性任务。ASP.NET 提供了许多工具来在网格中显示表格数据，例如 GridView 控件。通过使用 GridView 控件，您可以显示、编辑和删除多种不同的数据源（如数据库、XML 文件和公开数据的业务对象）中的数据。

可以使用 GridView 来完成以下操作：

- 通过数据源控件自动绑定和显示数据；
- 通过数据源控件对数据进行选择、排序、分页、编辑和删除。

另外，还可以通过以下方式自定义 GridView 控件的外观和行为：

- 指定自定义列和样式；
- 利用模板创建自定义用户界面（UI）元素；
- 通过处理事件将自己的代码添加到 GridView 控件的功能中。

注意：GridView 控件是 DataGrid 控件的后继控件。

（3）使用 GridView 控件进行数据绑定

GridView 控件提供了两个用于绑定到数据的选项：

- 使用 DataSourceID 属性进行数据绑定，此选项让您能够将 GridView 控件绑定到数据源控件。建议使用此方法，因为它允许 GridView 控件利用数据源控件的功能并提供了内置的排序、分页和更新功能；
- 使用 DataSource 属性进行数据绑定，此选项使您能够绑定到包括 ADO.NET 数据集和数据读取器在内的各种对象。此方法需要为所有附加功能（如排序、分页和更新）编写代码。

当使用 DataSourceID 属性绑定到数据源时，GridView 控件支持双向数据绑定。除可以使该控件显示返回的数据之外，还可以使它自动支持对绑定数据的更新和删除操作。

① 在 GridView 控件中设置数据显示格式

可以指定 GridView 控件的行的布局、颜色、字体和对齐方式。可以指定行中包含的文本和数据的显示。另外，可以指定将数据行显示为项目、交替项、选择的项还是编辑模式项。GridView 控件还允许指定列的格式。有关设置 GridView 控件的格式的信息，请参见 GridView 类的概述。

② 使用 GridView 控件编辑和删除数据

默认情况下，GridView 控件在只读模式下显示数据。但该控件也支持一种编辑模式，在该模式下控件显示一个包含可编辑控件（如 TextBox 或 CheckBox 控件）的行。另外，您还可以对 GridView 控件进行配置以显示一个"Delete"按钮，用户可单击该按钮来删除数据源中相应的记录。

GridView 控件可对其关联数据源自动执行编辑和删除操作，使您无需编写代码即可启用编辑行为。或者，也可以以编程方式控制编辑和删除数据的过程（如在 GridView 控件绑定到只读数据源控件的情况下）。

您可以使用模板对当某个行处于编辑模式时使用的输入控件进行自定义。有关更多信息，请参见 TemplateField 属性。

③ GridView 排序功能

GridView 控件支持在不需要任何编程的情况下通过单个列排序。通过使用排序事件以及提供排序表达式，您可以进一步自定义 GridView 控件的排序功能。有关更多信息，请参见对 GridView Web 服务器控件中的数据进行排序。

④ GridView 分页功能

GridView 控件提供一种简单的分页功能。可以通过使用 GridView 控件的 PagerTemplate 属性来自定义 GridView 控件的分页功能。

⑤ GridView 事件

可以通过处理事件来自定义 GridView 控件的功能。GridView 控件提供在导航或编辑操作之前和之后发生的事件。

2. DetailsView Web 服务器控件

（1）概述

使用 DetailsView 控件，您可以从它的关联数据源中一次显示、编辑、插入或删除一条记录。默认情况下，DetailsView 控件将记录的每个字段显示在它自己的一行内。DetailsView 控件通常用于更新和插入新记录，并且在主/详细方案中使用。在这些方案中，主控件的选中记录决定要在 DetailsView 控件中显示的记录。即使 DetailsView 控件的数据源公开了多条记录，该控件一次也仅显示一条数据记录。

DetailsView 控件依赖于数据源控件的功能执行诸如更新、插入和删除记录等任务，但 DetailsView 控件不支持排序。

DetailsView 控件可以自动对其关联数据源中的数据进行分页，但前提是数据由支持 ICollection 接口的对象表示或基础数据源支持分页。DetailsView 控件提供用于在数据记录之间导航的用户界面（UI）。若要启用分页行为，请将 AllowPaging 属性设置为 true。

从关联的数据源选择特定的记录时，可以通过分页到该记录进行选择。由 DetailsView 控件显示的记录是当前选择的记录。

（2）使用 DetailsView 控件进行数据绑定

DetailsView 控件提供了以下用于绑定到数据的选项：

- 使用 DataSourceID 属性进行数据绑定，此选项使您能够将 DetailsView 控件绑定到数据源控件。建议使用此选项，因为它允许 DetailsView 控件利用数据源控件的功能，并提供了内置的更新和分页功能；

- 使用 DataSource 属性进行数据绑定，此选项使您能够绑定到包括 ADO.NET 数据集和数据读取器在内的各种对象。此方法需要您为任何附加功能（如更新和分页等）编写代码。

当使用 DataSourceID 属性绑定到数据源时，DetailsView 控件支持双向数据绑定。除可以使该控件显示数据之外，还可以使它自动支持对绑定数据的插入、更新和删除操作。

（3）使用 DetailsView 控件数据

DetailsView 控件绑定到数据源控件，后者接下来处理连接到数据存储区及返回所选择的数据的任务。将 DetailsView 控件绑定到数据与以声明方式设置 DataSourceID 属性一样简单。您也可以用编写代码的方式将该控件绑定到数据源。

若要启用编辑操作，请将 AutoGenerateEditButton 属性设置为 true。除呈现数据字段外，DetailsView 控件还将呈现一个"编辑"按钮。单击"编辑"按钮可使 DetailsView 控件进入编辑模式。在编辑模式下，DetailsView 控件的 CurrentMode 属性会从 ReadOnly 更改为 Edit，并且该控件的每个字段都会呈现其编辑用户界面，如文本框或复选框等。还可以使用样式、DataControlField 对象和模板自定义编辑用户界面。

> **注意**：若要使 DetailsView 控件支持编辑操作，绑定数据源必须支持对数据的更新操作。

可以将 DetailsView 控件配置为显示"删除"和"插入"按钮，以便可以从数据源删除相应的数据记录或插入一条新的数据记录。与 AutoGenerateEditButton 属性相似，如果在 DetailsView 控件上将 AutoGenerateInsertButton 属性设置为 true，该控件就会呈现一个"新建"按钮。单击"新建"按钮时，DetailsView 控件的 CurrentMode 属性会更改为 Insert。DetailsView 控件会为每个绑定字段呈现相应的用户界面输入控件，除非绑定字段的 InsertVisible 的属性设置为 false。

（4）自定义 DetailsView 控件用户界面

DetailsView 控件支持 Fields 集合属性，后者包含类型为 BoundField、CommandField 或 HyperLinkField 的 DataControlField 对象。除了 DetailsView 控件将每个字段呈现为一行而不是一列外，这在功能上与 GridView 控件的 Columns 集合相似。

与 GridView 控件一样，您可以自定义 DetailsView 控件的用户界面，方法是使用 HeaderStyle、RowStyle、AlternatingRowStyle、CommandRowStyle、FooterStyle、PagerStyle 和 EmptyDataRowStyle 这样的样式属性。

DetailsView 控件通过模板提供了其他自定义方法，使您可以更多地控制某些元素的呈现。可以为 DetailsView 控件定义自己的 EmptyDataTemplate、HeaderTemplate、FooterTemplate 和 PagerTemplate 属性。还可为通过将 TemplateField 对象添加到 Fields 集合中来为单个字段创建一个模板。

DetailsView 控件公开多个您可以处理的事件，以便执行您自己的代码。这些事件在对关联的数据源控件执行插入、更新和删除操作之前和之后引发。您还可以为 ItemCreated 和 ItemCommand 事件编写处理程序。

> **注意**：DetailsView 控件的事件模型与 GridView 控件的事件模型相似。但是，DetailsView 控件不支持选择事件，因为当前记录始终是所选择的项。

3. FormView Web 服务器控件

（1）概述

FormView 控件使您可以使用数据源中的单个记录，该控件与 DetailsView 控件相似。FormView 控件和 DetailsView 控件之间的差别在于 DetailsView 控件使用表格布局，在该布局中，记录的每个字段都各自显示为一行。而 FormView 控件不指定用于显示记录的预定义布局。实际上，您将创建一个包含控件的模板，以显示记录中的各个字段。该模板中包含用于创建窗体的格式、控件和绑定表达式。

FormView 控件通常用于更新和插入新记录，并且在主/详细方案中使用；在这些方案中，主控件的选中记录决定要在 FormView 控件中显示的记录。

FormView 控件依赖于数据源控件的功能执行，如更新、插入和删除记录的任务。即使 FormView 控件的数据源公开了多条记录，该控件一次也只显示一条数据记录。

FormView 控件可以自动对它关联数据源中的数据进行分页，一次一个记录，但前提是数据由实现 ICollection 接口的对象表示或基础数据源支持分页。FormView 控件提供了用于在记录之间导航的用户界面（UI）。若要启用分页行为，请将 AllowPaging 属性设置为 true，并指定一个 PagerTemplate 值。

FormView 控件公开您可以处理的多个事件，以便执行您自己的代码。这些事件在对关联的数据源控件执行插入、更新和删除操作之前和之后引发。您还可以为 ItemCreated 和 ItemCommand 事件编写处理程序。

> **注意：** FormView 控件的事件模型与 GridView 控件的事件模型相似。但是，FormView 控件不支持选择事件，因为当前记录始终是所选择的项。

（2）使用 FormView 控件进行数据绑定

FormView 控件提供了下面用于绑定到数据的选项：

- 使用 DataSourceID 属性进行数据绑定，此选项使您能够将 FormView 控件绑定到数据源控件。建议使用此选项，因为它允许 FormView 控件利用数据源控件的功能，并提供了内置的更新和分页功能。
- 使用 DataSource 属性进行数据绑定，此选项使您能够绑定到包括 ADO.NET 数据集和数据读取器在内的各种对象。此方法需要您为任何附加功能（如更新和分页等）编写代码。

当使用 DataSourceID 属性绑定到数据源时，FormView 控件支持双向数据绑定。除可以使该控件显示数据外，还可以使它自动支持对绑定数据的插入、更新和删除操作。

（3）创建 FormView 控件用户界面

可以通过创建模板来为 FormView 控件生成用户界面（UI）。为不同操作指定不同的模板。您可以为显示、插入和编辑模式创建一个 ItemTemplate 模板。您可以使用 PagerTemplate 模板控制分页，还可以使用 HeaderTemplate 和 FooterTemplate 模板分别自定义 FormView 控件的页眉和页脚。使用 EmptyDataTemplate 还可以指定在数据源不返回任何数据时显示的模板。

为 FormView 控件创建的项模板指定控件的内容。使用 DetailsView 控件，您还可以通过使用样式属性（如 EditRowStyle、EmptyDataRowStyle、FooterStyle、HeaderStyle、InsertRowStyle、PagerStyle 和 RowStyle 属性）自定义 FormView 控件的显示格式。

下面的示例演示使用 FormView 控件显示数据的简单的 ASP.NET 页面。

```
<%@ Page language="C#" %>
<html>
  <body>
    <form runat="server">
      <h3>FormView Example</h3>
        <table cellspacing="10">
          <tr>
            <td valign="top">

              <asp:FormView ID="ProductsFormView"
                DataSourceID="ProductsSqlDataSource"
                AllowPaging="true"
                runat="server">
```

```
            <HeaderStyle forecolor="white" backcolor="Blue" />

            <ItemTemplate>
             <table>
              <tr>
               <td align=right><B>Product ID:</B></td>
               <td><asp:Label  id="ProductIDLabel"  runat="server"  Text='<%#
Eval("ProductID") %>' /></td>
              </tr>
              <tr>
               <td align=right><B>Product Name:</B></td>
               <td><asp:Label  id="ProductNameLabel"  runat="server"  Text='<%#
Eval("ProductName") %>' /></td>
              </tr>
              <tr>
               <td align=right><B>Category ID:</B></td>
               <td><asp:Label  id="CategoryIDLabel"  runat="server"  Text='<%#
Eval("CategoryID") %>' /></td>
              </tr>
              <tr>
               <td align=right><B>Quantity Per Unit:</B></td>
               <td><asp:Label id="QuantityPerUnitLabel" runat="server" Text='<%#
Eval("QuantityPerUnit") %>' /></td>
              </tr>
              <tr>
               <td align=right><B>Unit Price:</B></td>
               <td><asp:Label  id="UnitPriceLabel"  runat="server"  Text='<%#
Eval("UnitPrice") %>' /></td>
              </tr>
             </table>
            </ItemTemplate>

            <PagerTemplate>
             <table>
              <tr>
               <td><asp:LinkButton ID="FirstButton" CommandName="Page" Command
Argument="First" Text="<<" RunAt="server"/></td>
               <td><asp:LinkButton ID="PrevButton"  CommandName="Page"  Command
Argument="Prev" Text="<" RunAt="server"/></td>
               <td><asp:LinkButton ID="NextButton"  CommandName="Page"  Command
Argument="Next" Text=">" RunAt="server"/></td>
               <td><asp:LinkButton ID="LastButton"  CommandName="Page"  Command
Argument="Last" Text=">>" RunAt="server"/></td>
              </tr>
```

```
            </table>
          </PagerTemplate>

        </asp:FormView>

      </td>
    </tr>
  </table>

  <asp:SqlDataSource ID="ProductsSqlDataSource"
    SelectCommand="SELECT ProductID, ProductName, CategoryID, QuantityPerUnit,
UnitPrice FROM [Products]"
    connectionstring="<%$ ConnectionStrings:NorthwindConnection %>"
    RunAt="server"/>

  </form>
  </body>
</html>
```

4．Repeater Web 服务器控件

（1）概述

Repeater Web 服务器控件是一个容器控件，它使您可以从页的任何可用数据中创建出自定义列表。Repeater 控件不具备内置的呈现功能，这表示用户必须通过创建模板为 Repeater 控件提供布局。当该页运行时，Repeater 控件依次通过数据源中的记录，并为每个记录呈现一个项。

由于 Repeater 控件没有默认的外观，因此可以使用该控件创建许多种列表，其中包括：

- 表布局；
- 逗号分隔的列表（如 a、b、c、d 等）；
- XML 格式的列表。

（2）配合模板使用 Repeater 控件

若要使用 Repeater 控件，请创建定义控件内容布局的模板。模板可以包含标记和控件的任意组合。如果未定义模板，或者如果模板都不包含元素，则当应用程序运行时，该控件不显示在页上。

表 1-10 描述了 Repeater 控件支持的模板。

表 1-10　Repeater控件支持的模板

模板属性	说　　明
ItemTemplate	包含要为数据源中每个数据项都要呈现一次的 HTML 元素和控件
AlternatingItemTemplate	包含要为数据源中每个数据项都要呈现一次的 HTML 元素和控件。通常，可以使用此模板为交替项创建不同的外观，例如指定一种与在 ItemTemplate 中指定的颜色不同的背景色
HeaderTemplate 和 FooterTemplate	包含在列表的开始和结束处分别呈现的文本和控件
SeparatorTemplate	包含在每项之间呈现的元素。典型的示例可能是一条直线（使用 hr 元素）

（3）将数据绑定到 Repeater 控件

必须将 Repeater 控件绑定到数据源。最常用的数据源是数据源控件，如 SQLDataSource 或 ObjectDataSource 控件。或者，可以将 Repeater 控件绑定到任何实现 IEnumerable 接口的类，包括 ADO.NET 数据集（DataSet 类）、数据读取器（SQLDataReader 类或 OleDbDataReader 类）或大部分集合。

绑定数据时，您可以为 Repeater 控件整体指定一个数据源。向 Repeater 控件添加控件时（如向模板中添加 Label 或 TextBox 控件时），可以使用数据绑定语法将单个控件绑定到数据源返回项的某个字段。下面的示例演示一个包含数据绑定 Label 控件的 ItemTemplate。

```
<%@ Page Language="C#" %>

<!DOCTYPE html PUBLIC "-//W3C//DTD XHTML 1.0 Transitional//EN"
    "http://www.w3.org/TR/xhtml1/DTD/xhtml1-transitional.dtd">
<html xmlns="http://www.w3.org/1999/xhtml">
<head id="Head1" runat="server">
  <title>ASP.NET Repeater Example</title>
</head>
<body>
  <form id="form1" runat="server">
    <div>
      <asp:Repeater ID="Repeater1" runat="server" DataSourceID="SqlDataSource1">
        <HeaderTemplate>
          <table>
            <tr>
              <th>
                Name</th>
              <th>
                Description</th>
            </tr>
        </HeaderTemplate>
        <ItemTemplate>
          <tr>
            <td bgcolor="#CCFFCC">
              <asp:Label runat="server" ID="Label1" Text='<%# Eval("CategoryName") %>' />
            </td>
            <td bgcolor="#CCFFCC">
              <asp:Label runat="server" ID="Label2" Text='<%# Eval("Description") %>' />
            </td>
          </tr>
        </ItemTemplate>
        <AlternatingItemTemplate>
          <tr>
            <td>
```

```
        <asp:Label runat="server" ID="Label3" Text='<%# Eval("CategoryName") %>' />
      </td>
      <td>
        <asp:Label runat="server" ID="Label4" Text='<%# Eval("Description") %>' />
      </td>
    </tr>
  </AlternatingItemTemplate>
  <FooterTemplate>
    </table>
  </FooterTemplate>
</asp:Repeater>
<asp:SqlDataSource ConnectionString="<%$ ConnectionStrings:NorthwindConnection
String %>"
    ID="SqlDataSource1"  runat="server"  SelectCommand="SELECT  [CategoryID],
[CategoryName],
        [Description] FROM [Categories]"></asp:SqlDataSource>
  </div>
 </form>
</body>
</html>
```

> **注意**：不能在页眉、页脚和分隔符模板中使用 Eval 数据绑定函数来绑定控件。如果这些模板中包含控件，则可以简单地静态定义这些控件的属性。

（4）Repeater 控件支持的事件

Repeater 控件支持多种事件。其中 ItemCreated 事件可让您在运行时自定义项的创建过程。ItemDataBound 事件还为您提供了自定义 Repeater 控件的能力，但需要在数据可用于检查之后。例如，如果您正使用 Repeater 控件显示任务列表，则可以用红色文本显示过期项，以黑色文本显示已完成项，以绿色文本显示其他任务。这两个事件都可用于重写来自模板定义的格式设置。

ItemCommand 事件是在响应各个项中的按钮单击时引发的。此事件被设计为允许您在项模板中嵌入 Button、LinkButton 或 ImageButton Web 服务器控件，并在发生按钮单击时得到通知。当用户单击按钮时，此事件便会被发送到按钮的容器，即 Repeater 控件。ItemCommand 事件最常见的用途是对 Repeater 控件的更新和删除行为编程。由于每个按钮单击都引发相同的 ItemCommand 事件，因此可以将每个按钮的 CommandName 属性设置为唯一的字符串值，以此来确定单击了哪个按钮。RepeaterCommandEventArgs 参数的 CommandSource 属性包含被单击按钮的 CommandName 属性。

5. DataList Web 服务器控件

（1）概述

DataList Web 服务器控件以某种格式显示数据，这种格式可以使用模板和样式进行定义。DataList 控件可用于任何重复结构的数据，如 DataList 控件可以以不同的布局显示行，可按列或行对数据进行排序。

> 注意：DataList 控件使用 HTML 表元素在列表中呈现项。若要精确地控制用于呈现列表的 HTML，请使用 Repeater Web 服务器控件，而不是 DataList 控件。

您可以选择将 DataList 控件配置为允许用户编辑或删除信息。还可以自定义该控件以支持其他功能，如选择行。

您可以使用模板通过包括 HTML 文本和控件来定义数据项的布局。例如，可以在某项中使用 Label Web 服务器控件来显示数据源中的字段。

下面各节介绍了 DataList 控件的功能。

（2）将数据绑定到控件

必须将 DataList Web 服务器控件绑定到数据源。最常用的数据源是数据源控件，如 SQLDataSource 或 ObjectDataSource 控件。或者，可以将 DataList 控件绑定到任何实现 IEnumerable 接口的类，该接口包括 ADO.NET 数据集（DataSet 类）、数据读取器（SQLDataReader 类或 OleDbDataReader 类）或大部分集合。绑定数据时，您可以为 DataList 控件整体指定一个数据源。在给此控件添加其他控件（如列表项中的标签或文本框）时，还可以将子控件的属性绑定到当前数据项的字段。

（3）为 DataList 项定义模板

在 DataList 控件中，可以使用模板定义信息的布局。

表 1-11 描述了 DataList 控件支持的模板。

表 1-11　DataList控件支持的模板

模板属性	说　明
ItemTemplate	包含一些 HTML 元素和控件，将为数据源中的每一行呈现一次这些 HTML 元素和控件
AlternatingItemTemplate	包含一些 HTML 元素和控件，将为数据源中的每两行呈现一次这些 HTML 元素和控件。通常，您可以使用此模板来为交替行创建不同的外观，例如指定一个与在 ItemTemplate 属性中指定的颜色不同的背景色
SelectedItemTemplate	包含一些元素，当用户选择 DataList 控件中的某一项时将呈现这些元素。通常，您可以使用此模板来通过不同的背景色或字体颜色直观地区分选定的行，还可以通过显示数据源中的其他字段来展开该项
EditItemTemplate	指定当某项处于编辑模式中时的布局。此模板通常包含一些编辑控件，如 TextBox 控件
HeaderTemplate 和 FooterTemplate	包含在列表的开始和结束处分别呈现的文本和控件
SeparatorTemplate	包含在每项之间呈现的元素。典型的示例可能是一条直线（使用 HR 元素）

（4）样式

若要在模板中指定项的外观，可以设置该模板的样式。例如，您可以指定以下样式：

- 在白色背景上用黑色文本呈现各项；
- 在浅灰色背景上用黑色文本呈现交替项；
- 在黄色背景上用黑色加粗文本呈现选定项；
- 在浅蓝色背景上用黑色文本呈现正在编辑的项。

每个模板支持其自己的样式对象，您可以在设计和运行时设置该样式对象的属性，可以使用如下所示的样式：

- AlternatingItemStyle；
- EditItemStyle；
- FooterStyle；
- HeaderStyle；
- ItemStyle；
- SelectedItemStyle；
- SeparatorStyle。

有关概述，请参见 ASP.NET Web 服务器控件和 CSS 样式。

（5）项的布局

DataList 控件使用 HTML 表对应用模板项的呈现方式进行布局。您可以控制各个表单元格的顺序、方向和列数，这些单元格用于呈现 DataList 项。表 1-12 描述了 DataList 控件支持的布局选项。

表 1-12 DataList控件支持的布局选项

布局选项	说　　明
流布局	在流布局中，列表项在行内呈现，如同文字处理文档中一样
表布局	在表布局中，列表项在 HTML 表中呈现。由于在表布局中可让您设置表单元格属性（如网格线），这就为您提供了更多可用于指定列表项外观的选项
垂直布局和水平布局	默认情况下，DataList 控件中的项在单个垂直列中显示。但是，可以指定该控件包含多列。如果这样，可进一步指定这些项是垂直排序（类似于报刊栏）还是水平排列（类似于日历中的日）
列数	不管 DataList 控件中的项是垂直排序还是水平排序，您都可指定列表将有多少列。这使您能够控制网页呈现的宽度，通常可避免水平滚动

（6）事件

DataList 控件支持多种事件。其中的 ItemCreated 事件可让您在运行时自定义项的创建过程。ItemDataBound 事件还为您提供了自定义 DataList 控件的能力，但要在数据可用于检查之后。例如，如果您正使用 DataList 控件显示任务列表，则可以用红色文本显示过期项，以黑色文本显示已完成项，以绿色文本显示其他任务。这两个事件都可用于重写来自模板定义的格式设置。

为了响应列表项中的按钮单击，可引发其余事件，这些事件旨在帮助您响应 DataList 控件的最常用功能，支持该类型的四个事件为：

- EditCommand；
- DeleteCommand；
- UpdateCommand；
- CancelCommand。

若要引发这些事件，可将 Button、LinkButton 或 ImageButton 控件添加到 DataList 控件的模板中，并将这些按钮的 CommandName 属性设置为某个关键字，如 edit、delete、update 或 cancel。当用户单击项中的某个按钮时，就会向该按钮的容器（DataList 控件）发送事件。按钮具体引发哪个事件将取决于所单击按钮的 CommandName 属性的值。例如，如果某个按钮的 CommandName 属性设置为 edit，则单击该按钮时将引发 EditCommand 事件。如果 CommandName 属性设置为 delete，则单击该按钮将引发 DeleteCommand 事件，依次类推。

DataList 控件还支持 ItemCommand 事件，当用户单击某个没有预定义命令（如 edit 或 delete）的按钮时将引发该事件。您可以按照如下方法将此事件用于自定义功能：将某个按钮的 CommandName 属性设置为一个自己所需的值，然后在 ItemCommand 事件处理程序中测试这个值。

（7）编辑和选择项

可允许用户编辑控件中的单个项。其他数据控件（如 GridView、DetailsView 和 FormView 控件）可与数据源控件交互，从而支持自动更新和分页。与此相反，DataList 控件不能自动利用数据源控件的更新功能以及自动分页或排序。若要使用 DataList 控件执行更新、分页和排序，必须在编写的代码中执行更新任务。

常规的策略是创建一个 EditItemTemplate，在其中提供适合于编辑的布局和控件。还必须为用户提供一种方法，以指示他们要编辑项。实现此功能的最常见的方式是，在项模板中包括一个按钮（如果正在使用项模板，则利用 AlternatingItemTemplate 属性），然后将该按钮的 CommandName 属性设置为 edit。此后，当单击该按钮时，DataList 控件将自动引发 EditCommand 事件。在为事件处理程序编写的代码中将项设置为编辑模式，这样就可以显示 EditItemTemplate。

EditItemTemplate 通常包括多个允许用户保存或放弃更改的按钮（如"更新"和"取消"按钮）。这些按钮的工作方式与"编辑"按钮类似，都是发送一条预定义命令消息（update 或 cancel）到 DataList 控件，进而引发 UpdateCommand 或 CancelCommand 事件，您可以相应地对这些事件做出响应。

使用 SelectedIndexChanged 事件选择某项的过程与此类似。将一个按钮添加到 ItemTemplate 中并将其 CommandName 属性设置为 select。然后为 SelectedIndexChanged 事件编写事件处理程序。当用户单击"选择"按钮时，将引发 SelectedIndexChanged 事件。

6．数据源服务器控件

（1）概述

ASP.NET 包含一些数据源控件，这些数据源控件允许您使用不同类型的数据源，如数据库、XML 文件或中间层业务对象。数据源控件连接到数据源，从中检索数据，并使其他控件可以绑定到数据源而无需代码。数据源控件还支持修改数据。

本主题提供有关 ASP.NET 中不同类型的数据源控件的信息。数据源控件模型是可扩展的，因此您还可以创建自己的数据源控件，实现与不同数据源的交互，或为现有的数据源提供附加功能。

（2）数据源控件比较

.NET Framework 包含支持不同数据绑定方案的数据源控件。表 1-13 描述了内置数据源控件的情况。本主题的后面部分提供了有关每种数据源控件的更多详细信息。

表 1-13　内置数据源控件的情况

数据源控件	说　　明
ObjectDataSource	允许您使用业务对象或其他类，以及创建依赖中间层对象管理数据的 Web 应用程序。支持对其他数据源控件不可用的高级排序和分页方案
SqlDataSource	允许您使用 Microsoft SQL Server、OLE DB、ODBC 或 Oracle 数据库。与 SQL Server 一起使用时支持高级缓存功能。当数据作为 DataSet 对象返回时，此控件还支持排序、筛选和分页
AccessDataSource	允许您使用 Microsoft Access 数据库。当数据作为 DataSet 对象返回时，支持排序、筛选和分页
XmlDataSource	允许使用 XML 文件，特别适用于分层的 ASP.NET 服务器控件，如 TreeView 或 Menu 控件。支持使用 XPath 表达式来实现筛选功能，并允许您对数据应用 XSLT 转换。XmlDataSource 允许您通过保存更改后的整个 XML 文档来更新数据
SiteMapDataSource	结合 ASP.NET 站点导航使用

（3）ObjectDataSource 控件

ObjectDataSource 控件使用依赖中间层业务对象来管理数据的 Web 应用程序中的业务对象或其他类。此控件旨在通过与实现一种或多种方法的对象交互来检索或修改数据。当数据绑定控件与 ObjectDataSource 控件交互以检索或修改数据时，ObjectDataSource 控件将值作为方法调用中的参数，从绑定控件传递到源对象。

源对象的数据检索方法必须返回 DataSet、DataTable 或 DataView 对象，或者返回实现 IEnumerable 接口的对象。如果数据作为 DataSet、DataTable 或 DataView 对象返回，ObjectDataSource 控件便可以缓存和筛选这些数据。如果源对象接收 ObjectDataSource 控件中的页面大小和记录索引信息，您还可以实现高级分页方案。

（4）SQLDataSource 控件

SQLDataSource 控件使用 SQL 命令来检索和修改数据。SQLDataSource 控件可用于 Microsoft SQL Server、OLE DB、ODBC 和 Oracle 数据库。

SQLDataSource 控件可将结果作为 DataReader 或 DataSet 对象返回。当结果作为 DataSet 返回时，该控件支持排序、筛选和缓存。使用 Microsoft SQL Server 时，该控件还有一个优点，那就是当数据库发生更改时，SQLCacheDependency 对象可使缓存结果无效。

（5）AccessDataSource 控件

AccessDataSource 控件是 SQLDataSource 控件的专用版本，专为使用 Microsoft Access .mdb 文件而设计。与 SQLDataSource 控件一样，可以使用 SQL 语句来定义控件获取和检索数据的方式。

（6）XmlDataSource 控件

XmlDataSource 控件可以读取和写入 XML 数据，因此您可以通过某些控件（如 TreeView 和 Menu 控件）来使用该控件。XmlDataSource 控件可以读取 XML 文件或 XML 字符串。如果该控件处理 XML 文件，它可以将修改后的 XML 写回到源文件。如果存在描述数据的架构，XmlDataSource 控件可以使用该架构来公开那些使用类型化成员的数据。

可以对 XML 数据应用 XSLT 转换，将来自 XML 文件的原始数据重新组织成更加适合要绑定到 XML 数据的控件的格式。

还可以对 XML 数据应用 XPath 表达式，该表达式允许筛选 XML 数据以便只返回 XML 树中的特定节点，或查找具有特定值的节点等。如果使用 XPath 表达式，将禁用插入新数据的功能。

（7）SiteMapDataSource 控件

SiteMapDataSource 控件使用 ASP.NET 站点地图，并提供站点导航数据。此控件通常与 Menu 控件一起使用。当通过并非专为导航而设计的 Web 服务器控件（如 TreeView 或 DropDownList 控件），使用站点地图数据自定义站点导航时，SiteMapDataSource 控件也很有用。

7．SQLDataSource Web 服务器控件

通过 SQLDataSource 控件，可以使用 Web 控件访问位于某个关系数据库中的数据，该数据库包括 Microsoft SQL Server 和 Oracle 数据库，以及 OLE DB 和 ODBC 数据源。可以将 SQLDataSource 控件和用于显示数据的其他控件（如 GridView、FormView 和 DetailsView 控件）结合使用，使用很少的代码或不使用代码就可以在 ASP.NET 网页中显示和操作数据。

SQLDataSource 控件使用 ADO.NET 类与 ADO.NET 支持的任何数据库进行交互。这类数据库包括 Microsoft SQL Server（使用 System.Data.SQLClient 提供程序）、System.Data.OleDb、System.Data.Odbc 和 Oracle（使用 System.Data.OracleClient 提供程序）。使用 SQLDataSource 控件，可以在 ASP.NET 页中访问和操作数据，而无需直接使用 ADO.NET 类。只需提供用于连接到数据库的连接字符串，并定义使用数据的 SQL 语句或存储过程即可。在运行时，SQLDataSource 控件会自动打开数据库连接，执行 SQL 语句或存储过程，返回选定数据（如果有），然后关闭连接。

（1）将 SQLDataSource 控件连接至数据源

配置 SQLDataSource 控件时，将 ProviderName 属性设置为数据库类型（默认为 System.Data.SQLClient）并将 ConnectionString 属性设置为连接字符串，该字符串包含连接至数据库所需的信息。连接字符串的内容根据数据源控件访问的数据库类型的不同而有所不同。例如，SQLDataSource 控件需要服务器名、数据库（目录）名，还需要在连接至 SQL Server 时如何对用户进行身份验证的相关信息。有关有效连接字符串的信息，请参见 SQLConnection、OracleConnection、OleDbConnection 和 Odbc Connection 类的 ConnectionString 属性主题。

如果不在设计时将连接字符串设置为 SQLDataSource 控件中的属性设置，则可以使用 ConnectionStrings 配置元素将这些字符串集中作为应用程序配置设置的一部分进行存储。这样，就可以独立于 ASP.NET 代码来管理连接字符串，包括使用 Protected Configuration 对这些字符串进行加密。下面的示例演示如何使用存储在名为 MyNorthwind 的<ConnectionStrings>配置元素中的连接字符串连接到 SQL Server Northwind 示例数据库。

```
<%@ Page language="CS" %>

<!DOCTYPE html PUBLIC "-//W3C//DTD XHTML 1.0 Transitional//EN" "http://www.w3.org/
TR/xhtml1/DTD/xhtml1-transitional.dtd">

<HTML>
```

```
<BODY>
  <FORM runat="server">
    <asp:SqlDataSource
        id="SqlDataSource1"
        runat="server"
        DataSourceMode="DataReader"
        ConnectionString="<%$ ConnectionStrings:MyNorthwind%>"
        SelectCommand="SELECT LastName FROM Employees">
    </asp:SqlDataSource>

    <asp:ListBox
        id="ListBox1"
        runat="server"
        DataTextField="LastName"
        DataSourceID="SqlDataSource1">
    </asp:ListBox>

  </FORM>
 </BODY>
</HTML>
```

（2）使用 SQLDataSource 控件发出数据命令

可为 SQLDataSource 命令指定四个命令（SQL 查询）：SelectCommand、UpdateCommand、Delete Command 和 InsertCommand。每个命令都是数据源控件的一个单独的属性。对于每个命令属性而言，可以为要执行的数据源控件指定 SQL 语句。如果数据源控件与支持存储过程的数据库相连，则可以在 SQL 语句的位置指定存储过程的名称。

可以创建参数化的命令，这些命令包括要在运行时提供的值的占位符。下面的示例演示一个典型的参数化 SQL Select 命令：

```
Select CustomerID, CompanyName From Customers Where City = @city
```

可以创建参数对象，以指定命令在运行时获取参数值的位置，如从其他控件中、从查询字符串中等。或者，可以通过编程方式指定参数值。

数据源控件在调用其对应的 Select、Update、Delete 或 Insert 方法时执行这些命令。当您调用绑定到数据源控件的页面或控件的 DataBind 方法时，将自动调用 Select 方法。如果希望数据源控件执行命令，还可以显式调用这四个方法中的任何一个。某些控件（如 GridView）可以自动调用这些方法，您无需调用这些方法或显式调用 DataBind 方法。

（3）返回 DataSet 或 DataReader 对象

SQLDataSource 控件可以返回两种格式的数据：作为 DataSet 对象或作为 ADO.NET 数据读取器。通过设置数据源控件的 DataSourceMode 属性，可以指定要返回的格式。DataSet 对象包含服务器内存中的所有数据，并允许您在检索数据后采用各种方式操作数据。数据读取器提供可获取单个记录的只读光标。通常，如果要在检索数据后对数据进行筛选、排序、分页，或者要维护缓存，可以选择返回数据集。相反，如果只希望返回数据并且正在使用页面上的控件显示该数据，则可以使用数据读取器。例如，数据读取器可用于以下情形，即返回的数据要在 ListBox、DropDownList 或 GridView 控件中显示，在这些控件中，以只读格式显示一个结果的列表。

（4）使用 SQLDataSource 控件进行缓存

SQLDataSource 控件可以缓存它已检索的数据，这样可以避免开销很大的查询操作，从而增强应用程序的性能。只要数据相对稳定，且缓存的结果小得足以避免占用过多的系统内存，就可以使用缓存。

默认情况下不启用缓存。将 EnableCaching 设置为 true，便可以启用缓存。缓存机制基于时间；您可以将 CacheDuration 属性设置为缓存数据的秒数。数据源控件为连接、选择命令、选择参数和缓存设置的每个组合维护一个单独的缓存项。

SQLDataSource 控件还可以利用 SQL Server 的缓存依赖项功能（如果您的 SQL Server 版本已提供）。使用此功能可以指定保留在缓存中的数据，这些数据一直保留到 SQL Server 在指定的表中报告更改为止。使用这种类型的缓存可以提高在 Web 应用程序中进行数据访问的性能，因为您可以最大限度地减少数据检索的次数，仅在必须获取刷新数据时执行检索。

（5）使用 SQLDataSource 控件进行筛选

如果已为 SQLDataSource 控件启用缓存，并且已将数据集指定为 Select 查询返回的数据格式，则还可以筛选数据，而无需重新运行该查询。SQLDataSource 控件支持 FilterExpression 属性，可以使用该属性指定应用于由数据源控件维护的数据的选择条件，还可以创建特殊的 FilterParameters 对象，这些对象在运行时为筛选表达式提供值，从而对筛选表达式进行参数化。

（6）使用 SQLDataSource 控件进行排序

SQLDataSource 控件支持在 DataSourceMode 设置为 DataSet 时响应绑定控件的排序请求。

1.7.3　验证控件

通过使用验证控件，可以向 ASP.NET 网页中添加输入验证。验证控件为所有常用的标准验证类型（如测试某范围内的有效日期或值）提供了一种易于使用的机制，以及自定义编写验证的方法。此外，验证控件还允许自定义向用户显示错误信息的方法。

1. RequiredFieldValidator

通过在页中添加 RequiredFieldValidator 控件并将其链接到必需的控件，可以指定某个用户在 ASP.NET 网页上的特定控件中必须提供信息。例如，您可以指定用户在提交注册窗体之前必须填写"姓名"文本框。

如果验证在客户端执行，则用户可以在使用该页时将必填字段留为空白（或保留默认值），但必须在提交页之前提供非默认值。但是，在字段中输入值之后，用户便无法清除该字段（或将其复原为默认值）。如果清除该字段，用户在离开该字段时会立即见到错误信息。在服务器端验证中，页提交之前不进行检查，因此用户在提交页后才会看到错误信息。

> 注意：必需项的验证经常和其他类型的验证结合使用。您可以根据需要对一个用户输入字段使用多个验证控件。

验证必需输入

（1）将 RequiredFieldValidator 控件添加到页中并设置下列属性，如表 1-14 所示。

表 1-14 RequiredFieldValidator控件的属性

属　　性	说　　明
ControlToValidate	用户必须为其提供值的控件的 ID
ErrorMessage, Text, Display	一些属性，用于指定在用户跳过控件时显示的错误的文字内容和位置

（2）在 ASP.NET 网页代码中添加测试，以检查有效性。

下面的示例演示带有必填字段验证的 TextBox 服务器控件的.aspx 文件。

```
<asp:Textbox id="txtLastName" runat="server"></asp:Textbox>
<asp:RequiredFieldValidator id="RequiredFieldValidator1" runat="server"
 ControlToValidate="txtLastName"
 ErrorMessage="Last name is a required field."
 ForeColor="Red">
</asp:RequiredFieldValidator>
```

2．CompareValidator

通过使用 ASP.NET 验证控件，可以使用逻辑运算符对照一个特定值来验证用户输入。例如，您可以指定用户输入必须是"1950 年 1 月 1 日"之后的日期，或一个大于等于零的整数值。或者，您还可以指定将用户输入与另一控件的值进行比较，即对照特定值进行验证。

（1）将 CompareValidator 控件添加到页中并设置下列属性，如表 1-15 所示。

表 1-15 CompareValidator控件的属性

属　　性	说　　明
ControlToValidate	用户必须为其提供值的控件的 ID
ErrorMessage, Text, Display	一些属性，用于指定在用户跳过控件时显示的错误的文字内容和位置

（2）通过设置以下属性来设置要比较的值，如表 1-16 所示。

> 注意：在对另一控件的验证完成后，将忽略其他控件中的无效值并通过验证。

表 1-16 为CompareValidator设置要比较的属性

属　　性	说　　明
ValueToCompare -或- ControlToCompare	以字符串形式输入的表达式。要与常数值进行比较，可设置 ValueToCompare 属性。要与另一个控件的值进行比较，请将 ControlToCompare 属性设置为该控件的 ID。（CompareValidator 控件将用户输入与其他控件的 ValidationProperty Attribute 指定的任何属性进行比较）。如果同时设置 ValueToCompare 和 ControlToCompare，则 ControlToCompare 优先

属　　性	说　　明
Type	要比较的两个值的数据类型。类型使用 ValidationDataType 枚举指定，该枚举允许您使用 String、Integer、Double、Date 或 Currency 类型名。在执行比较之前，值将转换为此类型
Operator	要使用的比较。指定一个运算符，该运算符使用 ValidationCompareOperator 枚举中定义的下列值之一： • Equal； • NotEqual； • GreaterThan； • GreaterThanEqual； • LessThan； • LessThanEqual； • DataTypeCheck。

（3）在代码中添加测试，以检查有效性。

下面的代码示例演示一个使用 CompareValidator 控件进行验证的 TextBox 控件。

```
<TABLE>
  <TR>
    <TD>
      <asp:Textbox id="txtAge" runat="server"></asp:Textbox>
    </TD>
    <TD>
      <asp:CompareValidator id="CompareFieldValidator1" runat="server"
        ForeColor="Red"
        ControlToValidate="txtAge"
        ValueToCompare=0
        Type="Integer"
        Operator="GreaterThanEqual"
        ErrorMessage="Please enter a whole number zero or greater.">
      </asp:CompareValidator >
    </TD>
  </TR>
</TABLE>
```

3. CompareValidator

您可以对照特定的数据类型来验证 ASP.NET 网页中的用户输入，以确保用户输入的是数字、日期等。例如，如果要在用户注册页上收集出生日期信息，您可以使用 CompareValidator 控件确保该页在提交之前其日期格式是可以识别的格式。

验证数据类型的步骤如下。

（1）将 CompareValidator 控件添加到页中并设置如表 1-17 所示的属性。

> ⓘ **注意**：如果用户将控件保留为空白，则此控件将通过比较验证。若要强制用户输入值，则还要添加 RequiredFieldValidator 控件。

表 1-17　将CompareValidator控件添加到页中要设置的属性

属　　性	说　　明
ControlToValidate	要检查其数据类型的控件的 ID
ErrorMessage, Text, Display	这些属性指定验证失败时要显示的错误的文本和位置

（2）通过设置如表 1-18 所示的属性来设置要比较的数据类型。

表 1-18　设置要比较的数据类型的属性

属　　性	说　　明
Type	要检查的数据类型。类型是使用 ValidationDataType 枚举指定的，该枚举允许您使用 String、Integer、Double、Date 或 Currency 等类型名
Operator	DataTypeCheck

（3）在 ASP.NET 网页代码中添加测试，以检查有效性。

4．RegularExpressionValidator

您可以检查用户输入是否匹配预定义的模式，例如电话号码、邮编、电子邮件地址等。要进行这一验证，需要使用正则表达式。有关正则表达式的更多信息，请参见.NET Framework 正则表达式。

对照正则表达式进行验证的步骤如下。

（1）将 RegularExpressionValidator 控件添加到页中并设置如表 1-19 所示的属性。

表 1-19　添加RegularExpressionValidator控件设置的属性

属　　性	说　　明
ControlToValidate	正在验证的控件的 ID
ErrorMessage, Text, Display	这些属性指定验证失败时要显示的错误的文本和位置

（2）通过将 ValidationExpression 属性设置为正则表达式来设置要比较的模式。

> 注意：如果您正在使用诸如 Visual Studio .NET 2005 这样的可视化设计器，您可以从 RegularExpressionValidator 控件中定义的预定义模式中选择。

如果要允许多种有效模式，请使用竖杠（|）来分隔表达式。

> 注意：在客户端验证中，使用 ECMAScript (JavaScript) 计算正则表达式。这与服务器的正则表达式检查略有不同。

（3）在 ASP.NET 网页代码中添加测试，以检查有效性。

下面的代码示例显示如何使用 RegularExpressionValidator 控件检查用户是否输入了有效的美国邮政编码。验证器检查两种模式：5 位数字和 5 位数字加连字符再加另外 4 位数字。

```
<asp:TextBox id=txtZIP runat="SERVER"></asp:TextBox>
    <asp:RegularExpressionValidator
      id=txtZIP_validation runat="SERVER"
```

```
        ControlToValidate="txtZIP"
        ErrorMessage="Enter a valid US ZIP code."
        ValidationExpression="\d{5}(-\d{4})?">
    </asp:RegularExpressionValidator>
```

5．RangeValidator

您可以使用 ASP.NET RangeValidator 控件确定用户输入是否介于特定的取值范围内，例如，介于两个数字、两个日期或字母字符之间。您可以将取值范围的上、下限设置为 RangeValidator 控件的属性。您还必须指定控件要验证的值的数据类型。如果用户输入无法转换为指定的数据类型，例如，无法转换为日期，则验证将失败。

对照取值范围进行验证的步骤如下。

（1）将 RangeValidator 控件添加到页中并设置如表 1-20 所示的属性。

表 1-20　添加 RangeValidator 设置的属性

属　　性	说　　明
ControlToValidate	用户必须为其提供值的控件的 ID
ErrorMessage, Text, Display	一些属性，用于指定在用户跳过控件时显示的错误的文字内容和位置

（2）使用 MinimumValue 和 MaximumValue 属性设置范围的上、下限的值。

（3）设置 Type 属性以指定范围设置的数据类型。使用 ValidationDataType 枚举，以便能够指定下列类型。

- String；
- Integer；
- Double；
- Date；
- Currency。

> 注意：如果用户将控件保留为空白，则此控件将通过范围验证。若要强制用户输入值，则还要添加 RequiredFieldValidator 控件。

（4）在 ASP.NET 网页代码中添加测试，以检查有效性。

6．CustomValidator

您可以对照数据库来验证用户输入，以确保用户输入的值可以识别。为此，您必须在 CustomValidator 控件中编写代码，在数据库中查找数据匹配项。

对照数据库进行验证的步骤如下。

（1）将 CustomValidator 控件添加到页中并设置如表 1-21 所示的属性。

表 1-21 添加CustomValidator控件要设置的属性

属　性	说　明
ControlToValidate	正在验证的控件的 ID
ErrorMessage, Text, Display	这些属性指定验证失败时要显示的错误的文本和位置

（2）为 CustomValidator 控件的 ServerValidate 事件创建一个事件处理程序。在事件处理程序中，添加代码查找数据库并对照数据集检查用户输入。

> **注意**：如果用户将控件保留为空白，则此控件将通过比较验证。若要强制用户输入值，则还要添加 RequiredFieldValidator 控件。

（3）在 ASP.NET 网页代码中添加测试，以检查有效性。

下面的代码示例演示如何通过在数据库表中进行查询来验证用户的输入。在此例中，将对照表中存储的电子邮件地址对用户输入的电子邮件地址进行验证。自定义验证逻辑将依次通过数据库表中的各行，该表是页中可以使用的数据集的一部分。

```
private void CustomValidator1_ServerValidate(object source, System.Web.UI.WebControls.
ServerValidateEventArgs args)
{
    DataView dv;
    DataSet dataSet11 = new DataSet();

    dv = dataSet11.Tables[0].DefaultView;
    string txtEmail;
    args.IsValid = false;    // Assume False
    // Loop through table and compare each record against user's entry
    foreach (DataRowView datarow in dv)
    {
        // Extract e-mail address from the current row
        txtEmail = datarow["Alias "].ToString();
        // Compare e-mail address against user's entry
        if (txtEmail == args.Value)
        {
            args.IsValid = true;
        }
    }
}
```

（4）自定义函数

如果现有的 ASP.NET 验证控件无法满足需求，您可以定义一个自定义的服务器验证函数，然后使用 CustomValidator 控件来调用它。您还可以通过编写 ECMAScript (JavaScript) 函数，重复服务器方法的逻辑，从而添加客户端验证，在提交页面之前检查用户输入内容。

即使使用了客户端检查，您也应该执行服务器的验证。服务器的验证有助于防止用户通过禁用或更改客户端脚本来避开验证。

使用自定义函数在服务器上验证的步骤如下。

① 将一个 CustomValidator 控件添加到页面中并设置如表 1-22 所示的属性。

表 1-22　添加 CustomValidator 控件设置的属性

属　　性	说　　明
ControlToValidate	正在验证的控件的 ID
ErrorMessage, Text, Display	这些属性指定验证失败时要显示的错误的文本和位置，以及有关的详细信息

② 为控件的 ServerValidate 事件创建一个基于服务器的事件处理程序。这一事件将被调用来执行验证。方法具有如下签名：

```
protected void ValidationFunctionName(object source, ServerValidateEventArgs args)
{

}
```

③ source 参数是对引发此事件的自定义验证控件的引用。属性 args.Value 将包含要验证的用户输入内容。如果值是有效的，则将 args.IsValid 设置为 true；否则设置为 false。

④ 下面的代码示例显示了如何创建自定义验证。事件处理程序确定用户输入是否为八个字符或更长。

```
protected void TextValidate(object source, ServerValidateEventArgs args)
{
    args.IsValid = (args.Value.Length >= 8);
}
```

⑤ 使用如下代码将事件处理程序绑定到方法。

```
<asp:textbox id=TextBox1 runat="server"></asp:textbox>
<asp:CustomValidator id="CustomValidator1" runat="server"
 OnServerValidate="TextValidate"
 ControlToValidate="TextBox1"
 ErrorMessage="Text must be 8 or more characters.">
</asp:CustomValidator>
```

1.7.4　导航控件

1. Menu Web 服务器控件

利用 ASP.NET Menu 控件，可以开发 ASP.NET 网页的静态和动态显示菜单。您可以在 Menu 控件中直接配置其内容，也可通过将该控件绑定到数据源的方式来指定其内容。

无需编写任何代码，便可控制 ASP.NET Menu 控件的外观、方向和内容。除该控件公开的可视属性外，该控件还支持 ASP.NET 控件外观和主题。

（1）静态显示和动态显示

Menu 控件具有两种显示模式：静态模式和动态模式。静态显示意味着 Menu 控件始终是完全展开的。整个结构都是可视的，用户可以单击任何部位。在动态显示的菜单中，只有指定的部分是静态的，而且只有用户将鼠标指针放置在父节点上时才会显示其子菜单项。

① 静态显示行为

使用 Menu 控件的 StaticDisplayLevels 属性可控制静态显示行为。StaticDisplayLevels 属性指示从根菜单算起，静态显示的菜单的层数。例如，如果将 StaticDisplayLevels 设置为 3，菜单将以静态显示的方式展开其前三层。静态显示的最小层数为 1，如果将该值设置为零或负数，该控件将会引发异常。

② 动态显示行为

MaximumDynamicDisplayLevels 属性指定在静态显示层后应显示的动态显示菜单节点层数。例如，如果菜单有 3 个静态层和 2 个动态层，则菜单的前三层静态显示，后二层动态显示。

如果将 MaximumDynamicDisplayLevels 设置为 0，则不会动态显示任何菜单节点。如果将 MaximumDynamicDisplayLevels 设置为负数，则会引发异常。

（2）定义菜单内容

您可以通过两种方式来定义 Menu 控件的内容：添加单个 MenuItem 对象（以声明方式或编程方式）；用数据绑定的方法将该控件绑定到 XML 数据源。

（3）手动添加菜单项

您可以通过在 Items 属性中指定菜单项的方式向控件添加单个菜单项。Items 属性是 MenuItem 对象的集合。下面的示例演示 Menu 控件的声明性标记，该控件有三个菜单项，每个菜单项有两个子项：

```
<asp:Menu ID="Menu1" runat="server" StaticDisplayLevels="3">
  <Items>
    <asp:MenuItem Text="File" Value="File">
      <asp:MenuItem Text="New" Value="New"></asp:MenuItem>
      <asp:MenuItem Text="Open" Value="Open"></asp:MenuItem>
    </asp:MenuItem>
    <asp:MenuItem Text="Edit" Value="Edit">
      <asp:MenuItem Text="Copy" Value="Copy"></asp:MenuItem>
      <asp:MenuItem Text="Paste" Value="Paste"></asp:MenuItem>
    </asp:MenuItem>
    <asp:MenuItem Text="View" Value="View">
      <asp:MenuItem Text="Normal" Value="Normal"></asp:MenuItem>
      <asp:MenuItem Text="Preview" Value="Preview"></asp:MenuItem>
    </asp:MenuItem>
  </Items>
</asp:Menu>
```

（4）用数据绑定的方法将控件绑定到 XML 数据源

利用这种将控件绑定到 XML 文件的方法，可以通过编辑此文件来控制菜单的内容，而不需要使用设计器。这样就可以在不重新访问 Menu 控件或编辑任何代码的情况下，更新站点的导航内容。如果站点内容有变化，便可使用 XML 文件来组织内容，再提供给 Menu 控件，以确保网站用户可以访问这些内容。

（5）外观和行为

可通过 Menu 控件的属性来调整该控件的行为。此外，您还可以控制动态显示行为，包括菜单节点持续显示的时间长度。例如，若要将 Menu 的方向从水平更改为垂直，则可按以下所述来设置 Orientation 属性：

```
Menu.Orientation = Orientation.Vertical;
```

将该属性设置为 Orientation.Horizontal，便可将菜单方向恢复为水平。

可以逐个设置 Menu 控件的属性来指定其外观的大小、颜色、字体和其他特性。此外，还可以对 Menu 控件应用外观和主题。

① 样式

每个菜单层都支持样式属性。如果没有设置动态样式属性，则使用静态样式属性。如果设置了动态样式属性，而没有设置静态样式属性，则使用默认的静态样式属性进行呈现。Menu 控件样式的层次结构如下所示：

- 控件；
- SubMenuStyles；
- MenuItemStyles；
- SelectedItemStyles；
- HoverMenuItemStyles。

使用下面的逻辑可跨动态和静态菜单合并这些样式：

- 各种样式分别被应用至适当的操作或项类型；
- 所有样式都被合并到层次结构中优先于这些样式的样式中，并重写最后的样式。

② 动态外观计时

设计动态菜单时需要注意的一个方面便是菜单动态显示部分从显示到消失所需的时间值。按以下方式调整 DisappearAfter 属性，可以按毫秒配置此值：

```
Menu.DisappearAfter = 1000;
```

默认值为 500 毫秒。如果将 DisappearAfter 的值设置为 0，在 Menu 控件之外暂停便会使其立即消失。将此值设置为-1 指示暂停时间无限长，只有在 Menu 控件之外单击，才会使动态部分消失。

2. TreeView 控件

TreeView Web 服务器控件用于以树形结构显示分层数据，如目录或文件目录。它支持以下功能：

- 自动数据绑定，该功能允许将控件的节点绑定到分层数据（如 XML 文档）；
- 通过与 SiteMapDataSource 控件集成提供对站点导航的支持；

- 可以显示为可选择文本或超链接的节点文本；
- 可通过主题、用户定义的图像和样式自定义外观；
- 通过编程访问 **TreeView** 对象模型，使您可以动态地创建树、填充节点以及设置属性等；
- 通过客户端到服务器的回调填充节点（在受支持的浏览器中）；
- 能够在每个节点旁边显示复选框。

（1）TreeView 节点类型

TreeView 控件由一个或多个节点构成。树中的每个项都被称为一个节点，由 TreeNode 对象表示。表 1-23 描述了三种不同的节点类型。

表 1-23　TreeView节点的类型

节点类型	说　明
根节点	没有父节点、但具有一个或多个子节点的节点
父节点	具有一个父节点，并且有一个或多个子节点的节点
叶节点	没有子节点的节点

尽管一个典型的树结构只有一个根节点，但 TreeView 控件允许您向树结构中添加多个根节点。当您要显示项目列表，但不显示单个主根节点时（如在产品类别列表中），这一功能很有用。

每个节点都具有一个 Text 属性和一个 Value 属性。Text 属性的值显示在 TreeView 控件中，而 Value 属性则用于存储有关该节点的任何附加数据（如传递给与节点相关联的回发事件的数据）。

单击 TreeView 控件的节点时，将引发选择事件（通过回发）或导航至其他页。未设置 NavigateUrl 属性时，单击节点将引发 SelectedNodeChanged 事件，您可以处理该事件，从而提供自定义的功能。每个节点还都具有 SelectAction 属性，该属性可用于确定单击节点时发生的特定操作，例如展开节点或折叠节点。若要在单击节点时不引发选择事件而导航至其他页，可将节点的 NavigateUrl 属性设置为除空字符串（""）之外的值。

（2）在 TreeView 控件中显示数据

TreeView 控件可以显示几种不同类型的数据：在控件中以声明方式指定的静态数据、绑定到控件的数据或作为对用户操作的响应，通过执行代码添加到 TreeView 控件中的数据。

① 显示静态数据

可以通过创建 TreeNode 元素集合，这些元素是 TreeView 控件的子级，在 TreeView 控件中显示静态数据。这些子元素也被称为子节点。

下面的示例演示用于 TreeView 控件的标记，该控件包含三个节点，其中两个节点具有子节点。

```
<asp:TreeView ID="MyTreeView" Runat="server">
  <Nodes>
    <asp:TreeNode Value="Child1" Expanded="True" Text="1">
      <asp:TreeNode Value="Grandchild1" Text="A" />
      <asp:TreeNode Value="Grandchild2" Text="B" />
    </asp:TreeNode>
```

```
    <asp:TreeNode Value="Child2" Text="2" />
    <asp:TreeNode Value="Child3" Expanded="True" Text="3">
      <asp:TreeNode Value="Grandchild1" Text="A" />
    </asp:TreeNode>
  </Nodes>
</asp:TreeView>
```

② 将数据绑定到 TreeView 控件

可以将 TreeView 控件绑定到支持 IHierarchicalDataSource 接口的数据源，例如 XmlDataSource 和 SiteMapDataSource 控件。此外，在绑定数据时，还可以完全控制要从数据源填充哪些字段。

③ 使用 TreeNodeCollection 以编程方式显示数据

通过编程向 TreeView 控件填充数据，可以访问 Nodes 属性（该属性将返回 TreeNodeCollection 类），TreeNodeCollection 是 TreeNode 对象的强类型集合。TreeNode 对象含有一个名为 ChildNodes 的属性。由于该属性可进一步包含 TreeNode 对象，所以 TreeNodeCollection 类是一个表示 TreeView 控件所有节点的分层数据结构。

④ 即需填充 TreeNode 数据

静态定义数据结构有时是不可行的，或者数据可能会依赖运行时收集的信息。为了动态显示数据，TreeView 控件支持动态节点填充。将 TreeView 控件配置为即需填充时，该控件将在用户展开节点时引发事件。事件处理程序检索相应数据，然后填充到用户单击的节点。若要以数据即需填充 TreeNode 对象，请将节点的 PopulateOnDemand 属性设置为 true，并创建 TreeNodePopulate 事件处理程序，以向 TreeNode 对象中填充数据。

⑤ 客户端 TreeView 节点填充

任何在浏览器功能配置文件中将 SupportsCallback 属性设置为 true 的浏览器都支持客户端节点填充。

借助客户端节点填充，TreeView 控件可以通过从客户端脚本中调用服务器的 TreeNodePopulate 事件来填充节点，而无需完全回发至服务器。有关客户端节点填充的更多信息，请参见 PopulateNodesFromClient。

⑥ 启用客户端脚本

默认情况下，在高级（Up-level）浏览器中，TreeView 控件上节点的展开-折叠功能是使用客户端脚本执行的。由于控件不需要回发至服务器来呈现新配置，所以使用客户端脚本可以提高呈现的效率。

> **注意**：如果浏览器中的客户端脚本被禁用或浏览器不支持客户端脚本，则 TreeView 控件将恢复到低级（Down-level）模式，并在每次用户单击节点时回发到服务器。

⑦ TreeView 回发

默认情况下，除非浏览器不支持客户端脚本或者 EnableClientScript 属性被设置为 false，否则 TreeView 控件将在客户端处理展开-折叠功能。如果 PopulateNodesFromClient 属性被设置为 true 并且浏览器支持客户端脚本，那么 TreeView 控件将从服务器检索数据，而不回发整页。

当 TreeView 控件处于选择模式时，每次用户单击节点时都将回发到服务器，并引发 SelectedNode

Changed 事件。

通常，您应该在 TreeView 控件处于选择模式或正在动态填充节点时处理回发事件。原因是 PopulateOnDemand 或 PopulateNodesFromClient 属性已设置为 true。

⑧ TreeNode 呈现

每个 TreeNode 对象包含四个 UI 元素，如图 1-40 所示的图像中显示了这些元素，下面还对这些元素进行了描述。

图 1-40 TreeNode UI 元素

图 1-40 中各元素的说明如下：

- 展开指示符图像   一个可选图像，指示是否可以展开节点以显示子节点。默认情况下，如果节点可以展开，此图像将为加号[+]，如果此节点可以折叠，则图像为减号[-]；
- 复选框   复选框是可选的，以允许用户选择特定节点；
- 节点图像   可以指定要显示在节点文本旁边的节点图像；
- 节点文本   节点文本是在 TreeNode 对象上显示的实际文本。节点文本的作用类似于导航模式中的超链接或选择模式中的按钮。

除了自身的属性外，TreeView 控件还支持每种节点类型的 TreeNodeStyle 控件的属性。这些样式属性将重写应用于所有节点类型的 NodeStyle 属性。

TreeView 还具有一个为所有节点指定缩进量级的 NodeIndent 属性。节点会从呈现 TreeView 控件的一侧缩进。对于从左向右呈现的区域设置而言，这是指左侧，而对于从右向左呈现的区域设置而言，这是指右侧。

当一个节点被选中或鼠标悬停于该节点上时，可对该节点应用不同的样式。当某个节点的 Selected 属性设置为 true 时，将应用 SelectedNodeStyle 属性，对于选中的节点，该属性将重写任何未选择的样式属性。当鼠标悬停于某个节点上时，将应用 HoverNodeStyle 属性。TreeNodeStyle 属性的图像如图 1-41 所示。

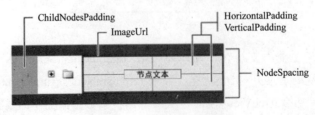

图 1-41 TreeNodeStyle 属性

图 1-41 中节点属性及其说明如下：

- NodeSpacing　　　　　指定整个当前节点与上、下相邻的节点之间的垂直间距；
- VerticalPadding　　　　指定在 TreeNode 文本顶部和底部呈现的间距；
- HorizontalPadding　　　指定在 TreeNode 文本左侧和右侧呈现的间距；
- ChildNodesPadding　　　指定 TreeNode 的子节点上方和下方的间距；
- ImageUrl　　　　　　　指定在 TreeNode 旁显示的图像的路径。

⑨ 在 TreeView 节点旁显示复选框

TreeView 控件的另一个自定义呈现功能是它可以通过使用 ShowCheckBoxes 属性在节点文本和图像之间显示复选框。显示复选框允许用户一次选择多个节点，这对于类似新闻组树结构的界面特别有用，这样用户可以一次选择并订阅多个新闻组。

⑩ 使用 ExpandDepth 属性

默认情况下，TreeView 控件将显示被展开的树的所有节点。可以将 TreeView 控件配置为最初显示到任何深度。要执行此操作，可以将 ExpandDepth 属性设置为要显示的节点级别所对应的数字。例如，如果将 ExpandDepth 属性设置为 2，那么当站点最初呈现在客户端时，将显示节点的两个级别或两个子节点。

⑪ 登录控件

众多 ASP.NET 登录控件一起为无需编程的 ASP.NET Web 应用程序提供可靠完整的登录解决方案。默认情况下，登录控件与 ASP.NET 成员资格集成，以使网站的用户身份验证过程自动化。

默认情况下，ASP.NET 登录控件以纯文本形式在 HTTP 上工作。如果您对安全性十分关注，那么可以使用带 SSL 加密的 HTTPS。

本节除已描述的 Menu Web 服务器控件和 TreeView 控件外，还将介绍如下一些导航控件，并提供指向其参考文档的链接。

3．Login 控件

Login 控件显示用于执行用户身份验证的用户界面。Login 控件包含用于用户名和密码的文本框和一个复选框，该复选框让用户指示是否需要服务器使用 ASP.NET 成员资格存储他们的标识，并且当他们下次访问该站点时自动进行身份验证。

Login 控件有用于自定义显示、自定义消息的属性和指向其他页的链接，在那些页面中用户可以更改密码或找回忘记的密码。Login 控件可用作主页上的独立控件，或者您还可以在专门的登录页上使用它。

如果您一同使用 Login 控件和 ASP.NET 成员资格，将不需要编写执行身份验证的代码。然而，如果您想创建自己的身份验证逻辑，则您可以处理 Login 控件的 Authenticate 事件并添加自定义身份验证代码。

4．LoginView 控件

使用 LoginView 控件，可以向匿名用户和登录用户显示不同的信息。该控件显示以下两个模板之一：AnonymousTemplate 或 LoggedInTemplate。在这些模板中，您可以分别添加为匿名用户和经过身份验证的用户显示适当信息的标记和控件。

LoginView 控件还包括 ViewChanging 和 ViewChanged 的事件，您可以为这些事件编写当用户登录或更改状态时的处理程序。

5．LoginStatus 控件

LoginStatus 控件为没有通过身份验证的用户显示登录链接，为通过身份验证的用户显示注销链接。登录链接将用户带到登录页。注销链接将当前用户的身份重置为匿名用户。

可以通过设置 LoginText 和 LoginImageUrl 属性自定义 LoginStatus 控件的外观。

6．LoginName 控件

如果用户已使用 ASP.NET 成员资格登录，LoginName 控件将显示该用户的登录名。或者，如果站点使用集成 Windows 身份验证，该控件将显示用户的 Windows 账户名。

7．PasswordRecovery 控件

PasswordRecovery 控件允许根据创建账户时所使用的电子邮件地址来找回用户密码。Password Recovery 控件会向用户发送包含密码的电子邮件。

您可以配置 ASP.NET 成员资格，以使用不可逆的加密来存储密码。在这种情况下，PasswordRecovery 控件将生成一个新密码，而不是将原始密码发送给用户。您还可以配置成员资格，以包括一个用户为了找回密码必须回答的安全提示问题。如果这样做，PasswordRecovery 控件将在找回密码前提问该问题并核对答案。PasswordRecovery 控件要求您的应用程序能够将电子邮件转发给简单邮件传输协议（SMTP）服务器。您可以通过设置 MailDefinition 属性自定义发送给用户的电子邮件的文本和格式。

下面的示例演示了一个在 ASP.NET 页中声明的 PasswordRecovery 控件，其 MailDefinition 属性设置用来自定义电子邮件。

```
<asp:PasswordRecovery ID="PasswordRecovery1" Runat="server"
    SubmitButtonText="Get Password" SubmitButtonType="Link">
  <MailDefinition From="administrator@Contoso.com"
    Subject="Your new password"
    BodyFileName="PasswordMail.txt" />
</asp:PasswordRecovery>
```

8．CreateUserWizard 控件

CreateUserWizard 控件收集潜在用户提供的信息。默认情况下，CreateUserWizard 控件将新用户添加到 ASP.NET 成员资格系统中。CreateUserWizard 控件收集下列用户信息：

- 用户名；
- 密码；

- 密码确认；
- 电子邮件地址；
- 安全提示问题；
- 安全答案。

此信息用来对用户进行身份验证并找回用户密码（如果需要）。

> **注意**：CreateUserWizard 控件从 Wizard 控件继承。

下面的示例演示了 CreateUserWizard 控件的一个典型 ASP.NET 声明：

```
<asp:CreateUserWizard ID="CreateUserWizard1" Runat="server"
  ContinueDestinationPageUrl="~/Default.aspx">
 <WizardSteps>
  <asp:CreateUserWizardStep Runat="server"
   Title="Sign Up for Your New Account">
  </asp:CreateUserWizardStep>
  <asp:CompleteWizardStep Runat="server"
   Title="Complete">
  </asp:CompleteWizardStep>
 </WizardSteps>
</asp:CreateUserWizard>
```

9．ChangePassword 控件

通过 ChangePassword 控件，用户可以更改其密码。用户必须首先提供原始密码，然后创建并确认新密码。如果原始密码正确，则用户密码将更改为新密码。该控件还支持发送关于新密码的电子邮件。

ChangePassword 控件包含显示给用户的两个模板化视图。第一个模板是 ChangePasswordTemplate，它显示用来收集更改用户密码所需的数据的用户界面。第二个模板是 SuccessTemplate，它定义当用户密码更改成功以后显示的用户界面。

ChangePassword 控件由通过身份验证和未通过身份验证的用户使用。如果用户未通过身份验证，该控件将提示用户输入登录名。如果用户已通过身份验证，该控件将用用户的登录名填充文本框。

10．创建登录页

可以使用 ASP.NET Login 控件创建登录页。此控件提取用户名和密码，并使用 ASP.NET 成员资格和 Forms 身份验证来验证用户的凭据以及创建身份验证票证。

创建登录页的步骤如下：

（1）创建一个使用 ASP.NET 成员资格的 ASP.NET Web 应用程序；

（2）在名为 Login.aspx 的应用程序中创建一个 ASP.NET 网页；

> 注意：默认情况下，ASP.NET Forms 身份验证配置为使用名为 Login.aspx 的页。您可以使用 LoginUrl 属性来更改应用程序的 Web.config 文件中的默认登录页名称。

（3）向页面添加 Login 控件；

（4）还可以选择将该控件的 DestinationPageUrl 属性设置为用户在登录之后将被重定向到的页的名称。如果不为 DestinationPageUrl 属性指定值，则用户在通过身份验证之后，将被重定向到最初请求的 URL。

下面的示例演示 Login 控件的标记：

```
<asp:Login
  ID="Login1"
  runat="server"
  DestinationPageUrl="~/MembersHome.aspx">
</asp:Login>
```

11. 添加登录按钮

为了使用户能够登录使用 ASP.NET 成员资格（Forms 身份验证）进行用户身份验证的 ASP.NET 应用程序，可以使用 LoginStatus 控件。LoginStatus 控件检测用户的身份验证状态。如果用户未经过身份验证，该控件将显示一个按钮，引导用户进入应用程序的登录页。如果用户已经过身份验证，LoginStatus 控件将显示一个按钮，用户可以单击该按钮来注销应用程序。

> 注意：默认情况下，ASP.NET 成员资格和 Forms 身份验证配置为与名为 Login.aspx 的页一起使用。通过在应用程序的配置文件中设置<forms>元素的 loginUrl 属性，可以更改默认登录页的名称。

默认情况下，LoginStatus 会呈现一个按钮。通过设置 LoginText 属性可以配置按钮文本。此外，还可以对 LoginStatus 控件进行配置以显示图像（ImageButton 控件）。

12. 向 ASP.NET 网页中添加登录按钮

向 ASP.NET 网页中添加登录按钮的步骤如下：

（1）向页中添加一个 LoginStatus 控件；

（2）通过设置 LoginText 和 LogoutText 属性，自定义按钮上显示的文本。

13. 添加登录或注销图像

添加登录或注销图像的步骤如下：

（1）向页中添加一个 LoginStatus 控件；

（2）将 LoginImageUrl 和 LogoutImageUrl 分别设置为要作为登录图像和注销图像显示的图像的 URL；

（3）或者，通过设置 LoginText 和 LogoutText 属性，自定义为图像显示的 alt 文本。

14. 显示当前用户的名称

您可以使用 LoginName 控件显示当前用户的名称。对于当前登录的用户，无论其标识是使用 ASP.NET 登录控件（及暗含的 ASP.NET 成员资格）还是使用集成 Windows 身份验证建立的，此控件都显示该用户的用户 ID。

> **注意**：仅当当前用户已通过身份验证时，才显示该用户的登录名。如果用户尚未登录，则不呈现该控件。

显示当前用户名可使用下面的语法在页中放置一个 LoginName 控件：

```
<asp:LoginName id="LoginName1" runat="server"
        FormatString ="Welcome, {0}" />
```

15. 启用用户注册

如果应用程序使用 ASP.NET 成员资格系统来对用户进行身份验证，则您可以使用 CreateUser Wizard 控件来允许用户在成员资格系统中创建一个新的用户项（CreateUserWizard 控件还可以供管理员用来创建新用户）。

> **注意**：如果您的 Web 应用程序使用集成 Windows 身份验证，则无法从应用程序中创建或管理用户。

启用用户注册的步骤如下：
（1）创建或编辑一个不需要权限的 ASP.NET 网页；
（2）使用下面的语法在该页中放置一个 CreateUserWizard 控件：

```
<asp:CreateUserWizard ID="CreateUserWizard1" Runat="server">
</asp:CreateUserWizard>
```

（3）将 ContinueDestinationPageUrl 属性设置为用户将在完成注册后访问的页（如您的主页或成员页）的 URL。

> **注意**：默认情况下，用户在完成注册表单后将自动登录。

16. 启用用户密码恢复

如果应用程序使用 ASP.NET 成员资格进行身份验证，可以使用 PasswordRecovery 控件在该应用程序中启用密码恢复。此时，应用程序将会向用户发送其当前的密码或新密码，具体情况视成员资格提供程序的配置方式而定。默认情况下，ASP.NET 会使用不可逆的加密方案对密码进行哈希处理，然后将新密码发送给用户。如果成员资格提供程序经过配置，可以对密码进行加密或以明文形式（不建议使用）存储密码，将会发送该用户的当前密码。

若要恢复密码，应用程序必须可以向用户发送电子邮件。因此，必须使用 SMTP 服务器的名称对应用程序进行配置，使应用程序可以向该服务器转发电子邮件。有关更多信息，请参见 SmtpClient 类和如何在 IIS 中安装和配置 SMTP 虚拟服务器的有关资料。

启用密码恢复的步骤如下：

（1）在匿名用户可以访问的站点上创建或编辑 ASP.NET 网页（如 RecoverPassword.aspx）。在经过身份验证的网站上，可以使用 location 配置元素指定可以匿名访问某页，如以下示例所示：

```
<configuration>
  <location path="RecoverPassword.aspx">
    <system.web>
      <authorization>
        <allow users="?" />
      </authorization>
    </system.web>
  </location>

  <system.web>
    <authentication mode="Forms" >
      <forms loginUrl="UserLogin.aspx" />
    </authentication>
    <authorization>
      <deny users="?" />
    </authorization>
  </system.web>
</configuration>
```

（2）将 PasswordRecovery 控件放置在页中，如以下示例所示：

```
<asp:PasswordRecovery ID="PasswordRecovery1" Runat="server">
</asp:PasswordRecovery>
```

（3）或者，配置下列模板以自定义该 PasswordRecovery 控件的外观：UserNameTemplate、QuestionTemplate 和 SuccessTemplate。

1.7.5 用户控件

1. 创建 ASP.NET 用户控件

创建 ASP.NET 用户控件的步骤如下。

（1）打开要将用户控件添加到的网站项目。如果还没有网站项目，可以创建一个。

（2）在"网站"菜单上单击"添加新项"按钮，出现"添加新项"对话框。

（3）在"添加新项"对话框中的"Visual Studio 已安装的模板"下，单击"Web 用户控件"

按钮。

（4）在"名称"框中，输入项目名称；默认情况下，将在您所输入的控件名称后追加.ascx 文件扩展名。

（5）从"语言"列表中选择要使用的编程语言。

（6）如果要将用户控件的所有代码都放置在一个单独的文件中，请选中"将代码放在单独的文件中"复选框。

（7）单击"添加"按钮。随即将创建新的 ASP.NET 用户控件，然后它将在设计器中打开。此新控件的标记与 ASP.NET 网页的标记相似，只是它包含@ Control 指令，而不含@ Page 指令，并且用户控件没有 html、body 和 form 元素。

（8）向新用户控件添加任何标记和控件，并为该用户控件将执行的所有任务（如处理控件事件或从数据源读取数据）添加代码。

有关示例 ASP.NET 用户控件的完整语法，请参见："如何创建 ASP.NET 用户控件"的资料。

2. 在网页中包括 ASP.NET 用户控件

在网页中包括 ASP.NET 用户控件的步骤如下。

（1）在 Visual Web Developer 中，打开要添加 ASP.NET 用户控件的网页。

（2）切换到"设计"视图。

（3）在"解决方案资源管理器"中选择自定义用户控件文件，并将 ASP.NET 用户控件添加到该页面上。此外，设计器会创建@ Register 指令，页面需要它来识别用户控件。现在就可以处理该控件的公共属性和方法了。

1.8 ASP.NET 3.5 的新特征

1. 内置对于 ASP.NET AJAX 的支持

ASP.NET AJAX 框架目前的版本号为 1.0，适用于 ASP.NET 2.0＋VS 2005 环境。

关于 Visual Studio 2008对于 AJAX 的支持介绍如下。

目前最新的 Visual Studio 2008 提供了对于 ASP.NET AJAX Extension 部分的内置支持，而且在如下诸方面进行了增强：

（1）对于 JavaScript 编程的智能感知（intellisense）支持；

（2）对于 ASP.NET AJAX 库提供集成的编辑器支持；

（3）针对支持 JSON 的.asmx web服务编程的智能感知支持；

（4）增强的 JavaScript 调试支持；

（5）ASP.NET AJAX 扩展器控件支持。

2．数据访问方面的新特征

如今 Web 开发领域的数据访问挑战主要体现在如下几个方面。

（1）如何检索非关系型数据，例如 XML，RSS，Web Services，REST，AD，平面型文件等。

（2）如何与普通对象（plain old object）进行交互？

（3）如何与域模型进行交互并进行相应查询？

（4）如何支持丰富数据构造与转换？如支持灵活的查询组成等。

（5）如何在强类型及动态语言情况下实现清晰干净的编码？

为此，ASP.NET 3.5 引入了重量级对象——LINQ，它提供了如下的重要支持技术：

（1）基于.NET 的查询，集合与转换操作；

（2）使数据查询成为一个核心的编程概念；

（3）可操作几乎所有类型的数据；

（4）支持关系数据库操作；

（5）支持 XML；

（6）支持普通对象（Plain old Object）操作；

（7）支持所有的.NET 语言。

此外，ASP.NET 3.5 新出炉了如下的 ASP.NET 数据控件：

（1）<asp:ListView>；

（2）<asp:LinqDataSource>；

（3）<asp:DataPager>。

上面这几个控件在数据访问方面与 LINQ 对象结合提供了丰富的支持。

3．对于 Silverlight 的支持

微软对于 silverlight 技术的直接支持网站为http://www.silverlight.net，Silverlight 是一个跨浏览器、跨平台的.NET 实现技术，适用于在下一代 Web 应用构建支持各种媒体并进而支持更为丰富的用户交互。具体来说，Silverlight 将提供如下支持与目标：

（1）Media Rich Content；

（2）交互型应用程序（Interactive Applications）；

（3）丰富的互联网应用程序（Rich Internet Applications）；

（4）此外，VS2008 还针对 Silverlight 控件提供相应的 JavaScript 智能感知语法编程支持；

（5）在示例的 ASP.NET 服务器控件中加入对于 Silverlight 的支持。

4．ASP.NET "Futures" 新特征

在以后的 ASP.NET 版本中还加入如下独立的技术支持：

（1）<asp:History>控件；

（2）<asp:Diagnostics>控件；

（3）<asp:media>控件；

（4）<asp:xaml>控件。

在新的 ASP.NET AJAX 框架中正式提供对于 CSS 控件选择器的支持新的动态数据控件。

在目前市场上，ASP.NET 3.5 中 ASP.NET MVC UI 框架还不普遍，所以在此我们不做过多介绍，有兴趣的读者可以查询相关的资料。

第 2 章

ASP.NET Web 程序设计动手实验

2.1 实验 1 创建基本的 HTML 页

2.1.1 实例说明

在本部分演练中，将创建一个网站并为其添加新页，还将添加 HTML 文本并在 Web 浏览器中运行该页。

在本演练中，您将创建一个不需要使用 Microsoft Internet 信息服务（IIS）的文件系统网站。相反，您将在本地文件系统中创建和运行页。

2.1.2 技术要点

- 创建基本的 HTML 页的基本步骤。

2.1.3 设计过程

1. 创建基本 HTML 页的设计过程

① 打开 Visual Web Developer；

② 在"文件"菜单上指向"新建"，然后单击"网站"。出现如图 2-1 所示的"新建网站"对话框。

③ 在"Visual Studio 已安装的模板"之下单击"ASP.NET 网站"。

创建网站时需要指定一个模板。每个模板创建包含不同文件和文件夹的 Web 应用程序。在本演练中，将基于"ASP.NET 网站"模板创建网站，该模板创建一些文件夹和几个默认文件。

④ 在"位置"框中选择"文件系统"框，然后输入要保存网站网页的文件夹的名称。

例如，输入文件夹名"C:\BasicWebSite"。

⑤ 在"语言"列表中单击"Visual Basic"或"Visual C#"。

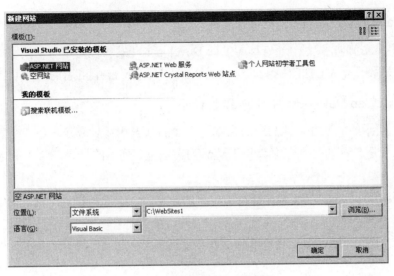

图 2-1　"新建网站"对话框

　　您选择的编程语言将是网站的默认语言。但是,可以通过使用不同的编程语言创建页和组件而在同一个 Web 应用程序中使用多种语言。

　　⑥ 单击"确定"按钮。

　　⑦ Visual Web Developer 创建该文件夹和一个名为 Default.aspx 的新页。新页创建后,Visual Web Developer 默认以"源"视图显示该页,在该视图下您可以查看页面的 HTML 元素。如图 2-2 所示的屏幕快照显示了一个默认网页的"源"视图。

图 2-2　默认页的"源"视图

2．Visual Web Developer 教程

在您继续使用页之前，先熟悉一下 Visual Web Developer 开发环境是很有用的。如图 2-3 Visual Web Developer 环境的关系图所示的插图显示了在 Visual Web Developer 中可用的窗口和工具。

3．熟悉 Visual Web Developer 中的 Web 设计器

检查如图 2-3 所示的插图并将插图中的文本与下面的列表相互对应起来，该列表描述了最常用的窗口和工具。（并不是您看到的所有窗口和工具都列在这里，列出的只是图 2-3 中标记的那些窗口和工具。）

- 工具栏。提供用于格式化文本、查找文本等的命令。一些工具栏只有在"设计"视图中工作时才可用。
- 解决方案资源管理器。显示网站中的文件和文件夹。

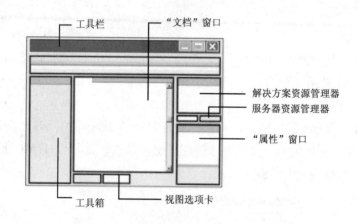

图 2-3　Visual Web Developer 环境的关系

- "文档"窗口。显示您正在选项卡式窗口中处理的文档。单击选项卡可以实现在文档间切换。
- "属性"窗口。允许您更改页、HTML 元素、控件及其他对象的设置。
- 视图选项卡。向您展示同一文档的不同视图。"设计"视图是近似 WYSIWYG 的编辑图面。"源"视图是页的 HTML 编辑器。您将在本演练的后面部分中使用这些视图。如果希望以"设计"视图打开网页，可在"工具"菜单上单击"选项"，选择"HTML 设计器"节点，并更改"起始页位置"选项。
- 工具箱。提供可以拖曳到页上的控件和 HTML 元素。工具箱元素按常用功能分组。
- 服务器资源管理器。显示数据库连接。如果服务器资源管理器在 Visual Web Developer 中不可见，请在"视图"菜单上单击"其他窗口"，然后单击"服务器资源管理器"。

注意：您可以按自己的喜好重新排列窗口和调整窗口大小。"视图"菜单允许您显示附加窗口。

4. 创建一个新的 Web 窗体页

当您创建新的网站时，Visual Web Developer 将添加一个名为 Default.aspx 的 ASP.NET 页（Web 窗体页）。您可以使用 Default.aspx 页作为网站的主页。但是在本演练中，您将创建并使用一个新页。

5. 将页添加到网站

将页添加到网站的步骤如下。

（1）关闭 Default.aspx 页。为此，右击包含文件名的选项卡并选择"关闭"。

（2）在解决方案资源管理器中，右击网站（例如，"C:\BasicWebSite"），然后单击"添加新项"。

（3）在"Visual Studio 已安装的模板"之下单击"Web 窗体"。

（4）在"名称"框中输入"FirstWebPage"。

（5）在"语言"列表中，选择您希望使用的编程语言（"Visual Basic"、"C#"或"J#"）。

（6）创建网站时您已指定了一种默认语言。但是，每次为网站创建新页或组件时，可以更改默认语言。可以在同一网站中使用不同的编程语言。

（7）清除"将代码放在单独的文件中"复选框。如图 2-4 所示的屏幕快照显示了"添加新项"对话框。

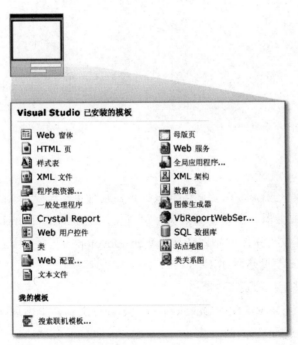

图 2-4　"添加新项"对话框

在本演练中，您将创建一个代码和 HTML 在同一页的单文件页。ASP.NET 页的代码可以在页或单独的类文件中找到。

（8）单击"添加"按钮。Visual Web Developer 创建新页并以"源"视图打开。

6. 将 HTML 添加到页

在本演练的这一部分中，您将向页中添加一些静态文本。向页中添加文本的步骤如下。

（1）在文档窗口的底部，单击"设计"选项卡以切换到"设计"视图。"设计"视图以类似 WYSIWYG 的方式显示您正在使用的页。此时，页上没有任何文本或控件，因此页是空白的。

（2）在页上输入"欢迎使用 Visual Web Developer"。如图 2-5 所示的屏幕快照显示了您在"设计"视图中输入的文本。

（3）切换到"源"视图。可以看到通过在"设计"视图中输入而创建的 HTML，屏幕快照如图 2-6 所示。

图 2-5 在"设计"视图中看到的欢迎文本

图 2-6 在"源"视图中看到的欢迎文本

7. 运行该页

在继续向该页添加控件之前，可以尝试运行该页。要运行页，需要一个 Web 服务器。在成品网站中，要使用 IIS 作为 Web 服务器。但是要测试页，可以使用 ASP.NET Development Server，它在本地运行因此不需要 IIS。对于文件系统网站，Visual Web Developer 中的默认 Web 服务器是 ASP.NET Development Server。运行该页的步骤如下。

（1）按 Ctrl+F5 组合键运行该页。

Visual Web Developer 启动 ASP.NET Development Server。工具栏上出现一个图标，指示 Visual Web Developer Web 服务器正在运行。

该页显示在浏览器中。虽然创建的页的扩展名为.aspx，但是它当前像任何 HTML 页一样运行。

> **注意：** 如果浏览器显示 502 错误或指示页无法显示的错误，可能需要配置浏览器对本地请求跳过代理服务器。

（2）关闭浏览器。

8. 添加控件和对控件编程

在本演练的这一部分中，您将向页中添加服务器控件 Button、TextBox 和 Label 控件，并编写处理 Button 控件的 Click 事件的代码。服务器控件（包括按钮、标签、文本框和其他常见控件）为 ASP.NET 网页提供了典型的窗体处理功能。但是，可以使用运行在服务器而不是客户端上的代码对控件编程。

向页中添加控件的步骤如下：

（1）单击"设计"选项卡切换到"设计"视图；

（2）按几次 Shift+Enter 组合键以留出一些空间；

（3）从"工具箱"的"标准"组中将下列三个控件拖曳到页上：TextBox 控件、Button 控件和 Label 控件；

（4）将插入点放在 TextBox 控件之上，然后输入"输入您的名字："。

此静态 HTML 文本是 TextBox 控件的标题。可以在同一页上混合放置静态 HTML 和服务器控件。如图 2-7 所示的屏幕快照显示了这三个控件在"设计"视图中是如何放置的。

9. 设置控件属性

Visual Web Developer 提供了各种方式来设置页上控件的属性。在本演练的这一部分中，您将在"设计"视图和"源"视图中设置属性。设置控件属性的步骤如下。

（1）选择 Button 控件，然后在"属性"窗口中，将"文本"设置为"显示名称"，屏幕快照如图 2-8 所示。

图 2-7　"设计"视图中的控件

图 2-8　更改的按钮控件文本

（2）切换到"源"视图。"源"视图显示该页的 HTML，包括 Visual Web Developer 为服务器控件创建的元素。控件使用类似 HTML 的语法声明，不同的是标记使用前缀 asp:并包括属性 runat="server"。

控件属性（Property）声明为属性（Attribute）。例如，当您在第（1）步中设置 Button 控件的 Text 属性（Property）时，实际是在设置该控件标记中的 Text 属性（Attribute）。

> **注意**：所有控件都在一个 \<form\> 元素之内，该元素也包含属性 runat="server"。控件标记的 runat="server" 属性和 asp: 前缀表明当页运行时它们由 ASP.NET 在服务器端进行处理。\<form runat="server"\> 和 \<script runat="server"\> 元素外部的代码由浏览器作为客户端代码解释，这就是为什么 ASP.NET 代码必须在元素内部的原因。

（3）将插入点放在 \<asp:label\> 标记内的空白处，然后按空格键。将出现一个下拉列表，该列表显示可以为 Label 控件设置的属性列表。此功能（称为 IntelliSense）在"源"视图中帮助您了解服务器控件、HTML 元素和页上其他项的语法。屏幕快照如图 2-9 所示，显示了 Label 控件的 IntelliSense 下拉列表。

图 2-9 "标签"控件的 IntelliSense 下拉列表

（4）选择 ForeColor，然后输入一个等号（=）。IntelliSense 将显示一个颜色列表。

> **注意**：以在任何时候按 Ctrl+J 组合键来显示 IntelliSense 下拉列表。

（5）为 Label 控件的文本选择一种颜色，ForeColor 属性由您选择的颜色决定。

10．对 Button 控件编程

在本演练中，您将编写实现下列功能的代码：读取用户输入到文本框中的名称，并将其显示在 Label 控件中。添加默认按钮事件处理程序的步骤如下：

（1）切换到"设计"视图；

（2）双击 Button 控件。

Visual Web Developer 切换到"源"视图，并为 Button 控件的默认事件（Click 事件）创建一个主干事件处理程序。

注意： 在 "设计" 视图中双击控件只是创建事件处理程序的一种方法。

（3）在处理程序内输入 Label1。Visual Web Developer 显示一个 Label 控件的可用成员的列表，屏幕快照如图 2-10 所示。

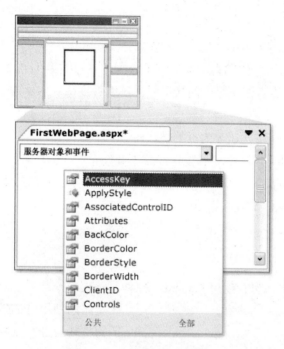

图 2-10　可用的 Label 控件成员

（4）完成该按钮的 **Click** 事件处理程序，如下面的代码示例所示。

C#	复制代码

```csharp
protected void Button1_Click(object sender, System.EventArgs e)
{
    Label1.Text = TextBox1.Text + ", welcome to Visual Web Developer!";
}
```

（5）向下滚动到<asp:Button>元素。注意，<asp:Button>元素现在具有属性 OnClick= "Button1_Click"。此属性将按钮的 Click 事件绑定到第（4）步中您编写的处理程序方法。

事件处理程序方法可以具有任意名称；您看到的名称是 Visual Web Developer 创建的默认名称。重要的是 OnClick 属性的名称必须与页中某个方法的名称匹配。

注意： 如果您使用 Visual Basic 代码分离，Visual Web Developer 不会添加一个显式的 **OnClick** 属性。相反，是通过在处理程序声明本身中使用 Handles 关键字来将该事件绑定到处理程序方法的。

11．运行该页

现在可以测试页上的服务器控件了，运行该页的步骤如下。

（1）按 Ctrl+F5 组合键在浏览器中运行该页。

该页再次使用 ASP.NET Development Server 运行。

（2）在文本框中输入名称并单击按钮。

输入的名称显示在 Label 控件中。注意，当您单击该按钮时，该页将被发送到 Web 服务器。然后 ASP.NET 重新创建该页，运行您的代码（本例中运行的是 Button 控件的 Click 事件处理程序），再后将新页发送到浏览器。如果查看浏览器中的状态栏，可以看到每次您单击该按钮，该页都将往返 Web 服务器一次。

（3）在浏览器中，查看您正在运行的页的源代码。

在页的源代码中，看到的只是普通 HTML；看不到您正在"源"视图中使用的 <asp:> 元素。当页运行时，ASP.NET 会处理服务器控件，并将执行表示控件功能的 HTML 元素呈现到页上。例如，<asp:Button> 控件作为 HTML 元素 <input type="submit"> 呈现。

（4）关闭浏览器。

12．使用附加控件

在本演练的这一部分中，您将使用 Calendar 控件，该控件一次显示一个月的日期。Calendar 控件是比您使用过的按钮、文本框和标签更加复杂的控件，并且阐释了服务器控件的一些其他功能。

在本节中，您将向页中添加一个 Calendar 控件并为其设置格式。

添加"日历"控件的步骤如下。

（1）在 Visual Web Developer 中，切换到"设计"视图。

（2）从"工具箱"的"标准"部分中，将一个 Calendar 控件拖曳到页上，显示该日历的智能标记面板。该面板显示一些命令，这些命令使您能够很容易地对选定控件执行一些最常见的任务。如图 2-11 所示的屏幕快照显示了在"设计"视图中呈现的 Calendar（日历）控件。

（3）在智能标记面板中，选择"自动套用格式"，便显示"自动套用格式"对话框，如图 2-12 所示。该对话框允许您为该日历选择一种格式设置方案。

图 2-11 "设计"视图中的"日历"控件

（4）从"选择方案"列表中选择"简单"，然后单击"确定"按钮。

（5）切换到"源"视图。

图 2-12　"日历"控件的"自动套用格式"对话框

您会看到<asp:Calendar>元素。此元素比您先前创建的简单控件的元素要长很多。它还包含表示各种格式设置的子元素，如<WeekEndDayStyle>。如图 2-13 所示的屏幕快照显示了"源"视图中的 Calendar 控件，即"日历"控件。

图 2-13　"源"视图中的"日历"控件

13. 对"日历"控件编程

在本节中，您将对 Calendar 控件编程以显示当前选定的日期。

对"日历"控件编程的步骤如下。

（1）从"源"视图顶部左侧的下拉列表中，选择"Calendar1"。

该下拉列表显示一个可为其编写代码的所有对象的列表。

（2）从右侧的下拉列表中，选择"SelectionChanged"。

Visual Web Developer 为 Calendar 控件的 SelectionChanged 事件创建一个主干事件处理程序。

现在您已经看到了为控件创建事件处理程序的两种方式。第一种是在"设计"视图中双击控件。第二种是在"源"视图中使用下拉列表选择对象和要为其编写代码的事件。

（3）使用下面突出显示的代码完成 SelectionChanged 事件处理程序。

复制代码

C#   复制代码

```csharp
Protected void Calendar1_SelectionChanged(object sender, System.EventArgs e)
{
    Label1.Text = Calendar1.SelectedDate.ToString();
}
```

14. 运行该页

现在可以测试日历了。运行该页的步骤如下。

（1）按 Ctrl+F5 组合键在浏览器中运行该页。

（2）单击日历中的一个日期。

您单击的日期显示在 Label 控件中。

（3）在浏览器中查看该页的源代码。

> 注意：Calendar 控件已作为表格呈现给该页，每一天都作为一个包含<a>元素的<td>元素。

（4）关闭浏览器。

2.2 实验 2 创建代码分离的 ASP.NET 页面

2.2.1 实例说明

创建 ASP.NET 网页并在其中编写代码时，可以从两种用于管理可见元素（控件、文本）和编程代码的模型中进行选择。在单文件模型中，可见元素和代码保存在同一文件中。在另一种称为"代码分离"的模型中，可见元素在一个文件中，代码在另一个称为"代码隐藏"的文件中。本演练介绍使用代码分离的网页。

2.2.2　技术要点

- 创建代码分离的 ASP.NET 页面的基本步骤。

2.2.3　设计过程

1．创建新页

创建新网站时，Visual Web Developer 会添加一个名为 Default.aspx 的页。默认情况下，Visual Web Developer 创建使用代码分离的页。

向网站添加使用代码分离的页的步骤如下。

（1）关闭 Default.aspx 页。若要关闭，请右击带有该文件名的选项卡，然后选择"关闭"。

（2）在解决方案资源管理器中，右击相应的网站（例如 C:\WebSites），然后选择"添加新项"。

（3）在"Visual Studio 已安装的模板"之下选择"Web 窗体"。

（4）在"名称"框中输入 WebPageSeparated。

（5）从"语言"列表中选择希望使用的编程语言（Visual Basic 或 C#）。

（6）验证已选择了"将代码放在单独的文件中"复选框。

默认情况下，该复选框是选中的。

（7）单击"添加"按钮。

Visual Web Developer 创建两个文件。一个文件 WebPageSeparated.aspx 将包含页的文本和控件，并在编辑器中打开。另一个文件 WebPageSeparated.aspx.vb 或 WebPageSeparated.aspx.cs（取决于所选择的编程语言）是代码文件。通过单击 WebPageSeparated.aspx 文件旁的加号（+），可以在解决方案资源管理器中看到这两个文件；代码文件已创建但没有打开，将在本演练稍后部分编写代码时打开它。

2．将 HTML 添加到页

在本部分演练中，将向 WebPageSeparated.aspx 页添加一些静态 HTML 文本。

（1）向页中添加文本的步骤如下。

① 单击文档窗口底部的"设计"选项卡切换到"设计"视图。"设计"视图以类似"所见即所得"的方式显示所处理的页。此时，页上没有任何文本或控件，因此页是空白的。

② 输入文本"欢迎使用采用代码分离的 Visual Web Developer"。

③ 切换到"源"视图。

可以看到通过在"设计"视图中输入创建的 HTML。在此阶段，该页看起来类似普通的 HTML 页。唯一的区别在于该页顶部的<%@ page %>指令。

（2）向页中添加控件的步骤如下。

① 单击"设计"选项卡切换到"设计"视图。

② 按几次 Enter 键留出一些空间。

③ 从"工具箱"的"标准"组中,将三个控件拖曳到该页上: TextBox 控件、Button 控件和 Label 控件。

④ 将插入指针放在文本框前,并输入**"输入您的姓名:"**。

此静态 HTML 文本是 TextBox 控件的标题。可以在同一页上混合放置静态 HTML 和服务器控件。

(3)设置控件属性

Visual Web Developer 提供了各种方式来设置页上控件的属性。在本部分演练中,将在"设计"视图和"源"视图中处理属性。设置控件属性的步骤如下。

① 选择 Button 控件,在"属性"窗口中将其 Text 属性设置为**"显示名称"**。

② 切换到"源"视图。"源"视图显示该页的 HTML,包括 Visual Web Developer 为服务器控件创建的元素。控件使用类似 HTML 的语法声明,不同的是标记使用前缀 asp: 并包括属性 runat="server"。

控件属性(Property)声明为属性(Attribute)。例如,在步骤①中设置按钮的 Text 属性(Property)时,实际是在设置控件标记中的 Text 属性(Attribute)。

> **注意:** 所有控件都在一个也具有 runat="server"属性的<form>元素中。控件标记的 runat= "server"属性和 asp: 前缀标记控件,因此该页运行时 ASP.NET 可处理这些控件。

3. 对 Button 控件编程

对于本演练,将编写代码,读取用户在文本框中输入的名称,然后在 Label 控件中显示该名称。

(1)添加默认按钮事件处理程序

添加默认按钮事件处理程序的步骤如下。

① 切换到"设计"视图。

② 双击 Button 控件。Visual Web Developer 在编辑器的单独窗口中打开 WebPageSeparated.aspx.vb 或 WebPageSeparated. aspx.cs 文件。文件包含按钮的主干 Click 事件处理程序。

③ 通过添加下面突出显示的代码完成 Click 事件处理程序。

|Visual Basic|复制代码|

```
Protected Sub Button1_Click(ByVal sender As Object, _
    ByVal e As System.EventArgs)
        Label1.Text = Textbox1.Text & ", welcome to Visual Web Developer!"
End Sub
```

|C#|复制代码|

```
protected void Button1_Click(object sender, System.EventArgs e)
{
    Label1.Text = TextBox1.Text + ", welcome to Visual Web Developer!";
}
```

④ 注意,输入时 IntelliSense 会提供上下文相关的选择向您提供帮助,这和在单文件页中编写代码时的行为相同。

（2）检查页和代码文件

检查页和代码文件的步骤如下。

① 单击编辑器窗口顶部的"WebPageSeparated.aspx"选项卡，切换到该页文件。

② 切换到"源"视图。

该页顶部是一条将此页绑定到代码文件的@ page 指令，该指令看起来类似下面的代码。

Visual Basic   复制代码

```
<%@ Page Language="VB" AutoEventWireup="false" CodeFile="WebPageSeparated.aspx.vb"
Inherits="WebPageSeparated" %>
```

C#   复制代码

```
<%@ Page Language="C#" AutoEventWireup="true" CodeFile="WebPageSeparated.aspx.cs"
Inherits="WebPageSeparated" %>
```

（编辑器中不换行，语言属性和文件名扩展将匹配所选择的编程语言。）

页运行时，ASP.NET 动态创建表示页的类的实例。Inherits 属性标识在从中派生.aspx 页的代码隐藏文件中定义的类。默认情况下，Visual Web Developer 使用页名称作为代码隐藏文件中的类名称的基础。

CodeFile 属性标识此页的代码文件。简单地说，代码隐藏文件包含页的事件处理代码。

③ 单击"WebPageSeparated.aspx.vb"或"WebPageSeparated.aspx.cs"选项卡切换到代码文件。

代码文件包含类似类定义的代码。但是，它不是完整的类定义；而是一个"分部类"，其中仅包含用于组成页的完整类的一部分。具体来说，代码文件中定义的分部类包含事件处理程序和您编写的其他自定义代码。运行时，ASP.NET 生成包含用户代码的另一个分部类。然后这一完整类用作呈现页的基类。有关更多信息，请参见 ASP.NET 页类概述的资料。

2.3　实验 3　网页中的基本数据访问

2.3.1　实例说明

如何使用专门设计用于数据访问的控件创建一个简单的数据绑定页。

2.3.2　技术要点

- 创建数据访问页的基本步骤。

2.3.3　设计过程

1. 创建网站

添加显示数据的 GridView 控件的步骤如下。

（1）在 Visual Web Developer 中，切换到"设计"视图中。

（2）从"工具箱"的"数据"文件夹中，将 GridView 控件拖曳到页面上。

（3）如果未显示"GridView 任务"快捷菜单，则右击 GridView 控件，然后单击"显示智能标记"。

（4）在"GridView 任务"菜单上的"选择数据源"列表中，单击"<新建数据源>"，出现如图 2-14 所示的"数据源配置向导"对话框。

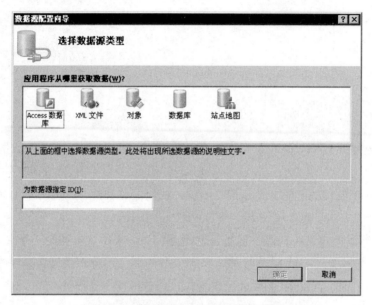

图 2-14 "数据源配置向导"对话框

（5）单击"数据库"。

（6）这将指定您要从支持 SQL 语句的数据库中获取数据。此类数据库包括 SQL Server 和其他与 OLE-DB 兼容的数据库。

（7）在"为数据源指定 ID"框中，将显示默认的数据源控件名称（"SQLDataSource1"），可以保留此名称。

（8）单击"确定"按钮。

（9）随即会显示"配置数据源"向导，其中显示了一个可在其中选择连接的页面，如图 2-15 所示。

在"配置数据源"向导中的操作步骤如下。

（1）单击"新建连接"按钮。

（2）在"选择数据源"对话框的"数据源"下，单击"Microsoft SQL Server"，然后单击"继续"按钮。

（3）出现"添加连接"对话框。

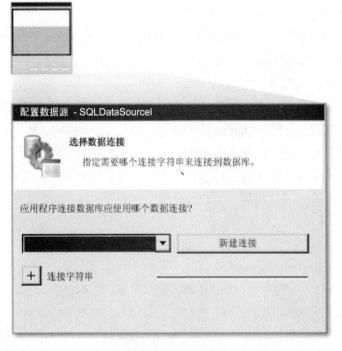

图 2-15　"配置数据源"向导

（4）在"服务器名"框中，输入要使用的 SQL Server 的名称，如图 2-16 所示。

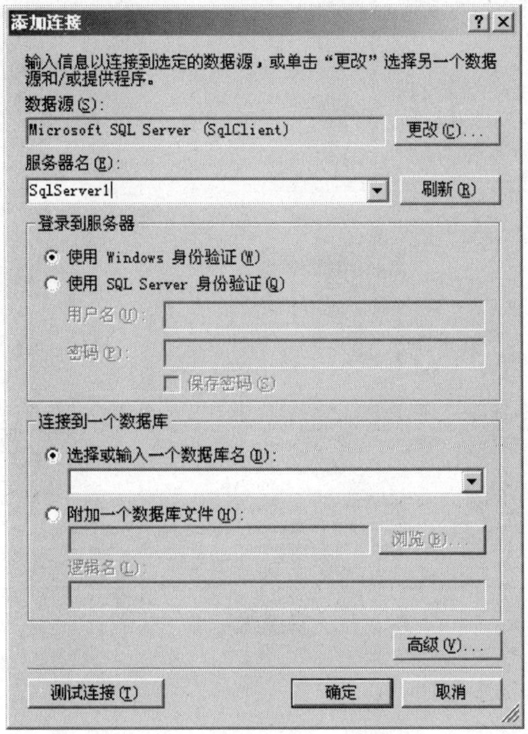

图 2-16　"添加连接"对话框

在"添加连接"对话框中的操作步骤如下。

（1）在登录凭据中，选择可用于访问 SQL Server 数据库的选项（集成安全性或特定的 ID 和密码），并在需要时输入一个用户名和密码。

（2）单击"选择或输入数据库名"，然后输入"Northwind"。

（3）单击"测试连接"按钮，并在确定该连接生效后单击"确定"按钮。

（4）随即会显示"配置数据源- <DataSourceName>"向导，如图 2-17 所示，其中填充了连接信息。

（5）单击"下一步"按钮。

（6）该向导显示一页，从该页中您可以选择将连接字符串存储到配置文件中。将连接字符串存储在配置文件中有两个优点：一是比将连接字符串存储在页面中更安全，二是可以在多个页中重复使用同一连接字符串。

（7）确保选中"是，将此连接另存为"复选框，然后单击"下一步"按钮。（可以保留默认连接字符串名称"NorthwindConnectionString"。）

（8）该向导显示一页，从该页中可以指定要从数据库中获取的数据。

（9）在"指定来自表或视图的列"下的"名称"列表中，单击"Customers"。

（10）在"列"下，选择"CustomerID"、"CompanyName"和"City"复选框。

（11）该向导随即会出现，并在该页底部的框中显示正在创建的 SQL 语句。

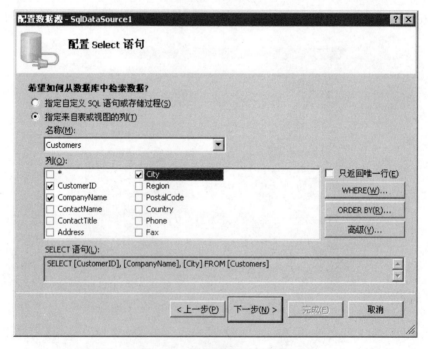

图 2-17 "配置数据源"向导

"配置数据源"向导的操作步骤如下。

（1）单击"下一步"按钮。

（2）单击"测试查询"以确保正在获取的是所需数据。

（3）单击"完成"按钮。

该向导随即会关闭，您将返回到页面上。通过运行该向导，完成了下列两项任务：

- 该向导创建并配置了一个 SQLDataSource 控件（名为"SQLDataSource1"），该控件包括指定的连接和查询信息；
- 该向导将 GridView 控件绑定到了 SQLDataSource。因此，GridView 控件将显示 SQLDataSource 控件所返回的数据。

如果查看 SQLDataSource 控件的属性，可以看到该向导已为 ConnectionString 和 SelectQuery 属性创建了相应的属性值。

2．添加排序和分页

在"设计"视图中，添加排序和分页的步骤如下。

（1）在"设计"视图中，右击 GridView 控件，然后单击"显示智能标记"。

（2）在"GridView 任务"快捷菜单上，选择"启用排序"复选框。

（3）GridView 控件中的列标题随即将更改为链接。

（4）在"GridView 任务"菜单上，选择"启用分页"复选框。

（5）随即会向 GridView 控件添加带有页码链接的页脚。

（6）（可选）使用"属性"将 PageSize 属性值从 10 更改为较小的页大小。

（7）按 Ctrl+F5 组合键运行该页。

（8）您将能够通过单击某一列标题按该列的内容排序。如果数据源中所包含的记录数大于 GridView 控件的页大小，您将可以使用 GridView 控件底部的页导航链接在各页之间移动。

（9）关闭浏览器。

3．添加筛选

通常，您希望在页上仅显示选定的数据。在本部分演练中，您将修改 SQLDataSource 控件的查询，以便用户可以选择特定城市的客户记录。

首先，您将使用一个 TextBox 控件创建一个文本框，用户可以在该文本框中输入城市名称。然后，您将更改查询以包含参数化筛选（WHERE 子句）。在该过程中，您将为 SQLDataSource 控件创建一个参数元素。该参数元素确定 SQLDataSource 控件将如何为其参数化查询（从该文本框）获取值。

在完成这一部分演练后，该页在"设计"视图中应类似于下面的形式，如图 2-18 所示。

添加筛选的具体步骤如下。

（1）从"工具箱"的"标准"组中，将一个 TextBox 控件和一个 Button 控件拖到该页上。

（2）Button 控件只用于将该页发送到服务器，无需为该控件编写任何代码。

（3）在 TextBox 控件的"属性"中，将"ID"设置为"textCity"。

（4）如果需要，在该文本框之前输入"城市"或类似的文本以用作标题。

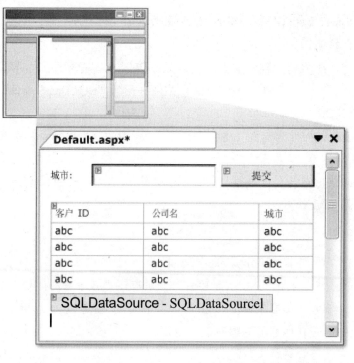

图 2-18 "设计"视图中的结构

（5）在 Button 控件的"属性"中，将"文本"设置为"提交"。

（6）右击 SQLDataSource 控件，然后单击"显示智能标记"。

（7）在"SQLDataSource 任务"菜单上单击"配置数据源"。

（8）随即会显示"配置数据源-<Datasourcename>"向导。

（9）单击"下一步"按钮。

（10）该向导显示当前为 SQLDataSource 控件配置的 SQL 命令。

（11）单击"WHERE"。

（12）出现"添加 WHERE 子句"页面，如图 2-19 所示。

（13）在"列"列表中单击"City"。

（14）在"运算符"列表中单击"="。

（15）在"源"列表中单击"控件"。

（16）在"参数属性"下的"控件 ID"列表中，单击"textCity"，如图 2-19 所示。

从上述步骤（12）~步骤（16）可指定查询将从前面过程中添加的 TextBox 控件中获取搜索到的"城市"值，具体操作如下：

① 单击"添加"按钮；

② 创建的 WHERE 子句将显示在该页底部的框中；

③ 单击"确定"按钮关闭"添加 WHERE 子句"页；

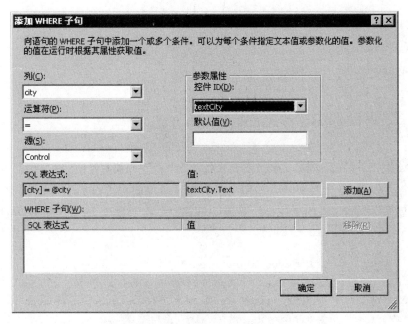

图 2-19　"添加 WHERE 子句"向导

④ 在"配置数据源 - <DataSourceName>"向导中，单击"下一步"按钮；

⑤ 在"测试查询"页上，单击"测试查询"按钮；

⑥ 将出现该向导，并显示"参数值编辑器"页面，该页将提示您输入一个用在 WHERE 子句中的值；

⑦ 在"值"框中，输入 London，然后单击"确定"按钮；

⑧ 随即会显示伦敦的客户记录；

⑨ 单击"完成"按钮关闭向导。

2.4　实验 4　使用母板页与主题

2.4.1　实例说明

2.3 节介绍了如何使用 TreeView 等控件来设置页面导航。我们看到，当我们把 TreeView 控件作为导航栏放到 Default.aspx 页面中后，可以通过它来跳转到其他页面，但其他页面并没有相同的机制来相互跳转。同时，我们经常看到一些商业性的网站能够在整个网站中保持一致，这些网站上方或者左侧的导航链接一直保持不变。本节将向您介绍如何做到这些！

2.4.2　技术要点

- ASP.NET Website。

- ADO.NET 2.0。
- TreeView 控件。
- Master Page。
- Theme。

2.4.3 设计过程

建立一个 "ASP.NET 网站" 项目，在如图 2-1 所示的 "新建网络" 对话框中，默认命名为 WebSite1。使用鼠标右键单击 WebSite1 项目节点，在弹出的右键菜单中选择【添加新项】。在随后弹出的 "添加新项" 对话框（如图 2-4 所示）的 "模板" 列表中选择 "站点地图"，并把创建的 Web.sitemap 的内容更改为：

```
<?xml version="1.0" encoding="utf-8" ?>
<siteMap xmlns="http://schemas.microsoft.com/AspNet/SiteMap-File-1.0" >
    <siteMapNode url="Default.aspx" title="首页"  description="首页">
        <siteMapNode url="Intro.aspx" title="公司简介"  description="公司简介" />
        <siteMapNode url="Products.aspx" title="产品介绍"  description="产品介绍" />
        <siteMapNode url="Support.aspx" title="技术支持"  description="技术支持" />
        <siteMapNode url="Contact.aspx" title="联系我们"  description="联系我们" />
    </siteMapNode>
</siteMap>
```

使用鼠标右键单击 WebSite1 项目节点，在弹出的右键菜单中选择【添加新项】。在随后弹出的 "添加新项" 对话框的 "模板" 列表中选择 "母版页"，使用默认名称 MasterPage.master，单击 "添加" 按钮将该母版页添入项目中。

使用鼠标选中母版页中的 "ContentPlaceHolder" 控件，然后按小键盘上的左箭头，使光标定位到 "ContentPlaceHolder" 控件的左侧，然后按回车键把 ContentPlaceHolder 控件放到第二行。

从左侧的工具栏中将一个【数据】【SiteMapDataSource】控件拖曳到 Default.aspx 页中。需要注意，要把 SiteMapDataSource 控件放到 ContentPlaceHolder 控件的外部。

再次使用鼠标选中母版页中的 "ContentPlaceHolder" 控件，然后按小键盘上的右箭头，使光标定位到 "ContentPlaceHolder" 控件的右侧，然后按回车键把光标切换到 "ContentPlaceHolder" 控件的下方。

依次单击 Visual Studio2005 IDE 主菜单【布局】【插入表】，插入一个一行两列的表。

1. 将一个【导航】【TreeView】控件拖曳到刚才插入的表的左侧的单元格中，并在 "TreeView 面板" 中设置 TreeView 控件的数据源为 SiteMapDataSource1。

2. 将一个【导航】【SiteMapPath】控件拖曳到刚才插入的表的右侧的单元格中，然后把 "ContentPlaceHolder" 控件拖曳到 "SiteMapPath" 控件的下方，SiteMapPath 控件的最终布局如图 2-20 所示：

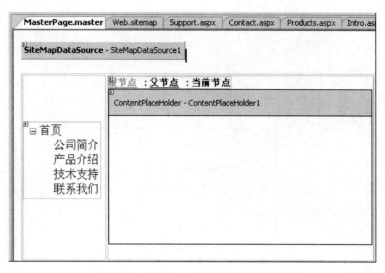

图 2-20   SiteMappath 控件的最终布局

3. 将"解决方案管理器"中的 Default.aspx 删除。使用鼠标右键单击 WebSite1 项目节点，在弹出的右键菜单中选择【添加新项】。在随后弹出的"添加新项"对话框的"模板"列表中选择"Web 窗体"，使用默认命名 Default.aspx，并勾选"选择母版页"复选框，然后单击"添加"按钮。

4. 随后将弹出一个"选择母版页"对话框，我们选择刚刚建立的 MasterPage.master 母版页，单击"确定"按钮。如图 2-21 所示。

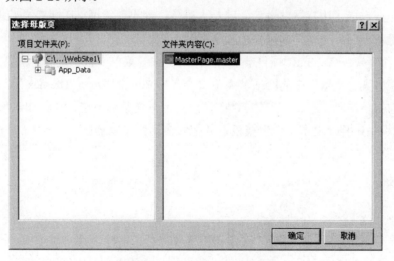

图 2-21   "选择母版页"对话框

5. 重复上一步，建立我们在 Web.sitemap 文件中指定的其他网页。

> 注意：都要从母版页创建。我们看到，除了原母版页中的"ContentPlaceHolder"控件部分以外，其他部分都是不可编辑的。我们在可编辑的 Content 区域输入一些文字，放置日历控件，如图 2-22 所示：

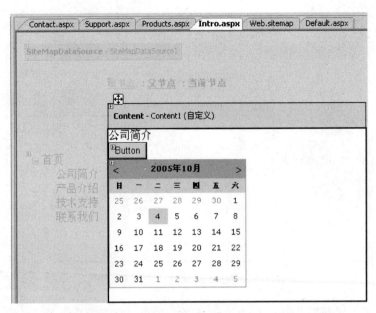

图 2-22 在可编辑的 Content 区域输入文字，放置日历控制

6. 按 F5 键调试运行应用程序，整个网站都会展现出非常一致的导航风格，如图 2-23 所示。

7. 每次网站有了任何变动，只需要修改 Web.sitemap 文件就可以将这种改动反映出来，并且整个网站导航风格保持一致，真是大快人心！但是，随着用户对网站设计的人性化要求越来越高，对网站的风格进行频繁更改也成了困扰网站设计者的一大难题。能不能给网站提供主题皮肤的功能，使对网站风格的修改就像指定和补充不同的风格模板那么简单呢？我们来试一试！

8. 使用鼠标右键单击 WebSite1 项目节点，在弹出的右键菜单中依次选择【添加 ASP.NET 文件夹】【主题】。在"解决方案管理器"中的网站节点下将会多出来一个"App_Themes"节点和"主题 1"子节点。使用鼠标右键单击"主题 1"子节点，在弹出的上下文菜单中选择【添加新项】。在随后出现的"添加新项"对话框中选择"文本文件"模板，并把它命名为 Test.skin。

9. 编辑 Test.skin 文本文件如下：

```
<asp:calendar runat="server" ForeColor="red" Font-Size="14pt" Font-Names="Verdana" />
<asp:button runat="server" Borderstyle="Solid" Borderwidth="2px" Bordercolor="Blue" Backcolor="yellow"/>
```

10. 回到我们在上面创建的.aspx 文件，如 intro.aspx，单击主编辑区下方的"源"标签，切换到代码编辑模式，在 Page 标签后增加 Theme 属性，如下：

```
<%@ Page Language="C#" MasterPageFile="~/MasterPage.master" Theme="主题 1" AutoEventWireup="true" CodeFile="Intro.aspx.cs" Inherits="Intro" Title="Untitled Page" %>
```

11. 按 F5 键调试运行应用，网站的页面中的按钮和日历控件将会使用新的风格来显示，如图 2-24 所示。

图 2-23　网站的导航风格

图 2-24　网站页面和日历控件的新风格

2.5　实验 5 使用验证控件

2.5.1　实例说明

2.4 节介绍了如何使用 TreeView 等控件来设置页面导航。我们看到，当我们把 TreeView 控件作为导航栏放到 Default.aspx 页面中后，我们可以通过它来跳转到其他页面，但其他页面并没有相同的机制来相互跳转。同时，我们经常看到一些商业性的网站能够在整个网站中保持一致，这些网站上方或者左侧的导航链接一直保持不变。本节将向您介绍如何做到这些！

2.5.2　技术要点

* 各种验证控件的使用。

2.5.3　设计过程

使用验证控件的设计过程如下。

1．打开 Web 新建一个网站项目命名为 myValidator。

2．假设本页面的数据要提交到名为 validationform_cs.aspx 的数据接受页面，修改页面的 Action 属性为 "validationform_cs.aspx"，因为本次提交的数据较多且有保密的需要，所以修改页面的 Method 属性为 "post"，这样使页面使用 Post 方法提交，不显式出现在浏览器地址栏中保证安全。

3．开始为页面布局，首先向页面中拖曳一个 HTML 控件中的 Table 控件，用于帮助我们把众多的填写项对齐排列。

4. 将页面划分为不同的区域，即在 Table 中加入众多的行和列，为后面放置控件和书写文字做准备，布局设计图可参考下面的图片进行，如图 2-25、图 2-26 所示。

用户验证窗体

图 2-25　布局设计图参考图片之一

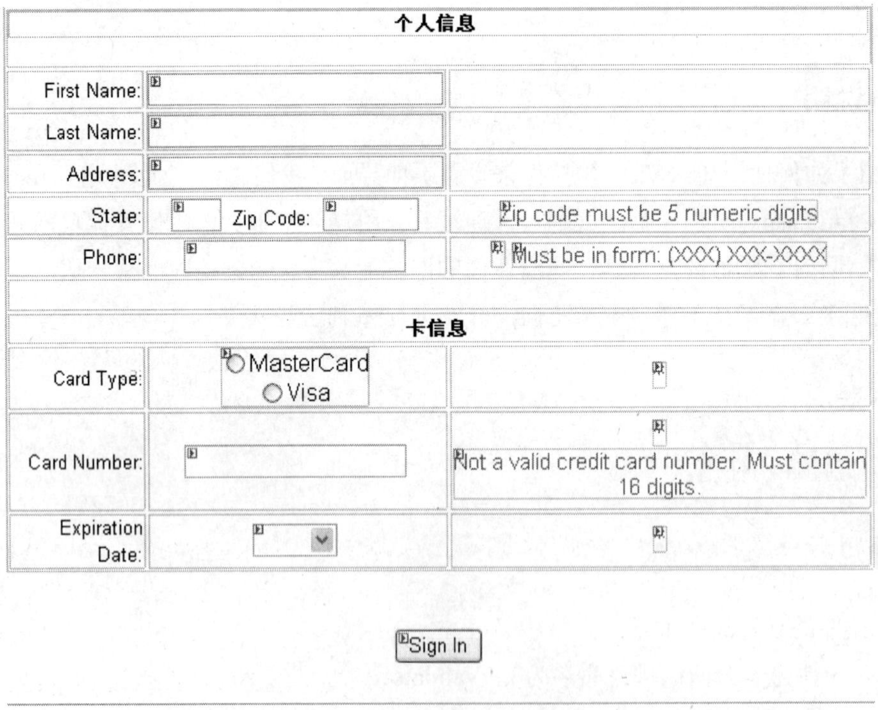

图 2-26　布局设计图参考图片之二

5. 在页面的适当位置写入相应文字或者放入【TextBox】控件，本操作不是本次实验的主要内容，在此不做详述。

6. 修改【TextBox】属性，参考表 2-1：

表 2-1　TextBox控件的属性及其值设置

控件名称	控件属性	属性值设置
【TextBox】	ID	email
【TextBox】	ID	passwd
	TextMode	Password
【TextBox】	ID	passwd2
	TextMode	Password
【TextBox】	ID	fn
【TextBox】	ID	ln
【TextBox】	ID	address
【TextBox】	ID	state
【TextBox】	ID	zip
【TextBox】	ID	phone
【TextBox】	ID	ccNum

7. 向页面中适当位置添加一个【RadioButtonList】控件，用来让用户选择卡的种类，设置其 ID 为 "?"，RepeatLayout 属性为 "Flow"。在其 Items 中加入两个选项，分别为 "MasterCard" 和 "Visa"，其 Value 属性也分别为 "MasterCard" 和 "Visa"。

8. 向页面中适当添加一个【DropDownList】控件，用来让用户选择日期，设置其 ID 为 "expDate"，添加 12 个年月选项，分别为 "01/06"，"02/06"，……一直到 "12/06"。

9. 在页面底部位置添加一个 HTML 的【Button】控件，设置其 Value 属性为 "Sign In"，用来确定提交数据。

10. 在页面中的 Email Address, Re-enter Password, Phone, Card Type, Card Number, Expiration Date 项对应的 TextBox 控件后面各添加一个【RequiredFiledValidator】控件，用来验证这些字段为必填字段，修改各个【RequiredFiledValidator】控件的 ControlToValidate 属性为其前面对应的 TextBox 控件的 ID 值，这样就可以对以上 TextBox 控件中的必填字段完成验证。

11. 在页面的 E-mail Address 项对应的 TextBox 控件后面添加一个【RegularExpressionValidator】控件，用来检验用户输入的 E-mail 地址的合法性。单击属性窗口的 ValidationExpression 属性进行修改，在弹出的 "正则表达式编辑器" 选择系统已经为您写好的 "Internet 邮件地址"，这样其 ValidationExpression 属性会自动显示系统已经为您写好的常用表达式，省去您自己书写的麻烦。

12. 在页面的 Password 项对应的 TextBox 控件后面添加一个【RegularExpressionValidator】控件，用来检验用户输入的密码格式，修改其 ValidationExpression 属性为 ".*[!@#$%^&*+;:].*"。

13. 在页面的 Re-enter Password 项对应的 TextBox 控件后面添加一个【CompareValidator】控件，用来判断第二次输入的密码与第一次的是否相同，设置其 ControlToValidate 属性为 passwd2，表示要查看的控件 ID 为 passwd2，修改其 ControlToCompare 属性为 passwd，表示要比较的控件的 ID 为 passwd，修改其 Operator 属性为 Equal，即比较的方法是查看这两个控件的内容是否相等。

14. 同理在下面继续添加其他的验证控件，以完成整个窗体的验证工作，所有验证控件的属性将在后面以列表的形式给出，以备参考。

15. 需要注意的是，位于 Card Number 项对应的 TextBox 控件后面的客户端验证控件，此控件自动调用网页中包含的 JavaStrip 代码功能来对用户的输入进行验证，本次控件使用的函数在网页中命名为 ccClientValidaor，函数如下：

```javascript
function ccClientValidate(source, arguments)
{
    var cc = arguments.Value;
    var ccSansSpace;
    var i, digits, total;

    // SAMPLE ONLY.  Not a real world actual credit card algo.
    // Based on ANSI X4.13, the LUHN formula (also known as the modulus 10 --
or mod 10 -- algorithm )
    // is used to generate and/or validate and verify the accuracy of some
credit-card numbers.

    // Get the number, parse out any non digits, should have 16 left
    ccSansSpace = cc.replace(/\D/g, "");
    if(ccSansSpace.length != 16) {
        arguments.IsValid = false;
        return;   // invalid ccn
    }

    // Convert to array of digits
    digits = new Array(16);
    for(i=0; i<16; i++)
        digits[i] = Number(ccSansSpace.charAt(i));

    // Double & sum digits of every other number
    for(i=0; i<16; i+=2) {
        digits[i] *= 2;
        if(digits[i] > 9)  digits[i] -= 9;
    }

    // Sum the numbers
    total = 0;
    for(i=0; i<16; i++)    total += digits[i];

    // Results
    if( total % 10 == 0 )   {
```

```
        arguments.IsValid = true;
        return;    // valid ccn
    }
    else {
        arguments.IsValid = false;
        return;    // invalid ccn
    }
}
```

16. 多控件属性及其值的设置的参考列表，如表 2-2 所示：

表 2-2 多控件属性及其值的设置

控件名称	控件属性	属性值设置
【RegularExpressionValidator】	ID	E-mailRegexVal
	ControlToValidate	E-mail
	ErrorMessage	E-mail.
	ForeColor	Red
	Text	Not a valid E-mail address. Must follow Email@host.domain.
	ValidationExpression	^[\w-]+@[\w-]+\.(com|net|org|edu|mil)$
【RequiredFiledValidator】	ID	E-mailReqVal
	ControlToValidate	E-mail
	Display	Dynamic
	ErrorMessage	E-mail.
	Text	*
【RequiredFiledValidator】	ID	PasswdReqVal
	ControlToValidate	Passwd
	Display	Dynamic
	ErrorMessage	Passwd.
	Text	*
【RegularExpressionValidator】	ID	PasswdRegexBal
	ControlToValidate	E-mail
	ErrorMessage	E-mail.
	ForeColor	Red
	Text	Password must include one of these (!@#$%^&*+;:)
	ValidationExpression	.*[!@#$%^&*+;:].*
【RequiredFiledValidator】	ID	Passwd2
	ControlToValidate	Passwd2

控件名称	控件属性	属性值设置
	Display	Dynamic
	ErrorMessage	Re-enter Password.
	Text	*
【CompareValidator】	ID	CompareValidator1
	ControlToCompare	Passwd
	ControlToValidate	Passwd2
	Operator	Equal
	ErrorMessage	Re-enter Password.
	Text	Password fields don't match
【RegularExpressionValidator】	ID	RegularExpressionValidator1
	ControlToValidate	zip
	ErrorMessage	Zip Code.
	ForeColor	Red
	Text	Zip code must be 5 numeric digits
	ValidationExpression	^\d{5}$
【RequiredFiledValidator】	ID	Passwd2
	ControlToValidate	Phone
	Display	Dynamic
	ErrorMessage	Phone.
	Text	*
【RegularExpressionValidator】	ID	PhoneRegexVal
	ControlToValidate	Phone
	ErrorMessage	Phone.
	ForeColor	Red
	Text	Must be in form: (XXX) XXX-XXXX
	ValidationExpression	(^x\s*[0-9]{5}$)\| (^(\([1-9][0-9]{2}\)\s) ?[1-9][0-9]{2}-[0-9]{4} (\sx\s*[0-9]{5})?$)
【RequiredFiledValidator】	ID	ccTypeReqVal
	ControlToValidate	ccType
	Display	Dynamic
	ErrorMessage	Card Type.
	Text	*
【CustomValidator】	ID	ccNumReqVal

续表

控件名称	控件属性	属性值设置
	ClientValidatinFunction	ccClientValidate
	ControlToValidate	ccType
	ErrorMessage	Card Number.
	Text	Not a valid credit card number.　Must contain 16 digits
【RequiredFiledValidator】	ID	ExpDateReqVal
	ControlToValidate	ExpDate
	ErrorMessage	Expiration Date.
	Text	*
【ValidationSummary】	ID	valSum
	DisplayMode	SingleParagraph
	HeaderText	You must enter a valid value in the following fields:

17．在窗体的上部添加一个【ValidationSummary】控件，此控件用来汇总显示本页面上的验证错误，使客户方便查看。设置其 ID 为 valSum，设置其 DisplayMode 属性为 "SingleParagraph"，表示连续显示本页面的错误信息。

18．下面给出了整个页面的全部代码供您查看：

```
    <%@ Page Language="C#" AutoEventWireup="true"  CodeFile="Default.aspx.cs"
Inherits="_Default" %>


<!DOCTYPE html PUBLIC "-//W3C//DTD XHTML 1.0 Transitional//EN" "http://www.w3.
org/TR/xhtml1/DTD/xhtml1-transitional.dtd">


<html xmlns="http://www.w3.org/1999/xhtml">
<head>
  <title>Sign In Form Validation Sample</title>
</head>
<body>
  <div>
    <h3 style="text-align: center">
      <font face="Verdana">用户验证窗体</font></h3>
    <form id="Form1" action="validationform_cs.aspx" method="post" runat="server">
      <hr width="600" size="1" noshade>
      <center>
        <asp:ValidationSummary ID="valSum" runat="server" HeaderText="You must enter
a valid value in the following fields:"
          DisplayMode="SingleParagraph" Font-Names="verdana" Font-Size="12" />
        <br />
        <br />
        <!-- sign-in -->
```

```
            <table border="0" width="600">
              <tr>
                <td colspan="3">
                  <table border="0" cellpadding="0" cellspacing="0" width="100%">
                    <tr>
                      <td>
                        <font face="geneva,arial" size="-1"><b>登录信息</b></font></td>
                    </tr>
                  </table>
                </td>
              </tr>
              <tr>
                <td align="right">
                  <font face="Arial" size="2">Email Address:</font>
                </td>
                <td>
                  <asp:TextBox ID="email" Width="200px" MaxLength="60" runat="server" />
                </td>
                <td>
                  <asp:RequiredFieldValidator ID="emailReqVal" ControlToValidate="email"
ErrorMessage="Email. "
                      Display="Dynamic" Font-Names="Verdana" Font-Size="12" runat="server">
                    *
                  </asp:RequiredFieldValidator>
                  <asp:RegularExpressionValidator ID="emailRegexVal" ControlToValidate=
"email" ErrorMessage="Email. "
                      Display="Static" ValidationExpression="^[\w-]+@[\w-]+\.(com|net|org|
edu|mil)$"
                      Font-Names="Arial" Font-Size="11" runat="server">
                  Not a valid e-mail address.  Must follow email@host.domain.
                  </asp:RegularExpressionValidator>
                </td>
              </tr>
              <tr>
                <td align="right">
                  <font face="Arial" size="2">Password:</font>
                </td>
                <td>
                  <asp:TextBox  ID="passwd"  TextMode="Password"  MaxLength="20"  runat=
"server" />
                </td>
                <td>
                  <asp:RequiredFieldValidator ID="passwdReqVal" ControlToValidate="passwd"
ErrorMessage="Password. "
```

```
                Display="Dynamic" Font-Names="Verdana" Font-Size="12" runat="server">
                *
            </asp:RequiredFieldValidator>
            <asp:RegularExpressionValidator ID="passwdRegexBal" ControlToValidate=
"passwd" ErrorMessage="Password. "
                ValidationExpression=".*[!@#$%^&*+;:].*" Display="Static" Font-Names=
"Arial" Font-Size="11"
                Width="100%" runat="server">
            Password must include one of these (!@#$%^&amp;*+;:)
            </asp:RegularExpressionValidator>
        </td>
    </tr>
    <tr>
        <td align="right">
            <font face="Arial" size="2">Re-enter Password:</font>
        </td>
        <td>
            <asp:TextBox ID="passwd2" TextMode="Password" MaxLength="20" runat=
"server" />
        </td>
        <td>
            <asp:RequiredFieldValidator    ID="passwd2ReqVal"    ControlToValidate=
"passwd2" ErrorMessage="Re-enter Password. "
                Display="Dynamic" Font-Names="Verdana" Font-Size="12" runat="server">
                *
            </asp:RequiredFieldValidator>
            <asp:CompareValidator ID="CompareValidator1" ControlToValidate="passwd2"
ControlToCompare="passwd"
                ErrorMessage="Re-enter Password. " Display="Static"
        Font-Names="Arial" Font-Size="11"
                runat="server">
            Password fields don't match
            </asp:CompareValidator>
        </td>
    </tr>
    <tr>
        <td colspan="3">
             </td>
    </tr>
    <!-- personalization information -->
    <tr>
        <td colspan="3">
            <table border="0" cellpadding="0" cellspacing="0" width="100%">
                <tr>
```

```
          <td>
            <font face="geneva,arial" size="-1"><b>个人信息</b></font>
          </td>
        </tr>
      </table>
    </td>
  </tr>
  <tr>
    <td align="right">
      <font face="Arial" size="2">First Name:</font>
    </td>
    <td>
      <asp:TextBox ID="fn" MaxLength="20" Width="200px" runat="server" />
    </td>
    <td>
    </td>
  </tr>
  <tr>
    <td align="right">
      <font face="Arial" size="2">Last Name:</font>
    </td>
    <td>
      <asp:TextBox ID="ln" MaxLength="40" Width="200px" runat="server" />
    </td>
    <td>
    </td>
  </tr>
  <tr>
    <td align="right">
      <font face="Arial" size="2">Address:</font>
    </td>
    <td>
      <asp:TextBox ID="address" Width="200px" runat="server" />
    </td>
    <td>
    </td>
  </tr>
  <tr>
    <td align="right">
      <font face="Arial" size="2">State:</font>
    </td>
    <td>
      <asp:TextBox ID="state" Width="30px" MaxLength="2" runat="server" /> 
<font
```

```
            face="Arial" size="2">Zip Code:</font> 
            <asp:TextBox ID="zip" Width="60px" MaxLength="5" runat="server" />
        </td>
        <td>
          <asp:RegularExpressionValidator        ID="RegularExpressionValidator1"
ControlToValidate="zip"
            ErrorMessage="Zip Code. " ValidationExpression="^\d{5}$" Display=
"Static" Font-Names="Arial"
            Font-Size="11" runat="server">
        Zip code must be 5 numeric digits
          </asp:RegularExpressionValidator>
        </td>
    </tr>
    <tr>
      <td align="right">
        <font face="Arial" size="2">Phone:</font>
      </td>
      <td>
        <asp:TextBox ID="phone" MaxLength="20" runat="server" />
      </td>
      <td>
        <asp:RequiredFieldValidator ID="phoneReqVal" ControlToValidate="phone"
ErrorMessage="Phone. "
          Display="Dynamic" Font-Names="Verdana" Font-Size="12" runat="server">
          *
        </asp:RequiredFieldValidator>
        <asp:RegularExpressionValidator ID="phoneRegexVal" ControlToValidate=
"phone" ErrorMessage="Phone. "
          ValidationExpression=
  "(^x\s*[0-9]{5}$)|(^(\([1-9][0-9]{2}\)\s)?[1-9][0-9]{2}-[0-9]{4}(\sx\s*[0-9]{5})?
$)"
          Display="Static" Font-Names="Arial" Font-Size="11" runat="server">
        Must be in form: (XXX) XXX-XXXX
          </asp:RegularExpressionValidator>
        </td>
    </tr>
    <tr>
      <td colspan="3">
         </td>
    </tr>
    <!-- Credit Card Info -->
    <tr>
      <td colspan="3">
        <font face="Arial" size="2"><b>卡信息</b></font>
```

```
          </td>
        </tr>
        <tr>
        <td align="right">
          <font face="Arial" size="2">Card Type:</font>
        </td>
        <td>
          <asp:RadioButtonList ID="ccType" Font-Names="Arial" RepeatLayout="Flow"
runat="server">
            <asp:ListItem>MasterCard</asp:ListItem>
            <asp:ListItem>Visa</asp:ListItem>
          </asp:RadioButtonList>
        </td>
        <td>
          <asp:RequiredFieldValidator ID="ccTypeReqVal" ControlToValidate="ccType"
ErrorMessage="Card Type. "
            Display="Static" InitialValue="" Font-Names="Verdana" Font-Size="12"
runat="server">
            *
          </asp:RequiredFieldValidator>
        </td>
        </tr>
        <tr>
        <td align="right" style="height: 64px">
          <font face="Arial" size="2">Card Number:</font>
        </td>
        <td style="height: 64px">
          <asp:TextBox ID="ccNum" runat="server" />
        </td>
        <td style="height: 64px">
          <asp:RequiredFieldValidator ID="ccNumReqVal" ControlToValidate="ccNum"
ErrorMessage="Card Number. "
            Display="Dynamic" Font-Names="Verdana" Font-Size="12" runat="server">
            *
          </asp:RequiredFieldValidator>
          <asp:CustomValidator ID="ccNumCustVal" ControlToValidate="ccType" Error
Message="Card Number. "
            ClientValidationFunction="ccClientValidate" Display="Static" Font-
Names="Arial"
            Font-Size="11" runat="server">
          Not a valid credit card number. Must contain 16 digits.
          </asp:CustomValidator>
        </td>
        </tr>
```

```
        <tr>
          <td align="right">
           <font face="Arial" size="2">Expiration Date:</font>
          </td>
          <td>
           <asp:DropDownList ID="expDate" runat="server">
            <asp:ListItem></asp:ListItem>
            <asp:ListItem>06/00</asp:ListItem>
            <asp:ListItem>07/00</asp:ListItem>
            <asp:ListItem>08/00</asp:ListItem>
            <asp:ListItem>09/00</asp:ListItem>
            <asp:ListItem>10/00</asp:ListItem>
            <asp:ListItem>11/00</asp:ListItem>
            <asp:ListItem>01/01</asp:ListItem>
            <asp:ListItem>02/01</asp:ListItem>
            <asp:ListItem>03/01</asp:ListItem>
            <asp:ListItem>04/01</asp:ListItem>
            <asp:ListItem>05/01</asp:ListItem>
            <asp:ListItem>06/01</asp:ListItem>
            <asp:ListItem>07/01</asp:ListItem>
            <asp:ListItem>08/01</asp:ListItem>
            <asp:ListItem>09/01</asp:ListItem>
            <asp:ListItem>10/01</asp:ListItem>
            <asp:ListItem>11/01</asp:ListItem>
            <asp:ListItem>12/01</asp:ListItem>
           </asp:DropDownList>
          </td>
          <td>
            <asp:RequiredFieldValidator    ID="expDateReqVal"    ControlToValidate=
"expDate" ErrorMessage="Expiration Date. "
              Display="Static" InitialValue="" Font-Names="Verdana" Font-Size="12"
runat="server">
            *
            </asp:RequiredFieldValidator>
          </td>
        </tr>
       </table>
       <br />
       <br />
       <input id="Submit1" runat="server" type="submit" value="Sign In" onserverclick=
"Submit1_ServerClick" />
        <br />
        <br />
        <hr width="600" size="1" noshade="noshade" />
```

```
<script type="text/javascript">

function ccClientValidate(source, arguments)
{
    var cc = arguments.Value;
    var ccSansSpace;
    var i, digits, total;

    // SAMPLE ONLY.  Not a real world actual credit card algo.
    // Based on ANSI X4.13, the LUHN formula (also known as the modulus 10 --
or mod 10 -- algorithm )
    // is used to generate and/or validate and verify the accuracy of some
credit-card numbers.

    // Get the number, parse out any non digits, should have 16 left
    ccSansSpace = cc.replace(/\D/g, "");
    if(ccSansSpace.length != 16) {
        arguments.IsValid = false;
        return;   // invalid ccn
    }

    // Convert to array of digits
    digits = new Array(16);
    for(i=0; i<16; i++)
        digits[i] = Number(ccSansSpace.charAt(i));

    // Double & sum digits of every other number
    for(i=0; i<16; i+=2) {
        digits[i] *= 2;
        if(digits[i] > 9)   digits[i] -= 9;
    }

    // Sum the numbers
    total = 0;
    for(i=0; i<16; i++)     total += digits[i];

    // Results
    if( total % 10 == 0 )  {
        arguments.IsValid = true;
        return;    // valid ccn
    }
    else  {
        arguments.IsValid = false;
```

```
            return;   // invalid ccn
        }
    }

        </script>

    </center>
   </form>
  </div>
</body>
</html>
```

19. 运行程序。

2.6 实验 6 站点导航

2.6.1 实例说明

随着网站规模的不断变大，构造一个方便用户跳转浏览的导航系统就成了令网站开发者们头疼的问题。每对网站稍作调整，就必须对导航页面进行相应的变更，稍有疏忽，就会谬以千里。ASP.NET 2.0 提供的网站导航相关控件就是专门设计用来解决这个问题的。

2.6.2 技术要点

- ASP.NET Website。
- ADO.NET 2.0。
- TreeView 控件。
- Site Navigation/Site Map。

2.6.3 设计过程

站点导航的设计过程如下。

1. 按照前节所述的步骤建立一个 "ASP.NET 网站" 项目，使用默认命名 WebSite1。切换到打开的 Default.aspx 网页设计视图中，在页面顶部输入 "我的主页" 标题，并在 "格式设置" 工具栏最前方的标题格式下拉列表框中选择 "Heading1"，如图 2-27 所示。

2. 使用鼠标右键单击 WebSite1 项目节点，在弹出的右键菜单中选择【添加新项】。在随后弹出的 "添加新项" 对话框的 "模板" 列表中选择 "Web 窗体"，将其命名为 Intro.aspx，并单击 "添加" 按钮将其添加入当前项目中。在 Intro.aspx 页的最上方输入 "自我介绍" 并设置其格式为 Heading1。重复以上步骤再次添加 2 个 Web 窗体，分别命名为 Albumn.aspx 和 ContactMe.aspx。在它们的页面上方分别输入"我的相册"、"联系我"并设置其格式为"Heading1"。

图 2-27　建立站点导航的设计

3．使用鼠标右键单击 WebSite1 项目节点，在弹出的右键菜单中选择【添加新项】。这一次，在随后弹出的"添加新项"对话框的"模板"列表中选择"站点地图"，使用默认名称 Web.sitemap，单击"添加"按钮把它添加到当前的项目中。将 Web.sitemap 中的内容修改为：

```xml
<?xml version="1.0" encoding="utf-8" ?>
<siteMap xmlns="http://schemas.microsoft.com/AspNet/SiteMap-File-1.0" >
    <siteMapNode url="" title="欢迎访问我的站点"  description="欢迎访问我的站点">
      <siteMapNode url="Default.aspx" title="站点首页"  description="站点首页">
       <siteMapNode url="Intro.aspx" title="自我介绍"  description="自我介绍" />
       <siteMapNode url="Albumn.aspx" title="我的相册"  description="我的相册" />
      </siteMapNode>
      <siteMapNode url="" title="欢迎与我联系"  description="欢迎与我联系">
       <siteMapNode url="ContactMe.aspx" title="联系我"  description="联系我" />
      </siteMapNode>
    </siteMapNode>
</siteMap>
```

4．接下来，我们先使用前面介绍过的 TreeView 控件来显示站点地图。回到 Default.aspx 页面的设计视图中，从左侧的工具栏中将一个【数据】【SiteMapDataSource】控件拖曳到 Default.aspx 页中，不需要做任何设置，该控件会自动从 Web.sitemap 文件中读取数据。然后将一个【导航】【TreeView】控件拖曳到页面中，并在"TreeView 面板"中设置 TreeView 控件的数据源为 SiteMapDataSource1。如图 2-28 所示：

5．大功告成。现在可以按 F5 键来调试运行我们的应用查看效果，如图 2-29 所示：

6．除了使用 TreeView 控件来将站点导航显示为树的形状外，还可以用其他的形式来表现。切换到 Intro.aspx 的设计视图中，将一个【导航】【SiteMapPath】控件拖放到 Intro.aspx 页中。SiteMapPath 控件默认将会使用 Web.sitemap 文件中的内容来显示当前页面的导航链接。再次按下 F5 键，调试运行我们的应用。在首页的树形导航栏中单击一个节点，导航到相应的页面。然后可以单击 SiteMapPath

控件的链接跳转到其他页面，如图 2-30 所示：

图 2-28 在 TreeView 面板中进行设置

图 2-29 站点导航的运行结果

图 2-30 跳转到其他页面

7. 在左侧的【导航】工具栏中还有一个【Menu】控件可以用于导航，请读者参考上文的介绍自己去尝试。

2.7 实验 7 用户登录

2.7.1 实例说明

在网站中设立分级用户制度是一项常见任务，正如大家从前面我们的介绍中所能看到的那样，ASP.NET 2.0 把许多 Web 开发人员在实际的项目开发中经常会使用到的任务都组织成为了基本功能提供，用户登录也不例外。

2.7.2 技术要点

- ASP.NET Website。
- 登录和验证控件。

2.7.3 设计过程

用户登录的设计过程如下。

1. 使用和 2.6 节所述稍微不同的步骤来建立一个"ASP.NET 网站"项目，在 Visual Studio2005 IDE 主菜单中依次选择【文件】【新建】【网站】，在"模板"列表中选择"ASP.NET 网站"。在对话框下方的"位置"下拉列表框中选择"HTTP"，然后单击右侧的"浏览"按钮，打开"选择位置"对话框，如图 2-31 所示。

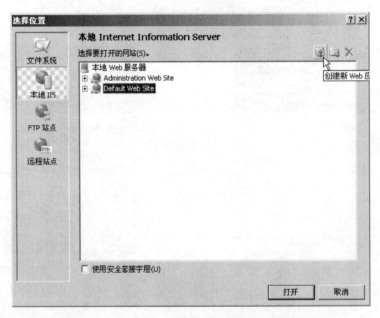

图 2-31 "选择位置"对话框

2. 在"选择位置"对话框左侧的位置栏中选择"本地 IIS"，然后单击右上角的"创建新 Web 应用程序"按钮，将新的 Web 应用命名为 UserLogin。然后单击"打开"按钮，回到"新建网站"对话框中。单击"确定"按钮创建网站。

3. 使用鼠标右键单击 http://localhost/UserLogin/项目节点，在弹出的右键菜单中选择【新建文件夹】，将新建的文件夹命名为 ForMembers。

4. 单击"解决方案管理器"工具栏中的"ASP.NET 配置"按钮，打开"ASP.NET 网站管理工具"网页，如图 2-32 所示。

5. 在"ASP.NET 网站管理工具"网页中单击"安全(Security)"选项卡切换到安全配置页面。单击页面中的"Use the security Setup Wizard to configure security step by step."链接开始安全配置。

图 2-32   "解决方案管理器"工具栏中的 "ASP.NET 配置"按钮

6. 单击"下一步"按钮,进入"选择登录方法(Select Access Method)"页,我们选择第一项"从 Internet(From the internet)",然后单击"下一步"按钮进入"高级提供者设置"。在这一页中显示:用户信息将被存储在高级提供者设置中。默认情况下,用户的信息将被存储在一个 SQL Server 数据库文件中,这个文件可以在您的项目中的 App_Data 文件夹下找到。

7. 继续单击"下一步"按钮来到"定义角色"对话框。保持默认,即不要选中"Enable roles for this Web site."复选框,直接单击"下一步"按钮。

8. 现在进入了"创建用户"对话框,如图 2-33 所示。在相应的单行文本框中输入用户名、密码、电子邮件地址等资料。单击"创建"按钮,一个新的用户将被创建出来。在随后出现的用户创建成功页面中,您仍可单击"继续"按钮来创建其他的用户,本例我们只创建一个用户 test,单击"下一步"按钮定义存取规则。

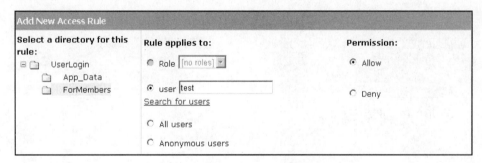

图 2-33   "创建用户"对话框

9. 展开"UserLogin"节点,选择我们刚才创建的"ForMembers"文件夹,然后选中 User 前的单选按钮,在后面输入我们刚才建立的用户名 test,然后选中右侧的"Allow"单选按钮,单击"Add This Rule"按钮增加此规则。然后选中"Anonymous Users"单选按钮,再选中右侧的"Deny"单选按钮,最后单击"Add This Rule"按钮增加第二条规则。单击"下一步"按钮并在"完成安全配置"页中单击"完成"按钮来完成安全配置。

10. 关闭"ASP.NET 网站管理工具"网页,回到 Visual Studio2005 IDE 中。切换到 Default.aspx 设计视图中,输入一个新标题"欢迎来到本网站"。按回车键切换到下一行,从左侧的工具箱中将一个【登录】【LoginStatus】控件拖曳到 Default.aspx 网页中。LoginStatus 控件将显示为一个超连接,当用户单击这个超链接后,跳转到登录界面。下一步我们就构造一个登录界面。

11. 使用鼠标右键单击 WebSite1 项目节点,在弹出的右键菜单中选择【添加新项】。在随后弹出的"添加新项"对话框的"模板"列表中选择"Web 窗体",命名为 Login.aspx。

图 2-34　默认命名 Login1

12. 切换到 Login.aspx 的设计视图中,从左侧的工具栏中将一个【登录】【Login】控件添加到 Login.aspx 页面中,使用默认命名 **Login1**。如图 2-34 所示。

13. 从左侧的工具箱中将一个【验证】【ValidationSummary】控件拖曳到 Login 控件的下方,在右侧的属性面板中将它的 Validation Group 属性设置为 Login1。这样,我们对 Login 控件进行了基本的验证处理,当用户进行了非法输入比如没有输入密码的时候,我们会为用户提供相应的错误信息。

14. 回到 Default.aspx 页的设计视图中。从左侧的工具箱中将一个【登录】【LoginView】控件拖曳到 Default.aspx 页中,LoginView 控件的空白部分(编辑区),输入"您还未登录,请登录"的字样。重新选中 LoginView 控件(单击 LoginView 控件上方的灰色部分),单击鼠标右键,在弹出的右键菜单中选择【显示智能标记】。在弹出的 LoginView 任务面板中的"视图"下拉列表框中选择"LoggedInTemplate"。然后在 LoginView 控件的编辑区中输入"欢迎您,"字样。然后,从左侧的工具箱中将一个【登录】【LoginName】控件拖曳到"欢迎您,"字样之后。

15. 按 F5 键来查看一下我们上面的工作成果。首先显示一个欢迎页面(Default.aspx),效果如图 2-35、图 2-36、图 2-37、图 2-38 所示。

图 2-35　用户登录结果之一

图 2-36　用户登录结果之二

图 2-37　用户登录结果之三

图 2-38　用户登录结果之四

16. 在上面的演示中,我们通过后台的 "ASP.NET 网站管理工具" 网页创建了一个名为 test 的用户,接下来我们创建一些用户注册页面。

17. 使用鼠标右键单击 WebSite1 项目节点,在弹出的右键菜单中选择【添加新项】。在随后弹出的 "添加新项" 对话框的 "模板" 列表中选择 "Web 窗体",命名为 Register.aspx。

18. 切换到 Register.aspx 的设计视图中,从左侧的工具箱中将一个【登录】【CreateUserWizard】拖曳到 Register.aspx 页上,就会创建一个新用户的表单。设置 CreateUserWizard 控件的 ContinueDestinationPageUrl 属性为 Default.aspx,这样当用户注册成功后将转到 Default.aspx 页面。

19. 我们对 CreateUserWizard 控件进行一下简单的定制。将光标定位到 "电子邮件" 一行,依次单击 Visual Studio2005 IDE 主菜单中的【布局】【插入】【下面的行】,插入一个新行。在新行左侧的单元格中输入 "MSN:",然后将一个【标准】【TextBox】控件拖曳到右侧的单元格中,修改其 Name 属性为 MSN。接着将一个【验证】【RequireFieldValidator】控件拖曳到 MSN 单行文本框的右侧。按照表 2-3 修改 RequireFieldValidator 控件的属性。

表 2-3 RequireFieldValidator控件的属性及其属性值

属　性	属　性　值
ID	MSNRequired
ControlToValidate	MSN
ErrorMessage	请输入您的 MSN 号码
Text	*
ToolTip	您必须输入您的 MSN 号码
ValidationGroup	CreateUserWizard1

20. 回到 Default.aspx 设计视图中,选中 LoginView 控件(单击 LoginView 控件上方的灰色部分),单击鼠标右键,在弹出的右键菜单中选择【显示智能标记】。在弹出的 LoginView 任务面板中的 "视图" 下拉列表框中选择 "anonymousTemplate"。然后在 LoginView 控件的编辑区中拖曳入一个【标准】【HyperLink】,并将它的 Text 属性设置为 "注册新用户",将 NavigateUrl 属性设置为~/Register.aspx。

21. 按 F5 键调试运行应用程序,单击 "注册新用户" 链接。将打开注册新用户网页。在表格中填充必要的数据,如果输入有误,将显示相应的错误信息,如图 2-39 所示:

22. 注册成功后,将显示注册成功信息,如图 2-40 所示:

图 2-39 注册新用户网页

图 2-40 注册成功信息

2.8 实验 8 用户控件

2.8.1 实例说明

ASP.NET 用户控件使您能够封装一个单元中多个服务器控件的功能。用户控件由一个或多个 ASP.NET 服务器控件（Button 控件、TextBox 控件等）以及控件执行您希望完成的功能所需的任何代码组成。用户控件还可以包括自定义属性或方法，这些属性或方法向容器（通常为 ASP.NET 页）显示用户控件的功能。

2.8.2 技术要点

- 用户控件的创建和使用，将自定义属性和方法添加到用户控件。

2.8.3 设计过程

用户控件的设计过程如下。

1. 打开 Visual Web Developer。
2. 新建一个项目命名为"myUserCoutrol"。
3. 单击"确定"按钮，Visual Web Developer 自动创建一个名为 Default.aspx 的页面。
4. 在解决方案资源管理器中，右击网站的名称，然后单击"添加新项"。
5. 在"添加新项<Path>"对话框的"Visual Studio 已安装的模板"之下单击"Web 用户控件"。
6. 在"名称"框中输入"ListPicker"。
7. 用户控件文件的扩展名将为.ascx，此扩展名自动添加到"ListPicker"。
8. 在"语言"列表中，选择您想使用的编程语言，单击"添加"按钮。
9. 即会创建新控件并将其在设计器中打开。控件的标记与页面的标记相似，最大的不同在于页面的顶部没有@ Page 指令。而是有@ Control 指令，此指令向 ASP.NET 将此文件识别为用户控件。
10. 切换到"设计"视图。
11. 在"布局"菜单上单击"插入表"选项。
12. 使用"插入表"对话框，创建带有一行和三列的表格，然后单击"确定"按钮。
13. 正在创建用于保存控件的表，即布局表格。
14. 在此表的左列中输入"Available"，然后按 Enter 键以创建新行。
15. 在右列中输入"Selected"，然后按 Enter 键以创建新行。
16. 从工具箱的"标准"组中，将以下控件拖曳到表 2-4 中，然后按指示设置它们的属性。

表 2-4　工具箱中的标准控件及其属性

控　件	属　性
将"ListBox"拖动到左列，并将其放置在"Available"下	Height: 200px ID: SourceList Width: 200px
将"Button"拖动到中间列	ID: AddAll Text: >>
将"Button"拖动到中间列	ID: AddOne Text:（空格键）>（空格键）
将"Button"拖动到中间列。	ID: Remove Text:（空格键）X（空格键）
将"ListBox"拖动到右列，并将其放置在"Selected"下	Height: 200px ID: TargetList Width: 200px

17．如有需要，根据所需，调整表格列的宽度和高度。

18．单击"SourceList"列表，然后在"属性"中单击 Items 属性对应的省略号（...）按钮。

19．出现"ListItem 集合编辑器"对话框。

20．单击"添加"按钮三次，以添加三个项。

21．在"ListItem properties"，分别为第一、第二和第三个项将"Text"设置为"A"、"B"和"C"。现在创建的是测试数据。在本演练稍后部分的"将自定义属性和方法添加到用户控件"中，将会移除测试数据并添加代码，以动态加载"SourceList"列表。

22．在"设计"视图中，双击 >>（"AddAll"）按钮，为 **Click** 事件创建事件处理程序，然后添加以下突出显示的代码。

```
        protected void AddAll_Click(object sender, EventArgs e)
    {
        TargetList.SelectedIndex = -1;        foreach(ListItem li in SourceList.Items)
    {
        AddItem(li);    }
    }
```

此代码遍历"SourceList"列表中的所有列表项。它为每个项调用 AddItem 方法，并将此方法传递到当前项。在本过程的稍后部分，将编写 AddItem 方法的代码，具体操作如下：

切换到"设计"视图，双击 >（"AddOne"）按钮，为 Click 事件创建一个事件处理程序，然后添加以下突出显示的代码：

```
        protected void AddOne_Click(object sender, EventArgs e)
    {
        if(SourceList.SelectedIndex >= 0)  {        AddItem(SourceList.SelectedItem);    }
    }
```

此代码首先检查 "SourceList" 列表中是否有选定的内容。如果有，此代码调用 AddItem 方法（将在本过程的稍后部分编写此方法），将其传递到当前在 "SourceList" 列表中选定的项。

23．切换到 "设计" 视图，双击 "X"（"Remove"）按钮，为 **Click** 事件创建一个事件处理程序，然后添加以下突出显示的代码：

```
    protected void Remove_Click(object sender, EventArgs e)
{
    if(TargetList.SelectedIndex >= 0) {          TargetList.Items.RemoveAt(TargetList.
SelectedIndex);
    TargetList.SelectedIndex = -1;          }
}
```

此代码首先检查 "TargetList" 列表中是否包含选定内容。如果有选定内容，此代码将选定项从列表和选定内容中移除。

24．添加下面的 **AddItem** 方法：

```
    protected void AddItem(ListItem li)
{
    TargetList.SelectedIndex = -1;
    TargetList.Items.Add(li);
}
```

此代码无条件将项添加到 "TargetList" 列表。在本演练稍后部分的 "将自定义属性和方法添加到用户控件" 中，将添加选项来确定是否有重复，从而改进代码。

25．在解决方案资源管理器中，右击网站的名称，然后单击 "添加新项"。

26．在 "Visual Studio 已安装的模板" 下，单击 "Web 窗体"。

27．在 "名称" 框中，输入 "HostUserControl"。

28．在 "语言" 列表中，选择您想使用的语言，然后单击 "添加" 按钮。

29．新页面随即在设计器中出现。

30．切换到 "设计" 视图。从解决方案资源管理器中，将用户控件文件（ListPicker.ascx）拖曳到页面上，控件即会在设计器中出现。

31．切换到 "源" 视图，将用户控件放置到页面上，将会在页面中创建两个新元素。

32．页面的顶部是一个新的@**Register** 指令，如下所示：

```
    <%@ Register Src="ListPicker.ascx" TagName="ListPicker"
  TagPrefix="uc1" %>
```

33．第二个新元素是用户控件的元素，如下所示：

```
    <uc1:ListPicker id="ListPicker1" Runat="server" />
```

34．按 Ctrl+F5 组合键运行该页。

2.9　实验 9 WebPart 控件

2.9.1　实例说明

MSN 的用户应该都体验过自定义自己的 MSN Space 页面布局的乐趣。我就像其他孩子气十足的朋友一样，乐于把诸如"网络日志"、"音乐"或者"相册"拖来拖去，把它们摆放在显眼的位置或者扔在角落甚至隐藏掉。而现在，每一个.NET 的程序员都将能做到这一点！

2.9.2　技术要点

- Web Parts。

2.9.3　设计过程

Web Parts 的设计过程如下。

1. 继续使用前面的"用户登录"一节所建立的项目。

2. 使用鼠标右键单击 ForMembers 目录节点，在弹出的右键菜单中选择【添加新项】。在随后弹出的"添加新项"对话框的"模板"列表中选择"Web 窗体"，将其命名为 myWebParts.aspx，并单击"添加"按钮，将其添加到当前项目中。

3. 从左侧的工具栏中将一个【WebParts】【WebPartManager】控件拖曳到 myWebParts 窗体中，切换到 myWebParts.aspx 的"源"视图中，将下列代码

```
<body>
    <form id="form1" runat="server">
    <div>
      <asp:WebPartManager ID="WebPartManager1" runat="server">
      </asp:WebPartManager>
    </div>
    </form>
</body>
```

修改为：

```
<body>
    <form id="form1" runat="server">
      <asp:WebPartManager ID="WebPartManager1" runat="server">
      </asp:WebPartManager>
    <div> </div>
    </form>
</body>
```

即，把<asp:WebPartManager 标记放到<div>标记之前。

4．在"源"视图中将光标定位到<div>标记之后，然后切换到设计视图中。单击 Visual Studio2005 IDE 中【布局】主菜单下的【插入表】，插入一个二行三列的表。

5．从左侧的工具栏中将一个【WebParts】【WebPartZone】控件拖曳到表格左侧的单元格中。编辑器属性按照表 2-5 设置：

表 2-5 【WebParts】【WebPartZone】控件属性及其属性值

属 性	属 性 值
ID	leftBar
HeaderText	左区

6．再将一个【WebParts】【WebPartZone】控件拖曳到表格中间的单元格中。编辑器属性按照表 2-6 设置：

表 2-6 WebParts控件属性及其属性值之一

属 性	属 性 值
ID	MainZone
HeaderText	中区

7．接着将一个【WebParts】【WebPartZone】控件拖曳到表格右侧的单元格中。编辑器属性按照表 2-7 设置：

表 2-7 WebParts控件属性及其属性值之二

属 性	属 性 值
ID	rightBar
HeaderText	右区

8．从左侧的工具栏中将一个【标准】【Label】控件拖曳到 MainZone 控件中，将其 Text 属性设置为"欢迎来到 WebParts 的世界"，最后布局如图 2-41 所示：

图 2-41 最后布局

9．随后我们可以将诸如【Image】控件等控件拖曳到表格中。将单个控件放在 WebPartZone 中，Visual Studio2005 可以自动为我们产生对应的部件窗体。如果我们要将一系列控件放置到一个部件窗体中形成一组的话就需要通过自定义控件的方式来完成。

10．使用鼠标右键单击 http://localhost/WebParts/项目节点，在弹出的右键菜单中选择【添加新项】。

在随后弹出的"添加新项"对话框的"模板"列表中选择"Web 用户控件"，使用默认命名 WebUserControl1ascx，并单击"添加"按钮将其添加到当前项目中。将一些控件拖曳到 WebUserControl 设计界面中，最终布局如图 2-42 所示：

图 2-42　WebParts 最终布局

11．回到 myWebParts.aspx 页面的设计视图中，从"解决方案管理器"中将 WebUserControl.ascx 控件拖放到表格的 leftBar 单元格中，最终布局如图 2-43 所示：

图 2-43　myWebparts.aspx 页面最终布局

12．现在可以按 F5 键调试运行 Web 应用，效果之一如图 2-44 所示：

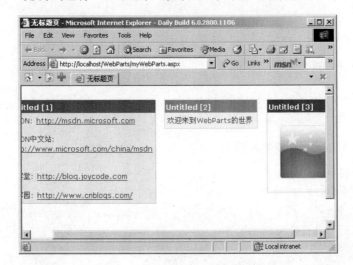

图 2-44　Web 应用的运行效果之一

13. 当然现在网站中的各个功能体还完全不能拖曳，接下来我们实现这个功能。

14. 使用鼠标右键单击 http://localhost/WebParts/项目节点，在弹出的右键菜单中选择【添加新项】。在随后弹出的"添加新项"对话框的"模板"列表中选择"Web 用户控件"，使用默认命名 WebUserControl2.ascx，并单击"添加"按钮将其添加到当前项目中。切换到 WebUserControl2 控件的"源"视图下，使用以下代码替换原来的代码：

```
<%@ Control Language="C#" AutoEventWireup="true" CodeFile="WebUserControl2.ascx.cs"
Inherits="WebUserControl2" %>
<script runat="server">

  // 当前 WebPartManager 控件
  WebPartManager _manager;

  void Page_Init(object sender, EventArgs e)
  {
    Page.InitComplete += new EventHandler(InitComplete);
  }

  void InitComplete(object sender, System.EventArgs e)
  {
    _manager = WebPartManager.GetCurrentWebPartManager(Page);

    String browseModeName = WebPartManager.BrowseDisplayMode.Name;

    // 填充显示模式下拉列表框
    foreach (WebPartDisplayMode mode in
      _manager.SupportedDisplayModes)
    {
      String modeName = mode.Name;

      if (mode.IsEnabled(_manager))
      {
        ListItem item = new ListItem(modeName, modeName);
        DisplayModeDropdown.Items.Add(item);
      }
    }

    if (_manager.Personalization.CanEnterSharedScope)
    {
      Panel2.Visible = true;
      if (_manager.Personalization.Scope ==
        PersonalizationScope.User)
        RadioButton1.Checked = true;
```

```
    else
      RadioButton2.Checked = true;
  }
}


// 改变页面显示模式
void DisplayModeDropdown_SelectedIndexChanged(object sender,
  EventArgs e)
{
  String selectedMode = DisplayModeDropdown.SelectedValue;

  WebPartDisplayMode mode =
   _manager.SupportedDisplayModes[selectedMode];
  if (mode != null)
    _manager.DisplayMode = mode;
}


void Page_PreRender(object sender, EventArgs e)
{
  ListItemCollection items = DisplayModeDropdown.Items;
  int selectedIndex =
    items.IndexOf(items.FindByText(_manager.DisplayMode.Name));
  DisplayModeDropdown.SelectedIndex = selectedIndex;
}


protected void LinkButton1_Click(object sender, EventArgs e)
{
  _manager.Personalization.ResetPersonalizationState();
}


protected void RadioButton1_CheckedChanged(object sender, EventArgs e)
{
  if (_manager.Personalization.Scope ==
    PersonalizationScope.Shared)
    _manager.Personalization.ToggleScope();
}


protected void RadioButton2_CheckedChanged(object sender,
  EventArgs e)
{
  if (_manager.Personalization.CanEnterSharedScope &&
     _manager.Personalization.Scope ==
```

```
            PersonalizationScope.User)
          _manager.Personalization.ToggleScope();
    }
</script>
<div>
  <asp:Panel ID="Panel1" runat="server"
    Borderwidth="1"
    Width="230"
    BackColor="lightgray"
    Font-Names="Verdana, Arial, Sans Serif" >
    <asp:Label ID="Label1" runat="server"
      Text="当前状态"
      Font-Bold="True"
      Font-Size="8pt"
      Width="120px" />
    <asp:DropDownList ID="DisplayModeDropdown" runat="server"
      AutoPostBack="true"
      EnableViewState="false"
      Width="120"
      OnSelectedIndexChanged="DisplayModeDropdown_SelectedIndexChanged" />
    <asp:LinkButton ID="LinkButton1" runat="server"
      Text="重置"
      ToolTip="Reset the current user's personalization data for
      the page."
      Font-Size="8"
      OnClick="LinkButton1_Click" />
    <asp:Panel ID="Panel2" runat="server"
      Font-Bold="true"
      Font-Size="8"
      Visible="false" Height="38px" Width="224px" >
      <asp:RadioButton ID="RadioButton1" runat="server"
        Text="User"
        AutoPostBack="true"
        GroupName="Scope"
        OnCheckedChanged="RadioButton1_CheckedChanged" />
      <asp:RadioButton ID="RadioButton2" runat="server"
        Text="Shared"
        AutoPostBack="true"
        GroupName="Scope"
        OnCheckedChanged="RadioButton2_CheckedChanged" />
    </asp:Panel>
  </asp:Panel>
</div>
```

15．接着，回到我们一开始创建的 myWebParts.aspx 的设计视图下，将我们刚刚创建的 WebUser Control2.ascx 从"解决方案管理器"中拖曳到 WebPartManager 控件之后。

16．随后，把一个【WebParts】【EditorZone】控件拖曳到表格的某个空白单元格中。并把一个【WebParts】【AppearanceEditorPart】控件和一个【WebParts】【LayoutEditorPart】控件拖曳到 EditorZone 控件的可编辑区域中。

17．最后一步，在首页 Default.aspx 上增加一个到~/ForMembers/myWebParts.aspx 的链接。大功告成！

18．好！现在我们就可以再次运行我们的"用户登录"+"自定义页面布局"网站了。按 F5 键调试运行我们的应用，Web 应用的运行效果之二、之三、之四、之五和之六如图 2-45、图 2-46、图 2-47、图 2-48、图 2-49 所示。

图 2-45　Web 应用的运行效果之二

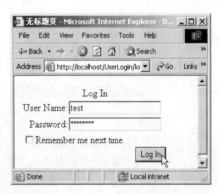

图 2-46　Web 应用的运行效果之三

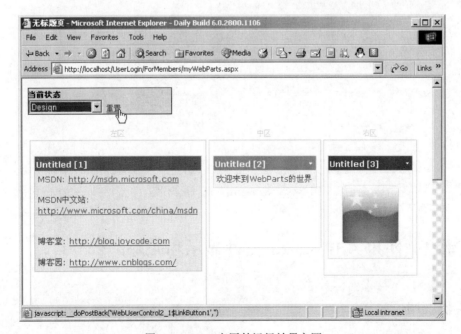

图 2-47　Web 应用的运行效果之四

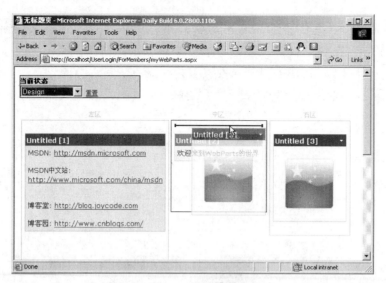

图 2-48　Web 应用的运行效果之五

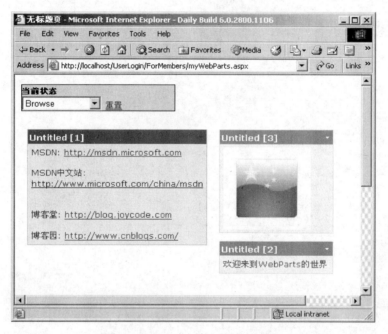

图 2-49　Web 应用的运行效果之六

2.10　实验 10 使用 AdRotator 控件显示和跟踪广告

2.10.1　实例说明

网站经常显示广告或邀请用户访问其他站点的类似动态内容。ASP.NET 提供的 AdRotator 控件可简化此任务。AdRotator 控件显示表示广告的图形，而广告是从您创建的列表中随机选择的。然后，可以跟踪某个广告的查看频率以及用户单击该广告频率。

2.10.2　技术要点

- AdRotator 控件的使用。

2.10.3　设计过程

使用 AdRotator 控件显示和跟踪广告的设计过程可分为创建广告、跟踪广告效应和显示广告计数器数据三个部分。

1. 创建广告

广告是在页上显示的具有目标 URL 的图形；用户单击该图形时，他们会重定向到目标站点。因此，需要用图形文件做广告，创建广告的步骤如下。

（1）新建网站。

（2）在解决方案资源管理器中，用鼠标右击网站的名称，单击"新建文件夹"，然后将该文件夹命名为"Images"。

（3）如果有现有图形可用作广告，则将这些图形复制到该新文件夹，否则请自己制作一张图片备用。

（4）在解决方案资源管理器中，用鼠标右击 App_Data，然后单击"添加新项"。

（5）在"Visual Studio 已安装的模板"之下单击"XML 文件"，在"名称"框中输入"Sample.ads"。

（6）将下面的 XML 复制到该文件中，并改写 XML 指令中的广告图片的位置，链接网站和广告的文本，XML 指令中每个<Ad>元素表示一条出现的广告，多条广告按照权重交替显示在控件中。

```xml
<?xml version="1.0" encoding="utf-8" ?>
<Advertisements>
  <Ad>
    <ImageUrl>~/images/Contoso_ad.gif</ImageUrl>
    <NavigateUrl>http://www.contoso.com</NavigateUrl>
    <AlternateText>Ad for Contoso.com</AlternateText>
  </Ad>
  <Ad>
    <ImageUrl>~/images/ASPNET_ad.gif</ImageUrl>
    <NavigateUrl>http://www.asp.net</NavigateUrl>
    <AlternateText>Ad for ASP.NET Web site</AlternateText>
  </Ad>
</Advertisements>
```

（7）打开 Default.aspx 页，从工具箱的"标准"组中，将一个 AdRotator 控件拖曳到该页上。出现

"AdRotator 任务"快捷菜单。

（8）在"选择数据源"列表中，单击"新建数据源"，出现"数据源配置"向导。

（9）在"应用程序从哪里获取数据"下，单击"XML 文件"。

（10）在"为数据源指定 ID"框中，保留默认值"（XmlDataSource1）"。

（11）单击"确定"按钮。出现"配置数据源"对话框。在"数据文件"框中，输入~/App_Data/Sample.ads，然后单击"确定"按钮。

（12）从工具箱的"标准"组中，将一个 Button 控件拖曳到页上。

（13）按 Ctrl+F5 组合键运行该页。在页上出现两个广告中的一个。

（14）出现的广告是随机变化的。

2. 跟踪广告效应

此时，页只显示用户可以单击跳转到另一页的广告。在演练的这一部分中，将添加功能来跟踪用户单击广告的次数。您将更改 Sample.ads 文件中广告的 URL，以便将广告响应（以及标识广告和最终目标的查询字符串中的信息）发送到重定向页。

然后，创建另一个 XML 文件来存储广告计数器信息。在成品网站中，不应使用 XML 文件来跟踪广告单击数，因为 XML 文件不支持大流量。但是，为了实现本演练的目的和方便起见，将使用 XML 文件，这样就不必配置数据库访问。另外，在成品应用程序中，可能需要更为复杂的单击跟踪，如确保跟踪特定访问者、跟踪单击的时间和日期信息等。尽管如此，无论选择什么样的数据跟踪方式，使用重定向页处理单击的总体策略都是一样的。

最后，将创建重定向页，您将在该页中累计不同广告的计数器，然后再次重定向到要显示广告的目标页，创建重定向页的过程如下。

（1）打开 Sample.ads 文件。

（2）设置"NavigateUrl"以包含下面的内容：

- 重定向页的名称（AdRedirector.aspx）；
- 每个广告的标识符；
- 广告最终指向的页。

下面的代码清单演示用指定 AdRedirector.aspx 页的 URL 更新的 Sample.ads XML 文件。广告标识符和目标页被指定为查询字符串。

```xml
        <?xml version="1.0" encoding="utf-8" ?>
<Advertisements>
  <Ad>
    <ImageUrl>~/images/Contoso_ad.gif</ImageUrl>

<NavigateUrl>AdRedirector.aspx?ad=Widgets&amp;target=http://www.contoso.com/widgets/</NavigateUrl>
      <AlternateText>Ad for Contoso.com</AlternateText>
```

```
  </Ad>
  <Ad>
   <ImageUrl>~/images/ASPNET_ad.gif</ImageUrl>

<NavigateUrl>AdRedirector.aspx?ad=ASPNET&amp;target=http://www.asp.net</NavigateUrl>
    <AlternateText>Ad for ASP.NET Web site</AlternateText>
  </Ad>
</Advertisements>
```

（3）在解决方案资源管理器中，用鼠标右击"App_Data"文件夹，然后单击"添加新项"。

（4）在"模板"之下单击"XML 文件"。

（5）在"名称"框中，输入"AdResponses.xml"，然后单击"添加"按钮。

（6）创建一个仅包含 XML 指令的新 XML 文件。

（7）将下面的 XML 复制到该文件中，并改写 XML 指令。

```
    <?xml version="1.0" standalone="yes"?>
<adResponses>
  <ad adname="Widgets" hitCount="0" />
  <ad adname="ASPNET" hitCount="0" />
</adResponses>
```

该文件包含的元素具有两条信息（广告的 ID 和计数器）。

（8）保存文件，并将其关闭。

（9）接着将创建 Page_Load 处理程序，将下面的代码复制到该处理程序中（不改写主干处理程序声明）。

```
    protected void Page_Load(object sender, EventArgs e)
{
   String adName = Request.QueryString["ad"];
   String redirect = Request.QueryString["target"];
   if (adName == null | redirect == null)
      redirect = "TestAds.aspx";

   System.Xml.XmlDocument doc = new System.Xml.XmlDocument();
   String docPath = @"~/App_Data/AdResponses.xml";
   doc.Load(Server.MapPath(docPath));
   System.Xml.XmlNode root = doc.DocumentElement;
   System.Xml.XmlNode adNode =
      root.SelectSingleNode(
      @"descendant::ad[@adname='" + adName + "']");
   if (adNode != null)
   {
      int ctr =
```

```
        int.Parse(adNode.Attributes["hitCount"].Value);
    ctr += 1;
    System.Xml.XmlNode newAdNode = adNode.CloneNode(false);
    newAdNode.Attributes["hitCount"].Value = ctr.ToString();
    root.ReplaceChild(newAdNode, adNode);
    doc.Save(Server.MapPath(docPath));
  }
  Response.Redirect(redirect);
}
```

这段代码从查询字符串中读取广告 ID 和 URL。然后，使用 XML 方法将 AdResponse.xml 文件读入到 XmlDocument 对象中。这段代码使用 XPath 表达式查找适当的 XML 元素，提取 hitCounter 值，然后更新 hitCounter 值。接下来，这段代码通过克隆创建 XML 元素的副本，用新的元素替换旧的元素，然后将更新后的 XML 文档写回磁盘。最后，这段代码重定向到广告的 URL。

测试广告响应跟踪的步骤如下。

（1）打开包含 AdRotator 控件的页，然后按 Ctrl+F5 组合键。

（2）单击广告。

（3）您会重定向到该广告的目标页。

（4）在浏览器中，单击"后退"返回到广告页。

（5）再次单击广告或单击"按钮"以显示另一个广告，然后单击该广告。

（6）继续这样操作，直到每个广告都至少被单击一次，且一个或多个广告被单击了多次。

（7）关闭浏览器。

（8）在 Visual Web Developer 中，打开 AdResponse.xml 文件，验证广告的计数器是否反映了测试中单击的次数。

（9）关闭 AdResponse.xml 文件。

3．显示广告计数器数据

显示广告计数器数据的步骤如下。

（1）在解决方案资源管理器中，右击网站的名称，然后单击"添加新项"。

（2）在"Visual Studio 已安装的模板"下单击"Web 窗体"。

（3）在"名称"框中，输入"ViewAdData.aspx"。

（4）单击"添加"按钮。

（5）切换到"设计"视图。

（6）从工具箱的"数据"组中，将 XmlDataSource 控件拖曳到该页上。

（7）在"XmlDataSource 任务"快捷菜单中，单击"配置数据源"。

（8）出现"配置数据源<Datasourcename>"对话框。

（9）在"数据文件"框中，输入~/App_Data/AdResponses.xml。

（10）或者，还可以使用"浏览"查找该文件，单击"确定"按钮。

（11）从工具箱的"数据"组中，将 GridView 控件拖曳到页面上。

（12）在"GridView 任务"快捷菜单的"选择数据源"列表中，单击"XmlDataSource1"。

（13）按 Ctrl+F5 组合键，运行该页。

（14）该页在网格中显示广告响应数据。

2.11 实验 11 为移动设备创建网站

2.11.1 实例说明

ASP.NET 中的移动开发与传统的 ASP.NET 基于浏览器的 Web 开发没有太大区别。

2.11.2 技术要点

- 为移动设备创建网站的基本步骤。

2.11.3 设计过程

为移动设备创建网络的设计过程如下。

1. 创建网站

为移动设备创建网站的步骤如下。

（1）打开 Visual Web Developer。

（2）在"文件"菜单上选择"新建"，再选择"网站"。

（3）出现"新建网站"对话框。

（4）在"Visual Studio 已安装的模板"下选择"ASP.NET 网站"。

（5）单击"浏览"按钮。

（6）出现"选择位置"对话框。

（7）单击"本地 IIS"选项卡。

（8）选择"默认网站"。

（9）单击"创建新的 Web 应用程序"按钮。

（10）新应用程序添加在"默认网站"下。

（11）在新网站的框中，输入 DeviceWalkthrough，然后单击"打开"按钮。

（12）将返回到"新建网站"对话框，并且将"位置"框填入"http://localhost/DeviceWalkthrough"。

（13）在"语言"列表中，选择想使用的编程语言。

（14）选择的编程语言将成为网站的默认语言。但可以通过以不同的编程语言创建页面和组件，以便在同一 Web 应用程序中使用多种语言。

（15）单击"确定"按钮。

（16）Visual Web Developer 创建新的网站，并打开名为 Default.aspx 的新页。

2．创建抵押计算器

在本演练中，您将创建从 MobilePage 类继承的一个页，该页包含一个简单的抵押计算器。计算器提示用户输入贷款金额、贷款年限和利率。计算器能确定贷款的每月还款额。

在此演练中，将使用 System.Web.Mobile 命名空间中的控件，这些控件是专为无法与桌面浏览器显示一样多信息的设备而设计的。这些控件将信息呈现在不同的视图中，用户可以在这些视图间切换。

首先，将删除 Default.aspx 页，并创建一个移动页作为替代，具体操作如下。

（1）在解决方案资源管理器中，右击 Default.aspx 页，并选择"删除"按钮。

（2）单击对话框中的"确定"按钮。

（3）在解决方案资源管理器中，右击应用程序，并选择"添加新项"。

（4）在"Visual Studio 已安装的模板"下选择"移动 Web 窗体"。

（5）将移动网页命名为"MobileWebForm.aspx"，然后单击"添加"按钮。

（6）从 MobilePage 类继承的网页被创建并添加至网站。基本上，只有 System.Web.Mobile 命名空间中的控件才可以用在从 MobilePage 类继承的页中。但是，如果将 System.Web.UI.WebControls 命名空间中的控件放置在模板内，则可以使用这些控件。

（7）上一过程中创建的 MobileWebForm.aspx 页中，确保您在"设计"视图中将看到默认名称为"form1"的 Form 控件。

（8）在页中创建一个标题，该标题的文本为"贷款计算器"。

（9）从"工具箱"的"移动 Web 窗体"文件夹中将控件拖曳到"form1"上，并按表 2-8 所示，设置这些控件的属性。

表 2-8　form1 控件及其属性设置

控　　件	属性设置
TextBox	ID = textPrincipal Text = "本金"
TextBox	ID = textTerm Text = "期限"
TextBox	ID = textRate Text = "利率"
Command	ID = "Calculate" Text = "计算"

（10）从"工具箱"的"移动 Web 窗体"文件夹中，将"Form"控件拖曳到设计图面，给"Form"控件指定了默认 ID Form2。

（11）从"工具箱"的"移动 Web 窗体"文件夹中将控件拖曳到 Form2 上，并按表 2-9 所示，设置这些控件的属性。

表 2-9 form2 控件及其属性设置

控　件	属性设置
Label	ID = labelLoanDetails Text = "贷款明细"
Label	ID = labelPayment Text = "还款额"
Command	ID = ReturnToCalculator Text = "返回到计算器"

在 "form1" 控件中，双击 "计算" 按钮创建 Click 事件处理程序，然后添加下面的突出显示的代码。

```
protected void Calculate_Click(object sender, System.EventArgs e)
{
Double principal = Convert.ToDouble(textPrincipal.Text);
Double apr = Convert.ToDouble(textRate.Text);
Double monthlyInterest = (Double)(apr / (12 * 100));
Double termInMonths = Convert.ToDouble(textTerm.Text) * 12;
Double monthlyPayment;
monthlyPayment = Microsoft.VisualBasic.Financial.Pmt(monthlyInterest, termInMonths,
-principal, 0, Microsoft.VisualBasic.DueDate.BegOfPeriod);
this.ActiveForm = this.Form2;
labelLoanDetails.Text = principal.ToString("C0") + " @ " +      apr.ToString() + "%
for " + textTerm.Text + " years";
labelPayment.Text = monthlyPayment.ToString("C");
}
```

该代码收集文本框中的值，将这些值转换成合适的数据类型，然后将其用作 Visual Basic Pmt 函数的参数，该函数计算抵押的月成本。（只要使用命名空间完全限定函数调用，就可以在任何语言中使用 Visual Basic 函数。）计算了月供额后，代码切换到第二个 Form 控件，并在相应的 "Label" 控件中显示结果。

（12）在 "Form2" 控件中，双击 Command 控件创建 Click 事件处理程序，然后添加下面的突出显示的代码。

```
protected void Calculate_Click(object sender, System.EventArgs e)
{
Double principal = Convert.ToDouble(textPrincipal.Text);
Double apr = Convert.ToDouble(textRate.Text);
Double monthlyInterest = (Double)(apr / (12 * 100));
Double termInMonths = Convert.ToDouble(textTerm.Text) * 12;
Double monthlyPayment;
```

```
    monthlyPayment = Microsoft.VisualBasic.Financial.Pmt(monthlyInterest, termInMonths,
-principal, 0, Microsoft.VisualBasic.DueDate.BegOfPeriod);
    this.ActiveForm = this.Form2;
    labelLoanDetails.Text = principal.ToString("C0") + " @ " +        apr.ToString() + "%
for " + textTerm.Text + " years";
    labelPayment.Text = monthlyPayment.ToString("C");
    }
```

在 "Form2" 控件中，双击 Command 控件创建 Click 事件处理程序，然后添加下面突出显示的代码。

```
    protected void ReturnToCalculator_Click(object sender, System.EventArgs e)
{
    this.ActiveForm = this.Form1;
}
```

启动仿真程序或浏览器，并连接到 URL http://localhost/DeviceWalkthrough/Default.aspx。

当页在仿真程序中出现时，输入贷款额 "100000"，年数为 "30"，百分率为 "5"，然后单击 "计算"。

结果视图将替换计算器，显示结果为 "534.59"。

3．增加分页功能

许多设备的显示区域都较小，这使得无法显示较长的列表。ASP.NET 提供为移动设计的 ObjectList 控件，该控件可以一次自动显示一整屏信息，并提供可让用户在列表中前后移动的链接。增加分页功能能的步骤如下。

（1）在解决方案资源管理器中，右击应用程序，并选择 "添加新项"。

（2）在 "Visual Studio 已安装的模板" 下选择 "移动 Web 窗体"。

（3）将页命名为 "Paging.aspx"，然后单击 "添加"。

（4）创建从 MobilePage 类继承的网页并添加至项目。该页包括一个 Form 控件，该控件的名称是 form1。在从 MobilePage 类继承的页上，只能使用 System.Web.Mobile 命名空间中的控件。

（5）从 "工具箱" 的 "移动 Web 窗体" 文件夹中，将一个 "ObjectList" 控件拖到设计图面上，并将该控件放在 "form1" 上。

（6）"ObjectList" 控件添加在页上，该控件显示一组一般数据，使您了解控件在客户端上呈现时的外观。

（7）在 Paging.aspx 页中，切换到 "设计" 视图，并双击空的设计图面，以创建页 Load 事件的一个空的事件处理程序。

（8）在 Paging.aspx 页中，切换到 "设计" 视图，并双击空的设计图面，以创建页 Load 事件的一个空的事件处理程序。

（9）在空的事件处理程序中，添加下面的代码。

```
    protected void Page_Load(object sender, EventArgs e)
{
    string[] ListItems = new string[25];
    for(int i = 0; i < 25; i++)
    {
        ListItems[i] = "This is item " + i + ".";
    }
    this.ObjectList1.DataSource = ListItems;
    this.ObjectList1.DataBind();
}
```

该代码创建一个字符串对象的数组，并用字符串填充该数组。然后将该数组绑定到 ObjectList 控件，现在可以测试页面了。

2.12　实验 12　创建基本的 ASP.NET Wizard 控件

2.12.1　实例说明

生成一系列窗体来收集用户数据是开发网站时的常见任务。通过提供一种允许方便生成步骤、添加新步骤或对步骤重新排序的机制，ASP.NET Wizard 控件简化了许多与生成窗体和收集用户输入关联的任务。

2.12.2　技术要点

- Wizard 控件的使用。

2.12.3　设计过程

创建基本的 ASP.NET Wizard 控件，主要就是添加 Wizard 控件，其操作步骤如下。

1. 切换到 Default.aspx 的"设计"视图。

2. 从"工具箱"的"标准"组中，将 Wizard 控件拖曳到该页上。该控件即显示在页上，并具有两个默认步骤。单击这两个步骤可对该步骤期间显示的文本和控件进行编辑。

3. 拖曳"Wizard"控件边沿的控制柄之一，将该控件放大到大约其默认大小的两倍。

4. 单击"Wizard"控件中带下画线的文本"步骤 1"。

5. 单击"Wizard"控件的编辑区域。

6. 现在即可编辑该步骤的显示区域。

7. 输入"请输入您的姓名："。

8. 将 TextBox 控件拖曳到向导活动区域中刚输入的文本旁边，如图 2-50 所示。

9. 单击"Wizard"控件中的"步骤 2"。

10. 单击"Wizard"控件的编辑区域。

11. 输入"请输入您的电话号码:"。

12. 将 TextBox 控件拖曳到向导活动区域中电子邮件标签旁边。

13. 右击"Wizard"控件。

14. 选择"显示智能标记"。

15. 在"向导任务"对话框中,选择"添加/移除向导步骤"。

16. 出现"WizardStep 集合编辑器"。

17. 从"添加"按钮上的"添加"下拉列表中,选择"向导步骤"。

18. 在"属性"区域显示该新步骤。

19. 将"标题"属性设置为"步骤 3",如图 2-51 所示。

图 2-50 控件布局

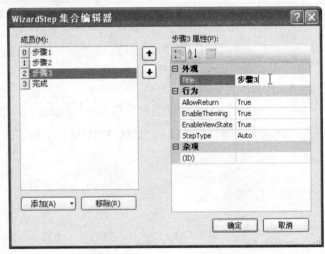

图 2-51 WizardStep 集合编辑器

20. 从"添加"按钮上的"添加"下拉列表中,选择"向导步骤"。

21. 现在"属性"区域显示该新步骤。

22. 将"标题"属性设置为"完成"。

23. 将"StepType"属性设置为"Complete"。单击"确定"按钮。

24. 将鼠标放置到页面的"完成"文字处,单击,即进入完成页面的编辑状态,如图 2-52 所示。

25. 向窗口中添加三个 Label 控件。

26. 通过在解决方案资源管理器中右击文件名并选择"查看代码",打开 Default.aspx 的代码隐藏文件。

27. 该页包含为您存根的 Page_Load 方法,添加下面突出显示的代码。

```
void Page_Load(Object sender, System.EventArgs e)
{
```

```
    Label1.Text = "您输入的姓名为："+TextBox1.Text;
    Label2.Text = "您输入的电话号码为："+TextBox2.Text;
    Label3.Text = "您输入的电子邮件为："+TextBox3.Text;
}
```

28．在"设计"视图中查看 Default.aspx。

29．显示该控件上的"向导任务"菜单，并从"步骤"下拉列表中选择"步骤 1"。

30．单击该"Wizard"控件，然后按 Ctrl+F5 组合键，浏览器中的运行结果如图 2-53 所示。

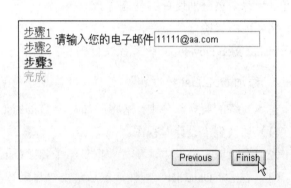

图 2-52　控件布局　　　　　　　　　　图 2-53　浏览器中的运行结果

2.13 实验 13 使用 DataList Web 服务器控件显示格式化数据

2.13.1 实例说明

网页中的一个常见任务就是显示数据，该任务实际上就是创建数据报表。在本演练中，您将使用 DataList 控件，该控件使您可以为显示在 ASP.NET 网页上的记录创建任意形式的布局。

2.13.2 技术要点

- DataList Web 控件的使用。

2.13.3 设计过程

使用 DataList Web 服务器控件显示格式化数据的设计过程包括创建网站、添加 DataList 控件、设置 DataList 控件布局的格式、测试 DataList 控件和在 DataList 控件中显示相关信息五个部分。

1. 创建网站

按照下面的步骤创建一个新的网站和网页。

（1）打开 Visual Web Developer。

（2）在"文件"菜单上单击"新建"按钮，然后单击"网站"。如果您使用的是 Visual Web Developer 速成版，则在"文件"菜单上单击"新建网站"，出现"新建网站"对话框。

（3）在"Visual Studio 已安装的模板"之下选择"ASP.NET 网站"。

（4）在"位置"框中选择"文件系统"，然后输入要保存网站网页的文件夹的名称，例如，输入文件夹名"C:\WebSites\FormatDataList"。

（5）在"语言"列表中，单击您想使用的编程语言。您选择的编程语言将是网站的默认语言，但您可以为每个页分别设置编程语言。

（6）单击"确定"按钮。

Visual Web Developer 创建该文件夹和一个名为 Default.aspx 的新页。

2. 添加 DataList 控件

在本演练的第一部分中，您将添加一个 DataList 控件，然后配置它的数据源，以用网格显示数据。

（1）切换到"设计"视图。

（2）在"工具箱"中，从"数据"组中将"DataList"控件拖曳到页上。

（3）右击"DataList"控件，然后单击"显示智能标记"。

（4）在"DataList 任务"菜单上的"选择数据源"列表中，单击"新建数据源"，出现"配置数据源"向导。

（5）单击"数据库"按钮。这指定您要从支持 SQL 语句的数据库中获取数据。（此类数据库包括 SQL Server 和其他与 OLE-DB 兼容的数据库。）

（6）在"为数据源指定 ID"框中，将显示默认的数据源控件名称（"SqlDataSource1"）。可以保留此名称。

（7）单击"确定"按钮。"配置数据源"向导随即会显示一个可在其中创建连接的页。

（8）单击"新建连接"按钮，如果出现"选择数据源"页，则请在"数据源"列表中选择要使用的数据源类型。对于此演练，数据源类型为"Microsoft SQL Server"。在"数据提供程序"列表中，单击"用于 SQL Server 的.NET Framework 数据提供程序"，然后单击"继续"按钮。出现"添加连接"页。

（9）在"添加连接"页上的"服务器名"文本框中，输入运行 SQL Server 数据库的计算机的名称。

（10）在登录凭据中，选择可用于访问运行 SQL Server 数据库的计算机的选项（集成安全性或特定的 ID 和密码），并在需要时输入一个用户名和密码。

（11）选择"保存密码"复选框。

（12）单击"选择或输入数据库名称"按钮，然后输入"Northwind"。

（13）单击"测试连接"，并在确定该连接生效后单击"确定"按钮。随即会显示"配置数据源"

向导，并在其中显示所填写的连接信息。

（14）单击"下一步"。

该"配置数据源"向导显示一页，从该页中您可以选择将连接字符串存储到配置文件中。将连接字符串存储在配置文件中有两个优点：① 比将它存储在页面中更安全，② 可以在多个页中重复使用同一连接字符串。

（15）确保选中了"是，将此连接另存为"复选框，然后单击"下一步"。可以保留默认连接字符串。该"配置数据源"向导显示一页，从该页中您可以指定要从数据库中获取的数据。

（16）确保选中了"指定来自表或视图的列"。

（17）在"名称"列表中单击"Categories"。

（18）在"列"下，选择"CategoryID"和"CategoryName"复选框。"配置数据源"向导随即会在该页底部的框中显示正在创建的 SQL 语句。

（19）单击"下一步"按钮。

（20）单击"测试查询"，以确保您获取的是所需数据。

（21）单击"完成"按钮。

"配置数据源"向导随即会关闭，并且您将返回到"SqlDataSource"控件。如果查看"SqlDataSource"控件的属性，可以发现"配置数据源"向导已为 ConnectionString 和 SelectQuery 属性创建了相应的属性值。即使 Visual Web Developer 中的"属性"显示了完整的连接字符串，也只在页中保存连接字符串标识符（在本例中，该标识符为"NorthwindConnectionString"）。

3. 设置 DataList 控件布局的格式

此时，页上已包含了一个 DataList 控件，该控件为 Categories 表中的信息使用默认布局。DataList 控件的优点是可以为数据创建任意格式的布局。在本部分中，您将使用一个模板并将用文本和控件对该模板进行配置，以自定义数据显示。

设置 DataList 控件布局的格式的步骤如下。

（1）右击"DataList"控件，单击"编辑模板"，然后单击"项模板"。

"DataList"控件将切换到模板编辑模式，并显示下列这些模板的模板框：

- "ItemTemplate"，该模板包含默认情况下显示在"DataList"控件中的文本和控件；
- AlternatingItemTemplate，该模板是一个可选模板，可在其中创建用于其他每条数据记录的布局。通常，AlternatingItemTemplate 属性类似于 ItemTemplate 属性，但 **AlternatingItemTemplate** 属性使用其他背景颜色创建带状效果；
- SelectedItemTemplate，该模板为通过使用按钮单击或其他操作显式选择的数据记录定义布局。此模板的典型用法是提供数据记录的展开视图或用作主/详细关系的主记录。必须编写代码，才能支持将记录置于选定模式中；
- EditItemTemplate，该模板为数据记录的编辑模式定义布局。通常，EditItemTemplate 属性包含用户可在其中修改数据记录的可编辑控件，如 TextBox 和 CheckBox 控件。必须编写代码，才能将记录置于编辑模式并在完成编辑时保存该记录。（在本演练中不用这么做。有关如何编写用于编辑记录的代码的信息，请参见第 1 章 1.7.2 节中允许用户编辑 DataList Web 服务器控件中的项的内容。

默认情况下，Visual Web Developer 使用数据源中每个数据列的数据绑定 Label 控件来填充项模板。此外，Visual Web Developer 还为用作标题的每个标签生成静态文本。

（2）拖曳右侧尺寸柄以扩宽"DataList"控件，使其占据大部分页宽。

（3）编辑项模板以重新排列 Label 控件，并创建一个新标题以便该模板内容类似于下面的代码示例。

```
Name: [CategoryNameLabel] (ID: [CategoryIDLabel])
```

（4）单击"CategoryNameLabel"控件。在"属性"中，展开"字体"节点，然后将"粗体"设置为 true。

（5）在"设计"视图中的"DataList"控件上，右击标题栏，单击"编辑模板"，然后单击"分隔符模板"。分隔符模板使您可以指定在各数据记录之间显示哪些文本或哪些其他元素。

（6）从"工具箱"的"HTML"组中，将一个"水平标尺"元素拖曳到分隔符模板中。

（7）在"DataList"控件上，右击标题栏，然后单击"结束模板编辑"。

4．测试 DataList 控件

现在可以测试已创建的 DataList 控件的布局，按 Ctrl+F5 组合键运行该页。该页显示一个类别名称和 ID 的列表，并且每条记录之间用一条线隔开。

5．在 DataList 控件中显示相关信息

您当前所使用的 DataList 控件使用前面定义的自定义布局显示各条 Category 记录。只是略微更改了默认布局，就可以看到通过使用模板，可以排列文本和控件，设置内容的格式，并可以用其他方式修改数据记录显示。

布局可以包含当前记录以及相关记录。在本部分演练中，您将对布局进行更改，以便每一行显示一个类别及属于该类别的产品。实际上，就是在 DataList 控件的每一行中显示一个主/详细关系，将需要编写一小段代码来实现此方案。

（1）在 DataList 控件中显示相关信息的步骤如下。

① 右击"DataList"控件，单击"编辑模板"，然后单击"项模板"。

② 从"工具箱"的"标准"组中，将一个"BulletedList"控件拖曳到项模板上，然后将该"BulletedList"控件放在类别信息下。"BulletedList"控件可以显示数据，每个项目符号项表示一个数据列。

③ 右击"BulletedList"控件，然后单击"显示智能标记"。

④ 单击"选择数据源"，您将创建另一个数据源控件来读取相关记录。

⑤ 在"选择数据源"对话框的"选择数据源"列表中，单击"新建数据源"。

⑥ 单击"数据库"。

⑦ 在"为数据源指定 ID"框中，输入"bulletedListDataSource"。虽然通常可以保留数据源的默认名称，但在本例中向数据源指定一个特定的可预知名称十分有用，这样以后可以在代码中引用该名称。

⑧ 单击"确定"按钮，出现"配置数据源"向导。

⑨ 在"应用程序连接数据库应使用哪个数据连接？"列表中，单击在本演练的前面部分创建的连接的名称，然后单击"下一步"按钮，"配置数据源"向导随即会显示一个可在其中创建 SQL 语句的页。

⑩ 在"指定来自表或视图的列"下的"名称"框中，单击"Products"。

⑪ 在"列"框中，选择"ProductName"框，"BulletedList"控件将只显示一个列。

⑫ 单击"WHERE"按钮，即会出现"添加 WHERE 子句"对话框。

⑬ 在"列"列表中单击"CategoryID"。

⑭ 在"运算符"列表中单击"="。

⑮ 在"源"列表中单击"无"，这表示"CategoryID"列的值将不通过变量提供。

⑯ 依次单击"添加"按钮、"确定"按钮、"下一步"按钮，然后单击"完成"按钮，测试该查询是否将不使用变量。

⑰ 在"选择要在 BulletedList 中显示的数据字段"列表中，单击"ProductName"。单击"确定"按钮。

⑱ 在"DataList"控件中，右击标题栏，然后单击"结束模板编辑"。

（2）编写用于设置类别 ID 的代码

为 bulletedListDataSource 控件创建的 SQL 语句类似于下面的代码：

```
SELECT [ProductName] FROM [Products] WHERE ([CategoryID] = @CategoryID)}
```

在运行时，DataList 控件显示类别记录列表，该列表包含类别名称和类别 ID。在上一部分中，您已添加了将显示每个类别的所有产品的 BulletedList 控件。在显示每条类别记录时，DataList 控件使用上述查询执行获取该类别产品的查询。

对于所显示的每条记录，必须为该查询提供类别 ID。可通过编写一小段代码来实现此功能，该代码从当前所显示的记录获取类别 ID，然后在 bulletedListDataSource 控件中将类别 ID 作为一个参数传递给该查询。

（3）编写用于设置类别 ID 的代码

编写用于设置类别 ID 的代码的步骤如下。

① 单击"DataList"控件，然后在工具栏上的"属性"中单击"事件"。

② 双击"ItemDataBound"以便为该事件创建一个事件处理程序。

③ 将下面的代码复制到处理程序中。

```
if (e.Item.ItemType == ListItemType.Item ||
    e.Item.ItemType == ListItemType.AlternatingItem)
```

```
{
  SqlDataSource ds;
  ds = e.Item.FindControl("bulletedListDataSource")
      as SqlDataSource;
  ds.SelectParameters["CategoryID"].DefaultValue =
      DataBinder.Eval(e.Item.DataItem,
      "categoryid").ToString();
}
```

这样，将为所显示的每条数据记录引发 ItemDataBound 事件，从而允许您读取或修改数据。这段代码执行下面的操作：

- 检查在绑定 "ItemTemplate" 或 "AlternatingItemTemplate" 对象（不是 "SeparatorTemplate" 对象或其他类型的模板）时是否发生了该事件；
- 使用 FindControl 方法获取对在每个项模板中创建的 SQLDataSource 控件实例的引用；
- 通过计算当前 DataItem 属性获取 CategoryID 数据列的值；
- 设置参数化查询的 CategoryID 变量，方法是在 SelectParameters 集合中设置该变量的 DefaultValue 属性。

（4）测试代码

测试用于设置类别 ID 的代码，按 Ctrl+F5 组合键运行该页。

"DataList" 控件显示了每条类别记录，并且还针对每条记录在项目符号列表中显示属于该类别的产品。

2.14 实验 14 数据绑定到自定义业务对象

2.14.1 实例说明

许多 Web 应用程序是使用多个层生成的，由中间层中的一个或多个组件提供数据访问。Microsoft Visual Web Developer 提供了一个向导，该向导可以帮助创建可用作中间层数据对象的数据组件。

但是，您可能还希望生成自定义业务对象，而不是依赖于通过该向导创建的数据组件，通过创建自定义业务对象可以实现自己的业务逻辑。本演练演示如何创建可用作 ASP.NET 网页的数据源的基本业务对象。

2.14.2 技术要点

- 使用数据绑定到自定义业务对象。

2.14.3　设计过程

数据绑定到自定义业务对象的设计过程可分为创建文件系统网站、为业务数据创建 XML 文件、创建组件、使用业务组件显示数据和使用业务组件插入数据五个部分。

1．创建网站

如果已在 Visual Web Developer 中创建了一个网站，则可以使用该网站并转到下一节"为业务数据创建 XML 文件"。否则，按照下面的步骤创建一个新的网站和网页。创建文件系统网站的步骤如下。

（1）打开 Visual Web Developer。

（2）在"文件"菜单上单击"新建网站"，出现"新建网站"对话框。

（3）在"Visual Studio 已安装的模板"之下单击"ASP.NET 网站"。

（4）在"位置"框中输入要保存网站页面的文件夹的名称，例如，输入文件夹名"C:\WebSites"。

（5）在"语言"列表中，单击您想使用的编程语言。

（6）单击"确定"按钮，Visual Web Developer 创建该文件夹和一个名为 Default.aspx 的新页。

2．为业务数据创建 XML 文件

在下面的过程中，将为业务组件数据创建一个简单的 XML 文件，具体步骤如下。

（1）在解决方案资源管理器中，右击"App_Data"，然后单击"添加新项"。

（2）在"Visual Studio 已安装的模板"之下单击"XML 文件"。

（3）在"名称"框中输入"Authors.xml"。

（4）单击"添加"按钮，创建一个仅包含 XML 指令的新 XML 文件。

（5）复制下面的 XML 数据，然后将其粘贴到文件中，并改写该文件中的内容。

XML 文件包含标识数据的数据库结构的架构信息，包括键的主键约束。

```xml
<?xml version="1.0" standalone="yes"?>
<dsPubs xmlns="http://www.tempuri.org/dsPubs.xsd">
<xs:schema id="dsPubs" targetNamespace="http://www.tempuri.org/dsPubs.xsd" xmlns:
mstns="http://www.tempuri.org/dsPubs.xsd"    xmlns="http://www.tempuri.org/dsPubs.xsd"
xmlns:xs="http://www.w3.org/2001/XMLSchema"
xmlns:msdata="urn:schemas-microsoft-com:xml-msdata"   attributeFormDefault="qualified"
elementFormDefault="qualified">
    <xs:element name="dsPubs" msdata:IsDataSet="true">
     <xs:complexType>
      <xs:choice minOccurs="0" maxOccurs="unbounded">
       <xs:element name="authors">
        <xs:complexType>
         <xs:sequence>
          <xs:element name="au_id" type="xs:string" />
          <xs:element name="au_lname" type="xs:string" />
```

```
                <xs:element name="au_fname" type="xs:string" />
                <xs:element name="au_phone" type="xs:string" />
            </xs:sequence>
          </xs:complexType>
        </xs:element>
      </xs:choice>
    </xs:complexType>
    <xs:unique name="Constraint1" msdata:PrimaryKey="true">
      <xs:selector xpath=".//mstns:authors" />
      <xs:field xpath="mstns:au_id" />
    </xs:unique>
  </xs:element>
</xs:schema>
<authors>
  <au_id>172-32-1176</au_id>
  <au_lname>West</au_lname>
  <au_fname>Paul</au_fname>
  <au_phone>408 555-0123</au_phone>
</authors>
<authors>
  <au_id>213-46-8915</au_id>
  <au_lname>Gray</au_lname>
  <au_fname>Chris</au_fname>
  <au_phone>415 555-0120</au_phone>
</authors>
</dsPubs>
```

（6）保存 Authors.xml 文件，然后将其关闭。

3. 创建组件

下一步是创建用作业务组件的类。组件将保存在网站的"App_Code"文件夹中。在实际的应用程序中，可以在任何方便的存储区（包括全局程序集缓存）中保存组件。如果网站还没有名为"App_Code"的目录，则必须创建一个这样的目录。

创建 App_Code 文件夹是在解决方案资源管理器中，用鼠标右击网站的名称，单击"添加 ASP.NET 文件夹"，然后单击"App_Code"完成的。现在，可以将该组件添加到站点中。

创建业务组件的操作步骤如下。

（1）在解决方案资源管理器中，右击"App_Code"文件夹，然后单击"添加新项"。

（2）出现"添加新项"对话框。

（3）在"Visual Studio 已安装的模板"之下单击"类"。

（4）在"语言"框中，单击您想使用的编程语言。

（5）在"名称"框中输入"BusinessObject"。

（6）单击"添加"按钮，Visual Web Developer 创建新的类文件并打开代码编辑器。

（7）复制下面的代码，然后将其粘贴到文件中，并改写该文件中的内容。

```
using System;
using System.Web;
using System.Data;
namespace PubsClasses
{
    public class AuthorClass
    {
        private DataSet dsAuthors = new DataSet("ds1");
        private String filePath =
            HttpContext.Current.Server.MapPath
                ("~/App_Data/Authors.xml");
        public AuthorClass()
        {
            dsAuthors.ReadXml(filePath, XmlReadMode.ReadSchema);
        }
        public DataSet GetAuthors()
        {
            return dsAuthors;
        }
    }
}
```

（8）创建类的实例后，该实例读取 XML 文件并将其转换为数据集。类的 GetAuthors 方法返回该数据集。

（9）保存该文件。必须保存该文件，才能正常进行下一个操作。

4．使用业务组件显示数据

现在，可以在网页中调用业务组件并显示其数据。若要引用该组件，请使用专为使用对象而设计的 ObjectDataSource 控件。

（1）创建引用该组件的 ObjectDataSource 控件的步骤如下。

① 切换到或打开"Default.aspx"页。

② 切换到"设计"视图。

③ 在"工具箱"中，从"数据"文件夹中将一个"ObjectDataSource"控件拖曳到页上。

④ 在"属性"窗口中，将"ID"设置为"AuthorsObjectDataSource"。

⑤ 右击"ObjectDataSource"控件，然后单击智能标记以显示"ObjectDataSource 任务"菜单。

⑥ 在"ObjectDataSource 任务"菜单上，单击"配置数据源"，出现"配置数据源"向导。

⑦ 在"选择业务对象"列表中，单击"PubsClasses.AuthorClass"。

⑧ 单击"下一步"按钮。

⑨ 在"选择"选项卡的"选择方法"列表中，单击"GetAuthors()，返回数据集"。"GetAuthors"方法是在先前创建的业务类中定义的。该方法返回的数据集包含 Authors.xml 文件的数据。

⑩ 单击"完成"按钮，已输入的配置信息指定：要从组件获取数据，则应调用组件的 GetAuthors 方法。现在，可以使用 ObjectDataSource 控件从组件获取数据。数据将显示在页上的 GridView 控件中。

（2）显示组件数据的步骤如下。

① 在"工具箱"中，从"数据"文件夹中将"GridView"控件拖曳到页上。

② 右击"GridView"控件，如果未显示"常见 GridView 任务"菜单，则单击智能标记。

③ 在"常见 GridView 任务"菜单的"选择数据源"框中，单击"AuthorsObjectDataSource"。

④ 按 Ctrl+F5 组合键运行该页，即会显示"GridView"控件，其中包含 XML 数据。

5. 使用业务组件插入数据

与其他数据源控件（如 SqlDataSource 控件）一样，ObjectDataSource 控件支持更新（插入、更新和删除）。在本节中，将使用一个插入作者记录的方法来修改业务组件。然后，对页进行更改以便用户可以输入新的作者信息，并修改 ObjectDataSource 控件以执行插入操作。

（1）修改业务组件以允许插入的步骤如下。

① 切换到 BusinessObject 文件。

② 添加下面的方法作为 AuthorClass 的最终成员。

```
public void InsertAuthor (String au_id, String au_lname,
    String au_fname, String au_phone)
{
    DataRow workRow = dsAuthors.Tables[0].NewRow ();
    workRow.BeginEdit ();
    workRow[0] = au_id;
    workRow[1] = au_lname;
    workRow[2] = au_fname;
    workRow[3] = au_phone;
    workRow.EndEdit ();
    dsAuthors.Tables[0].Rows.Add (workRow);
    dsAuthors.WriteXml (filePath, XmlWriteMode.WriteSchema);
}
```

上述新方法采用四个值执行插入操作，这四个值将在页中以参数的形式提供。该方法在数据集中创建一个新行，然后将更新后的数据集以 XML 文件的形式写出。然后保存该文件。

下一步是对页进行更改，以便用户可以输入新的作者信息。在下面的过程中，将使用 DetailsView 控件。

（2）添加用于插入数据的控件的步骤如下。

① 切换到或打开 Default.aspx 页。

② 切换到"设计"视图。

③ 在"工具箱"中，从"数据"文件夹中将"DetailsView"控件拖到页上。

④ 在"DetailsView 任务"菜单上，在"选择数据源"框中单击"AuthorsObjectDataSource"。

⑤ 在"属性"窗口中，将"AutoGenerateInsertButton"设置为 true。

这会使"DetailsView"控件呈现一个"新建"按钮，用户可以单击该按钮，使控件进入数据输入模式。最后，必须配置 ObjectDataSource 控件，以指定该控件插入数据应执行的操作。

（3）为插入数据配置数据源控件。

右击"AuthorsObjectDataSource"，单击"属性"，然后将"InsertMethod"设置为"InsertAuthor"。这是添加到业务组件的方法的名称。现在即可将新的作者插入 XML 文件中。

（4）测试插入操作的步骤如下。

① 按 Ctrl+F5 组合键运行 Default.aspx 页。

② 在"DetailsView"控件中单击"新建"按钮，控件重新显示，其中包含文本框。

③ 输入新的作者信息，然后单击"插入"按钮，将新的作者信息即添加到 XML 文件中，"GridView"控件会立即反映新的记录。

2.15 实验 15 使用 FormView Web 服务器控件显示格式化数据

2.15.1 实例说明

ASP.NET 提供了多种可用于显示和编辑数据记录的控件。在此演练中，您将使用 FormView 控件，该控件一次处理一个数据记录。FormView 控件的主要功能是允许您通过定义模板自行创建记录布局。通过使用模板，您可以完全控制控件内数据的布局和外观。FormView 控件还支持诸如编辑、插入和删除数据记录等更新。如果数据源向 FormView 控件提供多个记录，则该控件允许您对各记录进行分页。

2.15.2 技术要点

- FormView 控件的使用。

2.15.3 设计过程

使用 FormView Web 服务器控件在网页中显示格式化数据的设计过程可分为创建网站、使用下拉列表作为主表、添加 FormView 控件、在 FormView 控件中自定义布局、向 FormView 控件添加"编辑"和"插入"功能和在下拉列表中重新显示更新的产品名六个部分。

1. 创建网站

按照下面的步骤创建一个新的网站和网页。

（1）打开 Visual Web Developer。

（2）在"文件"菜单上单击"新建"按钮，然后单击"网站"。如果您使用的是 Visual Web Developer 速成版，则在"文件"菜单上单击"新建网站"，出现"新建网站"对话框。

（3）在"Visual Studio 已安装的模板"之下单击"ASP.NET 网站"。

（4）在"位置"框中输入要保存网站页面的文件夹的名称，例如，输入文件夹名称"C:\WebSites\FormViewData"。

（5）在"语言"列表中，单击您想使用的编程语言。

（6）单击"确定"按钮，Visual Web Developer 创建该文件夹和一个名为 Default.aspx 的新页。

2. 使用下拉列表作为主表

在本部分的演练中，您将向页中添加一个下拉列表，并用一列产品名填充该列表。当用户选择某一产品时，该页将在 FormView 控件中显示该产品的详细信息。

（1）创建和填充下拉列表的步骤如下。

① 切换到或打开 Default.aspx 页。如果您使用已创建的网站，则请添加或打开可以在此演练中使用的页。

② 切换到"设计"视图。

③ 在该页中键入"显示产品信息"。

④ 从"工具箱"的"标准"组中，将一个 DropDownList 控件拖到该页上。

⑤ 如果未显示"DropDownList 任务"菜单，则请右击"DropDownList"控件，然后单击"显示智能标记"。

⑥ 在"DropDownList 任务"菜单中，选择"启用 AutoPostBack"复选框。

⑦ 单击"选择数据源"打开"数据源配置向导"。

⑧ 在"选择数据源"列表中，单击"<新建数据源>"。

⑨ 单击"数据库"，这指定您要从支持 SQL 语句的数据库中获取数据。在"为数据源指定 ID"框中，将显示默认的数据源控件名称，可以保留此名称。

⑩ 单击"确定"按钮。向导将显示一页，在该页中可以选择连接。

⑪ 单击"新建连接"按钮，即出现"添加连接"对话框。

- 如果"数据源"列表未显示"Microsoft SQL Server (SQLClient)"，则请单击"更改"按钮，然后在"更改数据源"对话框中选择"Microsoft SQL Server"。

- 如果出现"选择数据源"页，则请在"数据源"列表中选择要使用的数据源类型。对于此演练，数据源类型为"Microsoft SQL Server"。在"数据提供程序"列表中，单击"用于 SQL Server 的.NET Framework 数据提供程序"，然后单击"继续"按钮。

⑫ 在"添加连接"对话框中，首先在"服务器名称"框中，输入运行 SQL Server 的计算机的名

称；接着对于登录凭据，请选择适合访问正在运行的 SQL Server 数据库的选项（集成安全性或特定 ID 和密码），并根据需要输入用户名和密码。如果输入了密码，请选择"保存密码"复选框；然后选择"选择或输入数据库名称"按钮，并输入 Northwind；最后单击"测试连接"，并在确保连接生效时单击"确定"按钮。此时将返回到向导，其中填充了连接信息。

⑬ 单击"下一步"按钮。

⑭ 确保选中"是，将此连接另存为"复选框，然后单击"下一步"按钮。（可以保留默认的连接字符串名称。）该向导显示一页，从该页中您可以指定要从数据库中检索的数据。

⑮ 单击"指定来自表或视图的列"。

⑯ 在"名称"列表中单击"产品"。

⑰ 在"列"下，选择"ProductID"和"ProductName"。

⑱ 单击"下一步"按钮。

⑲ 单击"测试查询"，以确保正在检索所需的数据。

⑳ 单击"完成"按钮，此时将返回到向导。

㉑ 在"选择要在 DropDownList 中显示的数据字段"列表中，单击"ProductName"。

㉒ 从"为 DropDownList 的值选择数据字段"列表中，选择"ProductID"。这指定当选择某一项时，ProductID 字段将作为该项的值返回。

㉓ 单击"确定"按钮，在继续之前，请测试下拉列表。

（2）测试下拉列表的步骤如下。

① 按 Ctrl+F5 组合键运行该页。

② 显示该页后，检查下拉列表。

③ 选择一个产品名称，确保列表执行回发。

3. 添加 FormView 控件

现在将添加一个 FormView 控件来显示产品详细信息。FormView 控件从您添加到页中的另一个数据源控件中获取数据。第二个数据源控件包含一个参数化查询，该查询可为当前在 DropDownList 控件中选定的项获取产品记录。添加 FormView 控件的步骤如下。

① 从"工具箱"的"数据"组中，将一个"FormView"控件拖曳到该页上。

② 如果未显示"FormView 任务"菜单，则请右击"FormView"控件，然后单击"显示智能标记"。

③ 在"FormView 任务"菜单的"选择数据源列表"中，单击"<新建数据源>"，出现"数据源配置向导"对话框。

④ 单击"数据库"。FormView 控件将与 DropDownList 控件从相同的表中获取数据。在"为数据源指定 ID"框中，将显示默认的数据源控件名称，可以保留此名称。

⑤ 单击"确定"按钮，"配置数据源"向导启动。

⑥ 从"应用程序连接数据库应使用哪个数据连接？"列表中，选择您在本演练的前面创建并存储的连接。

⑦ 单击"下一步"按钮，向导将显示一页，在该页中可以创建 SQL 语句。

⑧ 从"指定来自表或视图的列"下的"名称"列表中，选择"产品"。

⑨ 在"列"框中，选择"ProductID"、"ProductName"和"UnitPrice"。

⑩ 单击"WHERE"按钮，显示"添加 WHERE 子句"对话框。

⑪ 从"列"列表中，选择"ProductID"。

⑫ 从"运算符"列表中，选择"="。

⑬ 从"源"列表中，选择"控件"。

⑭ 在"参数属性"的"控件 ID"列表中，选择"DropDownList1"。前面两个步骤指定查询将从您前面添加的 DropDownList 控件中获取产品 ID 的搜索值。

⑮ 单击"添加"按钮。

⑯ 单击"确定"按钮，关闭"添加 WHERE 子句"对话框。

⑰ 单击"高级"按钮，出现"高级 SQL 生成选项"对话框。

⑱ 选择"生成 INSERT、UPDATE 和 DELETE 语句"复选框。此选项将使向导基于您所配置的 Select 语句创建 SQL 更新语句。在本向导的后面，您将使用 FormView 控件来编辑和插入记录，这需要使用数据源控件中的更新语句。

⑲ 单击"确定"按钮。

⑳ 单击"下一步"按钮。

㉑ 在"预览"页中，单击"测试查询"。向导将显示一个对话框，提示您输入一个要在 WHERE 子句中使用的值。

㉒ 在"值"框中输入"4"，然后单击"确定"按钮，出现产品信息。

㉓ 单击"完成"按钮。

4. 在 FormView 控件中自定义布局

使用 FormView 控件的原因是您可以定义它所显示的记录的布局。在本部分演练中，您将通过编辑模板来自定义记录布局。对于您的布局，将使用 HTML 表。

（1）设置布局格式的步骤如下。

① 单击选择"FormView"控件，然后拖曳控件右侧的尺寸柄，使该控件与当前页宽度相同。

② 拖曳控件底部的尺寸柄，将控件的高度更改为约 400 像素。（准确的高度并不重要。）

③ 右击该控件，单击"编辑模板"，然后单击"ItemTemplate"，控件重新以项模板编辑模式显示。项模板包含静态文本和用于在页运行时显示数据记录的控件。默认情况下，Visual Web Developer 使用数据源中每个数据列的数据绑定 Label 控件来填充项模板。此外，Visual Web Developer 还为用作标题的每个标签生成静态文本。生成的模板具有三个分别带有"编辑"、"删除"和"新建"文本的 LinkButton 控件。

④ 将插入点置于项模板的顶部，按几次 Enter 键以留出空间，然后在模板顶部输入"产品详细信息"作为标题。

⑤ 将插入点置于控件和静态文本下方，然后在"布局"菜单中单击"插入表"，现在创建 HTML 表作为文本和控件的容器。

⑥ 在"插入表"对话框中，执行以下操作：

先将"行"设置为 4；接着将"列"设置为 2；然后单击"单元格属性"按钮，并将"宽度"设置为 35 个像素（px），将"高度"设置为 30 个像素（px）。

⑦ 单击"确定"按钮关闭"单元格属性"对话框，然后单击"确定"按钮，关闭"插入表"对话框。

⑧ 将"ProductIdLabel"控件拖曳到右上角的单元格中。

⑨ 将"ProductNameLabel"控件拖曳到右侧第二个单元格中。

⑩ 将"UnitPriceLabel"控件拖曳到右侧第三个单元格中。

⑪ 在左侧的列中，输入要用作 Label 控件标题的静态文本。例如，在"ProductIdLabel"控件旁边的单元格中，输入"ID"。可以按您的意愿输入任意标题文本。

⑫ 右击左侧列，单击"选择"，然后单击"列"。

⑬ 在"属性"窗口中，将"对齐"设置为"右"，以使标题文本右对齐。

⑭ 选择右侧列并拖曳其右侧边框，以使表宽度足以显示长的产品名。

⑮ 选择 Visual Web Developer 生成的文本（例如，文本"ProductID"）并将其删除。

⑯ 右击"FormView"控件的标题栏并单击"结束模板编辑"。模板编辑器关闭，控件以您刚创建的布局显示。

（2）测试 FormView 控件

现在可以测试布局。测试 FormView 控件的步骤如下。

① 按 Ctrl+F5 组合键运行该页。

② 在 DropDownList 控件中，单击一个产品名。FormView 控件显示有关该产品的详细信息。

③ 选择另一个产品，并确认 FormView 控件显示该产品的详细信息。

④ 关闭浏览器。

5．向 FormView 控件添加"编辑"和"插入"功能

FormView 控件可以显示各个记录，并支持编辑、删除和插入功能。

在本部分的演练中，您将添加编辑当前所显示记录的功能。要编辑记录，需要定义包含文本框（还可能包含其他控件）的另一个模板。

（1）向 FormView 控件添加编辑功能的步骤如下。

① 右击"FormView"控件，单击"编辑模板"，然后单击"EditItemTemplate"。此时出现模板编辑器，并显示 EditItemTemplate 属性，该属性定义控件处于编辑模式时记录的布局。Visual Web Developer 使用不是输入的每个数据列的 TextBox 控件填充编辑模板，并为标题添加静态文本。这与生成项模板的方式相似，区别是在编辑模式中，Visual Web Developer 会生成文本框。和以前一样，生成的模板具有"更新"和"取消"LinkButton 控件，这些控件用于在编辑时保存和丢弃更改。

② 或者，也可以按照之前在本演练中使用项模板的方式，添加布局表和安排控件。

③ 右击"FormView"控件，单击"编辑模板"，然后单击"InsertItemTemplate"。与使用 EditItemTemplate 属性时相同，Visual Web Developer 将自动创建标签和 TextBox 控件的模板布局。当用户要向"产品"表中插入新记录时，将显示这些控件。生成的模板还具有"插入"和"取消"LinkButton 控件。

④ 或者，也可以按照使用编辑项模板的方式添加布局表和安排控件。

⑤ 右击"FormView"控件并单击"结束模板编辑"。

（2）测试编辑和插入功能

测试 FormView 控件的编辑功能如下。

① 按 Ctrl+F5 组合键运行该页。

② 在 DropDownList 控件中选择一种产品，产品详细信息出现在 FormView 控件中。

③ 单击"编辑"按钮，FormView 控件切换到编辑模式。

④ 对产品名或单价进行更改。

⑤ 单击"更新"按钮，记录被保存，并且 FormView 控件切换到显示模式，显示中将反映更改。

⑥ 选择不同的产品。

⑦ 单击"编辑"按钮。

⑧ 对产品名进行更改。

⑨ 单击"取消"按钮。确认更改未保存。

（3）测试 FormView 控件的插入功能如下。

① 在 FormView 控件中单击"新建"按钮，FormView 控件切换到插入模式，并显示两个空文本框。

② 输入新产品名和价格，然后单击"插入"按钮，该记录保存在数据库中，并且 FormView 控件切换到显示（ItemTemplate）视图。

6．在下拉列表中重新显示更新的产品名

现在允许您在"产品"数据库表中查看、编辑或删除记录。但是，下拉列表尚未与您在 FormView 控件中所做的更改同步。例如，如果插入新的"产品"记录，则除非关闭并重新打开页，否则下拉列表将不显示新记录。此外，该页最初显示"产品"表中的第一条记录，这可能不是您所期望的。可以添加一些代码来解决这些小问题。在这一部分演练中，您将执行以下操作：

* 在用户编辑或插入记录时更新下拉列表；
* 当页首次显示时，向下拉列表中添加文本"（选择）"，然后在用户做出第一个选择时将该文本删除。

（1）在编辑或插入记录时更新下拉列表的步骤如下。

① 在页的"设计"视图中，选择"FormView"控件。

② 在"属性"窗口中，单击"事件"按钮以显示 **FormView** 控件的事件的列表。

③ 双击"ItemInserted"框，Visual Web Developer 切换到代码编辑视图，并为 ItemInserted 事件创建处理程序。

④ 将下面突出显示的代码添加到事件处理程序中。

```
protected void FormView1_ItemInserted(object sender,
        FormViewInsertedEventArgs e)
{
    DropDownList1.DataBind();
}
```

在插入新记录后，代码将运行。它将下拉列表重新绑定到"产品"表，从而可刷新列表的内容。

⑤ 切换到"设计"视图。（如果您使用的是代码隐藏页，则请切换到 Default.aspx 页，然后切换到"设计"视图。）

⑥ 在"属性"窗口中，单击"事件"按钮，以显示 FormView 控件的事件的列表。

⑦ 双击"ItemUpdated"框，Visual Web Developer 切换到代码编辑视图，并为 ItemUpdated 事件创建事件处理程序。

⑧ 添加下面突出显示的代码。

```
Protected void FormView1_ItemUpdated(object sender,
    FormViewUpdatedEventArgs e)
{
    DropDownList1.DataBind();
}
```

在更新记录后，代码将运行。它将下拉列表重新绑定到"产品"表，从而可刷新列表的内容。

⑨ 按 Ctrl+F5 组合键运行该页。

⑩ 编辑某一记录的产品名，单击"更新"，然后检查下拉列表，以确保显示更新的名称。

⑪ 插入新产品记录，单击"插入"，然后检查下拉列表以确保新名称已添加至列表中。最后是更改下拉列表，以显示"（选择）"，并仅在用户做出选择后显示 FormView 控件。

（2）向 DropDownList 控件添加选择项的步骤如下。

① 在"设计"视图中，双击页的空白部分。Visual Web Developer 将为页的 Load 事件创建事件处理程序。

② 在处理程序中，添加下面突出显示的代码。

```
protected void Page_Load(object sender, EventArgs e)
{
    if (!IsPostBack)
    {
        FormView1.Visible = false;
    }
}
```

页运行时，代码将运行。它首先进行测试以确定这是否为回发；如果不是，则为第一次运行页。如果不是回发，则代码将隐藏 FormView 控件，因为您希望仅当用户显式选择记录以进行查看或编辑时才显示该控件。

③ 在页的"设计"视图中，选择"DropDownList"控件。

④ 在"属性"窗口的"项"框中，单击省略号（...），出现"ListItem 集合编辑器"对话框。

⑤ 单击"添加"创建新项。

⑥ 在"ListItem 属性"下的"文本"框中，输入"（选择）"。

⑦ 单击"确定"按钮关闭"ListItem 集合编辑器"对话框。

⑧ 在"属性"框中，将"AppendDataBoundItems"设置为 true，在数据绑定过程中填充下拉列表时，产品信息将添加至您所定义的"（选择）"项。

⑨ 在"属性"窗口中，单击"事件"按钮，以显示 DropDownList 控件的事件的列表。

⑩ 双击"SelectedIndexChanged"框。

⑪ 添加下面突出显示的代码。

```
protected void DropDownList1_SelectedIndexChanged(object sender,
    EventArgs e)
{

    DropDownList1.Items.RemoveAt(0);    FormView1.Visible = true;
}
```

当用户在 DropDownList 控件中选择项时，代码将运行。它将删除您前面添加的"（选择）"项，因为在用户第一次选择一项后，您不再需要提示他们选择项。代码还将显示（取消隐藏）FormView 控件，以便用户可以看到他们所选择的记录。

⑫ 按 Ctrl+F5 组合键运行该页，该页只显示下拉列表，并显示单词"（选择）"。

⑬ 在列表中选择一项，该项显示在 FormView 控件中。

⑭ 检查下拉列表，注意列表中不再有单词"选择"。

第 3 章

Web 程序设计中的字符串与正则表达式

3.1 .NET Framework 类库

.NET Frnmework 类库是支持.NET Fmmework 编程的类型的集合。类型包括类、结构和基类型。

.NET Framework 类库中，有以下几个重要的类来支持文本和字符串操作：

Char：此结构是 Unicode 字符，具有转换字符和对字符进行分类的方法。

String：此类是不变长的字符串，具有操作字符串的方法。

System.Text 命名空间包含重要的 StringBuilder 类，可以用于递增地构造字符串。因此，如果我们需要经常对字符串进行变化，我们就应该选择 StringBuilder 类。

System.Text.RegularExpressions 命名空间包含各种类，用于构造和执行正则表达式。例如：Capture、CaptureCollection、Regex 和 RegexCompilationInfo。

3.2 C#中的字符

C#将字符存储为 Unicode。单个的 Unicode 字符由 char 值类型来表示，char 值类型映射为 System.Char 结构。由于 Unicode 由两个字节表示，所以一个字符可以是十六进制的 0X000~0XFFFF 之间的任意值。

System.Char 结构中一个最有用，也是最常用的方法是 GetUnicodeCategory()。这个静态方法将传输给它的字符类型分为 30 种。每一种用 System.Globalization.UnicodeCategory 枚举来表示，其中有 UppercaseLetter、ParagraphSeparator、DashPunctuation 和 CurrencySymbol。

Char 结构还有对字符分类的许多方法，如 IsDigit()和 IsPunctuation()。

Char 结构提供了执行以下五种操作的方法，用来比较 Char 对象，将当前 Char 对象的值转换为其他类型的对象，确定 Char 对象的 Unicode 类别。

（1）使用 CompareTo 和 Equals 方法，可比较 Char 对象。

（2）使用 ConvertFromUtf32 方法，可将码位转换为字符串。使用 ConvertToUtf32 方法，可将 Char

对象或 Char 对象的代理项对转换为码位。

（3）使用 GetUnicodeCategory 方法可获取字符的 Unicode 类别。使用 IsControl、IsDigit、IsHighSurrogate、IsLetter、IsLetterOrDigit、IsLower、IsLowSurrogate、IsNumber、IsPunctuation、IsSeparator、IsSurrogate、IsSurrogatePair、IsSymbol、IsUpper 和 IsWhiteSpace 方法，可确定字符是否属于特定的 Unicode 类别，如数字、字母、标点、控制字符等。

（4）使用 GetNumericValue 方法，可将表示数字的 Char 对象转换为数值类型。使用 Parse 和 TryParse，可将字符串中的字符转换为 Char 对象。使用 ToString，可将 Char 对象转换为 String 对象。

（5）使用 ToLower、ToLowerInvariant、ToUpper 和 ToUpperInvariant 方法，可更改 Char 对象的大小写。

3.3 String 类

System.String 类表示文本，即一系列 Unicode 字符。字符串是 Unicode 字符的有序集合，用于表示文本。String 对象是 System.Char 对象的有序集合，用于表示字符串。String 对象的值是该有序集合的内容，并且该值是不可变的。

String 对象称为不可变的（只读），因为一旦创建了该对象，就不能修改该对象的值。因此修改 String 对象的方法实际上是返回一个包含修改内容的新 String 对象，如果需要修改字符串对象的实际内容，请使用 System.Text.StringBuilder 类。

字符串中的每个 Unicode 字符都是由 Unicode 标量值定义的，Unicode 标量值也称为 Unicode 码位或者 Unicode 字符的序号（数字）值。每个码位都是使用 UTF-16 编码进行编码的，编码的每个元素的数值都用一个 Char 对象表示。

一个 Char 对象通常表示一个码位，即：Char 的数值等于该码位。但是，一个码位也许需要多个编码元素。例如，Unicode 辅助码位（代理项对）使用两个 Char 对象来编码。

3.3.1 索引

索引是 Char 对象在 String 中的位置，而不是 Unicode 字符的位置。索引是从零开始、从字符串的起始位置（其索引为零）计起的非负数字。连续的索引值可能并不与连续的 Unicode 字符相对应，这是因为一个 Unicode 字符可能会编码为多个 Char 对象。若要使用每个 Unicode 字符而不是每个 Char 对象，请使用 System.Globalization.StringInfo 类。

3.3.2 序号运算和区分区域性的运算

String 类的成员对 String 对象执行序号运算或语义运算。序号运算是对每个 Char 对象的数值执行的。而语义运算是对考虑了特定于区域性的大小写、排序、格式化和语法分析规则的 String 值执行的。语义运算在显式声明的区域性或者隐式当前区域性的上下文中执行。有关当前区域性的更多信息，请参见 CultureInfo.CurrentCulture 主题。

大小写规则决定如何更改 Unicode 字符的大小写，例如，从小写变为大写。

格式化规则决定如何将值转换为它的字符串表示形式，而语法分析规则则确定如何将字符串表示形式转换为值。

排序规则确定 Unicode 字符的字母顺序，以及两个字符串如何互相比较。例如，Compare 方法执行语义比较，而 CompareOrdinal 方法执行序号比较。因此，如果当前的区域性为美国英语，则 Compare 方法认为 "a" 小于 "A"，而 CompareOrdinal 方法会认为 "a" 大于 "A"。

.NET Framework 支持单词、字符串和序号排序规则。单词排序会执行区分区域性的字符串比较，在这种比较中，某些非字母数字 Unicode 字符可能会具有特殊的权重。例如，连字符（"-"）的权重非常小，因此 "coop" 和 "co-op" 在排序列表中是紧挨着出现的。字符串排序与单词排序相似，只是所有非字母数字符号均排在所有字母数字 Unicode 字符前面，没有特例。

区分区域性的比较是显式或隐式使用 CultureInfo 对象的任何比较，包括由 CultureInfo. InvariantCulture 属性指定的固定区域性。当前隐式区域性由 Thread.CurrentCulture 属性指定。

序号排序基于字符串中每个 Char 对象的数值对字符串进行比较。序号比较自动区分大小写，因为字符的小写和大写版本有着不同的码位。但是，如果大小写在应用程序中并不重要，则可以指定忽略大小写的序号比较。这等效于使用固定区域性将字符串转换成大写，然后对结果执行序号比较。

区分区域性的比较通常适用于排序，而序号比较则不适用；序号比较通常适用于确定两个字符串是否相等（即，确定标识），而区分区域性的比较则不适用。

比较和搜索方法的"备注"指定方法是区分大小写、区分区域性还是两者都区分。根据定义，任何字符串（包括空字符串 ("")）的比较结果都大于空引用，两个空引用的比较结果为相等。

3.3.3　功能

String 类提供的成员可执行这样的操作：如比较 String 对象，返回 String 对象内字符或字符串的索引，复制 String 对象的值，分隔字符串或组合字符串，修改字符串的值，将数字、日期和时间或枚举值的格式设置为字符串，对字符串进行规范化等。具体的操作如下。

- 使用 Compare、CompareOrdinal、CompareTo、Equals、EndsWith 和 StartsWith 方法，进行比较。
- 使用 IndexOf、IndexOfAny、LastIndexOf 和 LastIndexOfAny 方法，可获取字符串中子字符串或 Unicode 字符的索引。
- 使用 Copy 和 CopyTo，可将字符串或子字符串复制到另一个字符串或 Char 类型的数组。
- 使用 Substring 和 Split 方法，可通过原始字符串的组成部分创建一个或多个新字符串；使用 Concat 和 Join 方法，可通过一个或多个子字符串创建新字符串。
- 使用 Insert、Replace、Remove、PadLeft、PadRight、Trim、TrimEnd 和 TrimStart，可修改字符串的全部或部分。
- 使用 ToLower、ToLowerInvariant、ToUpper 和 ToUpperInvariant 方法，可更改字符串中 Unicode

字符的大小写。

- 使用 Format，可将字符串中的一个或多个格式项占位符替换为一个或多个数字、日期和时间或枚举值的文本表示形式。
- 使用 Length 属性，可获取字符串中 Char 对象的数量；使用 Chars 属性，可访问字符串中实际的 Char 对象。
- 使用 IsNormalized 方法，可测试某个字符串是否已规范化为特定的范式。使用 Normalize 方法，可创建规范化为特定范式的字符串。

3.3.4 实现的接口

String 类可分别用于实现IComparable、ICloneable、IConvertible、IEnumerable和IComparable接口。但它是使用Convert类进行转换，而不是使用此类的 IConvertible 显式接口成员实现转换的。

3.4 基本字符串操作

应用程序经常通过构造基于用户输入的消息来响应用户。例如，网站用包含用户名的专用问候语来响应新登录的用户的情况并不少见。System.String 和 System.Text.StringBuilder 类中的多个方法使您可以动态构造要在用户界面中显示的自定义字符串。这些方法也帮助您执行许多基本字符串操作，如从字节数组创建新字符串、比较字符串的值和修改现有的字符串。

3.4.1 连接多个字符串

有两种连接多个字符串的方法：使用 String 类重载的 + 运算符，以及使用 StringBuilder 类 + 运算符，后者使用方便，有助于生成直观的代码，但必须连续使用：每使用一次该运算符就创建一个新的字符串，因此将多个运算符串联在一起效率不高。例如：

```
string two = "two";
string str = "one " + two + " three";
System.Console.WriteLine(str);
```

尽管在代码中只出现了四个字符串，三个字符串连接在一起，最后一个字符串包含全部三个字符串，但总共要创建五个字符串，因为首先要将前两个字符串连接，创建一个包含前两个字符串的字符串。第三个字符串是单独追加的，形成存储在 str 中的最终字符串。

也可以使用 StringBuilder 类将每个字符串添加到一个对象中，然后由该对象通过一个步骤创建最终的字符串。对此策略进行演示的示例如下。下面的代码使用 StringBuilder 类的 Append 方法来连接三个字符串，从而避免了串联多个 + 运算符的弊端。

```
class StringBuilderTest
{
```

```
static void Main()
{
    string two = "two";

    System.Text.StringBuilder sb = new System.Text.StringBuilder();
    sb.Append("one ");
    sb.Append(two);
    sb.Append(" three");
    System.Console.WriteLine(sb.ToString());

    string str = sb.ToString();
    System.Console.WriteLine(str);
}
}
```

3.4.2　访问各个字符

字符串中所包含的各个字符可以使用以下方法进行访问，如 SubString()、Replace()、、Split()和 Trim()。

```
string s3 = "Visual C# Express";

System.Console.WriteLine(s3.Substring(7, 2));        // outputs "C#"
System.Console.WriteLine(s3.Replace("C#", "Basic"));  // outputs "Visual Basic
Express"
```

也可以将字符复制到字符数组，如下所示：

```
string s4 = "Hello, World";
char[] arr = s4.ToCharArray(0, s4.Length);

foreach (char c in arr)
{
    System.Console.Write(c);  // outputs "Hello, World"
}
```

可以用索引访问字符串中的各个字符，如下所示：

```
string s5 = "Printing backwards";

for (int i = 0; i < s5.Length; i++)
{
    System.Console.Write(s5[s5.Length - i - 1]);  // outputs "sdrawkcab gnitnirP"
}
```

3.4.3　转义符及@符号

字符串中可以包含转义符，如"\n"（新行）和"\t"（制表符）：

```
string hello = "Hello\nWorld!";
```

等同于：

```
Hello
World!
```

如果希望包含反斜杠，则它前面必须还有另一个反斜杠。下面的字符串：

```
string filePath = "\\\\My Documents\\";
```

实际上等同于：

```
\\My Documents\
```

@ 符号

@ 符号会告知字符串构造函数忽略转义符和分行符。因此，以下两个字符串是完全相同的：

```
string p1 = "\\\\My Documents\\My Files\\";
string p2 = @"\\My Documents\My Files\";
```

3.4.4　创建新字符串

.NET Framework 在 System.String 类中提供了几个方法，这些方法通过合并多个字符串、字符串数组或对象来创建新的字符串对象。表 3-1 列出了几个有用的方法。

表 3-1　.NET Framework在System.String类中提供的方法及其作用

方　法　名	使　　　用
String.Format	从一组输入对象生成格式化的字符串
String.Concat	从两个或多个字符串生成字符串
String.Join	通过合并字符串数组生成新字符串
String.Insert	通过将一个字符串插入到现有字符串的指定索引处生成新的字符串
String.CopyTo	将一个字符串中的指定字符复制到一个字符数组中的指定位置

这些方法的具体情况如下。

1. Format

可以使用 String.Format 方法来创建格式化字符串和连接表示多个对象的字符串。此方法自动将传递给它的任何对象转换为字符串。例如，如果应用程序必须向用户显示 Int32 值和 DateTime 值，则可以很方便地使用 Format 方法来构造表示这些值的字符串。有关此方法使用的格式化约定的信息，请参见有关复合格式化的章节。

使用 Format 方法来创建一个使用整型变量的字符串的示例如下。

```
int MyInt = 12;
string MyString = String.Format("Your dog has {0} fleas. It is time to get a flea collar.
The current universal date is: {1:u}." , MyInt, DateTime.Now);
Console.WriteLine(MyString);
```

上述示例将文本 "Your dog has 12 fleas. It is time to get a flea collar. The current universal date is: 2001-04-10 15:51:24Z." 显示到控制台。DateTime.Now 按照与当前线程关联的区域性所指定的方式来显示当前日期和时间。

2．Concat

String.Concat 方法可用来方便地从两个或多个现有对象创建新的字符串对象。它提供了一种不依赖于语言的方法来连接字符串。该方法接受派生自 System.Object 的任何类。使用两个现有字符串对象和一个分隔符创建一个字符串的示例如下。

```
string MyString = "Hello";
string YourString = "World!";
Console.WriteLine(String.Concat(MyString, ' ', YourString));
```

此代码将 Hello World!显示到控制台。

3．Join

String.Join 方法用一个字符串数组和一个分隔符串创建一个新的字符串。如果希望将多个字符串连接在一起，构成一个可能由逗号分隔的列表，则此方法非常有用。

使用空格来连接一个字符串数组的示例如下。

```
string[] MyString = {"Hello", "and", "welcome", "to", "my" , "world!"};
Console.WriteLine(String.Join(" ", MyString));
```

此代码将 Hello and welcome to my world! 显示到控制台。

4．Insert

String.Insert 方法通过将一个字符串插入到另一个字符串中的指定位置来创建一个新的字符串。此方法使用从零开始的索引。下面的示例将一个字符串插入到 MyString 的第五个索引位置，并用此值创建一个新字符串。

```
string MyString = "Once a time.";
Console.WriteLine(MyString.Insert(4, " upon"));
```

此代码将 Once upon a time. 显示到控制台。

5．CopyTo

String.CopyTo 方法将字符串的一些部分复制到一个字符数组中。可以同时指定字符串的开始索引和要复制的字符数。此方法带有四个参数，即源索引、字符数组、目标索引和要复制的字符数。所有索引都是从零开始的。

使用 CopyTo 方法将单词"Hello"的字符从字符串对象复制到字符数组的第一个索引位置的示例如下。

```
string MyString = "Hello World!";
char[] MyCharArray = {'W','h','e','r','e'};
Console.WriteLine("The original character array: {0}", MyCharArray);
MyString.CopyTo(0, MyCharArray,0 ,5);
Console.WriteLine("The new character array: {0}", MyCharArray);
```

此代码将以下内容显示到控制台。

```
The original character array: Where
The new character array: Hello
```

3.4.5　剪裁和移除字符

如果将一个句子分析成单个的单词，则最后的结果可能是单词的一端或另一端带有空格（也称为空白）。在这种情形下，可以使用 System.String 类中的剪裁方法之一来从字符串中的指定位置移除任何数量的空格或其他字符。表 3-2 描述了可用的剪裁方法。

表 3-2　System.String类中的剪裁方法的方法名及其作用

方 法 名	使　　用
String.Trim	从字符串的开头和结尾处移除空白
String.TrimEnd	从字符串的结尾处移除在字符数组中指定的字符
String.TrimStart	从字符串的开头移除在字符数组中指定的字符
String.Remove	从字符串中的指定索引位置移除指定数量的字符

这些方法的具体作用情况如下。

1．Trim

使用 String.Trim 方法可以很方便地从字符串的两端移除空白，如下面的示例所示。

```
String MyString = " Big  ";
Console.WriteLine("Hello{0}World!", MyString );
string TrimString = MyString.Trim();
Console.WriteLine("Hello{0}World!", TrimString );
```

这段代码将以下两行显示到控制台。

```
Hello Big  World!
HelloBigWorld!
```

2．TrimEnd

String.TrimEnd 方法从字符串的结尾移除字符，同时创建新的字符串对象。通过为此方法传递一个字符数组来指定要移除的字符。字符数组中的元素顺序并不影响剪裁操作。当找到未在数组中指定的字符时，剪裁停止。

下面的示例使用 TrimEnd 方法移除字符串最后面的字母。在此示例中，'r' 字符和 'W' 字符的位置反转，以阐释数组中字符的顺序并不重要。请注意，此代码移除 MyString 的最后一个单词和第一个单词的一部分。

```
string MyString = "Hello World!";
char[] MyChar = {'r','o','W','l','d','!',' '};
string NewString = MyString.TrimEnd(MyChar);
Console.WriteLine(NewString);
```

此代码将 He 显示到控制台。

下面的示例使用 TrimEnd 方法移除字符串的最后一个单词。在此代码中，单词 Hello 后尾随一个逗号，而由于在要剪除的字符的数组中没有指定逗号，因此剪裁在逗号处结束。

```
string MyString = "Hello, World!";
char[] MyChar = {'r','o','W','l','d','!',' '};
string NewString = MyString.TrimEnd(MyChar);
Console.WriteLine(NewString);
```

此代码将 Hello 显示到控制台。

3. TrimStart

String.TrimStart 方法类似于 String.TrimEnd 方法，不同之处在于它通过从现有字符串对象的开头移除字符来创建新的字符串。通过向 TrimStart 方法传递一个字符数组来指定要移除的字符。使用 TrimEnd 方法时，字符数组中元素的顺序并不影响剪裁操作。当找到未在数组中指定的字符时，剪裁停止。

移除字符串的第一个单词的示例如下。在此示例中，'l' 字符和 'H' 字符的位置反转，以阐释数组中字符的顺序并不重要。

```
string MyString = "Hello World!";
char[] MyChar = {'e', 'H','l','o',' ' };
string NewString = MyString.TrimStart(MyChar);
Console.WriteLine(NewString);
```

此代码将 World!显示到控制台。

4. Remove

String.Remove 方法，从现有字符串的指定位置开始，移除指定数量的字符。此方法采用从零开始的索引。

下面的示例从字符串的从零开始的索引的第五个位置开始，从该字符串中移除十个字符。

```
string MyString = "Hello Beautiful World!";
```

```
Console.WriteLine(MyString.Remove(5,10));
```

此代码将 Hello World! 显示到控制台。

3.4.6　填充字符串

可以使用如表 3-3 所示的以下方法之一来创建现有字符串的新版本，这些新版的字符串通过添加指定数量的空格实现右对齐或左对齐。新字符串既可以用空格（也称为空白）进行填充，也可以用自定义字符进行填充。

表 3-3　创建现有字符串的方法

方 法 名	使 用
String.PadLeft	右对齐并填充字符串，以使字符串最左侧的字符到该字符串的开头为指定的距离
String.PadRight	左对齐并填充字符串，以使字符串最右侧的字符到该字符串的结尾为指定的距离

这两种方法的具体操作如下。

1．PadLeft

String.PadLeft 方法创建一个新的字符串，该字符串是右对齐的，以使其最后一个字符到该字符串的第一个索引处为指定数量的空白。如果未使用重写（它允许指定自己的自定义填充字符），则会插入空白。

使用 PadLeft 方法来创建一个总长度为 20 个空格的新字符串的示例如下。

```
string MyString = "Hello World!";
Console.WriteLine(MyString.PadLeft(20, '-'));
```

此示例将--------Hello World!显示到控制台。

2．PadRight

String.PadRight 方法创建一个新的字符串，该字符串是左对齐的，以便对当前字符串进行扩展，从而使该字符串第一个索引的右侧有指定数量的空白。如果没有指定自定义字符，则此方法用空白填充新的字符串。

使用 PadRight 方法创建一个总长度为 20 个空白的新字符串的示例如下。

```
string MyString = "Hello World!";
Console.WriteLine(MyString.PadRight(20, '-'));
```

此示例将 Hello World!--------显示到控制台。

3.4.7　比较字符串

比较两个字符串的最简单方法是使用==和!=运算符，执行区分大小写的比较。

```
string color1 = "red";
```

```
string color2 = "green";
string color3 = "red";

if (color1 == color3)
{
    System.Console.WriteLine("Equal");
}
if (color1 != color2)
{
    System.Console.WriteLine("Not equal");
}
```

.NET Framework 提供多个方法来比较字符串的值。表 3-4 列出并描述了这些值比较方法。

表 3-4　比较字符串的值的方法及其作用

方 法 名	使　　用
String.Compare	比较两个字符串的值，返回整数值
String.CompareOrdinal	比较两个字符串而不考虑本地区域性，返回整数值
String.CompareTo	将当前字符串对象与另一个字符串进行比较，返回整数值
String.StartsWith	确定一个字符串是否以传递的字符串开头，返回布尔值
String.EndsWith	确定一个字符串是否以传递的字符串结尾，返回布尔值
String.Equals	确定两个字符串是否相同，返回布尔值
String.IndexOf	返回字符或字符串的索引位置，索引位置从正在检查的字符串的开头开始，返回整数值
String.LastIndexOf	返回字符或字符串的索引位置，索引位置从正在检查的字符串的结尾开始，返回整数值

比较字符串的值的方法的具体操作如下。

1. Compare

String.Compare 方法提供了将当前字符串对象与另一个字符串或对象进行全面比较的方法。此方法识别区域性。可以使用此函数来比较两个字符串或两个字符串的子串。另外，还提供了考虑或忽略大小写与区域性差异的重载。表 3-5 说明了此方法可能返回的整数值。

表 3-5　Compare方法可能返回的整数值

值 类 型	条　　件
负整数	strA 小于 strB
0	strA 等于 strB
正整数	此实例大于 value
-或-	-或-
1	value 是一个空引用（在 Visual Basic 中为 Nothing）

使用 Compare 方法来确定两个字符串相对值的示例如下。

```
string MyString = "Hello World!";
Console.WriteLine(String.Compare(MyString, "Hello World?"));
```

此示例将–1 显示到控制台。

前一个示例默认情况下区分区域性。如要执行不区分区域性的字符串比较，请使用 String.Compare 方法的重载，此方法重载允许通过提供 culture 参数指定要使用的区域性。若要查看演示如何使用 String.Compare 方法执行不区分区域性的比较的示例，请参见执行不区分区域性的字符串比较。

2．CompareOrdinal

String.CompareOrdinal 方法比较两个字符串对象而不考虑本地区域性。此方法的返回值与前一个表中的 Compare 方法返回的值相同。

使用 CompareOrdinal 方法来比较两个字符串的值的示例如下。

```
string MyString = "Hello World!";
Console.WriteLine(String.CompareOrdinal(MyString, "hello world!"));
```

此示例将–32 显示到控制台。

3．CompareTo

String.CompareTo 方法将当前字符串对象封装的字符串与另一个字符串或对象进行比较。此方法的返回值与前一个表中的 Compare 方法返回的值相同。

使用 CompareTo 方法将 MyString 对象与 OtherString 对象进行比较的示例如下。

```
String MyString = "Hello World";
String OtherString = "Hello World!";
int MyInt = MyString.CompareTo(OtherString);
Console.WriteLine( MyInt );
```

此示例将 1 显示到控制台。

String.CompareTo 方法的所有重载在默认情况下都会执行区分区域性和区分大小写的比较，未提供此方法的允许执行不区分区域性的比较的重载。为了使代码清楚，建议您使用 String.Compare 方法，为区分区域性的操作指定 CultureInfo.CurrentCulture，或为不区分区域性的操作指定 CultureInfo.InvariantCulture。

4．StartsWith

可以使用 String.StartsWith 方法来确定一个字符串对象是否以构成另一个字符串的同一组字符开始。如果当前字符串对象以传递的字符串开始，则这个区分大小写的方法返回 true，否则返回 false。使用此方法来确定一个字符串对象是否以"Hello"开始的示例如下。

```
string MyString = "Hello World";
Console.WriteLine(MyString.StartsWith("Hello"));
```

此示例将 True 显示到控制台。

5．EndsWith

String.EndsWith 方法将传递的字符串与位于当前字符串对象结尾处的字符进行比较。它也返回布尔值。下面的示例使用 EndsWith 方法检查字符串的结尾。

```
string MyString = "Hello World";
Console.WriteLine(MyString.EndsWith("Hello"));
```

此示例将 False 显示到控制台。

6．Equals

String.Equals 方法可以轻易地确定两个字符串是否相同。这个区分大小写的方法返回布尔值 true 或 false。它可以在现有的类中使用，这一点将在下一个示例中阐释。下面的示例使用 Equals 方法来确定一个字符串对象是否包含词组 "Hello World" 的示例如下。

```
string MyString = "Hello World";
Console.WriteLine(MyString.Equals("Hello World"));
```

此示例将 true 显示到控制台。

此方法也可用作静态方法。下面的示例使用静态方法比较两个字符串对象。

```
string MyString = "Hello World";
string YourString = "Hello World";
Console.WriteLine(String.Equals(MyString, YourString));
```

此示例将 true 显示到控制台。

7．IndexOf 和 LastIndexOf

可以使用 String.IndexOf 方法来确定特定字符在字符串中第一次出现的位置。这个区分大小写的方法从字符串的开头开始计数，并使用从零开始的索引返回传递的字符的位置。如果无法找到该字符，则返回值−1。

使用 IndexOf 方法搜索字符 "l" 在字符串中第一次出现的位置的示例如下。

```
string MyString = "Hello World";
Console.WriteLine(MyString.IndexOf('l'));
```

此示例将 2 显示到控制台。

String.LastIndexOf 方法类似于 String.IndexOf 方法，不同之处在于它返回特定字符在字符串中最后出现的位置。它区分大小写，并使用从零开始的索引。

下面的示例使用 LastIndexOf 方法来搜索字符 "l" 在字符串中最后出现的位置。

```
string MyString = "Hello World";
Console.WriteLine(MyString.LastIndexOf('l'));
```

此示例将 9 显示到控制台。

当与 String.Remove 方法一起使用时，这两种方法都非常有用。可以使用 IndexOf 或 LastIndexOf 方法来检索字符的位置，然后将该位置提供给 Remove 方法，以便移除字符或移除以该字符开头的单词。

3.4.8 更改大小写

如果编写接受用户输入的应用程序，您可能无法确定他或她是使用大写还是小写来输入数据。因为比较字符串和字符的方法是区分大小写的，所以在将用户输入的字符串与常数值进行比较之前，应转换这些字符串的大小写。可以很容易更改字符串的大小写。表 3-6 描述了两个更改大小写的方法。每个方法都提供一个接受区域性的重写。

表 3-6　更改大小写的方法

方 法 名	使 用
String.ToUpper	将字符串中的所有字符转换为大写
String.ToLower	将字符串中的所有字符转换为小写

1．ToUpper

String.ToUpper 方法将字符串中的所有字符更改为大写。将字符串"Hello World!"从混合大小写更改为全部大写的示例如下。

```
String MyString = "Hello World!";
Console.WriteLine(MyString.ToUpper());
```

此示例将 Hello World! 显示到控制台。

前一个示例默认情况下区分区域性。要执行不区分区域性的大小写更改，请使用 String.Upper 方法的重载，它让您可以通过提供 culture 参数指定要使用的区域性。若要查看演示如何用 String.Upper 方法执行不区分区域性的大小写更改的示例，请参见执行不区分区域性的大小写更改。

2．ToLower

String.ToLower 方法类似于前一个方法，但不同的是它将字符串中的所有字符转换为小写。将字符串"Hello World!"转换为小写的示例如下。

```
String MyString = "Hello World!";
Console.WriteLine(MyString.ToLower());
```

此示例将 Hello World! 显示到控制台。

前一个示例默认情况下区分区域性。要执行不区分区域性的大小写更改，请使用 String.Lower 方法的重载，它让您可以通过提供 culture 参数指定要使用的区域性。若要查看演示如何使用 String.Lower 方法执行不区分区域性的大小写更改的示例，请参见执行不区分区域性的大小写更改。

3.4.9 使用 Split 方法分析字符串

下面的代码示例演示如何使用 System.String.Split 方法分析字符串。此方法返回一个字符串数组，其中每个元素是一个单词。作为输入，Split 采用一个字符数组指示哪些字符被用作分隔符。本示例中使用了空格、逗号、句点、冒号和制表符。一个含有这些分隔符的数组被传递给 Split，并使用结果字符串数组分别显示句子中的每个单词。

```
class TestStringSplit
{
    static void Main()
    {
        char[] delimiterChars = { ' ', ',', '.', ':', '\t' };

        string text = "one\ttwo three:four,five six seven";
        System.Console.WriteLine("Original text: '{0}'", text);

        string[] words = text.Split(delimiterChars);
        System.Console.WriteLine("{0} words in text:", words.Length);

        foreach (string s in words)
        {
            System.Console.WriteLine(s);
        }
    }
}
```

输出

```
Original text: 'one     two three:four,five six seven'
7 words in text:
one
two
three
four
five
six
seven
```

3.4.10　修改字符串内容

字符串是不可变的，因此不能修改字符串的内容。但是，可以将字符串的内容提取到非不可变的窗体中，并对其进行修改，以形成新的字符串实例。

使用 ToCharArray 方法来将字符串的内容提取到 char 类型的数组中的示例如下。然后修改此数组中的某些元素。之后，使用 Char 数组创建新的字符串实例。

```
class ModifyStrings
{
```

```
static void Main()
{
    string str = "The quick brown fox jumped over the fence";
    System.Console.WriteLine(str);

    char[] chars = str.ToCharArray();
    int animalIndex = str.IndexOf("fox");
    if (animalIndex != -1)
    {
        chars[animalIndex++] = 'c';
        chars[animalIndex++] = 'a';
        chars[animalIndex] = 't';
    }

    string str2 = new string(chars);
    System.Console.WriteLine(str2);
}
}
```

输出

```
The quick brown fox jumped over the fence
The quick brown cat jumped over the fence
```

3.5 StringBuilder 类

String 类的不可改变性使得它更像一个值类型而非一个引用类型。然而，该特性也导致，每次执行字符串操作时，都会创建一个新的 String 对象。

StringBuilder 类解决了在对字符串进行重复修改的过程中创建大量对象的问题。StringBuilder 类以 Char 为单位向字符串分配空间，所以操作中需要进行额外的内存分配。

此类表示值为可变字符序列的类似字符串的对象。之所以说值是可变的，是因为在通过追加、移除、替换或插入字符而创建它后可以对它进行修改。有关比较，请参见 3.3 节 String 类的内容。

大多数修改此类的实例的方法都返回对同一实例的引用。由于返回的是对实例的引用，因此可以调用该引用的方法或属性。如果想要编写将连续操作依次连接起来的单个语句，这将很方便。

StringBuilder 的容量是实例在任何给定时间可存储的最大字符数，并且大于或等于实例值的字符串表示形式的长度。容量可通过Capacity属性或EnsureCapacity方法来增加或减少，但它不能小于Length属性的值。

如果在初始化 StringBuilder 的实例时没有指定容量或最大容量，则使用特定于实现的默认值。

注意事项

Concat 和AppendFormat方法都将新数据串连到一个现有的 String 或 StringBuilder 对象。String 对

象串联操作总是用现有字符串和新数据创建新的对象。StringBuilder 对象维护一个缓冲区，以便容纳新数据的串联。如果有足够的空间，新数据将被追加到缓冲区的末尾；否则，将分配一个新的、更大的缓冲区，原始缓冲区中的数据被复制到新的缓冲区，然后将新数据追加到新的缓冲区。

String 或 StringBuilder 对象的串联操作的性能取决于内存分配的发生频率。String 串联操作每次都分配内存，而 StringBuilder 串联操作仅当 StringBuilder 对象缓冲区太小而无法容纳新数据时才分配内存。因此，如果串联固定数量的 String 对象，则 String 类更适合串联操作。这种情况下，编译器甚至会将各个串联操作组合到一个操作中。如果串联任意数量的字符串，则 StringBuilder 对象更适合串联操作；例如，某个循环对用户输入的任意数量的字符串进行串联。

给实现者的说明：此实现的默认容量是 16，默认的最大容量是 Int32.MaxValue。当实例值增大时，StringBuilder 可按存储字符的需要分配更多的内存，同时对容量进行相应的调整。分配的内存量是特定于实现的，而且如果所需内存量大于最大容量，会引发 ArgumentOutOfRangeException。例如，Append、AppendFormat、EnsureCapacity、Insert 和 Replace 方法能增大实例的值。通过 chars 属性可以访问 StringBuilder 的值中的单个字符。索引位置从零开始。

3.6 使用 StringBuilder 类

String 对象是不可改变的。每次使用 System.String 类中的方法之一时，都要在内存中创建一个新的字符串对象，这就需要为该新对象分配新的空间。在需要对字符串执行重复修改的情况下，与创建新的 String 对象相关的系统开销可能会非常大。如果要修改字符串而不创建新的对象，则可以使用 System.Text.StringBuilder 类。例如，当在一个循环中将许多字符串连接在一起时，使用 StringBuilder 类可以提升性能。

通过用一个重载的构造函数方法初始化变量，可以创建 StringBuilder 类的新实例，正如下面的示例中所阐释的那样。

```
StringBuilder MyStringBuilder = new StringBuilder("Hello World!");
```

3.6.1 设置容量和长度

虽然 StringBuilder 对象是动态对象，允许扩充它所封装的字符串中字符的数量，但是您可以为它可容纳的最大字符数指定一个值。此值称为该对象的容量，不应将它与当前 StringBuilder 对象容纳的字符串长度混淆在一起。例如，可以创建 StringBuilder 类的带有字符串 "Hello"（长度为 5）的一个新实例，同时可以指定该对象的最大容量为 25。当修改 StringBuilder 时，在达到容量之前，它不会为其自己重新分配空间。当达到容量时，将自动分配新的空间且容量翻倍。可以使用重载的构造函数之一来指定 StringBuilder 类的容量。下面的示例指定可以将 MyStringBuilder 对象扩充到最大 25 个空白。

```
StringBuilder MyStringBuilder = new StringBuilder("Hello World!", 25);
```

另外，可以使用读/写 Capacity 属性来设置对象的最大长度。使用 Capacity 属性来定义对象的最大长度的示例如下。

```
MyStringBuilder.Capacity = 25;
```

EnsureCapacity 方法可用来检查当前 StringBuilder 的容量。如果容量大于传递的值，则不进行任何更改；但是，如果容量小于传递的值，则会更改当前的容量以使其与传递的值匹配。

也可以查看或设置 Length 属性。如果将 Length 属性设置为大于 Capacity 属性的值，则自动将 Capacity 属性更改为与 Length 属性相同的值。如果将 Length 属性设置为小于当前 StringBuilder 对象内的字符串长度的值，则会缩短该字符串。

3.6.2 修改 StringBuilder 字符串

表 3-7 列出了可以用来修改 StringBuilder 的内容的方法。

表 3-7 修改 StringBuilder 的内容的方法

方 法 名	使 用
StringBuilder.Append	将信息追加到当前 StringBuilder 的结尾
StringBuilder.AppendFormat	用带格式文本替换字符串中传递的格式说明符
StringBuilder.Insert	将字符串或对象插入到当前 StringBuilder 对象的指定索引处
StringBuilder.Remove	从当前 StringBuilder 对象中移除指定数量的字符
StringBuilder.Replace	替换指定索引处的指定字符

1. Append

Append 方法可用来将文本或对象的字符串表示形式，添加到由当前 StringBuilder 对象表示的字符串的结尾处。下面的示例将一个 StringBuilder 对象初始化为"Hello World"，然后将一些文本追加到该对象的结尾处。将根据需要自动分配空间。

```
StringBuilder MyStringBuilder = new StringBuilder("Hello World!");
MyStringBuilder.Append(" What a beautiful day.");
Console.WriteLine(MyStringBuilder);
```

此示例将 Hello World! What a beautiful day. 显示到控制台。

2. AppendFormat

AppendFormat 方法将文本添加到 StringBuilder 的末尾，而且实现了 IFormattable 接口，因此可接受标准格式字符串。可以使用此方法来自定义变量的格式，并将这些值追加到 StringBuilder 的后面。下面的示例使用 AppendFormat 方法，将一个设置为货币值格式的整数值放到 StringBuilder 的末尾。

```
int MyInt = 25;
StringBuilder MyStringBuilder = new StringBuilder("Your total is ");
MyStringBuilder.AppendFormat("{0:C} ", MyInt);
Console.WriteLine(MyStringBuilder);
```

此示例将 Your total is $25.00 显示到控制台。

3. Insert

Insert 方法将字符串或对象添加到当前 StringBuilder 中的指定位置。使用此方法将一个单词插入到 StringBuilder 第六个位置的示例如下。

```
StringBuilder MyStringBuilder = new StringBuilder("Hello World!");
MyStringBuilder.Insert(6,"Beautiful ");
Console.WriteLine(MyStringBuilder);
```

此示例将 Hello Beautiful World! 显示到控制台。

4. Remove

可以使用 Remove 方法从当前 StringBuilder 中移除指定数量的字符，移除过程从指定的从零开始的索引处开始。使用 Remove 方法缩短 StringBuilder 的示例如下。

```
StringBuilder MyStringBuilder = new StringBuilder("Hello World!");
MyStringBuilder.Remove(5,7);
Console.WriteLine(MyStringBuilder);
```

此示例将 Hello 显示到控制台。

5. Replace

使用 Replace 方法，可以用另一个指定的字符来替换 StringBuilder 对象内的字符。下面的示例使用 Replace 方法来搜索 StringBuilder 对象，查找所有的感叹号字符（!），并用问号字符（?）来替换它们。

```
StringBuilder MyStringBuilder = new StringBuilder("Hello World!");
MyStringBuilder.Replace('!', '?');
Console.WriteLine(MyStringBuilder);
```

此示例将 Hello World? 显示到控制台。

3.7　格式化类型

.NET Framework 提供了一种一致、灵活而且全面的方式，使您能够将任何数值、枚举以及日期和时间等基数据类型表示为字符串。格式化由格式说明符字符的字符串控制，该字符串指示如何表示基类型值。例如，格式说明符指示：是否应该用科学记数法来表示格式化的数字，或者格式化的日期在表示月份时应该用数字还是用名称。

.NET Framework 还使用区域性设置，以便用适合于特定区域性的形式表示基类型。您可以提供自定义的区域性设置，或者使用与当前线程关联的默认区域性设置。例如，格式化货币类型的时候，区域性设置指定用于货币符号、组分隔符以及小数点分隔符的字符。

.NET Framework 允许定义自定义格式化方案和自定义区域性设置。此功能允许扩展现有基类型的格式化方案以适应自定义方案，或者为自定义类型创建自定义格式化方案。

3.7.1 格式化概述

.NET Framework 提供了可自定义的、适于常规用途的格式化机制，可将值转换为适合显示的字符串。例如，可以将数值格式化为十六进制、科学记数法，或者由用户指定的标点符号分隔成组的一系列数字。可以将日期和时间格式化为适合于特定的国家、地区或区域性。可以将枚举常数格式化为它的数值或名称。

您可以通过指定格式字符串和格式提供程序或使用默认设置来控制格式化。格式字符串包含一个或多个格式说明符字符，以指示如何转换值。格式提供程序提供了转换特定类型所需的其他控制、替换和区域性等方面的信息。

您可以通过实现 IFormattable 接口来重写.NET Framework 解释格式化字符串的方法；通过实现 IFormatProvider 接口来提供您自己的格式提供程序；通过实现 ICustomFormatter 接口来执行您自己的格式化。

.NET Framework 提供了名为复合格式化的功能，它使用一个或多个格式字符串将一个或多个格式化值嵌入输出字符串。输出字符串可用于进行进一步处理，显示到系统控制台或者写入到流。

1．格式说明符

.NET Framework 定义了标准和自定义格式说明符，用于格式化数字、日期和时间以及枚举。各种格式化输出字符串的方法（例如 Console.WriteLine 和所有类型的 ToString 方法），以及一些分析输入字符串的方法（例如 DateTime.ParseExact）都使用格式化说明符。

有关格式化数字数据的信息，请参见 3.9.1 节"标准数字格式字符串"。有关常用的数字格式说明符的列表，请参见 3.9.1 节"标准数字格式字符串"；有关自定义格式说明符（可用于创建自己的格式字符串）的列表，请参见 3.9.3 节"自定义数字格式字符串"。

关于格式化日期和时间的信息，请参见 3.12.2 节"分析日期与时间格式字符串"。有关常用日期和时间格式说明符的列表，请参见 3.10.1 节"标准 DateTime 格式字符串"；有关自定义时间和日期格式说明符（可用于创建自己的格式字符串）的列表，请参见 3.10.3 节"自定义 DateTime 格式字符串"。

有关格式化枚举的信息，以及标准枚举格式说明符的列表，请参见 3.11.1 节"枚举格式字符串"。

2．分析和格式说明符

格式化将类型的值转化为字符串表示形式；分析则与格式化相反，它是从字符串表示形式创建数据类型。格式提供程序控制如何执行分析，一些方法（例如 DateTime.ParseExact）采用格式说明符参数，可指示字符串表示形式的预期格式。有关分析的更多信息，请参见 3.12.1 节"分析数值字符串"。

3．ToString 和格式说明符

.NET Framework 支持重载类型的默认 ToString 方法，该方法执行基本格式化，ToString 的专用版

本使用格式说明符参数来指示如何格式化值。有关更多信息，请参见 3.7.2 节 "格式化基类型"。

4. 格式提供程序

格式提供程序提供诸如此类的信息：格式化数字字符串时用作小数点的字符，或者格式化 DateTime 对象时使用的分隔字符。格式提供程序定义格式说明符用于格式化的字符，但不定义说明符本身。

格式提供程序可被传递到 IFormattable 接口所需的 ToString 重载；或者，如果没有传递格式提供程序，则使用格式化文本的方法预确定这种程序。

当没有传递格式提供程序时，信息或者被推断出，或者从.NET Framework 中包含的某个标准格式提供程序中获取。通常，实现 IFormattable 的类也提供 ToString 的重载，该重载只接受格式说明符或格式提供程序。默认的 ToString 方法（不接受任何参数）是从 Object 类继承的。

3.7.2　格式化基类型

格式化用于将标准的.NET Framework 数据类型转换为以具有一定意义的方式表示该类型的字符串。例如，如果希望将整数值 100 表示为货币值，可以使用 ToString 方法和货币格式字符串（"C"）生成字符串 "$100.00"。请注意：未将美国英语指定为当前区域性的计算机，将显示当前区域性使用的一切货币表示法。

若要格式化基类型，请将所需的格式说明符、所需的格式提供程序，或者两者一起传递给要格式化的对象的 ToString 方法。如果未指定格式说明符，或者如果传递 null（在 Visual Basic 中为 Nothing），则使用 "G"（常规格式）作为默认格式。如果未指定格式提供程序，传递 null（Nothing）或者指定的提供程序没有符合所请求操作的属性，则使用与当前线程关联的格式提供程序。

ToString 方法将值 100 以货币格式字符串的形式显示到控制台的示例如下。

```
int MyInt = 100;
String MyString = MyInt.ToString("C");
Console.WriteLine(MyString);
```

3.7.3　不同区域性的格式设置

对于大多数方法，使用某个字符串格式说明符返回的值，可以根据当前区域性或指定区域性而动态更改。例如，ToString 方法的重载接受实现 IFormatProvider 接口的格式提供程序。实现此接口的类可以指定用于货币符号的小数和千位分隔符的字符及其拼写和位置。如果不使用带此参数的重写，则 ToString 方法将使用当前区域性指定的字符。

使用 CultureInfo 类指定 ToString 方法和格式字符串将使用的区域性的示例如下。此代码创建一个名为 MyCulture 的 CultureInfo 类的新实例，并使用字符串 fr-FR 将该实例初始化为法语区域性。此对象被传递给具有 C 字符串格式说明符的 ToString 方法，以产生法国货币值。

```
int MyInt = 100;
```

```
CultureInfo MyCulture = new CultureInfo("fr-FR");
String MyString = MyInt.ToString("C", MyCulture);
Console.WriteLine(MyString);
```

以 Windows 窗体形式显示时，上述代码会显示 100,00。请注意，控制台环境不支持所有的 Unicode 字符，而是显示 100,00 ?。

阐释如何修改与当前线程关联的 CultureInfo 对象的示例如下。此示例假定美国英语（en-US）是与当前线程关联的区域性，并说明如何通过代码更改此区域性。此示例还说明如何通过将已修改的 CultureInfo 传递给 ToString 方法来指定特定的区域性，以及如何将新的 DateTimeFormatInfo 传递给 ToString 方法。

```
DateTime dt = DateTime.Now;
DateTimeFormatInfo dfi = new DateTimeFormatInfo();
CultureInfo ci = new CultureInfo("de-DE");

// Create a new custom time pattern for demonstration.
dfi.MonthDayPattern = "MM-MMMM, ddd-dddd";

// Use the DateTimeFormat from the culture associated with
// the current thread.
Console.WriteLine( dt.ToString("d") );
Console.WriteLine( dt.ToString("m") );

// Use the DateTimeFormat object from the specific culture passed.
Console.WriteLine( dt.ToString("d", ci ) );

// Use the settings from the DateTimeFormatInfo object passed.
Console.WriteLine( dt.ToString("m", dfi ) );

// Reset the current thread to a different culture.
Thread.CurrentThread.CurrentCulture = new CultureInfo("fr-BE");
Console.WriteLine( dt.ToString("d") );
```

3.8　复合格式化

通过.NET Framework 复合格式化功能，您可以提供值列表和由交替出现的固定文本和索引占位符组成的源字符串，还能轻松地获得由夹杂着格式化值的原始固定文本组成的结果字符串。复合格式化可以用于一些方法，如 String.Format（返回格式化字符串）方法和 Console.WriteLine（将输出字符串显示到控制台）方法等，也可用于 TextWriter.WriteLine（将输出字符串写到流或文件）的实现。

每个索引占位符或格式项都对应值列表中的一个元素。复合格式化功能返回新的输出字符串，其中嵌入源字符串的每个格式项都被对应的格式化值替换。

源字符串包含被一个或多个格式项分隔开的零个或多个固定文本段。固定文本可以包含您选择的任何内容。

一个 String.Format 示例如下。

```
string myName = "Fred";
String.Format("Name = {0}, hours = {1:hh}", myName, DateTime.Now);
```

固定文本为"Name ="和", hours ="。格式项为"{0}"和"{1:hh}"。值列表为 myName 和 DateTime.Now。

1. 格式项语法

所有格式项都采用下面的形式。

```
{index[,alignment][:formatString]}
```

必须使用成对的大括号（"{"和"}"）。

2. 格式项

格式项由以下几个组件构成。

（1）索引组件

强制"索引"组件（也叫参数说明符）是从 0 开始的一个数字，可标识值列表中对应的元素。也就是说，参数说明符为 0 的格式项格式化列表中的第一个值，参数说明符为 1 的格式项格式化列表中的第二个值，依次类推。

通过指定相同的参数说明符，多个格式项可以引用值列表中的同一个元素。例如，通过指定类似于"{0:X} {0:E} {0:N}"的源字符串，可以将同一个数值格式化为十六进制、科学表示法和数字格式。

每一个格式项都可以引用所有的参数。例如，如果有三个值，则可以通过指定类似于"{1} {0} {2}"的源字符串来格式化第二、第一和第三个值。格式项未引用的值会被忽略。如果参数说明符指定了超出值列表范围的项，将导致运行时异常。

（2）对齐组件

可选的"对齐"组件是一个带符号的整数，指示首选的格式化字段宽度。如果"对齐"值小于格式化字符串的长度，"对齐"会被忽略，并且使用格式化字符串的长度作为字段宽度。如果"对齐"为正数，字段的格式化数据为右对齐；如果"对齐"为负数，字段的格式化数据为左对齐。如果需要填充，则使用空白。如果指定"对齐"，就需要使用逗号。

（3）格式字符串组件

可选的"格式字符串"组件由标准或自定义格式说明符组成。如果不指定"格式字符串"，则使用常规（"G"）格式说明符。如果指定"格式说明符"，需要使用冒号。

3．转义大括号

左大括号和右大括号被解释为格式项的开始和结束。因此，必须使用转义序列显示文本左大括号或右大括号。在固定文本中指定两个左大括号（"{{"）以显示一个左大括号（"{"），或指定两个右大括号（"}}"）以显示一个右大括号（"}"）。按照在格式项中遇到大括号的顺序依次解释它们。不支持解释嵌套的大括号。

解释转义大括号的方式会导致意外的结果。例如，考虑要显示一个左大括号、一个格式化为十进制数的数值和一个右大括号的格式项"{{{0:D}}}"。但是，实际是按照以下方式解释该格式项的：

前两个左大括号（"{{"）被转义，生成一个左大括号。

之后的三个字符（"{0:"）被解释为格式项的开始。

下一个字符（"D"）将被解释为 Decimal 标准数值格式说明符，但后面的两个转义大括号（"}}"）生成单个大括号。由于得到的字符串（"D}"）不是标准数值格式说明符，所以得到的字符串会被解释为用于显示字符串"D}"的自定义格式字符串。

最后一个大括号（"}"）被解释为格式项的结束。

显示的最终结果是字符串"{D}"，不会显示本来要格式化的数值。

在编写代码时，一种避免错误解释转义大括号和格式项的方法是单独显示大括号和格式项。也就是说，显示左大括号，再显示格式项的结果，然后显示右大括号。

4．处理顺序

如果要格式化的值是 null（在 Visual Basic 中为 Nothing），则返回空字符串（""）。

如果要格式化的类型实现 ICustomFormatter 接口，则调用 ICustomFormatter.Format 方法。

如果前面的步骤未格式化类型，并且该类型实现 IFormattable 接口，则调用 IFormattable.ToString 方法。

如果前面的步骤未格式化类型，则调用该类型的 ToString 方法（从 Object 类继承而来）。

前面的步骤执行完毕之后应用对齐。

显示使用复合格式化创建的一个字符串和使用对象的 ToString 方法创建的另一个字符串的示例如下。两种格式化类型产生相同的结果。

```
string FormatString1 = String.Format("{0:dddd MMMM}", DateTime.Now);
string FormatString2 = DateTime.Now.ToString("dddd MMMM");
```

假定当前日期是五月的星期四，在美国英语区域性中，上述示例中的两个字符串的值都是 Thursday May。

Console.WriteLine 与 String.Format 公开相同功能。两种方法的唯一差异是 String.Format 将其结果作为字符串返回，而 Console.WriteLine 将结果写入与 Console 对象关联的输出流。使用 Console.WriteLine 方法将 MyInt 的值格式化为货币值的示例如下。

```
int MyInt = 100;
Console.WriteLine("{0:C}", MyInt);
```

此代码在当前区域性为美国英语的计算机上，将$100.00 显示到控制台。

说明格式化多个对象的示例如下，包括用两种不同的方式格式化一个对象。

```
string myName = "Fred";
String.Format("Name = {0}, hours = {1:hh}, minutes = {1:mm}",
    myName, DateTime.Now);
```

以上字符串的输出是"Name = Fred, hours = 07, minutes = 23"，其中当前的时间反映了这些数字。

说明对齐在格式化中使用的示例如下。格式化的参数放置在竖线字符（|）之间，以突出显示得到的对齐。

```
string myFName = "Fred";
string myLName = "Opals";
int myInt = 100;
string FormatFName = String.Format("First Name = |{0,10}|", myFName);
string FormatLName = String.Format("Last Name = |{0,10}|", myLName);
string FormatPrice = String.Format("Price = |{0,10:C}|", myInt);
Console.WriteLine(FormatFName);
Console.WriteLine(FormatLName);
Console.WriteLine(FormatPrice);

FormatFName = String.Format("First Name = |{0,-10}|", myFName);
FormatLName = String.Format("Last Name = |{0,-10}|", myLName);
FormatPrice = String.Format("Price = |{0,-10:C}|", myInt);
Console.WriteLine(FormatFName);
Console.WriteLine(FormatLName);
Console.WriteLine(FormatPrice);
```

在美国英语区域性中，上述代码将下列内容显示到控制台。不同的区域性显示不同的货币符号和分隔符。

```
First Name = |          Fred|
Last Name = |        Opals|
Price = |          $100.00|
First Name = |Fred        |
Last Name = |Opals       |
Price = |$100.00    |
```

3.9　数字格式字符串

数字格式字符串用于控制在将数值数据类型表示为字符串时产生的格式化。存在于所有数值类型中的 ToString 重载（如 3.7.1 节格式化概述所述）可与某个数值数据类型共用，以控制数值类型转换为字符串时的精确行为。另外，数字格式字符串可以与几个类（如 Console 和 StreamWriter）中的方法共用以格式化文本。数字格式字符串分为两类：标准格式字符串和自定义格式字符串。

> **注意**：无论什么格式字符串，如果浮点型（Single 或 Double）是正无限或负无限，或者是 NaN（非数字），则格式化字符串分别是由当前的可用 NumberFormatInfo 对象指定的 PositiveInfinitySymbol、NegativeInfinitySymbol 或 NaNSymbol 的值。

3.9.1　标准数字格式字符串

标准数字格式字符串用于格式化通用数值类型。标准格式字符串采取"Axx"形式，其中"A"为单个字母字符（被称为格式说明符），"xx"是可选的整数（被称为精度说明符）。格式说明符必须是某个内置格式符。精度说明符的范围从 0 到 99，它控制有效位数或小数点右边零的个数。格式字符串不能包含空白。

如果格式字符串不包含某个标准格式说明符，则引发 FormatException。例如，格式字符串"z"会由于包含一个字母字符而被解释为标准数字格式字符串，但字母字符不属于标准数字格式说明符，所以会引发 FormatException。任何不符合标准数字格式字符串定义的数字格式字符串都被解释为自定义数字格式字符串。格式字符串"c!"包含两个字母字符，因此被解释为自定义格式字符串，尽管字符"c"是标准数字格式说明符。

表 3-8 描述了标准数字格式字符串。

> **注意**：这些格式说明符产生的输出字符串受"区域选项"控制面板中设置的影响。使用不同设置的计算机会生成不同的输出字符串。

表 3-8　标准数字格式字符串一览表

格式说明符	名　称	说　明
C 或 c	货币	数字转换为表示货币金额的字符串。转换由用于格式化数字的 NumberFormatInfo 对象的货币格式信息控制。精度说明符指示所需的小数位数。如果省略精度说明符，则使用 NumberFormatInfo 给定的默认货币精度
D 或 d	十进制数	只有整型才支持此格式。数字转换为十进制数字（0~9）的字符串，如果数字为负，则前面加负号。精度说明符指示结果字符串中所需的最少数字个数。如果需要的话，则用零填充该数字的左侧，以产生精度说明符给定的数字个数
E 或 e	科学计数法（指数）	数字转换为"−d.ddd…E+ddd"或"−d.ddd…e+ddd"形式的字符串，其中每个"d"表示一个数字（0~9）。如果该数字为负，则该字符串以减号开头。小数点前总有一个数字。精度说明符指示小数点后所需的位数。如果省略精度说明符，则使用默认值，即小数点后六位数字。格式说明符的大小写指示在指数前加前缀"E"还是"e"。指数总是由正号或负号以及最少三位数字组成。如果需要，用零填充指数以满足最少三位数字的要求
F 或 f	固定点	数字转换为"−ddd.ddd…"形式的字符串，其中每个"d"表示一个数字（0~9）。如果该数字为负，则该字符串以减号开头。精度说明符指示所需的小数位数。如果忽略精度说明符，则使用 NumberFormatInfo 给定的默认数值精度
G 或 g	常规	根据数字类型以及是否存在精度说明符，数字会转换为固定点或科学记数法的最紧凑形式。如果精度说明符被省略或为零，则数字的类型决定默认精度，如下所示：

续表

格式说明符	名　称	说　明
G 或 g	常规	Byte 或 SByte：3 Int16 或 UInt16：5 Int32 或 UInt32：10 Int64 或 UInt64：19 Single：7 Double：15 Decimal：29 如果用科学记数法表示数字时指数大于-5 而且小于精度说明符，则使用固定点表示法；否则使用科学记数法。如果要求有小数点，并且忽略尾部零，则结果包含小数点。如果精度说明符存在，并且结果的有效数字位数超过指定精度，则通过舍入删除多余的尾部数字。使用科学记数法时，如果格式说明符是"G"，结果的指数带前缀"E"；如果格式说明符是"g"，结果的指数带前缀"e"。 上述规则有一个例外：如果数字是 Decimal 而且省略精度说明符时。在这种情况下，总使用固定点表示法并保留尾部零
N 或 n	数字	数字转换为"-d,ddd,ddd.ddd…"形式的字符串，其中每个"d"表示一个数字（0~9）。如果该数字为负，则该字符串以减号开头。小数点左边每三个数字之间插入一个千位分隔符。精度说明符指示所需的小数位数。如果忽略精度说明符，则使用 NumberFormatInfo 给定的默认数值精度
P 或 p	百分比	数字转换为由 NumberFormatInfo.PercentNegativePattern 属性或 NumberFormatInfo.PercentPositivePattern 属性定义的、表示百分比的字符串。如果数字为负，则产生的字符串由 PercentNegativePattern 定义并以负号开头。已转换的数字乘以 100 表示为百分比。精度说明符指示所需的小数位数。如果省略精度说明符，则使用 NumberFormatInfo 给定的默认数值精度
R 或 r	往返过程	往返过程说明符保证转换为字符串的数值再次被分析为相同的数值。使用此说明符格式化数值时，首先使用常规格式对其进行测试：Double 使用 15 位精度，Single 使用 7 位精度。如果此值被成功地分析为相同的数值，则使用常规格式说明符对其进行格式化。但是，如果此值未被成功地分析为相同数值，则它这样格式化：Double 使用 17 位精度，Single 使用 9 位精度。虽然精度说明符可以追加到往返过程格式说明符，但它将被忽略。使用此说明符时，往返过程优先于精度。此格式仅受浮点型支持
X 或 x	十六进制数	数字转换为十六进制数字的字符串。格式说明符的大小写指示对大于 9 的十六进制数字使用大写字符还是小写字符。例如，使用"X"产生"ABCDEF"，使用"x"产生"abcdef"。精度说明符指示结果字符串中所需的最少数字个数。如果需要的话，则用零填充该数字的左侧，以产生精度说明符给定的数字个数。只有整型才支持此格式

阐释如何使用标准数字格式说明符格式化数字基类型的示例如下。

```
using System;
using System.Threading;
using System.Globalization;

class Class1
{
    static void Main()
    {
        Thread.CurrentThread.CurrentCulture = new CultureInfo("en-us");
```

```
        double MyDouble = 123456789;

    Console.WriteLine("The examples in en-US culture.\n");
    Console.WriteLine(MyDouble.ToString("C"));
    Console.WriteLine(MyDouble.ToString("E"));
    Console.WriteLine(MyDouble.ToString("P"));
    Console.WriteLine(MyDouble.ToString("N"));
    Console.WriteLine(MyDouble.ToString("F"));

    Thread.CurrentThread.CurrentCulture = new CultureInfo("de-DE");
    Console.WriteLine("The examples in de-DE culture.\n");
    Console.WriteLine(MyDouble.ToString("C"));
    Console.WriteLine(MyDouble.ToString("E"));
    Console.WriteLine(MyDouble.ToString("P"));
    Console.WriteLine(MyDouble.ToString("N"));
    Console.WriteLine(MyDouble.ToString("F"));
    }
}
```

上述代码示例将下列内容显示到控制台。

注意： 运行该示例的计算机的区域和语言选项必须设置为适当区域性，才能正确显示欧元符号。

```
The examples in en-US culture:
$123,456,789.00
1.234568E+008
12,345,678,900.00%
123,456,789.00
123456789.00
The examples in de-DE culture:


123.456.789,00 €


1,234568E+008
12,345,678,900.00%
123.456.789,00
123456789,00
```

3.9.2 标准数字格式字符串输出示例

表 3-9 阐释了通过给特定数据类型和值应用某些标准数字格式字符串而创建的输出，输出是使用 ToString 方法生成的。

"格式"列指示格式字符串,"区域性"列指示值在什么区域性下进行格式化,"数据类型"列指示所用的数据类型,"值"列指示被格式化的数字的值,"输出"列指示格式化的结果。

表 3-9　应用某些标准数字格式字符串创建的输出

格　　式	区 域 性	数据类型	值	输　　出
C	en-US	Double	12345.6789	$12,345.68
C	de-DE	Double	12345.678	12.345,68 €
D	en-US	Int32	12345	12345
D8	en-US	Int32	12345	12345
E	en-US	Double	12345.6789	1.23E+04
E10	en-US	Double	12345.6789	1.23E+04
E	fr-FR	Double	12345.6789	1.23E+10
e4	en-US	Double	12345.6789	1.23E+04
F	en-US	Double	12345.6789	12345.68
F	es-ES	Double	12345.6789	12345,68
F0	en-US	Double	12345.6789	123456
F6	en-US	Double	12345.6789	12345.6789
G	en-US	Double	12345.6789	12345.6789
G7	en-US	Double	12345.6789	12345.68
G	en-US	Double	0.0000023	2.30E-06
G	en-US	Double	0.0023	0.0023
G2	en-US	Double	1234	1.20E+03
G	en-US	Double	Math.PI	3.141592654
N	en-US	Double	12345.6789	12,345.68
N	sv-SE	Double	12345.6789	12 345,68
N4	en-US	Double	123456789	123,456,789.00
P	en-US	Double	0.126	12.60%
r	en-US	Double	Math.PI	3.141592654
x	en-US	Int32	0x2c45e	2c45e
X	en-US	Int32	0x2c45e	2C45E
X8	en-US	Int32	0x2c45e	0002C45E
x	en-US	Int32	123456789	75bcd15

3.9.3　自定义数字格式字符串

如果标准数字格式说明符未提供所需的格式化类型,可以使用自定义格式字符串进一步增强字符串输出。标准格式字符串包含一个字母字符,后面可能会跟有数字序列(形成一个 0～99 的值);而所有其他格式字符串都是自定义格式字符串。

表 3-10 列出了可以用于创建自定义数字格式字符串及其定义的字符。请注意,与当前线程关联的 NumberFormatInfo 对象的"区域选项"控制面板的设置会影响这些字符中某些所产生的输出字符串。

使用不同区域性的计算机将生成不同的输出字符串。

表 3-10　可用于创建自定义数字格式字符串及其定义的字符

格式字符	名　　称	说　　　明
0	零占位符	如果格式化的值在格式字符串中出现"0"的位置有一个数字，则此数字被复制到输出字符串中。小数点前最左边的"0"的位置和小数点后最右边的"0"的位置确定总在输出字符串中出现的数字范围。"00"说明符使得值被舍入到小数点前最近的数字，其中零位总被舍去。例如，用"00"格式化 34.5 将得到值 35
#	数字占位符	如果格式化的值在格式字符串中出现"#"的位置有一个数字，则此数字被复制到输出字符串中。否则，输出字符串中的此位置不存储任何值。请注意，如果"0"不是有效数字，此说明符永不显示"0"字符，即使"0"是字符串中唯一的数字。如果"0"是所显示的数字中的有效数字，则显示"0"字符。"##"格式字符串使得值被舍入到小数点前最近的数字，其中零总被舍去。例如，用"##"格式化 34.5 将得到值 35
.	小数点	格式字符串中的第一个"."字符确定格式化的值中的小数点分隔符的位置；任何其他"."字符被忽略。用作小数点分隔符的实际字符由控制格式化的 NumberFormatInfo 的 NumberDecimalSeparator 属性确定
,	千位分隔符和数字比例换算	"，"字符有两种用途：首先，如果格式字符串在小数点（如果有）左边的两个数字占位符（0 或#）之间包含"，"字符，则输出将在小数点分隔符左边的每三个数字之间插入千位分隔符。输出字符串中用作小数点分隔符的实际字符由控制格式化的当前 NumberFormatInfo 的 NumberGroupSeparator 属性确定。 其次，如果格式字符串在紧邻小数点的左侧包含一个或多个"，"字符，则数字在格式化之前将被"，"字符数除然后乘以 1000。例如，格式字符串"0,,"将 100,000,000 简单表示为 100。使用"，"字符指示比例换算在格式化数字中不包括千位分隔符。因此，若要将数字缩小 1,000,000 倍并插入千位分隔符，应使用格式字符串"#,##0,,"
%	百分比占位符	在格式字符串中出现"%"字符将导致数字在格式化之前乘以 100。适当的符号插入到数字本身在格式字符串中出现"%"的位置。使用的百分比字符由当前的 NumberFormatInfo 类确定
E0 E+0 E–0 e0 e+0 e–0	科学计数法	如果"E"、"E+"、"E–"、"e"、"e+"或"e–"中的任何一个字符串出现在格式字符串中，而且后面紧跟至少一个"0"字符，则数字用科学计数法来格式化，在数字和指数之间插入"E"或"e"。跟在科学计数法指示符后面的"0"字符数确定指数输出的最小位数。"E+"和"e+"格式指示符号字符（正号或负号）应总是置于指数前面。"E"、"E–"、"e"或"e–"格式指示符号字符仅置于负指数前面
\	转义符	在 C#和 C++中，反斜杠字符使格式字符串中的下一个字符被解释为转义序列。它与传统的格式化序列一起使用，如"\n"（换行）。 在某些语言中，转义符本身用作文本时必须跟在转义符之后。否则，编译器将该字符理解为转义符。使用字符串"\\"显示"\"。 注意：Visual Basic 中不支持此转义符，但是 ControlChars 提供相同的功能
'ABC'	字符串	引在单引号或双引号中的字符被原样复制到输出字符串中，而且不影响格式化
; "ABC"	部分分隔符	"；"字符用于分隔格式字符串中的正数、负数和零各部分
其他	所有其他字符	所有其他字符以文本形式复制到输出字符串中它们出现的位置

　　注意：对于固定点格式字符串（不包含"E0"、"E+0"、"E–0"、"e0"、"e+0"或"e–0"的字符串），数字被舍入为与小数点右边的数字占位符数目相同的小数位数。如果格式字符串不包含小数点，数字被舍入为最接近的整数。如果数字位数多于小数点左边数字占位符的个数，多余的数字被复制到输出字符串中紧挨着第一个数字占位符的前面。

可以根据值为正、为负，还是为零来为字符串应用不同的格式化。为产生这种行为，自定义格式字符串可以包含最多三个用分号分隔的部分：

- 一个部分：格式字符串应用于所有值；
- 两个部分：第一部分应用于正值和零，第二部分应用于负值。如果要格式化的数字为负，但根据第二部分中的格式舍入后为零，则最终的零根据第一部分进行格式化；
- 三个部分：第一部分应用于正值，第二部分应用于负值，第三部分应用于零。第二部分可能为空（分号间没有任何内容），在这种情况下，第一部分应用于所有非零值。如果要格式化的数字为非零值，但根据第一部分或第二部分中的格式舍入后为零，则最终的零根据第三部分进行格式化。

格式化最终值时，此类型的格式化忽略所有先前存在的与数字关联的格式化。例如，使用部分分隔符时，显示的负值永远不带负号。如果您希望格式化后的最终值带有负号，则应明确包含负号，让它作为自定义格式说明符的组成部分。阐释如何使用部分分隔符产生格式化字符串的示例如下。

```
double MyPos = 19.95, MyNeg = -19.95, MyZero = 0.0;

string MyString = MyPos.ToString("$#,##0.00;($#,##0.00);Zero");

// In the U.S. English culture, MyString has the value: $19.95.

MyString = MyNeg.ToString("$#,##0.00;($#,##0.00);Zero");

// In the U.S. English culture, MyString has the value: ($19.95).
// The minus sign is omitted by default.

MyString = MyZero.ToString("$#,##0.00;($#,##0.00);Zero");

// In the U.S. English culture, MyString has the value: Zero.
```

说明自定义数字格式化的示例如下。

```
Double myDouble = 1234567890;
String myString = myDouble.ToString( "(###) ### - ####" );
// The value of myString is "(123) 456 - 7890".

int  MyInt = 42;
MyString = MyInt.ToString( "My Number \n= #" );
// In the U.S. English culture, MyString has the value:
// "My Number
// = 42".
```

3.9.4 自定义数字格式字符串输出示例

表 3-11 阐释了通过给特定数据类型和值，应用某些自定义数字格式字符串来创建的输出。输出是使用 ToString 方法和美国英语区域性生成的。

"格式"列指示格式字符串，"数据类型"列指示所用的数据类型，"值"列指示被格式化的数值，"输出"列指示格式化结果。

表 3-11　应用某些自定义数字格式字符串创建的输出

格　式	数据类型	值	输　出
#####	Double	123	123
0	Double	123	123
(###) ### - ####	Double	1234567890	(123) 456 - 7890
#.##	Double	1.2	1.2
0	Double	1.2	1.2
0	Double	1.2	1.2
#,#	Double	1234567890	1,234,567,890
#,,	Double	1234567890	1235
#,,,	Double	1234567890	1
#,##0,,	Double	1234567890	1,235
#0.##%	Double	0.086	8.60%
0.###E+0	Double	86000	8.60E+04
0.###E+000	Double	86000	8.60E+04
0.###E-000	Double	86000	8.60E+04
[##-##-##]	Double	123456	[12-34-56]
##;(##)	Double	1234	1234
##;(##)	Double	−1234	−1234

3.10　日期与时间格式字符串

DateTime 格式字符串用于控制将日期或时间表示为字符串时所导致的格式化。

DateTime 数据类型实现 IFormattable，允许将其格式化为具有一个 DateTime.ToString 重载的字符串。标准格式字符串的输出受当前区域性影响。标准 .NET Framework 格式提供的程序类是 DateTimeFormatInfo，它可以从传递的 CultureInfo 对象或者与当前线程关联的对象获得。

DateTime 格式字符串分为两类：标准格式字符串和自定义格式字符串。自定义格式字符串允许在标准格式化字符串不起作用的情况下格式化 DateTime 对象。

3.10.1　标准 DateTime 格式字符串

标准 DateTime 格式字符串包含表 3-12 中的一个格式说明符字符。如果表 3-12 中没有该格式说明符，将引发运行时异常。如果格式字符串在长度上比单个字符长（即使多出的字符是空白），则格式字符串被解释为自定义格式字符串。

> **注意**：这些格式说明符产生的输出字符串受"区域选项"控制面板中的设置的影响。计算机的区域性设置与日期和时间设置不同，将生成不同的输出字符串。

格式字符串显示的时间和日期分隔符由与当前区域性的 DateTimeFormat 属性关联的 DateSeparator 和 TimeSeparator 字符定义。然而，如果 InvariantCulture 被"r"、"s"和"u"说明符引用，则与 DateSeparator 和 TimeSeparator 字符关联的字符不随当前区域性更改。

表 3-12 描述了用来格式化 DateTime 对象的标准格式说明符。

表 3-12　用来格式化 DateTime 对象的标准格式说明符

格式说明符	名　　称	说　　明
d	短日期模式	显示由与当前线程关联的 DateTimeFormatInfo.ShortDatePattern 属性定义的模式或者由指定格式提供程序定义的模式
D	长日期模式	显示由与当前线程关联的 DateTimeFormatInfo.LongDatePattern 属性定义的模式或者由指定格式提供程序定义的模式
t	短时间模式	显示由与当前线程关联的 DateTimeFormatInfo.ShortTimePattern 属性定义的模式或者由指定格式提供程序定义的模式
T	长时间模式	显示由与当前线程关联的 DateTimeFormatInfo.LongTimePattern 属性定义的模式或者由指定格式提供程序定义的模式
f	完整日期/时间模式（短时间）	显示长日期和短时间模式的组合，由空格分隔
F	完整日期/时间模式（长时间）	显示由与当前线程关联的 DateTimeFormatInfo.FullDateTimePattern 属性定义的模式或者由指定格式提供程序定义的模式
g	常规日期/时间模式（短时间）	显示短日期和短时间模式的组合，由空格分隔
G	常规日期/时间模式（长时间）	显示短日期和长时间模式的组合，由空格分隔
M 或 m	月日模式	显示由与当前线程关联的 DateTimeFormatInfo.MonthDayPattern 属性定义的模式或者由指定格式提供程序定义的模式
R 或 r	RFC1123 模式	显示由与当前线程关联的 DateTimeFormatInfo.RFC1123Pattern 属性定义的模式或者由指定格式提供程序定义的模式。这是定义的标准，并且属性是只读的；因此，无论所使用的区域性或所提供的格式提供程序是什么，它总是相同的。属性引用 CultureInfo.InvariantCulture 属性并遵照自定义模式"ddd, dd MMM yyyy HH:mm:ss G\MT"。 注意，"GMT"中的"M"需要转义符，因此它不被解释。格式化并不修改 DateTime 的值，所以您必须在格式化之前将值调整为 GMT
s	可排序的日期/时间模式；符合 ISO 8601	显示由与当前线程关联的 DateTimeFormatInfo.SortableDateTimePattern 属性定义的模式或者由指定格式提供程序定义的模式。属性引用 CultureInfo.InvariantCulture 属性，格式遵照自定义模式"yyyy-MM-ddTHH:mm:ss"

续表

格式说明符	名　称	说　明
u	通用的可排序 日期/时间模式	显示由与当前线程关联的 DateTimeFormatInfo.UniversalSortableDateTimePattern 属性定义的模式或者由指定格式提供程序定义的模式。因为它是定义的标准，并且属性是只读的，因此无论区域性或格式提供程序是什么，模式总是相同的。格式化遵照自定义模式 "yyyy-MM-dd HH:mm:ssZ"。格式化日期和时间时不进行时区转换；所以，请在使用格式说明符之前将本地日期和时间转换为通用时间
U	通用的可排序 日期/时间模式	显示由与当前线程关联的 DateTimeFormatInfo.FullDateTimePattern 属性定义的模式或者由指定格式提供程序定义的模式。显示的时间为通用时间而不是本地时间，等效于 DateTime 值
Y 或 y	年月模式	显示由与当前线程关联的 DateTimeFormatInfo.YearMonthPattern 属性定义的模式或者由指定格式提供程序定义的模式
任何其他单个字符	未知说明符	

说明标准格式字符串如何与 DateTime 对象一起使用的示例。

```
DateTime dt = DateTime.Now;
DateTimeFormatInfo dfi = new DateTimeFormatInfo();
CultureInfo ci = new CultureInfo("de-DE");

// Make up a new custom DateTime pattern, for demonstration.
dfi.MonthDayPattern = "MM-MMMM, ddd-dddd";

// Use the DateTimeFormat from the culture associated
// with the current thread.
Console.WriteLine( dt.ToString("d") );
Console.WriteLine( dt.ToString("m") );

// Use the DateTimeFormat from the specific culture passed.
Console.WriteLine( dt.ToString("d", ci ) );

// Use the settings from the DateTimeFormatInfo object passed.
Console.WriteLine( dt.ToString("m", dfi ) );

// Reset the current thread to a different culture.
Thread.CurrentThread.CurrentCulture = new CultureInfo("fr-BE");
Console.WriteLine( dt.ToString("d") );
```

3.10.2　标准 DateTime 格式字符串输出示例

表 3-13 说明通过给特定日期和时间应用某些标准 DateTime 格式字符串而创建的输出。输出是使用 ToString 方法生成的。

格式说明符列指示格式字符串，"区域性"列指示与当前线程相关的区域性，"输出"列指示格式化的结果。

不同的区域性值说明了更改当前区域性造成的影响。更改区域性有几种方法：使用 Microsoft Windows 的"时间/日期"控制面板；将您自己的 DateTimeFormatInfo 类作为格式提供程序传递；或者传递设置为另一种区域性的 CultureInfo 类。

注意：更改区域性并不影响"r"和"s"格式所产生的输出。

表 3-13　应用某些标准 DateTime 格式字符串创建的输出

格式说明符	当前区域性	输　　出
d	en-US	4/10/2001
d	en-NZ	10/04/2001
d	de-DE	10.04.2001
D	en-US	Tuesday, April 10, 2001
T	en-US	3:51:24 PM
T	es-ES	15:51:24
f	en-US	Tuesday, April 10, 2001 3:51 PM
f	fr-FR	mardi 10 avril 2001 15:51
r	en-US	Tue, 10 Apr 2001 15:51:24 GMT
r	zh-SG	Tue, 10 Apr 2001 15:51:24 GMT
s	en-US	2001-04-10T15:51:24
s	pt-BR	2001-04-10T15:51:24
u	en-US	2001-04-10 15:51:24Z
u	sv-FI	2001-04-10 15:51:24Z
m	en-US	10-Apr
m	ms-MY	10-Apr
y	en-US	April, 2001
y	af-ZA	Apr-01
L	en-UZ	无法识别的格式说明符；引发格式异常。

3.10.3　自定义 DateTime 格式字符串

通过使用自定义 DateTime 格式说明符来创建自己的自定义 DateTime 格式字符串，您可以更好地控制格式化 DateTime 对象的方式。组合一个或多个自定义格式说明符，以构造可生成您喜欢输出的 DateTime 格式化模式。实际上，大多数的标准 DateTime 格式说明符都是在当前适用的 DateTimeFormatInfo 类中指定的格式化模式的别名。

表 3-14 描述了自定义格式说明符，以及它们产生的结果。这些格式说明符的输出受"区域选项"控制面板中的当前区域性和设置的影响。

表 3-14　自定义格式说明符及它们产生的结果

格式说明符	说　　明
d	显示月份的当前日期，以 1 到 31 之间的一个数字表示，包括 1 和 31。如果日期只有一位数字（1~9），则它显示为

格式说明符	说　　明
	一位数字。 　　注意，如果"d"格式说明符单独使用、没有其他自定义格式字符串，则它被解释为标准短日期模式格式说明符。如果"d"格式说明符与其他自定义格式说明符或者"%"字符一起传递，则它被解释为自定义格式说明符
dd	显示月份的当前日期，以 1 到 31 之间的一个数字表示，包括 1 和 31。如果日期只有一位数字（1~9），则将其格式化为带有前导 0 (01~09)
ddd	显示指定的 DateTime 的日期部分缩写名称。如果未提供特定的有效格式提供程序（实现具有预期属性的 IFormatProvider 的非空对象），则使用 DateTimeFormat 的 AbbreviatedDayNames 属性及其与当前所使用线程关联的当前区域性。否则，使用来自指定格式提供程序的 AbbreviatedDayNames 属性
dddd（外加任意数量的附加"d"字符）	显示指定的 DateTime 的日期全名。如果未提供特定的有效格式提供程序（一个非空对象，可实现具有预期属性的 IFormatProvider），则使用 DateTimeFormat 的 DayNames 属性及其与当前所使用线程关联的当前区域性。否则，使用来自指定格式提供程序的 DayNames 属性
f	显示秒部分的最高有效位。 　　注意，如果"f"格式说明符单独使用，没有其他自定义格式字符串，则它被解释为完整的（长日期 + 短时间）格式说明符。如果"f"格式说明符与其他自定义格式说明符或"%"字符一起传递，则它被解释为自定义格式说明符。 　　使用 System.DateTime.ParseExact 方法进行分析时，所使用的"f"格式说明符的位数指示要分析的秒部分的最高有效位的位数
ff	显示秒部分的两个最高有效位
fff	显示秒部分的三个最高有效位
ffff	显示秒部分的四个最高有效位
fffff	显示秒部分的五个最高有效位
ffffff	显示秒部分的六个最高有效位
fffffff	显示秒部分的七个最高有效位
F	显示秒部分的最高有效位。如果该位为零，则不显示任何信息。 　　使用 System.DateTime.ParseExact(System.String,System.String,System.IFormatProvider) 方法进行分析时，所使用的"F"格式说明符的位数指示要分析的秒部分的最高有效位最大数
FF	显示秒部分的两个最高有效位。但不显示尾随零（或两个零位）
FFF	显示秒部分的三个最高有效位。但不显示尾随零（或三个零位）
FFFF	显示秒部分的四个最高有效位。但不显示尾随零（或四个零位）
FFFFF	显示秒部分的五个最高有效位。但不显示尾随零（或五个零位）
FFFFFF	显示秒部分的六个最高有效位。但不显示尾随零（或六个零位）
FFFFFFF	显示秒部分的七个最高有效位。但不显示尾随零（或七个零位）
g 或 gg（外加任意数量的附加"g"字符）	显示指定的 DateTime 的年代部分（例如 A.D.）。如果未提供特定的有效格式提供程序（一个非空对象，可实现具有预期属性的 IFormatProvider），则年代由与 DateTimeFormat 关联的日历及其与当前线程关联的当前区域性确定。 　　注意，如果"g"格式说明符单独使用，没有其他自定义格式字符串，则它被解释为标准常规格式说明符。如果"g"格式说明符与其他自定义格式说明符或"%"字符一起传递，则它被解释为自定义格式说明符
h	以 1 到 12 范围中的一个数字显示指定的 DateTime 的小时数，该小时数表示自午夜（显示为 12）或中午（也显示为 12）后经过的整小时数。如果单独使用这种格式，则无法区别某一小时是中午以前还是中午以后的时间。如果该小时是单个数字（1~9），则它显示为单个数字。显示小时时不发生任何舍入。例如，DateTime 为 5:43 时返回 5

续表

格式说明符	说　明
hh, hh（外加任意数量的附加"h"字符）	以 1 到 12 范围中的一个数字显示指定的 DateTime 的小时数，该小时数表示自午夜（显示为 12）或中午（也显示为 12）后经过的整小时数。如果单独使用这种格式，则无法区别某一小时是中午以前还是中午以后的时间。如果该小时是单个数字（1~9），则将其格式化为前面带有 0 (01~09)
H	以 0 到 23 范围中的一个数字显示指定的 DateTime 的小时数，该小时数表示自午夜（显示为 0）后经过的整小时数。如果该小时是单个数字（0~9），则它显示为单个数字
HH, HH（外加任意数量的附加"H"字符）	以 0 到 23 范围中的一个数字显示指定的 DateTime 的小时数，该小时数表示自午夜（显示为 0）后经过的整小时数。如果该小时是单个数字（0~9），则将其格式化为前面带有 0 (01~09)
m	以 0 到 59 范围中的一个数字显示指定的 DateTime 的分钟数，该分钟数表示自上一小时后经过的整分钟数。如果分钟是一位数字（0~9），则它显示为一位数字。 **注意**，如果"m"格式说明符单独使用，没有其他自定义格式字符串，则它被解释为标准的月日模式格式说明符。如果"m"格式说明符与其他自定义格式说明符或"%"字符一起传递，则它被解释为自定义格式说明符
mm, mm（外加任意数量的附加"m"字符）	以 0 到 59 范围中的一个数字显示指定的 DateTime 的分钟数，该分钟数表示自上一小时后经过的整分钟数。如果分钟是一位数字（0~9），则将其格式化为带有前导 0 (01~09)
M	显示月份，以 1 到 12 之间（包括 1 和 12）的一个数字表示。如果月份是一位数字（1~9），则它显示为一位数字。 请注意，如果"M"格式说明符单独使用，没有其他自定义格式字符串，则它被解释为标准的月日模式格式说明符。如果"M"格式说明符与其他自定义格式说明符或"%"字符一起传递，则它被解释为自定义格式说明符
MM	显示月份，以 1 到 12 之间（包括 1 和 12）的一个数字表示。如果月份是一位数字（1~9），则将其格式化为带有前导 0 (01~09)
MMM	显示指定的 DateTime 的月部分缩写名称。如果未提供特定的有效格式提供程序（一个非空对象，可实现具有预期属性的 IFormatProvider），则使用 DateTimeFormat 的 AbbreviatedMonthNames 属性及其与当前线程关联的当前区域性。否则，使用来自指定格式提供程序的 AbbreviatedMonthNames 属性
MMMM	显示指定的 DateTime 的月的全名。如果未提供特定的有效格式提供程序（一个非空对象，可实现具有预期属性的 IFormatProvider），则使用 DateTimeFormat 的 MonthNames 属性及其与当前线程关联的当前区域性。否则，使用来自指定格式提供程序的 MonthNames 属性
S	以 0 到 59 范围中的一个数字显示指定的 DateTime 的秒数，该秒数表示自上一分钟后经过的整秒数。如果秒是一位数字（0~9），则它仅显示为一位数字。请注意，如果"S"格式说明符单独使用，没有其他自定义格式字符串，则它被解释为标准的可排序日期/时间模式格式说明符。如果"S"格式说明符与其他自定义格式说明符或"%"字符一起传递，则它被解释为自定义格式说明符
SS, SS（外加任意数量的附加"S"字符）	以 0 到 59 范围中的一个数字显示指定的 DateTime 的秒数，该秒数表示自上一分钟后经过的整秒数。如果秒是一位数字（0~9），则将其格式化为带有前导 0 (01~09)
t	显示指定的 DateTime 的 A.M./P.M. 指示项的第一个字符。如果未提供特定的有效格式提供程序（一个非空对象，可实现具有预期属性的 IFormatProvider），则使用 DateTimeFormat 的 AMDesignator（或 PMDesignator）属性及其与当前线程关联的当前区域性。否则，使用来自指定 IFormatProvider 的 AMDesignator（或 PMDesignator）属性。如果对于指定的 DateTime 所经过的总整小时数小于 12，则使用 AMDesignator。否则，使用 PMDesignator。 **注意**，如果"t"格式说明符单独使用，没有其他自定义格式字符串，则它被解释为标准的长时间模式格式说明符。如果"t"格式说明符与其他自定义格式说明符或"%"字符一起传递，则它被解释为自定义格式说明符

续表

格式说明符	说　　明
tt, tt（外加任意数量的附加"t"字符）	显示指定的 DateTime 的 A.M./P.M. 指示项。如果未提供特定的有效格式提供程序（一个非空对象，可实现具有预期属性的 IFormatProvider），则使用 DateTimeFormat 的 AMDesignator（或 PMDesignator）属性及其与当前线程关联的当前区域性。否则，使用来自指定 IFormatProvider 的 AMDesignator（或 PMDesignator）属性。如果对于指定的 DateTime 所经过的总整小时数小于 12，则使用 AMDesignator。否则，使用 PMDesignator
y	最多用两位数字显示指定的 DateTime 的年份。忽略年的前两位数字。如果年份是一位数字（1~9），则它显示为一位数字。 **请注意**，如果"y"格式说明符单独使用，没有其他自定义格式字符串，则它被解释为标准短日期模式格式说明符。如果"y"格式说明符与其他自定义格式说明符或"%"字符一起传递，则它被解释为自定义格式说明符
yy	最多用两位数字显示指定的 DateTime 的年份。忽略年的前两位数字。如果年份是一位数字（1~9），则将其格式化为带有前导 0 (01~09)
yyyy	显示指定的 DateTime 的年份部分（包括纪元）。如果年份长度小于四位，则按需要在前面追加零，以使显示的年份长度达到四位
z	仅以整小时数为单位显示系统当前时区的时区偏移量。偏移量总显示为带有前导符号（零显示为"+0"），指示早于格林威治时间（+）或迟于格林威治时间（−）的小时数。值的范围是−12 到+13。如果偏移量为一位数（0~9），则将其显示为带有合适前导符号的一位数。时区设置以+X 或−X 的形式指定，其中 X 是相对于 GMT 的小时偏差，显示的偏差受夏时制的影响
zz	仅以整小时数为单位显示系统当前时区的时区偏移量。偏移量总显示为带有前导或尾随符号（零显示为"+00"），指示早于格林威治时间（+）或迟于格林威治时间（−）的小时数。值范围为−12 到+13。如果偏移量为一位数（0~9），则将其格式化为前面带有 0 (01~09) 并带有适当的前导符号。时区设置以+X 或−X 的形式指定，其中 X 是相对于 GMT 的小时偏差，显示的偏差受夏时制的影响
ZZZ, ZZZ（外加任意数量的附加"Z"字符）	以小时和分钟为单位显示系统当前时区的时区偏移量。偏移量总是显示为带有前导或尾随符号（零显示为"+00:00"），指示早于格林威治时间（+）或迟于格林威治时间（−）的小时数。值范围为−12:00 到+13:00。如果偏移量为一位数（0~9），则将其格式化为前面带有 0 (01~09) 并带有适当的前导符号。时区设置以+X 或−X 的形式指定，其中 X 是相对于 GMT 的小时偏差，显示的偏差受夏时制的影响
:	时间分隔符
/	日期分隔符
"	带引号的字符串。显示转义符（/）之后两个引号之间的任何字符串的文本值
'	带引号的字符串。显示两个"'"字符之间的任何字符串的文本值
%c	其中 c 既是标准格式说明符又是自定义格式说明符，显示与格式说明符关联的自定义格式模式。 **注意**，如果格式说明符作为单个字符来单独使用，它将被解释成标准格式说明符。只有包含两个或更多字符的格式说明符被解释为自定义格式说明符。说明符可以被同时定义为标准和自定义格式说明符，要显示此种说明符的自定义格式，请在说明符之前加"%"符号
\c	其中 c 是任意字符，转义符将下一个字符显示为文本。在此上下文中，转义符不能用于创建转义序列（如"\n"表示换行）
任何其他字符	其他字符作为文本直接写入输出字符串

向 DateTime.ToString 传递自定义模式时，模式必须至少为两个字符长。如果只传递"d"，则公共语言运行库将其解释为标准格式说明符，这是因为所有单个格式说明符都被解释为标准格式说明符。如果传递单个"h"，则引发异常，原因是不存在标准的"h"格式说明符。若要只使用单个自定义格式

进行格式化，请在说明符的前面或后面添加一个空格。例如，格式字符串"h"被解释为自定义格式字符串。

阐释如何从 DateTime 创建自定义格式化字符串的示例如下。此示例假定当前区域性是美国英语（en-US）。

```
DateTime MyDate = new DateTime(2000, 1, 1, 0, 0, 0);
String MyString = MyDate.ToString("dddd - d - MMMM");
// In the U.S. English culture, MyString has the value:
// "Saturday - 1 - January".
MyString = MyDate.ToString("yyyy gg");
// In the U.S. English culture, MyString has the value: "2000 A.D.".
```

3.10.4　自定义 DateTime 格式字符串输出示例

表 3-15 阐释通过对特定的日期和时间应用一些自定义 DateTime 格式字符串所创建的输出。输出是使用 ToString 方法生成的。

"格式说明符"列指示格式字符串，"当前区域性"列指示与当前线程关联的区域性，"时区"列指示格式化时有效的时区，"输出"列指示格式化结果。

不同的区域性和时区的值说明了更改当前区域性的影响。可以用以下方法更改区域性：使用 Microsoft Windows 的"日期/时间"控制面板，将您自己的 DateTimeFormatInfo 作为格式提供程序传递，或者传递设置为另一种区域性的 CultureInfo。

表 3-15　应用一些自定义DateTime格式字符串创建的输出

格式说明符	当前区域性	时　区	输　　出
d, M	en-US	GMT	12, 4
d, M	es-MX	GMT	12, 4
d MMMM	en-US	GMT	12-Apr
d MMMM	es-MX	GMT	12 Abril
dddd MMMM yy gg	en-US	GMT	Thursday April 01 A.D.
dddd MMMM yy gg	es-MX	GMT	Jueves Abril 01 DC
h , m: s	en-US	GMT	6 , 13: 12
hh,mm:ss	en-US	GMT	06,13:12
HH-mm-ss-tt	en-US	GMT	06-13-12-AM
hh:mm, G\MT z	en-US	GMT	05:13 GMT +0
hh:mm, G\MT z	en-US	GMT +10:00	05:13 GMT +10
hh:mm, G\MT zzz	en-US	GMT	05:13 GMT +00:00
hh:mm, G\MT zzz	en-US	GMT － 9:00	05:13 GMT −09:00

注意：在某些语言（如 C#）中，"\"字符在与 ToString 方法共用时，它前面必须有转义符。

3.11 枚举及自定义格式字符串

3.11.1 枚举格式字符串

可以使用 ToString 方法创建新的字符串对象，以表示 Enum 的数字、十六进制或字符串值。此方法采用某个枚举格式化字符串指定希望返回的值。

表 3-16 列出了枚举格式化字符串及其返回值。这些格式说明符不区分大小写。

表 3-16　格式化字符串及其返回值

格式字符串	结　　果
G 或 g	如有可能，将枚举项显示为字符串值，否则显示当前实例的整数值。如果枚举定义中设置了 Flags 属性，则串联每个有效项的字符串值并将各值用逗号分开。如果未设置 Flags 属性，则将无效值显示为数字项
F 或 f	如有可能，将枚举项显示为字符串值。如果值可以完全显示为枚举项的总和（即使未提供 Flags 属性），则串联每个有效项的字符串值并将各值用逗号分开。如果值不能完全由枚举项确定，则将值格式化为整数值
D 或 d	以尽可能短的表示形式将枚举项显示为整数值
X 或 x	将枚举项显示为十六进制值。按需要将值表示为带有前导零，以确保值的长度最少有八位

定义一个名为 Colors 的枚举的示例如下，该枚举包含三项：Red、Blue 和 Green。

```
public enum Colors{Red = 1, Blue = 2, Green = 3}
```

定义了枚举后，可以按下面的方式声明实例。

```
Colors MyColors = Colors.Green;
```

使用枚举格式化方法将 DayOfWeek 枚举的字符串、数字和十六进制表示形式赋予字符串 MyString 的示例如下。此代码创建 DayOfWeek 枚举的新实例（名为 MyDays），并为其赋值 Friday。然后，它使用 "G"、"F"、"D" 和 "X" 格式化字符串将不同的枚举表示形式赋予 MyString。

```
DayOfWeek MyDays = DayOfWeek.Friday;

String MyString = MyDays.ToString("G");
// In the U.S. English culture, MyString has the value: "Friday".

MyString = MyDays.ToString("F");
// In the U.S. English culture, MyString has the value: "Friday".

MyString = MyDays.ToString("D");
// In the U.S. English culture, MyString has the value: "5".

MyString = MyDays.ToString("X");
// In the U.S. English culture, MyString has the value: "00000005".
```

3.11.2　自定义格式字符串

.NET Framework 支持扩展其内置格式化机制，这样，您可以创建自己的接受用户定义格式字符串的 ToString 方法，或者，创建格式提供程序来调用您自己的 Format 方法以执行类型的自定义格式化。您可以通过实现 IFormattable 接口来创建自己的 ToString 方法，还可以通过实现 ICustomFormatter 和 IFormatProvider 接口来创建自己的 Format 方法。

本节的信息局限于向用户定义类型和现有基类型添加自定义格式字符串，但所描述的原则可以应用到任何类型。

1. 添加自定义类型的自定义格式字符串

如果要创建自己的自定义类型，您可以通过实现 IFormattable 接口以及该接口的 ToString 方法来添加对处理您自己的自定义格式字符串的支持。这意味着您可以控制哪些格式字符串会被您的自定义类型识别。实现 IFormattable 接口（而不只是将 ToString 方法添至您的自定义类型）的好处在于：您可以保证 ToString 方法的用户能够使用预定义的调用语法和返回类型。

IFormattable 接口的 ToString 方法带有一个格式字符串参数和一个格式提供程序参数。如果格式字符串参数为空字符串或 null（在 Visual Basic 中为 Nothing），则执行默认格式化。如果格式提供程序为 null，则使用默认格式提供程序。

如果自定义格式字符串被传递到您的自定义版本的 ToString，则执行适当的格式化；否则调用合适的.NET Framework 方法来执行标准格式化。

MyType 自定义类型实现 IFormattable 接口的示例如下。如果您创建一个新的 MyType 类实例，并将自定义格式字符串 "b" 传递给该实例的 ToString 方法，则 Convert.ToString 的重载返回该实例的值的二进制（基 2）字符串表示形式。如果没有传递 "b"，则该实例将用自己的 ToString 方法格式化它的值；也就是说，用 System.Int32.ToString 方法格式化整数 myValue。

```
public class MyType : IFormattable
{
    // Assign a value for the class.
    private int myValue;

    // Add a constructor.
    public MyType( int value )
    {
        myValue = value;
    }
    // Write a custom Format method for the type.
    public string ToString(string format, IFormatProvider fp)
    {
        if (format.Equals ("b"))
            {
```

```
            return Convert.ToString (myValue, 2);
        }
    else
        {
            return myValue.ToString(format, fp);
        }
    }
}
```

说明如何使用 MyType 类和格式字符串 "b" 的示例如下。

```
MyType mtype = new MyType(42);
String MyString = mtype.ToString("b", null);
String YourString = mtype.ToString("p", null);
// MyString has the value: "101010".
// YourString has the value: "42 %".
```

2. 向现有基类型添加自定义格式字符串

通过创建实现 ICustomFormatter 和 IFormatProvider 的格式提供程序类，您可以控制如何格式化现有的基类型，以及提供用于格式化的附加代码。

当向基类型的 ToString 方法传递格式提供程序时，基类型使用传递的格式提供程序（而不是默认的格式提供程序）定义它的格式化规则。若要创建自定义格式提供程序，应执行下列操作。

定义一个类，该类实现上述两个接口，并重写 GetFormat 和 Format。

将该类传入将 IFormatProvider 作为参数的方法（如 String.Format）。这样做使 String.Format 可以识别在新格式提供程序类中定义的自定义格式方案。

定义一个添加自定义 Format 方法的类的示例如下，此方法可以产生一个整数的不同基值。

```
public class MyFormat : IFormatProvider, ICustomFormatter
{
    // String.Format calls this method to get an instance of an
    // ICustomFormatter to handle the formatting.
    public object GetFormat (Type service)
    {
        if (service == typeof (ICustomFormatter))
        {
            return this;
        }
        else
        {
            return null;
        }
    }
    // After String.Format gets the ICustomFormatter, it calls this format
```

```
    // method on each argument.
    public string Format (string format, object arg, IFormatProvider provider)
    {
        if (format == null)
        {
            return String.Format ("{0}", arg);
        }
        // If the format is not a defined custom code,
        // use the formatting support in ToString.
        if (!format.StartsWith("B"))
        {
            //If the object to be formatted supports the IFormattable
            //interface, pass the format specifier to the
            //objects ToString method for formatting.
            if (arg is IFormattable)
            {
                return ((IFormattable)arg).ToString(format, provider);
            }
            //If the object does not support IFormattable,
            //call the objects ToString method with no additional
            //formatting.
            else if (arg != null)
            {
                return arg.ToString();
            }
        }
        // Uses the format string to
        // form the output string.
        format = format.Trim (new char [] {'B'});
        int b = Convert.ToInt32 (format);
        return Convert.ToString ((int)arg, b);
    }
}
```

String.Format 方法使用 MyFormat 中定义的自定义 Format 方法来显示 MyInt 的基 16 表示形式的示例如下。

```
int MyInt = 42;
string MyString = String.Format (new MyFormat (), "{0} in the custom B16 format is
{1:B16}", new object [] { MyInt, MyInt } );
// MyString has the value: "42 in custom B16 format is 2a".
```

3.12　分析字符串

Parse 方法将表示.NET Framework 基类型的字符串转换为实际的.NET Framework 基类型。由于分析是格式化（将基类型转换为字符串表示形式）的反转操作，格式化的许多规则和约定也适用于分析。正如格式化使用实现 IFormatProvider 接口的对象将信息格式化为字符串一样，分析使用实现 IFormatProvider 接口的对象来确定如何解释字符串表示形式。

3.12.1　分析数值字符串

所有的数字类型都有一个静态 Parse 方法，可用于将数字类型的字符串表示形式转换为实际的数字类型。这些方法可用于分析那些使用格式化类型一节中提及的格式设置说明符之一产生的字符串。

用于表示货币符号、千位分隔符和小数点的字符均在格式提供程序中定义。Parse 方法接受格式提供程序，允许您指定和显式分析特定区域性字符串。如果未指定格式提供程序，则使用与当前线程关联的提供程序。

将字符串转换为整数值，增加该值并显示结果的示例代码如下。

```
string MyString = "12345";
int MyInt = int.Parse(MyString);
MyInt++;
Console.WriteLine(MyInt);
// The result is "12346".
```

如果要将包含非数值字符的字符串转换为.NET Framework 的 numeric 基类型，NumberStyles 枚举将十分有用。可使用此枚举来分析包含货币符号、小数点、指数、括号等的字符串。例如，在 en-US 区域性中，如果未传递 NumberStyles.AllowThousands 枚举，则无法使用 Parse 方法将包含逗号的字符串转换成整数值。

NumberStyles.AllowCurrencySymbol 指定应将数字分析为货币而不是小数。NumberStyles.AllowDecimalPoint 表示允许使用小数点。有效小数点字符由当前 NumberFormatInfo 对象的 NumberDecimalSeparator 或 CurrencyDecimalSeparator 属性决定。NumberStyles.AllowThousands 表示允许使用组分隔符。有效组分隔符字符由当前 NumberFormatInfo 对象的 NumberGroupSeparator 或 CurrencyGroupSeparator 属性决定。有关有效的非数值字符类型的完整列表，请参见 NumberStyles 枚举文档的内容。

NumberStyles 枚举使用当前区域性指定的字符来辅助分析。如果没有通过将 CultureInfo 对象集传递至对应于所分析的字符串的区域性来指定区域性，则将使用与当前线程相关联的区域性。

下面的代码示例无效，并将引发异常。它解释了用于分析包含非数值字符的字符串的错误方法。首先创建一个新的 CultureInfo，并将其传递给 Parse 方法，以指定使用 en-US 区域性来进行分析。

```
using System.Globalization;
```

```
CultureInfo MyCultureInfo = new CultureInfo("en-US");
string MyString = "123,456";
int MyInt = int.Parse(MyString, MyCultureInfo);
Console.WriteLine(MyInt);
// Raises System.Format exception.
```

应用具有 AllowThousands 标志的 NumberStyles 枚举时，Parse 方法将忽略前面示例中引发异常的逗号。下面的代码示例使用与前面示例相同的字符串，但未引发异常。与前面的示例相似，首先创建一个新的 CultureInfo，并将其传递给 Parse 方法，以指定使用 en-US 区域性所用的千位分隔符来进行分析。

```
using System.Globalization;

CultureInfo MyCultureInfo = new CultureInfo("en-US");
string MyString = "123,456";
int MyInt = int.Parse(MyString, NumberStyles.AllowThousands, MyCultureInfo);
Console.WriteLine(MyInt);
// The result is "123456".
```

3.12.2　分析日期和时间字符串

与数字类型相似，DateTime 对象具有将字符串转换为 DateTime 对象的功能。Parse 方法和 ParseExact 方法均可用于将日期或时间的字符串表示形式转换为 DateTime 对象。Parse 方法可转换任何有效的字符串表示形式，而 ParseExact 方法只转换采用您指定的格式的字符串。这两种方法均可成功转换格式为标准 DateTime 模式（在 3.10 节日期与时间格式字符串中描述）之一的任何字符串。

用于表示月、日名称的值，以及 DateTime 组件的显示顺序，均在格式提供程序中定义。Parse 和 ParseExact 方法都接受格式提供程序，允许指定和显式分析特定区域性字符串。如果未指定格式提供程序，则使用与当前线程关联的提供程序。

默认情况下，传递的字符串中不包含的任何有关日期或时间的信息都用来自 DateTime.Now 的当前日期和时间信息填充。例如，如果分析字符串"1/1/00"，则仅指定 DateTime 的 Month、Year 和 Day 属性。其他属性（如 Minutes、Seconds 和 Ticks）设置为 DateTime.Now 指定的当前值。通过指定 DateTimeStyles.NoCurrentDateDefault 可以修改此行为，但这会导致 Year、Month 和 Day 均设置为"1"而不是当前的年、月、日。

1．分析

下面的代码示例阐释如何使用 Parse 方法将字符串转换为 DateTime。此示例使用与当前线程相关的区域性来执行分析。如果与当前区域性相关的 CultureInfo 无法分析输入的字符串，则会引发 FormatException。

```
string MyString = "Jan 1, 2002";
DateTime MyDateTime = DateTime.Parse(MyString);
```

```
Console.WriteLine(MyDateTime);
```

还可以将 CultureInfo 集合指定为由该对象定义的某一区域性设置。下面的代码示例使用格式提供程序将德语字符串分析为 DateTime 对象。表示 de-DE 区域性的 CultureInfo 经过定义后，与被分析的字符串一起传递，这样可确保成功分析此特定字符串。这样就排除了 CurrentThread 的 CurrentCulture 中的任何设置。

```
using System.Globalization;

CultureInfo MyCultureInfo = new CultureInfo("de-DE");
string MyString = "12 Juni 2002";
DateTime MyDateTime = DateTime.Parse(MyString, MyCultureInfo);
Console.WriteLine(MyDateTime);
```

下面的代码示例使用 DateTimeStyles 枚举来指定当前日期和时间信息不应添至字符串未定义字段的 DateTime。

```
using System.Globalization;

CultureInfo MyCultureInfo = new CultureInfo("de-DE");
string MyString = "12 Juni 2002";
DateTime MyDateTime = DateTime.Parse(MyString, MyCultureInfo, DateTimeStyles.
NoCurrentDateDefault);
Console.WriteLine(MyDateTime);
```

2．ParseExact

ParseExact 方法只将指定的字符串模式转换为 DateTime。向此方法传递非指定格式的字符串时，会引发 FormatException。您可以指定一种标准日期和时间格式说明符，或指定自定义日期和时间格式说明符的限定组合。使用自定义格式说明符，可以构造自定义识别字符串。有关说明符的解释，请参见 3.10 节日期与时间格式字符串的内容。

在下面的代码示例中，依次将字符串对象、格式说明符、CultureInfo 对象传递至 ParseExact 方法进行分析。此 ParseExact 方法只能分析在 en-US 区域性中显示长日期模式的字符串。

```
using System.Globalization;

CultureInfo MyCultureInfo = new CultureInfo("en-US");
string MyString = " Tuesday, April 10, 2001";
DateTime MyDateTime = DateTime.ParseExact(MyString, "D", MyCultureInfo);
Console.WriteLine(MyDateTime);
```

3.12.3 分析其他字符串

除数值字符串和 DateTime 字符串外，还可以分析将 Char、Boolean 和 Enum 类型表示为数据类型的字符串。

1．Char

如果要将包含单个字符的字符串转换为其 Unicode 值，与 Char 数据类型相关的静态分析方法十分有用。将字符串分析为 Unicode 字符的示例代码如下。

```
string MySTring = "A";
char MyChar = Char.Parse(MyString);
// MyChar now contains a Unicode "A" character.
```

2．Boolean

Boolean 数据类型包含 Parse 方法，此方法可用于将表示 Boolean 值的字符串转换为实际 Boolean 类型。此方法不区分大小写，可成功分析包含"true"或"false"字符的字符串。与 Boolean 类型相关的 Parse 方法还可以分析周围有空格的字符串。如果传递任何其他字符串，将引发 FormatException。

使用 Parse 方法将字符串转换为 Boolean 值的示例代码如下。

```
string MyString = "True";
bool MyBool = bool.Parse(MyString);
// MyBool now contains a True Boolean value.
```

3．枚举

您可以使用静态 Parse 方法将 Boolean 类型初始化为字符串的值。此方法接受正在分析的枚举类型、要分析的字符串和指明分析是否区分大小写的可选 Boolean 标志。分析的字符串可包含几个用逗号隔开的值，值的前后可留有一个或多个空格。当字符串包含多个值时，返回对象的值是所有与按位"或"运算组合的指定值。

使用 Parse 方法将字符串表示形式转换为枚举值的示例如下。DayOfWeek 枚举从字符串中初始化为 Thursday。

```
string MyString = "Thursday";
DayOfWeek MyDays = (DayOfWeek)DayOfWeek.Parse(typeof(DayOfWeek), MyString);
Console.WriteLine(MyDays);
//The result is Thursday.
```

3.12.4　创建新字符串

3.13　Unicode 及编码

3.13.1　.NET Framework 中的 Unicode

.NET Framework 使用 Unicode UTF-16（Unicode 转换格式，16 位编码形式）来表示字符。在某些情况下，.NET Framework 在内部使用 UTF-8。

"Unicode 标准"是用于字符和文本的通用字符编码方案。它为世界上的书面语言中使用的每一个字符赋予一个唯一的数值（称为码位）和名称。例如，字符"A"由码位"U+0041"和名称"LATIN CAPITAL LETTER A"表示。有 65000 个以上的字符有值，并且还有再支持多达一百万个字符的余地。有关更多信息，请参见位于 www.unicode.org 的 Unicode Standard（Unicode 标准）。

以往，不同区域性的不同语言要求迫使应用程序在内部使用不同的编码方案表示数据。这些不同的编码方案迫使开发人员为操作系统和应用程序创建零碎的基本代码，如用于欧洲语言的单字节版本、用于亚洲语言的双字节版本以及用于中东语言的双向版本。这种零碎的代码库使得难以在不同的区域性之间共享数据，并且对于开发支持多语言用户界面的全球通用应用程序来说尤为困难。

Unicode 数据编码方案简化了开发全球通用应用程序的过程，因为它允许用单个编码方案来表示世界上使用的所有字符。应用程序开发人员不必再跟踪用于产生特定语言字符的编码方案，并且数据可以在世界上的各系统之间共享而不会受到损坏。

3.13.2　对字符进行编码的最常用的类

字符是可使用多种不同字符方案或代码页来表示的抽象实体。例如，Unicode UTF-16 编码将字符表示为 16 位整数序列，而 Unicode UTF-8 编码则将相同的字符表示为 8 位字节序列。公共语言运行库使用 Unicode UTF-16（Unicode 转换格式，16 位编码形式）表示字符。

针对公共语言运行库的应用程序使用编码将字符表形式从本机字符方案映射至其他方案。应用程序使用解码将字符从非本机方案映射至本机方案。表 3-17 列出了 System.Text 命名空间中对字符进行编码和解码的最常用的类。

表 3-17　对字符进行编码和解码的最常用的类

字符方案	类	说　明
ASCII 编码	System.Text.ASCIIEncoding	将字符与 ASCII 字符相互转换
多种编码	System.Text.Encoding	将字符与 Convert 方法中指定的各种编码相互转换
UTF-16 Unicode 编码	System.Text.UnicodeEncoding	在其他编码与 UTF-16 编码之间进行转换。此方案将字符表示为 16 位整数
UTF-8 Unicode 编码	System.Text.UTF8Encoding	在其他编码与 UTF-8 编码之间进行转换。此宽度可变编码方案用一至四个字节表示字符

使用 ASCIIEncoding.GetBytes 方法将 Unicode 字符串转换为字节数组的示例代码如下。数组中每个字节表示字符串中该位置字母的 ASCII 值。

```
string MyString = "Encoding String.";
ASCIIEncoding AE = new ASCIIEncoding();
byte[] ByteArray = AE.GetBytes(MyString);
for(int x = 0;x <= ByteArray.Length - 1; x++)
{
    Console.Write("{0} ", ByteArray[x]);
}
```

此示例将下列内容显示到控制台。字节 69 是字符 E 的 ASCII 值、字节 110 是字符 n 的 ASCII 值，等等。

```
69 110 99 111 100 105 110 103 32 83 116 114 105 110 103 46
```

下面的代码示例使用 ASCIIEncoding 类将前面的字节数组转换为字符数组。GetChars 方法用来解码字节数组。

```
ASCIIEncoding AE = new ASCIIEncoding();
byte[] ByteArray = { 69, 110, 99, 111, 100, 105, 110, 103, 32, 83, 116, 114, 105, 110,
103, 46 };
char[] CharArray = AE.GetChars(ByteArray);
for(int x = 0;x <= CharArray.Length - 1; x++)
{
    Console.Write(CharArray[x]);
}
```

以上代码将 Encoding String. 文本显示到控制台。

3.13.3　使用 Encoding 类

您可以使用 Encoding.GetEncoding 方法为指定的编码返回编码对象。可以使用 Encoding.GetBytes 方法以指定的编码将 Unicode 字符串转换为它的字节表示形式。

使用 Encoding.GetEncoding 方法为指定的代码页创建目标编码对象的示例代码如下。针对目标编码对象调用 Encoding.GetBytes 方法，可在目标编码中将 Unicode 字符串转换为它的字节表示形式。字符串的字节表示形式随即以指定的代码页显示出来。

```
using System;
using System.IO;
using System.Globalization;
using System.Text;

public class Encoding_UnicodeToCP
{
    public static void Main()
    {
        // Converts ASCII characters to bytes.
        // Displays the string's byte representation in the
        // specified code page.
        // Code page 1252 represents Latin characters.
        PrintCPBytes("Hello, World!",1252);
        // Code page 932 represents Japanese characters.
        PrintCPBytes("Hello, World!",932);
```

```
   // Converts Japanese characters to bytes.
   PrintCPBytes("\u307b,\u308b,\u305a,\u3042,\u306d",1252);
   PrintCPBytes("\u307b,\u308b,\u305a,\u3042,\u306d",932);
}

public static void PrintCPBytes(string str, int codePage)
{
   Encoding targetEncoding;
   byte[] encodedChars;

   // Gets the encoding for the specified code page.
   targetEncoding = Encoding.GetEncoding(codePage);

   // Gets the byte representation of the specified string.
   encodedChars = targetEncoding.GetBytes(str);

   // Prints the bytes.
   Console.WriteLine
        ("Byte representation of '{0}' in Code Page '{1}':", str,
           codePage);
   for (int i = 0; i < encodedChars.Length; i++)
        Console.WriteLine("Byte {0}: {1}", i, encodedChars[i]);
   }
}
```

如果您在控制台应用程序中执行此代码，则指定的 Unicode 文本元素可能会显示不正确，因为控制台环境中对 Unicode 字符的支持会因所运行的 Windows 操作系统的版本而异。

3.14 不区分区域性的字符串操作

对于正在创建旨在按区域性向用户显示结果的应用程序的开发人员来说，区分区域性字符串操作无疑是一个有利条件。默认情况下，区分区域性的方法从当前线程的 CultureInfo.CurrentCulture 属性中获得要使用的区域性。但是，并非在所有场合都需要区分区域性的字符串操作。在结果不应依赖于区域性的情况下，使用区分区域性的操作可导致代码在遇到使用自定义大小写映射和排序规则的区域性时失败。

字符串操作是应该区分区域性还是不区分区域性，这完全取决于应用程序使用结果的方式。向最终用户显示结果的字符串操作通常应该是区分区域性的。例如，如果应用程序在一个列表框中向用户显示本地化字符串的排序列表，这时应执行区分区域性的排序操作。内部使用的字符串操作的结果通常应该是不区分区域性的。一般而言，如果使用的是不向最终用户显示的文件名、持久性格式或符号信息，则字符串操作的结果不应因区域性而异。例如，如果应用程序比较字符串以确定它是否是可识别的 XML 标记，则这种比较不应是区分区域性的。另外，如果安全决策基于字符串比较或大小写更改操作的结果，则操作应该不区分区域性，以确保结果不会受 CultureInfo.CurrentCulture 值的影响。

不管您正在开发的应用程序是否包含用来处理本地化和全球化问题的代码，都应该对默认情况下返回区分区域性结果的.NET Framework 方法有所了解。本主题旨在解释在需要获取不区分区域性的结果时使用这些方法的正确方式。

默认情况下，执行区分区域性字符串操作的大多数.NET Framework 方法都提供方法重载，使您可以通过传递 CultureInfo 参数显式指定要使用的区域性。这些重载允许您通过指定 **CultureInfo** 参数的 CultureInfo.InvariantCulture 属性来消除大小写映射和排序规则中的区域性差异，并保证得到不区分区域性的结果。

本节提供了以下主题，用以说明如何使用默认区分区域性的.NET Framework 方法执行不区分区域性的字符串操作。

3.14.1　自定义大小写映射和排序规则

序列项的大小写映射、字母顺序排序，以及约定在各区域性之间会有所不同。您应该了解这些变化，并认识到这些变化可导致字符串操作的结果因区域性不同而异。

土耳其字母表的独特大小写映射规则说明了大小写映射在不同语言之间存在着差别，甚至是在它们使用的字母大多数都相同时也如此。在大多数拉丁语字母表中，字符 i (Unicode 0069)是字符 I (Unicode 0049)的小写形式。但是，在土耳其语字母表中，字符 I 有两种变化形式：一种有点，一种没有点。在土耳其语中，字符 I (Unicode 0049)被看成是另一个字符 ı (Unicode 0131)的大写形式。字符 i (Unicode 0069)被看成是另一个字符 İ (Unicode 0130)的小写形式。因此，字符 i (Unicode 0069)和 I (Unicode 0049)之间不区分大小写的字符串比较对于大多数区域性都会成功，但对于区域性"tr-TR"（土耳其的土耳其语）则会失败。

下面的代码示例阐释了对字符串"FILE"和"file"执行不区分大小写的 String.Compare 操作时，所产生的结果如何随区域性不同而变化。如果将 Thread.CurrentCulture 属性设置为"en-US"（美国英语），则该比较会返回 true。如果将 CurrentCulture 设置为"tr-TR"（土耳其的土耳其语），则该比较会返回 false。

```
using System;
using System.Globalization;
using System.Threading;

public class TurkishISample
{
   public static void Main()
   {
   // Set the CurrentCulture property to English in the U.S.
   Thread.CurrentThread.CurrentCulture = new CultureInfo("en-US");
```

```
Console.WriteLine("Culture = {0}",
    Thread.CurrentThread.CurrentCulture.DisplayName);
Console.WriteLine("(file == FILE) = {0}", (string.Compare("file",
    "FILE", true) == 0));

// Set the CurrentCulture property to Turkish in Turkey.
Thread.CurrentThread.CurrentCulture = new CultureInfo("tr-TR");
Console.WriteLine("Culture =
    {0}",Thread.CurrentThread.CurrentCulture.DisplayName);
Console.WriteLine("(file == FILE) = {0}", (string.Compare("file",
    "FILE", true) == 0));
    }
}
```

以下输出到控制台的内容说明了在不同区域性之间结果会不同，因为对 i 和 I 进行不区分大小写的比较会对"en-US"区域性返回 true，对"tr-TR"区域性返回 false。

```
Culture = English (United States)
(file == FILE) = true
Culture = Turkish (Turkey)
(file == FILE) = false
```

区域性"az -AZ-Latn"（阿塞拜疆的阿泽里语（拉丁））也使用此大小写映射规则。

其他自定义大小写映射和排序规则

除了用于土耳其语和阿泽里语字母表的独特大小写映射之外，还有其他一些自定义的大小写映射和排序规则，执行字符串操作时您应该了解这些规则。ASCII 范围（Unicode 0000- Unicode 007F）内九个区域性的字母表包含由两个字母组成的字母对，其中不区分大小写的比较（例如，String.Compare）的结果在大小写混用时不计算为相同。这些区域性是："hr-HR"（克罗地亚的克罗地亚语）、"cs-CZ"（捷克共和国的捷克语）、"sk-SK"（斯洛伐克的斯洛伐克语）、"da-DK"（丹麦的丹麦语）、"nb-NO"（挪威的挪威语（博克马尔））、"nn-NO"（挪威的挪威语（尼诺斯克））、"hu-HU"（匈牙利的匈牙利语）、"vi-VN"（越南的越南语）和"es-ES"（西班牙的西班牙语），它们使用传统排序顺序。例如，在丹麦语中，对由两个字母组成的对 aA 和 AA 进行不区分大小写的比较时，它们被认为是不相同的。对由两个字母组成的对 nG 和 NG 进行不区分大小写的比较时，越南语字母表认为它们是不相同的。虽然您应该知道存在这些规则，但在实践中，很少会遇到"对进行区分大小写的比较导致出现问题"这样的情况，因为这些对很少出现在固定字符串或标识符中。

ASCII 范围内六个区域性的字母表的大小写规则是标准的，但排序规则各不相同。这些区域性是：使用技术排序顺序的"et-EE"（爱沙尼亚的爱沙尼亚语）、"fi-FI"（芬兰的芬兰语）、"hu-HU"（匈牙利的匈牙利语），以及"lt-LT"（立陶宛的立陶宛语）、"sv-FI"（芬兰的瑞典语）和"sv-SE"（瑞典的瑞典语）。例如，在瑞典语字母表中，将字母 w 视为字母 v 进行排序。在应用程序代码中，使用排序操作的频率往往少于相等比较，因此排序操作导致发生问题的可能性较小。

其他 35 个区域性具有 ASCII 范围外的自定义大小写映射和排序规则。这些规则通常被局限到那些特定区域性使用的字母表。因此，它们导致发生问题的可能性十分小。

有关适用于特定区域性的自定义大小写映射和排序规则的详细信息，请参见位于 www.unicode.org 的 "Unicode 标准"。

3.14.2　执行不区分区域性的字符串比较

默认情况下，String.Compare 方法执行区分区域性的比较和区分大小写的比较。但是，提供了 String.Compare 方法的重载，它允许您通过提供 culture 参数来指定要使用的区域性。应用程序代码应该清楚地说明字符串比较是区分区域性的，还是不区分区域性的。对于区分区域性的操作，请指定 CultureInfo.CurrentCulture 属性作为 culture 参数。对于不区分区域性的操作，请指定 CultureInfo.Invariant Culture 属性作为 culture 参数。

如果安全决策基于字符串比较的结果，则操作应该不区分区域性，以确保结果不会受 CultureInfo. CurrentCulture 值的影响。

默认情况下，String.CompareTo 方法的重载执行区分区域性的比较和区分大小写的比较。而且，这种方法的任何重载都不允许您指定不区分区域性的比较。为了使代码清楚，建议您使用 String.Compare 方法，为区分区域性的操作指定 CultureInfo.CurrentCulture 或为不区分区域性的操作指定 CultureInfo.InvariantCulture。

1. 使用 String.Compare 方法

以下代码行说明了如何使用 String.Compare 方法对 string1 和 string2 执行区分大小写的比较和区分区域性的比较。CultureInfo.CurrentCulture 作为 culture 参数传输，指出将要使用 CurrentCulture 的大小写映射和排序规则。

```
int compareResult = String.Compare(string1, string2, false, CultureInfo.
CurrentCulture);
```

要使此操作不区分区域性，您必须将 CultureInfo.InvariantCulture 指定为 culture 参数。下面的示例代码行中说明了这一点。

```
int compareResult = String.Compare(string1, string2, false, CultureInfo.
InvariantCulture);
```

下面的代码示例说明了如何使用前面的代码行执行不区分区域性的字符串比较。

```
using System;
using System.Globalization;

public class CompareSample
{
```

```
public static void Main()
{
    String string1 = "file";
    String string2 = "FILE";

    int compareResult = String.Compare(string1, string2, false,
    CultureInfo.InvariantCulture);
    Console.WriteLine("A case-insensitive comparison of {0} and {1} is
        {2}", string1, string2, compareResult);
}
}
```

2. 使用 String.CompareTo 方法

下面的示例使用 String.CompareTo 方法对 string1 与 string2 进行比较。默认情况下，比较是区分区域性和区分大小写的。

```
int compareResult = string1.CompareTo(string2);
```

因为 culture 参数不是显式传递的，所以上面示例的意图不太明确；您应该用 String.Compare 方法替换 String.CompareTo 方法，以明确指出您是希望此操作区分区域性还是希望它不区分区域性。如果您的意图是对 string1 和 string2 执行区分大小写且区分区域性的比较，请将 CultureInfo.CurrentCulture 作为 culture 参数传递。这样，会使用 CurrentCulture 的大小写映射和排序规则。

3.14.3　执行不区分区域性的大小写更改

String.ToUpper、String.ToLower、Char.ToUpper 和 Char.ToLower 方法提供了不接受任何参数的重载。默认情况下，这些没有参数的重载会基于 CultureInfo.CurrentCulture 的值执行大小写更改。这样，会生成因区域性而异的区分大小写的结果。要明确指出您是希望大小写更改区分区域性还是希望它不区分区域性，您应该使用这些方法的重载，这些重载要求您显式指定 culture 参数。对于区分区域性的大小写更改，请为 culture 参数指定 CultureInfo.CurrentCulture。对于不区分区域性的大小写更改，请为 culture 参数指定 CultureInfo.InvariantCulture。

通常，会将字符串转换成标准大小写，以便更易于以后查找。以这种方式使用字符串时，应该为 culture 参数指定 CultureInfo.InvariantCulture，因为 Thread.CurrentCulture 的值在更改大小写与发生查找的这段时间内可能会改变。

如果安全决策基于大小写更改操作，则该操作不应区分区域性，以确保结果不受 CultureInfo.CurrentCulture 值的影响。请参见 3.14.1 节自定义大小写映射和排序规则，其中的示例演示区分区域性的字符串操作如何产生不一致的结果。

1. 使用 String.ToUpper 和 String.ToLower 方法

为了使代码清楚，建议您始终使用 String.ToUpper 和 String.ToLower 方法的重载，这些重载允许您显式指定 culture 参数。例如，下面的代码执行了标识符查找操作。key.ToLower 操作在默认情况下是区分区域性的，但是对于读取代码，此行为并非很有把握。

```
static object LookupKey(string key)
{
    return internalHashtable[key.ToLower()];
}
```

如果您希望 key.ToLower 操作不区分区域性，应该按如下所述更改前面的示例，以便在更改大小写时显式使用 CultureInfo.InvariantCulture。

```
static object LookupKey(string key)
{
    return internalHashtable[key.ToLower(CultureInfo.InvariantCulture)];
}
```

2. 使用 Char.ToUpper 和 Char.ToLower 方法

虽然 Char.ToUpper 和 Char.ToLower 方法与 String.ToUpper 和 String.ToLower 方法具有相同的特性，但受影响的区域性只有 "tr-TR"（土耳其的土耳其语）和 "az -AZ-Latn"（阿塞拜疆的阿泽里语（拉丁））。这是仅有的两个具有单个字符大小写区别的区域性。有关这个唯一大小写映射的详细信息，请参见 3.14.1 节 "自定义大小写映射和排序规则"。为了使代码清楚并确保结果一致，建议您始终使用这些方法的重载，这些重载允许您显式指定 culture 参数。

3.14.4　在集合中执行不区分区域性的字符串操作

在 System.Collections 命名空间中有一些类和成员，它们在默认情况下提供区分区域性的行为。用于 CaseInsensitiveComparer 和 CaseInsensitiveHashCodeProvider 类的默认构造函数使用 Thread.CurrentCulture 属性初始化新实例。CollectionsUtil.CreateCaseInsensitiveHashTable 方法的所有重载在默认情况下使用 Thread.CurrentCulture 属性创建 Hashtable 类的新实例。默认情况下，ArrayList.Sort 方法的重载使用 Thread.CurrentCulture 执行区分区域性的排序。当将字符串用作键时，在 SortedList 中进行排序和查找会受 Thread.CurrentCulture 的影响。请按本节提供的建议用法，从 Collections 命名空间中的这些类与方法中获取不区分区域性的结果。

1. 使用 CaseInsensitiveComparer 和 CaseInsensitiveHashCodeProvider 类

CaseInsensitiveHashCodeProvider 和 CaseInsensitiveComparer 的默认构造函数使用 Thread.CurrentCulture 初始化类的新实例，会导致区分区域性的行为。下面的代码示例说明了 Hashtable 的构造函数，Hashtable 使用 CaseInsensitiveHashCodeProvider 和 CaseInsensitiveComparer 的默认构造函数，因此是区分区域性的。

```
internalHashtable = new Hashtable(CaseInsensitiveHashCodeProvider.Default, CaseInsensitiveComparer.Default);
```

如果要使用 CaseInsensitiveComparer 和 CaseInsensitiveHashCodeProvider 类创建不区分区域性的 Hashtable，请使用接受 culture 参数的构造函数初始化这些类的新实例。对于 culture 参数，请指定 CultureInfo.InvariantCulture。下面的代码示例说明了不区分区域性的 Hashtable 的构造函数。

```
internalHashtable = new Hashtable(new CaseInsensitiveHashCodeProvider
    (CultureInfo.InvariantCulture),
    new CaseInsensitiveComparer(CultureInfo.InvariantCulture));
```

2. 使用 CollectionsUtil.CreateCaseInsensitiveHashTable 方法

CollectionsUtil.CreateCaseInsensitiveHashTable 方法是一种有用的快捷方式，用于创建忽略字符串大小写的 Hashtable 类的新实例。但是，因为 CollectionsUtil.CreateCaseInsensitiveHashTable 方法的所有重载都使用 Thread.CurrentCulture 属性，因而都是区分区域性的。您无法使用此方法创建不区分区域性的 Hashtable。要创建不区分区域性的 Hashtable，请使用接受 culture 参数的 Hashtable 构造函数。对于 culture 参数，请指定 CultureInfo.InvariantCulture。下面的代码示例说明了不区分区域性的 Hashtable 的构造函数。

```
internalHashtable = new Hashtable(new CaseInsensitiveHashCodeProvider
    (CultureInfo.InvariantCulture),
    new CaseInsensitiveComparer(CultureInfo.InvariantCulture));
```

3. 使用 SortedList 类

SortedList 表示键值对的集合，这些键值对是按照键来排序的，而且可按照键和索引进行访问。在使用其中的字符串是键的 SortedList 时，排序和查找会受 Thread.CurrentCulture 属性的影响。要从 SortedList 获取不区分区域性的行为，请使用某个接受 comparer 参数的构造函数来创建 SortedList。comparer 参数指定比较键时要使用的 IComparer 实现。对于 IComparer 参数，请指定使用 CultureInfo.InvariantCulture 的自定义比较器类做比较键。说明自定义的不区分区域性的比较器类的示例如下，您可将其指定为 SortedList 构造函数的 IComparer 参数。

```
using System;
using System.Collections;
using System.Globalization;

internal class InvariantComparer : IComparer
{
    private CompareInfo m_compareInfo;
    internal static readonly InvariantComparer Default = new
        InvariantComparer();

    internal InvariantComparer()
    {
        m_compareInfo = CultureInfo.InvariantCulture.CompareInfo;
    }
```

```
public int Compare(Object a, Object b)
{
    String sa = a as String;
    String sb = b as String;
    if (sa != null && sb != null)
        return m_compareInfo.Compare(sa, sb);
    else
        return Comparer.Default.Compare(a,b);
}
}
```

一般而言，如果在字符串中使用 SortedList、而不指定自定义的固定比较器，则填充列表后 Thread.CurrentCulture 发生的更改会使列表无效。

4. 使用 ArrayList.Sort 方法

默认情况下，ArrayList.Sort 方法的重载使用 Thread.CurrentCulture 属性执行区分区域性的排序。由于排序顺序不同，结果可能会因区域性而异。要消除区分区域性的行为，请使用此方法中接受 IComparer 参数的重载。对于 IComparer 参数，请指定使用 CultureInfo.InvariantCulture 的自定义固定比较器类。使用 SortedList 类主题中提供了自定义固定比较器类的示例。

3.14.5　在数组中执行不区分区域性的字符串操作

默认情况下，Array.Sort 方法和 Array.BinarySearch 方法的重载使用 Thread.CurrentCulture 属性执行区分区域性的排序。由于排序顺序的不同，由这些方法返回的区分区域性的结果可能会因区域性而异。要消除区分区域性的行为，请使用方法中接受 comparer 参数的重载。comparer 参数指定在数组中比较元素时要使用的 IComparer 实现。对于 IComparer 参数，请指定使用 CultureInfo.InvariantCulture 的自定义固定比较器类，在 SortedList 类主题中提供了自定义固定比较器类的示例。

3.14.6　在 RegularExpressions 命名空间中执行不区分区域性的操作

System.Text.RegularExpressions 命名空间中的方法使用 Thread.CurrentCulture 属性执行您指定为不区分大小写的操作。因此，默认情况下，RegularExpressions 命名空间中不区分大小写的操作是区分区域性的。例如，Regex 类提供了构造函数，使您可以初始化指定 options 参数的新实例。options 参数是 RegexOptions 枚举值的按位"或"组合。RegexOptions 枚举包含 IgnoreCase 成员，该成员指定了不区分大小写的匹配。将 IgnoreCase 作为 options 参数的组成部分传递到 Regex 构造函数时，匹配不区分大小写但区分区域性。

要从 RegularExpressions 命名空间的方法获取不区分区域性的行为，请将 RegexOptions 枚举的 CultureInvariant 成员作为 options 参数的组成部分传递到 Regex 构造函数。说明如何创建既不区分大小写又不区分区域性的 Regex 的示例如下。

```
using System;
using System.Globalization;
using System.Text.RegularExpressions;

public class CultureChange
{
  public static void Main()
  {
    // Perform the case-insensitive, culture-insensitive
    // Regex operation.
    String TestString = "i";
    Regex r = new Regex("I", RegexOptions.IgnoreCase Or
            RegexOptions.CultureInvariant);
    bool result = r.IsMatch(TestString);
    Console.WriteLine("The result of the comparison is: {0}",
              result);
  }
}
```

此代码生成了以下输出，验证了字符串"i"和"I"不区分大小写的 Regex.IsMatch 为 InvariantCulture 返回 true。

```
The result of the match is: True
```

3.15　正则表达式

正则表达式提供了功能强大、灵活而又高效的方法来处理文本。正则表达式的全面模式匹配表示法使您可以快速分析大量文本以找到特定的字符模式；提取、编辑、替换或删除文本子字符串；或将提取的字符串添加到集合以生成报告。对于处理字符串（例如 HTML 处理、日志文件分析和 HTTP 标头分析）的许多应用程序而言，正则表达式是不可缺少的工具。

Microsoft .NET Framework 正则表达式并入了其他正则表达式实现的最常见功能，例如在 Perl 和 awk 中提供的那些功能。.NET Framework 正则表达式被设计为与 Perl 5 正则表达式兼容，另外，还包括一些在其他实现中尚未提供的功能，例如从右到左匹配和即时编译。

.NET Framework 正则表达式类是基类库的一部分，并且可以和面向公共语言运行库的任何语言或工具（包括 ASP.NET 和 Visual Studio 2005）一起使用。

为操纵文本，对正则表达式语言进行了精心设计和优化。正则表达式语言由两种基本字符类型组成：原义（正常）文本字符和元字符。元字符使正则表达式具有处理能力。

您可能比较熟悉在 DOS 文件系统中使用的 ? 和 * 元字符，这两个元字符分别代表任意单个字符和字符组。DOS 文件命令 COPY *.DOC A: 命令文件系统将文件扩展名为.DOC 的所有文件均复制到 A 驱动器的磁盘中。元字符 * 代表文件扩展名.DOC 前的任何文件名。正则表达式极大地拓展了此基本思路，提供大量的元字符组，使通过相对少的字符描述非常复杂的文本匹配表达式成为可能。

例如，正则表达式 \s2000 在应用到文本正文时，将匹配在字符串"2000"前为任意空白字符（例如空格或制表符）的所有匹配项。

如果使用 C++、C#或 JScript，则在特殊转义符（例如\s）之前必须另加一个反斜杠（例如"\\s2000"），以表明转义符中的反斜杠是原义字符。否则，正则表达式引擎会将\s 中的反斜杠和 s 当作两个单独的运算符来处理。如果使用 Visual Basic 2005，则不必添加反斜杠。如果使用 C#，则可以使用以@为前缀并禁用转义的 C#字符串（例如@"\s2000"）。

正则表达式还可以执行更为复杂的搜索。例如，正则表达式(?<char>\w)\k<char>使用命名分组和反向引用来搜索相邻的成对字符。当应用于"I'll have a small coffee"这一字符串时，它将在单词"I'll"、"small"和"coffee"中找到匹配项。（有关此正则表达式的详细信息，请参见 3.18.2 节反向引用。）

以下各节详细介绍定义.NET Framework 正则表达式语言的元字符组，以及说明如何使用正则表达式类来在您的应用程序中实现正则表达式。

3.16　正则表达式语言元素

Microsoft .NET Framework SDK 提供了大量的正则表达式工具，使您能够高效地创建、比较和修改字符串，以及迅速地分析大量文本和数据以搜索、移除和替换文本模式。

本节详细介绍可用于定义正则表达式的字符、运算符和构造。

3.16.1　字符转义

大多数重要的正则表达式语言运算符都是非转义的单个字符。转义符 \（单个反斜杠）通知正则表达式分析器反斜杠后面的字符不是运算符。例如，分析器将星号（*）视为重复限定符，而将后跟星号的反斜杠（*）视为 Unicode 字符 002A。

表 3-18 中列出的字符转义在正则表达式和替换模式中都会被识别。

表 3-18　转义符及其说明

转 义 符	说　　明
一般字符	除.$ ^ { [(	) * + ? \ 外，其他字符与自身匹配
\a	与响铃（警报）\u0007 匹配
\b	如果在[]字符类中，则与退格符\u0008 匹配；如果不是这种情况，请参见本表后面的"注意"部分
\t	与 Tab 符 \u0009 匹配
\r	与回车符 \u000D 匹配
\v	与垂直 Tab 符 \u000B 匹配
\f	与换页符 \u000C 匹配

续表

转 义 符	说　　明
\n	与换行符 \u000A 匹配
\e	与 Esc 符 \u001B 匹配
\040	将 ASCII 字符匹配为八进制数（最多三位）；如果没有前导零的数字只有一位数或者与捕获组号相对应，则该数字为后向引用。（有关更多信息，请参见 3.18.2 节反向引用。）例如，字符 \040 表示空格
\x20	使用十六进制表示形式（恰好两位）与 ASCII 字符匹配
\cC	与 ASCII 控制字符匹配；例如，\cC 为 Ctrl-C
\u0020	使用十六进制表示形式（恰好四位）与 Unicode 字符匹配。 .NET Framework 不支持用于指定 Unicode 的 Perl 5 字符转义。Perl 5 字符转义的格式是 \x{####…}，其中"####…"是十六进制数字的序列。应改为使用本行中描述的.NET Framework 字符转义
\	在后面带有不识别为转义符的字符时，与该字符匹配。例如，* 与 \x2A 相同

转义字符\b 是一个特例。在正则表达式中，\b 表示单词边界（在\w 和\W 之间），不过，在 [] 字符类中，\b 表示退格符。在替换模式中，\b 始终表示退格符。

3.16.2　替换

只在替换模式中允许替换。对于正则表达式中的类似功能，使用后向引用（如\1）。有关后向引用的详细信息，请参见 3.18.2 节反向引用和后向引用构造的内容。

字符转义和替换是在替换模式中识别的唯一的特殊构造。下面几部分描述的所有语法构造只允许出现在正则表达式中，替换模式中不识别它们。例如，替换模式 a*${txt}b 会插入字符串"a*"，该字符串后跟按 txt 捕获组匹配的子字符串，该子字符串后跟字符串"b"（如果有）。在替换模式中，*字符不会识别为元字符。与此类似，在正则表达式匹配模式中不识别$模式。在正则表达式中，$指定字符串的结尾。

表 3-19 显示如何定义命名并编号的替换模式。

表 3-19　定义命名并编号的替换模式的字符及其说明

字　　符	说　　明
$ 数字	替换按组号 number（十进制）匹配的最后一个子字符串
${ name }	替换由（?<name>）组匹配的最后一个子字符串
$$	替换单个"$"字符
$&	替换完全匹配本身的一个副本
$`	替换匹配前的输入字符串的所有文本
$'	替换匹配后的输入字符串的所有文本
$+	替换最后捕获的组
$_	替换整个输入字符串

3.16.3　字符类

字符类是一个字符集，如果字符集中的任何一个字符有匹配，它就会找到该匹配项。表 3-20 总结

了字符匹配语法。

表 3-20　字符匹配的字符类及其说明

字 符 类	说　　明
.	匹配除 \n 以外的任何字符。如果已用 Singleline 选项做过修改，则句点字符可与任何字符匹配。有关更多信息，请参见正则表达式选项
[aeiou]	与指定字符集中包含的任何单个字符匹配
[^ aeiou]	与不在指定字符集中的任何单个字符匹配
[0-9a-fA-F]	使用连字号（-）允许指定连续字符范围
\p{ name }	与{name}指定的命名字符类中的任何字符都匹配。支持的名称为 Unicode 组和块范围。例如，Ll、Nd、Z、IsGreek、IsBoxDrawing
\P{ name }	与在{name}中指定的组和块范围不包括的文本匹配
\w	与任何单词字符匹配。等效于 Unicode 字符类别[\p{Ll}\p{Lu}\p{Lt}\p{Lo}\p{Nd}\p{Pc}\p{Lm}]。如果用 ECMAScript 选项指定了符合 ECMAScript 的行为，则\w 等效于[a-zA-Z_0-9]
\W	与任何非单词字符匹配。等效于 Unicode 字符类别[^\p{Ll}\p{Lu}\p{Lt}\p{Lo}\p{Nd}\p{Pc}\p{Lm}]。如果用 ECMAScript 选项指定了符合 ECMAScript 的行为，则 \W 等效于 [^a-zA-Z_0-9]
\s	与任何空白字符匹配。等效于 Unicode 字符类别[\f\n\r\t\v\x85\p{Z}]。如果用 ECMAScript 选项指定了符合 ECMAScript 的行为，则 \s 等效于 [\f\n\r\t\v]
\S	与任何非空白字符匹配。等效于 Unicode 字符类别[^\f\n\r\t\v\x85\p{Z}]。如果用 ECMAScript 选项指定了符合 ECMAScript 的行为，则\S 等效于[^ \f\n\r\t\v]
\d	与任何十进制数字匹配。对于 Unicode 类别的 ECMAScript 行为，等效于\p{Nd}，对于非 Unicode 类别的 ECMAScript 行为，等效于[0~9]
\D	与任何非数字匹配。对于 Unicode 类别的 ECMAScript 行为，等效于\P{Nd}，对于非 Unicode 类别的 ECMAScript 行为，等效于[^0~9]

可以使用 GetUnicodeCategory 方法找到某个字符所属的 Unicode 类别。

3.16.4　正则表达式选项

能使用影响匹配行为的选项修改正则表达式模式，这是通过下列两种基本方法之一设置正则表达式选项来实现的：可以在 Regex (pattern, options) 构造函数中的 options 参数中指定，其中 options 是 RegexOptions 枚举值的按位 "或" 组合；也可以使用内联（?imnsx-imnsx:）分组构造或（?imnsx-imnsx）其他构造在正则表达式模式内设置它们。

在内联选项构造中，一个选项或一组选项前面的减号（-）用于关闭这些选项。例如，内联构造（?ix-ms）将打开 IgnoreCase 和 IgnorePatternWhiteSpace 选项，而关闭 Multiline 和 Singleline 选项。默认情况下，关闭所有正则表达式选项。

表 3-21 列出了 RegexOptions 枚举的成员以及等效的内联选项字符。请注意，选项 RightToLeft 和 Compiled 只适用于表达式整体而不允许内联。（它们只能在 Regex 构造函数的 options 参数中指定。）选项 None 和 ECMAScript 不允许内联。

表 3-21　RegexOptions 枚举的成员及等效的内联字项

RegexOption 成员	内联字符	说　　明
None	N/A	指定不设置任何选项
IgnoreCase	i	指定不区分大小写的匹配
Multiline	m	指定多行模式。更改 ^ 和 $ 的含义，以使它们分别与任何行的开头和结尾匹配，而不只是与整个字符串的开头和结尾匹配
ExplicitCapture	n	指定唯一有效的捕获是显式命名或编号（?<name>…）形式的组。这允许圆括号充当非捕获组，从而避免了由（?:…）导致的语法上的笨拙
Compiled	N/A	指定正则表达式将被编译为程序集。生成该正则表达式的 Microsoft 中间语言（MSIL）代码；以较长的启动时间为代价，得到更快的执行速度
Singleline	s	指定单行模式。更改句点字符（.）的含义，以使它与每个字符（而不是除 \n 之外的所有字符）匹配
IgnorePatternWhitespace	x	指定从模式中排除非转义空白并启用数字符号（#）后面的注释。（有关转义空白字符的列表，请参见 3.16.1 节字符转义。）请注意，空白永远不会从字符类中消除
RightToLeft	N/A	指定搜索是从右向左而不是从左向右进行的。具有此此选项的正则表达式将移动到起始位置的左边而不是右边。（因此，起始位置应指定为字符串的结尾而不是开头。）为了避免构造具有无限循环的正则表达式的可能性，此选项不能在中间指定。但是，(?<) 回顾后发构造提供了可用作子表达式的类似替代物。 RightToLeft 只更改搜索方向。它不会反转所搜索的子字符串。预测先行和回顾后发断言不改变：预测先行向右搜索；回顾后发向左搜索
ECMAScript	N/A	指定已为表达式启用了符合 ECMAScript 的行为。此选项仅可与 IgnoreCase 和 Multiline 标志一起使用。将 ECMAScript 同任何其他标志一起使用将导致异常
CultureInvariant	N/A	指定忽略语言中的区域性差异。有关更多信息，请参见 3.14.6 节在 RegularExpressions 命名空间中执行不区分区域性的操作

3.16.5　原子零宽度断言

表 3-22 中描述的元字符不会使引擎在字符串中前进或使用字符。它们只是根据字符串中的当前位置使匹配成功或失败。例如，^ 指定当前位置在行或字符串的开头。因此，正则表达式 ^FTP 只会返回那些在行的开头出现的字符串"FTP"的匹配项。

表 3-22　不会使引擎在字符串中前进或使用字符的断言及其说明

断　　言	说　　明
^	指定匹配必须出现在字符串的开头或行的开头。有关更多信息，请参见正则表达式选项中的 Multiline 选项
$	指定匹配必须出现在以下位置：字符串结尾、字符串结尾处的 \n 之前或行的结尾。有关更多信息，请参见正则表达式选项中的 Multiline 选项
\A	指定匹配必须出现在字符串的开头（忽略 Multiline 选项）
\Z	指定匹配必须出现在字符串的结尾或字符串结尾处的 \n 之前（忽略 Multiline 选项）
\z	指定匹配必须出现在字符串的结尾（忽略 Multiline 选项）
\G	指定匹配必须出现在上一个匹配结束的地方。与 Match.NextMatch() 一起使用时，此断言确保所有匹配都是连续的
\b	指定匹配必须出现在 \w（字母数字）和 \W（非字母数字）字符之间的边界上。匹配必须出现在单词边界上，即出现在由任何非字母数字字符分隔的单词的第一个或最后一个字符上
\B	指定匹配不可出现在 \b 边界上

3.16.6　限定符

限定符将可选数量的数据添加到正则表达式。限定符表达式应用于紧挨着它前面的字符、组或字符类。.NET Framework 正则表达式支持最小匹配（lazy）限定符。

表 3-23 描述了影响匹配的元字符。数量 n 和 m 是整数常数。

表 3-23　影响匹配的元字符及其说明

限 定 符	说　　明
*	指定零个或更多个匹配；例如\w*或(abc)*。等效于{0,}
+	指定一个或多个匹配；例如\w+或(abc)+。等效于{1,}
?	指定零个或一个匹配；例如\w?或(abc)?。等效于{0,1}
{n}	指定恰好 n 个匹配；例如(pizza){2}
{n,}	指定至少 n 个匹配；例如(abc){2,}
{n,m}	指定至少 n 个、但不多于 m 个匹配
*?	指定尽可能少地使用重复的第一个匹配（等效于 lazy *）
+?	指定尽可能少地使用重复但至少使用一次（等效于 lazy +）
??	指定使用零次重复（如有可能）或一次重复（lazy ?）
{n}?	等效于{n}（lazy {n}）
{n,}?	指定尽可能少地使用重复但至少使用 n 次（lazy {n,}）
{n,m}?	指定介于 n 次和 m 次之间、尽可能少地使用重复（lazy {n,m}）

3.16.7　分组构造

分组构造使您可以捕获子表达式组，并提高具有非捕获预测先行和回顾后发修饰符的正则表达式的效率。表 3-24 描述了正则表达式分组构造。

表 3-24　正则表达式分组构造及其说明

分组构造	说　　明
( )	捕获匹配的子字符串（或非捕获组；有关更多信息，请参见正则表达式选项中的 ExplicitCapture 选项）。使用()的捕获根据左括号的顺序从 1 开始自动编号。捕获元素编号为零的第一个捕获是由整个正则表达式模式匹配的文本
(?<name>)	将匹配的子字符串捕获到一个组名称或编号名称中。用于 name 的字符串不能包含任何标点符号，并且不能以数字开头。可以使用单引号替代尖括号，例如 (?'name')
(?<name1-name2>)	平衡组定义。删除先前定义的 name2 组的定义，并在 name1 组中存储先前定义的 name2 组和当前组之间的间隔。如果未定义 name2 组，则匹配将回溯。由于删除 name2 的最后一个定义会显示 name2 的先前定义，因此该构造允许将 name2 组的捕获堆栈用作计数器以跟踪嵌套构造（如括号）。在此构造中，name1 是可选的。可以使用单引号替代尖括号，例如 (?'name1-name2')
(?:)	非捕获组
(? imnsx-imnsx :)	应用或禁用子表达式中指定的选项。例如，(?i-s:) 将打开不区分大小写并禁用单行模式。有关更多信息，请参见 3.16.4 节正则表达式选项
(?=)	零宽度正预测先行断言。仅当子表达式在此位置的右侧匹配时才继续匹配。例如，\w+(?=\d) 与后跟数字的单词匹配，而不与该数字匹配。此构造不会回溯

续表

分组构造	说　明
(?!　)	零宽度负预测先行断言。仅当子表达式不在此位置的右侧匹配时才继续匹配。例如，\b(?!un)\w+\b 与不以 un 开头的单词匹配
(?<=　)	零宽度正回顾后发断言。仅当子表达式在此位置的左侧匹配时才继续匹配。例如，(?<=19)99 与跟在 19 后面的 99 的实例匹配。此构造不会回溯
(?<!　)	零宽度负回顾后发断言。仅当子表达式不在此位置的左侧匹配时才继续匹配
(?>　)	非回溯子表达式（也称为"贪婪"子表达式）。该子表达式仅完全匹配一次，然后就不会逐段参与回溯了。（也就是说，该子表达式仅与可由该子表达式单独匹配的字符串匹配。）

命名捕获根据左括号的从左到右的顺序按顺序编号（与非命名捕获类似），但在对所有非命名捕获进行计数之后才开始对命名捕获进行编号，如表 3-25 所示。例如，模式((?<One>abc)/d+)? (?<Two>xyz)(.*)按编号和名称产生下列捕获组。（编号为 0 的第一个捕获总是指整个模式）。

表 3-25　编号、名称及其模式一览表

编　号	名　称	模　式
0	0（默认名称）	((?<One>abc)/d+)?(?<Two>xyz)(.*)
1	1（默认名称）	((?<One>abc)/d+)
2	2（默认名称）	(.*)
3	1	(?<One>abc)
4	2	(?<Two>xyz)

3.16.8　后向引用构造

表 3-26 列出了用于将后向引用修饰符添加到正则表达式中的可选参数。

表 3-26　后向引用构造及其定义

后向引用构造	定　义
\ 数字	后向引用。例如，(\w)\1 查找双写的单词字符
\k<name>	命名后向引用。例如，(?<char>\w)\k<char> 查找双写的单词字符。表达式(?<43>\w)\43 执行同样的操作。可以使用单引号替代尖括号，例如\k'char'

> **注意**：八进制转义代码和使用相同表示法的\number 后向引用之间的多义性。有关正则表达式引擎如何解析多义性的详细信息，请参见 3.18.2 节反向引用。

3.16.9　替换构造

表 3-27 列出了用于修改正则表达式以允许进行二者之一/或匹配的特殊字符。

表 3-27　替换构造及其定义

替换构造	定　义
|	与以 |（竖线）字符分隔的术语中的任何一项匹配；例如，cat|dog|tiger。使用最左侧的成功匹配

续表

替换构造	定　义
(?(表达式)yes|no)	如果表达式在此位置匹配，则与"yes"部分匹配；否则，与"no"部分匹配。"no"部分可省略。表达式可以是任何有效的子表达式，但它将变为零宽度断言，因此该语法等效于(?(?=expression)yes|no)。 **注意**，如果表达式是命名组的名称或捕获组编号，则替换构造将解释为捕获测试（在本表的下一行对此进行了描述）。若要避免在这些情况下产生混淆，则可以显式拼出内部（?=expression）
(?(name)yes|no)	如果命名捕获字符串有匹配，则与"yes"部分匹配；否则，与"no"部分匹配。"no"部分可省略。如果给定的名称不与此表达式中使用的捕获组的名称或编号对应，则替换构造将解释为表达式测试（在本表的上一行进行了描述）

3.16.10　其他构造

表 3-28 列出了用于修改正则表达式的子表达式。

表 3-28　修改正则表达式的构造及其定义

构　造	定　义
(? imnsx - imnsx)	对诸如不区分大小写这样的选项进行设置或禁用以使其在模式中间打开或关闭。有关特定选项的信息，请参见 3.16.4 节正则表达式选项。在封闭组结束之前，选项更改将一直有效。请参见 3.16.7 节有关分组构造（?imnsx-imnsx:）的信息，它是一个更为巧妙的形式
(?#)	插入到正则表达式内部的内联注释。该注释在第一个右括号字符处终止
# [至行尾]	X 模式注释。该注释以非转义的#开头，并继续到行的结尾。（请注意，必须激活 x 选项或 RegexOptions.IgnorePatternWhitespace 枚举选项才能识别此类注释。）

3.17　正则表达式类

以下各节介绍.NET Framework 正则表达式类。

3.17.1　Regex

Regex 类表示不可变（只读）正则表达式类。它还包含各种静态方法，允许在不显式创建其他类实例的情况下使用其他正则表达式类。

下面的代码示例创建了 Regex 类的实例，并在初始化对象时定义一个简单的正则表达式。请注意，使用了附加的反斜杠作为转义字符，它将\s 匹配字符类中的反斜杠指定为原义字符。

```
// Declare object variable of type Regex.
Regex r;
// Create a Regex object and define its regular expression.
r = new Regex("\\s2000");
```

3.17.2 Match

Match 类表示正则表达式匹配操作的结果。下面的示例使用 Regex 类的 Match 方法返回 Match 类型的对象，以便找到输入字符串中的第一个匹配项。使用 Match 类的 Match.Success 属性来指示是否已找到匹配的示例如下。

```
// Create a new Regex object.
Regex r = new Regex("abc");
// Find a single match in the string.
Match m = r.Match("123abc456");
if (m.Success)
{
   // Print out the character position where a match was found.
   // (Character position 3 in this case.)
   Console.WriteLine("Found match at position " + m.Index);
}
```

3.17.3 MatchCollection

MatchCollection 类表示成功的非重叠匹配的序列。该集合为不可变（只读），并且没有公共构造函数。MatchCollection 的实例是由 Regex.Matches 方法返回的。

下面的示例使用 Regex 类的 Matches 方法，通过在输入字符串中找到的所有匹配填充 MatchCollection。该示例将此集合复制到一个字符串数组和一个整数数组中，其中字符串数组用以保存每个匹配项，整数数组用以指示每个匹配项的位置。

```
MatchCollection mc;
String[] results = new String[20];
int[] matchposition = new int[20];

// Create a new Regex object and define the regular expression.
Regex r = new Regex("abc");
// Use the Matches method to find all matches in the input string.
mc = r.Matches("123abc4abcd");
// Loop through the match collection to retrieve all
// matches and positions.
for (int i = 0; i < mc.Count; i++)
{
   // Add the match string to the string array.
   results[i] = mc[i].Value;
   // Record the character position where the match was found.
   matchposition[i] = mc[i].Index;
}
```

3.17.4　GroupCollection

GroupCollection 类表示捕获的组的集合，并返回单个匹配中捕获的组的集合。该集合为不可变（只读），并且没有公共构造函数。GroupCollection 的实例在 Match.Groups 属性返回的集合中返回。

以下控制台应用程序示例查找并输出由正则表达式捕获的组的数目。有关如何提取组集合的每一成员中的各个捕获项的示例，可参见下面的 Capture Collection 示例。

```
using System;
using System.Text.RegularExpressions;

public class RegexTest
{
    public static void RunTest()
    {
        // Define groups "abc", "ab", and "b".
        Regex r = new Regex("(a(b))c");
        Match m = r.Match("abdabc");
        Console.WriteLine("Number of groups found = " + m.Groups.Count);
    }
    public static void Main()
    {
        RunTest();
    }
}
```

该示例产生的输出如下。

```
Number of groups found = 3
```

3.17.5　CaptureCollection

CaptureCollection 类表示捕获的子字符串的序列，并且返回由单个捕获组执行的捕获的集合。由于限定符，捕获组可以在单个匹配中捕获多个字符串。Captures 属性（CaptureCollection 类的对象）作为 Match 和 group 类的成员提供，以便于对捕获的子字符串的集合的访问。

例如，如果使用正则表达式 ((a(b))c)+（其中+限定符指定一个或多个匹配）从字符串"abcabcabc"中捕获匹配，则子字符串的每一匹配 Group 的 CaptureCollection 将包含三个成员。

以下控制台应用程序示例使用正则表达式(Abc)+来查找字符串"XYZAbcAbcAbcXYZAbcAb"中的一个或多个匹配。阐释使用 Captures 属性来返回多组捕获的子字符串的示例如下。

```
using System;
using System.Text.RegularExpressions;

public class RegexTest
```

```csharp
    {
    public static void RunTest()
    {
        int counter;
        Match m;
        CaptureCollection cc;
        GroupCollection gc;

        // Look for groupings of "Abc".
        Regex r = new Regex("(Abc)+");
        // Define the string to search.
        m = r.Match("XYZAbcAbcAbcXYZAbcAb");
        gc = m.Groups;

        // Print the number of groups.
        Console.WriteLine("Captured groups = " + gc.Count.ToString());

        // Loop through each group.
        for (int i=0; i < gc.Count; i++)
        {
            cc = gc[i].Captures;
            counter = cc.Count;

            // Print number of captures in this group.
            Console.WriteLine("Captures count = " + counter.ToString());

            // Loop through each capture in group.
            for (int ii = 0; ii < counter; ii++)
            {
                // Print capture and position.
                Console.WriteLine(cc[ii] + "   Starts at character " +
                    cc[ii].Index);
            }
        }
    }

    public static void Main() {
        RunTest();
    }
    }
}
```

此示例返回的输出结果如下。

```
Captured groups = 2
```

```
Captures count = 1
AbcAbcAbc   Starts at character 3
Captures count = 3
Abc    Starts at character 3
Abc    Starts at character 6
Abc    Starts at character 9
```

3.17.6　Group

　　Group 类表示来自单个捕获组的结果。因为 Group 可以在单个匹配中捕获零个、一个或更多的字符串（使用限定符），所以它包含 Capture 对象的集合。因为 Group 继承自 Capture，所以可以直接访问最后捕获的子字符串（Group 实例本身等价于 Captures 属性返回的集合的最后一项）。

　　Group 的实例是由 Match.Groups(groupnum) 属性返回的，或者在使用 "(?<groupname>)" 分组构造的情况下，是由 Match.Groups("groupname") 属性返回的。

　　使用嵌套的分组构造来将子字符串捕获到组中的示例如下。

```
int[] matchposition = new int[20];
String[] results = new String[20];
// Define substrings abc, ab, b.
Regex r = new Regex("(a(b))c");
Match m = r.Match("abdabc");
for (int i = 0; m.Groups[i].Value != ""; i++)
{
    // Copy groups to string array.
    results[i]=m.Groups[i].Value;
    // Record character position.
    matchposition[i] = m.Groups[i].Index;
}
```

　　此示例返回的输出结果如下。

```
results[0] = "abc"   matchposition[0] = 3
results[1] = "ab"    matchposition[1] = 3
results[2] = "b"     matchposition[2] = 4
```

　　下面的代码示例使用命名的分组构造，从包含 "DATANAME:VALUE" 格式数据的字符串中捕获子字符串，正则表达式通过冒号 ":" 拆分数据。

```
Regex r = new Regex("^(?<name>\\w+):(?<value>\\w+)");
Match m = r.Match("Section1:119900");
```

　　此正则表达式返回的输出结果如下。

```
m.Groups["name"].Value = "Section1"
m.Groups["value"].Value = "119900"
```

3.17.7　Capture

Capture 类包含来自单个子表达式捕获的结果。

下面的示例在 Group 集合中循环，从 Group 的每一成员中提取 Capture 集合，并且将变量 posn 和 length 分别分配给找到每一字符串的初始字符串中的字符位置，以及每一字符串的长度。

```
Regex r;
Match m;
CaptureCollection cc;
int posn, length;

r = new Regex("(abc)*");
m = r.Match("bcabcabc");
for (int i=0; m.Groups[i].Value != ""; i++)
{
    // Capture the Collection for Group(i).
    cc = m.Groups[i].Captures;
    for (int j = 0; j < cc.Count; j++)
    {
        // Position of Capture object.
        posn = cc[j].Index;
        // Length of Capture object.
        length = cc[j].Length;
    }
}
```

3.18　正则表达式行为的详细信息

以下几节详细讲述.NET Framework 正则表达式预期的特定行为。

3.18.1　匹配行为

.NET Framework 正则表达式引擎是回溯的正则表达式匹配器，它并入了传统的非确定性有限自动机（NFA）引擎（例如 Perl、Python、Emacs 和 Tcl 使用的引擎）。这使其有别于更快的、但功能更有限的纯正则表达式确定性有限自动机（DFA）引擎，例如在 awk、egrep 或 lex 中提供的那些引擎。这也使其有别于标准化的、但较慢的 POSIX NFA。

1. 三种.NET Framework 正则表达式引擎的类型

本节概述了三种引擎类型的优缺点，并解释了.NET Framework 引擎为什么实现传统的 NFA 匹配器。

（1）DFA 引擎在线性时状态下执行，因为它们不要求回溯（并因此它们永远不测试相同的字符两次）。DFA 引擎还可以确保匹配最长的可能的字符串。但是，因为 DFA 引擎只包含有限的状态，所以它不能匹配具有反向引用的模式；并且因为它不构造显示扩展，所以它不可以捕获子表达式。

（2）传统的 NFA 引擎运行所谓的"贪婪的"匹配回溯算法，以指定顺序测试正则表达式的所有可能的扩展并接受第一个匹配项。因为传统的 NFA 构造正则表达式的特定扩展以获得成功的匹配，所以它可以捕获子表达式匹配和匹配的反向引用。但是，因为传统的 NFA 回溯，所以它可以访问完全相同的状态多次（如果通过不同的路径到达该状态）。因此，在最坏情况下，它的执行速度可能非常慢。因为传统的 NFA 接受它找到的第一个匹配，所以它还可能会导致其他（可能更长）匹配未被发现。

（3）POSIX NFA 引擎与传统的 NFA 引擎类似，不同的一点在于：在它们可以确保已找到了可能的最长的匹配之前，它们将继续回溯。因此，POSIX NFA 引擎的速度慢于传统的 NFA 引擎；并且在使用 POSIX NFA 时，您恐怕不会愿意在更改回溯搜索的顺序的情况下来支持较短的匹配搜索，而非较长的匹配搜索。

程序员更为喜欢传统的 NFA 引擎的原因在于，NFA 引擎与 DFA 或 POSIX NFA 引擎相比更易于表达。尽管在最坏情况下 NFA 引擎的运行速度稍慢，但您可以通过使用降低多义性和限制回溯的模式，控制这些引擎以在线性时或多项式时状态下查找匹配。

2．.NET Framework 引擎的功能

在充分利用传统 NFA 引擎优点的基础上，.NET Framework 正则表达式引擎包括了一组完整的构造，让程序员能够操纵回溯引擎。这些构造可被用于更快地找到匹配，或支持特定扩展，而非其他扩展。

其他功能包括如下。

（1）"惰性"限定符：??、*?、+?、{n,m}?。这些惰性限定符指示回溯引擎首先搜索最少数目的重复。与之相反，普通的"贪婪的"限定符首先尝试匹配最大数目的重复。

（2）积极的预测先行。这允许回溯引擎在匹配子表达式后返回到文本中相同的作用点。这对于通过验证起始于相同位置的多个模式来搜索整个文本是很有用的。

（3）消极的预测先行。这增加了只在子表达式匹配失败的情况下才匹配表达式的能力。这对于删改一个搜索特别有用，因为与必须被包括在内的情况的表达式相比，应被排除的情况的表达式通常要简单得多。（例如，编写搜索不以"non"起始的单词的表达式就很困难）。

（4）条件计算。这允许引擎可以根据以前的子表达式匹配的结果，使用多个替换模式进行搜索。这提供了超越反向引用所允许的、更为强大的功能，例如，当以前在子表达式中捕获了左括号时匹配右括号。

（5）非回溯子表达式（也称作"贪婪"子表达式）。这允许回溯引擎确保子表达式只匹配为该子表达式找到的第一个匹配项，就好像该表达式独立于其包含的表达式运行。如果没有此构造，来自更大的表达式的回溯搜索可能会更改子表达式的行为。

（6）从右到左匹配。这在从右到左而非从左到右搜索的情况下十分有用，或者在从模式的右侧部

分开始搜索比从模式的左侧部分开始搜索更为有效的情况下十分有用。

（7）积极的和消极的追溯。类似于预测先行。因为正则表达式引擎允许完全的从右到左匹配，所以正则表达式允许无限制的追溯。

3.18.2 反向引用

1. 反向引用提供查找重复字符组的方便的方法。

它们可被认为是再次匹配同一个字符串的快捷指令。

例如，若要查找重复且相邻的字符（如单词"tall"中的两个 L），可以使用正则表达式 (?<char>\w)\k<char>，该正则表达式使用元字符 \w 来查找任何单个单词的字符。分组构造 (?<char>) 将元字符括在其中，以强制正则表达式引擎记住子表达式匹配（在此示例中将是任意单个字符），并以名称"char"保存它。反向引用构造 \k<char> 使引擎对当前字符和以名称"char"存储的先前匹配字符进行比较。只要单个字符与其前面的字符相同，整个正则表达式就可以找到一个匹配。

要找到重复的全字，您可以修改该分组子表达式，以搜索前面是空格的任何字符组，而不是只搜索任意单个字符。可以用匹配任何字符组的子表达式 \w+ 替换元字符 \w，并使用元字符 \s 匹配字符分组前的空格。这就生成了正则表达式 (?<char>\s\w+)\k<char>，该正则表达式查找任何重复的全字（例如"the the"），但也会匹配指定字符串的其他重复情况，例如词组"the theory"中的重复情况。

为验证上述第二种匹配是以单词为边界的，可以将元字符 \b 添加到重复匹配的后面。所生成的正则表达式 (?<char>\s\w+)\k<char>\b 只查找重复的、前面有空格的全字。

2. 分析反向引用

表达式\1 到\9 总是指反向引用，而不是八进制代码。多位表达式 \11 和更高位表达式在具有与该号码对应的反向引用时被视作反向引用；否则，它们会被解释为八进制代码（除非起始位是 8 或 9，在这种情况下它们被视为原义的"8"和"9"）。如果正则表达式包含对未定义的组成员的反向引用，则它被视作分析错误。如果有多义性问题，可以使用 \k<n> 表示法，该表示法是明确的，并且不会与八进制符号代码混淆；同样，诸如 \xdd 等的十六进制代码也是明确的，并且不会与反向引用混淆。

3. 匹配反向引用

反向引用引用组的最近的定义为当从左到右匹配时，最靠近左侧的定义。具体地讲，就是当建立多个捕获时，反向引用引用最近的捕获。例如，(?<1>a)(?<1>\1b)* 使用捕获模式 (a)(ab)(abb) 来匹配 aababb。循环限定符不清除组定义。

如果一个组尚未捕获任何子字符串，则对该组的反向引用是未定义的并且永远不匹配任何字符串。例如，表达式\1()永远不匹配任何字符串，但是表达式()\1 匹配空字符串。

3.18.3　回溯

当正则表达式具有可选的或替换的匹配模式时，该正则表达式在其输入字符串的计算的某些点上，可以分支到一个或多个方向以完成所有可能的匹配。如果匹配在引擎搜索的第一个方向不成功，则它必须备份产生分支的输入字符串中的这一位置并尝试其他替换的匹配。

例如，假定设计一个正则表达式来匹配灰色一词的两种拼写形式：gray 和 grey。替换字符 | 用于创建正则表达式 gr(a|e)y，它可以与两种拼法中的任何一种匹配。当该正则表达式应用到输入字符串 greengraygrowngrey 时，假设引擎首先尝试匹配 gray。它与输入字符串中的前两个字符 gr 匹配，遇到 green 中的 e 后匹配失败。它回溯到 r（替换字符前的上一个成功匹配）并尝试匹配 grey。在第二个 e 上匹配失败，引擎继续搜索并将最终匹配两个嵌入的单词 gray 和 grey。

表明如何创建此正则表达式并将其应用到输入字符串的示例代码如下。

```
// Define strings: "gray" and "grey".
Regex r = new Regex("gr(a|e)y");
MatchCollection m = r.Matches("greengraygrowngrey");
Console.WriteLine("Number of groups found = " + m.Count.ToString ());
```

3.18.4　非回溯预测先行和追溯

积极的预测先行和追溯不回溯。也就是说，对其内容的处理方式与对非回溯（?>）组的内容的处理方式相同。

因为预测先行和追溯始终是零宽度的，所以仅当捕获组出现在积极的预测先行和追溯中时，回溯行为才是可见的。例如，表达式(?=(a*))\1a 永远找不到匹配，因为在预测先行内定义的组 1 占用了所有的字符 "a"，而\1a 又请求一个 "a"。因为预测先行表达式不是回溯的，所以匹配引擎不会重试具有较少 "a" 的组 1。

有关分组、预测先行和追溯构造的更多信息，请参见分组构造。

3.18.5　限定符和空匹配

限定符*、+、{n,m}（及其"惰性"对等符号）永远不在空匹配后重复（在匹配了最小数目 n 后）。此规则避免限定符在 m 是无限时进入空匹配上的无限循环（即使 m 不是无限时，该规则也适用）。

例如，(a?)*匹配字符串 "aaa" 并以模式 (a)(a)(a)() 捕获子字符串。

> ⓘ **注意：** 由于第四个空捕获使限定符停止重复，因此没有第五个空捕获。

同样，(a\1|(?(1)\1)){0,2} 与空字符串而不是 "a" 匹配，因为它从不尝试扩展 ()(a).。{0,2} 限定符只允许在最后一次迭代中有空匹配。与之不同的是，(a\1|(?(1)\1)){2} 实际与 "a" 匹配，原因是：它确实会尝试扩展 ()(a)；最小迭代次数为 2，可强制引擎在空匹配后重复。

3.18.6　空匹配后的下一个匹配

当一个匹配在字符串中重复时，通过调用 NextMatch 或者使用由 Regex.Matches 返回的集合，正则表达式引擎提供对空匹配的特殊处理。

通常，NextMatch 在上一个匹配正好停止的地方开始下一个匹配。不过，在一个空匹配后，NextMatch 前进一个额外的字符，然后尝试下一个匹配。此规则确保匹配引擎在整个字符串中将匹配进行下去。（如果它没有前进一个额外字符，则下一个匹配就将在前一个匹配的同一个位置开始，并且它将重复匹配同一个空字符串。）

例如，对字符串"abaabb"中"a*"的搜索将返回以下匹配序列。

```
"a", "", "aa", "", "", ""
```

从另一个角度，即在上下文中说明如下：

```
(a)()b(aa)()b()b()
```

第一个匹配获得第一个 a。

第二个匹配就在第一个匹配结束的地方、第一个 b 前开始；它找到 a 的零个匹配项并返回空字符串。

第三个匹配不是在第二个匹配恰好结束的地方开始，因为第二个匹配返回了空字符串。它是在后面的一个字符开始，即第一个 b 之后。第三个匹配找到 a 的两个匹配项并返回"aa"。

第四个匹配在第三个匹配结束的地方开始，即在第二个 b 之前，并且找到了空字符串。然后第五个匹配在最后一个 b 之前开始，并再次找到了空字符串。第六个匹配在最后一个 b 之后开始，并且还是找到了空字符串。

3.18.7　编译和重复使用

默认情况下，正则表达式引擎将正则表达式编译成内部指令序列（这些指令序列是不同于 Microsoft 中间语言（MSIL）的高级代码）。当引擎执行正则表达式时，它解释该内部代码。

如果 Regex 对象是通过 RegexOptions.Compiled 选项构造的，它将正则表达式编译成显式 MSIL 代码，而非高级正则表达式内部指令。这使.NET Framework 的实时（JIT）编译器可以将表达式转换为本机代码，以获得更高的性能。

但是，生成的 MSIL 不能被卸载。卸载代码的唯一方法是卸载整个应用程序域（也就是说，卸载您的应用程序的所有代码）。实际上，一旦用 RegexOptions.Compiled 选项编译了正则表达式，.NET Framework 就永远不会释放由编译的表达式使用的资源，即使 Regex 对象本身已被释放并进行了垃圾回收。

> 注意：一定要对您用 RegexOptions.Compiled 选项编译的不同正则表达式的数目进行限制，以避免消耗过多的资源。如果应用程序必须使用较大数量或极大数量的正则表达式，则应该解释每一表达式，而非编译它们。但是，如果重复使用较少数目的正则表达式，则应使用

RegexOptions.Compiled 编译它们以获得更高的性能。另外一个选择是使用预编译的正则表达式。可以将所有表达式编译到一个可再次使用的 DLL。这样就无需在运行时进行编译，同时仍可受益于已编译正则表达式的速度。

为提高性能，正则表达式引擎将所有正则表达式缓存到内存中。这样在每次使用正则表达式时，就无需将正则表达式重新分析成高级字节代码。

3.18.8　线程安全

Regex 类本身是线程安全和不可变的（只读的）。也就是说，Regex 对象可以在任何线程上创建并在线程间共享；可以从任何线程调用匹配方法并且永远不会更改任何全局状态。

但是，应在单个线程上使用由 Regex 返回的结果对象（Match 和 MatchCollection）。尽管其中许多对象是逻辑上不可变的，但这些对象的实现可以延迟一些结果的计算以提高性能；因此，调用方必须序列化对这些对象的访问。

如果需要在多个线程上共享 Regex 结果对象，则通过调用这些对象的同步方法，可以将它们转换成线程安全的实例。除枚举数之外，所有正则表达式类都是线程安全的或者可以通过同步方法转换成线程安全对象。

枚举数是唯一的例外。应用程序必须序列化对集合枚举数的调用。规则是，如果可以在多个线程上同时枚举一个集合，则您应该同步由枚举数遍历的集合的根对象上的枚举数方法。

3.19　正则表达式示例

本节包含了一些代码示例，用以阐释如何在常见应用程序中使用正则表达式。

3.19.1　扫描 HREF

搜索输入字符串并输出所有 href="…" 的值和它们在字符串中的位置的示例如下。它执行此操作的方式为，首先构造编译的 Regex 对象，然后使用 Match 对象来循环访问字符串中的所有匹配。

在此示例中，元字符 \s 匹配任何空白字符，\S 匹配任何非空白字符。

```
void DumpHrefs(String inputString)
{
    Regex r;
    Match m;

    r = new Regex("href\\s*=\\s*(?:\"(?<1>[^\"]*)\"|(?<1>\\S+))",
        RegexOptions.IgnoreCase|RegexOptions.Compiled);
    for (m = r.Match(inputString); m.Success; m = m.NextMatch())
    {
        Console.WriteLine("Found href " + m.Groups[1] + " at "
```

```
        + m.Groups[1].Index);
    }
}
```

1. 编译模式

在开始搜索字符串的循环前，此代码示例创建 Regex 对象来存储编译模式。因为需要花一些时间来分析、优化和编译正则表达式，所以在循环外执行这些任务，以便不重复这些任务。

Regex 类的实例是不可变的；每一实例对应于单个模式并且是无状态的。这将允许由不同的函数甚至是不同的线程共享单个 Regex 实例。

2. 匹配结果类

搜索的结果存储在 Match 类中，这提供对该搜索提取的所有子字符串的访问。因为该类还记忆所搜索的字符串和所使用的正则表达式，所以它还可以使用这些字符串和表达式来在上一次搜索结束的地方开始另一个搜索。

3. 显式命名的捕获

在传统的正则表达式中，捕获括号是自动按顺序编号的。这导致了两个问题。首先，如果通过插入或移除一组括号修改了一个正则表达式，则必须重写所有引用编号捕获的代码以反映新的编号。其次，因为不同的括号组经常被用来为可接受的匹配提供两个可替换的表达式，所以可能比较难于确定哪一个可替换的表达式实际返回了结果。

为解决这些问题，Regex 支持将匹配捕获到指定槽中的语法（?<name>…）（可以用字符串或整数命名槽，但整数可以被更快地回调。）。因此，同一字符串的所有替换匹配都可被定向到同一位置。如果出现冲突，放置到槽中的最后一个匹配将是成功的匹配。

3.19.2 更改日期格式

使用 Regex.Replace 方法来用 dd-mm-yy 的日期形式代替 mm/dd/yy 的日期形式的示例代码如下。

```
String MDYToDMY(String input)
{
    return Regex.Replace(input,
        "\\b(?<month>\\d{1,2})/(?<day>\\d{1,2})/(?<year>\\d{2,4})\\b",
        "${day}-${month}-${year}");
}
```

Regex 替换模式

本示例阐释如何在 Regex.Replace 的替换模式中使用命名的后向引用。此处的替换表达式 ${day} 插入由（?<day>…）组捕获的子字符串。

有几种静态函数使您可以在使用正则表达式操作时无需创建显式正则表达式对象，而 Regex.Replace 函数正是其中之一。如果您不想保留编译的正则表达式，这将给您带来方便。

3.19.3　从 URL 中提取协议和端口号

使用 Match.Result 来从 URL 提取协议和端口号的示例代码如下。例如，"http://www.contoso. com:8080/letters/readme.html" 将返回 "http:8080"。

```
String Extension(String url)
{
    Regex r = new Regex(@"^(?<proto>\w+)://[^/]+?(?<port>:\d+)?/",
        RegexOptions.Compiled);
    return r.Match(url).Result("${proto}${port}");
}
```

3.19.4　从字符串中剥离无效字符

使用静态 Regex.Replace 方法从字符串中抽出无效字符的示例代码如下。您可以使用这里定义的 CleanInput 方法，清除掉在接受用户输入的窗体的文本字段中输入的可能有害的字符。CleanInput 在清除掉除@、-（连字符）和.（句点）以外的所有非字母数字字符后返回一个字符串。

```
String CleanInput(string strIn)
{
    // Replace invalid characters with empty strings.
    return Regex.Replace(strIn, @"[^\w\.@-]", "");
}
```

3.19.5　验证字符串是否为有效的电子邮件格式

使用静态 Regex.IsMatch 方法验证一个字符串是否为有效电子邮件格式的示例代码如下。如果字符串包含一个有效的电子邮件地址，则 IsValidEmail 方法返回 true，否则返回 false，但不采取其他任何操作。您可以使用 IsValidEmail，在应用程序将地址存储在数据库中或显示在 ASP.NET 页中之前，筛选出包含无效字符的电子邮件地址。

```
bool IsValidEmail(string strIn)
{
    // Return true if strIn is in valid e-mail format.
    return   Regex.IsMatch(strIn,   @"^([\w-\.]+)@((\[[0-9]{1,3}\.[0-9]{1,3}\.[0-9]
{1,3}\.)|(([\w-]+\.)+))([a-zA-Z]{2,4}|[0-9]{1,3})(\]?)$");
}
```

第4章

Web 程序设计中的字符串与正则表达式动手实验

4.1 实验 1 Sort()方法和 Reverse()方法

4.1.1 实验目标

本动手实验帮助开发人员学习如何使用 Sort()方法和 Reverse()方法来对字符串进行排序和逆序。

4.1.2 实验步骤

1. 打开 Visual Studio 2005 整合开发环境通过，依次单击 Start | All Programs | Microsoft Visual Studio 2005 | Microsoft Visual Studio 2005；

2. 选择 文件 | 新建 | 项目（File | New | Project...）菜单命令；

3. 在项目类型（Project Types），选择 Visual C#节点并选择 Windows；

4. 在右侧的模板（Templates）中选择控制台应用程序（Console Application）；

5. 把默认应用程序名 WindowsApplication1 改为 SortandReverse；

6. 如果您没有选中"创建解决方案目录"复选框，那么 Visual Studio 2005 就不会为您的应用程序解决方案创建一个单独的目录；

7. 单击"确定"按钮完成控制台应用程序的创建工作；

8. Visual Studio 2005 IDE 将自动切换到 Program.cs 代码编辑器界面下。把该文件中的所有代码删除，将以下代码输入到该文件中：

```
using System;
using System.Collections.Generic;
using System.Text;


namespace SortandReverse
{
```

```
class Program
{
    static void Main(string[] args)
    {
        char[] mString = "Hello World".ToCharArray();
        Console.WriteLine(mString);

        // 创建一个子字符串
        for (int i = 6; i < mString.Length; i++)
        {
            Console.WriteLine(mString[i]);
        }
        Console.WriteLine();

        // 查找字符串中最后一个字母 l 的位置
        Console.WriteLine(Array.LastIndexOf(mString, 'l'));

        // 反向字符串
        Array.Reverse(mString);
        Console.WriteLine(mString);

        // 为字符串排序
        Array.Sort(mString);
        Console.WriteLine(mString);
    }
}
```

9. 选择 生成 | 生成解决方案（Build | Rebuild Solution）菜单来编译应用程序；

10. 如果在编辑时出现错误，请仔细查看错误说明进行修订；

11. 选择 Visual Studio 2005 IDE 主菜单中的调试 | 开始执行（不调试）菜单项来运行应用程序；

12. 运行结果如图 4-1 所示：

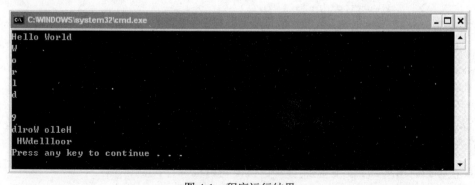

图 4-1　程序运行结果

4.2 实验 2 String 类型是引用类型

4.2.1 实验目标

String 是基类型中的唯一一个引用类型，此动手实验验证这一点。同时，尝试使用 String 类的 Replace 方法。

4.2.2 实验步骤

1. 打开 Visual Studio 2005 IDE，创建一个新的 C#控制台应用程序项目，命名为 StringasRef；
2. Visual Studio 2005 IDE 将自动切换到 Program.cs 代码编辑器界面下；
3. 将 Program.cs 中的代码修改为：

```
using System;
using System.Collections.Generic;
using System.Text;

namespace StringasRef
{
    class Program
    {
        static void Main(string[] args)
        {
            String s1 = "Banana";
            String s2 = s1;

            Console.WriteLine("s1 = {0}", s1);
            Console.WriteLine("s2 = {0}", s2);

            s2 = s2.Replace("nana", "n");
            Console.WriteLine("s1 = {0}", s1);
            Console.WriteLine("s2 = {0}", s2);
        }
    }
}
```

4. 在 Visual Studio 2005 IDE 主菜单中选择生成 | 生成解决方案（Build | Rebuild Solution）菜单来编译应用程序；
5. 如果在编辑时出现错误，请仔细查看错误说明进行修订；
6. 选择 Visual Studio 2005 IDE 主菜单中的调试 | 开始执行（不调试）菜单项来运行应用程序；

7. 运行结果如图 4-2 所示：

图 4-2　程序运行结果

4.3　实验 3 转义符与字符串

4.3.1　实验目标

字符类转义符是标识预定义的字符类的短字符序列。

大多数重要的正则表达式语言运算符都是非转义的单个字符。转义符\（单个反斜杠）通知正则表达式分析器反斜杠后面的字符不是运算符。例如，分析器将星号(*)视为重复限定符，而将后跟星号的反斜杠(*)视为 Unicode 字符 002A。

4.3.2　实验步骤

1. 打开 Visual Studio 2005 IDE，创建一个新的 C#控制台应用程序项目，命名为 EscapeSequences；
2. Visual Studio 2005 IDE 将自动切换到 Program.cs 代码编辑器界面下；
3. 将 Program.cs 中的代码修改为：

```
using System;
using System.Collections.Generic;
using System.Text;

namespace EscapeSequences
{
    class Program
    {
        static void Main(string[] args)
        {
            // String mString="He said "Dogs and cats"";
            String mString="He said \"Dogs and cats\"";
            Console.WriteLine(mString);

            Console.WriteLine("Hello \t World");
            Console.WriteLine("Hello @\t World");
```

```
        }
    }
}
```

4. 在 Visual Studio 2005 IDE 主菜单中选择 生成 | 生成解决方案（Build | Rebuild Solution）菜单来编译应用程序；

5. 如果在编辑时出现错误，请仔细查看错误说明进行修订；

6. 选择 Visual Studio 2005 IDE 主菜单的调试 | 开始执行（不调试）菜单项来运行应用程序；

7. 运行结果如图 4-3 所示：

图 4-3　程序运行结果

4.4　实验 4 StringBuilder 类

4.4.1　实验目标

StringBuilder 表示可变字符字符串，当需要对字符串频繁操作，比如连接、截断等操作时，应该使用 StringBuilder 类而不是 String 类，从而可以大大提高操作效率。

本实验演示了 Length 属性的使用。

4.4.2　实验步骤

1. 打开 Visual Studio 2005 IDE，创建一个新的 C#控制台应用程序项目，命名为 StringBuilderUsage；

2. Visual Studio 2005 IDE 将自动切换到 Program.cs 代码编辑器界面下；

3. 将 Program.cs 中的代码修改为：

```csharp
using System;
using System.Collections.Generic;
using System.Text;

namespace StringBuilderUsage
{
    class Program
    {
        static void Main(string[] args)
        {
            StringBuilder sbString = new StringBuilder("Hello World");
```

```
        Console.WriteLine(sbString);

        sbString.Length = 5;
        Console.WriteLine(sbString);

        sbString.Length = 10;
        Console.WriteLine(sbString);


        // code snippet 2
        StringBuilder sb1 = new StringBuilder("abc");
        StringBuilder sb2 = new StringBuilder("abc", 16);

        Console.WriteLine();
        Console.WriteLine("a1) sb1.Length = {0}, sb1.Capacity = {1}", sb1.Length,
sb1.Capacity);
        Console.WriteLine("a2) sb2.Length = {0}, sb2.Capacity = {1}", sb2.Length,
sb2.Capacity);
        Console.WriteLine("a3) sb1.ToString() = \"{0}\", sb2.ToString() = \"{1}\"",
                          sb1.ToString(), sb2.ToString());
        Console.WriteLine("a4) sb1 equals sb2: {0}", sb1.Equals(sb2));

        Console.WriteLine();
        Console.WriteLine("Ensure sb1 has a capacity of at least 50 characters.");
        sb1.EnsureCapacity(50);

        Console.WriteLine();
        Console.WriteLine("b1) sb1.Length = {0}, sb1.Capacity = {1}", sb1.Length,
sb1.Capacity);
        Console.WriteLine("b2) sb2.Length = {0}, sb2.Capacity = {1}", sb2.Length,
sb2.Capacity);
        Console.WriteLine("b3) sb1.ToString() = \"{0}\", sb2.ToString() = \"{1}\"",
                          sb1.ToString(), sb2.ToString());
        Console.WriteLine("b4) sb1 equals sb2: {0}", sb1.Equals(sb2));

        Console.WriteLine();
        Console.WriteLine("Set the length of sb1 to zero.");
        Console.WriteLine("Set the capacity of sb2 to 51 characters.");
        sb1.Length = 0;
        sb2.Capacity = 51;

        Console.WriteLine();
        Console.WriteLine("c1) sb1.Length = {0}, sb1.Capacity = {1}", sb1.Length,
sb1.Capacity);
        Console.WriteLine("c2) sb2.Length = {0}, sb2.Capacity = {1}", sb2.Length,
sb2.Capacity);
        Console.WriteLine("c3) sb1.ToString() = \"{0}\", sb2.ToString() = \"{1}\"",
                          sb1.ToString(), sb2.ToString());
```

```
        Console.WriteLine("c4) sb1 equals sb2: {0}", sb1.Equals(sb2));

    }
  }
}
```

4．在 Visual Studio 2005 IDE 主菜单中选择 生成 | 生成解决方案（Build | Rebuild Solution）菜单来编译应用程序；

5．如果在编辑时出现错误，请仔细查看错误说明进行修订；

6．选择 Visual Studio 2005 IDE 主菜单 调试 | 开始执行（不调试）菜单项来运行应用程序；

7．运行结果如图 4-4 所示：

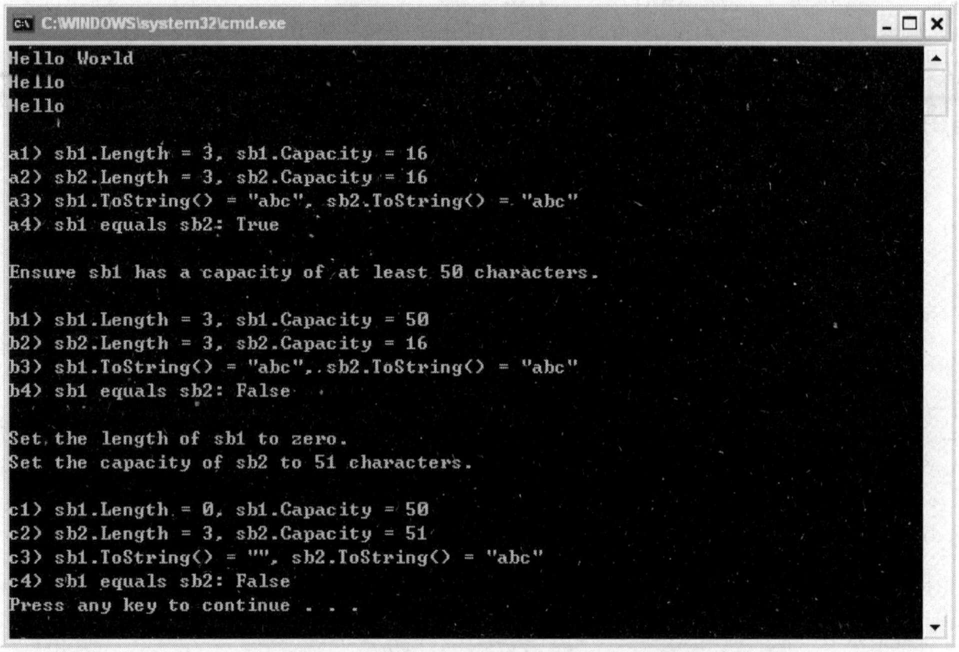

图 4-4   程序运行结果

8．创建一个新的控制台应用程序，命名为：StringBuilderUsage2；

9．Visual Studio 2005 IDE 将自动切换到 Program.cs 代码编辑器界面下；

10．将 Program.cs 中的代码修改为：

```
using System;
using System.Text;


public sealed class App
{
    static void Main()
    {
        // Create a StringBuilder that expects to hold 50 characters.
```

```
        // Initialize the StringBuilder with "ABC".
        StringBuilder sb = new StringBuilder("ABC", 50);

        // Append three characters (D, E, and F) to the end of the StringBuilder.
        sb.Append(new char[] { 'D', 'E', 'F' });

        // Append a format string to the end of the StringBuilder.
        sb.AppendFormat("GHI{0}{1}", 'J', 'k');

        // Display the number of characters in the StringBuilder and its string.
        Console.WriteLine("{0} chars: {1}", sb.Length, sb.ToString());

        // Insert a string at the beginning of the StringBuilder.
        sb.Insert(0, "Alphabet: ");

        // Replace all lowercase k's with uppercase K's.
        sb.Replace('k', 'K');

        // Display the number of characters in the StringBuilder and its string.
        Console.WriteLine("{0} chars: {1}", sb.Length, sb.ToString());
    }
}
```

11. 在 Visual Studio 2005 IDE 主菜单中选择 生成 | 生成解决方案（Build | Rebuild Solution）菜单来编译应用程序；

12. 如果在编辑时出现错误，请仔细查看错误说明进行修订；

13. 选择 Visual Studio 2005 IDE 主菜单中的调试 | 开始执行（不调试）菜单项来运行应用程序。

14. 运行结果如图 4-5 所示：

图 4-5　程序运行结果

4.5　实验 5 StringBuilder Capacity 属性

4.5.1　实验目标

容量定义了用于文本处理的内存数量，默认容量为 16。如果知道字符串会大于 16 个字符，就应该显式设置容量，这至少会避免一次内存的再分配。如果将一个字符串作为参数提供给构造函数，容量将会设置为最接近 2 的幂的值。例如，如果字符串的长度为 17，容量就会是 32。

本动手实验可帮助开发人员了解 StringBuilder 类的 Capacity 属性。

4.5.2 实验步骤

1. 打开 Visual Studio 2005 IDE，创建一个新的 C#控制台应用程序项目，命名为 SBCapacity；
2. Visual Studio 2005 IDE 将自动切换到 Program.cs 代码编辑器界面下；
3. 将 Program.cs 中的代码修改为：

```csharp
using System;
using System.Collections.Generic;
using System.Text;

namespace SBCapacity
{
    class Program
    {
        static void Main(string[] args)
        {
            StringBuilder sbString = new StringBuilder();
            Console.WriteLine(sbString.Capacity + "\t" + sbString.Length);

            sbString.Append('a', 17);
            Console.WriteLine(sbString.Capacity + "\t" + sbString.Length);

            sbString.Append('b', 16);
            Console.WriteLine(sbString.Capacity + "\t" + sbString.Length);

            sbString.Append('c', 32);
            Console.WriteLine(sbString.Capacity + "\t" + sbString.Length);

            sbString.Append('d', 64);
            Console.WriteLine(sbString.Capacity + "\t" + sbString.Length);

        }
    }
}
```

4. 在 Visual Studio 2005 IDE 主菜单中选择 生成｜生成解决方案（Build｜Rebuild Solution）菜单来编译应用程序；
5. 如果在编辑时出现错误，请仔细查看错误说明进行修订；

6. 选择 Visual Studio 2005 IDE 主菜单中的调试 | 开始执行（不调试）菜单项来运行应用程序；
7. 运行结果如图 4-6 所示：

图 4-6　程序运行结果

4.6　实验 6 Char 字符操作

4.6.1　实验目标

学会使用 Char 结构和对字符分类的部分分类方法。

4.6.2　实验步骤

1. 打开 Visual Studio 2005 IDE，创建一个新的 C#控制台应用程序项目，命名为 CharUsage；
2. Visual Studio 2005 IDE 将自动切换到 Program.cs 代码编辑器界面下；
3. 将 Program.cs 中的代码修改为：

```
using System;
using System.Collections.Generic;
using System.Text;

namespace CharUsage
{
    class Program
    {
        static void Main(string[] args)
        {
            String mString = "Hello World";

            // 判断特定位置的字符是不是空格
            Console.WriteLine(Char.IsWhiteSpace(mString,5));

            // 判断自定位置的字符是不是标点符号
            Console.WriteLine(Char.IsPunctuation('A'));
```

```
            int intChar = (int)'B';
            Console.WriteLine(intChar.ToString("x6"));

            intChar = 88;
            Char charactor = (Char)intChar;
            Console.WriteLine(charactor);
        }
    }
}
```

4. 在 Visual Studio 2005 IDE 主菜单中选择 生成 | 生成解决方案（Build | Rebuild Solution）菜单来编译应用程序；

5. 如果在编辑时出现错误，请仔细查看错误说明进行修订；

6. 选择 Visual Studio 2005 IDE 主菜单 调试 | 开始执行（不调试）菜单项来运行应用程序；

7. 运行结果如图 4-7 所示：

图 4-7　程序运行结果

4.7　实验 7　字符串的比较

4.7.1　实验目标

字符串比较有四种选择：Compare()、CompareTo()、CompareOrdinate()和 Equals()。

4.7.2　实验步骤

1. 打开 Visual Studio 2005 IDE，创建一个新的 C#控制台应用程序项目，命名为 CompareString；
2. Visual Studio 2005 IDE 将自动切换到 Program.cs 代码编辑器界面下；
3. 将 Program.cs 中的代码修改为：

```
using System;
using System.Collections.Generic;
using System.Text;

namespace CompareString
```

```
{
    class Program
    {
        static void Main(string[] args)
        {
            const int numTick = 10000000;

            int result;
            bool Result;

            String s1 = "satisfaction";
            String s2 = "satisfaction";

            int startTime;
            int endTime;
            int count;

            // Compare 方法
            startTime = Environment.TickCount;
            for (count = 0; count < numTick; count++)
            {
                result = String.Compare(s1, s2);
            }
            endTime = Environment.TickCount;
            Console.WriteLine("Compare: " + (endTime - startTime));

            // CompareTo 方法
            startTime = Environment.TickCount;
            for (count = 0; count < numTick; count++)
            {
                result = s1.CompareTo(s2);
            }
            endTime = Environment.TickCount;
            Console.WriteLine("CompareTo: " + (endTime - startTime));

            // CompareOrdinal() 方法
            startTime = Environment.TickCount;
            for (count = 0; count < numTick; count++)
            {
                result = String.CompareOrdinal(s1,s2);
            }
            endTime = Environment.TickCount;
            Console.WriteLine("CompareOrdinal: " + (endTime - startTime));

            // Equals() 方法
            startTime = Environment.TickCount;
```

```
        for (count = 0; count < numTick; count++)
        {
            Result = s1.Equals(s2);
        }
        endTime = Environment.TickCount;
        Console.WriteLine("Equals: " + (endTime - startTime));

        // 静态 Equals() 方法
        startTime = Environment.TickCount;
        for (count = 0; count < numTick; count++)
        {
            Result = String.Equals(s1,s2);
        }
        endTime = Environment.TickCount;
        Console.WriteLine("Equals: " + (endTime - startTime));

    }
}
}
```

4. 在 Visual Studio 2005 IDE 主菜单中选择 生成 | 生成解决方案（Build | Rebuild Solution）菜单来编译应用程序；

5. 如果在编辑时出现错误，请仔细查看错误说明进行修订；

6. 选择 Visual Studio 2005 IDE 主菜单 调试 | 开始执行（不调试）菜单项来运行应用程序；

7. 运行结果如图 4-8 所示：

图 4-8　程序运行结果

8. 对上面的代码略作调整，即：将字符串 s1 和 s2 的定义部分修改为：

```
String s1;
String s2;
s1 = "satisfaction";
s2 = "dissatisfaction";
```

9. 最终代码如下：

```
using System;
using System.Collections.Generic;
using System.Text;
```

```csharp
namespace CompareString
{
    class Program
    {
        static void Main(string[] args)
        {
            const int numTick = 10000000;

            int result;
            bool Result;

            //String s1 = "satisfaction";
            //String s2 = "satisfaction";

            String s1;
            String s2;
            s1 = "satisfaction";
            s2 = "dissatisfaction";

            int startTime;
            int endTime;
            int count;

            // Compare 方法
            startTime = Environment.TickCount;
            for (count = 0; count < numTick; count++)
            {
                result = String.Compare(s1, s2);
            }
            endTime = Environment.TickCount;
            Console.WriteLine("Compare: " + (endTime - startTime));

            // CompareTo 方法
            startTime = Environment.TickCount;
            for (count = 0; count < numTick; count++)
            {
                result = s1.CompareTo(s2);
            }
            endTime = Environment.TickCount;
            Console.WriteLine("CompareTo: " + (endTime - startTime));

            // CompareOrdinal() 方法
            startTime = Environment.TickCount;
            for (count = 0; count < numTick; count++)
            {
```

```
        result = String.CompareOrdinal(s1,s2);
    }
    endTime = Environment.TickCount;
    Console.WriteLine("CompareOrdinal: " + (endTime - startTime));

    // Equals() 方法
    startTime = Environment.TickCount;
    for (count = 0; count < numTick; count++)
    {
        Result = s1.Equals(s2);
    }
    endTime = Environment.TickCount;
    Console.WriteLine("Equals: " + (endTime - startTime));

    // 静态 Equals() 方法
    startTime = Environment.TickCount;
    for (count = 0; count < numTick; count++)
    {
        Result = String.Equals(s1,s2);
    }
    endTime = Environment.TickCount;
    Console.WriteLine("Equals: " + (endTime - startTime));

        }
    }
}
```

10. 在 Visual Studio 2005 IDE 主菜单中选择 生成 | 生成解决方案（Build | Rebuild Solution）菜单来编译应用程序；

11. 如果在编辑时出现错误，请仔细查看错误说明进行修订；

12. 选择 Visual Studio 2005 IDE 主菜单中的 调试 | 开始执行（不调试）菜单项来运行应用程序；

13. 运行结果如图 4-9 所示；

14. 请仔细对比两次运行的结果，评估在不同情况下四种字符串比较算法的效率。

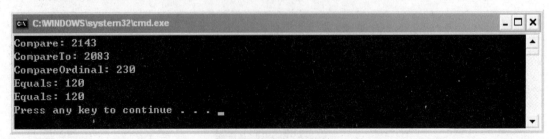

图 4-9 程序运行结果

4.8　实验 8 String 类和 StringBuilder 类的使用

4.8.1　实验目标

本动手实验将帮助开发人员在自己的代码中灵活使用 String 类和 StringBuilder 类。

4.8.2　实验步骤

1. 打开 Visual Studio 2005 IDE，创建一个新的 C#控制台应用程序项目，命名为 AdvStrStrB；
2. Visual Studio 2005 IDE 将自动切换到 Program.cs 代码编辑器界面下；
3. 将 Program.cs 中的代码修改为：

```csharp
using System;
using System.Collections.Generic;
using System.Text;
using System.Data;
using System.Data.SqlClient;

namespace AdvStrStrB
{
    class Program
    {
        static void Main(string[] args)
        {
            const  String  ConnStr  =  "user  id=sa;password=;database=public;server=
localhost";
            String SQLQuery;
            StringBuilder sb = new StringBuilder(356);
            String authorName = "";

            Console.WriteLine("Please input author's last name");
            authorName = Console.ReadLine();

            authorName = authorName.Trim();

            SQLQuery = String.Format("SELECT * FROM Authors" + "WHERE au_instance LIKE
'{0}%'", authorName);

            const String OPENTABLE = "<table>";
            const String CLOSETABLE = "</table>";
            const String OPENTABLEROW = "<tr>";
```

```
        const String CLOSETABLEROW = "</tr>";
        const String OPENTABLECELL = "<td>";
        const String CLOSETABLECELL = "</td>";


        SqlConnection conn = new SqlConnection(ConnStr);
        conn.Open();
        SqlCommand cmd = new SqlCommand(SQLQuery, conn);


        SqlDataReader dr = cmd.ExecuteReader();


        int numFields = dr.FieldCount;


        sb.Append(OPENTABLE + "\n");


        while (dr.Read())
        {
            sb.Append("\n" + OPENTABLEROW);

            for (int count = 0; count < numFields; count++)
            {
                sb.Append(OPENTABLECELL + dr[count].ToString() + CLOSETABLECELL);
            }

            sb.Append(CLOSETABLEROW);
        }

        conn.Close();
        sb.Append("\n" + CLOSETABLE + "\n");
        Console.WriteLine(sb.ToString());
    }
  }
}
```

4.9 实验 9 从句子中提取单词示例

4.9.1 实验目标

学习如何从一个句子中将每一个单词提取出来。

4.9.2 实验步骤

1. 打开 Visual Studio 2005 IDE，创建一个新的 C#控制台应用程序项目，命名为 GetWord

FromSentence；

2．Visual Studio 2005 IDE 将自动切换到 Program.cs 代码编辑器界面下；

3．将 Program.cs 中的代码修改为：

```
using System;
using System.Collections.Generic;
using System.Text;

namespace GetWordFromSentence
{
    class Program
    {
        static void Main(string[] args)
        {
            String sentence = "I will take all the words from this sentence.";
            char[] separators={' ',',',';','.',':','-'};

            int startPos = 0;
            int endPos = 0;

            do
            {
                endPos = sentence.IndexOfAny(separators, startPos);

                if (endPos == -1)
                    endPos = sentence.Length;

                if (endPos != startPos)
                {
                    Console.WriteLine(sentence.Substring(startPos,      (endPos -
startPos)));
                }

                startPos = (endPos + 1);
            } while (startPos < sentence.Length);
        }
    }
}
```

4．在 Visual Studio 2005 IDE 主菜单中选择 生成｜生成解决方案（Build｜Rebuild Solution）菜单来编译应用程序；

5．如果在编辑时出现错误，请仔细查看错误说明进行修订；

6．选择 Visual Studio 2005 IDE 主菜单 调试｜开始执行（不调试）菜单项来运行应用程序；

7. 运行结果如图 4-10 所示:

图 4-10　程序运行结果

4.10　实验 10　反转字符串

4.10.1　实验目标

学习如何反转一个字符串。

4.10.2　实验步骤

1. 打开 Visual Studio 2005 IDE，创建一个新的 C#控制台应用程序项目，命名为 Reverse；
2. Visual Studio 2005 IDE 将自动切换到 Program.cs 代码编辑器界面下；
3. 将 Program.cs 中的代码修改为:

```csharp
using System;
using System.Collections.Generic;
using System.Text;

namespace Reverse
{
    class Program
    {
        static void Main(string[] args)
        {
            String sentense = "A example to reverse a string";
            char[] chars = sentense.ToCharArray();

            Array.Reverse(chars);

            Console.WriteLine(sentense);
```

```
            Console.WriteLine(chars);
        }
    }
}
```

4．在 Visual Studio 2005 IDE 主菜单中选择 生成 | 生成解决方案（Build | Rebuild Solution）菜单来编译应用程序；

5．如果在编辑时出现错误，请仔细查看错误说明进行修订；

6．选择 Visual Studio 2005 IDE 主菜单的 调试 | 开始执行（不调试）菜单项来运行应用程序；

7．运行结果如图 4-11 所示：

图 4-11　程序运行结果

4.11　实验 11 String 类和 StringBuilder 类的插入、删除和替换效率的比较

4.11.1　实验目标

通过本动手实验分析 String 类和 StringBuilder 类在进行插入、删除和替换时的效率。

4.11.2　实验步骤

1．打开 Visual Studio 2005 IDE，创建一个新的 C#控制台应用程序项目，命名为 AdvStrStrB2；

2．Visual Studio 2005 IDE 将自动切换到 Program.cs 代码编辑器界面下；

3．将 Program.cs 中的代码修改为：

```csharp
using System;
using System.Collections.Generic;
using System.Text;

namespace AdvStrStrB2
{
    class Program
    {
        const int numTicks = 10000000;
```

```csharp
static void Main(string[] args)
{
    String s1 = "When I was young, I listen to the radio.";
    String s2;
    String s3;
    StringBuilder sb = new StringBuilder(s1);

    s2 = s1.Replace('.', '!');

    int startTime, endTime;
    int count;

    // Insert, Remove : String, Interned
    startTime = Environment.TickCount;
    for (count = 0; count < numTicks; count++)
    {
        s3 = s1.Insert(2, "really ");
        s1 = s3.Remove(2, 7);
    }
    endTime = Environment.TickCount;
    Console.WriteLine("Insert/Remove:  Interned  String  " + (endTime -
startTime));

    // INSERT : String, not Interned
    startTime = Environment.TickCount;
    for (count = 0; count < numTicks; count++)
    {
        s3 = s2.Insert(2, "really ");
        s2 = s3.Remove(2, 7);
    }
    endTime = Environment.TickCount;
    Console.WriteLine("Insert/Remove: NOT  Interned  String " + (endTime -
startTime));

    // INSERT,Remove : StringBuilder
    startTime = Environment.TickCount;
    for (count = 0; count < numTicks; count++)
    {
        sb.Insert(2, "really ");
        sb.Remove(2, 7);
    }
    endTime = Environment.TickCount;
    Console.WriteLine("Insert/Remove: StringBuilder " + (endTime - startTime));
```

```
            // Replace : String, interned
            startTime = Environment.TickCount;
            for (count = 0; count < numTicks; count++)
            {
                s1 = s1.Replace("listen to the radio", "play football");
            }
            endTime = Environment.TickCount;
            Console.WriteLine("Replace: String, interned " + (endTime - startTime));

            // Replace : String, NOT interned
            startTime = Environment.TickCount;
            for (count = 0; count < numTicks; count++)
            {
                s2 = s2.Replace("listen to the radio", "play football");
            }
            endTime = Environment.TickCount;
            Console.WriteLine("Replace: String, NOT Interned " + (endTime - startTime));

            // Replace : StringBuilder
            startTime = Environment.TickCount;
            for (count = 0; count < numTicks; count++)
            {
                sb.Replace("listen to the radio", "play football");
            }
            endTime = Environment.TickCount;
            Console.WriteLine("Replace: StringBuilder " + (endTime - startTime));
        }
    }
}
```

4. 在 Visual Studio 2005 IDE 主菜单中选择 生成 | 生成解决方案（Build | Rebuild Solution）菜单来编译应用程序；

5. 如果在编辑时出现错误，请仔细查看错误说明进行修订；

6. 选择 Visual Studio 2005 IDE 主菜单 调试 | 开始执行（不调试）菜单项来运行应用程序；

7. 运行结果如图 4-12 所示：

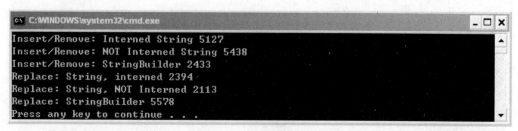

图 4-12　程序运行结果

4.12　实验 12 ToString()方法的使用

4.12.1　实验目标

通过本动手实验来学习 ToString()方法。

ToString()方法是 Object 类的一个方法，它返回区分区域性的可读字符串。例如，对于值为零的 Double类的实例，Double.ToString的实现可能返回"0.00"或"0,00"，具体返回什么取决于当前的 UI 区域性。

默认情况下 ToString()方法实现返回 Object 的类型的完全限定名。

4.12.2　实验步骤

1. 打开 Visual Studio 2005 IDE，创建一个新的 C#控制台应用程序项目，命名为 ToStringUsage；
2. Visual Studio 2005 IDE 将自动切换到 Program.cs 代码编辑器界面下；
3. 将 Program.cs 中的代码修改为：

```
using System;
using System.Collections.Generic;
using System.Text;

namespace ToStringUsage
{
    public class Coordinate : Object
    {
        private int mx;
        private int my;

        public Coordinate(int x, int y)
        {
            mx = x;
            my = y;
        }

        public override string ToString()
        {
            return "{" + mx.ToString() + "," + my.ToString() + "}";
        }
    }

    class Program
```

```csharp
    {
        static void Main(string[] args)
        {
            Object obj = new object();
            Console.WriteLine(obj.ToString());

            int i = 1000;
            Console.WriteLine(i.ToString());

            Console.WriteLine(i.ToString("C"));

            System.Globalization.CultureInfo currentCulture = new System.Globalization.
CultureInfo("fr-FR");
            Console.WriteLine(i.ToString("C", currentCulture));

            // 使用 NumberFormatInfo 类
            System.Globalization.CultureInfo currentCurrentInfo2 = (System.Globalization.
CultureInfo)System.Threading.Thread.CurrentThread.CurrentCulture.Clone();
            System.Globalization.NumberFormatInfo nfi = currentCurrentInfo2. Number
Format;

            nfi.CurrencyPositivePattern = 1;
            nfi.CurrencyGroupSeparator = "|";
            nfi.CurrencySymbol = "*";
            nfi.CurrencyDecimalDigits = 0;
            currentCurrentInfo2.NumberFormat = nfi;

            System.Threading.Thread.CurrentThread.CurrentCulture = currentCurrentInfo2;
            Console.WriteLine(i.ToString("C"));

            // 表示日期时间
            DateTime dt = DateTime.Now;
            System.Globalization.DateTimeFormatInfo dfi = new System.Globalization.
DateTimeFormatInfo();
            System.Globalization.CultureInfo ci = new System.Globalization.CultureInfo
("uk-UA");
            Console.WriteLine(dt.ToString("d"));
            Console.WriteLine(dt.ToString("m"));
            Console.WriteLine(dt.ToString("F",ci));

            dfi.MonthDayPattern="MM-MMMM, ddd-dddd";
            Console.WriteLine(dt.ToString("m",dfi));

            System.Threading.Thread.CurrentThread.CurrentCulture  =  new  System.
```

```
Globalization.CultureInfo("te-IN");
            Console.WriteLine(dt.ToString("d"));

            // 输入自定义类型
            Coordinate coordinate = new Coordinate(100,20);
            Console.WriteLine(coordinate.ToString());
        }
    }
}
```

4. 在 Visual Studio 2005 IDE 主菜单中选择 生成｜生成解决方案（Build｜Rebuild Solution）菜单来编译应用程序；

5. 如果在编辑时出现错误，请仔细查看错误说明进行修订；

6. 选择 Visual Studio 2005 IDE 主菜单中的 调试｜开始执行（不调试）菜单项来运行应用程序；

7. 运行结果如图 4-13 所示：

图 4-13 程序运行结果

4.13 实验 13 将字符串转换为其他类型

4.13.1 实验目标

我们经常需要把用户输入的字符串转化为其他类型以便操作，通过本动手实验开发人员将会了解如何去做这种转化。

4.13.2 实验步骤

1. 打开 Visual Studio 2005 IDE，创建一个新的 C#控制台应用程序项目，命名为 String2Others；

2. Visual Studio 2005 IDE 将自动切换到 Program.cs 代码编辑器界面下；

3. 将 Program.cs 中的代码修改为：

```csharp
using System;
using System.Collections.Generic;
using System.Text;
using System.Globalization;

namespace String2Others
{
    class Program
    {
        static void Main(string[] args)
        {
            CultureInfo ci = new CultureInfo("en-US");
            String mString = "1,000";
            String mStringWithoutComma = "1000";

            try
            {
                int i = int.Parse(mStringWithoutComma);
                Console.WriteLine(i + 1);

                // 以下代码不能运行，因为无法处理逗号
                //int i = int.Parse(mString, ci);
                //Console.WriteLine(i);

                i = int.Parse(mString, NumberStyles.AllowThousands, ci);
                Console.WriteLine(i+1);

                //字符串转换为日期时间
                String mDataTime = "10/1/2006";
                DateTime dt = DateTime.Parse(mDataTime);
                Console.WriteLine("{0:F}", mDataTime);

                CultureInfo ci2 = new CultureInfo("en-GB");
                DateTime dt2 = DateTime.Parse(mDataTime, ci2);
                Console.WriteLine("{0:F}", dt2);
            }
            catch (System.FormatException ex)
            {

                Console.WriteLine("不能处理逗号");
                Console.WriteLine(ex.Message);
            }
        }
    }
```

```
}
```

4．在 Visual Studio 2005 IDE 主菜单中选择 生成 | 生成解决方案（Build | Rebuild Solution）菜单来编译应用程序；

5．如果在编辑时出现错误，请仔细查看错误说明进行修订；

6．选择 Visual Studio 2005 IDE 主菜单中的 调试 | 开始执行（不调试）菜单项来运行应用程序；

7．运行结果如图 4-14 所示：

图 4-14　程序运行结果

4.14　实验 14 Regex 类的使用

4.14.1　实验目标

Regex 类表示不可变（只读）正则表达式类。它还包含各种静态方法，允许在不显式创建其他类的实例的情况下使用其他正则表达式类。

本动手实验涵盖了 Regex 类的各个重要方法，通过学习本动手实验，开发人员可以使用 Regex 类来对字符串进行诸如匹配、替换、切分等操作。

4.14.2　实验步骤

1．打开 Visual Studio 2005 IDE，创建一个新的 C#控制台应用程序项目，命名为 RegexUsage；

2．Visual Studio 2005 IDE 将自动切换到 Program.cs 代码编辑器界面下；

3．将 Program.cs 中的代码修改为：

```
using System;
using System.Collections.Generic;
using System.Text;
using System.Text.RegularExpressions;

namespace REGrammar
{
    class Program
    {
```

```
        static void Main(string[] args)
        {
            // 使用\d 来匹配从 0—9 中的任意一个数字
            String str1 = "1-800-808-8989";
            Console.WriteLine(Regex.IsMatch(str1,@"\d-\d\d\d-\d\d\d-\d\d\d\d"));

            // 与任何单词字符匹配。等效于 Unicode 字符类别 [\p{Ll}\p{Lu}\p{Lt}\p{Lo}\
p{Nd}\p{Pc}\p{Lm}]。如果用 ECMAScript 选项指定了符合 ECMAScript 的行为，则 \w 等效于
[a-zA-Z_0-9]。
            Console.WriteLine(Regex.IsMatch("x-800-898-9999",@"\w-\d\d\d-\d\d\d-\d\
d\d\d"));

            Console.WriteLine(Regex.IsMatch("March 31, 2006", @"[a-z A-Z][a-z A-Z][a-z
A-Z] \d\d.\W\d\d\d\d"));

            Console.WriteLine(Regex.IsMatch("1982 220 988 0009", @"^\d\d\d\d \d\d\d
\d\d\d \d\d\d\d$"));
            // $
            Console.WriteLine(Regex.IsMatch("XXX1982 220 988 0009", @"\d\d\d\d \d\d\d
\d\d\d \d\d\d\d$"));
            // ^
            Console.WriteLine(Regex.IsMatch("1982 220 988 0009XXX", @"^\d\d\d\d \d\d\d
\d\d\d \d\d\d\d"));


            // Split()
            String mStringMix = "123.ABC.456.DEF.789";
            String[] splitResults;
            // 使用 \. 因为句号是正则表达式语法的一部分，所以需要使用\转义符
            splitResults = System.Text.RegularExpressions.Regex.Split(mStringMix,
@"\.");

            StringBuilder stringResults = new StringBuilder(32);

            foreach (String strEle in splitResults)
            {
                stringResults.Append(strEle + "\n");
            }
            Console.WriteLine(stringResults.ToString());
        }
    }
}
```

4. 在 Visual Studio 2005 IDE 主菜单中选择 生成 | 生成解决方案（Build | Rebuild Solution）菜单
来编译应用程序；

5. 如果在编辑时出现错误，请仔细查看错误说明进行修订；

6. 选择 Visual Studio 2005 IDE 主菜单中的 调试 | 开始执行（不调试）菜单项来运行应用程序；

7. 运行结果如图 4-15 所示：

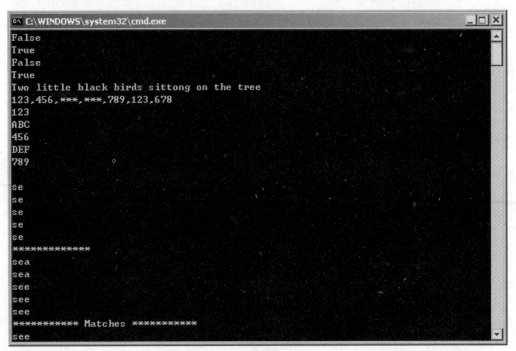

图 4-15　程序运行结果

4.15　实验 15　正则表达式的基础语法

4.15.1　实验目标

学习正则表达式的基础语法。

4.15.2　实验步骤

1. 打开 Visual Studio 2005 IDE，创建一个新的 C#控制台应用程序项目，命名为 REGrammar；

2. Visual Studio 2005 IDE 将自动切换到 Program.cs 代码编辑器界面下；

3. 将 Program.cs 中的代码修改为：

```
using System;
using System.Collections.Generic;
using System.Text;
using System.Text.RegularExpressions;
```

```csharp
namespace REGrammar
{
    class Program
    {
        static void Main(string[] args)
        {
            // 使用\d 来匹配从 0－9 中的任意一个数字
            String str1 = "1-800-808-8989";
            Console.WriteLine(Regex.IsMatch(str1,@"\d-\d\d\d-\d\d\d-\d\d\d\d"));

            // 与任何单词字符匹配。等效于 Unicode 字符类别 [\p{Ll}\p{Lu}\p{Lt}\p{Lo}\
            p{Nd}\p{Pc}\p{Lm}]。如果用 ECMAScript 选项指定了符合 ECMAScript 的行为，则 \w 等效于 [a-zA-
            Z_0-9]。
            Console.WriteLine(Regex.IsMatch("x-800-898-9999",@"\w-\d\d\d-\d\d\d-\d
            \d\d\d"));

            Console.WriteLine(Regex.IsMatch("March 31, 2006", @"[a-z A-Z][a-z A-Z][a-z
            A-Z] \d\d.\W\d\d\d\d"));

            Console.WriteLine(Regex.IsMatch("1982 220 988 0009", @"^\d\d\d\d \d\d\d
            \d\d\d \d\d\d\d$"));
            // $
            Console.WriteLine(Regex.IsMatch("XXX1982 220 988 0009", @"\d\d\d\d \d\d\d
            \d\d\d \d\d\d\d$"));
            // ^
            Console.WriteLine(Regex.IsMatch("1982 220 988 0009XXX", @"^\d\d\d\d \d\d\d
            \d\d\d \d\d\d\d"));

            // Split()
            String mStringMix = "123.ABC.456.DEF.789";
            String[] splitResults;
            // 使用 \. 因为句号是正则表达式语法的一部分，所以需要使用\转义符
            splitResults = System.Text.RegularExpressions.Regex.Split(mStringMix,
            @"\.");

            StringBuilder stringResults = new StringBuilder(32);

            foreach (String strEle in splitResults)
            {
                stringResults.Append(strEle + "\n");
            }
            Console.WriteLine(stringResults.ToString());
        }
    }
}
```

}

4. 在 Visual Studio 2005 IDE 主菜单中选择 生成 | 生成解决方案（Build | Rebuild Solution）菜单来编译应用程序；

5. 如果在编辑时出现错误，请仔细查看错误说明进行修订；

6. 选择 Visual Studio 2005 IDE 主菜单中的 调试 | 开始执行（不调试）菜单项来运行应用程序；

7. 运行结果如图 4-16 所示：

图 4-16　程序运行结果

正则表达式的字符类及其说明如表 4-1 所示。

表 4-1　正则表达式的字符类及其说明

字 符 类	说　　明
	匹配除 \n 以外的任何字符。如果已用 Singleline 选项做过修改，则句点字符可与任何字符匹配。有关更多信息，请参见正则表达式选项
[*aeiou*]	与指定字符集中包含的任何单个字符匹配
[^ *aeiou*]	与不在指定字符集中的任何单个字符匹配
[0-9a-fA-F]	使用连字号（–）允许指定连续字符范围
\p{ *name* }	与{*name*}指定的命名字符类中的任何字符都匹配。支持的名称为 Unicode 组和块范围。例如，Ll、Nd、Z、IsGreek、IsBoxDrawing
\P{ *name* }	与在{*name*}中指定的组和块范围不包括的文本匹配
\w	与任何单词字符匹配。等效于 Unicode 字符类别 [\p{Ll}\p{Lu}\p{Lt}\p{Lo}\p{Nd}\p{Pc}\p{Lm}]。如果用ECMAScript 选项指定了符合 ECMAScript 的行为，则 \w 等效于 [a-zA-Z_0~9]
\W	与任何非单词字符匹配。等效于 Unicode 字符类别 [^\p{Ll}\p{Lu}\p{Lt}\p{Lo}\p{Nd}\p{Pc}\p{Lm}]。如果用 ECMAScript 选项指定了符合 ECMAScript 的行为，则 \W 等效于 [^a-zA-Z~0~9]
\s	与任何空白字符匹配。等效于 Unicode 字符类别[\f\n\r\t\v\x85\p{Z}]。如果用 ECMAScript 选项指定了符合 ECMAScript 的行为，则 \s 等效于[\f\n\r\t\v]
\S	与任何非空白字符匹配。等效于 Unicode 字符类别 [^\f\n\r\t\v\x85\p{Z}]。如果用 ECMAScript 选项指定了符合 ECMAScript 的行为，则 \S 等效于 [^ \f\n\r\t\v]
\d	与任何十进制数字匹配。对于 Unicode 类别的 ECMAScript 行为，等效于 \p{Nd}，对于非 Unicode 类别的 ECMAScript 行为，等效于[0~9]
\D	与任何非数字匹配。对于 Unicode 类别的 ECMAScript 行为，等效于 \P{Nd}，对于非 Unicode 类别的 ECMAScript 行为，等效于[^0~9]

4.16　实验 16 Group 类和 GroupCollection 类的使用

4.16.1　实验目标

本实验学习 Group 类和 GroupCollection 类的使用。

4.16.2　实验步骤

1. 打开 Visual Studio 2005 IDE，创建一个新的 C#控制台应用程序项目，命名为 GroupsandCaptures；
2. Visual Studio 2005 IDE 将自动切换到 Program.cs 代码编辑器界面下；
3. 将 Program.cs 中的代码修改为：

```
using System;
using System.Collections.Generic;
using System.Text;
using System.Text.RegularExpressions;

namespace GroupsandCaptures
{
    class GroupingApp
    {
        static void Main(string[] args)
        {
            // Define groups 'ing', 'in', 'n'
            Regex r = new Regex("(i(n))g");
            Match m = r.Match("Matching");
            GroupCollection gc = m.Groups;

            Console.WriteLine(
                "Found {0} Groups", gc.Count);
            for (int i = 0; i < gc.Count; i++)
            {
                Group g = gc[i];
                Console.WriteLine(
                    "Found '{0}' at position {1}",
                    g.Value, g.Index);
            }

            Console.WriteLine();
            Console.WriteLine("******** CaptureCollection ******");
            for (int i = 0; i < gc.Count; i++)
```

```
    {
        CaptureCollection cc = gc[i].Captures;
        for (int j = 0; j < cc.Count; j++)
        {
            Capture cap = cc[j];
            Console.WriteLine(
                "Found '{0}' at position {1}",
                cap.Value, cap.Index);
        }
    }

    Console.WriteLine();
    Console.WriteLine("********* Regex with Group ************");
    Regex q = new Regex("(?<something>\\w+):(?<another>\\w+)");
    Match n = q.Match("Salary:123456");
    Console.WriteLine("{0}    =    {1}",n.Groups["something"].Value,n.Groups
["another"].Value);
    }
}
}
```

4. 在 Visual Studio 2005 IDE 主菜单中选择 生成 | 生成解决方案（Build | Rebuild Solution）菜单来编译应用程序；

5. 如果在编辑时出现错误，请仔细查看错误说明进行修订；

6. 选择 Visual Studio 2005 IDE 主菜单 调试 | 开始执行（不调试）菜单项来运行应用程序；

7. 运行结果如图 4-17 所示：

图 4-17　程序运行结果

Group 类和 CroupCollection 类的字符类及其说明如表 4-2 所示。

表 4-2　Group类和GroupCollection类的字符类及其说明

字　符　类	说　　明
?<something>	将匹配的子字符串归入名为 "something" 的组中
\	对 Regex 有专门意义的下列表达式换码
\w	匹配任何 "word" 字符的模式（换言之，任何字母、数字或下画线字符）—与[a-zA-z_0-9]模式相同
+	允许这种模式的多个样本（这种情况下，是任何的 "word" 字符）
:	在这定义符上将该字符串分开
?<another>\\w+	将匹配的子字符串归入名为 "another" 的组中，以便与任何 "word" 字符相匹配

4.17　实验 17　使用正则表达式匹配模式

4.17.1　实验目标

"正则表达式"允许针对特定模式方便地进行字符串的分析和匹配。使用 RegularExpressions 命名空间中可用的对象，可将字符串与给定模式进行比较，用另一个字符串替换字符串模式，或只检索部分格式化字符串。

最简单的情况是，"正则表达式"可用于针对字符串模式进行字符串比较。例如，它可用于只允许特定长度范围的字符串，尤其是在接受密码时。通过本动手实验，开发人员可以学会如何创建 Regex，并使用 IsMatch 方法进行测试以查看字符串是否与模式匹配。

4.17.2　实验步骤

1．打开 Visual Studio 2005 整合开发环境通过依次单击 Start | All Programs | Microsoft Visual Studio 2005 | Microsoft Visual Studio 2005；

2．选择 文件 | 新建 | 项目（File | New | Project...）菜单命令；

3．在项目类型（Project Types），选择 Visual C#节点并选择 Windows；

4．在右侧的模板（Templates）中选择控制台应用程序（Console Application）；

5．把默认应用程序名 WindowsApplication1 改为 RegexMatchCS；

6．如果您没有选中"创建解决方案目录"复选框，那么 Visual Studio 2005 就不会为您的应用程序解决方案创建一个单独的目录；

7．单击"确定"按钮完成控制台应用程序的创建工作；

8．Visual Studio 2005 IDE 将自动切换到 Program.cs 代码编辑器界面下。把该文件中的所有代码删除，将以下代码输入到该文件中：

```
using System;
using System.Text.RegularExpressions;
```

```
namespace Microsoft.Samples {
    public sealed class RegexMatcher {
        private RegexMatcher()
        {
        }
        public static void Main(String[] args){
            Regex emailregex = new Regex("(?<user>[^@]+)@(?<host>.+)");
            String s = "johndoe@tempuri.org";

            if ( args.Length > 0 ) {
                s = args[0];
            }

            Match m = emailregex.Match(s);

            if ( m.Success ) {
                System.Console.WriteLine("User: " + m.Groups["user"].Value);
                System.Console.WriteLine("Host: " + m.Groups["host"].Value);
            } else {
                System.Console.WriteLine(s + " is not a valid email address");
            }

            System.Console.WriteLine();
            System.Console.WriteLine("Press Enter to Continue...");
            System.Console.ReadLine();
        }
    }
}
```

9. 选择 生成 | 生成解决方案（Build | Rebuild Solution）菜单来编译应用程序；

10. 如果在编辑时出现错误，请仔细查看错误说明进行修订；

11. 选择 Visual Studio 2005 IDE 主菜单中的调试 | 开始执行（不调试）菜单项来运行应用程序；

12. 运行结果如图 4-18 所示：

图 4-18 程序运行结果

4.18　实验 18　获取模式的所有匹配项

4.18.1　实验目标

当试图从大型文档、结果集中检索一小部分文本或筛选流时，"正则表达式"常常很有用。匹配成功后，MatchCollection 对象会包含给定正则表达式的全部有效的 Match 对象。

通过使用本动手实验，开发人员可以学会如何创建与字符串中的数字匹配的 Regex。调用 Matches 方法以返回 MatchCollection。如果 Count 属性等于 0，则没有成功的匹配。如果有匹配，则显示每个匹配的结果。

4.18.2　实验步骤

1. 打开 Visual Studio 2005 整合开发环境，依次单击 Start | All Programs | Microsoft Visual Studio 2005 | Microsoft Visual Studio 2005；

2. 选择 文件 | 新建 | 项目（File | New | Project…）菜单命令；

3. 在项目类型（Project Types）中，选择 Visual C#节点并选择 Windows；

4. 在右侧的模板（Templates）中选择控制台应用程序（Console Application）；

5. 把默认应用程序名 WindowsApplication1 改为 RegexMatchesCS；

6. 如果您没有选中"创建解决方案目录"复选框，那么 Visual Studio 2005 就不会为您的应用程序解决方案创建一个单独的目录；

7. 单击"确定"按钮，完成控制台应用程序的创建工作；

8. Visual Studio 2005 IDE 将自动切换到 Program.cs 代码编辑器界面下。把该文件中的所有代码删除，将以下代码输入到该文件中：

```
using System;
using System.Text.RegularExpressions;

namespace Microsoft.Samples
{
    public sealed class RegexMatcherMulti
    {
        private RegexMatcherMulti()
        {
        }
        public static void Main(String[] args)
        {
            Regex digitregex = new Regex("(?<number>\\d+)");
```

```
        String s = "abc 123 def 456 ghi 789";

        if ( args.Length > 0 )
          {
            s = String.Join(" ", args);
        }

        MatchCollection mc = digitregex.Matches(s);

        if ( mc.Count > 0 )
          {
            System.Console.WriteLine("Digits:");
            foreach (Match m in mc)
              {
                System.Console.WriteLine("  " + m.Value);
              }
        }
          else
          {
            System.Console.WriteLine("[" + s + "] contains no numbers.");
        }

        System.Console.WriteLine();
        System.Console.WriteLine("Press Enter to Continue...");
        System.Console.ReadLine();
      }
    }
}
```

9. 选择 生成 | 生成解决方案（Build | Rebuild Solution）菜单来编译应用程序；

10. 如果在编辑时出现错误，请仔细查看错误说明进行修订；

11. 选择 Visual Studio 2005 IDE 主菜单中的 调试 | 开始执行（不调试）菜单项来运行应用程序；

12. 运行结果如图 4-19 所示：

图 4-19 程序运行结果

4.19　实验 19　使用正则表达式进行替换

4.19.1　实验目标

"正则表达式"库通常能够减少生成字符串替换功能所需的时间。通过指定要替换字符串的一种模式，您不必搜索字符串的每种可能的变体。在创建了一个与要替换的所有可能的字符串都匹配的 Regex 对象之后，可使用 Replace 方法来生成结果。使用 Replace 方法可最方便地传入源字符串和替换字符串。Replace 方法将以字符串形式返回结果。

通过学习本动手实验，开发人员可以学会如何使用 Regex 的 Replace 方法来移除输入字符串中的所有数字。

4.19.2　实验步骤

1．打开 Visual Studio 2005 整合开发环境，依次单击 Start | All Programs | Microsoft Visual Studio 2005 | Microsoft Visual Studio 2005；

2．选择 文件 | 新建 | 项目（File | New | Project...）菜单命令；

3．在项目类型（Project Types）中，选择 Visual C#节点并选择 Windows；

4．在右侧的模板（Templates）中选择控制台应用程序（Console Application）；

5．把默认应用程序名 WindowsApplication1 改为 RegexReplaceCS；

6．如果您没有选中"创建解决方案目录"复选框，那么 Visual Studio 2005 就不会为您的应用程序解决方案创建一个单独的目录；

7．单击"确定"按钮，完成控制台应用程序的创建工作；

8．Visual Studio 2005 IDE 将自动切换到 Program.cs 代码编辑器界面下。把该文件中的所有代码删除，将以下代码输入到该文件中：

```
using System;
using System.Text.RegularExpressions;

namespace Microsoft.Samples
{
    public sealed class RegexMatcher
    {
        private RegexMatcher()
        {
        }
        public static void Main(String[] args)
        {
```

```
        Regex digitregex = new Regex("(?<digit>[0-9])");
        String before = "Here is so4848me te88xt with emb4493edded numbers.";

        if ( args.Length > 0 )
          {
            before = String.Join(" ", args);
          }

        String after = digitregex.Replace(before, "");

        System.Console.WriteLine("Before: " + before);
        System.Console.WriteLine("After : " + after);

        System.Console.WriteLine();
        System.Console.WriteLine("Press Enter to Continue...");
        System.Console.ReadLine();
      }
    }
}
```

9. 选择 生成 | 生成解决方案（Build | Rebuild Solution）菜单来编译应用程序；

10. 如果在编辑时出现错误，请仔细查看错误说明进行修订；

11. 选择 Visual Studio 2005 IDE 主菜单 调试 | 开始执行（不调试）菜单项来运行应用程序；

12. 运行结果如图 4-20 所示：

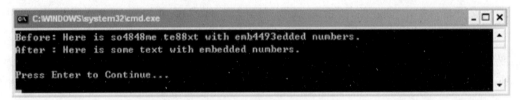

图 4-20 程序运行结果

第 5 章

Web 程序设计——XML 与 Web Services

5.1　.NET Framework 的 XML 结构

本节概述.NET Framework 中 XML 的结构。.NET Framework 中 XML 类的设计目标是：

- 高效；
- 基于标准；
- 多语言支持；
- 可扩展；
- 可插接式结构；
- 集中在性能、可靠性和可缩放性上；
- 与 ADO.NET 集成。

.NET Framework 提供了设计 XML 类的集成套件以及显示 XML 领域中的创新的机会。所提供的 XML 类是.NET Framework 的核心元素。针对当今开发人员所面临的挑战，这些类提供了开放式、符合标准和可交互操作的解决方案。有关.NET Framework 中的 XML 类套件的更多信息，请参见 System. Xml、System.Xml.XPath、System.Xml.Xsl 和 System.Xml.Schema 命名空间的有关内容。

5.1.1　.NET Framework 的 XML 设计目标

.NET Framework 中的 XML 目标是：

- 符合 W3C 标准；
- 可扩展性；
- 可插接式结构；
- 性能；
- 与 ADO.NET 紧密集成。

1．符合标准

符合标准意味着类完全符合 XML、命名空间、XSLT、XPath、架构和文档对象模型（DOM）的当前 W3C 建议标准。符合标准确保了互操作性并简化了跨平台应用程序开发。

最显著的一点是，.NET Framework 中的 XML 类支持 W3C XML 架构定义语言(XSD) 1.0 建议。.NET Framework 中有一些 XML 类提供验证，还有一个对象模型可用于在内存中生成 XSD 架构。可针对 XML 架构和 DTD 进行验证的快速只进分析器称为 XmlReader。XmlReader 是符合标准的 XML 分析器。XmlSchemaSet 类可以用于缓存常用的 XML 架构。

.NET Framework 中有一个 XML 类集提供架构对象模型（SOM），使用该模型可以以编程方式生成和编译 XSD 架构。XmlSchema 类表示 XSD 架构。使用 XmlReader 和 XmlWriter 类可以加载和保持这些架构。

XmlDocument 类实现文档对象模型级别 1 和级别 2 建议，它是根据.NET Framework 的通用设计指南定制的。例如，方法名称使用大写字母。

XslCompiledTransform 类符合用于使用 XSLT 转换文档的 XSL 转换(XSLT) 1.0 版建议和 XML 路径语言(XPath) 1.0 建议。

2．可扩展性

设计.NET Framework 中的 XML 类的目的是可以使用抽象基类和虚拟方法进行扩展。此可扩展性通过 XmlResolver 类说明。XmlResolver 类是一个抽象类，用于解析实体、导入或导出元素等 XML 资源。XmlUrlResolver 和 XmlSecureResolver 类是 XmlResolver 类的实现。可以通过从 XmlResolver 类或其任何实现进行派生，创建自定义版本的 XmlResolver 类。例如，可以决定创建 XmlUrlResolver 类的一个派生类，将缓存流存储到本地磁盘。

3．可插接式结构

.NET Framework 中的 XML 具有可插接式结构。在此基于流的结构中，可插接式意味着可以很容易替代.NET Framework 中基于这些抽象类的组件。可插接式结构还意味着数据可以在组件之间以流的形式传送，并且插入到此流中的新组件可以改变处理。例如，来自 XML Web Services 的 XML 流可用 XmlReader 进行分析。XmlReader 可以用于创建 XmlDocument，然后可以使用后者创建 XmlNodeReader。

另一个示例是从 XmlReader 加载 DOM（XmlDocument 类）并使用 XmlWriter 保存输出。

还可以对 XmlReader 类创建自己的实现，并将其加载到 XmlDocument 类中。例如，可以从基 XmlReader 类派生一个新类，并将其自定义为以 XML 形式公布文件系统。然后，可以将这个新的自定义 XmlReader 实现加载到 XmlDocument 中。这为基于现有类的新类提供了可插接式结构。

将组件插接在一起的另一个示例是在转换过程中使用不同的数据存储区（如 XPathDocument 或 XmlDocument）。这些数据存储区可用 XslCompiledTransform 类转换，然后，输出可以流入另一个存储区或以流的形式从 XML Web Services 返回。

4．性能

.NET Framework 中的 XML 类代表低级别的 XML 处理组件，这些组件不仅用作.NET Framework 的一部分，还用于将 XML 集成到应用程序中。

.NET Framework 中的 XML 类旨在支持基于流处理的模型，它具有下列特性：

- 使用 XmlReader 进行的只进、拉模型分析所用的缓存最小；
- 使用 XmlReader 进行只进验证；
- XPathNavigator 的创新游标式样导航，它将节点创建最小化为单个虚拟节点，但仍提供对文档的随机访问。这不需要在内存中生成完整的节点树，如 DOM。

XPathDocument 是 XPath 查询的优化只读存储区，建议在需要进行 XSLT 处理的任何时候都使用它。通过使用此存储区和 XslCompiledTransform 类，可以实现更快的 XSLT 转换。

5．与 ADO.NET 集成

通过 XML 类和 ADO.NET 之间的紧密集成，关系数据和 XML 在.NET Framework 中结合在一起。

DataSet 类是从数据库中检索到的数据在内存中的缓存。DataSet 可以使用 XmlReader 和 XmlWriter 类读写 XML，将其内部关系架构结构以 XML 架构（XSD）形式永久保存，并且可以推断 XML 文档的架构结构。

5.1.2　.NET Framework 的 XML 结构摘要

.NET Framework 中的 XML 类表示在设计上一致的、集成的类集，使您能够很容易生成支持 XML 的应用程序。5.1.1 节概述的目标是针对开发人员在使用 XML 时所面临的实际问题：不仅要生成面向 Web 的应用程序，而且要面向 XML 涉及的所有其他方面，如公共序列化格式、对象表示形式、互操作性和消息处理，等等。

1．基于流的 XML 分析

XmlReader 类提供对 XML 数据进行快速、非缓存、只读的只进访问。使用 System.Xml.XmlReader. Create 方法创建 XmlReader 对象。通过 XmlReaderSettings 类可以指定要在所创建的 XmlReader 对象上启用的功能集。

2．基于流的 XML 创建

XmlWriter 类提供生成包含 XML 数据的流或文件的非缓存、只进流访问。使用 System.Xml. XmlWriter.Create 方法创建 XmlWriter 对象。通过 XmlWriterSettings 类可以指定要在所创建的 XmlWriter 对象上启用的功能集。

3．内存中 XML 处理

.NET Framework 提供两个可以用于在内存中处理 XML 数据的类。

4．XPathNavigator 类

XPathNavigator 类通过 XML 文档上的游标模型提供多个编辑选项和导航功能。XML 文档可以包

含在 XPathDocument 或 XmlDocument 对象中。

5．XmlDocument 类

XmlDocument 及其相关类基于 W3C 文档对象模型（DOM）。DOM 提供完全保真，例如保留空白和多个文本节点。节点可以使用基于熟悉的 DOM 模型的方法和属性进行创建、插入、移除和修改。

5.2　在内存中处理 XML 数据

Microsoft .NET Framework 包括两个处理 XML 数据的模型。

XmlDocument 类实现 W3C 文档对象模型（DOM）级别 1 核心和核心 DOM 级别 2 建议。DOM 是 XML 文档的内存中（缓存）树表示形式。使用 XmlDocument 及其相关的类，可以构造 XML 文档、加载和访问数据、修改数据以及保存更改。

XPathDocument 类是基于 XPath 数据模型的只读、内存中数据存储。XPathNavigator 类使用 XML 文档的游标模型提供多种编辑选项和浏览功能，该模型包含在只读的 XPathDocument 类以及 XmlDocument 类中。

5.2.1　使用 DOM 模型处理 XML 数据

XML 文档对象模型（DOM）将 XML 数据作为一组标准的对象对待，用于处理内存中的 XML 数据。System.Xml 命名空间提供基于万维网联合会 (W3C) DOM 级别 1 核心和 DOM 级别 2 核心建议的 XML 文档、片断、节点或节点集的编程表示形式。

XmlDocument 类表示 XML 文档。包括用于检索和创建所有其他 XML 对象的成员。使用 XmlDocument 及其相关的类，可以构造 XML 文档、加载和访问数据、修改数据，以及保存更改。

1．XML 文档对象模型（DOM）

XML 文档对象模型（DOM）类是 XML 文档的内存中表示形式。DOM 使您能够以编程方式读取、处理和修改 XML 文档。XmlReader 类也读取 XML，但它提供非缓存的只进、只读访问。这意味着使用 XmlReader 无法编辑属性值或元素内容，也无法插入和移除节点。编辑是 DOM 的主要功能。尽管实际的 XML 数据在文件中或从另一个对象传入时以线性方式存储，但 XML 数据在内存中表示是常见的结构化方法，输入 XML 数据如下。

```xml
<?xml version="1.0"?>
  <books>
   <book>
      <author>Carson</author>
      <price format="dollar">31.95</price>
      <pubdate>05/01/2001</pubdate>
```

```
    </book>
    <pubinfo>
        <publisher>MSPress</publisher>
        <state>WA</state>
    </pubinfo>
</books>
```

图 5-1 显示将此 XML 数据读入 DOM 结构中时如何构造内存。

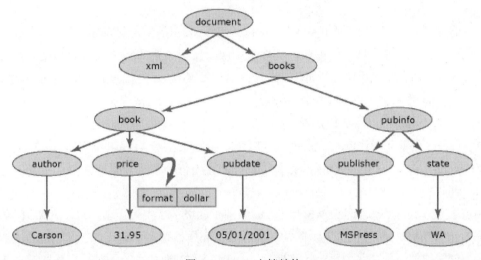

图 5-1　XML 文档结构

在 XML 文档结构中，图 5-1 中的每个圆圈表示一个节点（称为 XmlNode 对象）。XmlNode 对象是 DOM 树中的基本对象。XmlDocument 类（扩展 XmlNode）支持用于对整个文档执行操作（例如，将文档加载到内存中或将 XML 保存到文件中）的方法。此外，XmlDocument 提供了查看和处理整个 XML 文档中节点的方法。XmlNode 和 XmlDocument 都具有性能和可用性的增强，并可通过方法和属性执行下列操作：

- 访问和修改 DOM 特定的节点，如元素节点、实体引用节点等；
- 除检索节点包含的信息（如元素节点中的文本）外，还检索整个节点。

> **注意**：如果应用程序不需要 DOM 提供的结构或编辑功能，则 XmlReader 和 XmlWriter 类提供对 XML 的非缓存的只进流访问。有关更多信息，请参见 5.3 节和 5.4 节用 XmlReader 读取 XML 和使用 XmlWriter 编写 XML 的内容。

Node 对象具有一组方法和属性以及基本的和定义完善的特性，其中的某些特性如下。

- 节点有单个父节点，父节点是与节点相邻的上一级节点。唯一没有父级的节点是文档根，因为它是顶级节点，包含了文档本身和文档片段。
- 大多数节点可以有多个子节点，子节点是与节点相邻的下一级节点，可以有子节点的节点类型列表如下：

　　　　○ Document；

　　　　○ DocumentFragment；

　　　　○ EntityReference；

　　　　○ Element；

　　　　○ Attribute。

XmlDeclaration、Notation、Entity、CDATASection、Text、Comment、ProcessingInstruction 和 DocumentType 节点没有子节点。

- 处于同一级别、在关系图中由 book 和 pubinfo 节点表示的节点是同辈。

DOM 的一个特性是处理属性的方式。属性是不属于父子关系和同辈关系的节点。属性被视为元素节点的属性，由名称和值对组成。例如，如果存在由与元素 price 关联的 format="dollar"组成的 XML 数据，则单词 format 是名称，format 属性的值是 dollar。为检索 price 节点的 format="dollar"属性，可以在游标位于 price 元素节点时调用 GetAttribute 方法。

将 XML 读入内存时会创建节点。然而，并非所有节点都是同一类型的，XML 中的元素具有不同于处理指令的规则和语法。因此，在读取各种数据时，将为每个节点分配一种节点类型，此节点类型确定节点的特性和功能。

Microsoft 扩展了万维网联合会（W3C）DOM 级别 1 和级别 2 中可用的 API，使 XML 文档的使用更容易。在完全支持 W3C 标准的同时，附加的类、方法和属性增加了使用 W3C XML DOM 无法完成的功能。新类使您能够访问关系数据，为您提供与 ADO.NET 数据同步、同时将数据作为 XML 公开的方法。

在将 XML 数据读入内存，以更改其结构、添加或移除节点或者与在元素包含的文本中一样修改节点所保存的数据时，DOM 最有用。不过，在其他方案中，还有其他比 DOM 更快的类。要对 XML 进行快速非缓存只进流访问，请使用 XmlReader 和 XmlWriter。如果需要用游标模型和 XPath 进行随机访问，请使用 XPathNavigator 类。

2．XML 节点类型

当将 XML 文档作为节点树读入内存时，在创建节点时确定这些节点的节点类型。XML 文档对象模型（DOM）具有多种节点类型，这些类型由万维网联合会（W3C）确定并在 1.1.1 节"The DOM Structure Model"中列出。节点类型、分配给该节点类型的对象以及每种节点类型的简短说明如表 5-1 所示。

表 5-1　DOM 节点类型及其说明

DOM 节点类型	object	说　　明
Document	XmlDocument 类	树中所有节点的容器。它也称作文档根，文档根并非总是与根元素相同
DocumentFragment	XmlDocumentFragment 类	包含一个或多个不带任何树结构的节点的临时袋
DocumentType	XmlDocumentType 类	表示<!DOCTYPE…>节点
EntityReference	XmlEntityReference 类	表示非扩展的实体引用文本
Element	XmlElement 类	表示元素节点
Attr	XmlAttribute 类	为元素的属性

续表

DOM 节点类型	object	说　　明
ProcessingInstruction	XmlProcessingInstruction 类	为处理指令节点
Comment	XmlComment 类	注释节点
Text	XmlText 类	属于某个元素或属性的文本
CDATASection	XmlCDataSection 类	表示 CDATA
Entity	XmlEntity 类	表示 XML 文档（来自内部文档类型定义（DTD）子集或来自外部 DTD 和参数实体）中的 <!ENTITY...> 声明
Notation	XmlNotation 类	表示 DTD 中声明的表示法

尽管属性（attr）在 W3C DOM 级别 1 的 1.2 节 "Fundamental Interfaces" 中作为节点列出，但不能将其视为任何元素节点的子级。

表 5-2 显示了 W3C 未定义的其他节点类型及其说明，这些类型可作为 XmlNodeType 枚举在 Microsoft .NET Framework 对象模型中使用。因此，这些节点类型不存在匹配的 DOM 节点类型的列。

表 5-2　节点类型及其说明

节点类型	说　　明
XmlDeclaration	表示声明节点 <?xml version="1.0"...>
XmlSignificantWhitespace	表示有效空白（混合内容中的空白）
XmlWhitespace	表示元素内容中的空白，当 XmlReader 到达元素的末尾时返回
EndElement	示例 XML：</item> 有关更多信息，请参见 XmlNodeType 枚举的有关内容
EndEntity	由于调用 ResolveEntity 而在 XmlReader 到达实体替换的末尾时返回。有关更多信息，请参见 XmlNodeType 枚举的有关内容

若要查看读入 XML 并对节点类型使用 case 构造以打印有关节点及其内容的信息的代码示例，请参见 XmlSignificantWhitespace.NodeType 属性的有关内容。

3. XML 文档对象模型（DOM）层次结构

图 5-2 显示了 XML 文档对象模型（DOM）的类层次结构，其中万维网联合会（W3C）名称用括号括起来，另外还有相关的类名。

不从 XmlNode 继承的类如下：

- XmlImplementation；
- XmlNamedNodeMap；
- XmlNodeList；
- XmlNodeChangedEventArgs。

XmlImplementation 类用于创建 XML 文档。XmlNamedNodeMap 类处理未排序的节点集。XmlNodeList 类处理已排序的节点列表。

图 5-2　XML 文档对象模型（DOM）的类层次结构

XmlNodeChangedEventArgs 类处理在 XmlDocument 上注册的事件处理程序。

XmlLinkedNode 类从 XmlNode 继承。其目的在于重写两个来自 XmlNode 的方法：PreviousSibling 和 NextSibling 方法。然后，这些重写方法由具有上一个和下一个同辈的类 XmlCharacterData、XmlDeclaration、XmlDocumentType、XmlElement、XmlEntityReference 和 XmlProcessingInstruction 继承和使用。

4．将对象层次结构映射到 XML 数据

当 XML 文档在内存中时，概念上的表示形式是树。编程时可使用对象层次结构访问树节点。显示 XML 内容如何成为节点的示例如下。

当将 XML 读入 XML 文档对象模型（DOM）中时，各片段被转换为节点，这些节点保留有关自身的附加元数据，如它们的节点类型和值。节点类型是节点的对象，确定可执行的操作以及可设置或检索的属性。

如果具有下面的简单 XML 程序：

```
<book>
    <title>The Handmaid's Tale</title>
</book>
```

则输入在内存中表示为具有分配节点类型属性的如图 5-3 所示的节点树：

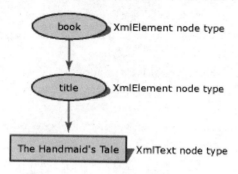

图 5-3　book 和 title 节点树表示形式

book 元素成为 XmlElement 对象，下一个元素 title 也成为 XmlElement，而元素内容成为 XmlText 对象。查看 XmlElement 的方法和属性可以得知，这些方法和属性不同于 XmlText 对象的方法和属性。因此，知道 XML 标记成为的节点类型至关重要，因为其节点类型确定了可以执行的操作。

读入 XML 数据并根据节点类型可写出不同文本的示例如下。用作输入的 XML 数据文件 items.xml 为：

```
<?xml version="1.0"?>
<!-- This is a sample XML document -->
<!DOCTYPE Items [<!ENTITY number "123">]>
<Items>
  <Item>Test with an entity: &number;</Item>
  <Item>test with a child element <more/> stuff</Item>
  <Item>test with a CDATA section <![CDATA[<456>]]> def</Item>
  <Item>Test with a char entity: &#65;</Item>
  <!-- Fourteen chars in this element.-->
  <Item>1234567890ABCD</Item>
</Items>
```

读取 items.xml 文件并显示每个节点类型的信息的示例如下：

```
using System;
using System.IO;
using System.Xml;

public class Sample
{
    private const String filename = "items.xml";
```

```csharp
public static void Main()
{
    XmlTextReader reader = null;

    try
    {
        // Load the reader with the data file and ignore
        // all white space nodes.
        reader = new XmlTextReader(filename);
        reader.WhitespaceHandling = WhitespaceHandling.None;

        // Parse the file and display each of the nodes.
        while (reader.Read())
        {
            switch (reader.NodeType)
            {
                case XmlNodeType.Element:
                    Console.Write("<{0}>", reader.Name);
                    break;
                case XmlNodeType.Text:
                    Console.Write(reader.Value);
                    break;
                case XmlNodeType.CDATA:
                    Console.Write("<![CDATA[{0}]]>", reader.Value);
                    break;
                case XmlNodeType.ProcessingInstruction:
                    Console.Write("<?{0} {1}?>", reader.Name, reader.Value);
                    break;
                case XmlNodeType.Comment:
                    Console.Write("<!--{0}-->", reader.Value);
                    break;
                case XmlNodeType.XmlDeclaration:
                    Console.Write("<?xml version='1.0'?>");
                    break;
                case XmlNodeType.Document:
                    break;
                case XmlNodeType.DocumentType:
                    Console.Write("<!DOCTYPE {0} [{1}]", reader.Name, reader.Value);
                    break;
                case XmlNodeType.EntityReference:
                    Console.Write(reader.Name);
                    break;
                case XmlNodeType.EndElement:
                    Console.Write("</{0}>", reader.Name);
```

```
                    break;
                }
            }
        }

        finally
        {
            if (reader != null)
                reader.Close();
        }
    }
} // End class
```

此示例的输出显示数据到节点类型的映射，其输出是：

```
    <?xml version='1.0'?><!--This is a sample XML document --><!DOCTYPE Items [<!ENTITY
number "123">]<Items><Item>Test with an entity: 123</Item><Item>test with a child element
<more> stuff</Item><Item>test with a CDATA section <![CDATA[<456>]]> def</Item><Item>Test
with a char entity: A</Item><--Fourteen chars in this element.--><Item>1234567890ABCD
</Item></Items>
```

通过逐行获取输入并使用从代码生成的输出，可以使用表 5-3 分析哪个节点测试生成哪些输出行，从而了解哪些 XML 数据成为哪种节点类型测试。

表 5-3　成为节点类型测试的输入和输出

输　　入	输　　出	节点类型测试
<?xml version="1.0"?>	<?xml version='1.0'?>	XmlNodeType.XmlDeclaration
<!-- This is a sample XML document -->	<!-- This is a sample XML document -->	XmlNodeType.Comment
<!DOCTYPE Items [<!ENTITY number "123">]>	<!DOCTYPE Items [<!ENTITY number "123">]	XmlNodeType.DocumentType
<项>	<项>	XmlNodeType.Element
<Item>	<Item>	XmlNodeType.Element
与以下实体一起测试：&number;</Item>	与以下实体一起测试：123	XmlNodeType.Text
</Item>	</Item>	XmlNodeType.EndElement
<Item>	<Item>	XmNodeType.Element
与子元素一起测试	与子元素一起测试	XmlNodeType.Text
<more>	<more>	XmlNodeType.Element
stuff	stuff	XmlNodeType.Text
</Item>	</Item>	XmlNodeType.EndElement
<Item>	<Item>	XmlNodeType.Element
与 CDATA 节一起测试	与 CDATA 节一起测试	XmlTest.Text
<![CDATA[<456>]]>	<![CDATA[<456>]]>	XmlTest.CDATA
def	def	XmlNodeType.Text

续表

输　入	输　出	节点类型测试
</Item>	</Item>	XmlNodeType.EndElement
<Item>	<Item>	XmlNodeType.Element
与字符实体一起测试：A A	与字符实体一起测试：A	XmlNodeType.Text
</Item>	</Item>	XmlNodeType.EndElement
<!-- Fourteen chars in this element.-->	<--Fourteen chars in this element.-->	XmlNodeType.Comment
<Item>	<Item>	XmlNodeType.Element
1234567890ABCD	1234567890ABCD	XmlNodeType.Text
</Item>	</Item>	XmlNodeType.EndElement
</Items>	</Items>	XmlNodeType.EndElement

您必须知道分配的节点类型，因为节点类型控制哪些操作有效以及可以设置和检索哪些属性。

当将数据加载到 DOM 中时，空白的节点创建受 PreserveWhitespace 标志的控制。

5. 创建 XML 文档

有两种创建 XML 文档的方法。一种方法是创建不带参数的 XmlDocument，另一种方法是创建一个 XmlDocument 并将 XmlNameTable 作为参数传递给它。显示如何不使用任何参数创建一个新的空 XmlDocument 的示例如下。

```
XmlDocument doc = new XmlDocument();
```

创建 XML 文档后，可通过 Load 方法从字符串、流、URL、文本读取器或 XmlReader 派生类为该文档加载数据。还有另一种加载方法，即 LoadXML 方法，此方法从字符串中读取 XML。

有一个名为 XmlNameTable 的类。此类是原子化字符串对象的表。该表使 XML 分析器可以高效地对 XML 文档中所有重复的元素和属性的名称使用相同的字符串对象。创建文档时（如上所示），将自动创建 XmlNameTable，并在加载此文档时加载属性和元素的名称。如果已经有一个包含名称表的文档，且这些名称在另一个文档中很有用，则可使用接受 XmlNameTable 参数的 Load 方法创建一个新文档。使用此方法创建文档后，该文档使用现有 XmlNameTable，后者包含所有已从其他文档加载到此文档中的属性和元素。它可用于有效地比较元素和属性的名称。

6. 将 XML 文档读入 DOM

XML 信息从不同的格式读入内存。读取源包括字符串、流、URL、文本读取器或 XmlReader 的派生类。

Load 方法将文档置入内存中并包含可用于从每个不同的格式中获取数据的重载方法。还存在 LoadXml 方法，该方法从字符串中读取 XML。

不同的 Load 方法影响在加载 XML 文档对象模型（DOM）时创建的节点。表 5-4 列出了一些 Load 方法的区别以及讲述这些区别的主题。

表 5-4　讲述Load方法的课题及其主题

课　　题	主　　题
创建空白节点	用来加载 DOM 的对象对 DOM 中生成的空白和有效空白节点有影响.
从特定节点开始加载 XML 或加载整个 XML 文档	使用 System.Xml.XmlDocument.Load (System.Xml.XmlReader) 方法可以将数据从特定的节点加载到 DOM 中
在 XML 加载时进行验证	加载到 DOM 中的 XML 数据可以在加载时进行验证。使用验证 XmlReader 可以完成此操作

显示使用 LoadXml 方法加载的 XML，以及之后保存到称为 data.xml 的文本文件的数据的示例如下。

```csharp
using System;
using System.IO;
using System.Xml;

public class Sample
{
    public static void Main()
    {
        // Create the XmlDocument.
        XmlDocument doc = new XmlDocument();
        doc.LoadXml("<book genre='novel' ISBN='1-861001-57-5'>" +
                "<title>Pride And Prejudice</title>" +
                "</book>");

        // Save the document to a file.
        doc.Save("data.xml");
    }
}
```

7．嵌入到文档中的样式表指令

有时，现有 XML 会包含<?xml:stylesheet?>形式的样式表指令。Microsoft Internet Explorer 接受此指令作为<?xml-stylesheet?>语法的替换形式。当 XML 数据包含<?xml:stylesheet?>指令时（如下面的数据所示），试图将此数据加载到 XML 文档对象模型（DOM）中将引发异常。

```xml
<?xml version="1.0" ?>
<?xml:stylesheet type="text/xsl" href="test2.xsl"?>
<root>
    <test>Node 1</test>
    <test>Node 2</test>
</root>
```

发生这种情况是由于<?xml:stylesheet?>被视为 DOM 的无效 ProcessingInstruction。根据 XML 中的命名空间规范，与限定名（QNames）相反，任何 ProcessingInstruction 都只能是无冒号名称（NCNames）。

根据 XML 中的命名空间规范的第 6 节，使 Load 和 LoadXml 方法符合此规范所产生的影响如下：

- 在文档中所有元素类型和属性名都包含零个或一个冒号；
- 任何实体名称、ProcessingInstruction 目标或表示法名称都不包含冒号。

因为<?xml:stylesheet?>包含一个冒号，所以您违反了第二条规则。

根据万维网联合会（W3C）将样式表与 XML 文档关联的 1.0 版建议（位于 www.w3.org/TR/xml-stylesheet），将 XSL 样式表与 XML 文档关联的处理指令是<?xml-stylesheet?>（用短画线代替冒号）。

8. 从读取器中加载数据

如果使用 Load 方法和 XmlReader 的参数加载 XML 文档，与从其他格式加载数据的行为相比，发生的行为有所不同。如果读取器处于初始状态，Load 将使用读取器中的全部内容，并通过读取器中的所有数据生成 XML 文档对象模型（DOM）。

如果读取器已位于文档中某个位置的节点上，并且将读取器传递给 Load 方法，Load 会尝试将当前节点及其所有同辈节点（直到关闭当前深度的结束标记）读入内存。尝试的 Load 是否成功取决于在尝试加载时读取器所处的节点，因为 Load 会验证读取器中的 XML 的格式是否正确。如果 XML 的格式不正确，Load 将引发异常。例如，以下节点集包含两个根级别的元素，若 XML 的格式不正确，Load 将引发异常。

- 依次为 Comment 节点、Element 节点、Element 节点、EndElement 节点。

下面的节点集，由于没有根级别元素，故创建不完整的 DOM。

- Comment 节点，后跟 ProcessingInstruction 节点，后跟 Comment 节点，后跟 EndElement 节点。

这不引发异常，并且加载数据。可以向这些节点的顶部添加根元素，并创建保存时不会发生错误的格式正确的 XML。

如果读取器定位于对于文档的根级别来说是无效的叶节点（如空白或属性节点），则读取器继续读取，直到定位在可用于根的节点上。文档在此时开始加载。

默认情况下，Load 不会使用文档类型定义（DTD）或架构验证来验证 XML 是否有效，只验证 XML 的格式是否正确。要进行验证，需要使用 XmlReaderSettings 类创建一个 XmlReader。XmlReader 类可以使用 DTD 或架构定义语言（XSD）架构强制进行验证。XmlReaderSettings 类的 ValidationType 属性确定 XmlReader 实例是否强制进行验证。

9. 加载 DOM 时的空白和有效空白处理

加载文档时，可以设置保留空白并在文档树中创建 XmlWhitespace 节点的选项。若要创建空白节点，请将 PreserveWhitespace 属性设置为 true。如果此属性设置为默认值 false，则不创建空白节点。总是保留有效空白节点，并且在内存中创建 XmlSignificantWhitespace 节点以表示此数据与 PreserveWhitespace 标志的设置无关。

如果文档从读取器加载，只有 XmlTextReader 上的 WhitespaceHandling 属性未设置为 WhitespaceHandling.None 时，XmlDocument 类上 PreserveWhitespace 标志属性的设置才会影响 XmlWhitespace 节

点的创建，读取器上 WhitespaceHandling 属性的值优先于 XmlDocument 上该标志的设置。有关 XmlSignificantWhitespace 的更多信息，请参见 XmlSignificantWhitespace 类的有关内容。

10. 访问 DOM 中的属性

属性是元素的属性，不是元素的子级。这一区别很重要，因为用来浏览 XML 文档对象模型（DOM）的同辈、父级和子节点的方法不同。例如，PreviousSibling 和 NextSibling 方法不用来从元素浏览到属性或在属性之间的浏览。属性是元素的属性，归元素所有，具有一个 OwnerElement 属性而非 parentNode 属性，并且有不同的浏览方法。

当当前节点是元素时，请使用 HasAttribute 方法查看是否存在任何与此元素关联的属性。如果已知元素具有属性，有多种方法可以访问这些属性。要从元素中检索单个属性，可使用 XmlElement 的 GetAttribute 和 GetAttributeNode 方法，也可以将所有属性收集到一个集合中。如果需要循环访问集合，获取集合就很有用。如果您需要一个元素中的所有属性，可使用该元素的 Attributes 属性将所有属性检索到一个集合中。

（1）将所有属性检索到一个集合中

如果您需要将一个元素节点的所有属性放入到一个集合中，可调用 XmlElement.Attributes 属性。这将获取包含元素的所有属性的 XmlAttributeCollection。XmlAttributeCollection 类从 XmlNamedNode 映射继承。因此，该集合可用的方法和属性，除了 XmlAttributeCollection 类特定的方法和属性（如 ItemOf 属性或 Append 方法）外，还包括命名的节点映射上可用的方法和属性。该属性集合中的每一项表示一个 XmlAttribute 节点。若要确定元素的属性数，请获取 XmlAttributeCollection 并使用 Count 属性查看该集合中的 XmlAttribute 节点数。

下面的代码示例显示如何检索一个属性集合，以及如何用 Count 方法作为循环索引、循环访问此集合。然后，此代码显示如何从集合中检索单个属性并显示其值。

```
using System;
using System.IO;
using System.Xml;

public class Sample
{

    public static void Main()
    {
        XmlDocument doc = new XmlDocument();
        doc.LoadXml("<book genre='novel' ISBN='1-861001-57-5' misc='sale item'>" +
                "<title>The Handmaid's Tale</title>" +
                "<price>14.95</price>" +
                "</book>");
```

```
        // Move to an element.
        XmlElement myElement = doc.DocumentElement;

        // Create an attribute collection from the element.
        XmlAttributeCollection attrColl = myElement.Attributes;

        // Show the collection by iterating over it.
        Console.WriteLine("Display all the attributes in the collection...");
        for (int i = 0; i < attrColl.Count; i++)
        {
            Console.Write("{0} = ", attrColl[i].Name);
            Console.Write("{0}", attrColl[i].Value);
            Console.WriteLine();
        }

        // Retrieve a single attribute from the collection; specifically, the
        // attribute with the name "misc".
        XmlAttribute attr = attrColl["misc"];

        // Retrieve the value from that attribute.
        String miscValue = attr.InnerXml;

        Console.WriteLine("Display the attribute information.");
        Console.WriteLine(miscValue);

    }
}
```

此示例显示输出显示集合中的所有属性：

```
genre = novel
ISBN = 1-861001-57-5
misc = sale item
Display the attribute information.
sale item
```

可按名称或索引号检索属性集合中的信息。上例显示了如何按名称检索数据。下例将显示如何按索引编号检索数据。

因为 XmlAttributeCollection 是一个集合并可以按名称或索引循环访问，本示例显示如何从该集合中选择第一个属性（使用从零开始的索引并以下面的 baseuri.xml 文件作为输入）。

```
<!-- XML fragment -->
<book genre="novel">
  <title>Pride And Prejudice</title>
```

```
</book>
```

```
using System;
using System.IO;
using System.Xml;

public class Sample
{
  public static void Main()
  {
    // Create the XmlDocument.
    XmlDocument doc = new XmlDocument();

    doc.Load("http://localhost/baseuri.xml");

    // Display information on the attribute node. The value
    // returned for BaseURI is 'http://localhost/baseuri.xml'.
    XmlAttribute attr = doc.DocumentElement.Attributes[0];
    Console.WriteLine("Name of the attribute: {0}", attr.Name);
    Console.WriteLine("Base URI of the attribute: {0}", attr.BaseURI);
    Console.WriteLine("The value of the attribtue: {0}", attr.InnerText);
  }
}
```

（2）检索单个属性节点

若要从元素中检索单个属性节点，应使用 XmlElement.GetAttributeNode 方法。它返回一个类型为 XmlAttribute 的对象。有了 XmlAttribute 对象后，XmlAttribute 成员类中所有可用的方法和属性都可以用于该对象。

```
using System;
using System.IO;
using System.Xml;

 public class Sample
 {
    public static void Main()
    {
    XmlDocument doc = new XmlDocument();
     doc.LoadXml("<book genre='novel' ISBN='1-861003-78' misc='sale item'>" +
              "<title>The Handmaid's Tale</title>" +
              "<price>14.95</price>" +
              "</book>");

    // Move to an element.
```

```
    XmlElement root = doc.DocumentElement;

    // Get an attribute.
    XmlAttribute attr = root.GetAttributeNode("ISBN");

    // Display the value of the attribute.
    String attrValue = attr.InnerXml;
    Console.WriteLine(attrValue);

    }
}
```

您也可以如前例所示，从属性集合中检索单个属性节点。下面的代码示例显示如何编写一行代码来按索引号从 XML 文档树的根节点（也称为 DocumentElement 属性）检索单个属性。

```
XmlAttribute attr = doc.DocumentElement.Attributes[0];
```

11．将实体声明和实体引用读入 DOM

实体是一个声明，指定了在 XML 中取代内容或标记而使用的名称。实体包含两个部分。首先，必须使用实体声明将名称绑定到替换内容。实体声明是使用<!ENTITY name "value"> 语法在文档类型定义（DTD）或 XML 架构中创建的。其次，在实体声明中定义的名称随后将在 XML 中使用。在 XML 中使用时，该名称称为实体引用。例如，下面的实体声明声明一个名为 publisher 的实体，该实体与"Microsoft Press"的内容关联。

```
<!ENTITY publisher "Microsoft Press">
```

下面的示例说明如何在 XML 中将此实体声明作为实体引用使用。

```
<author>Fred</author>
<pubinfo>Published by &publisher;</pubinfo>
```

某些分析器在文档加载到内存中时自动扩展实体。因此，当将 XML 读入内存时，将记住和保存实体声明。当分析器以后遇到&;字符（用于标识常规实体引用）时，分析器将在实体声明表中查找此名称。引用&publisher; 被它所表示的内容取代。使用以下的 XML：

```
<author>Fred</author>
<pubinfo>Published by &publisher;</pubinfo>
```

扩展此实体引用并用 Microsoft Press 内容替换&publisher; 将提供以下扩展的 XML。
输出

```
<author>Fred</author>
<pubinfo>Published by Microsoft Press</pubinfo>
```

有多种实体。显示实体类型和术语分类的关系图，如图 5-4 所示。

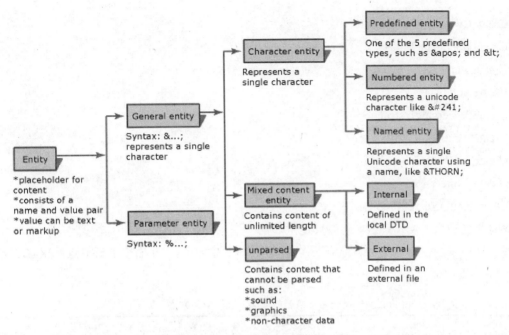

图 5-4　实体类型和术语分类的关系

实现 Microsoft .NET Framework 的默认 XML 文档对象模型（DOM）的设置是保留实体引用，并在加载 XML 时不扩展这些实体。这意味着将文档加载到 DOM 中时，将创建包含引用变量&publisher;的 XmlEntityReference 节点，其中的子节点表示在 DTD 中声明的实体的内容。

使用<!ENTITY publisher "Microsoft Press">实体声明，显示从此声明创建的 XmlEntity 和 XmlText 节点的关系图如图 5-5 所示。

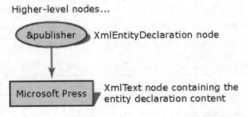

图 5-5　创建的 XmlEntity 和 XmlText 节点的关系图

实体引用在扩展与未扩展时的差异使在内存中 DOM 树中生成的节点不同。

12. 在 DOM 中创建新节点

XmlDocument 为所有节点类型提供了 create 方法。为该方法提供名称（需要时）以及那些具有内容的节点（如文本节点）的内容或其他参数，这样便可创建节点。需要填充名称和几个其他参数以创建相应节点的方法如下：

- CreateCDataSection；
- CreateComment；

- CreateDocumentFragment；
- CreateDocumentType；
- CreateElement；
- CreateNode；
- CreateProcessingInstruction；
- CreateSignificantWhitespace；
- CreateTextNode；
- CreateWhitespace；
- CreateXmlDeclaration。

但其他节点类型不仅仅只要求向参数提供数据。

表 5-5 列出了创建新节点后，可用于将其插入到树中的方法，并描述了新节点在 XML 文档对象模型（DOM）中的位置。

表 5-5　将新节点插入到树中的方法

方　　法	节　点　位　置

InsertBefore	插入到引用节点之前。例如，在位置 5 插入新节点：
	
	`XmlNode refChild = node.ChildNodes[4];`
	`//The reference is zero-based.`
	`node.InsertBefore(newChild, refChild);`
	
	有关更多信息，请参见 InsertBefore 方法

InsertAfter	插入到引用节点之后。例如： `node.InsertAfter(newChild, refChild);` 有关更多信息，请参见 InsertAfter 方法
AppendChild	将节点添加到给定节点的子节点列表的末尾。如果所添加的节点是 XmlDocumentFragment，则会将文档片段的全部内容移至该节点的子列表中。有关更多信息，请参见 AppendChild 方法
PrependChild	将节点添加到给定节点的子节点列表的开头。如果所添加的节点是 XmlDocumentFragment，则会将文档片段的全部内容移至该节点的子列表中。有关更多信息，请参见 PrependChild 方法
Append	将 XmlAttribute 节点追加到与元素关联的属性集合的末尾。有关更多信息，请参见 Append 方法

13. 为 DOM 中的元素创建新属性

创建新属性不同于创建其他的节点类型，因为属性不是节点，而是元素节点的属性并包含在与元素关联的 XmlAttributeCollection 中。有多种方法可创建属性并将其附加到元素中：

- 获取元素节点并使用 SetAttribute 将属性添加到该元素的属性集合中；
- 使用 CreateAttribute 方法创建 XmlAttribute 节点，获取元素节点，然后使用 SetAttributeNode 将节点添加到该元素的属性集合中。

显示如何使用 SetAttribute 方法将属性添加到元素的示例如下。

```
using System;
using System.IO;
```

```
using System.Xml;

public class Sample
{
  public static void Main()
  {
    XmlDocument doc = new XmlDocument();
    doc.LoadXml("<book xmlns:bk='urn:samples' bk:ISBN='1-861001-57-5'>" +
               "<title>Pride And Prejudice</title>" +
               "</book>");
    XmlElement root = doc.DocumentElement;

    // Add a new attribute.
    root.SetAttribute("genre", "urn:samples", "novel");

    Console.WriteLine("Display the modified XML...");
    Console.WriteLine(doc.InnerXml);
  }
```

下面的示例显示一个用 CreateAttribute 方法创建的新属性。然后显示使用 SetAttributeNode 方法添加到 book 元素的属性集合的属性。

已知下列 XML：

```
<book genre='novel' ISBN='1-861001-57-5'>
<title>Pride And Prejudice</title>
</book>
```

创建一个新属性并为其提供值：

```
XmlAttribute attr = doc.CreateAttribute("publisher");
    attr.Value = "WorldWide Publishing";
```

将其附加到此元素：

```
doc.DocumentElement.SetAttributeNode(attr);
```

输出

```
<book genre="novel" ISBN="1-861001-57-5" publisher="WorldWide Publishing">
<title>Pride And Prejudice</title>
</book>
```

完整代码示例位于 XmlDocument.CreateAttribute 方法。

还可以创建一个 XmlAttribute 节点并使用 InsertBefore 或 InsertAfter 方法将其放在集合中的适当位置。如果该属性集合中已存在一个同名属性，则从该集合中移除现有的 XmlAttribute 节点并插入新的 XmlAttribute 节点。这与 SetAttribute 方法执行的方式相同。这些方法（作为参数）将现有节点作为执行 InsertBefore 和 InsertAfter 的参考点。如果不提供指示插入新节点位置的参考节点，则 InsertAfter 方法的默认设置是在集合的开头插入新节点。如果未提供任何参考节点，则 InsertBefore 的默认位置是集合的末尾。

如果创建了属性的 XmlNamedNodeMap，则可以使用 SetNamedItem 方法按名称添加属性。

（1）默认属性

如果创建一个声明为具有默认属性的元素，则 XML 文档对象模型（DOM）创建一个带默认值的新默认属性并将其附加到该元素。此时还创建默认属性的子节点。

（2）属性子节点

属性节点的值成为它的子节点。只存在两种类型的有效子节点：XmlText 节点和 XmlEntityReference 节点。从 FirstChild 和 LastChild 等方法将这些节点按子节点来处理这一点上说，它们是子节点。当试图移除属性或属性子节点时，属性具有子节点的这种特性很重要。

14．移除 XML 文档中的节点、内容和值

（1）从 DOM 中移除节点

要移除 XML 文档对象模型（DOM）中的节点，请使用 RemoveChild 方法移除特定节点。在移除节点时，方法将移除属于所移除节点的子树；即如果不是叶节点。

要移除 DOM 中的多个节点，请使用 RemoveAll 方法移除当前节点所有的子级和属性（如果适用）。如果使用 XmlNamedNodeMap，可以使用 RemoveNamedItem 方法移除节点。

（2）移除 DOM 中元素节点的属性

有多种方法可以移除属性。一种方法是从属性集合中移除它们。为此，请执行以下两个步骤。

① 使用 XmlAttributeCollection attrs = elem.Attributes; 获取元素的属性集合。

② 使用以下三种方法之一移除属性集合中的属性：

- 使用 Remove 移除特定的属性；
- 使用 RemoveAll 移除集合中的所有属性并保留没有属性的元素；
- 使用 RemoveAt 通过索引号从属性集合中移除属性。

移除元素节点中属性的方法如下：

- 使用 RemoveAllAttributes 移除属性集合；
- 使用（String）按名称从集合中移除单个属性；
- 使用 RemoveAttributeAt 按索引号从集合中移除单个属性。

另一个替换方法是获取元素，获取属性集合中的属性并直接移除属性节点。若要获取属性集合中的属性，可使用名称 XmlAttribute attr = attrs["attr_name"];、索引 XmlAttribute attr = attrs[0];或用命名空间 XmlAttribute attr = attrs["attr_localName", "attr_namespace"]完全限定该名称。

无论用于移除属性的方法是什么，当移除在文档类型定义（DTD）中定义为默认属性的属性时有特殊限制。除非移除了默认属性所属的元素，否则不能移除默认属性。已声明了默认属性的元素总存在默认属性，如果从 XmlAttributeCollection 或 XmlElement 中移除默认属性，将使替换属性插入元素的 XmlAttributeCollection，并初始化为所声明的默认值。如果将某个元素定义为<book att1="1" att2="2" att3="3"></book>，则将得到一个具有三个已声明的默认属性的 book 元素。XML 文档对象模型（DOM）实现保证，只要此 book 元素存在，则具有三个默认属性 att1、att2 和 att3。

在使用 XmlAttribute 调用时，RemoveAll 方法将属性值设置为 Empty，因为不能存在没有值的属性。

（3）移除 DOM 中的节点内容

对于从 XmlCharacterData 继承的节点类型，包括 XmlComment、XmlText、XmlCDataSection、XmlWhitespace 和 XmlSignificantWhitespace 节点类型，可以使用 DeleteData 方法移除字符，该方法从节点中删除某个范围的字符。如果要完全移除内容，则移除包含此内容的节点。如果要保留节点，但节点内容不正确，则修改内容。

15. 修改 XML 文档中的节点、内容和值

有下列方法可以修改文档中的节点和内容：

- 使用 Value 属性更改节点的值；
- 通过用新节点替换节点来修改全部节点集，此操作使用 InnerXml 属性完成；
- 使用 RemoveChild 方法将现有节点替换为新节点；
- 使用 AppendData、InsertData 或 ReplaceData 方法向从 XmlCharacterData 类继承的节点添加附加字符；
- 通过在从 XmlCharacterData 继承的节点类型上使用 DeleteData 方法移除某个范围的字符，以修改内容。

更改节点值的一个简单方法是使用 node.Value = "new value";。表 5-6 列出了此单个代码行用于的节点类型，以及该节点类型将更改的确切数据。

表 5-6　节点类型及其更改的数据

节点类型	更 改 的 数 据
Attribute	属性的值
CDATASection	CDATA 节的内容
Comment	注释的内容
ProcessingInstruction	内容（不包括目标）
Text	文本的内容
XmlDeclaration	声明的内容（不包括<?xml 和?>标记）
Whitespace	空白的值。可以将该值设置为四个可识别的 XML 空白字符之一：空格、制表符、回车或换行
SignificantWhitespace	有效空白的值。可以将该值设置为四个可识别的 XML 空白字符之一：空格、制表符、回车或换行

表 5-6 中未列出的任何节点类型都不是设置了值的有效节点类型。设置任何其他节点类型的值都将引发 InvalidOperationException。

InnerXml 属性更改当前节点的子节点标记，设置此属性是将给定字符串的分析内容替换子节点。分析是在当前命名空间上下文中完成的。此外，InnerXml 移除多余的命名空间声明。因此，大量的剪切和粘贴操作并不会使文档的大小因多余的命名空间声明而增加。有关显示命名空间对 InnerXml 操作

的影响的代码示例，请参见 InnerXml 属性的有关内容。

当使用 ReplaceData 和 RemoveChild 方法时，这两个方法返回已替换或移除的节点。此节点可以重新插入 XML 文档对象模型（DOM）中的任何其他位置。ReplaceData 方法对插入到文档中的节点执行两个验证检查。第一个检查确保该节点成为某个节点的子级，这个节点可具有其类型的子节点。第二个检查确保插入的节点不是它成为其子级的节点的上级。违犯这两个条件中的任何一个都将引发 InvalidOperationException。

向可编辑的节点中添加或从中移除只读子级是有效的。然而，试图修改只读节点本身将引发 InvalidOperationException 异常。修改 XmlEntityReference 节点的子级便属于这种情况。该子级是只读的，因此无法修改。任何修改它们的尝试都将引发 InvalidOperationException。

（1）在 DOM 中验证 xml 文档

默认情况下，在文档对象模型（DOM）中，XmlDocument 类不针对 XML 架构定义语言（XSD）架构或文档类型定义（DTD）验证 XML；只验证 XML 的格式是否正确。

要在 DOM 中验证 XML，可以在 XML 加载到 DOM 时进行验证，方法是将架构验证 XmlReader 传递给 XmlDocument 类的 Load 方法，也可以在 DOM 中使用 XmlDocument 类的 Validate 方法来验证以前未经验证的 XML 文档。

（2）在 XML 文档加载到 DOM 时进行验证

如果将验证 XmlReader 传递给 XmlDocument 类的 Load 方法，XmlDocument 类将在 XML 数据加载到 DOM 时对其进行验证。

成功验证之后，将应用架构的默认值，文本值根据需要转换为原子值，类型信息与经过验证的信息项关联。因此，类型化 XML 数据将替换以前非类型化的 XML 数据。

（3）创建 XML 架构验证 XmlReader

要创建 XML 架构验证 XmlReader，请执行下列步骤：

① 构造一个新的 XmlReaderSettings 实例；

② 将 XML 架构添加到 XmlReaderSettings 实例的 Schemas 属性中；

③ 将 Schema 指定为 ValidationType；

④ 可以选择指定 ValidationFlags 和 ValidationEventHandler，用于处理在验证期间遇到的架构验证错误和警告；

⑤ 最后，将 XmlReaderSettings 对象与 XML 文档一起传递给 XmlReader 类的 Create 方法，创建架构验证 XmlReader。

（4）示例

在下面的代码示例中，架构验证 XmlReader 验证加载到 DOM 的 XML 数据。对 XML 文档进行无效的修改，然后重新验证文档，造成架构验证错误。最后，更正其中一个错误，并对 XML 文档的一部分进行部分验证。

```
using System;
using System.Xml;
```

```csharp
    using System.Xml.Schema;

    class XmlDocumentValidationExample
    {
        static void Main(string[] args)
        {
            try
            {
                // Create a schema validating XmlReader.
                XmlReaderSettings settings = new XmlReaderSettings();
                settings.Schemas.Add("http://www.contoso.com/books",
"contosoBooks.xsd");
                settings.ValidationEventHandler += new ValidationEventHandler(Validation
EventHandler);
                settings.ValidationFlags = settings.ValidationFlags | XmlSchemaValidation
Flags.ReportValidationWarnings;
                settings.ValidationType = ValidationType.Schema;

                XmlReader reader = XmlReader.Create("contosoBooks.xml", settings);

                // The XmlDocument validates the XML document contained
                // in the XmlReader as it is loaded into the DOM.
                XmlDocument document = new XmlDocument();
                document.Load(reader);

                // Make an invalid change to the first and last
                // price elements in the XML document, and write
                // the XmlSchemaInfo values assigned to the price
                // element during load validation to the console.
                XmlNamespaceManager manager = new XmlNamespaceManager(document.NameTable);
                manager.AddNamespace("bk", "http://www.contoso.com/books");

                XmlNode priceNode = document.SelectSingleNode(@"/bk:bookstore/bk:book/bk:
price", manager);

                Console.WriteLine("SchemaInfo.IsDefault:  {0}",  priceNode.SchemaInfo.
IsDefault);
                Console.WriteLine("SchemaInfo.IsNil: {0}", priceNode.SchemaInfo.IsNil);
                Console.WriteLine("SchemaInfo.SchemaElement: {0}", priceNode.SchemaInfo.
SchemaElement);
                Console.WriteLine("SchemaInfo.SchemaType:  {0}",  priceNode.SchemaInfo.
SchemaType);
                Console.WriteLine("SchemaInfo.Validity:  {0}",  priceNode.SchemaInfo.
Validity);
```

```
            priceNode.InnerXml = "A";

            XmlNodeList priceNodes = document.SelectNodes(@"/bk:bookstore/bk:book/bk:
price", manager);
            XmlNode lastprice = priceNodes[priceNodes.Count - 1];

            lastprice.InnerXml = "B";

            // Validate the XML document with the invalid changes.
            // The invalid changes cause schema validation errors.
            document.Validate(ValidationEventHandler);

            // Correct the invalid change to the first price element.
            priceNode.InnerXml = "8.99";

            // Validate only the first book element. The last book
            // element is invalid, but not included in validation.
            XmlNode bookNode = document.SelectSingleNode(@"/bk:bookstore/bk:book",
manager);

            document.Validate(ValidationEventHandler, bookNode);
        }
        catch (XmlException ex)
        {
            Console.WriteLine("XmlDocumentValidationExample.XmlException: {0}", ex.
Message);
        }
        catch(XmlSchemaValidationException ex)
        {
            Console.WriteLine("XmlDocumentValidationExample.    XmlSchemaValidation
Exception: {0}", ex.Message);
        }
        catch (Exception ex)
        {
            Console.WriteLine("XmlDocumentValidationExample.Exception:    {0}",   ex.
Message);
        }
    }

    static    void    ValidationEventHandler(object    sender,    System.Xml.Schema.
ValidationEventArgs args)
    {
        if (args.Severity == XmlSeverityType.Warning)
            Console.Write("\nWARNING: ");
        else if (args.Severity == XmlSeverityType.Error)
```

```
        Console.Write("\nERROR: ");

        Console.WriteLine(args.Message);
    }
}
```

该示例使用 contosoBooks.xml 文件作为输入。

```xml
<bookstore xmlns="http://www.contoso.com/books">
    <book genre="autobiography" publicationdate="1981-03-22" ISBN="1-861003-11-0">
        <title>The Autobiography of Benjamin Franklin</title>
        <author>
            <first-name>Benjamin</first-name>
            <last-name>Franklin</last-name>
        </author>
        <price>8.99</price>
    </book>
    <book genre="novel" publicationdate="1967-11-17" ISBN="0-201-63361-2">
        <title>The Confidence Man</title>
        <author>
            <first-name>Herman</first-name>
            <last-name>Melville</last-name>
        </author>
        <price>11.99</price>
    </book>
    <book genre="philosophy" publicationdate="1991-02-15" ISBN="1-861001-57-6">
        <title>The Gorgias</title>
        <author>
            <name>Plato</name>
        </author>
        <price>9.99</price>
    </book>
</bookstore>
```

该示例还使用 contosoBooks.xsd 文件作为输入。

```xml
<?xml version="1.0" encoding="utf-8"?>
<xs:schema    attributeFormDefault="unqualified"    elementFormDefault="qualified"
targetNamespace="http://www.contoso.com/books"
xmlns:xs="http://www.w3.org/2001/XMLSchema">
    <xs:element name="bookstore">
        <xs:complexType>
            <xs:sequence>
                <xs:element maxOccurs="unbounded" name="book">
                    <xs:complexType>
```

```
                            <xs:sequence>
                                <xs:element name="title" type="xs:string" />
                                <xs:element name="author">
                                    <xs:complexType>
                                        <xs:sequence>
                                            <xs:element minOccurs="0" name="name" type="xs:
string" />
                                            <xs:element minOccurs="0" name="first-name" type=
"xs:string" />
                                            <xs:element minOccurs="0" name="last-name" type=
"xs:string" />
                                        </xs:sequence>
                                    </xs:complexType>
                                </xs:element>
                                <xs:element name="price" type="xs:decimal" />
                            </xs:sequence>
                            <xs:attribute name="genre" type="xs:string" use="required" />
                            <xs:attribute        name="publicationdate"        type="xs:date"
use="required" />
                            <xs:attribute name="ISBN" type="xs:string" use="required" />
                        </xs:complexType>
                    </xs:element>
                </xs:sequence>
            </xs:complexType>
        </xs:element>
</xs:schema>
```

在 XML 数据加载到 DOM 时进行验证的话，请考虑下列事项：

- 如果某个元素或属性根据其架构指定为具有简单类型，并从验证 XmlReader 加载，但是实际上 XML 文档中的值不符合其类型，该元素或属性的值将为 null。这是因为 XmlDocument 类使用 XmlReader 的 ReadTypedValue 方法获取了元素或属性的类型化值，如果提供了 Validation EventHandler，若值不符合其类型，ReadTypedValue 方法将返回 null；

- 如果 XML 文档加载到 XmlDocument 对象，并且具有关联的架构来定义默认值，则 XmlDocument 会像在 XML 文档中一样对待这些默认值。这意味着，对于架构中的默认元素，IsEmptyElement 属性始终返回 false。即使在 XML 文档中，也将编写为空元素。

16．在 DOM 中验证 XML 文档

XmlDocument 类的 Validate 方法针对 XmlDocument 对象 Schemas 属性中的架构，验证加载到 DOM 的 XML 数据。成功验证之后，将应用架构的默认值，根据需要文本值被转换为原子值，类型信息与经过验证的信息项关联。因此，类型化 XML 数据将替换以前非类型化的 XML 数据。

下面的示例与上面"在 XML 文档加载到 DOM 时进行验证"中的示例类似。在此示例中，XML

文档不是在加载到 DOM 时进行验证、而是在加载到 DOM 之后，使用 XmlDocument 类的 Validate 方法进行验证的。Validate 方法针对 XmlDocument 的 Schemas 属性中包含的 XML 架构验证 XML 文档。若对 XML 文档进行无效的修改，重新验证文档，会造成架构验证错误。最后，更正其中一个错误，并对 XML 文档的一部分进行部分验证。

```csharp
using System;
using System.Xml;
using System.Xml.Schema;

class XmlDocumentValidationExample
{
    static void Main(string[] args)
    {
        try
        {
            // Create a schema validating XmlReader.
            XmlReaderSettings settings = new XmlReaderSettings();
            settings.Schemas.Add("http://www.contoso.com/books", "contosoBooks.xsd");
            settings.ValidationEventHandler += new ValidationEventHandler (Validation
EventHandler);
            settings.ValidationFlags = settings.ValidationFlags | XmlSchemaValidation
Flags.ReportValidationWarnings;
            settings.ValidationType = ValidationType.Schema;

            XmlReader reader = XmlReader.Create("contosoBooks.xml", settings);

            // The XmlDocument validates the XML document contained
            // in the XmlReader as it is loaded into the DOM.
            XmlDocument document = new XmlDocument();
            document.Load(reader);

            // Make an invalid change to the first and last
            // price elements in the XML document, and write
            // the XmlSchemaInfo values assigned to the price
            // element during load validation to the console.
            XmlNamespaceManager manager = new XmlNamespaceManager(document.NameTable);
            manager.AddNamespace("bk", "http://www.contoso.com/books");

            XmlNode priceNode = document.SelectSingleNode(@"/bk:bookstore/bk:book/
bk:price", manager);

            Console.WriteLine("SchemaInfo.IsDefault:    {0}", priceNode.SchemaInfo.
IsDefault);
```

```
            Console.WriteLine("SchemaInfo.IsNil: {0}", priceNode.SchemaInfo.IsNil);
            Console.WriteLine("SchemaInfo.SchemaElement: {0}", priceNode.SchemaInfo.
SchemaElement);
            Console.WriteLine("SchemaInfo.SchemaType:  {0}", priceNode.SchemaInfo.
SchemaType);
            Console.WriteLine("SchemaInfo.Validity:  {0}", priceNode.SchemaInfo.
Validity);

            priceNode.InnerXml = "A";

            XmlNodeList priceNodes = document.SelectNodes(@"/bk:bookstore/bk:book/bk:
price", manager);
            XmlNode lastprice = priceNodes[priceNodes.Count - 1];

            lastprice.InnerXml = "B";

            // Validate the XML document with the invalid changes.
            // The invalid changes cause schema validation errors.
            document.Validate(ValidationEventHandler);

            // Correct the invalid change to the first price element.
            priceNode.InnerXml = "8.99";

            // Validate only the first book element. The last book
            // element is invalid, but not included in validation.
            XmlNode bookNode = document.SelectSingleNode(@"/bk:bookstore/bk:book",
manager);
            document.Validate(ValidationEventHandler, bookNode);
        }
        catch (XmlException ex)
        {
            Console.WriteLine("XmlDocumentValidationExample.XmlException: {0}", ex.
Message);
        }
        catch(XmlSchemaValidationException ex)
        {
            Console.WriteLine("XmlDocumentValidationExample.XmlSchemaValidation
Exception: {0}", ex.Message);
        }
        catch (Exception ex)
        {
            Console.WriteLine("XmlDocumentValidationExample.Exception:  {0}", ex.
Message);
        }
```

```
    }

    static    void    ValidationEventHandler(object    sender,    System.Xml.Schema.
ValidationEventArgs args)
    {
        if (args.Severity == XmlSeverityType.Warning)
            Console.Write("\nWARNING: ");
        else if (args.Severity == XmlSeverityType.Error)
            Console.Write("\nERROR: ");

        Console.WriteLine(args.Message);
    }
}
```

该示例使用 contosoBooks.xml 和 contosoBooks.xsd 文件作为输入，这两个文件在上面介绍的"在 XML 文档加载到 DOM 时进行验证"中提到。

17．处理验证错误和警告

在验证加载到 DOM 的 XML 数据时报告 XML 架构验证错误，会通知您在以下过程中发现的所有架构验证错误：在验证正在加载的 XML 数据时，或在验证以前未经过验证的 XML 文档时。

验证错误由 ValidationEventHandler 进行处理。如果 ValidationEventHandler 已分配给 XmlReader Settings 实例或传递给 XmlDocument 类的 Validate 方法，ValidationEventHandler 将处理架构验证错误；否则，在遇到架构验证错误时，将引发 XmlSchemaValidationException。

> **注意**：尽管遇到架构验证错误，XML 数据仍会加载到 DOM 中，但在 ValidationEventHandler 引发异常来停止该进程时除外。

除非为 XmlReaderSettings 对象指定了 ReportValidationWarnings 标志，否则不会报告架构验证警告。

有关说明 ValidationEventHandler 的示例，请参见上面 15．和 16．的"在 XML 文档加载到 DOM 时进行验证"和"在 DOM 中验证 XML 文档"两节。

5.2.2　使用 XPath 数据模型处理 XML 数据

System.Xml 命名空间使用 XmlDocument 或 XPathDocument 类提供内存中 XML 文档、片断、节点或节点集的编程表示形式。

XPathDocument 类使用 XPath 数据模型提供 XML 文档在内存中的快速只读表示形式。Xml Document 类提供实现 W3C 文档对象模型（DOM）级别 1 核心和核心 DOM 级别 2 的 XML 文档在内存中的可编辑表示形式。这两个类均实现 IXPathNavigable 接口，并返回 XPathNavigator 对象，用于选择、计算、浏览和（在某些情况下）编辑基础 XML 数据。

1. 使用 XPathDocument 和 XmlDocument 读取 XML 数据

可以通过两种方式读取 System.Xml.XPath 命名空间中的 XML 文档。一种方式是使用只读 XPathDocument 类读取 XML 文档,另一种方式是使用 System.Xml 命名空间中可编辑的 XmlDocument 类读取 XML 文档。

2. 使用 XPathDocument 类读取 XML 文档

XPathDocument 类使用 XPath 数据模型提供 XML 文档在内存中的快速只读表示形式。使用其六个构造函数之一创建 XPathDocument 类的实例。通过这些构造函数,可以使用 Stream、TextReader 或 XmlReader 对象以及 XML 文件的 string 路径来读取 XML 文档。

3. 使用 XmlDocument 类读取 XML 文档

XmlDocument 类是实现 W3C 文档对象模型(DOM)级别 1 核心和核心 DOM 级别 2 的 XML 文档在内存中的可编辑表示形式。使用其三个构造函数之一创建 XmlDocument 类的实例。可以通过调用没有参数的 XmlDocument 类构造函数,创建新的空 XmlDocument 对象。在调用了构造函数之后,使用 Load 方法以及 XML 文件的 string 路径将 XML 数据从 Stream、TextReader 或 XmlReader 对象加载到新的 XmlDocument 对象中。

说明如何使用没有参数的 XmlDocument 类构造函数以及 Load 方法来读取 XML 文档的示例如下。

```
XmlDocument document = new XmlDocument();
document.Load("books.xml");
```

4. 确定 XML 文档的编码

XmlReader 对象可以用于读取 XML 文档并创建 XPathDocument 和 XmlDocument 对象,如前面各节所示。但是,XmlReader 对象可能会读取未编码的数据,因此,不会提供任何编码信息。

XmlTextReader 类从 XmlReader 类继承,使用其 Encoding 属性提供编码信息,并且可以用于创建 XPathDocument 对象或 XmlDocument 对象。

有关 XmlTextReader 类提供的编码信息的更多信息,请参见 XmlTextReader 类参考文档中的 Encoding 属性。

5. 创建 XPathNavigator 对象

在将 XML 文档读入 XPathDocument 或 XmlDocument 对象之后,可以创建一个 XPathNavigator 对象,以选择、计算、浏览和(在有些情况下)编辑基础 XML 数据。

除了 XmlNode 类之外,XPathDocument 和 XmlDocument 类也实现了 System.Xml.XPath 命名空间的 IXPathNavigable 接口。因此,所有三个类均提供返回 XPathNavigator 对象的 CreateNavigator 方法。

6. 使用 XPathNavigator 类编辑 XML 文档

除了选择、计算和浏览 XML 数据之外,在有些情况下,XPathNavigator 类还可以用于编辑 XML 文档,这取决于创建文档的对象。

XPathDocument 类是只读的，而 XmlDocument 类是可编辑的，因此，通过 XPathDocument 对象创建的 XPathNavigator 对象不能用于编辑 XML 文档，而通过 XmlDocument 对象创建的就可以。XPathDocument 类只应用于读取 XML 文档。如果需要编辑 XML 文档，或要求访问 XmlDocument 类提供的其他功能（例如事件处理），应使用 XmlDocument 类。

XPathNavigator 类的 CanEdit 属性指定 XPathNavigator 对象是否可以编辑 XML 数据。

表 5-7 说明了每个类的 CanEdit 属性的值。

表 5-7　类的CanEdit属性值

IXPathNavigable 实现	CanEdit 属性值
XPathDocument	false
XmlDocument	true

7. 使用 XPathNavigator 选择、计算和匹配 XML 数据

XPathNavigator 类提供的方法可以使用 XPath 查询在 XPathDocument 或 XmlDocument 对象中选择节点，计算和检查 XPath 表达式的结果，并确定 XPathDocument 或 XmlDocument 对象中的节点是否与给定的 XPath 表达式匹配。这些和其他一些与在 XPathDocument 或 XmlDocument 对象中选择、计算和匹配节点有关的概念在下面的主题中介绍。

8. 使用 XPathNavigator 选择 XML 数据

XPathNavigator 类提供一组方法，用于使用 XPath 表达式在 XPathDocument 或 XmlDocument 对象中选择节点集。XPathNavigator 类还提供一组经过优化的方法，选择上级节点、子节点和子代节点的速度比使用 XPath 表达式更快。如果选择单个节点，所选的节点集将在 XPathNodeIterator 对象或 XPathNavigator 对象中返回。

（1）使用 XPath 表达式选择节点

要使用 XPath 表达式选择节点集，请使用下列选择方法之一：

- Select；
- SelectSingleNode。

在调用时，如果选择单个节点，这些方法将返回一组节点，您可以使用 XPathNodeIterator 对象或 XPathNavigator 对象随意浏览。

使用 XPathNodeIterator 对象浏览不会影响用于创建该对象的 XPathNavigator 对象的位置。从 SelectSingleNode 方法返回的 XPathNavigator 对象位于单个返回的节点上，同样不会影响用于创建该对象的 XPathNavigator 对象的位置。

以下示例显示如何通过 XPathDocument 对象创建 XPathNavigator 对象、如何使用 Select 方法选择 XPathDocument 对象中的节点，以及如何使用 XPathNodeIterator 对象循环访问所选的节点。

```
XPathDocument document = new XPathDocument("books.xml");
XPathNavigator navigator = document.CreateNavigator();
XPathNodeIterator nodes = navigator.Select("/bookstore/book");
```

```
while(nodes.MoveNext())
{
    Console.WriteLine(nodes.Current.Name);
}
```

该示例使用 books.xml 文件作为输入。

```xml
<bookstore>
    <book genre="autobiography" publicationdate="1981-03-22" ISBN="1-861003-11-0">
        <title>The Autobiography of Benjamin Franklin</title>
        <author>
            <first-name>Benjamin</first-name>
            <last-name>Franklin</last-name>
        </author>
        <price>8.99</price>
    </book>
    <book genre="novel" publicationdate="1967-11-17" ISBN="0-201-63361-2">
        <title>The Confidence Man</title>
        <author>
            <first-name>Herman</first-name>
            <last-name>Melville</last-name>
        </author>
        <price>11.99</price>
    </book>
    <book genre="philosophy" publicationdate="1991-02-15" ISBN="1-861001-57-6">
        <title>The Gorgias</title>
        <author>
            <name>Plato</name>
        </author>
        <price>9.99</price>
    </book>
</bookstore>
```

（2）经过优化的选择方法

XPathNavigator 类的 SelectChildren、SelectAncestors 和 SelectDescendants 方法表示通常用于检索子节点、子代节点和上级节点的 XPath 表达式。这些方法的性能已得到优化，比相应的 XPath 表达式速度更快。SelectChildren、SelectAncestors 和 SelectDescendants 方法基于 XPathNodeType 值或要选择的节点的本地名称和命名空间 URI 选择上级节点、子节点和子代节点。所选的上级节点、子节点和子代节点将在 XPathNodeIterator 对象中返回。

9. 使用 XPathNavigator 计算 XPath 表达式

XPathNavigator 类提供 Evaluate 方法来计算 XPath 表达式。Evaluate 方法使用 XPath 表达式计算

表达式，然后基于 XPath 表达式的结果返回 Boolean、Number、String 或 Node Set 的 W3C XPath 类型。

（1）Evaluate 方法

Evaluate 方法使用 XPath 表达式计算表达式，然后返回 Boolean (Boolean)、Number (Double)、String (String)或 Node Set (XPathNodeIterator)的类型化结果。例如，Evaluate 方法可以在数学方法中使用。以下示例代码计算 books.xml 文件中所有图书的总价格。

```
XPathDocument document = new XPathDocument("books.xml");
XPathNavigator navigator = document.CreateNavigator();

XPathExpression query = navigator.Compile("sum(//price/text())");
Double total = (Double)navigator.Evaluate(query);
Console.WriteLine(total);
```

该示例使用 books.xml 文件作为输入。

```
<bookstore>
    <book genre="autobiography" publicationdate="1981-03-22" ISBN="1-861003-11-0">
        <title>The Autobiography of Benjamin Franklin</title>
        <author>
            <first-name>Benjamin</first-name>
            <last-name>Franklin</last-name>
        </author>
        <price>8.99</price>
    </book>
    <book genre="novel" publicationdate="1967-11-17" ISBN="0-201-63361-2">
        <title>The Confidence Man</title>
        <author>
            <first-name>Herman</first-name>
            <last-name>Melville</last-name>
        </author>
        <price>11.99</price>
    </book>
    <book genre="philosophy" publicationdate="1991-02-15" ISBN="1-861001-57-6">
        <title>The Gorgias</title>
        <author>
            <name>Plato</name>
        </author>
        <price>9.99</price>
    </book>
</bookstore>
```

（2）position 和 last 函数

Evaluate 方法是重载方法。一个 Evaluate 方法使用 XPathNodeIterator 对象作为参数。此特定的

Evaluate 方法与只使用 XPathExpression 对象作为参数的 Evaluate 方法相同，只是允许使用节点集参数指定要执行计算的当前上下文。XPath position()和 last()函数需要此上下文，因为这两个函数相对于当前上下文节点。除非在定位步骤中作为谓词使用 position()和 last()函数要求引用节点集以便进行计算，否则 position()和 last()函数将返回 0。

10. 使用 XPathNavigator 匹配节点

XPathNavigator 类提供了 Matches 方法来确定节点是否与 XPath 表达式匹配。Matches 方法使用 XSL 转换（XSLT）模式作为输入并返回一个 Boolean，指示当前节点是否与给定的 XPath 表达式或给定的已编译 XPathExpression 对象匹配。

11. 匹配节点

如果当前节点与指定的 XPath 表达式匹配，Matches 方法将返回 true。例如，在以下代码示例中，如果当前节点为元素 b 并且元素 b 具有属性 c，则 Matches 方法将返回 true。

```
XPathDocument document = new XPathDocument("input.xml");
XPathNavigator navigator = document.CreateNavigator();

navigator.Matches("b[@c]");
```

12. 使用 XPathNavigator 访问 XML 数据

XPathNavigator 类提供的方法用于在 XPathDocument 或 XmlDocument 对象中浏览节点、提取 XML 数据，以及访问强类型 XML 数据。

13. 使用 XPathNavigator 的节点集定位

可以使用 XPathNavigator 类的节点集浏览方法在 XPathDocument 或 XmlDocument 对象中浏览节点。可以浏览所有节点，也可以浏览 XPathNavigator 类中的一种选择方法返回的所选节点集。

（1）浏览元素节点集

XPathNavigator 类提供多种方法用于浏览元素节点。表 5-8 显示可用的浏览方法以及各种方法如何移动的说明，其中不包括用于浏览属性和命名空间节点的方法。

表 5-8　可用的浏览方法及其说明

方　　法	说　　明
MoveTo	将 XPathNavigator 移至所指定的 XPathNavigator 的相同位置
MoveToChild	将 XPathNavigator 移至当前节点的子节点
MoveToDescendant	将 XPathNavigator 移至当前节点的子代节点
MoveToFirst	将 XPathNavigator 移至当前节点的第一个同辈节点
MoveToFirstChild	将 XPathNavigator 移至当前节点的第一个子节点
MoveToFollowing	将 XPathNavigator 按文档顺序移至指定的元素
MoveToId	将 XPathNavigator 移至 ID 类型属性的值与给定 String 匹配的节点
MoveToNext	将 XPathNavigator 移至当前节点的下一个同辈节点

续表

方　　法	说　　明
MoveToParent	将 XPathNavigator 移至当前节点的父节点
MoveToPrevious	将 XPathNavigator 移至当前节点的上一个同辈节点
MoveToRoot	将 XPathNavigator 移至 XML 文档的根节点

（2）浏览注释和处理指令节点

下列 XPathNavigator 类方法可以从 XML 文档中的其他节点移至注释或处理指令节点：

- MoveTo；
- MoveToNext；
- MoveToPrevious；
- MoveToFirst；
- MoveToFirstChild；
- MoveToChild；
- MoveToDescendant；
- MoveToParent；
- MoveToId。

14．使用 XPathNavigator 的属性和命名空间节点定位

XPathNavigator 类提供两组浏览方法，第一组用于浏览 XPathDocument 或 XmlDocument 对象中的节点集。第二组（在本主题中介绍）用于浏览 XPathDocument 或 XmlDocument 对象中的属性和命名空间节点。

（1）浏览属性节点

属性是元素的属性，不是元素的子级。这一区别很重要，因为用来浏览同辈节点、父节点和子节点的 XPathNavigator 类的方法不同。

例如，MoveToPrevious 和 MoveToNext 方法不用来从元素浏览到属性或在属性间浏览。属性采用不同的浏览方法。XPathNavigator 类的属性浏览方法如下：

- MoveToAttribute；
- MoveToFirstAttribute；
- MoveToNextAttribute。

当当前节点是元素时，可以使用 HasAttributes 方法查看是否存在任何与此元素关联的属性。如果已知元素具有属性，有多种方法可以访问这些属性。要从元素中检索单个属性，请使用 GetAttribute 方法。要将 XPathNavigator 移至特定属性，请使用 MoveToAttribute 方法；还可以循环访问元素的每个属性，方法是先使用 MoveToFirstAttribute 方法，然后多次调用 MoveToNextAttribute 方法。

　　注意：如果 XPathNavigator 对象位于某个属性或命名空间节点上，MoveToChild、MoveToDescendant、MoveToFirst、MoveToFirstChild、MoveToFollowing、MoveToId、MoveToNext

和 MoveToPrevious 方法始终返回 false，对 XPathNavigator 的位置没有影响。MoveTo、MoveToParent 和 MoveToRoot 方法例外。

（2）浏览命名空间节点

每个元素都有一组关联的命名空间节点，一个命名空间节点用于元素范围内绑定到某个命名空间 URI 的每个不同的命名空间前缀（包括绑定到 http://www.w3.org/XML/1998/namespace 命名空间的 XML 前缀，该前缀在每个 XML 文档中隐式声明），一个命名空间节点用于默认命名空间（如果处于元素范围内）。元素是每个命名空间节点的父级；但是，命名空间节点不是其父元素的子级。

与属性相同，MoveToPrevious 和 MoveToNext 方法不用于从元素浏览到命名空间节点或在命名空间节点之间浏览。命名空间节点采用不同的浏览方法。XPathNavigator 类命名空间的浏览方法如下：

- MoveToNamespace；
- MoveToFirstNamespacc；
- MoveToNextNamespace。

在 XML 文档中任何元素的范围内，始终至少存在一个命名空间节点。此命名空间节点的前缀为 xml，命名空间 URI 为 http://www.w3.org/XML/1998/namespace。要在给定特定前缀的情况下在范围内检索命名空间 URI，请使用 GetNamespace 方法。要将 XPathNavigator 对象移至特定命名空间节点，请使用 MoveToNamespace 方法。还可以循环访问元素范围中的每个命名空间节点，方法是先使用 MoveToFirstNamespace 方法，然后多次调用 MoveToNextNamespace 方法。

> **注意**：如果 XPathNavigator 对象位于某个属性或命名空间节点上，MoveToChild、MoveToDescendant、MoveToFirst、MoveToFirstChild、MoveToFollowing、MoveToId、MoveToNext 和 MoveToPrevious 方法始终返回 false，对 XPathNavigator 的位置没有影响。但 MoveTo、MoveToParent 和 MoveToRoot 方法例外。

15. XPathNamespaceScope 枚举

在浏览命名空间节点时，可以使用 XPathNamespaceScope 参数调用 MoveToFirstNamespace 和 MoveToNextNamespace 方法。这些方法的行为与未使用任何参数调用的对应方法不同。XPathNamespaceScope 枚举包含值 All、ExcludeXml 或 Local。

显示 MoveToFirstNamespace 和 MoveToNextNamespace 方法在 XML 文档中的不同范围内返回的命名空间的示例如下。

```
<root>
    <element1 xmlns="http://www.contoso.com" xmlns:books="http://www.contoso.com/books">
        <element2 />
    </element1>
</root>
```

命名空间序列（先调用 MoveToFirstNamespace 方法，然后再多次调用 MoveToNextNamespace 方

法后，XPathNavigator 所处的命名空间）如下所示：

- 位于 element2 上时：xmlns:books="http://www.contoso.com/books"、xmlns="http://www.contoso.com"和 xmlns:xml="http://www.w3.org/XML/1998/namespace"；
- 位于 element1 上时：xmlns:books="http://www.contoso.com/books"、xmlns="http://www.contoso.com"和 xmlns:xml="http://www.w3.org/XML/1998/namespace"；
- 位于 root 上时：xmlns:xml="http://www.w3.org/XML/1998/namespace".。

> **注意**：XPathNavigator 类以相反的文档顺序返回命名空间节点。因此，MoveToFirstNamespace 实质上移到当前在范围内的最后一个命名空间节点。

显示 MoveToFirstNamespace 和 MoveToNextNamespace 方法，使用在 XML 文档中不同范围内指定的 XPathNamespaceScope 枚举返回命名空间的示例如下：

```
<root xmlns="http://www.contoso.com" xmlns:a="http://www.contoso.com/a" xmlns:b=
"http://www.contoso.com/b">
    <child1 xmlns="" xmlns:a="urn:a">
        <child2 xmlns:c="urn:c" />
    </child1>
</root>
```

位于 child2 上时，命名空间的序列（先调用 MoveToFirstNamespace 方法，然后多次调用 MoveToNextNamespace 方法和 XPathNavigator 所处的命名空间）如下所示：

- All：xmlns:c="urn:c"、xmlns:a="urn:a"、xmlns=""、xmlns:b="http://www.contoso.com/b"、xmlns:a="http://www.contoso.com/a"、xmlns="http://www.contoso.com"和 xmlns:xml="http://www.w3.org/XML/1998/namespace"；
- ExcludeXml：xmlns:c="urn:c"、xmlns:a="urn:a"、xmlns=""、xmlns:b="http://www.contoso.com/b"、xmlns:a="http://www.contoso.com/a"和 xmlns="http://www.contoso.com"；
- Local：xmlns:c="urn:c".

> **注意**：XPathNavigator 类以相反的文档顺序返回命名空间节点。因此，MoveToFirstNamespace 实质上移到当前在范围内的最后一个命名空间节点。

16. 使用 XPathNavigator 提取 XML 数据

可以通过多种不同的方式在 Microsoft .NET Framework 中表示 XML 文档，包括使用 String，或通过使用 XmlReader、XmlWriter、XmlDocument 或 XPathDocument 类。为了便于在这些不同的 XML 文档表示形式之间切换，XPathNavigator 类提供了许多方法和属性，用于将 XML 作为 String, XmlReader 对象或 XmlWriter 对象提取。

（1）将 XPathNavigator 转换为字符串

XPathNavigator 类的 OuterXml 属性用于获取整个 XML 文档的标记，或只获取单个节点及其子节点的标记。

显示如何将 XPathNavigator 对象中包含的整个 XML 文档，以及单个节点及其子节点保存为 String 的示例如下。

```
XPathDocument document = new XPathDocument("input.xml");
XPathNavigator navigator = document.CreateNavigator();

// Save the entire input.xml document to a string.
string xml = navigator.OuterXml;

// Now save the Root element and its child nodes to a string.
navigator.MoveToChild(XPathNodeType.Element);
string root = navigator.OuterXml;
```

（2）将 XPathNavigator 转换为 XmlReader

ReadSubtree 方法用于将 XML 文档的全部内容，或只是单个节点及其子节点流处理的 XmlReader 对象。

为当前节点及其子节点创建 XmlReader 对象时，XmlReader 对象的 ReadState 属性设置为 Initial。初次调用 XmlReader 对象的 Read 方法时，XmlReader 移至 XPathNavigator 的当前节点。新的 XmlReader 对象继续读取，直到到达 XML 树的结尾。此时，Read 方法返回 false，XmlReader 对象的 ReadState 属性设置为 EndOfFile。

创建或移动 XmlReader 对象时，不会更改 XPathNavigator 对象的位置。ReadSubtree 方法只有在位于元素或根节点上时才有效。

显示如何获取包含 XPathDocument 对象中的整个 XML 文档，以及单个节点及其子节点的 XmlReader 对象的示例如下。

```
XPathDocument document = new XPathDocument("books.xml");
XPathNavigator navigator = document.CreateNavigator();

// Stream the entire XML document to the XmlReader.
XmlReader xml = navigator.ReadSubtree();

while (xml.Read())
{
    Console.WriteLine(xml.ReadInnerXml());
}

xml.Close();
```

```
// Stream the book element and its child nodes to the XmlReader.
navigator.MoveToChild("bookstore", "");
navigator.MoveToChild("book", "");

XmlReader book = navigator.ReadSubtree();

while (book.Read())
{
    Console.WriteLine(book.ReadInnerXml());
}

book.Close();
```

该示例使用 books.xml 文件作为输入。

```xml
<bookstore>
    <book genre="autobiography" publicationdate="1981-03-22" ISBN="1-861003-11-0">
        <title>The Autobiography of Benjamin Franklin</title>
        <author>
            <first-name>Benjamin</first-name>
            <last-name>Franklin</last-name>
        </author>
        <price>8.99</price>
    </book>
    <book genre="novel" publicationdate="1967-11-17" ISBN="0-201-63361-2">
        <title>The Confidence Man</title>
        <author>
            <first-name>Herman</first-name>
            <last-name>Melville</last-name>
        </author>
        <price>11.99</price>
    </book>
    <book genre="philosophy" publicationdate="1991-02-15" ISBN="1-861001-57-6">
        <title>The Gorgias</title>
        <author>
            <name>Plato</name>
        </author>
        <price>9.99</price>
    </book>
</bookstore>
```

（3）将 XPathNavigator 转换为 XmlWriter

WriteSubtree 方法用于将 XML 文档的全部内容，或只是单个节点及其子节点流处理的 XmlWriter
对象。

创建 XmlWriter 对象时，不会更改 XPathNavigator 对象的位置。

显示如何获取包含 XPathDocument 对象中的整个 XML 文档，以及单个节点及其子节点的 XmlWriter 对象的示例如下。

```
XPathDocument document = new XPathDocument("books.xml");
XPathNavigator navigator = document.CreateNavigator();

// Stream the entire XML document to the XmlWriter.
XmlWriter xml = XmlWriter.Create("newbooks.xml");
navigator.WriteSubtree(xml);
xml.Close();

// Stream the book element and its child nodes to the XmlWriter.
navigator.MoveToChild("bookstore", "");
navigator.MoveToChild("book", "");

XmlWriter book = XmlWriter.Create("book.xml");
navigator.WriteSubtree(book);
book.Close();
```

该示例使用本主题前面所示的 books.xml 文件作为输入。

17．使用 XPathNavigator 访问强类型的 XML 数据

作为 XPath 2.0 数据模型的实例，XPathNavigator 类可以包含映射到公共语言运行库（CLR）类型的强类型数据。根据 XPath 2.0 数据模型，只有元素和属性可以包含强类型数据。XPathNavigator 类提供将 XPathDocument 或 XmlDocument 对象中的数据作为强类型数据访问的机制，以及将一种数据类型转换为另一种数据类型的机制。

（1）通过 XPathNavigator 公开的类型信息

XML 1.0 数据在技术角度没有类型，除非使用 DTD、XML 架构定义语言（XSD）架构或其他机制进行处理。有许多类别的类型信息可以与 XML 元素或属性关联，例如：

- 简单 CLR 类型：任何 XML 架构语言均不直接支持公共语言运行库（CLR）类型，因为对能以最适合的 CLR 类型查看简单元素和属性内容非常有用，所以在缺少架构信息以及任何添加的架构信息（可能会将此内容优化为更适合的类型）时，可以将所有简单内容类型转化为 String，可以使用 ValueType 属性找到简单元素和属性内容最匹配的 CLR 类型；
- 简单（CLR）类型列表：具有简单内容的元素或属性可以包含通过空格分隔的值列表。XML 架构将这些值指定为"列表类型"。在缺少 XML 架构时，此类简单内容将作为单个文本节点对待。在 XML 架构可用时，此简单内容可以作为一系列原子值公开，每个值都具有一种映射到 CLR 对象集合的简单类型；
- 类型化值：已经过架构验证的、具有简单类型的属性或元素包含类型化的值。此值是基元类型，

例如数字、字符串或日期类型。XSD 中的所有内置简单类型均可以映射到 CLR 类型，通过 CLR 类型可以以更适合的类型（而不只是以 String）访问节点的值。具有属性或元素子级的元素被认为是复杂类型。包含简单内容（只有文本节点作为子级）的复杂类型的类型化值与其内容的简单类型的类型化值相同。包含复杂内容（一个或多个子元素）的复杂类型的类型化值是串联以 String 形式返回的所有子文本节点的字符串值；

- 架构语言特定的类型名：在大多数情况下，设置为应用外部架构副作用的 CLR 类型，用于提供对节点值的访问。但是，有时可能需要检查与应用于 XML 文档的特定架构关联的类型。例如，可能希望搜索 XML 文档，根据附加的架构提取确定包含 "PurchaseOrder" 类型内容的所有元素。此类信息只能设置为架构验证的结果，此信息通过 XPathNavigator 类的 XmlType 和 SchemaInfo 属性访问。有关更多信息，请参见下面（3）中的 "后架构验证信息集（PSVI）" 一节；

- 架构语言特定的类型反映：在其他情况下，可能需要获取应用于 XML 文档的架构特定类型的详细信息。例如，在读取 XML 文件时，可能需要为 XML 文档中的每个有效节点提取 maxOccurs 属性，以便执行某项自定义计算。因为此信息仅通过架构验证设置，所以通过 XPathNavigator 类的 SchemaInfo 属性进行访问。有关更多信息，请参见下面（3）中的 "后架构验证信息集（PSVI）" 一节。

（2）XPathNavigator 类型化访问器

表 5-9 显示 XPathNavigator 类中可以用于访问节点的类型信息的各种属性和方法。

表 5-9　可用于访问节点的类型信息的属性及其说明

属　　性	说　　明
XmlType	此属性包含节点（如果有效）的 XML 架构类型信息
SchemaInfo	此属性包含在验证之后添加的节点的后架构验证信息集。其中包括 XML 架构类型信息以及有效性信息
ValueType	节点的类型化值的 CLR 类型
TypedValue	作为类型与节点的 XML 架构类型最匹配的一个或多个 CLR 值的节点内容
ValueAsBoolean	当前节点的 String 值根据 xs:boolean 的 XPath 2.0 强制转换规则强制转换为 Boolean 值
ValueAsDateTime	当前节点的 String 值根据 xs:datetime 的 XPath 2.0 强制转换规则强制转换为 DateTime 值
ValueAsDouble	当前节点的 String 值根据 xsd:double 的 XPath 2.0 强制转换规则强制转换为 Double 值
ValueAsInt	当前节点的 String 值根据 xs:integer 的 XPath 2.0 强制转换规则强制转换为 Int32 值
ValueAsLong	当前节点的 String 值根据 xs:integer 的 XPath 2.0 强制转换规则强制转换为 Int64 值
ValueAs	节点内容根据 XPath 2.0 强制转换规则强制转换为目标类型

（3）后架构验证信息集（PSVI）

XML 架构处理器使用 XML 信息集作为输入，并将其转换为后架构验证信息集（PSVI）。PSVI 是原始输入 XML 信息集，包含添加的新信息项以及在现有信息项中添加的新属性。在 PSVI 的 XML 信息集中添加了如下三种通过 XPathNavigator 公开的广义信息类。

① 验证结果：有关元素或属性是否已成功验证的信息。此信息通过 XPathNavigator 类的 Validity

属性的 SchemaInfo 属性公开。

② 默认信息：有关元素或属性的值是否已通过架构中指定的默认值获取的信息。此信息通过 XPathNavigator 类 IsDefault 属性的 SchemaInfo 属性公开。

③ 类型批注：对架构组件的参考，可能是类型定义或元素和属性的声明。XPathNavigator 的 XmlType 属性包含节点（如果有效）的特定类型信息。如果节点的有效性未知，例如节点在验证后进行了编辑，XmlType 属性将设置为 null，但是类型信息仍可以通过 XPathNavigator 类的 SchemaInfo 属性的各种属性访问。

说明如何使用通过 XPathNavigator 公开的后架构验证信息集中信息的示例如下。

```
XmlReaderSettings settings = new XmlReaderSettings();
settings.Schemas.Add("http://www.contoso.com/books", "books.xsd");
settings.ValidationType = ValidationType.Schema;


XmlReader reader = XmlReader.Create("books.xml", settings);

XmlDocument document = new XmlDocument();
document.Load(reader);
XPathNavigator navigator = document.CreateNavigator();
navigator.MoveToChild("books", "http://www.contoso.com/books");
navigator.MoveToChild("book", "http://www.contoso.com/books");
navigator.MoveToChild("published", "http://www.contoso.com/books");

Console.WriteLine(navigator.SchemaInfo.SchemaType.Name);
Console.WriteLine(navigator.SchemaInfo.Validity);
Console.WriteLine(navigator.SchemaInfo.SchemaElement.MinOccurs);
```

该示例使用 books.xml 文件作为输入。

```
<books xmlns="http://www.contoso.com/books">
    <book>
        <title>Title</title>
        <price>10.00</price>
        <published>2003-12-31</published>
    </book>
</books>
```

该示例还使用 books.xsd 架构作为输入。

```
<xs:schema xmlns="http://www.contoso.com/books" attributeFormDefault="unqualified"
elementFormDefault="qualified" targetNamespace="http://www.contoso.com/books" xmlns:xs=
"http://www.w3.org/2001/XMLSchema">
    <xs:simpleType name="publishedType">
        <xs:restriction base="xs:date">
            <xs:minInclusive value="2003-01-01" />
```

```
            <xs:maxInclusive value="2003-12-31" />
        </xs:restriction>
    </xs:simpleType>
    <xs:complexType name="bookType">
        <xs:sequence>
            <xs:element name="title" type="xs:string"/>
            <xs:element name="price" type="xs:decimal"/>
            <xs:element name="published" type="publishedType"/>
        </xs:sequence>
    </xs:complexType>
    <xs:complexType name="booksType">
        <xs:sequence>
            <xs:element name="book" type="bookType" />
        </xs:sequence>
    </xs:complexType>
    <xs:element name="books" type="booksType" />
</xs:schema>
```

（4）使用 ValueAs 属性获取类型化值

节点的类型化值可以通过访问 XPathNavigator 的 TypedValue 属性进行检索。在某些情况下，可能需要将节点的类型化值转换为其他类型。常见的示例是从 XML 节点获取数值。例如，考虑以下未经过验证和非类型化的 XML 文档：

```
<books>
    <book>
        <title>Title</title>
        <price>10.00</price>
        <published>2003-12-31</published>
    </book>
</books>
```

如果 XPathNavigator 位于 price 元素上，XmlType 属性将为 null，ValueType 属性将为 String，TypedValue 属性将为字符串 10.00。

但是，仍可以使用 ValueAs、ValueAsDouble、ValueAsInt 或 ValueAsLong 方法和属性以数值形式提取该值。以下示例说明如何使用 ValueAs 方法执行此类强制转换：

```
XmlDocument document = new XmlDocument();
document.Load("books.xml");
XPathNavigator navigator = document.CreateNavigator();
navigator.MoveToChild("books", "");
navigator.MoveToChild("book", "");
navigator.MoveToChild("price", "");

Decimal price = (decimal)navigator.ValueAs(typeof(decimal));
```

```
Console.WriteLine("The price of the book has been dropped 20% from {0:C} to {1:C}",
navigator.Value, (price - price * (decimal)0.20));
```

18. 使用 XPathNavigator 编辑 XML 数据

XPathNavigator 类提供的方法用于在 XmlDocument 对象包含的 XML 文档中插入、修改和移除节点和值。为了使用其中任何方法插入、修改和移除节点和值，XPathNavigator 对象必须可编辑，即其 CanEdit 属性必须为 true。

19. 使用 XPathNavigator 插入 XML 数据

XPathNavigator 类提供一组方法用于在 XML 文档中插入同辈节点、子节点和属性节点。要使用这些方法，XPathNavigator 对象必须可编辑，即其 CanEdit 属性必须为 true。

XmlDocument 类的 CreateNavigator 方法创建可以编辑 XML 文档的 XPathNavigator 对象。由于 XPathDocument 类创建的 XPathNavigator 对象是只读的，如果尝试使用 XPathDocument 对象创建的 XPathNavigator 对象的编辑方法，将引发 NotSupportedException。

XPathNavigator 类提供在 XML 文档中插入同辈节点、子节点和属性节点的方法。通过这些方法可以在与 XPathNavigator 对象的当前位置有关的不同位置插入节点和属性。

（1）插入同辈节点

XPathNavigator 类提供下列方法来插入同辈节点：

- InsertAfter；
- InsertBefore；
- InsertElementAfter；
- InsertElementBefore。

这些方法在 XPathNavigator 对象当前所处的节点之前和之后插入同辈节点。

InsertAfter 和 InsertBefore 方法是重载方法，接受 string、XmlReader 对象或包含要作为参数添加的同辈节点的 XPathNavigator 对象。这两种方法还会返回用于插入同辈节点的 XmlWriter 对象。

InsertElementAfter 和 InsertElementBefore 方法使用命名空间前缀、本地名称、命名空间 URI，以及作为参数指定的值在 XPathNavigator 对象当前所处的节点之前和之后插入单个同辈节点。

在以下示例中，在 contosoBooks.xml 文件中第一个 book 元素的 price 子元素之前插入新的 pages 元素：

```
XmlDocument document = new XmlDocument();
document.Load("contosoBooks.xml");
XPathNavigator navigator = document.CreateNavigator();

navigator.MoveToChild("bookstore", "http://www.contoso.com/books");
navigator.MoveToChild("book", "http://www.contoso.com/books");
navigator.MoveToChild("price", "http://www.contoso.com/books");
```

```
navigator.InsertBefore("<pages>100</pages>");

navigator.MoveToParent();
Console.WriteLine(navigator.OuterXml);
```

该示例使用 contosoBooks.xml 文件作为输入。

```xml
<bookstore xmlns="http://www.contoso.com/books">
    <book genre="autobiography" publicationdate="1981-03-22" ISBN="1-861003-11-0">
        <title>The Autobiography of Benjamin Franklin</title>
        <author>
            <first-name>Benjamin</first-name>
            <last-name>Franklin</last-name>
        </author>
        <price>8.99</price>
    </book>
    <book genre="novel" publicationdate="1967-11-17" ISBN="0-201-63361-2">
        <title>The Confidence Man</title>
        <author>
            <first-name>Herman</first-name>
            <last-name>Melville</last-name>
        </author>
        <price>11.99</price>
    </book>
    <book genre="philosophy" publicationdate="1991-02-15" ISBN="1-861001-57-6">
        <title>The Gorgias</title>
        <author>
            <name>Plato</name>
        </author>
        <price>9.99</price>
    </book>
</bookstore>
```

有关 InsertAfter、InsertBefore、InsertElementAfter 和 InsertElementBefore 方法的更多信息，请参见 XPathNavigator 类参考文档。

（2）插入子节点

XPathNavigator 类提供下列方法来插入子节点：

- AppendChild；
- PrependChild；
- AppendChildElement；
- PrependChildElement。

这些方法在 XPathNavigator 对象当前所处的节点的子节点列表的结尾和开头添加子节点。

与"插入同辈节点"一节中的方法类似，AppendChild 和 PrependChild 方法接受 string、XmlReader 对象或包含要作为参数添加的子节点的 XPathNavigator 对象。这两种方法还会返回用于插入子节点的 XmlWriter 对象。

AppendChildElement 和 PrependChildElement 方法也与"插入同辈节点"一节中的方法类似。使用命名空间前缀、本地名称、命名空间 URI 以及作为参数指定的值，在 XPathNavigator 对象当前所处的节点的子节点列表的结尾和开头插入单个子节点。

在以下示例中，在 contosoBooks.xml 文件中第一个 book 元素的子元素列表上追加新的 pages 子元素。

```
XmlDocument document = new XmlDocument();
document.Load("contosoBooks.xml");
XPathNavigator navigator = document.CreateNavigator();

navigator.MoveToChild("bookstore", "http://www.contoso.com/books");
navigator.MoveToChild("book", "http://www.contoso.com/books");

navigator.AppendChild("<pages>100</pages>");

Console.WriteLine(navigator.OuterXml);
```

该示例使用 contosoBooks.xml 文件作为输入。

```
<bookstore xmlns="http://www.contoso.com/books">
    <book genre="autobiography" publicationdate="1981-03-22" ISBN="1-861003-11-0">
        <title>The Autobiography of Benjamin Franklin</title>
        <author>
            <first-name>Benjamin</first-name>
            <last-name>Franklin</last-name>
        </author>
        <price>8.99</price>
    </book>
    <book genre="novel" publicationdate="1967-11-17" ISBN="0-201-63361-2">
        <title>The Confidence Man</title>
        <author>
            <first-name>Herman</first-name>
            <last-name>Melville</last-name>
        </author>
        <price>11.99</price>
    </book>
    <book genre="philosophy" publicationdate="1991-02-15" ISBN="1-861001-57-6">
        <title>The Gorgias</title>
        <author>
            <name>Plato</name>
        </author>
        <price>9.99</price>
```

```
    </book>
</bookstore>
```

有关 AppendChild、PrependChild、AppendChildElement 和 PrependChildElement 方法的更多信息，请参见 XPathNavigator 类参考文档。

（3）插入属性节点

XPathNavigator 类提供下列方法来插入属性节点：

- CreateAttribute；
- CreateAttributes。

这些方法在 XPathNavigator 对象当前所处的元素节点上插入属性节点。CreateAttribute 方法使用命名空间前缀、本地名称、命名空间 URI 以及作为参数指定的值，在 XPathNavigator 对象当前所处的元素节点上创建属性节点。CreateAttributes 方法返回用于插入属性节点的 XmlWriter 对象。

在以下示例中，使用从 CreateAttributes 方法返回的 XmlWriter 对象在 contosoBooks.xml 文件中第一个 book 元素的 price 子元素上创建新的 discount 和 currency 属性：

```
XmlDocument document = new XmlDocument();
document.Load("contosoBooks.xml");
XPathNavigator navigator = document.CreateNavigator();

navigator.MoveToChild("bookstore", "http://www.contoso.com/books");
navigator.MoveToChild("book", "http://www.contoso.com/books");
navigator.MoveToChild("price", "http://www.contoso.com/books");

XmlWriter attributes = navigator.CreateAttributes();

attributes.WriteAttributeString("discount", "1.00");
attributes.WriteAttributeString("currency", "USD");
attributes.Close();

navigator.MoveToParent();
Console.WriteLine(navigator.OuterXml);
```

该示例使用 contosoBooks.xml 文件作为输入。

```
<bookstore xmlns="http://www.contoso.com/books">
    <book genre="autobiography" publicationdate="1981-03-22" ISBN="1-861003-11-0">
        <title>The Autobiography of Benjamin Franklin</title>
        <author>
            <first-name>Benjamin</first-name>
            <last-name>Franklin</last-name>
        </author>
        <price>8.99</price>
    </book>
```

```
    <book genre="novel" publicationdate="1967-11-17" ISBN="0-201-63361-2">
        <title>The Confidence Man</title>
        <author>
            <first-name>Herman</first-name>
            <last-name>Melville</last-name>
        </author>
        <price>11.99</price>
    </book>
    <book genre="philosophy" publicationdate="1991-02-15" ISBN="1-861001-57-6">
        <title>The Gorgias</title>
        <author>
            <name>Plato</name>
        </author>
        <price>9.99</price>
    </book>
</bookstore>
```

有关 CreateAttribute 和 CreateAttributes 方法的更多信息，请参见 XPathNavigator 类参考文档。

（4）复制节点

在某些情况下，可能需要使用另一个 XML 文档中的内容填充 XML 文档。XPathNavigator 类和 XmlWriter 类均可以将节点从现有的 XmlReader 对象或 XPathNavigator 对象复制到 XmlDocument 对象。

XPathNavigator 类的 AppendChild、PrependChild、InsertBefore 和 InsertAfter 方法全部具有重载，可以接受 XPathNavigator 对象或 XmlReader 对象作为参数。

XmlWriter 类的 WriteNode 方法具有重载，可以接受 XmlNode、XmlReader 或 XPathNavigator 对象。

以下示例将所有 book 元素从一个文档复制到另一个文档：

```
XmlDocument document = new XmlDocument();
document.Load("books.xml");
XPathNavigator navigator = document.CreateNavigator();

navigator.MoveToChild("bookstore", String.Empty);

XPathDocument newBooks = new XPathDocument("newBooks.xml");
XPathNavigator newBooksNavigator = newBooks.CreateNavigator();

foreach (XPathNavigator nav in newBooksNavigator.SelectDescendants("book","",false))
{
    navigator.AppendChild(nav);
}
```

```
document.Save("newBooks.xml");
```

（5）插入值

XPathNavigator 类提供 SetValue 和 SetTypedValue 方法来将节点的值插入 XmlDocument 对象。

（6）插入非类型化的值

SetValue 方法只需将作为参数传递的非类型化的 string 值作为 XPathNavigator 对象当前所处的节点的值插入。插入的值没有任何类型或不验证新值是否符合节点的类型（如果架构信息可用）。

在以下示例中，SetValue 方法用于更新 contosoBooks.xml 文件中的所有 price 元素：

```
XmlDocument document = new XmlDocument();
document.Load("contosoBooks.xml");
XPathNavigator navigator = document.CreateNavigator();

XmlNamespaceManager manager = new XmlNamespaceManager(navigator.NameTable);
manager.AddNamespace("bk", "http://www.contoso.com/books");

foreach (XPathNavigator nav in navigator.Select("//bk:price", manager))
{
    if(nav.Value == "11.99")
    {
        nav.SetValue("12.99");
    }
}

Console.WriteLine(navigator.OuterXml);
```

该示例使用 contosoBooks.xml 文件作为输入。

```
<bookstore xmlns="http://www.contoso.com/books">
    <book genre="autobiography" publicationdate="1981-03-22" ISBN="1-861003-11-0">
        <title>The Autobiography of Benjamin Franklin</title>
        <author>
            <first-name>Benjamin</first-name>
            <last-name>Franklin</last-name>
        </author>
        <price>8.99</price>
    </book>
    <book genre="novel" publicationdate="1967-11-17" ISBN="0-201-63361-2">
        <title>The Confidence Man</title>
        <author>
            <first-name>Herman</first-name>
            <last-name>Melville</last-name>
        </author>
        <price>11.99</price>
```

```
    </book>
    <book genre="philosophy" publicationdate="1991-02-15" ISBN="1-861001-57-6">
        <title>The Gorgias</title>
        <author>
            <name>Plato</name>
        </author>
        <price>9.99</price>
    </book>
</bookstore>
```

（7）插入类型化的值

如果节点的类型为 W3C XML 架构的简单类型，在设置值之前，将针对简单类型的各个方面检查通过 SetTypedValue 方法插入的新值。如果新值不符合节点的类型（例如在类型为 xs:positiveInteger 的元素上设置值–1），将引发异常。

以下示例尝试将 contosoBooks.xml 文件中第一个 book 元素的 price 元素的值更改为 DateTime 值。因为在 contosoBooks.xsd 文件中将 price 元素的 XML 架构类型定义为 xs:decimal，所以这样做将引发异常。

```
XmlReaderSettings settings = new XmlReaderSettings();
settings.Schemas.Add("http://www.contoso.com/books", "contosoBooks.xsd");
settings.ValidationType = ValidationType.Schema;

XmlReader reader = XmlReader.Create("contosoBooks.xml", settings);

XmlDocument document = new XmlDocument();
document.Load(reader);
XPathNavigator navigator = document.CreateNavigator();

navigator.MoveToChild("bookstore", "http://www.contoso.com/books");
navigator.MoveToChild("book", "http://www.contoso.com/books");
navigator.MoveToChild("price", "http://www.contoso.com/books");

navigator.SetTypedValue(DateTime.Now);
```

该示例使用 contosoBooks.xml 文件作为输入。

```
<bookstore xmlns="http://www.contoso.com/books">
    <book genre="autobiography" publicationdate="1981-03-22" ISBN="1-861003-11-0">
        <title>The Autobiography of Benjamin Franklin</title>
        <author>
            <first-name>Benjamin</first-name>
            <last-name>Franklin</last-name>
        </author>
        <price>8.99</price>
```

```
    </book>
    <book genre="novel" publicationdate="1967-11-17" ISBN="0-201-63361-2">
        <title>The Confidence Man</title>
        <author>
            <first-name>Herman</first-name>
            <last-name>Melville</last-name>
        </author>
        <price>11.99</price>
    </book>
    <book genre="philosophy" publicationdate="1991-02-15" ISBN="1-861001-57-6">
        <title>The Gorgias</title>
        <author>
            <name>Plato</name>
        </author>
        <price>9.99</price>
    </book>
</bookstore>
```

该示例还使用 contosoBooks.xsd 作为输入。

```
<?xml version="1.0" encoding="utf-8"?>
<xs:schema attributeFormDefault="unqualified" elementFormDefault="qualified" target
Namespace="http://www.contoso.com/books" xmlns:xs="http://www.w3.org/2001/XMLSchema">
    <xs:element name="bookstore">
        <xs:complexType>
            <xs:sequence>
                <xs:element maxOccurs="unbounded" name="book">
                    <xs:complexType>
                        <xs:sequence>
                            <xs:element name="title" type="xs:string" />
                            <xs:element name="author">
                                <xs:complexType>
                                    <xs:sequence>
                                        <xs:element minOccurs="0" name="name" type="xs:
string" />
                                        <xs:element minOccurs="0" name="first-name" type=
"xs:string" />
                                        <xs:element minOccurs="0" name="last-name" type=
"xs:string" />
                                    </xs:sequence>
                                </xs:complexType>
                            </xs:element>
                            <xs:element name="price" type="xs:decimal" />
                        </xs:sequence>
```

```
                    <xs:attribute name="genre" type="xs:string" use="required" />
                    <xs:attribute  name="publicationdate"  type="xs:date"  use=
"required" />
                    <xs:attribute name="ISBN" type="xs:string" use="required" />
                </xs:complexType>
            </xs:element>
        </xs:sequence>
    </xs:complexType>
    </xs:element>
</xs:schema>
```

（8）InnerXml 和 OuterXml 属性

XPathNavigator 类的 InnerXml 和 OuterXml 属性更改 XPathNavigator 对象当前所处节点的 XML 标记。

InnerXml 属性更改 XPathNavigator 对象当前所处的子节点，以及给定 XML string 的已分析内容的 XML 标记。同样，OuterXml 属性更改 XPathNavigator 对象当前所处的子节点以及当前节点本身的 XML 标记。

除了本主题中所述的方法之外，InnerXml 和 OuterXml 属性也可以用于在 XML 文档中插入节点和值。

（9）命名空间和 xml:lang 冲突

在使用 XPathNavigator 类的 InsertBefore、InsertAfter、AppendChild 和 PrependChild 方法（这些方法使用 XmlReader 对象作为参数）插入 XML 数据时，可能会发生某些与命名空间和 xml:lang 声明的范围有关的冲突，。

可能发生的命名空间冲突如下：

* 如果在 XmlReader 对象的上下文范围内存在命名空间，其中命名空间 URI 映射的前缀不在 XPathNavigator 对象的上下文中，新的命名空间声明将添加到新插入的节点；
* 如果 XmlReader 对象的上下文和 XPathNavigator 对象的上下文范围内存在相同的命名空间 URI，但是两个上下文中映射到该命名空间 URI 的前缀不同，新的命名空间声明将添加到新插入的节点，前缀和命名空间 URI 从 XmlReader 对象获取；
* 如果 XmlReader 对象的上下文和 XPathNavigator 对象的上下文范围内存在相同的命名空间前缀，但是两个上下文中映射到该命名空间前缀的命名空间 URI 不同，新的命名空间声明将添加到新插入的节点，该声明使用从 XmlReader 对象获取的命名空间 URI 重新声明该前缀；
* 如果 XmlReader 对象的上下文和 XPathNavigator 对象的上下文中的前缀以及命名空间 URI 相同，则不会向新插入的节点添加新的命名空间声明。

注意：上面的说明同样适用于使用空 string 作为前缀的命名空间声明（例如默认的命名空间声明）。

可能发生的 xml:lang 冲突如下：

- 如果 XmlReader 对象的上下文范围内存在 xml:lang 属性，但是 XPathNavigator 对象的上下文范围内没有，从 XmlReader 对象获取值的 xml:lang 属性将添加到新插入的节点；
- 如果 XmlReader 对象的上下文和 XPathNavigator 对象的上下文范围内均存在 xml:lang 属性，但是每个属性的值不同，从 XmlReader 对象获取值的 xml:lang 属性将添加到新插入的节点；
- 如果 XmlReader 对象的上下文和 XPathNavigator 对象的上下文范围内均存在 xml:lang 属性，但是每个属性的值相同，则不会向新插入的节点添加新的 xml:lang 属性；
- 如果 XPathNavigator 对象的上下文范围内存在 xml:lang 属性，但是 XmlReader 对象的上下文范围内不存在，则不会向新插入的节点添加 xml:lang 属性。

（10）使用 XmlWriter 插入节点

前面几节所述的插入节点和值中所述的用于插入同辈节点、子节点和属性节点的方法均是重载方法。XPathNavigator 类的 InsertAfter、InsertBefore、AppendChild、PrependChild 和 CreateAttributes 方法返回用于插入节点的 XmlWriter 对象。

（11）不支持的 XmlWriter 方法

因为 XPath 数据模型与文档对象模型（DOM）之间存在差异，所以 XPathNavigator 类并非支持所有用于使用 XmlWriter 类向 XML 文档写入信息的方法。

说明 XPathNavigator 类不支持的 XmlWriter 类方法如表 5-10 所示。

表 5-10　XPathNavigator类不支持的XmlWriten类方法及其说明

方　　法	说　　明
WriteEntityRef	引发 NotSupportedException 异常
WriteDocType	在根级别忽略，如果在 XML 文档中的任何其他级别调用，将引发 NotSupportedException 异常
WriteCData	看作对等效字符调用 WriteString 方法
WriteCharEntity	看作对等效字符调用 WriteString 方法
WriteSurrogateCharEntity	看作对等效字符调用 WriteString 方法

有关 XmlWriter 类的更多信息，请参见 XmlWriter 类的参考文档。

（12）多个 XmlWriter 对象

可能存在多个 XPathNavigator 对象，指向包含一个或多个打开的 XmlWriter 对象的 XML 文档的不同部分。在单线程方案中允许并支持多个 XmlWriter 对象。

在使用多个 XmlWriter 对象时要考虑的重要事项如下：

- 在调用每个 XmlWriter 对象的 Close 方法时，通过 XmlWriter 对象编写的 XML 片断将添加到 XML 文档中。直到此时，XmlWriter 对象一直在编写断开的片断。如果对 XML 文档执行某项操作，在调用 Close 之前，任何通过 XmlWriter 对象编写的片断不会受影响；
- 如果特定 XML 子树上存在打开的 XmlWriter 对象并且该子树已删除，XmlWriter 对象仍可以添加到子树上。只是子树成为已删除的片断；
- 如果在 XML 文档的相同位置打开多个 XmlWriter 对象，这些对象将按照 XmlWriter 对象关闭的顺序添加到 XML 文档，而不是按照对象打开的顺序。

以下示例创建一个 XmlDocument 对象和一个 XPathNavigator 对象，然后使用 PrependChild 方法返回的 XmlWriter 对象在 books.xml 文件中创建第一本图书的结构。然后，示例将其保存为 book.xml 文件。

```
XmlDocument document = new XmlDocument();
XPathNavigator navigator = document.CreateNavigator();

using (XmlWriter writer = navigator.PrependChild())
{
    writer.WriteStartElement("bookstore");
    writer.WriteStartElement("book");
    writer.WriteAttributeString("genre", "autobiography");
    writer.WriteAttributeString("publicationdate", "1981-03-22");
    writer.WriteAttributeString("ISBN", "1-861003-11-0");
    writer.WriteElementString("title", "The Autobiography of Benjamin Franklin");
    writer.WriteStartElement("author");
    writer.WriteElementString("first-name", "Benjamin");
    writer.WriteElementString("last-name", "Franklin");
    writer.WriteElementString("price", "8.99");
    writer.WriteEndElement();
    writer.WriteEndElement();
    writer.WriteEndElement();
}
document.Save("book.xml");
```

（13）保存 XML 文档

使用 XmlDocument 类的方法保存本主题中所述的方法对 XmlDocument 对象的更改。

20．使用 XPathNavigator 修改 XML 数据

XPathNavigator 类提供一组方法用于修改 XML 文档中的节点和值。要使用这些方法，XPathNavigator 对象必须可编辑，即其 CanEdit 属性必须为 true。

XmlDocument 类的 CreateNavigator 方法创建可以编辑 XML 文档的 XPathNavigator 对象。由 XPathDocument 类创建的 XPathNavigator 对象是只读的，如果尝试使用 XPathDocument 对象创建的 XPathNavigator 对象的编辑方法，将引发 NotSupportedException。

（1）修改节点

更改节点值的一种简单的方法是，使用 XPathNavigator 类的 SetValue 和 SetTypedValue 方法。

在不同节点类型上使用这些方法的结果如表 5-11 所示。

表 5-11　某些方法及其结果

XPathNodeType	更改的数据
Root	不受支持
Element	元素的内容
Attribute	属性的值

续表

XPathNodeType	更改的数据
Text	文本内容
ProcessingInstruction	内容（不包括目标）
Comment	注释的内容
Namespace	不受支持

（2）修改非类型化的值

SetValue 方法只是插入作为参数传递的非类型化的 string 值，将其作为 XPathNavigator 对象当前所处的节点的值。插入的值没有任何类型或不验证新值是否符合节点的类型（如果架构信息可用）。

用于更新 contosoBooks.xml 文件中所有 price 元素的 SetValue 方法的示例如下：

```
XmlDocument document = new XmlDocument();
document.Load("contosoBooks.xml");
XPathNavigator navigator = document.CreateNavigator();

XmlNamespaceManager manager = new XmlNamespaceManager(navigator.NameTable);
manager.AddNamespace("bk", "http://www.contoso.com/books");

foreach (XPathNavigator nav in navigator.Select("//bk:price", manager))
{
    if(nav.Value == "11.99")
    {
        nav.SetValue("12.99");
    }
}

Console.WriteLine(navigator.OuterXml);
```

该示例使用 contosoBooks.xml 文件作为输入。

```
<bookstore xmlns="http://www.contoso.com/books">
    <book genre="autobiography" publicationdate="1981-03-22" ISBN="1-861003-11-0">
        <title>The Autobiography of Benjamin Franklin</title>
        <author>
            <first-name>Benjamin</first-name>
            <last-name>Franklin</last-name>
        </author>
        <price>8.99</price>
    </book>
    <book genre="novel" publicationdate="1967-11-17" ISBN="0-201-63361-2">
        <title>The Confidence Man</title>
        <author>
            <first-name>Herman</first-name>
```

```
            <last-name>Melville</last-name>
        </author>
        <price>11.99</price>
    </book>
    <book genre="philosophy" publicationdate="1991-02-15" ISBN="1-861001-57-6">
        <title>The Gorgias</title>
        <author>
            <name>Plato</name>
        </author>
        <price>9.99</price>
    </book>
</bookstore>
```

（3）修改类型化的值

如果节点的类型为 W3C XML 架构的简单类型，在设置值之前，将针对简单类型的各个方面检查通过 SetTypedValue 方法插入的新值。如果新值不符合节点的类型（例如，对类型为 xs:positiveInteger 的元素设置值–1），将引发异常。

以下示例尝试将 contosoBooks.xml 文件中第一个 book 元素的 price 元素的值更改为 DateTime 值。因为在 contosoBooks.xsd 文件中将 price 元素的 XML 架构类型定义为 xs:decimal，所以这样做将引发异常。

```
XmlReaderSettings settings = new XmlReaderSettings();
settings.Schemas.Add("http://www.contoso.com/books", "contosoBooks.xsd");
settings.ValidationType = ValidationType.Schema;

XmlReader reader = XmlReader.Create("contosoBooks.xml", settings);

XmlDocument document = new XmlDocument();
document.Load(reader);
XPathNavigator navigator = document.CreateNavigator();

navigator.MoveToChild("bookstore", "http://www.contoso.com/books");
navigator.MoveToChild("book", "http://www.contoso.com/books");
navigator.MoveToChild("price", "http://www.contoso.com/books");

navigator.SetTypedValue(DateTime.Now);
```

该示例使用 contosoBooks.xml 文件作为输入。

```
<bookstore xmlns="http://www.contoso.com/books">
    <book genre="autobiography" publicationdate="1981-03-22" ISBN="1-861003-11-0">
        <title>The Autobiography of Benjamin Franklin</title>
        <author>
            <first-name>Benjamin</first-name>
```

```xml
        <last-name>Franklin</last-name>
    </author>
    <price>8.99</price>
</book>
<book genre="novel" publicationdate="1967-11-17" ISBN="0-201-63361-2">
    <title>The Confidence Man</title>
    <author>
        <first-name>Herman</first-name>
        <last-name>Melville</last-name>
    </author>
    <price>11.99</price>
</book>
<book genre="philosophy" publicationdate="1991-02-15" ISBN="1-861001-57-6">
    <title>The Gorgias</title>
    <author>
        <name>Plato</name>
    </author>
    <price>9.99</price>
</book>
</bookstore>
```

该示例还使用 contosoBooks.xsd 作为输入。

```xml
<?xml version="1.0" encoding="utf-8"?>
<xs:schema attributeFormDefault="unqualified" elementFormDefault="qualified" target
Namespace="http://www.contoso.com/books" xmlns:xs="http://www.w3.org/2001/XMLSchema">
    <xs:element name="bookstore">
        <xs:complexType>
            <xs:sequence>
                <xs:element maxOccurs="unbounded" name="book">
                    <xs:complexType>
                        <xs:sequence>
                            <xs:element name="title" type="xs:string" />
                            <xs:element name="author">
                                <xs:complexType>
                                    <xs:sequence>
                                        <xs:element minOccurs="0" name="name" type="xs:
string" />
                                        <xs:element minOccurs="0" name="first-name" type=
"xs:string" />
                                        <xs:element minOccurs="0" name="last-name" type=
"xs:string" />
                                    </xs:sequence>
                                </xs:complexType>
```

```
                    </xs:element>
                    <xs:element name="price" type="xs:decimal" />
                </xs:sequence>
                <xs:attribute name="genre" type="xs:string" use="required" />
                <xs:attribute    name="publicationdate"    type="xs:date"    use=
"required" />
                <xs:attribute name="ISBN" type="xs:string" use="required" />
            </xs:complexType>
          </xs:element>
        </xs:sequence>
      </xs:complexType>
    </xs:element>
</xs:schema>
```

（4）编辑强类型的 XML 数据的结果

XPathNavigator 类使用 W3C XML 架构作为描述强类型 XML 的基础。元素和属性可以基于对 W3C XML 架构文档的验证，使用类型信息添加批注。可以包含其他元素或属性的元素称为复杂类型，而只能包含文本内容的元素称为简单类型。

注意：属性只能具有简单类型。

如果元素或属性符合其类型定义特定的所有规则，将被认为架构有效。具有简单类型 xs:int 的元素必须包含介于 -2147483648 到 2147483647 之间的数值，才属于架构有效。对于复杂类型，元素的架构有效性取决于其子元素和属性的架构有效性。因此，如果元素符合其复杂类型定义，其所有子元素和属性也符合各自的类型定义。同样，即使元素只有一个子元素或属性不符合其类型定义，或有效性未知，该元素也将无效或属于有效性未知。

假设元素的有效性取决于其子元素和属性的有效性，对任意一项的修改都会造成元素有效性的改变（如果元素以前有效）。尤其是，如果插入、更新或删除了元素的子元素或属性，那么元素的有效性将变为未知。此情况通过将元素的 SchemaInfo 属性的 Validity 属性设置 NotKnown 来表示。另外，此结果将在 XML 文档中循环向上层叠，因为元素的父元素（及其父元素，依次类推）的有效性也将变为未知。

（5）修改属性

SetValue 和 SetTypedValue 方法可以用于修改非类型化和类型化的属性节点，以及"修改节点"一节中列出的其他节点类型。

更改 books.xml 文件中第一个 book 元素 genre 属性值的示例如下。

```
XmlDocument document = new XmlDocument();
document.Load("books.xml");
XPathNavigator navigator = document.CreateNavigator();

navigator.MoveToChild("bookstore", String.Empty);
```

```
navigator.MoveToChild("book", String.Empty);
navigator.MoveToAttribute("genre", String.Empty);

navigator.SetValue("non-fiction");

navigator.MoveToRoot();
Console.WriteLine(navigator.OuterXml);
```

有关 SetValue 和 SetTypedValue 方法的更多信息，请参见前述（2）"修改非类型化的值"和（3）"修改类型化的值"小节。

（6）InnerXml 和 OuterXml 属性

XPathNavigator 类的 InnerXml 和 OuterXml 属性更改 XPathNavigator 对象当前所处节点的 XML 标记。

InnerXml 属性更改 XPathNavigator 对象当前所处的子节点以及给定 XML string 的已分析内容的 XML 标记。同样，OuterXml 属性更改 XPathNavigator 对象当前所处的子节点以及当前节点本身的 XML 标记。

使用 OuterXml 属性修改 price 元素的值，并在 contosoBooks.xml 文件中的第一个 book 元素上插入新 discount 属性的示例如下。

```
XmlDocument document = new XmlDocument();
document.Load("contosoBooks.xml");
XPathNavigator navigator = document.CreateNavigator();

navigator.MoveToChild("bookstore", "http://www.contoso.com/books");
navigator.MoveToChild("book", "http://www.contoso.com/books");
navigator.MoveToChild("price", "http://www.contoso.com/books");

navigator.OuterXml = "<price discount=\"0\">10.99</price>";

navigator.MoveToRoot();
Console.WriteLine(navigator.OuterXml);
```

使用 contosoBooks.xml 文件作为输入的示例如下。

```
<bookstore xmlns="http://www.contoso.com/books">
    <book genre="autobiography" publicationdate="1981-03-22" ISBN="1-861003-11-0">
        <title>The Autobiography of Benjamin Franklin</title>
        <author>
            <first-name>Benjamin</first-name>
            <last-name>Franklin</last-name>
        </author>
        <price>8.99</price>
    </book>
```

```
    <book genre="novel" publicationdate="1967-11-17" ISBN="0-201-63361-2">
        <title>The Confidence Man</title>
        <author>
            <first-name>Herman</first-name>
            <last-name>Melville</last-name>
        </author>
        <price>11.99</price>
    </book>
    <book genre="philosophy" publicationdate="1991-02-15" ISBN="1-861001-57-6">
        <title>The Gorgias</title>
        <author>
            <name>Plato</name>
        </author>
        <price>9.99</price>
    </book>
</bookstore>
```

（7）修改命名空间节点

在文档对象模型（DOM）中，将命名空间声明看作可以插入、更新和删除的常规属性。XPathNavigator 类不允许对命名空间节点执行此类操作，因为更改命名空间节点的值可能会更改元素和属性在命名空间节点范围内的标识，如以下示例所示。

```
<root xmlns="http://www.contoso.com">
    <child />
</root>
```

如果上面的 XML 示例通过以下方式更改，可以有效地为文档中的每个元素重命名，因为每个元素的命名空间 URI 的值已更改。

```
<root xmlns="urn:contoso.com">
    <child />
</root>
```

XPathNavigator 类允许插入与所插入范围的命名空间声明不冲突的命名空间节点。在这种情况下，命名空间声明不是在 XML 文档中的较低范围声明，不会造成以下示例中所示的重命名情况。

```
<root xmlns:a="http://www.contoso.com">
    <parent>
        <a:child />
    </parent>
</root>
```

如果上面的 XML 示例通过以下方式更改，命名空间声明将在 XML 文档中其他命名空间声明范围以下正确地传播。

```
<root xmlns:a="http://www.contoso.com">
    <parent a:parent-id="1234" xmlns:a="http://www.contoso.com/parent-id">
        <a:child xmlns:a="http://www.contoso.com/">
    </parent>
</root>
```

在上面的 XML 示例中，在 http://www.contoso.com/parent-id 命名空间的 parent 元素上插入了属性 a:parent-id。CreateAttribute 方法用于在位于 parent 元素时插入属性。http://www.contoso.com 命名空间声明通过 XPathNavigator 类自动插入，以保持 XML 文档其他部分的一致性。

（8）修改实体引用节点

XmlDocument 对象中的实体引用节点是只读的，不能使用 XPathNavigator 或 XmlNode 类进行编辑。如果尝试修改实体引用节点，将引发 InvalidOperationException。

（9）修改 xsi:nil 节点

W3C XML 架构建议引入了元素可为零的概念。如果元素可为零，元素可能会没有任何内容并且仍然有效。元素可为零的概念与对象可为 null 的概念类似，主要区别是 null 对象不能通过任何方式访问，而 xsi:nil 元素仍具有可以访问的属性，但是没有任何内容（子元素或文本）。如果 XML 文档中的某个元素上存在值为 true 的 xsi:nil 属性，则表示元素没有任何内容。

如果使用 XPathNavigator 对象向 xsi:nil 属性值为 true 的有效元素中添加内容，其 xsi:nil 属性的值将设置为 false。

> **注意**：如果 xsi:nil 属性设置为 false 的元素的内容已删除，该属性的值不会更改为 true。

（10）保存 XML 文档

使用 XmlDocument 类的方法保存本主题中所述的编辑方法对 XmlDocument 对象的更改。

21．使用 XPathNavigator 移除 XML 数据

XPathNavigator 类提供一组方法用于移除 XML 文档中的节点和值。要使用这些方法，XPathNavigator 对象必须可编辑，即其 CanEdit 属性必须为 true。

XmlDocument 类的 CreateNavigator 方法创建可以编辑 XML 文档的 XPathNavigator 对象。由 XPathDocument 类创建的 XPathNavigator 对象是只读的，如果尝试使用 XPathDocument 对象创建的 XPathNavigator 对象的编辑方法，将引发 NotSupportedException。

（1）移除节点

XPathNavigator 类提供 DeleteSelf 方法来删除 XML 文档中 XPathNavigator 对象当前所处的节点。

使用 DeleteSelf 方法删除了某个节点之后，该节点无法再从 XmlDocument 对象的根节点访问。节点删除之后，XPathNavigator 将位于所删除节点的父节点。

删除操作不会影响位于所删除节点上的任何 XPathNavigator 对象的位置。这些 XPathNavigator 对象可以在已删除的子树内移动，在这方面看是有效的，但是不能使用 XPathNavigator 类常规的节点集浏览方法移至主节点树。

> 🛈 **注意**：XPathNavigator 类的 MoveTo 方法可以用于将这些 XPathNavigator 对象移回主节点树，或从主节点树移至已删除的子树。

在以下示例中，contosoBooks.xml 文件第一个 book 元素的 price 元素使用 DeleteSelf 方法删除。在 price 元素删除之后，XPathNavigator 对象的位置位于父级的 book 元素上。

```
XmlDocument document = new XmlDocument();
document.Load("contosoBooks.xml");
XPathNavigator navigator = document.CreateNavigator();

navigator.MoveToChild("bookstore", "http://www.contoso.com/books");
navigator.MoveToChild("book", "http://www.contoso.com/books");
navigator.MoveToChild("price", "http://www.contoso.com/books");

navigator.DeleteSelf();

Console.WriteLine("Position after delete: {0}", navigator.Name);
Console.WriteLine(navigator.OuterXml);
```

该示例使用 contosoBooks.xml 文件作为输入。

```
<bookstore xmlns="http://www.contoso.com/books">
    <book genre="autobiography" publicationdate="1981-03-22" ISBN="1-861003-11-0">
        <title>The Autobiography of Benjamin Franklin</title>
        <author>
            <first-name>Benjamin</first-name>
            <last-name>Franklin</last-name>
        </author>
        <price>8.99</price>
    </book>
    <book genre="novel" publicationdate="1967-11-17" ISBN="0-201-63361-2">
        <title>The Confidence Man</title>
        <author>
            <first-name>Herman</first-name>
            <last-name>Melville</last-name>
        </author>
        <price>11.99</price>
    </book>
    <book genre="philosophy" publicationdate="1991-02-15" ISBN="1-861001-57-6">
        <title>The Gorgias</title>
        <author>
            <name>Plato</name>
        </author>
        <price>9.99</price>
```

```
        </book>
    </bookstore>
```

（2）移除属性节点

属性节点使用 DeleteSelf 方法从 XML 文档中移除。

属性节点删除之后，无法再从 XmlDocument 对象的根节点中访问，XPathNavigator 对象将位于父元素上。

（3）默认属性

无论用于移除属性的方法是什么，当移除在 XML 文档的 DTD 或 XML 架构中定义为默认属性的属性时有特殊限制。除非同时移除了默认属性所属的元素，否则不能移除默认属性。对于声明了默认属性的元素，默认属性始终存在；因此，删除默认属性将使替换属性插入元素并初始化为所声明的默认值。

（4）移除值

XPathNavigator 类提供 SetValue 和 SetTypedValue 方法来移除 XML 文档中非类型化的和类型化的值。

（5）移除非类型化的值

SetValue 方法只需将作为参数传递的非类型化的 string 值作为 XPathNavigator 对象当前所处的节点的值插入。如果将空字符串传递给 SetValue 方法，将移除当前节点的值。

使用 SetValue 方法移除 contosoBooks.xml 文件中第一个 book 元素的 price 元素值的示例如下。

```
XmlDocument document = new XmlDocument();
document.Load("contosoBooks.xml");
XPathNavigator navigator = document.CreateNavigator();

navigator.MoveToChild("bookstore", "http://www.contoso.com/books");
navigator.MoveToChild("book", "http://www.contoso.com/books");
navigator.MoveToChild("price", "http://www.contoso.com/books");

navigator.SetValue("");

navigator.MoveToRoot();
Console.WriteLine(navigator.OuterXml);
```

该示例使用 contosoBooks.xml 文件作为输入。

```
<bookstore xmlns="http://www.contoso.com/books">
    <book genre="autobiography" publicationdate="1981-03-22" ISBN="1-861003-11-0">
        <title>The Autobiography of Benjamin Franklin</title>
        <author>
            <first-name>Benjamin</first-name>
            <last-name>Franklin</last-name>
```

```
        </author>
        <price>8.99</price>
    </book>
    <book genre="novel" publicationdate="1967-11-17" ISBN="0-201-63361-2">
        <title>The Confidence Man</title>
        <author>
            <first-name>Herman</first-name>
            <last-name>Melville</last-name>
        </author>
        <price>11.99</price>
    </book>
    <book genre="philosophy" publicationdate="1991-02-15" ISBN="1-861001-57-6">
        <title>The Gorgias</title>
        <author>
            <name>Plato</name>
        </author>
        <price>9.99</price>
    </book>
</bookstore>
```

（6）移除类型化的值

如果节点的类型为 W3C XML 架构的简单类型，在设置值之前，将针对简单类型的各个方面检查通过 SetTypedValue 方法插入的新值。如果新值不符合节点的类型（例如在类型为 xs:positiveInteger 的元素上设置值–1），将引发异常。SetTypedValue 方法也不能作为参数传递 null。因此，移除类型化节点的值必须符合节点的架构类型。

采用将值设置为 0 的方法，使用 SetTypedValue 方法移除 contosoBooks.xml 文件中第一个 book 元素的 price 元素值的示例如下所示。节点的值未移除，但是图书的价格已根据 xs:decimal 的数据类型移除。

```
XmlReaderSettings settings = new XmlReaderSettings();
settings.Schemas.Add("http://www.contoso.com/books", "contosoBooks.xsd");
settings.ValidationType = ValidationType.Schema;

XmlReader reader = XmlReader.Create("contosoBooks.xml", settings);

XmlDocument document = new XmlDocument();
document.Load(reader);
XPathNavigator navigator = document.CreateNavigator();

navigator.MoveToChild("bookstore", "http://www.contoso.com/books");
navigator.MoveToChild("book", "http://www.contoso.com/books");
navigator.MoveToChild("price", "http://www.contoso.com/books");
```

```
navigator.SetTypedValue(0);

navigator.MoveToRoot();
Console.WriteLine(navigator.OuterXml);
```

（7）命名空间节点

命名空间节点不能从 XmlDocument 对象中删除。如果尝试使用 DeleteSelf 方法删除命名空间节点，将引发异常。

① InnerXml 和 OuterXml 属性

XPathNavigator 类的 InnerXml 和 OuterXml 属性更改 XPathNavigator 对象当前所处节点的 XML 标记。

InnerXml 属性更改 XPathNavigator 对象当前所处的子节点以及给定 XML string 的已分析内容的 XML 标记。同样，OuterXml 属性更改 XPathNavigator 对象当前所处的子节点以及当前节点本身的 XML 标记。

除了本主题中所述的方法之外，InnerXml 和 OuterXml 属性也可以用于移除 XML 文档中的节点和值。

② 保存 XML 文档

使用 XmlDocument 类的方法保存本主题中所述的方法对 XmlDocument 对象的更改。

5.3   用 XmlReader 读取 XML

5.3.1   创建 XmlReader

XmlReader 实例使用 Create 方法创建。XmlReaderSettings 类用于指定要在 XmlReader 对象上启用的功能集。

> **要点**：尽管在.NET Framework 2.0 版中，Microsoft .NET Framework 包括 XmlReader 类的具体实现，例如 XmlTextReader、XmlNodeReader 和 XmlValidatingReader 类，但是，我们建议您使用 Create 方法创建 XmlReader 实例。

使用 XmlReaderSettings 类的属性启用或禁用功能。然后，XmlReaderSettings 对象传递给 Create 方法。

通过使用 Create 方法和 XmlReaderSettings 类，您将得到下列好处：

- 可以指定要在所创建的 XmlReader 对象上支持的功能；
- XmlReaderSettings 类可以重复使用，以创建多个读取器对象。可以使用相同的设置创建多个具有相同功能的读取器。另外，可以修改 XmlReaderSettings 对象并创建具有不同功能集的新读取器；
- 可以将功能添加到现有读取器中。Create 方法可以接受其他 XmlReader 对象。基础 XmlReader

对象可以是用户定义的读取器或 XmlTextReader 对象，也可以是要添加附加功能的另一个 XmlReader 实例；

● 充分利用.NET Framework 2.0 版本的 XmlReader 类中增加的所有新功能。某些功能只能在通过 Create 方法创建的 XmlReader 对象上使用，例如更好的一致性检查以及与 XML 1.0 建议的一致性。

XmlReaderSettings 类的默认属性设置如表 5-12 所示。

表 5-12　XmlReaderSettings类的默认属性设置

属　性	默　认　值
CheckCharacters	true
ConformanceLevel	ConformanceLevel.Document
IgnoreComments	false
IgnoreProcessingInstructions	false
IgnoreWhitespace	false
LineNumberOffset	0.
LinePositionOffset	0
NameTable	null
ProhibitDtd	true
Schemas	空的 XmlSchemaSet 对象
ValidationFlags	启用 ProcessIdentityConstraints
ValidationType	ValidationType.None
XmlResolver	新的 XmlUrlResolver 对象

1. XmlReader 方案

介绍一些常见的方案以及要应用的 XmlReaderSettings 类设置的情况如表 5-13 所示。

表 5-13　一些常见的方案及要应用的XmlReaderSettings类的设置

方　案	XmlReaderSettings
要求数据是格式正确的 XML 文档	ConformanceLevel = ConformanceLevel.Document
要求数据是格式正确的 XML 已分析实体	ConformanceLevel = ConformanceLevel.Fragment
需要数据针对 DTD 进行验证	ProhibitDtd = false ValidationType = ValidationType.DTD
需要数据针对 XML 架构进行验证	ValidationType = ValidationType.Schema Schemas =要用于验证的 XmlSchemaSet
需要数据针对内联 XML 架构进行验证	ValidationType = ValidationType.Schema ValidationFlags |= XmlSchemaValidationFlags.ProcessInlineSchema
需要类型支持	ValidationType = ValidationType.Schema Schemas =要使用的 XmlSchemaSet

要求使用不是通过 Create 方法创建 XmlReader 实现的一些特殊的方案如下：

- 如果必须针对 XDR 架构进行验证，请使用 XmlValidatingReader 类；

> 注意：XmlValidatingReader 类在.NET Framework 2.0 版中已过时。我们建议您考虑迁移到 XML 架构并使用 Create 方法返回的 XmlReader 对象进行验证。

- 要从 XmlNode 对象中读取 XML 数据，请使用 XmlNodeReader 类；
- 如果必须根据请求展开实体（通过 Create 方法创建的读取器展开所有实体），或者不希望标准化文本内容，请使用 XmlTextReader 类；
- 如果不希望返回默认的属性，请使用 XmlTextReader 类。

2. 实例化 XmlReader 对象

```
XmlReaderSettings settings = new XmlReaderSettings();
settings.ConformanceLevel = ConformanceLevel.Fragment;
settings.IgnoreWhitespace = true;
settings.IgnoreComments = true;
XmlReader reader = XmlReader.Create("books.xml", settings);
```

3. 将读取器实例包装在另一个读取器中

```
XmlTextReader txtReader = new XmlTextReader("bookOrder.xml");
XmlReaderSettings settings = new XmlReaderSettings();
```

4. 链接读取器以添加附加设置

```
XmlReaderSettings settings = new XmlReaderSettings();
settings.ValidationType = ValidationType.DTD;
XmlReader inner = XmlReader.Create("book.xml", settings); // DTD Validation
settings.Schemas.Add("urn:book-schema", "book.xsd");
settings.ValidationType = ValidationType.Schema;
XmlReader outer = XmlReader.Create(inner, settings);  // XML Schema Validation
```

5.3.2　XmlReader 中的当前节点

XmlReader 类提供了对 XML 流或文件的只进访问。当前节点是读取器当前所处的 XML 节点。所有调用的方法和执行的操作与当前节点相关，所有检索到的属性反映当前节点的值。

读取器通过调用一种读取方法前进。重复调用该读取方法可以将读取器移至下一个节点。此类调用通常在 While 循环内执行。

显示如何在流中定位来确定当前节点类型的示例如下。

```
reader.MoveToContent();
  // Parse the file and display each of the nodes.
  while (reader.Read()) {
    switch (reader.NodeType) {
      case XmlNodeType.Element:
```

```
            Console.Write("<{0}>", reader.Name);
            break;
    case XmlNodeType.Text:
        Console.Write(reader.Value);
        break;
    case XmlNodeType.CDATA:
        Console.Write("<![CDATA[{0}]]>", reader.Value);
        break;
    case XmlNodeType.ProcessingInstruction:
        Console.Write("<?{0} {1}?>", reader.Name, reader.Value);
        break;
    case XmlNodeType.Comment:
        Console.Write("<!--{0}-->", reader.Value);
        break;
    case XmlNodeType.XmlDeclaration:
        Console.Write("<?xml version='1.0'?>");
        break;
    case XmlNodeType.Document:
        break;
    case XmlNodeType.DocumentType:
        Console.Write("<!DOCTYPE {0} [{1}]", reader.Name, reader.Value);
        break;
    case XmlNodeType.EntityReference:
        Console.Write(reader.Name);
        break;
    case XmlNodeType.EndElement:
        Console.Write("</{0}>", reader.Name);
        break;
    }
}
```

XmlReader 类中的可用属性并非适用于每种节点类型。例如，如果当前节点是元素，并且以正斜杠 "/>" 结尾，IsEmptyElement 属性将返回 true。由于此属性不适用于其他节点类型，故在任何其他节点类型上调用此属性将返回 false。

5.3.3 读取元素

表 5-14 介绍 XmlReader 类为处理元素提供的方法和属性。在 XmlReader 置于某个元素上之后，节点属性（例如 Name）将反映元素的值。除了表 5-14 所述的成员之外，XmlReader 类的任何常规方法和属性也可以用于处理元素。例如，可以使用 ReadInnerXml 方法读取元素的内容。

表 5-14 一些成员及其说明

成员名称	说　明
IsStartElement	检查当前节点是否是开始标记或空的元素标记
ReadStartElement	检查当前节点是否为元素并将读取器推进到下一个节点
ReadEndElement	检查当前节点是否为结束标记并将读取器推进到下一个节点
ReadElementString	读取纯文本元素
ReadToDescendant	将 XmlReader 前进到具有指定名称的下一个子代元素
ReadToNextSibling	将 XmlReader 前进到具有指定名称的下一个同辈元素
IsEmptyElement	检查当前元素是否包含空的元素标记。此属性使您能够确定下面各项之间的差异： ● `<item num="123"/>`（IsEmptyElement 为 true。） ● `<item num="123">`（IsEmptyElement 为 false，尽管元素内容是空的。） 也就是说，IsEmptyElement 只是报告源文档中的元素是否包含结束元素标记

使用 ReadStartElement 和 ReadString 方法读取元素的示例代码如下：

```
using (XmlReader reader = XmlReader.Create("book3.xml")) {

  // Parse the XML document.  ReadString is used to
  // read the text content of the elements.
  reader.Read();
  reader.ReadStartElement("book");
  reader.ReadStartElement("title");
  Console.Write("The content of the title element: ");
  Console.WriteLine(reader.ReadString());
  reader.ReadEndElement();
  reader.ReadStartElement("price");
  Console.Write("The content of the price element:  ");
  Console.WriteLine(reader.ReadString());
  reader.ReadEndElement();
  reader.ReadEndElement();

}
```

使用 While 循环处理元素的代码如下。

```
while (reader.Read()) {
  if (reader.IsStartElement()) {
    if (reader.IsEmptyElement)
      Console.WriteLine("<{0}/>", reader.Name);
    else {
      Console.Write("<{0}> ", reader.Name);
      reader.Read(); // Read the start tag.
      if (reader.IsStartElement())  // Handle nested elements.
        Console.Write("\r\n<{0}>", reader.Name);
```

```
        Console.WriteLine(reader.ReadString());  //Read the text content of the element.
    }
}
```

5.3.4 读取属性

XmlReader 类提供了各种方法和属性来读取属性。属性在元素上最常见。但是，XML 声明和文档类型节点上也允许使用属性。

1．读取元素的属性

在位于某个元素节点上时，使用 MoveToAttribute 方法可以浏览该元素的属性列表。调用了 MoveToAttribute 之后，节点属性（例如 Name、NamespaceURI、Prefix 等）将反映该属性的属性，而不是其所属的包含元素的属性。

介绍专门为处理属性而设计的方法如表 5-15 所示。

表 5-15　一些为处理属性而设计的方法及其说明

方 法 名	说　　明
AttributeCount	获取元素的属性列表
GetAttribute	获取属性的值
HasAttributes	获取一个值，该值指示当前节点是否有任何属性
IsDefault	获取一个值，该值指示当前节点是否是从 DTD 或架构中定义的默认值生成的属性
Item	获取指定属性的值
MoveToAttribute	移动到指定的属性
MoveToElement	移动到拥有当前属性节点的元素
MoveToFirstAttribute	移动到第一个属性
MoveToNextAttribute	移动到下一个属性
ReadAttributeValue	将属性值分析为一个或多个 Text、EntityReference 或 EndEntity 节点

任何常规的 XmlReader 方法和属性也可以用于处理属性。例如，在 XmlReader 位于某个属性上之后，Name 和 Value 属性将反映该属性的值，也可以使用任何内容 Read 方法来获取属性的值。

2．读取其他节点类型的属性

处理元素节点的属性是最常见的方案。XML 声明和文档类型声明上也可以使用属性。

> ⓘ **注意**：在 XmlReader 位于某个处理指令节点上时，Value 属性将返回整个文本内容。处理指令节点中的项不会被作为属性对待。这些项不能使用 GetAttribute 或 MoveToAttribute 方法读取。

3．XML 声明节点

在位于某个 XML 声明节点上时，Value 将以单个字符串的形式返回版本、独立声明和编码信息。

在某些读取器上，还可以以属性的形式公开版本、编码和独立声明信息。

4．文档类型节点

在 XmlReader 位于某个文档类型节点上时，GetAttribute 方法和 Item 属性可以用于返回 SYSTEM 和 PUBLIC 文本的值。例如，调用 reader.GetAttribute("PUBLIC")将返回 PUBLIC 值。

5．示例

使用 AttributeCount 属性读取某个元素所有属性的示例如下。

```
// Display all attributes.
if (reader.HasAttributes) {
  Console.WriteLine("Attributes of <" + reader.Name + ">");
  for (int i = 0; i < reader.AttributeCount; i++) {
    Console.WriteLine("  {0}", reader[i]);
  }
  // Move the reader back to the element node.
  reader.MoveToElement();
}
```

在 While 循环中使用 MoveToNextAttribute 属性读取某个元素所有属性的示例如下。

```
if (reader.HasAttributes) {
  Console.WriteLine("Attributes of <" + reader.Name + ">");
  while (reader.MoveToNextAttribute()) {
    Console.WriteLine("  {0}={1}", reader.Name, reader.Value);
  }
  // Move the reader back to the element node.
  reader.MoveToElement();
}
```

按名称获取属性值的示例如下。

```
reader.ReadToFollowing("book");
string isbn = reader.GetAttribute("ISBN");
Console.WriteLine("The ISBN value: " + isbn);
```

读取内容

XmlReader 类包括可以用于读取内容的成员。

6．Value 属性

Value 属性可以用于获取当前节点的文本内容。返回的值取决于当前节点的节点类型。表 5-16 介绍每种可能的节点类型所返回的内容。

表 5-16 节点类型及其所返回的内容

节点类型	返回的内容
Attribute	属性的值
CDATA	CDATA 节的内容
Comment	注释的内容
DocumentType	内部子集
ProcessingInstruction	全部内容（不包括指令目标）
SignificantWhitespace	混合内容模型中任何标记之间的空白
Text	文本节点的内容
Whitespace	标记之间的空白
XmlDeclaration	声明的内容
所有其他节点类型	空字符串

7．ReadString 方法

ReadString 方法以字符串的形式返回元素或文本节点的内容。

如果 XmlReader 位于某个元素上，ReadString 将所有文本、有效空白、空白和 CDATA 节点串联在一起，并以元素内容的形式返回串联的数据。当遇到任何标记时，读取器停止。这可以在混合内容模型中发生，也可以在读取元素结束标记时发生。

如果 XmlReader 位于某个文本节点上，ReadString 将对文本、有效空白、空白和 CDATA 节点执行相同的串联。读取器在第一个不属于以前命名的类型的节点处停止。如果读取器定位在属性文本节点上，则 ReadString 与读取器定位在元素开始标记上时的功能相同。它返回所有串联在一起的元素文本节点。

8．ReadInnerXml 方法

ReadInnerXml 方法返回当前节点的所有内容（包括标记）。不返回当前节点（开始标记）和对应的结束节点（结束标记）。例如，如果包含 XML 字符串<node>this<child id="123"/></node>，ReadInnerXml 将返回 this<child id="123"/>。

描述如何处理元素和属性节点的情况如表 5-17 所示。

表 5-17 处理元素和属性的节点类型

节点类型	初始位置	XML 片断	返回值	位于下列内容之后
Element	在 item1 开始标记上	<item1>text1</item1><item2>text2</item2>	text1	在 item2 开始标记上
Attribute	在 attr1 属性节点上	<item attr1="val1" attr2="val2">text</item>	val1	保留在 attr1 属性节点上

如果读取器定位在叶节点上，则调用 ReadInnerXml 等效于调用 Read。

9．ReadOuterXml 方法

ReadOuterXml 方法返回当前节点及其所有子级的所有 XML 内容，包括标记。其行为与 ReadInnerXml 类似，只是同时还返回开始标记和结束标记。

使用上表中的值，如果读取器位于 item1 开始标记上，ReadOuterXml 方法将返回\<item1\>text1 \</item1\>。如果读取器位于 attr1 属性节点上，ReadOuterXml 方法的返回值为"val1"。

5.4　用 XmlWriter 编写 XML

XmlWriter 类是一个抽象基类，提供只进、只写、非缓存的方式来生成 XML 流。可以用于构建符合 W3C 可扩展标记语言(XML) 1.0（第 2 版）（www.w3.org/TR/2000/REC-xml-20001006.html）建议和 XML 中的命名空间建议（www.w3.org/TR/REC-xml-names/）的 XML 文档。

XmlWriter 使您可以：

- 检查字符是不是合法的 XML 字符，元素和属性的名称是不是有效的 XML 名称；
- 检查 XML 文档的格式是否正确；
- 将二进制字节编码为 base64 或 binhex，并写出生成的文本；
- 使用公共语言运行库类型传递值，而不是使用字符串。这样可以避免必须手动执行值的转换；
- 将多个文档写入一个输出流；
- 写出有效的名称、限定名和名称标记。

5.4.1　创建 XmlWriter

XmlWriter 实例使用静态 System.Xml.XmlWriter.Create 方法创建。XmlWriterSettings 类用于指定要在新的 XmlWriter 对象上启用的功能集。

> **要点**：尽管在.NET Framework 2.0 版中，Microsoft .NET Framework 包括 XmlTextWriter 类，该类是 XmlWriter 类的具体实现，但是，建议您使用 Create 方法创建 XmlWriter 实例。

使用 XmlWriterSettings 类的属性启用或禁用功能是通过将 XmlWriterSettings 对象传递给 Create 方法，来指定要支持的写入器功能的。通过使用 Create 方法和 XmlWriterSettings 类，您将得到下列好处：

- 可以指定要在所创建的 XmlWriter 对象上支持的功能；
- XmlWriterSettings 对象可以重复使用，以创建多个写入器对象。将为每个创建的写入器复制 XmlWriterSettings 对象并标记为只读。更改 XmlWriterSettings 实例上的设置不会影响具有相同设置的现有写入器。因此，可以使用相同的设置创建多个具有相同功能的写入器。也可以修改 XmlWriterSettings 实例上的设置并创建具有不同功能集的新写入器；
- 可以将功能添加到现有写入器中。Create 方法可以接受其他 XmlWriter 对象。基础 XmlWriter 对象不必是通过静态 Create 方法创建的写入器。例如，可以指定用户定义的写入器或要添加附加功能的 XmlTextWriter 对象；
- 充分利用此版本的 XmlWriter 类中增加的所有新功能。某些功能只能在通过静态 Create 方法创建的 XmlWriter 对象上使用，例如更好的一致性检查以及与 XML 1.0 建议的一致性。

如果 XmlWriterSettings 对象未传递给 Create 方法，将使用默认的写入器设置。XmlWriterSettings 类的属性及其初始值如表 5-18 所示。

表 5-18　XmlWriterSettings类的属性及其初始值

属　性	初　始　值
CheckCharacters	true
CloseOutput	false
ConformanceLevel	ConformanceLevel.Document
Encoding	Encoding.UTF8
Indent	false
IndentChars	两个空格
NewLineChars	\r\n（回车符、换行符）
NewLineHandling	NewHandling.Replace
NewLineOnAttributes	false
OmitXmlDeclaration	false

创建一个输出到 XML 文件 XmlWriter 的示例如下。

```
XmlWriterSettings settings = new XmlWriterSettings();
settings.Indent = true;
settings.IndentChars = ("    ");
using (XmlWriter writer = XmlWriter.Create("books.xml", settings)) {
  // Write XML data.
  writer.WriteStartElement("book");
  writer.WriteElementString("price", "19.95");
  writer.WriteEndElement();
  writer.Flush();
}
```

5.4.2　写入类型化数据

通过 XmlWriter 类可以写出类型化数据。WriteValue 方法接受公共语言运行库（CLR）简单类型化的值。在处理 CLR 简单类型和 XmlWriter 实例时，此功能非常有用。可以调用 WriteValue 方法来写出类型化值，而不是在 XmlConvert 类上使用方法，在写出之前将类型化值转换为字符串值。

1. 写出类型化值

WriteValue 方法使用 CLR 对象并使用 XML 架构定义语言（XSD）数据类型转换规则将输入值转换为所需的输出类型。如果 CLR 对象是列表类型，例如 IEnumerable、IList 或 ICollection，将作为值类型数组对待。

在调用 WriteValue 方法时，XmlWriter 根据 XML 架构（XSD）数据类型定义将值转换为其字符串表示形式并使用 WriteString 方法写出。

2．写入到文本

在调用 WriteValue 时，类型化值将使用该架构类型的 XmlConvert 规则序列化为文本。CLR 类型及其默认 XML 架构（XSD）数据类型如表 5-19 所示。

表 5-19　CLR类型对应的默认XML架构（XSD）数据类型

CLR 类型	默认的 XML 架构（XSD）数据类型
System.Boolean	xsd:boolean
System.Byte**	xsd:integer
System.Byte[]	xsd:base64Binary
System.Char**	xsd:string
System.DateTime	xsd:dateTime
System.Decimal	xsd:decimal
System.Double	xsd:double
System.Int16**	xsd:integer
System.Int32	xsd:integer
System.Int64	xsd:integer
System.Single	xsd:float
System.String	xsd:string
System.IO.TextReader	xsd:string
System.IO.BinaryReader	xsd:base64Binary

**这些类型不符合 CLS。这些类型在 XmlReader 类上没有对应的方法。

> 🔑 注意：如果继续多次调用 WriteValue，值不会通过空格分隔。必须在调用 WriteValue 之间调用 WriteWhitespace，以插入空白。

3．写入到 XML 数据存储

XmlWriter 可以用于写入到 XML 数据存储。例如，XPathNavigator 类可以创建一个 XmlWriter 对象，用于为 XmlDocument 对象创建节点。

如果数据存储包含可用的架构信息，若 WriteValue 调用尝试转换不允许的类型 WriteValue 方法，将引发异常。

如果数据存储未包含可用的架构信息，WriteValue 方法将所有值作为 xsd:anySimpleType 类型对待。

4．示例

以下示例将图书价格提高 15%，然后再写出。架构信息从读取器中获取，读取器是一个验证 XmlReader 对象。

```
reader.ReadToDescendant("price");
writer.WriteStartElement("price");
writer.WriteValue((reader.ReadElementContentAsDouble())*1.15);
```

```
writer.WriteEndElement();
```

5.4.3 编写属性

WriteAttributeString、WriteStartAttribute 和 WriteAttributes 方法专门为创建属性而设计。使用这些方法可以为元素或 XML 声明节点编写属性。编写属性的方法也可以用于为元素创建命名空间声明。

1. WriteAttributeString

WriteAttributeString 方法是编写属性最简单的方式。该方法用于编写整个属性节点，包括字符串值。以下代码写出 supplierID='A23-1' XML 字符串。

```
writer.WriteAttributeString("supplierID", "A23-1");
```

2. WriteStartAttribute

WriteStartElement 方法是 WriteAttributeString 方法更高级的版本。它使您可以使用多个方法调用编写属性值。例如，可以使用 WriteValue 编写类型化值。

通过调用 WriteEndAttribute 方法来关闭该属性。

在以下代码中，hireDate 是保存员工聘用日期的 DateTime 对象。该代码编写一个 review-date 属性，包含员工 6 个月评估日期的计算值。

```
writer.WriteStartAttribute("review-date");
writer.WriteValue(hireDate.AddMonths(6));
writer.WriteEndAttribute();
```

3. WriteAttributes

使用 WriteAttributes 方法可以复制在提供的 XmlReader 对象的当前位置发现的所有属性。WriteAttributes 行为取决于读取器当前所处的节点类型。

表 5-20 介绍对每种节点类型调用 WriteAttributes 的结果。如果读取器所处的节点类型未在表 5-20 中列出，则 WriteAttributes 没有任何操作。

表 5-20　节点类型及 WriteAttributes 行为

节点类型	WriteAttributes 行为
Attribute	编写当前属性，然后编写其他属性，直到元素结束标记为止
Element	编写该元素包含的所有属性
XML Declaration	编写声明中的所有属性

例如，在以下代码中，写入器将在读取器当前位置发现的所有属性复制到写入器。

```
writer.WriteStartElement("root");
writer.WriteAttributes(reader, true);
writer.WriteEndElement();
```

如果读取器位于某个包含三个属性的元素上，则编写以下的 XML 字符串。

```
<root genre="autobiography" publicationdate="1981" ISBN="1-861003-11-0" />
```

5.4.4　写入元素

WriteElementString、WriteStartElement 和 WriteNode 方法可以用于编写元素节点。

1．WriteElementString

WriteElementString 用于编写整个元素节点，包括字符串值。写出<price>19.95</price> XML 字符串的代码如下。

```
writer.WriteElementString("price", "19.95");
```

2．WriteStartElement

WriteStartElement 是 WriteElementString 方法更高级的版本。它使您可以使用多个方法调用编写元素值。例如，可以调用 WriteValue 来编写类型化的值，调用 WriteCharEntity 来编写字符实体，调用 WriteAttributeString 来编写属性，也可以编写子元素。

通过调用 WriteEndElement 或 WriteFullEndElement 方法来关闭该元素。

以下示例编写了两个嵌套元素。

```
writer.WriteStartElement("bk", "book", "urn:books");
writer.WriteAttributeString("genre", "urn:books", "mystery");
writer.WriteElementString("price", "19.95");
writer.WriteEndElement();
```

编写以下的 XML 节点。

```
<bk:book bk:genre="mystery" xmlns:bk="urn:books">
  <price>19.95</price>
</bk:book>
```

3．WriteNode

使用 WriteNode 方法可以复制在提供的 XmlReader 或 XPathNavigator 对象的当前位置发现的整个元素节点。在调用时，会将源对象中的所有内容复制到 XmlWriter 实例。

```
// Create a reader and position it on the book node.
XmlReader reader = XmlReader.Create("books.xml");
reader.ReadToFollowing("book");

// Write out the book node.
XmlWriter writer = XmlWriter.Create("newBook.xml");
writer.WriteNode(reader, true);
writer.Flush();
```

创建以下的 XML 文件。

```
<?xml version="1.0" encoding="utf-8"?>
<book genre="autobiography" publicationdate="1981" ISBN="1-861003-11-0">
  <title>The Autobiography of Benjamin Franklin</title>
  <author>
    <first-name>Benjamin</first-name>
    <last-name>Franklin</last-name>
  </author>
  <price>8.99</price>
</book>
```

5.5　XML Web Services 概述

5.5.1　XML Web Services 方案

1．简单服务

XML Web Services 所实现的最基本的方案向它的客户端提供某个基本功能以供其使用。例如，电子商务应用程序面临的挑战是需要计算各种送货选项的费用。这样的应用程序在计算中将需要用到每个送货公司的当前送货成本表。

或者，应用程序可使用标准传输协议（如 HTTP）通过因特网将一个基于 XML 的简单消息发送到送货公司的成本计算 XML Web Services。此消息可提供包装的重量与尺寸、装货地点与运送目的地以及其他参数（如服务的种类）。然后，送货公司的 XML Web Services 将使用最新的成本表计算送货费用，并用一个基于 XML 的简单响应消息将此金额返回给调用应用程序，用于计算客户的总费用。

2．应用程序集成

可以以复合方式使用 XML Web Services 来集成一组似乎完全不同的现有应用程序。由于大多数公司几乎在每个部门都广泛采用了自定义软件，因而产生了大量实用但孤立的数据和业务逻辑块。由于开发每个应用程序所处的环境是多种多样的，而技术在不断地发展；因此，利用这些应用程序来创建一个功能集合是一项让人望而生畏的任务。

使用 XML Web Services，可以将每个现有应用程序的功能和数据以 XML Web Services 形式公开。然后，便可以创建使用此 XML Web Services 集合的复合应用程序，以实现各个构成应用程序之间的互操作性。

3．工作流解决方案

XML Web Services 实现一种强大的机制，通过该机制可以创建构成端到端工作流解决方案的应用程序。此类解决方案适合于长期运行的方案（如企业间交易中的方案）。

BizTalk Framework 提供了一个附加协议层，该协议层定义了若干机制，用于对消息进行标识和寻址、定义消息的生存期、将消息与附件打包、将消息可靠地传递到目标以及确保消息内容的身份验证、完整性和保密性。

Microsoft® BizTalk™ Server 提供用于基于规则的业务文档传送、转换和基础结构跟踪的基础结构和工具。该基础结构使公司能够在应用程序间交换业务文档（如采购订单和发票），无论这些应用程序是位于组织范围内还是位于不同组织之间，从而使公司能够实现业务流程的集成、管理和自动化。

BizTalk Orchestration 是包含在 BizTalk Server 中的一项技术，用于定义单个 XML Web Services 的行为以及在生成多方业务流程时许多 XML Web Services 的撰写。

5.5.2   XML Web Services 基础结构

1. XML Web Services 目录

与因特网上的所有其他资源一样，如果没有某种手段搜索特定 XML Web Services，那么就几乎不可能找到该服务。XML Web Services 目录提供一个中心位置，XML Web Services 提供程序可在其中发布与可用的 XML Web Services 有关的信息。这样的目录甚至可以就是 XML Web Services 本身，可以通过编程方式访问，并在响应来自潜在的 XML Web Services 客户端的查询时提供搜索结果。可能需要出于某一特定目的而使用 XML Web Services 目录来定位提供 XML Web Services 的组织，或者需要确定某个特定组织提供何种 XML Web Services。DDI（通用说明、发现和集成）规范定义一个发布和发现有关 XML Web Services 的信息的标准方式。与 UDDI 关联的 XML 架构定义四种使开发人员能够使用已发布的 XML Web Services 的信息。它们是：业务信息、服务信息、绑定信息，以及有关服务规范的信息。

作为 UDDI 项目的核心组件，UDDI 业务注册表使公司能够以编程方式定位有关其他组织公开的 XML Web Services 的信息。开发人员可以使用 UDDI 业务注册表定位发现文档和服务描述。有关更多信息，请参见 UDDI 网站（http://uddi.microsoft.com）。

2. XML Web Services 发现

XML Web Services 发现是定位（或发现）使用 Web Services 描述语言（WSDL）描述特定 XML Web Services 的一个或多个相关文档的过程。XML Web Services 客户端通过发现过程了解 XML Web Services 是否存在，以及该 XML Web Services 的描述文档所处的位置。

已发布的.disco 文件（包含指向描述该 XML Web Services 的其他资源的链接的 XML 文档）使以编程方式发现 XML Web Services 成为可能。一个发现文档的结构的示例如下：

```xml
<?xml version="1.0" encoding="utf-8" ?>
<discovery xmlns:xsd="http://www.w3.org/2001/XMLSchema"
        xmlns:xsi="http://www.w3.org/2001/XMLSchema-instance"
        xmlns="http://schemas.xmlsoap.org/disco/">
  <contractRef ref="http://www.contoso.com/Counter.asmx?wsdl"
        docRef="http://www.contoso.com/Counter.asmx"
        xmlns="http://schemas.xmlsoap.org/disco/scl/" />
```

```
<soap address="http://www.contoso.com/Counter.asmx"
    xmlns:q1="http://tempuri.org/"
    binding="q1:CounterSoap"
    xmlns="http://schemas.xmlsoap.org/disco/soap/" />
</discovery>
```

> ⓘ **注意**：发现文档是一些元素的容器，这些元素通常包含一些链接（URL），指向为 XML Web Services 提供发现信息的资源。如果 URL 是相对的，则假定相对于发现文档的位置。

但是，实现 XML Web Services 的网站不需要支持发现。另一站点可能负责描述服务，如 XML Web Services 目录。或者，可能不存在查找服务的公共方法，如在出于个人使用目的创建服务时。

3．XML Web Services 描述

XML Web Services 基础结构是建立在通过基于 XML 的消息进行通信的基础上的，这些消息符合已发布的服务描述。服务描述是使用称为 WSDL（Web Services 描述语言）的 XML 语法编写的 XML 文档，定义 XML Web Services 可以理解的消息格式。服务描述起协议的作用，定义 XML Web Services 的行为并指示潜在客户端如何与该服务进行交互。XML Web Services 的行为由该服务定义并支持的消息处理模式确定。这些模式在概念上指定，在将格式正确的消息提交给 XML Web Services 时，该服务的使用者所能期望发生的操作。

例如，与远程过程调用（RPC）样式的服务关联的请求/响应模式将定义调用特定方法时所使用的 SOAP 消息架构。该模式还将定义随即产生的响应 SOAP 消息应遵循的格式。

另一个消息处理模式的例子是单向交互。该模式在要进行单向通信时使用。这种情况下，发送方将不接收任何来自 XML Web Services 的消息（包括错误消息）。对此，提醒您注意，如果建立单向通信时使用的是传统的请求/响应协议，则可能返回错误消息。

定义 SOAP 消息格式的架构可以在内部定义实际的服务描述，也可在外部定义然后导入到服务描述中。

除消息格式定义和消息处理模式以外，服务描述还可以选择包含与每个 XML Web Services 入口点关联的地址。此地址的格式将适用于访问服务的协议，例如，对于 HTTP 为 URL，而对于 SMTP 则为电子邮件地址。

有关 WSDL 规范，请访问 W3C 网站（http://www.w3.org/TR/wsdl）。

4．XML Web Services 连网形式

在专用通信协议上运行的方法请求层组成二进制协议（如 DCOM）。此类协议无益于创建通用的 XML Web Services。然而，这并不防碍您在 XML Web Services 方案中使用此类协议，但使用它们的缺点是此类协议依赖于它们的基础系统的特定结构，因此会限制潜在客户端的范围。

或者，您可以构造使用一种或多种开放式协议（如 HTTP 和 SOAP 的组合）的 XML Web Services，但支持不同协议所需的基础结构各有不同。

XML Web Services 并不仅限于提供远程过程调用（RPC）访问，它们还可用于交换结构化信息（如

采购订单和发票）以及用于自动化和连接内部与外部业务流程。

5．HTTP-GET 和 HTTP-POST

HTTP-GET 和 HTTP-POST 是使用 HTTP（超文本传输协议）谓词以及与之关联的请求语义将参数作为名称/值对编码和传递的标准协议。每个协议都由一系列 HTTP 请求头组成，这些头与一些其他信息一起定义客户端向服务器请求的内容，而在成功时，服务器将用一系列 HTTP 响应头和所请求的数据响应。

HTTP-GET 使用 application/x-www-form-urlencoded MIME 类型以 URL 编码文本格式传递其参数，该 MIME 类型追加到处理该请求的服务器的 URL 之后。URL 编码是一种字符编码格式，它确保传递的参数由一致的文本组成（如将空格编码为%20），追加的参数也称为查询字符串。

与 HTTP-GET 类似，HTTP-POST 参数也是 URL 编码的。但是，名称/值对不是作为 URL 的一部分传递，而是在实际的 HTTP 请求消息中传递的。

6．SOAP

SOAP 是一种基于 XML 的、用于在 Web 上交换结构化和类型信息的简单的轻型协议。SOAP 的总体设计目标是使其尽可能地简单，并提供最少的功能。该协议定义一个不包含任何应用程序或传输语义的消息处理框架。因此，该协议是模块化的，并具有很强的扩展性。

SOAP 通过在标准传输协议上传输，能够利用现有的因特网开放式结构并可轻松地为能够支持最基本的因特网标准的任意系统所接受。可以认为：支持符合 SOAP 的 XML Web Services 所需的基础结构极其简单但却功能强大，原因是它向现有的因特网基础结构添加的内容相对较少，但仍能支持用 SOAP 生成的服务的通用访问。

SOAP 协议规范包含四个主要组成部分。第一部分定义用于封装数据的必需的可扩展信封。该 SOAP 信封定义 SOAP 消息，并且是 SOAP 消息处理器之间的基本交换单位。这是该规范唯一必需的部分。

SOAP 协议规范的第二部分定义用来表示应用程序定义的数据类型和有向图形的可选数据编码规则，以及一个用于序列化非句法数据模型的统一模型。

第三部分定义 RPC 样式（请求/响应）的消息交换模式。每个 SOAP 消息都是单向传输。尽管 SOAP 的根位于 RPC 中，但它不仅仅只是请求/响应机制。XML Web Services 经常组合 SOAP 消息以实现此类模式，但 SOAP 并不强制要求消息交换模式，这部分规范也是可选的。

规范的第四部分定义 SOAP 和 HTTP 之间的绑定。但该部分也是可选的。可以将 SOAP 与任何能够传输 SOAP 信封的传输协议或机制（包括 SMTP、FTP 甚至软盘）结合在一起使用。

有关 SOAP 规范，请访问 W3C 网站（http://www.w3.org/TR/soap）。

5.5.3　XML Web Services 生存期剖析

进行 XML Web Services 调用时发生的过程与进行常规方法调用时发生的过程类似。主要的差别在于，不是调用位于客户端应用程序中的方法，而是通过指定的传输（如 HTTP）生成请求消息。由于

XML Web Services 方法可能位于另一台计算机上,因此 XML Web Services 处理请求所需的信息必须通过网络传递给承载 XML Web Services 的服务器。XML Web Services 处理此信息并通过网络将结果发送回客户端应用程序。

显示客户端和 XML Web Services 之间的通信过程如图 5-6 所示。

1. XML Web Services 生存期

图 5-6 描述了调用 XML Web Services 时发生的事件序列:

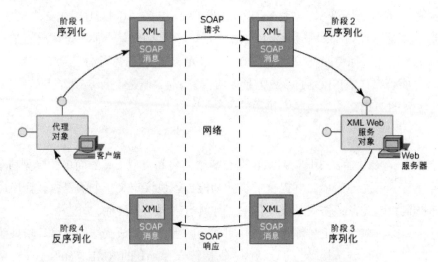

图 5-6　客户端和 XML Web Services 之间的通信过程

① 客户端创建 XML Web Services 代理类的一个新实例。该对象驻留在客户端所在的同一台计算机上;

② 客户端调用代理类上的方法;

③ 客户端计算机上的基础结构将 XML Web Services 方法的参数序列化为 SOAP 消息,并通过网络将其发送给 XML Web Services;

④ 基础结构接收 SOAP 消息并反序列化该 XML。它创建实现 XML Web Services 的类的实例并调用 XML Web Services 方法,同时将反序列化的 XML 作为参数传入;

⑤ XML Web Services 方法执行其代码,最终会设置返回值和任何输出参数;

⑥ Web 服务器上的基础结构将返回值和输出参数序列化为 SOAP 消息,并通过网络将其发送回客户端;

⑦ 客户端计算机上的 XML Web Services 基础结构接收该 SOAP 消息,将 XML 反序列化为返回值和任意输出参数,并将其传递给代理类的实例;

⑧ 客户端接收返回值和任何输出参数。

2. 生成 XML Web Services

创建 XML Web Services 类似于创建任何提供对其应用程序逻辑进行编程访问的组件。要创建一个

XML Web Services，您需要一些功能来构成这一要公开的服务，需要一个服务描述来定义如何使用该服务，并需要一个基础结构来支持请求的接收和处理以及响应的发送。值得庆幸的是，已经为您提供了所需基础结构的很大一部分。

3. 生成 XML Web Services 客户端

由于 XML Web Services 可以使用 URL、HTTP 和 XML 进行访问，这就意味着在任何平台上以任何语言运行的程序都可以访问 XML Web Services。由于 XML Web Services 的分散式性质，使客户端和 XML Web Services 能够作为自治单元运行，因此，使用 XML Web Services 的方法数不胜数。例如，对 XML Web Services 的调用可以包含在 Web 应用程序、中间件组件甚至其他 XML Web Services 中。无论 XML Web Services 客户端采用何种形式，调用 XML Web Services 所需的全部条件就是，按照 XML Web Services 已发布的服务描述发送格式正确的请求消息。根据 XML Web Services 的性质，它可能会发送响应消息作为回应。然后，发出请求的一方必须能够从该消息中提取必要的信息。

5.6　使用 ASP.NET 的 XML Web Services

5.6.1　ASP.NET XML Web Services 的基础知识

因为 ASP.NET 提供用于 Web Services 内部工作的基础结构，所以，开发人员可以致力于实现其特定 Web Services 的功能。使用 ASP.NET 启用 Web Services 后，应创建一个文件扩展名为.asmx 的文件，在该文件中（可能还会在另一个文件中）声明一个 Web Services，并定义 Web Services 方法。

1. Web Services 的声明

当在 ASP.NET 中创建 Web Services 时，将所需的@ WebService 指令放置在文件扩展名为.asmx 的文本文件的顶部。.asmx 文件和@ WebService 指令一起使 Web Services 的 URL 地址与其实现相关联。然后，实现 Web Services 类，该类定义 Web Services 客户端可见的方法和数据类型。

可以将您定义的 Web Services 类直接包含在.asmx 文件中，或包含在一个单独的文件中。如果使用一个单独的文件，则必须将该文件编译到程序集。或者，可以对实现 Web Services 的类应用 WebService 属性。实现 Web Services 的类可以从 WebService 类派生。

通过将可选的 WebService 属性应用于实现 Web Services 的类，可以为 Web Services 设置默认 XML 命名空间，同时添加一个描述 Web Services 的字符串。强烈建议在使 Web Services 可被公共使用之前更改此默认命名空间（最初为 http://tempuri.org）。这一点非常重要，因为该 Web Services 必须与其他由于疏忽使用默认命名空间（<http://tempuri.org/>）的 Web Services 区分开。

实现使用 ASP.NET 创建的 Web Services 的类还可以从 WebService 类派生，以获得对公共 ASP.NET 对象（例如 Application、Session、User 和 Context）的访问权限。Application 和 Session 属性提供对 Web 应用程序或特定会话的整个生存期存储和接收状态的访问权限。如果启用了身份验证，User 属性包含 Web Services 调用方的标识。通过该标识，Web Services 可以确定该请求是否获得授权。Context 属性提供对所有有关该 Web Services 客户端请求的 HTTP 特定信息的访问权限。有关 Context 属性的更多信息，请参见 WebService.Context 属性。

2．Web Services 方法的定义

实现 Web Services 的类的方法不会自动具有接收 Web Services 请求并发回响应的功能，但是对于使用 ASP.NET 创建的 Web Services，添加该功能很简单。将 WebMethod 属性应用于公共方法。可通过 Web 进行通信的 Web Services 类的方法称为 Web Services 方法。

Web Services 方法是 Web Services 所使用的消息基础结构的重要组成部分。也就是说，默认情况下，客户端和 Web Services 使用消息（特别是 SOAP 消息）进行通信。客户端向 Web Services 发送 SOAP 请求，Web Services 方法通常返回 SOAP 响应。Web Services 使用操作定义所接受的消息类型，如 Web Services 描述语言（WSDL）所定义。这些操作与 Web Services 中的每个 Web Services 方法相互关联。虽然这些 Web Services 方法中的每一个都使用类的方法在 ASP.NET 中进行定义，但是一定要意识到，最终通过网络传输的数据必须被序列化为 XML。同样，一定要记住，Web Services 不是用来替代 DCOM 的，而是一个消息处理基础结构，用于通过使用行业标准跨平台进行通信。

5.6.2 使用 ASP.NET 生成基本的 XML Web Services

使用 ASP.NET 开发 XML Web Services 从下列步骤开始：

① 创建一个文件扩展名为.asmx 的文件，并在该文件中使用@WebService 指令声明一个 Web Services。

② 创建一个实现该 Web Services 的类，该类也可以从 WebService 类派生。

③ 或者，将 WebServiceAttribute 属性应用于实现该 Web Services 的类。

④ 定义组成 Web Services 功能的 Web Services 方法。

1．声明一个 Web Services

当在 ASP.NET 中创建 XML Web Services 时，将所需的@ WebService 指令放在文件扩展名为.asmx 的文本文件的顶部。.asmx 文件和@ WebService 指令一起使 XML Web Services 的 URL 地址与其实现相关联。然后，实现 XML Web Services 类，用于定义 XML Web Services 客户端可见的方法和数据类型。最后，将您的 XML Web Services 逻辑添加到这些方法中，以便处理 XML Web Services 请求并发送回响应。可以将您定义的 XML Web Services 类直接包括在.asmx 文件中，或包括在一个单独的文件中。如果使用一个单独的文件，则必须将该文件编译到程序集。或者，可以对实现 XML Web Services 的类应用 WebService 属性，实现 XML Web Services 的类可以从 WebService 类派生。

2．声明一个 Web Services，该服务的实现驻留在同一个文件中

● 将@ WebService 指令添加到文件扩展名为.asmx 的文件的顶部，指定实现 Web Services 的类和实现中使用的编程语言。

可以将 Class 属性设置为一个与@ WebService 指令驻留在同一个程序集中的类，也可以设置为一个在单独程序集中的类。如果该类驻留在单独的程序集中，则必须将其放入该 Web Services 所驻留的 Web 应用程序下的\Bin 目录中。可以将 Language 属性设置为 C#、VB 和 JS，分别指 C#、Visual Basic .NET 和 JScript .NET。

下面的代码示例设置@ WebService 指令的 Language 属性，并将驻留在同一个文件中的 Class 属性设置为 Util：

```
<%@ WebService Language="C#" Class="Util" %>
```

3．声明一个 Web Services，该服务的实现驻留在一个程序集中

- 将@ WebService 指令添加到扩展名为.asmx 的文件的顶部，指定实现 Web Services 的类、包含实现的程序集以及实现中使用的编程语言。如果使用一个单独的文件，则必须将该文件编译到程序集。

下面的@ WebService 指令是扩展名为.asmx 的文件中仅有的一行，指定 MyName.MyWebService 类驻留在 MyAssembly 程序集中，该程序集位于承载该 Web Services 的 Web 应用程序的\Bin 目录下。

```
<%@ WebService Language="C#" Class="MyName.MyWebService,MyAssembly" %>
```

> **注意**：如果您没有在@ WebService 指令中指定程序集，那么在首次访问 Web Services 时，ASP.NET 将在承载 Web Services 的 Web 应用程序的\Bin 目录中对整个程序集列表进行搜索。因此，提供程序集名称可以提高首次访问时的性能。

4．从 WebService 类派生

实现使用 ASP.NET 创建的 Web Services 的类还可以选择从 WebService 类派生，以获得对公共 ASP.NET 对象（例如 Application、Session、User 和 Context）的访问权限。

5．从 WebService 类派生并访问公共 ASP.NET 对象

```
<%@ WebService Language="C#" Class="Util" %>
using System;
using System.Web.Services;

public class Util: WebService
```

6．应用 WebService 属性

通过将可选的 WebService 属性应用于实现 Web Services 的类，可以为 Web Services 设置默认 XML 命名空间（最初为 http://tempuri.org），同时添加一个说明该 Web Services 的字符串。

强烈建议在使 XML Web Services 可被公共使用之前修改此默认命名空间（http://tempuri.org）。这一点非常重要，因为该 XML Web Services 必须与其他由于疏忽使用默认命名空间（http://tempuri.org/）的 XML Web Services 区分开。

7. 设置包含 Web Services 的 XML 命名空间

- 将 WebService 特性应用于实现 Web Services 的类，设置 Namespace 属性。

将 XML 命名空间设置为 http://www.contoso.com/的示例代码如下：

```
<%@ WebService Language="C#" Class="Util" Debug=true%>
using System.Web.Services;
using System;


[WebService(Namespace="http://www.contoso.com/")]
public class Util: WebService
```

8. 定义 Web Services 方法

实现 Web Services 的类的方法不会自动拥有通过 Web 进行通信的功能，但是对于使用 ASP.NET 创建的 Web Services，添加该功能十分简单。要添加这种功能，请将 WebMethod 属性应用于公共方法。可通过 Web 进行通信的 Web Services 的方法称为 Web Services 方法。

9. 声明一个 Web Services 方法

声明 Web Services 方法的步骤如下：

① 将公共方法添加到实现 Web Services 的类；

② 将 WebMethod 属性应用于要映射到 Web Services 操作的公共方法。

下面的代码示例有两个公共方法，其中一个是 Web Services 方法。因为对 Multiply 方法应用了 WebMethod 属性，所以该方法是一个 Web Services 方法。

```
<%@ WebService Language="C#" Class="Util" %>
using System.Web.Services;
using System;


[WebService(Namespace="http://www.contoso.com/")]
public class Util: WebService
{
    [ WebMethod]
    public long Multiply(int a, int b)
    {
        return a * b;
    }
}
```

5.6.3 异步 XML Web Services 方法

某些 Web Services 方法会调用长期运行的方法，从而堵塞了它们的线程。为提高这些方法的性能，应考虑将它们作为异步 Web Services 方法公开。实现异步 Web Services 方法允许该线程在返回线程池时执行其他代码。这样，在线程数量有限的线程池中就可以多执行一个线程，从而提高了系统的总体性能和可伸缩性。

总体而言，调用执行 I/O 操作的方法的 Web Services 方法是异步实现的一种很好的候选方式。这些方法包括：与其他 Web Services 进行通信的方法，访问远程数据库的方法，执行网络 I/O 的方法，以及读取和写入大文件的方法。这些方法都将大部分的时间花费在硬件执行上，从而导致执行 Web Services 方法的线程发生堵塞。如果异步实现 Web Services 方法，该线程即可被释放并转而执行其他代码。

不论 Web Services 方法是否以异步方式执行，客户端都能与它进行异步通信。异步通信会向 Web Services 描述语言（WSDL.EXE）工具生成的代理类中的.NET 客户端公开，即使 Web Services 方法以同步方式实现也是如此。代理类包含 Begin 和 End 方法，用于与每个 Web Services 方法进行异步通信。因此，应根据性能来选择是以异步方式还是以同步方式实现 Web Services 方法。

> 注意：实现异步 Web Services 方法对客户端与承载 Web Services 的服务器之间的 HTTP 连接没有影响。HTTP 连接既不会断开，也不会汇集入池。

5.6.4　创建异步 Web Services 方法

本过程描述如何将 Web Services 方法转换为为异步访问设计的方法。该过程遵循.NET Framework 的异步设计模式。异步 XML Web Services 方法主题说明使用本过程以及 Wsdl.exe 工具如何生成可以异步访问 Web Services 方法的客户端代理类，即使这些类是针对同步访问而设计的。

1. 实现异步 Web Services 方法

实现异步 Web Services 方法的步骤如下：

① 将一个异步 Web Services 方法拆分成两个方法；每个方法都有相同的基名称，一个以 Begin 开头，另一个以 End 开头；

② Begin 方法的参数列表包含方法功能的下列所有 in 和 by reference 参数以及两个附加参数：

- by reference 参数作为 in 参数列出。
- 倒数第二个参数必须为 AsyncCallback。AsyncCallback 参数允许客户端提供委托，在方法完成时将调用该委托。当一个异步 Web Services 方法调用另一个异步方法时，此参数可被传递到该方法的倒数第二个参数。
- 最后一个参数是 Object。Object 参数允许调用方为方法提供状态信息。当一个异步 Web Services 方法调用另一个异步方法时，此参数可以传递给该方法的最后一个参数。
- 返回值必须为 IAsyncResult 类型。

③ End 方法的参数列表包含 IAsyncResult 参数，此参数后面带有下列特定于方法功能的任何 out 和 by reference 参数：

- 返回值类型与异步 Web Services 方法的返回值类型相同；
- by reference 参数作为 out 参数列出。

2. 示例

```
using System;
using System.Web.Services;

[WebService(Namespace="http://www.contoso.com/")]
public class MyService : WebService
{
    public RemoteService remoteService;
    public MyService()
    {
        // Create a new instance of proxy class for
        // the Web service to be called.
        remoteService = new RemoteService();
    }
    // Define the Begin method.
    [WebMethod]
    public IAsyncResult BeginGetAuthorRoyalties(String Author,
        AsyncCallback callback, object asyncState)
    {
        // Begin asynchronous communictation with a different XML Web
        // service.
        return remoteService.BeginReturnedStronglyTypedDS(Author,
            callback,asyncState);
    }
    // Define the End method.
    [WebMethod]
    public AuthorRoyalties EndGetAuthorRoyalties(IAsyncResult
        asyncResult)
    {
        // Return the asynchronous result from the other Web service.
        return remoteService.EndReturnedStronglyTypedDS(asyncResult);
    }
}
```

5.6.5 将异步调用与 Web Services 方法链接在一起

以下代码示例阐释了当 Web Services 方法执行多个异步调用，且这些调用必须按顺序执行时，应如何链接异步调用。BeginGetAuthorRoyalties 方法执行的异步调用确定传入的作者是否有效，并设置一个名为 AuthorRoyaltiesCallback 的中间回调来接收结果。如果作者有效，该中间回调将执行异步调用以获取该作者的版税。

```
using System.Web.Services;
using System.Data;
using System;
```

```csharp
// This imports the proxy class for the Web services
// that the sample communicates with.
using AsyncWS.localhost;

namespace AsyncWS
{
    [WebService(Namespace="http://www.contoso.com/")]
    public class MyService : System.Web.Services.WebService
    {
        public RemoteService remoteService;
        public MyService()
        {
            remoteService = new RemoteService();
        }


        [WebMethod]
        public IAsyncResult BeginGetAuthorRoyalties(String Author,
                AsyncCallback callback, Object asyncState)
        {
            // Saves the current state for the call that gets the author's
            // royalties.
            AsyncStateChain state = new AsyncStateChain();
            state.originalState = asyncState;
            state.Author = Author;
            state.originalCallback = callback;

            // Creates an intermediary callback.
            AsyncCallback chainedCallback = new
                AsyncCallback(AuthorRoyaltiesCallback);
            return remoteService.BeginGetAuthors(chainedCallback,state);
        }
        // Intermediate method to handle chaining the
        // asynchronous calls.
        public void AuthorRoyaltiesCallback(IAsyncResult ar)
        {
            AsyncStateChain state = (AsyncStateChain)ar.AsyncState;
            RemoteService rs = new RemoteService();

            // Gets the result from the call to GetAuthors.
            Authors allAuthors = rs.EndGetAuthors(ar);

            Boolean found = false;
            // Verifies that the requested author is valid.
            int i = 0;
            DataRow row;
```

```
      while (i < allAuthors.authors.Rows.Count && !found)
      {
        row = allAuthors.authors.Rows[i];
        if (row["au_lname"].ToString() == state.Author)
        {
          found = true;
        }
        i++;
      }
      if (found)
      {
        AsyncCallback cb = state.originalCallback;
        // Calls the second Web service, because the author is
        // valid.
        rs.BeginReturnedStronglyTypedDS(state.Author,cb,state);
      }
      else
      {
        // Cannot throw the exception in this function or the XML Web
        // service will hang. So, set the state argument to the
        // exception and let the End method of the chained XML Web
        // service check for it.
        ArgumentException ex = new ArgumentException(
          "Author does not exist.","Author");
        AsyncCallback cb = state.originalCallback;
        // Call the second Web service, setting the state to an
        // exception.
        rs.BeginReturnedStronglyTypedDS(state.Author,cb,ex);
      }
    }

    [WebMethod]
    public AuthorRoyalties EndGetAuthorRoyalties(IAsyncResult
                                  asyncResult)
    {
     // Check whehter the first Web service threw an exception.
     if (asyncResult.AsyncState is ArgumentException)
       throw (ArgumentException) asyncResult.AsyncState;
     else
      return remoteService.EndReturnedStronglyTypedDS(asyncResult);
    }
}
// Class to wrap the callback and state for the intermediate
// asynchronous operation.
public class AsyncStateChain
{
```

```
        public AsyncCallback originalCallback;
        public Object originalState;
        public String Author;
    }
}
```

5.6.6　使用 ASP.NET 创建的 Web Services 的管理状态

当实现 Web Services 的类是从 WebService 类派生而来时，Web Services 可以访问与其他 ASP.NET 应用程序相同的状态管理选项。WebService 类包含许多公共 ASP.NET 对象，包括 Session 和 Application 对象。

1．访问并存储针对特定的客户端会话的状态

访问并存储针对特定的客户端会话的状态的具体步骤如下：

① 声明一个 Web Services；

```
<%@ WebService Language="C#" Class="ServerUsage" %>
```

② 添加对 System.Web.Services 命名空间的引用；

```
using System.Web.Services;
```

③ 从 WebService 派生实现 Web Services 的类；

```
public class ServerUsage : WebService
```

④ 声明一个 Web Services 方法，将 WebMethod 特性的 EnableSession 属性设置为 true；

```
[ WebMethod(EnableSession=true) ]
public int PerSessionServiceUsage()
```

⑤ 将状态存储到 Session 中，并为该状态指定名称，以便于以后进行检索。在以下示例中，值 1 存储在名为 MyServiceUsage 的状态变量中；

```
Session["MyServiceUsage"] = 1;
```

⑥ 访问存储在 Session 中的状态变量；

⑦ 在以下示例中，访问 MyServiceUsage 状态变量以递增其值。

```
Session["MyServiceUsage"] = ((int) Session["MyServiceUsage"]) + 1;
```

2．访问并存储特定于承载 Web Services 的 Web 应用程序的状态

访问并存储特定于承载 Web Services 的 Web 应用程序状态的具体步骤如下：

① 声明一个 Web Services；

```
<%@ WebService Language="C#" Class="ServerUsage" %>
```

② 添加对 System.Web.Services 命名空间的引用；

```
using System.Web.Services;
```

③ 从 WebService 派生实现 Web Services 的类；

```
public class ServerUsage : WebService
```

④ 声明一个 Web Services 方法；

```
[ WebMethod ]
public int PerSessionServiceUsage()
```

⑤ 将状态存储到 Application 中，并为该状态指定名称，以便于以后进行检索。在以下示例中，值 1 存储在名为 appMyServiceUsage 的状态变量中；

```
Application["appMyServiceUsage"] = 1;
```

⑥ 访问存储在 Application 中的状态变量；
访问 appMyServiceUsage 状态变量以递增其值的示例如下。

```
Application["appMyServiceUsage"] =
  ((int) Application["appMyServiceUsage"]) + 1;
```

3. 示例

```
<%@ WebService Language="C#" Class="ServerUsage" %>
using System.Web.Services;

public class ServerUsage : WebService {
  [ WebMethod(Description="Number of times this service has been accessed.") ]
  public int ServiceUsage() {
    // If the Web service method hasn't been accessed,
    // initialize it to 1.
    if (Application["appMyServiceUsage"] == null)
    {
     Application["appMyServiceUsage"] = 1;
    }
    else
    {
    // Increment the usage count.
     Application["appMyServiceUsage"] = ((int) Application["appMyServiceUsage"]) + 1;
    }
    return  (int) Application["appMyServiceUsage"];
  }

   [ WebMethod(Description="Number of times a particular client session has accessed
this Web service method.",EnableSession=true) ]
   public int PerSessionServiceUsage() {
    // If the Web service method hasn't been accessed, initialize
    // it to 1.
```

```
    if (Session["MyServiceUsage"] == null)
    {
      Session["MyServiceUsage"] = 1;
    }
    else
    {
    // Increment the usage count.
      Session["MyServiceUsage"] = ((int) Session["MyServiceUsage"]) + 1;
    }
    return  (int) Session["MyServiceUsage"];
  }
}
```

5.6.7　ASP.NET XML Web Services 的事务

Web Services 的事务支持利用了在公共语言运行库中提供的支持，后者基于 Microsoft Transaction Server（MTS）和 COM+Services 中相同的分布式事务模型。该模型基于通过声明决定某个对象是否参与事务，而不是编写特定的代码来处理事务的提交和回滚。对于使用 ASP.NET 创建的 Web Services，可以通过设置应用于 Web Services 方法的 WebMethod 属性的 TransactionOption 属性来声明其事务性行为。

当执行 Web Services 方法时引发异常，则自动中止事务；相反，如果未发生任何异常，则自动提交事务。

WebMethodAttribute 特性的 TransactionOption 属性指定 Web Services 方法参与事务的方式。尽管此声明性级别表示事务的逻辑，但此步骤已从物理事务中移除。物理事务在事务性对象访问数据库或消息队列这样的数据源时发生。与对象关联的事务自动流向相应的资源管理器。.NET Framework 数据提供程序（如 SQL Server .NET Framework 数据提供程序或 OLE DB .NET Framework 数据提供程序）在对象的上下文中查找事务，并在分布式事务协调器（DTC）中登记事务。整个事务自动发生。

Web Services 方法只能作为新事务的根来参与事务。作为新事务的根，所有与资源管理器的交互（例如，运行 Microsoft SQL Server、Microsoft 消息队列（也称为 MSMQ）和 Microsoft Host Integration Server）都维护着运行强大的分布式应用程序所需的 ACID 属性。因为事务不流过 Web Services 方法，所以，调用其他 Web Services 方法的 Web Services 方法参与不同的事务。

> **注意：** 当实现 Web Services 方法的方法由于对它所驻留的或与之关联的文件（扩展名为.asmx）的 Internet 请求而没有被调用时，TransactionOption 属性的值无效。如果方法所驻留的类属于 Visual Studio .NET 中的某个项目，且 Web Services 不是使用代理类调用的，则会发生上述情况。在 Visual Studio .NET 中，添加 Web 引用时会生成代理类。

5.6.8　使用 ASP.NET 创建的 Web Services 的事务

对于使用 ASP.NET 创建的 XML Web Services，可以通过设置应用于 Web Services 方法的 WebMethod

属性的 TransactionOption 属性来声明 Web Services 的事务性行为。

1. 参与 Web Services 方法中的事务

① 声明一个 Web Services。

```
<%@ WebService Language="C#" Class="Orders" %>
```

② 将 Assembly 指令添加到 System.EnterpriseServices。

```
<%@ Assembly name="System.EnterpriseServices,Version=1.0.3300.0,Culture=neutral,
PublicKeyToken=b03f5f7f11d50a3a" %>
```

③ 添加对 System.Web.Services 和 System.EnterpriseServices 命名空间的引用。

```
using System.Web.Services;
using System.EnterpriseServices;
```

④ 声明一个 Web Services 方法，将 WebMethodAttribute 特性的 TransactionOption 属性设置为 System. EnterpriseServices.TransactionOption.RequiresNew。

```
[ WebMethod(TransactionOption=TransactionOption.RequiresNew)]
public int DeleteAuthor(string lastName)
```

2. 示例

```
<%@ WebService Language="C#" Class="Orders" %>
<%@ Assembly name="System.EnterpriseServices,Version=1.0.3300.0,Culture=neutral,
PublicKeyToken=b03f5f7f11d50a3a" %>

using System;
using System.Data;
using System.Data.SqlClient;
using System.Web.Services;
using System.EnterpriseServices;

public class Orders : WebService
{
  [ WebMethod(TransactionOption=TransactionOption.RequiresNew)]
  public int DeleteAuthor(string lastName)
  {
    String deleteCmd = "DELETE FROM authors WHERE au_lname='" +
                  lastName + "'" ;
    String exceptionCausingCmdSQL = "DELETE FROM NonExistingTable WHERE
                          au_lname='" + lastName + "'" ;

    SqlConnection sqlConn = new SqlConnection(
      "Persist Security Info=False;Integrated Security=SSPI;database=pubs;server=
```

```
myserver");

        SqlCommand deleteCmd = new SqlCommand(deleteCmdSQL,sqlConn);
        SqlCommand exceptionCausingCmd = new
                SqlCommand(exceptionCausingCmdSQL,sqlConn);

        // This command should execute properly.
        deleteCmd.Connection.Open();
        deleteCmd.ExecuteNonQuery();

        // This command results in an exception, so the first command is
        // automatically rolled back.  Since the Web service method is
        // participating in a transaction, and an exception occurs, ASP.NET
        // automatically aborts the transaction.  The deleteCmd that
        // executed properly is rolled back.

        int cmdResult = exceptionCausingCmd.ExecuteNonQuery();

        sqlConn.Close();

        return cmdResult;
    }
}
```

5.6.9　使用 ASP.NET XML Web Services 进行的 HTML 分析

当今，Web 公开大量的信息。遗憾的是，这些数据中的大部分只有通过肉眼从浏览器中阅读才能方便地解释。使用 ASP.NET 创建的 Web Services 通过提供 HTML 分析解决方案改善了这种状况，该解决方案使开发人员可以分析远程 HTML 页的内容，并以编程的方式公开生成的数据。一旦从网站内容的发行者那里获得权限，并假设内容的布局没有更改，便可以使用 HTML 分析来公开客户端可利用的 Web Services。

生成分析网页内容的 Web Services 与生成标准的 Web Services 使用不同的模型。分析 HTML 页的 Web Services 是通过创建服务说明实现的，服务说明是一个使用 Web Services 描述语言（WSDL）编写的 XML 文档。在服务说明中，通过添加 XML 元素指定输入参数以及从分析的 HTML 页返回的数据。如果正在被分析的 HTML 页接受的参数影响返回的 HTML 页的内容，则可以将输入参数传递到 Web 服务器。

指定从分析的 HTML 页返回的数据完成了实现的大部分操作，这是因为分析 HTML 内容的指令正是在这里指定的。为了添加这些 XML 元素，从而生成分析 HTML 页的 Web Services，开发人员必须理解使用 WSDL 编写的 XML 文档的布局。有关 WSDL 的详细信息，请参见位于 W3C 网站（www.w3.org/TR/wsdl）的 WSDL 规范。

在服务说明中表示要从分析的 HTML 页返回的数据，方法是使用一系列包含正则表达式的 XML 元素来分析特定的数据段，同时为每个数据段提供一个名称。实际的.NET Framework 正则表达式出现在 match XML 元素中。正则表达式提供广泛的模式匹配表示法，允许快速分析大量的文本，以查找特定的字符模式。

<match>元素可以使用如表 5-21 所示的属性指定：

表 5-21 <match>元素可使用的属性及其说明

属 性	说 明
name	表示返回数据段的类或属性名。如果 match XML 元素包含子 match 元素，则 Wsdl.exe 工具生成的代理类将 name 属性与类关联起来。子 match 元素映射到该类的属性
Pattern	为了获得数据段而使用的正则表达式模式。有关.NET Framework 正则表达式语法的详细信息，请参见.NET Framework 正则表达式
ignoreCase	指定正则表达式运行时是否应该不区分大小写。默认为区分大小写
Repeats	指定应该从正则表达式返回的值的数目，以应付正则表达式在 HTML 页上存在多个匹配项的情况。值 1 表示只返回第一个匹配项。值–1 表示返回所有匹配项。值–1 等同于正则表达式中的*。默认值为–1
Group	指定相关匹配项的分组
Capture	指定匹配项在分组中的索引
type	使用 Wsdl.exe 生成的代理类将 type 属性用作包含子 match 元素的 match 的返回类的名称。默认情况下，Wsdl.exe 生成的代理类将返回类的名称设置为 name 属性中指定的名称

5.6.10 创建分析网页内容的 Web Services

使用 ASP.NET 创建的 Web Services 提供 HTML 分析解决方案，使开发人员可以分析远程 HTML 页的内容并以编程的方式公开结果数据。

1．指定操作和输入参数

指定操作和输入参数的具体的步骤如下：

① 创建一个 Web Services 描述语言（WSDL）文档，该文档通常使用文件扩展名.wsdl 保存。文档内容必须由符合 WSDL 架构的有效 XML 组成。对于原型，可以使用为 ASP.NET 上运行的 Web Services 动态生成的 WSDL 文档。在 Web ServicesURL 后追加 ?wsdl 参数来发出请求；

② 通过指定元素来为每个分析 HTML 文本的 Web Services 方法定义操作。此步骤和下一步要求了解 WSDL 格式；

③ 如果分析方法接收输入参数，指定表示相应参数的元素并将其与操作关联。

2．指定从分析的 HTML 页返回的数据

指定从分析的 HTML 页返回和数据的具体的步骤如下：

① 在通过 XPath/definitions/binding/operation/output 显示的<output>元素内添加命名空间限定的<text> XML 元素，<operation>元素表示用于检索已分析的 HTML 的 Web Services 方法；

② 在服务描述的<text> XML 元素中为要从分析的 HTML 页返回的每段数据添加<match> XML

元素；

③ 将属性应用于<match>元素。有效属性在"ASP.NET XML Web Services 进行的 HTML 分析"主题下的表中提供。

3．为 Web Services 生成客户端代理代码

从.NET Framework SDK 运行 Wsdl.exe 工具。将创建的 WSDL 文件作为输入传递。

4．示例

一个包含<TITLE>和<H1>标记的简单网页示例如下。

```
<HTML>
 <HEAD>
  <TITLE>Sample Title</TITLE>
 </HEAD>
 <BODY>
   <H1>Some Heading Text</H1>
 </BODY>
</HTML>
```

下面的代码示例是一个服务描述，它通过提取<TITLE>和<H1>标记中的文本内容来分析 HTML 页的内容。在该代码示例中，为 GetTitleHttpGet 绑定定义了 TestHeaders 方法。TestHeaders 方法在<match>XML 元素中定义了两段可以从分析的 HTML 页返回的数据：Title 和 H1，它们分别分析<TITLE>和<H1>标记的内容。

```
<?xml version="1.0"?>
<definitions xmlns:s="http://www.w3.org/2001/XMLSchema"
        xmlns:http="http://schemas.xmlsoap.org/wsdl/http/"
        xmlns:mime="http://schemas.xmlsoap.org/wsdl/mime/"
        xmlns:soapenc="http://schemas.xmlsoap.org/soap/encoding/"
        xmlns:soap="http://schemas.xmlsoap.org/wsdl/soap/"
        xmlns:s0="http://tempuri.org/"
        targetNamespace="http://tempuri.org/"
        xmlns="http://schemas.xmlsoap.org/wsdl/">
  <types>
    <s:schema targetNamespace="http://tempuri.org/"
          attributeFormDefault="qualified"
          elementFormDefault="qualified">
      <s:element name="TestHeaders">
        <s:complexType derivedBy="restriction"/>
      </s:element>
      <s:element name="TestHeadersResult">
        <s:complexType derivedBy="restriction">
          <s:all>
```

```
              <s:element name="result" type="s:string" nullable="true"/>
          </s:all>
        </s:complexType>
      </s:element>
      <s:element name="string" type="s:string" nullable="true"/>
    </s:schema>
  </types>
  <message name="TestHeadersHttpGetIn"/>
  <message name="TestHeadersHttpGetOut">
    <part name="Body" element="s0:string"/>
  </message>
  <portType name="GetTitleHttpGet">
    <operation name="TestHeaders">
      <input message="s0:TestHeadersHttpGetIn"/>
      <output message="s0:TestHeadersHttpGetOut"/>
    </operation>
  </portType>
  <binding name="GetTitleHttpGet" type="s0:GetTitleHttpGet">
    <http:binding verb="GET"/>
    <operation name="TestHeaders">
      <http:operation location="MatchServer.html"/>
      <input>
        <http:urlEncoded/>
      </input>
      <output>
        <text xmlns="http://microsoft.com/wsdl/mime/textMatching/">
          <match name='Title' pattern='TITLE&gt;(.*?)&lt;'/>
          <match name='H1' pattern='H1&gt;(.*?)&lt;'/>
        </text>
      </output>
    </operation>
  </binding>
  <service name="GetTitle">
    <port name="GetTitleHttpGet" binding="s0:GetTitleHttpGet">
      <http:address location="http://localhost" />
    </port>
  </service>
</definitions>
```

下面的代码示例是 Wsdl.exe 为上一个服务描述生成的代理类的一部分。

```
//GetTitle is the name of the proxy class.
public class GetTitle : HttpGetClientProtocol
{
```

```
public TestHeadersMatches TestHeaders()
{
    return ((TestHeadersMatches)(this.Invoke("TestHeaders",
            (this.Url + "/MatchServer.html"), new object[0])));
}
```

5.6.11　XML Web Services 的发布和部署

1.　部署 XML Web Services

部署 Web Services 涉及将.asmx 文件和 Web Services 使用的、但不属于 Microsoft .NET Framework 的所有程序集复制到 Web 服务器。

例如，假设您有一个名为 StockServices 的 Web Services。要部署该 Web Services，请在您的 Web 服务器上创建一个虚拟目录并将该 Web Services 的.asmx 文件放入该目录中。虚拟目录也应该是一个 Internet 信息服务(IIS) Web 应用程序，虽然这并不是必需的。一个典型的部署将具有以下目录结构：

```
\Inetpub
    \Wwwroot
        \StockServices
            StockServices.asmx
            \Bin
                Assemblies used by your Web service that are not part of the
Microsoft .NET Framework.
```

2.　使用 Web Services 发布的项

当发布 Web Services 时，如表 5-22 所示的项将部署到 Web 服务器。

表 5-22　部署到Web服务器的项及其说明

项	说　明
Web 应用程序目录	充当您的 Web Services 的根目录。所有剩余的文件都放入该目录中。 应该将该目录标记为 IIS Web 应用程序
<MyXMLWebService>.asmx 文件	充当调用 Web Services 的客户端的基 URL。文件的名称可以是任何有效的文件名
<MyXMLWebService>.disco 文件	(可选)充当 Web Services 的发现机制。不为 Web Services 自动创建.disco 文件。有关为 Web Services 创建发现文件的信息，请参见启用 XML Web Services 发现的内容。文件的名称可以是任何有效的文件名
Web.config 文件	(可选) 如果需要重写默认的配置设置，您可以包括一个 Web.config 文件。Web Services 使用配置文件来支持系统的自定义和扩展。 例如，如果您的 Web Services 需要身份验证，但系统上的其他 Web 应用程序不需要身份验证，可以提供一个 Web Services 特定的 Web.config 文件
\Bin 目录	包含 Web Services 的二进制文件。如果您的 Web Services 类不在与.asmx 文件相同的文件中，那么包含该类的程序集必须在\Bin 目录中

3. 启用 XML Web Services 发现

Web Services 可以通过下列方式发布到潜在的客户端：

- 使用 XML 发现文件，文件扩展名为.disco；
- 使用指定.vsdisco 扩展名的 URL；
- 使用包含查询字符串?DISCO 的 Web Services。

本主题显示如何设置前两个发现机制。本主题不演示如何启用对包含查询字符串?DISCO 的 Web Services 的请求，因为此方法已自动可用。

（1）为 Web Services 发布静态发现文档，其过程如下。

① 使用您喜欢的编辑器创建 XML 文档，将?xml version="1.0" ?元素添加到第一行。

② 在 XML 文档中，添加一个 discovery 元素，例如：

```
<disco:discovery xmlns:disco="http://schemas.xmlsoap.org/disco/">
</disco:discovery>
```

③ 在 discovery 元素中，添加对服务说明、XSD 架构和其他发现文档的引用。

您可以添加任意数目的要公开的引用。服务说明引用通过在发现文档中添加带有 http://schemas. xmlsoap.org/disco/scl/ XML 命名空间的 contractRef 元素来指定。同样，对其他发现文档和 XSD 架构的引用分别通过添加 discoveryRef 和 schemaRef XML 元素来指定。对于 XSD 架构引用，必须指定 XML 命名空间 http://schemas.xmlsoap.org/disco/schema。对于所有三种类型的引用文档，通过使用 ref 属性指定文档的位置。下面的代码示例包含对发现文档、服务说明和 XSD 架构的引用：

```
<?xml version="1.0"?>
<discovery xmlns="http://schemas.xmlsoap.org/disco/">
<discoveryRef ref="/Folder/Default.disco"/>
<contractRef ref="http://MyWebServer/UserName.asmx?WSDL"
        docRef="Service.htm"
        xmlns="http://schemas.xmlsoap.org/disco/scl/"/>
<schemaRef ref="Schema.xsd"
        xmlns="http://schemas.xmlsoap.org/disco/schema/"/>
</discovery>
```

引用可以相对于发现文档所驻留的目录（如 discoveryRef 元素中所示），或相对于 URI（如 contractRef 元素中所示）。

④ 通过将发现文档复制到 Web 服务器上的虚拟目录，将其部署到 Web 服务器。

⑤ 或者，如果要允许预期的使用者通过指定 IIS 应用程序（而不需要指定文档）浏览某个 URL，可以添加到 IIS 应用程序默认页的链接。这样做的好处就是预期的使用者不需要知道任何发现文档的名称。而后，用户可以在发现过程中提供如下 URL：

```
http://MyWebServer/MyWebApplication
```

⑥ 如果 Web 应用程序的默认页是一个 HTML 页，则将指向发现文档的链接添加到 Web 服务器默

认网页的 head 元素中。例如，如果将发现文档命名为 MyWebService.disco 并将其放置在与默认页相同的目录中，则需要在默认网页中加入以下元素：

```
<HEAD>
<link type='text/xml' rel='alternate' href='MyWebService.disco'/>
</HEAD>
```

⑦ 如果 Web 应用程序的默认页是一个 XML 文档，则将指向发现文档的链接添加到 Web 服务器默认网页的 head 元素中。例如，如果将发现文档命名为 MyWebService.disco 并将其放置在与默认页相同的目录中，则需要在默认页的顶部加入以下内容：

```
<?xml-stylesheet type="text/xml" alternate="yes" href="MyWebService.disco" ?>
```

（2）启用 Web Services 的动态发现。

要为 Web 服务器启用动态发现，请修改 machine.config 文件，添加以下<add>元素。忽略以下示例中的分行符，因为 type 属性必须在同一行内。

```
<configuration>
  <system.web>
    <httpHandlers>
      <add verb="*" path="*.vsdisco"
          type="System.Web.Services.Discovery.DiscoveryRequestHandler,
              System.Web.Services, Version=1.0.3300.0,
              Culture=neutral, PublicKeyToken=b03f5f7f11d50a3a"
          validate="false"/>
    </httpHandlers>
  </system.web>
</configuration>
```

4. 使用 ASP.NET 创建的 XML Web Services 的配置选项

Web Services 的配置与所有 ASP.NET Web 应用程序的配置遵循同一模型。ASP.NET 配置是一个基于 XML 的文本文件配置结构，这种结构既强大又可扩展。配置文件只是一组 XML 元素，这些元素表示 Microsoft .NET Framework 的特定技术功能的配置选项，而 Web Services，配置选项则出现在配置文件的 Web Services XML 元素中。有关可用于 Web Services 的配置选项的完整列表，请参见<Web Services>元素的有关内容。

（1）配置消息协议和服务帮助页

Web Services 的消息协议和服务帮助页可在配置文件的<Web Services>元素下的<protocols>元素 XML 元素中进行配置。通过为每个设置添加<protocols>的<add>元素和<protocols>的<remove>元素（指定设置在配置文件范围中是否可用）即可完成配置。add 元素为配置文件范围显式添加对该设置的支持，而 remove 元素删除配置层次结构中已添加的过多支持。例如，可在 Machine.config 文件中用 add 元素添加计算机级别的协议设置，然后在 Web.config 文件中用 remove 元素为 Web 应用程序删除该协议配置。以下是 add 和 remove 元素的语法：

```
<{add|remove} name="protocol name" />
```

add 和 remove 元素的 name 属性的选项及其说明如表 5-23 所示。

表 5-23　add和remove元素name属性的选项及其说明

选　　项	说　　明
HttpSoap	控制 Web Services 对 SOAP over HTTP 协议的支持，默认情况下安装会添加支持
HttpGet	控制 Web Services 对 HTTP-GET 协议的支持，默认情况下安装不添加支持
HttpPost	控制 Web Services 对 HTTP-POST 协议的支持，而不管请求来自何处，默认情况下安装不添加支持
HttpPostLocalhost	当请求来自本地计算机时，控制 Web Services 对 HTTP-POST 协议的支持。如果已将 HttpPost 添加到当前配置中，则此设置无效，默认情况下安装会添加支持
Documentation	指定当用户在浏览器中定位到没有任何参数的 Web Services 的 URL 时，是否显示服务帮助页，默认情况下，安装会添加支持。稍后会在本主题中进一步描述如何配置 Documentation 协议

（2）配置文档协议

当在 Web 浏览器中定位到无参数的 Web Services 的 URL 时，客户端可以查看 Web Services 的服务帮助页（如果该服务配置为这样做）。默认情况下，服务帮助页包含有关如何与 Web Services 及其公开的 Web Services 方法进行通信的可读信息。

由于服务帮助页只不过是一个 ASP.NET Web 窗体，因此可以对其进行替换或修改以包括某些项，例如公司徽标。服务帮助页的文件名在配置文件的<wsdlHelpGenerator>元素中指定，默认设置为 Machine.config 文件中指定的 DefaultWsdlHelpGenerator.aspx。

只有配置文件（该配置文件已在<protocols>元素内指定了 Documentation 协议）范围内的 Web Services，才会显示服务帮助页。默认情况下，在 Machine.config 文件中指定 Documentation 协议。请参见"如何：禁用 Web Services 的服务帮助页"的有关内容。

（3）安全

在对 Web Services 启用 HTTP-GET 或 HTTP-POST 协议前，应当注意这样做可能会向意外调用公开该服务。例如，受信任的用户可能会接收到带有某个链接的电子邮件，当单击该链接时，将使用电子邮件提供的参数代表用户调用该 Web Services。在启用 HTTP-GET 或 HTTP-POST 协议前，应当考虑一下这种调用是否会有害。

5.6.12　使用 ASP.NET 创建的 XML Web Services 的设计指南

Web Services 是一个强大的技术，用来提供可以从整个 Internet 以编程方式进行访问的服务。帮助您创建专业的 Web Services 的建议如下。

- Web Services 支持客户端与承载该 Web Services 的服务器之间的同步和异步通信。在同步通信情况下，客户端向服务主机服务器发送服务请求并等待响应，这会阻止客户端在等待结果时执行其他操作，而异步通信让客户端在等待响应时继续处理其他任务。客户端在服务请求结果可用后才做出响应。

- 当使用 Web Services 描述语言工具（Wsdl.exe）创建代理类时，将在该类中生成标准的同步版本和异步版本的方法。异步版本由两个方法组成，分别称为 Begin 和 End。Begin 方法用于启动 Web Services，而 End 方法检索结果。

- 使用异步通信提高了系统利用率，避免当客户端等待 Web Services 结果时在客户端上造成延迟。

- 通过 Internet 进行大量的服务请求可能影响客户端应用程序的性能。当设计您的 Web Services 时，通过创建将相关信息组合在一起的方法对服务请求进行有效地利用。例如，假设您有一个用于检索有关图书信息的 Web Services，可创建一个方法在一个服务请求中返回所有信息，而不是使用单独的方法分别检索书名、作者和出版商。一次传输一大块信息比多次传输小块信息更有效。

- 有关代码示例，请参见 2. 小节"将相关信息组合到一个 Web Services 方法中"。当设计您的 Web Services 时，一定要遵循标准的面向对象的编程惯例。使用封装来隐藏实现细节。对于更加复杂的 Web Services，您可以使用继承和多态性来重复利用代码并简化设计。

- 有关代码示例，请参见下 3. 小节"在 Web Services 中使用继承"。使用输出缓存来提高您的 Web Services 的性能。当打开输出缓存时，服务请求的结果在一段指定的时间内存储在输出缓存中。如果发出了类似的 Web Services 请求，则可以从缓存中获得结果，而不必重新进行计算。这样，通过减少 Web Services 服务器需要进行的处理，缩短了 Web Services 的反应时间。可以在客户端和服务器上执行缓存。Duration 属性允许您指定对 Web Services 的输出进行缓存的时间。在客户端上启用输出缓存的指令是：

```
<%@ OutputCache Duration="60" %>
```

- 当设计您的 Web Services 时，尝试遵循格式化架构时采用的结构。

- Web Services 将 SOAP 用作主要的传输和序列化协议。SOAP 消息由可选的头集和消息体组成。头部分包含的信息可由 Web 服务器上的基础结构进行处理，SOAP 不定义任何头。消息体部分包含由应用程序处理的信息，例如 Web Services 的参数或返回值。

- 为您的 Web Services 提供文档，例如静态 HTML 文件，该文档描述服务的操作和数据结构，还包括如何使用 Web Services 的示例。不要将服务描述或服务帮助页作为唯一的文档。

1. 从 Web Services 客户端上进行异步调用

下面的代码示例演示如何从客户端应用程序对 Web Services 进行异步调用。

```csharp
<%@ Page Language="C#" %>
<%@ Import Namespace="System.Net" %>
<html>
  <script language="C#" runat="server">
    void EnterBtn_Click(Object Src, EventArgs E)
    {
      MyMath.Math math = new MyMath.Math();
```

```
        // Call to Add Web service method asynchronously
        // and then wait for it to complete.
        IAsyncResult result =
                    math.BeginAdd(Convert.ToInt32(Num1.Text),
                            Convert.ToInt32(Num2.Text),
                            null,
                            null);
        // Wait for asynchronous call to complete.
        result.AsyncWaitHandle.WaitOne();
        // Complete the asynchronous call to Add Web service method.
        float total = math.EndAdd(result);
        // Display results in a Label control.
        Total.Text = "Total: " + total.ToString();
    }
  </script>
<body>
  <form action="MathClient.aspx" runat=server>
    <font face="Verdana">
      Enter the two numbers you want to add and then press
      the Total button.
      <p>
      Number 1:
      <asp:textbox id="Num1"
      runat=server/>
      +
      Number 2:
      <asp:textbox id="Num2"
          runat=server/>
      =
      <asp:button id="Total_Button"
          text="Total"
          OnClick="EnterBtn_Click"
          runat=server/>
      <p>
      <asp:label id="Total" runat=server/>
    </font>
  </form>
</body>
</html>
```

2. 将相关信息组合到一个 Web Services 方法中

下面的代码示例演示如何将相关的信息组合到一个 Web Services 方法中。

```
<%@ WebService Language="C#" Class="DataService" %>
using System;
using System.Data;
using System.Data.SqlClient;
using System.Web.Services;
public class DataService {
   [WebMethod]
   public DataSet GetTitleAuthors() {
       SqlConnection myConnection = new SqlConnection("Persist Security Info=False;
Integrated Security=SSPI;server=localhost;database=pubs");
       SqlDataAdapter myCommand1 = new SqlDataAdapter ("select * from Authors", my
Connection);
       SqlDataAdapter myCommand2 = new SqlDataAdapter("select * from Titles", my
Connection);
       DataSet ds = new DataSet();
       myCommand1.Fill(ds, "Authors");
       myCommand2.Fill(ds, "Titles");
       return ds;
   }
}
```

3．在 Web Services 中使用继承

下面的代码示例演示如何使用继承来创建执行数学计算的 Web Services。

```
<%@ WebService Language="C#" Class="Add" %>
using System;
using System.Web.Services;
abstract public class MathService : WebService
{
   [WebMethod]
   abstract public float CalculateTotal(float a, float b);
}
public class Add : MathService
{
   [WebMethod]
   override public float CalculateTotal(float a, float b)
   {
      return a + b;
   }
}
public class Subtract : MathService
{
   [WebMethod]
   override public float CalculateTotal(float a, float b)
   {
      return a - b;
```

```
   }
}
public class Multiply : MathService
{
   [WebMethod]
   override public float CalculateTotal(float a, float b)
   {
      return a * b;
   }
}
public class Divide : MathService
{
   [WebMethod]
   override public float CalculateTotal(float a, float b)
   {
      if (b==0)
        return -1;
      else
        return a / b;
   }
}
```

4. 在 Web Services 客户端上启用输出缓存

下面的代码示例演示如何在客户端应用程序上使用 Duration 属性指定 60 秒钟的输出缓存。

```
<%@ Page Language="C#" %>
<%@ Import Namespace="System.Net" %>
<%@ OutputCache Duration="60" VaryByParam="none" %>
<html>
   <script language="C#" runat="server">
     void EnterBtn_Click(Object Src, EventArgs e)
     {
        MyMath.Math math = new MyMath.Math();
        // Call the Web service.
        float total = math.Add(Convert.ToInt32(Num1.Text),
                       Convert.ToInt32(Num2.Text));
        // Display the results in a Label control.
        Total.Text = "Total: " + total.ToString();
     }
   </script>
<body>
   <form action="MathClient.aspx" runat=server>
     <font face="Verdana">
        Enter the two numbers you want to add and press
```

```
        the Total button.
        <p>
        Number 1:
        <asp:textbox id="Num1"
        runat=server/>
        +
        Number 2:
        <asp:textbox id="Num2"
            runat=server/>
        =
        <asp:button id="Total_Button"
            text="Total"
            OnClick="EnterBtn_Click"
            runat=server/>
        <p>
        <asp:label id="Total" runat=server/>
    </font>
  </form>
</body>
</html>
```

5. 对 Web Services 启用服务器端输出缓存

下面的代码示例演示如何使用 Web Services 方法的 CacheDuration 属性指定 60 秒钟的输出缓存。但影响 ASP.NET 2.0 Web Services 应用程序中输出缓存的情形有以下两种，一是在 ASP.NET 2.0 中，测试页的 HTTP 方法已从 GET 更改为 POST，但是通常并不缓存 POST。因此，如果在 ASP.NET 2.0 Web Services 应用程序中更改测试页以使用 GET，缓存将正常工作。二是 HTTP 指示用户代理应能够通过将 "Cache-Control" 设置为 "no-cache"，重写服务器缓存。因此，ASP.NET 应用程序在它们找到 "no-cache" 头时将忽略缓存的结果。

```
<%@ WebService Language="C#" Class="MathService" %>
using System;
using System.Web.Services;
public class MathService : WebService {
  [WebMethod(CacheDuration=60)]
  public float Add(float a, float b)
  {
     return a + b;
  }

  [WebMethod(CacheDuration=60)]
  public float Subtract(float a, float b)
  {
     return a - b;
  }
```

```
[WebMethod(CacheDuration=60)]
public float Multiply(float a, float b)
{
    return a * b;
}
[WebMethod(CacheDuration=60)]
public float Divide(float a, float b)
{
    if (b==0) return -1;
    return a / b;
}
}
```

5.7 生成 XML Web Services 客户端

使用 Web Services 包括 Web Services 方法使用行业标准协议通过网络进行通信。但是，在应用程序可以和 Web Services 方法通信之前，必须完成以下四个基本步骤：

① 确定 Web Services 是否存在。您可以在目录（例如 http://uddi.microsoft.com）中查找提供具有特定功能的 Web Services 的供应商，该目录将包含到该供应商网站的 URL。

② 发现 Web Services。在给定到供应商的 URL 的情况下，调用 Web Services 发现以获得有关该 URL 上每个可用的 Web Services 的特定详细信息。将有关每个 Web Services 的信息以服务描述（服务描述是使用 Web Services 描述语言（WSDL）描述 Web Services 的 XML 文档）的形式返回到客户端。服务描述具体地描述了如何与 Web Services 进行通信。

③ 在给定服务描述的情况下，生成一个代理类，该代理类可以根据服务描述中的精确定义与 Web Services 方法进行通信。由于代理类通过 Internet 与 Web Services 通信，最好验证一下代理类的 Url 属性引用的是否是受信任的目标。

④ 创建一个客户端应用程序，用于调用代理类的方法。代理类的方法可以使用行业标准协议通过 Internet 与 Web Services 方法进行通信。

通过使用 Web Services 发现确定 Web Services 存在之后，可以用一种比服务描述更适合用户使用的格式来查看有关该 Web Services 及其实现的 Web Services 方法的信息。

Web Services 可供多种客户端应用程序使用。您可以从任何 Web 应用程序（包括从另一个 Web Services）与 Web Services 进行通信。Web Services 的客户端不一定是基于客户端的应用程序；实际上，大多数客户端是基于服务器的应用程序，例如 Web 窗体和其他 Web Services。如图 5-7 所示，有两个 Web Services 客户端：ASP.NET Web 窗体和 Web Services。用户看到的 ASP.NET Web 窗体与 GetCurrentPrices Web Services 进行通信。然后，GetCurrentPrices Web Services 充当 Web Services 客户端，方法是与 StockServices Web Services 进行通信以获得股票报价。而后，将股票报价返回到 GetCurrentPrices Web Services，该服务随后将其传递回 ASP.NET Web 窗体。

　　XML Web Services:　　　　XML Web Services:
　　获取当前价格　　　　　　　股票服务

图 5-7　Web Services 供多种客户端应用程序使用

5.7.1　浏览使用 ASP.NET 创建的 XML Web Services

　　知道了使用 ASP.NET 创建的 Web Services 的 URL 之后，您便可以使用该 URL 访问被称为服务帮助页的网页。该页提供有关 Web Services 的功能的信息，包括它实现的 Web Services 方法、参数以及返回值。另外，可以使用服务帮助页来测试 Web Services 的功能。

　　例如，假设您正在访问一个名为 Investor 的 Web Services，该服务用于检索有效股票符号的股票价格。您知道该 Web Services 的基 URL 是 http://www.contoso.com/Investor.asmx。如果将该 URL 不带任何扩展或参数输入浏览器，将出现一个网页，包含有关该 Web Services 及其实现的 Web Services 方法的信息。

　　除了在浏览器中查看有关 Web Services 的信息之外，您还可以通过查看其服务描述（是一个用 Web Services 描述语言（WSDL）编写的 XML 文档）来获得该 Web Services 更正式的定义。通过服务帮助页顶部的链接可以查看服务描述。您可以使用服务描述手动生成 Web Services 的代理类。

1. 访问 Web Services 的服务帮助页

- 在浏览器的地址栏中，使用以下格式输入 Web Services 的基 URL：

```
http://servername/vrootname/webservicename.asmx
```

基 URL 的参数对应的值如表 5-24 所示。

表 5-24　基URL的参数及其值

参　　数	值
servername	驻留 Web Services 的 Web 服务器
apppath	承载 Web Services 的 Web 应用程序的名称
webservicename.asmx	定义 Web Services 的文件的名称

- 例如，要访问驻留在名为 StockTicker 的 Web 服务器上的名为 StockServices.asmx 的 Web Services，应输入以下内容：

```
http://StockTicker/StockServices.asmx
```

2. 访问 Web Services 的服务描述

访问 Web Services 的服务步骤如下：

① 按前面所述访问 Web Services 的服务帮助页；

② 单击该页顶部的"服务描述"链接。

5.7.2　Web Services 发现

在给定了到驻留在 Web 服务器上发现文档的 URL 的情况下，客户端应用程序的开发人员可以了解 Web Services 是否存在，服务功能是什么，以及如何正确地与其交互。该过程称为 Web Services 发现。

通过 Web Services 发现这一过程，一组文件将被下载到本地计算机上，其中包括有关 Web Services 是否存在的详细信息。这些文件可能是服务描述、XSD 架构，或发现文档。使用 Wsdl.exe 工具，您可以创建服务描述或 XSD 架构所描述的 Web Services 的代理类。下载的发现文档包含可能驻留在其他 Web 服务器上的其他 Web Services 存在的信息。

可以从下列命令提示符使用 Web Services 发现工具（Disco.exe）来对某个 URL 执行 Web Services 发现。

```
Disco /out:location /username:user /password:mypwd /domain:mydomain http://www.contoso.com/my.disco
```

执行 Web Services 发现的参数及其值如表 5-25 所示。

表 5-25　执行Web Services发现的参数及其值

参　　数	值
http://www.contoso.com/my.disco	要执行发现过程的 URL
/out:location	创建包含发现结果的文件的位置，默认值为当前目录（可选）
/username:user	当连接到要求身份验证的 Web 服务器时所使用的用户名（可选）
/password:mypwd	当连接到要求身份验证的 Web 服务器时所使用的密码（可选）
/domain:mydomain	当连接到要求身份验证的 Web 服务器时所使用的域（可选）

5.7.3　创建 XML Web Services 代理

按照定义，可以使用行业标准协议（包括 SOAP）通过网络与 Web Services 进行通信。也就是说，客户端和 Web Services 使用 SOAP 消息进行通信，SOAP 消息将输入和输出参数封装为 XML。幸好，对于 Web Services 客户端来说，代理类处理将参数映射为 XML 元素，然后通过网络发送 SOAP 消息这些工作。

只要存在服务描述并且该服务描述符合 Web Services 描述语言（WSDL），就可以生成代理类。服务描述定义如何与 Web Services 进行通信。使用服务描述，可以使用 Wsdl.exe 工具创建一个代理类。然后，Web Services 客户端可以调用该代理类的方法，而该代理类又通过处理往返于 Web Services 的 SOAP 消息，通过网络与 Web Services 进行通信。由于代理类通过 Internet 与 Web Services 通信，因此，最好验证一下代理类的 Url 属性引用的是否是受信任的目标。

默认情况下，代理类在 HTTP 之上使用 SOAP 与 Web Services 进行通信。不过，Wsdl.exe 可以生成使用 HTTP-GET 协议或 HTTP-POST 协议与 Web Services 进行通信的代理类。要指定代理类应该使用 HTTP-GET 或 HTTP-POST，请向 Wsdl.exe 工具提供/protocol 开关，具体描述如下。

1. 使用 Wsdl.exe 生成 XML Web Services 代理类

可以在下列命令提示处使用 Web Services 描述语言工具（Wsdl.exe）创建代理类，（至少）指定到 XML Web Services 或服务描述的 URL 或到保存的服务描述的路径。

```
Wsdl /language:language /protocol:protocol /namespace:myNameSpace /out:filename /username:
username /password:password /domain:domain <url or path>
```

创建代理类的参数及其值如表 5-26 所示。

表 5-26　创建代理类的参数及其值

参　　数	值
<url or path>	到服务描述（以 Web Services 描述语言说明 Web Services 的文件）的 URL 或路径。 如果您指定一个文件，则提供包含服务描述的文件。例如： mywebservice.wsdl 如果您指定一个 URL，则该 URL 必须引用.asmx 页或返回服务描述。对于使用 ASP.NET 创建的 Web Services，您可以通过将?WSDL 追加到 Web Services 的 URL 来返回服务描述。例如， http://www.contoso.com/MyWebService.asmx?WSDL
/language:language	生成代理类使用的语言。可用选项包括 CS、VB 和 JS，分别指 C#、Visual Basic .NET 和 JScript .NET，默认语言是 C#（可选）
/protocol:protocol	用于与 Web Services 方法进行通信的协议。可用选项包括 SOAP、HTTP-GET 和 HTTP-POST。默认协议是 SOAP（可选）
/namespace:myNameSpace	生成的代理的命名空间，默认值是全局命名空间（可选）
/out:filename	要创建的包含代理类的文件的名称，默认名称基于实现 Web Services 的类的名称（可选）
/username:username	当连接到要求身份验证的 Web 服务器时所使用的用户名（可选）
/password:password	当连接到要求身份验证的 Web 服务器时所使用的密码（可选）
/domain:domain	当连接到要求身份验证的 Web 服务器时所使用的域（可选）

2. 生成代理类的详细信息

当 Wsdl.exe 用于生成代理类时，将以指定的语言生成一个源文件。该文件包含公开 Web Services 的每个 Web Services 方法的同步和异步方法的代理类。例如，如果一个 Web Services 包含一个名为 Add 的 Web Services 方法，则代理类具有以下方法用来调用 Add Web Services 方法：Add、BeginAdd 和 EndAdd。代理类的 Add 方法用于与 Add Web Services 方法进行同步通信，但 BeginAdd 和 EndAdd 方法用于和 Web Services 方法进行异步通信。

生成的代理类的每个方法都包含适当的代码与 Web Services 方法进行通信。如果在与 Web Services 和代理类的通信过程中出现错误，则将引发一个异常。

在 Web Services 方法和关联的代理类方法中的定义顺序之间，参数顺序可能有所不同。在多数情况下，参数顺序相同。但是，如果 Web Services 需要 Document 格式的 SOAP 消息，则将出现一种参数顺序不相同的情况。如果 Web Services 方法在定义输入参数之前定义了输出参数，则在代理类中输出参数放置在所有输入参数之后。例如，在下面的代码示例中，Web Services 方法 MyWebMethod 在声明 inStr 输入参数之前声明了 outStr 输出参数。但是，在代理类中，要在声明 outStr 之前先声明 inStr 参数。

```
// Declare MyWebMethod in the Web service.
MyWebMethod(out string outStr, string inStr)

// This is the corresponding MyWebMethod in the proxy class.
MyWebMethod(string inStr, out string outStr).
```

在某些情况下，由 WSDL.exe 生成的代理类会使用一种不常见的命名方法，将对象强制转换成服务描述中指定的类型。因此，代理类中的生成类型可能不是开发人员想要或预期的类型。例如，当 WSDL.exe 在服务描述中遇到 ArrayList 类型时，它将在生成的代理类中创建一个 Object 数组。要确保对象类型转换正确，请打开包含生成的代理类的文件，将所有不正确的对象类型更改成所需的对象类型。

3. Wsdl.exe 引发的警告

当向 Wsdl.exe 提供多个服务描述时，可能引发如下的两个错误信息：

① 警告：忽略具有来自<schema URI>位置的 TargetNamespace=<schema namespace>的重复服务描述。

指示所提供的服务描述中两个或多个服务描述的 TargetNamespace 是相同的。因为 TargetNamespace 被认为是特定 XML 文档的唯一标识符，而在这里它是服务描述，所以 Wsdl.exe 认为两个服务描述是相同的。在这种情况下，Wsdl.exe 只为其中一个服务描述生成一个代理类。如果这不是您想要的结果，则可以进行更改。对于表示使用 ASP.NET 创建的 Web Services 的服务描述，您可以对实现该 Web Services 的类应用指定唯一 Namespace 属性的 WebService 特性。然后，该 Namespace 属性在服务描述中用作 TargetNamespace，以唯一标识该 Web Services。有关设置 Namespace 属性的更多信息，请参见应用 WebService 属性的有关内容。

② 警告：忽略具有来自<schema URI>位置的 TargetNamespace=<schema Namespace>的重复架构。

指示所提供的服务描述中两个或多个 XML 架构的 TargetNamespace 是相同的。因为 TargetNamespace 被认为是特定 XML 文档的唯一标识符，而在这里它是 XML 架构，所以 Wsdl.exe 认为这两个 XML 架构是相同的。在这种情况下，Wsdl.exe 只为其中一个架构生成类。如果这不是想要的结果，则必须将每个 XML 架构的 TargetNamespace 更改为唯一的 URI。具体如何修改 TargetNamespace 则取决于特定 XML 架构的源。

5.7.4 为 XML Web Services 创建客户端

Web Services 客户端是使用 SOAP 消息（或相当的消息处理协议）与 Web Services 进行通信的任何组件或应用程序。Web Services 客户端可以是传统的客户端应用程序。客户端也可以是另一个 Web

应用程序。（在这种情况下，Web 应用程序将使用 SOAP 中的 XML，对其进行格式化，然后将结果发送回最终的客户端——可能是 Web 浏览器。）

按照下列基本步骤创建 Web Services 客户端：

（1）为 Web Services 创建一个代理类；

（2）在客户端代码中引用该代理类；

（3）在客户端代码中创建该代理类的实例；

（4）如果已对承载 Web Services 的 Web 应用程序禁用了匿名访问，请设置代理类的 Credentials 属性；

（5）对与要与其通信的 Web Services 方法对应的代理类调用方法。

对于大多数客户端，这些步骤只是在如何引用代理类以及如何部署 Web Services 客户端方面有所不同。

1．创建 ASP.NET Web 窗体客户端

充当 Web Services 客户端的 ASP.NET Web 窗体与其他 Web Services 客户端的不同之处在于代理类的引用方式和部署方式。具体来说，可以从 ASP.NET Web 窗体创建程序集中的公共类，这些程序集部署在包含该 Web 窗体的 Web 应用程序下的\Bin 目录中。因此，如果您创建一个 Web Services 客户端代理类，将其编译到一个程序集，并将其放入\Bin 目录中，ASP.NET Web 窗体将可以创建该代理类的实例。

2．为 Web Services 创建 Web 窗体客户端

（1）为 Web Services 创建代理。

```
Wsdl http://www.contoso.com/Counter.asmx?WSDL
```

（2）将 Web Services 代理编译到程序集中，包括 System.XML.dll 和 System.Web.Services.dll 程序集以及步骤（1）中创建的代理。

```
csc /out:Counter.dll /t:library /r:System.XML.dll /r:System.Web.Services.dll Counter.cs
```

具体示例如下。

```
<%@ Page Language="C#" %>
<asp:Label id="Label1" runat="server" />
<script runat=server language=c#>

 void Page_Load(Object o, EventArgs e){

  int UsageCount;
  // Create an instance of the Web service class.
  Counter myCounter = new Counter();
  // Call the Web service method ServiceUsage.
  UsageCount = myCounter.ServiceUsage();
```

```
Label1.BackColor = System.Drawing.Color.DarkSlateBlue;
Label1.ForeColor = System.Drawing.Color.Gold;
Label1.BorderStyle = System.Web.UI.WebControls.BorderStyle.Inset;

// Display the results in a Label Web Form server control.
if (UsageCount == 1)
    Label1.Text ="Web service has been utilized >" + UsageCount.ToString() + "< time.";
else
    Label1.Text= "Web service has been utilized >" + UsageCount.ToString() + "< times.";
}
</script>
```

3. 创建控制台应用程序客户端

创建充当 Web Services 客户端的控制台应用程序相当简单。创建了代理类之后，只要控制台应用程序可以访问该代理类，就可以创建该代理类的新实例。最简单的使其可访问的方法就是将该代理类编译到控制台应用程序的程序集。或者可以将代理类编译到程序集，然后将其部署到控制台应用程序可以访问的位置。

4. 创建 Web Services 控制台客户端应用程序

创建 Web Services 控制台客户端应用程序的步骤如下。

（1）为 Web Services 创建代理。

```
Wsdl http://www.contoso.com/Counter.asmx?WSDL
```

（2）创建一个控制台应用程序。

（3）在客户端代码中创建该代理类的实例。

```
Counter myCounter = new Counter();
```

（4）调用与您的 Web Services 方法通信的代理类的方法。

```
UsageCount = counter.ServiceUsage();
```

（5）将控制台应用程序编译到一个可执行文件。在下面的示例中，控制台应用程序保存为 UsageMonitor。

```
csc /t:exe /r:System.Web.dll,System.XML.dll,System.Web.Services.dll UsageMonitor.cs Counter.cs
```

其具体示例如下：

```
using System;
class UsageMonitor {
    public static void Main(string[] args) {
        int UsageCount;
```

```
        // Create an instance of the Web service class.
        Counter myCounter = new Counter();
        // Call the Web service method ServiceUsage.
        UsageCount = myCounter.ServiceUsage();
        // Output the results to the console.
        if (UsageCount == 1)
          Console.WriteLine("Web service has been utilized >" + UsageCount.ToString() +
"< time.");
        else
          Console.WriteLine("Web service has been utilized >" + UsageCount.ToString() +
"< times.");
      }
    }
```

5.7.5　与 XML Web Services 进行异步通信

与 Web Services 进行的异步通信，沿用.NET Framework 所指定的两种异步方法调用设计模式。但是，在您了解这些详细信息之前，一定要注意，不需要专门编写 Web Services 即可处理要异步调用的异步请求。

1．Wsdl.exe 和.NET Framework 的异步设计模式

Web Services 描述语言工具（Wsdl.exe）生成客户端代理类来访问指定的 Web Services 时，会为该代理类提供与每个 Web Services 方法进行异步通信的两种机制。第一种机制是 Begin/End 模式。第二种机制是在.NET Framework 2.0 版中提供的事件驱动的异步编程模式。有关将这些模式用于 Web Services 的简短说明，请参见下面的几小节。

2．Begin/End 调用模式

Wsdl.exe 为 Web Services 中发布的每项操作自动创建三个 ASP.NET 中的 Web Services 方法。一个方法针对同步访问；另外两个方法针对异步访问，即使该 Web Services 方法只有一个同步实现也不例外。表 5-27 对这三个方法进行了说明。

表 5-27　自动创建的三个方法

代理类中方法的名称	说　　明
\<NameOfWebServiceMethod>	为名为\<NameOfWebServiceMethod>的 Web Services 方法同步发送消息
Begin\<NameOfWebServiceMethod>	开始与名为\<NameOfWebServiceMethod>的 Web Services 方法的异步消息通信。客户端指示 Begin 方法开始对服务调用进行处理，但立即返回。返回值不是 Web Services 方法指定的数据类型，而是实现 IAsyncResult 接口的类型
End \<NameOfWebServiceMethod>	结束与名为\<NameOfWebServiceMethod>的 Web Services 方法的异步消息通信，返回的值是 Web Services 方法调用的结果

Begin 和 End 方法均遵循.NET Framework 异步设计模式的命名约定。该设计模式规定每种同步方

法有两种如此命名的异步方法。

以 Web Services 类 PrimeFactorizer 为例，它具有搜索主要因素的 Web Services 方法以及以下签名：

```
public long[] Factorize(long factorizableNum)
```

完成此类方法的处理所需的时间相对较长，具体取决于输入。因此，它是一个很好的示例，说明应该何时让 Web Services 客户端来异步调用 Web Services 方法。

如果 Wsdl.exe 使用此 Web Services 作为输入生成了客户端代理代码（对 ASP.NET Web Services 使用?wsdl 查询字符串），将生成包含下列签名的方法：

```
public long[] Factorize(long factorizableNum)
public System.IAsyncResult BeginFactorize(long factorizableNum, System.AsyncCallback
callback, object asyncState)
public long[] EndFactorize(System.IAsyncResult asyncResult)
```

（1）使用 Begin/End 模式实现进行异步方法调用的 Web Services 客户端

客户端如何知道何时调用 End 方法呢？根据.NET Framework 的定义，有两种方法可以使客户端确定这一点：

① 等待方法：使用 WaitHandle 类的方法之一使客户端等待方法完成；

② 回调方法：向 Begin 方法传递一个回调函数，在该方法完成处理后再调用该函数来检索结果。

> **注意**：无论客户端选择两种方法中的哪一种与 Web Services 进行异步通信，收发的 SOAP 消息都与通过同步代理方法生成的 SOAP 消息相同。也就是说，仍然只有一个 SOAP 请求和 SOAP 响应通过网络发送和接收。代理类通过使用与客户端调用 Begin 方法时使用的线程不同的线程来处理 SOAP 响应，从而实现该目的。因此，在代理类接收和处理 SOAP 响应时，客户端可以在其线程上继续执行其他工作。

（2）使用 Begin/End 模式的等待方法

WaitHandle 类实现下列支持等待同步对象得到信号通知的方法：WaitOne、WaitAny 和 WaitAll。当同步对象得到信号通知时，表示等待指定资源的线程此时可以访问该资源了。Web Services 客户端通过 Begin 方法返回的 IAsyncResult 对象的 AsyncWaitHandle 属性，来访问 WaitHandle 对象。

（3）使用 Begin/End 模式的回调方法

在回调方法中，回调函数实现 AsyncCallback 委托，该委托强制以下签名：

```
public void MethodName(IAsyncResult ar)
```

如果回调要求同步/线程相似性上下文，则通过上下文调度程序基础结构来调度。换句话说，对于这种上下文，回调可能相对于其调用方异步执行。这正是方法签名上单向限定符的语义。这意味着任何这种方法调用都可能相对于其调用方同步或异步执行，当执行控制权返回调用方时，调用方不能进行任何有关这种调用完成的假设。

在异步操作完成前调用 End 方法将阻塞该调用方。使用 Begin 方法返回的相同 IAsyncResult 再次调用该方法的行为未定义。

3．使用事件驱动的异步模式的异步 Web Services 客户端

使用基于事件的异步模式进行多线程编程介绍了使用事件处理回调的新的异步编程模型，此模型可以简化生成多线程应用程序的过程，因为您不必自己实现复杂的多线程代码。有关新的事件驱动的异步模型的概述，请参见基于事件的异步模式概述。有关使用新模型的客户端实现的详细信息，请参见如何实现基于事件的异步模式的客户端的有关内容。

5.7.6　从浏览器访问 XML Web Services

在发布了使用 ASP.NET 创建的 Web Services 之后，可以使用浏览器通过 HTTP-GET 或 HTTP-POST 调用该服务，以测试其功能。在浏览器中访问其.asmx 文件，然后单击指向 Web Services 方法的超级链接，或通过在.asmx URL 后追加查询字符串来直接访问各个方法。

> **注意**：默认情况下，使用 ASP.NET 创建的 Web Services 可以支持多个协议，包括 SOAP over HTTP 以及 HTTP-GET 和 HTTP-POST 的实现（在响应中返回非 SOAP XML）。

1．在浏览器中使用 HTTP-GET 测试 Web Services

在浏览器中使用 HTTP-GET 测试 Web Services 服务的具体步骤如下。

（1）将 Web Services 部署到 Web 服务器。

（2）访问 Web 浏览器，并在地址栏中使用以下格式输入 Web Services 的 URL：

```
http://servername/apppath/webservicename.asmx
```

访问 Web 浏览器的路径及其值如表 5-28 所示。

表 5-28　访问 Web 浏览器的路径及其值

路径部分	值
servername	部署 Web Services 的服务器的名称
Apppath	虚拟目录的名称以及 Web 应用程序路径的其余部分
webservicename.asmx	Web Services.asmx 文件的名称

（3）例如，假设您已发布了一个名为 StockServices 的 Web Services。发布时，该服务的基 URL 是 http://<servername>/apppath/StockServices.asmx。此时可以通过在浏览器的地址栏输入此 HTTP-GET 请求来测试该服务：

```
http://<servername>/apppath/StockServices.asmx
```

（4）服务器显示 Web Services 的 HTML 说明页来响应该请求。

（5）Web Services 的 HTML 说明页显示特定的 Web Services 支持的所有 Web Services 方法。链接到所需的 Web Services 方法，并输入必要的参数来测试该方法和查看 XML 响应。

2. 在浏览器中使用 HTTP-GET 直接测试 Web Services 方法

在浏览器中使用 HTTP-GET 直接测试 Web Services 方法的具体步骤如下。

（1）将 Web Services 部署到 Web 服务器。

（2）访问 Web 浏览器并在地址栏中使用以下格式输入 Web Services 方法的 URL：

```
http://servername/vdir/webservicename.asmx/Methodname?parameter=value
```

> **注意**：此语法中的 Web Services 方法名称是区分大小写的，但是服务器、项目和 Web Services 名称不区分大小写。

输入 Web Services 方法的参数及其值如表 5-29 所示。

表 5-29　输入 Web Services 方法的参数及其值

参　　数	值
servername	部署 Web Services 的服务器的名称
Apppath	虚拟目录的名称以及 Web 应用程序路径的其余部分
webservicename.asmx	Web Services.asmx 文件的名称
Methodname	Web Services 公开的公共方法的名称。如果留为空白，则显示 Web Services 的说明页，其中会列出.asmx 文件中提供的每个公共方法（可选）
parameter	方法所需的任何参数的适当参数名和值。如果留为空白，则显示 Web Services 的说明页，其中会列出.asmx 文件中提供的每个公共方法（可选）

（3）例如，假设上述过程中的 StockServices Web Services 包含一个名为 GetQuote 的 Web Services 方法；该 Web Services 方法接受股票符号作为参数，以双精度浮点数返回价格。要测试此方法，请在浏览器的地址栏中输入以下 HTTP-GET 请求：

```
http://<servername>/apppath/StockServices.asmx/GetStockQuote?tickerName=MSFT
```

（4）服务器发送包含 XML 文档的响应，该响应显示在浏览器中。对于 GetQuote 示例，XML 包含您所请求的股票的当前价格。结果可能如下：

```
<?xml version="1.0" ?>
<double>74.5</double>
```

3. 在浏览器中使用 HTTP-POST 测试 Web Services

在浏览器中使用 HTTP-POST 测试 Web Services 的具体步骤如下。

（1）将 Web Services 部署到 Web 服务器。此过程以以下 Web Services 为例，该服务部署为文件 math.asmx，可以从站点 http://www.contoso.com 的虚拟根目录访问：

```
<%@ WebService Language="C#" Class="Math" %>
using System.Web.Services;
public class Math : WebService {
    [ WebMethod ]
    public int Add(int num1, int num2) {
```

```
        return num1+num2;
    }


    [ WebMethod ]
    public int Subtract(int num1, int num2) {
        return num1-num2;
    }

}
```

（2）创建一个 HTML 页，包含一个 method 属性设置为 POST 的窗体。使用以下格式：

```
<form method=POST action='http://www.contoso.com/math.asmx/Subtract'>
    <input type="text" size="5" name='num1'\"></td> -
    <input type="text" size="5" name='num2'\"></td> =
    <input type=submit value="Subtract"> </td>
</form>
```

将 Web 服务器部署到 Web 服务器的参数及其值如表 5-30 所示。

表 5-30　部置到Web服务器的参数及其值

参　　数	值
method	POST。如果您要使用 HTTP-POST 测试 Web Services，则使用 POST
action	指向该 Web Services 方法的 URL。在上面的示例中，math.asmx 是 Web Services，而 Subtract 是 Web Services 方法
type="text"	对于 Web Services 方法的每个参数，创建 input 标记并将 type 属性设置为"text"。这允许您在文本输入控件中输入参数值
name='num1'	Web Services 方法参数的名称。Web Services 方法中有多少个参数，就在窗体上添加多少个文本输入控件。例如，如果 Web Services 方法有三个参数，就需要三个文本输入控件，每个控件都将其 name 属性设置为参数的名称
type=submit	添加一个"提交"按钮，以便可以将数据发送回 Web Services 方法

（3）访问 Web 浏览器，然后输入在第（2）步中创建的 HTML 文档的 URL。将显示在第（2）步中创建的 HTML 文档。

（4）在文本框中为 Web Services 方法输入适当的值，然后单击"提交"按钮。

例如，如果您在示例的 Subtract Web Services 方法的两个文本框中输入了 6，然后输入了 3，则将返回以下结果：

```
<?xml version="1.0" ?>
<int xmlns="http://tempuri.org/">3</int>
```

5.8　使用 SOAP 头

使用 SOAP 与 Web Services 方法通信时采用标准格式。XML 文档中编码的数据是该格式的一部分。XML 文档由根 Envelope 元素组成，而该标记又由必选的 Body 元素和可选的 Header 元素组成。Body 元素由特定于消息的数据组成。可选的 Header 元素可以包含不与特定消息直接相关的附加消息，Header 元素的每个子元素称为 SOAP 头。

虽然 SOAP 头可以包含与该消息相关的数据（因为 SOAP 规范没有严格地定义 SOAP 头的内容），但是它们通常包含 Web 服务器中由基础结构处理的信息。如何使用 SOAP 头的一个示例就是在 SOAP 头中提供 SOAP 消息的路由信息。

5.8.1 定义和处理 SOAP 头

使用 ASP.NET 创建的 Web Services 可以定义和处理 SOAP 头。定义 SOAP 头的过程是：定义表示特定 SOAP 头中数据的类，然后从 SoapHeader 类中派生该类。

1. 定义表示 SOAP 头的类

定义表示 SOAP 头的类的步骤如下。

（1）创建一个从 SoapHeader 类派生的类，其名称与 SOAP 头的根元素匹配。

```
public class MyHeader : SoapHeader
```

（2）添加公共字段或属性，与 SOAP 头中每个元素的名称及其各自的数据类型匹配。

例如，在给定以下 SOAP 头的情况下，其后的类定义一个表示 SOAP 头的类。

```
<soap:Header xmlns:soap="http://schemas.xmlsoap.org/soap/envelope/">
 <MyHeader xmlns="http://www.contoso.com">
   <Created>dateTime</Expires>
   <Expires>long</Expires>
 </MyHeader>
</soap:Header>

public class MyHeader : SoapHeader
{
  public DateTime Created;
  public long Expires;
}
```

2. 在 Web Services 中处理 SOAP 头

在 Web Services 中处理 SOAP 头的具体操作如下。

（1）将公共成员添加到实现表示 SOAP 头的类型的 Web Services 的类。

```
[WebService(Namespace="http://www.contoso.com")]
public class MyWebService
{
    // Add a member variable of the type deriving from SoapHeader.
    public MyHeader timeStamp;
```

（2）将 SoapHeader 特性应用于要处理 SOAP 头的每个 Web Services 方法。将 SoapHeader 特性的 MemberName 属性设置为步骤（1）中创建的成员变量的名称。

```
[WebMethod]
    [SoapHeader("timeStamp")]
    public void MyWebMethod()
```

（3）在应用 SoapHeader 特性的每个 Web Services 方法中，访问在第（1）步中创建的成员变量以处理在 SOAP 头中发送的数据。

```
[WebMethod]
    [SoapHeader("myHeaderMemberVariable")]
    public string MyWebMethod()
    {
        // Verify that the client sent the SOAP Header.
        if (timeStamp == null) timeStamp = new MyHeader();
        // Set the value of the SoapHeader returned to the client.
        timeStamp.Expires = 60000;
        timeStamp.Created = DateTime.UtcNow;

        return("Hello World!");
    }
```

3．示例

下面的代码示例演示如何在使用 ASP.NET 创建的 Web Services 中定义和处理 SOAP 头。MyWebService Web Services 具有一个名为 myHeaderMemberVariable 的成员变量，该成员变量属于从 SoapHeader (MyHeader) 派生的类型，设置为 SoapHeader 特性的 MemberName 属性。另外，SoapHeader 特性应用于指定 myHeaderMemberVariable 的 MyWebMethod Web Services 方法。在 MyWebMethod Web Services 方法中，通过访问 myHeaderMemberVariable 来获取 SOAP 头的 Username XML 元素的值。

```
<%@ WebService Language="C#" Class="MyWebService" %>
using System.Web.Services;
using System.Web.Services.Protocols;

// Define a SOAP header by deriving from the SoapHeader class.
public class MyHeader : SoapHeader
{
    public DateTime Created;
    public long Expires;
}

[WebService(Namespace="http://www.contoso.com")]
public class MyWebService
{
    // Add a member variable of the type deriving from SoapHeader.
    public MyHeader myHeaderMemberVariable;
```

```
    // Apply a SoapHeader attribute.
    [WebMethod]
    [SoapHeader("myHeaderMemberVariable")]
    public void MyWebMethod()
    {
        // Process the SoapHeader.
        if (myHeaderMemberVariable.Username == "admin")
        {
            // Do something interesting.
        }
    }
}
```

在上一个示例中，如果对 MyWebMethod 的 SOAP 请求包含 UserName 元素设置为 Admin 的 MyHeader SOAP 头，还将执行附加的代码。即以下 SOAP 请求将引起该代码的执行。

```
<?xml version="1.0" encoding="utf-8"?>
<soap:Envelope xmlns:soap="http://schemas.xmlsoap.org/soap/envelope/">
  <soap:Header>
    <MyHeader xmlns="http://www.contoso.com">
      <Created>dateTime</Created>
      <Expires>long</Expires>
    </MyHeader>
  </soap:Header>
  <soap:Body>
    <MyWebMethod xmlns="http://www.contoso.com" />
  </soap:Body>
</soap:Envelope>
```

当与 Web Services 进行通信时，Web Services 客户端可以发送和接收 SOAP 头。当使用 Wsdl.exe 实用工具为期望获得或返回 SOAP 头的 Web Services 生成代理类时，该代理类包含有关 SOAP 头的信息。具体来说，代理类具有表示 SOAP 头的成员变量，这些 SOAP 头与 Web Services 中的 SOAP 头互相关联。代理类还具有表示 SOAP 头的相应类的定义，例如，为上面的 Web Services 生成的代理类将具有一个 MyHeader 类型的成员变量以及 MyHeader 类的定义。

> **注意**：如果 Web Services 定义的成员变量所表示的 SOAP 头类型为 SoapHeader 或 SoapUnknownHeader、而不是从 SoapHeader 派生的类，则代理类将不包含任何有关该 SOAP 头的信息。

5.8.2 在 Web Services 客户端中处理 SOAP 头

在 Web Services 客户端中处理 SOAP 头的步骤如下。

（1）创建表示 SOAP 头的类的新实例。

```
MyHeader mySoapHeader = new MyHeader();
```

（2）为该 SOAP 头填充值。

```
mySoapHeader.Username = Username;
mySoapHeader.Password = SecurelyStoredPassword
```

（3）创建该代理类的新实例。

```
MyWebService proxy = new MyWebService();
```

（4）将该 SOAP 头对象分配给表示 SOAP 头的代理类的成员变量。

```
proxy.MyHeaderValue = mySoapHeader
```

（5）对与 Web Services 方法通信的代理类调用方法。

发送到 Web Services 的 SOAP 请求的 SOAP 头部分，将包含存储在 SOAP 头对象中的数据的内容。

```
string results = proxy.MyWebMethod();
```

下面的代码示例演示如何将 SOAP 头从客户端传递到 Web Services。

```
<%@ Page Language="C#" %>

<asp:Label id="ReturnValue" runat="server" />
<script runat=server language=c#>

 void Page_Load(Object o, EventArgs e)
 {

 MyHeader mySoapHeader = new MyHeader();

 // Populate the values of the SOAP header.
 mySoapHeader.Username = Username;
 mySoapHeader.Password = SecurelyStoredPassword;

 // Create a new instance of the proxy class.
 MyWebService proxy = new MyWebService();

 // Add the MyHeader SOAP header to the SOAP request.
 proxy.MyHeaderValue = mySoapHeader;

 // Call the method on the proxy class that communicates with
 // your Web service method.
 string results = proxy.MyWebMethod();
```

```
// Display the results of the method in a label.
ReturnValue.Text = results;
}
</script>
```

5.8.3 更改 SOAP 头的接收方

默认情况下，当 SoapHeader 属性应用于 Web Services 方法时，Web Services 客户端将 SOAP 头发送到 Web Services 方法。但是，Web Services 方法也可以将 SOAP 头发送回 Web Services 客户端。还可以双向发送。设置应用于 Web Services 方法的 SoapHeader 特性的 Direction 属性可以控制 SOAP 头的接收方。Direction 属性为 SoapHeaderDirection 类型，它具有 4 个值：In、Out、InOut 和 Fault。它们分别指接收者（不论它是否为 Web Services 服务器）、客户端或 Web Services 服务器和客户端两者，以及在 Web Services 引发异常时是否向客户端发送 SOAP 头。

> **注意**：.NET Framework SDK 1.0 版不支持 Fault 值。

1. 更改 SOAP 头接收方

更改 SOAP 头接收方的步骤如下。

（1）定义 SOAP 头。

```
public class MyHeader : SoapHeader
{
    public string Username;
    public string Password;
}
```

（2）将成员变量添加到实现 Web Services 的类中。

```
[WebService(Namespace="http://www.contoso.com")]
public class MyWebService : WebService
{
    public MyHeader myOutHeader;
```

（3）将 SoapHeader 属性应用于每个处理 SOAP 头的 Web Services 方法。使用 SoapHeaderDirection 枚举将 Direction 属性设置为每个所需的接收方。下面的示例通过将 Direction 设置为 SoapHeaderDirection.Out，将 Web Services 客户端设置为接收方。

```
[WebMethod]
    [SoapHeader("myOutHeader",Direction=SoapHeaderDirection.Out)]
```

（4）根据接收方处理或设置 SOAP 头。下面的代码示例设置 SOAP 头的值，接收方为 Web Services 客户端。

```
// Return the client's authenticated name.
```

```
    myOutHeader.Username = User.Identity.Name;
```

2. 示例

下面的代码示例定义从 Web Services 方法发送到客户端的 MyHeader SOAP 头。

```csharp
<%@ WebService Language="C#" Class="MyWebService" %>

using System.Web.Services;
using System.Web.Services.Protocols;

// Define a SOAP header by deriving from the SoapHeader base class.
public class MyHeader : SoapHeader
{
    public string Username;
    public string Password;
}

[WebService(Namespace="http://www.contoso.com")]
public class MyWebService : WebService
{
    public MyHeader myOutHeader;

    [WebMethod]
    [SoapHeader("myOutHeader",Direction=SoapHeaderDirection.Out)]
    public void MyOutHeaderMethod()
    {
      // Return the client's authenticated name.
      myOutHeader.Username = User.Identity.Name;
    }
}
```

5.8.4　处理未知的 SOAP 头

Web Services 客户端可以将 SOAP 请求与 SOAP 头一起发送给 Web Services 期望的、但是可能尚未显式定义的 Web Services 方法。在这种情况下，确定是否理解并处理 SOAP 头的语义很重要，因为 SOAP 规范规定，当 SOAP 头的 mustUnderstand 属性设置为 true 时将引发异常。

处理来自 Web Services 客户端的未知 SOAP 头的步骤如下。

（1）将一个类型为 SoapUnknownHeader、SoapHeader 或两者中任意一个的数组的成员变量添加到实现 Web Services 的类中，以处理多个未知的 SOAP 头。

将类型声明为 SoapUnknownHeader 的数组或单个实例所带来的其他好处在于：SoapUnknown Header 具有 Element 属性。Element 属性的类型为 XmlElement，表示 SOAP 请求或 SOAP 响应的 Header 元素的 XML 文档。这样，Web Services 方法可以通过询问 Element 属性来确定 SOAP 头的名称以及该 SOAP 头传递的数据。

```
public class MyWebService {
    public SoapUnknownHeader[] unknownHeaders;
```

（2）将 SoapHeader 属性应用于要处理每个未知 SOAP 头的每个 Web Services 方法。

```
[WebMethod]
    [SoapHeader("unknownHeaders")]
    public string MyWebMethod()
```

（3）添加代码以确定您是否可以处理任何未知 SOAP 头。

如果成员变量的类型为 SoapUnknownHeader，则 Web Services 方法可以通过询问 Element 属性来确定 SOAP 头的名称以及该 SOAP 头传递的数据。Element 属性的 Name 属性标识 SOAP 头的名称。

```
foreach (SoapUnknownHeader header in unknownHeaders)
    {
        // Check to see if this a known header.
        if (header.Element.Name == "MyKnownHeader")
```

（4）如果知道如何处理特定的 SOAP 头，则将表示未知 SOAP 头的成员变量的 DidUnderstand 属性设置为 true。

如果 Web Services 方法确实处理未知 SOAP 头，且未将 DidUnderstand 属性设置为 true，则可能引发 SoapHeaderException。

```
// Check to see if this is a known header.
        if (header.Element.Name == "MyKnownHeader")
            header.DidUnderstand = true;
        else
            // For those headers that cannot be
            // processed, set DidUnderstand to false.
            header.DidUnderstand = false;
    }
```

注意：使用 ASP.NET 创建的 Web Services 使用 DidUnderstand 属性与 Web Services 方法进行通信。它不是 SOAP 规范的一部分，它的值不出现在 SOAP 请求或 SOAP 响应的任何一部分中。

注意：当 Web Services 客户端使用 Web Services 描述语言工具（Wsdl.exe）生成代理类，并且 Web Services 使用 SoapUnknownHeader 类型定义表示 SOAP 头的成员变量时，不向代理类中添加对该 SOAP 头的引用。如果 Web Services 客户端决定将该 SOAP 头添加到 SOAP 请求，则必须修改代理类，方法是添加成员变量并将 SoapHeader 属性应用于对相应 Web Services 方法进行调用的方法。

5.8.5　处理 XML Web Services 客户端要求的 SOAP 头

客户端可以要求 Web Services 方法正确地解释 SOAP 头的语义，并据此对 SOAP 头进行处理以成功完成 SOAP 请求。要完成该操作，客户端应将 SOAP 头的 mustUnderstand 属性设置为 1。例如，要求 SOAP 请求接收方处理 MyCustomSoapHeader SOAP 头的 SOAP 请求示例如下：

```xml
<?xml version="1.0" encoding="utf-8"?>
<soap:Envelope xmlns:soap="http://schemas.xmlsoap.org/soap/envelope/" >
  <soap:Header>
    <MyCustomSoapHeader soap:mustUnderstand="1" xmlns="http://www.contoso.com">
      <custom>Keith</custom>
    </MyCustomSoapHeader>
  </soap:Header>
  <soap:Body>
    <MyUnknownHeaders xmlns="http://www.contoso.com" />
  </soap:Body>
</soap:Envelope>
```

Web Services 是否定义 SOAP 头决定了 Web Services 应该如何处理客户端要求的 SOAP 头。在 Web Services 定义了 SOAP 头的情况下，ASP.NET 处理大量的工作。具体过程说明如下。

1．处理 Web Services 未定义、但 Web Services 客户端要求的 SOAP 头

按照处理来自 Web Services 客户端的未知 SOAP 头的步骤操作，特别注意 SOAP 头的 DidUnderstand 属性。

对于 Web Services 未定义的 SOAP 头，DidUnderstand 的初始值是 false。如果在 Web Services 方法返回之后，ASP.NET 检测到 DidUnderstand 属性设置为 false 的 SOAP 头，则自动引发 SoapHeaderException。

2．处理 Web Services 客户端的要求，并且 Web Services 已定义的 SOAP 头

在每个 Web Services 方法中按照在使用 ASP.NET 创建的 Web Services 中处理 SOAP 头的步骤操作。

对于 Web Services 定义的、在接收 SOAP 头的 Web Services 方法中处理的 SOAP 头，ASP.NET 假设 Web Services 了解该 SOAP 头并将 DidUnderstand 的初始值设置为 true。

3．示例

下面的 MyWebServiceWeb Services 定义 MyHeader SOAP 头，并要求它随对 MyWebMethod Web Services 方法的任何调用进行发送。另外，MyWebMethod 处理任何未知的 SOAP 头。要使 SOAP 头 MyWebMethod 可以处理，应将 DidUnderstand 设置为 true。

```csharp
<%@ WebService Language="C#" Class="MyWebService" %>
using System.Web.Services;
using System.Web.Services.Protocols;
```

```csharp
// Define a SOAP header by deriving from the SoapHeader base class.
public class MyHeader : SoapHeader {
    public string MyValue;
}
public class MyWebService {
    public MyHeader myHeader;

    // Receive all SOAP headers other than the MyHeader SOAP header.
    public SoapUnknownHeader[] unknownHeaders;


    [WebMethod]
    [SoapHeader("myHeader")]
    //Receive any SOAP headers other than MyHeader.
    [SoapHeader("unknownHeaders")]
    public string MyWebMethod()
    {
        foreach (SoapUnknownHeader header in unknownHeaders)
        {
            // Perform some processing on the header.
            if (header.Element.Name == "MyKnownHeader")
                header.DidUnderstand = true;
            else
                // For those headers that cannot be
                // processed, set DidUnderstand to false.
                header.DidUnderstand = false;
        }
        return "Hello";
    }
}
```

> **注意：** ASP.NET 使用 DidUnderstand 属性与 Web Services 方法进行通信。该属性不是 SOAP 规范的一部分；它的值不出现在 SOAP 请求或 SOAP 响应的任何部分。

> **注意：** 如果 Web Services 转发 SOAP 头，则一定要遵循 SOAP 规范中的规则，特别是那些与 Actor 的值有关的规则。欲知详细信息，请访问 W3C 网站（http://www.w3.org/TR/SOAP/）。

第 6 章

Web 程序设计——XML 与 Web Services 动手实验

6.1 实验 1 用 XML 设计器创建 XML 架构

6.1.1 实例说明

在 Visual Studio 2005 的早期版本中，"XML 设计器"可用于创建和编辑 XML 架构文件。但是，在 Visual Studio 2005 中，用于创建和编辑类型化数据集的设计器是"数据集设计器"，故"XML 设计器"成为了用于类型化数据集和 XML 架构的设计器。

6.1.2 技术要点

- 熟练使用 XML 设计器。

6.1.3 设计过程

1. 创建 Windows 应用程序并添加 XML 架构

创建新的 Windows 应用程序项目的步骤如下：

（1）从"文件"菜单创建一个新的项目；

（2）在"项目类型"窗格中选择一种语言，然后选择"Windows 应用程序"；

（3）将该项目命名为 SampleSchema。

向项目添加 XML 架构的步骤如下：

- 从"项目"菜单中选择"添加新项"，然后双击"添加新项"对话框中的"XML 架构"图标；
- 随即打开"XML 设计器"。

2. 定义简单类型和复杂类型

在构造关系表以前，首先生成简单类型定义和复杂类型定义，这些定义用于格式化订单架构的特定元素。使用现有的 XML 数据类型（如 string 和 integer）生成新的类型。

然后您将定义一个简单类型，该类型将被命名为 stateCode。该简单类型用于将字符串的大小限制为两个字符。

（1）向项目添加 XML 简单类型

向项目添加 XML 简单类型的步骤如下：

① 如果"XML 设计器"尚未打开，请双击"XMLSchema1.xsd"文件以显示它；

② 单击"工具箱"的"XML 架构"选项卡，将一个"simpleType"拖曳到设计图面上；

③ 通过单击标头中的第一个文本框，并用 stateCode 替换"simpleType1"来更改"simpleType"的名称；

④ 通过单击标头中的下拉列表并选择"string"来设置 stateCode 类型的基类型；

⑤ 通过按 Tab 键，定位到下一行中的第一个单元格；

⑥ 从下拉列表中选择"facet"；

⑦ 按 Tab 转到下一个单元格并从下拉列表中选择"length"；

⑧ 按 Tab 键切换到同一行中的第三个单元格，然后输入值 2。

这要求输入到"state"字段中的值为两个字符。您的 stateCode 在"架构"视图中应如图 6-1 所示：

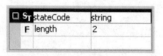

图 6-1 设计视图（一）

⑨ 单击设计器左下方的"XML"选项卡以查看所添加的 XML：

```
<xs:simpleType name="stateCode">
  <xs:restriction base="xs:string">
    <xs:length value=""/>
  </xs:restriction>
</xs:simpleType>
```

此 stateCode 简单类型将用于定义将在下面（2）中创建的复杂类型内的 State 元素。

名为 addressType 的 complexType 定义了一组元素，它们将出现在类型为 addressType 的任何元素中。例如，当将 billTo 元素的类型设置为前面定义的 addressType 时，该元素将包含有关名称、地址和日期的信息。通过构造复杂类型并在元素内使用它，可生成嵌套关系。

（2）向项目添加 XML 复杂类型

向项目添加 XML 复杂类型的具体步骤为：

① 单击"XML 设计器"的"架构"选项卡；

② 从"工具箱"的"XML 架构"选项卡中将一个"complexType"拖曳到设计图面上；

③ 将"complexType1"更改为"addressType"来对类型进行命名；

④ 通过单击第一行的第一个单元格并从下拉列表中选择"element"，向 addressType 添加一个 XML

属性；

⑤ 在第二列中，将"element1"更改为"Name"；

⑥ 在第三列中，接受默认值"string"；

⑦ 添加下列 XML 元素，并如表 6-1 所示设置它们的名称和类型：

表 6-1　XML元素名称及其数据类型

元素名称	数据类型
Street	String
City	String
State	stateCode
PostalCode	Integer

您的 addressType 在"架构"视图中应如图 6-2 所示：

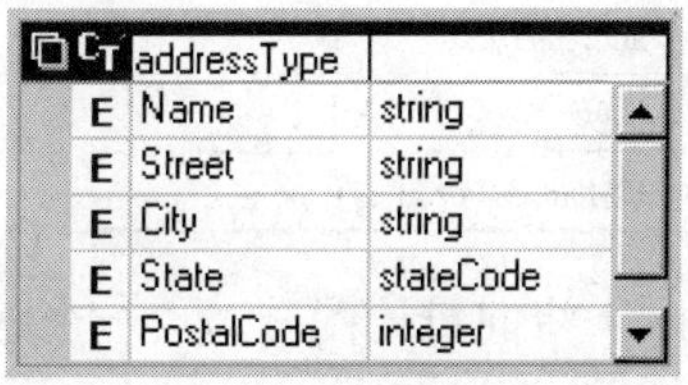

图 6-2　设计视图（二）

⑧ 若要查看已添加到.xsd 文件的 XML，请单击设计器底部的"XML"选项卡。您将看到以下的 XML：

```
<xs:complexType name="addressType">
<xs:sequence>
<xs:element name="Name"type="xs:string"/>
<xs:element name="Street"type="xs:string"/>
<xs:element name="City"type="xs:string"/>
<xs:element name="State"type="stateCode"/>
<xs:element name="PostalCode"type="xs:integer"/>
</xs:sequence>
```

3．</xs:complexType>创建关系表

当从"工具箱"中将元素对象拖曳到设计图面时，实际是在添加包含 unnamed complexType 的元素，包含未命名复杂类型会将元素定义为关系表。然后可以在该 complexType 下添加其他元素，以定义关系字段（或列）。如果将这些新元素之一定义为新的 unnamed complexType，则将在父关系内用其自己的唯一列创建一个嵌套关系。

在"订单"（PurchaseOrder）或"项"（Items）元素内定义新的未命名复杂类型元素时，会在架构中创建附加嵌套。一个订单内可能有很多项，在每项内又可能有许多附加元素（如价格、尺寸等）。在下面的过程中，将向 purchaseOrder 关系表添加"项"（Items）元素，并将其类型定义为 unnamed complexType。由于您正在定义一个新的关系表，因此这将在设计图面上出现一个新元素。在新的项关系内，添加项元素并将其类型设置为 unnamed complexType 时，将创建另一个关系表，它也将显示在设计图面上。

向项目添加 XML 元素的步骤如下：

（1）单击"工具箱"，从"XML 架构"选项卡中将一个"element"对象拖曳到设计图面上；

（2）将"element1"更改为 PurchaseOrder 以命名该元素，可以将数据类型保留为"（PurchaseOrder）"；

（3）通过单击第一行的第一个单元格并从下拉列表中选择"element"来向订单添加元素；

（4）将元素命名为 shipTo，将其数据类型设置为"addressType"；

（5）添加下列 XML 元素并如表 6-2 所示设置它们的名称和类型：

表 6-2 XML元素名称及其数据类型

元素名称	数据类型
billTo	addressType
shipDate	Date
Items	Unnamed complexType

当将 Items 元素的类型设为匿名时，将向设计图面添加一个附加元素，它是另一个关系表。

（6）在 Items 元素中，添加一个元素，将其命名为 Item，并将其类型设置为"Unnamed ComplexType"。您的订单在"架构"视图中应如图 6-3 所示：

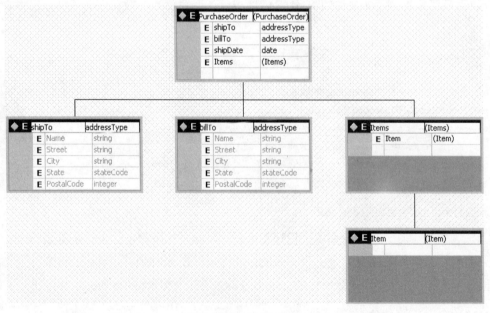

图 6-3 设计视图（三）

现已添加到您.xsd 文件中的 XML 如下：

```
<xs:element name="PurchaseOrder">
```

```
    <xs:complexType>
<xs:sequence>
        <xs:element name="shipTo"type="addressType"/>
        <xs:element name="billTo"type="addressType"/>
        <xs:element name="shipDate"type="xs:date"/>
        <xs:element name="Items">
          <xs:complexType>
            <xs:sequence>
              <xs:element name="Item">
                <xs:complexType>
                    <xs:sequence />
                </xs:complexType>
              </xs:element>
            </xs:sequence>
          </xs:complexType>
        </xs:element>
      </xs:sequence>
    </xs:complexType>
</xs:element>
```

4．编辑 XML

对于向设计器图面添加元素和类型时生成的 XML，可以使用"XML 设计器"的"XML"选项卡进行编辑。XML 编辑器具有"Intellisense"和"语句结束"功能。用红色波浪线标记无效语句。将鼠标指针悬停在不正确的语句上时会显示一条错误信息。编辑 XML 的步骤如下：

（1）单击"XML 设计器"的"XML"选项卡以查看 XML；

（2）在 Item 元素内，将自结束标记（<xs:sequence />）更改为单独的开始和结束标记（<xs:sequence></xs:sequence>）；

（3）在 Item 元素中的<xs:sequence>标记后面输入以下内容：

```
<xs:element name="Quantity"type="xs:integer"/>
<xs:element name="Price"type="xs:decimal"/>
<xs:element name="ProductID"type="xs:integer"/>
```

此时您已创建了三个新元素："数量"（Quantity）、"价格"（Price）和"产品 ID"（ProductID），并为每个元素定义了数据类型。

（4）接下来输入"<invalid/>"，注意指示错误的红色波浪线。将鼠标悬停在红色波浪线上以查看错误信息。错误还将显示在"任务列表"中；

（5）删除<invalid/>标记以修复该错误；

（6）保存该架构。

现在，在 XML 视图中 Items 元素下的 XML 代码为：

```
<xs:element name="Items">
```

```
    <xs:complexType>
<xs:sequence>
    <xs:element name="Item">
     <xs:complexType>
      <xs:sequence>
       <xs:element name="Quantity"type="xs:integer"/>
       <xs:element name="Price"type="xs:decimal"/>
       <xs:element name="ProductID"type="xs:integer"/>
      </xs:sequence>
     </xs:complexType>
    </xs:element>
</xs:sequence>
  </xs:complexType>
</xs:element>
```

6.2 实验 2 创建和使用 ASP.NET Web Services

6.2.1 实例说明

在本部分演练中，将创建一个网站并为其添加新页。还将添加 HTML 文本并在 Web 浏览器中运行该页。

在本演练中，您将创建一个不需要使用 Microsoft Internet 信息服务（IIS）的文件系统网站，并将在本地文件系统中创建和运行页。

6.2.2 技术要点

- 创建最简单的 ASP.NET Web Services 的基本步骤。

6.2.3 设计过程

此演练根据 Northwind 示例数据库中的 Customers 表和 Orders 表创建新的 SQL Server 数据库文件。然后，此数据库文件可以作为示例数据库，以便在帮助系统引用本地数据库文件和演练页面。

1. 在 IIS 根下创建 Web Services

在 IIS 根下创建 Web Services 的具体步骤如下。

（1）打开 Visual Web Developer。

（2）在"文件"菜单上单击"新建网站"，"新建网站"对话框随即出现。

（3）在"Visual Studio 已安装的模板"之下单击"ASP.NET Web Services"。

（4）单击"浏览"。

（5）单击"本地 IIS"。

（6）单击"默认网站"。

（7）单击"创建新 Web 应用程序"，Visual Web Developer 创建一个新的 IIS Web 应用程序。

（8）输入名称 TemperatureWebService。

（9）单击"打开"按钮，出现"新建网站"对话框，新网站的名称位于最右边的"位置"列表中。该位置包括协议（"http://"）和位置（"localhost"），这指示正在处理本地 IIS 网站。

（10）在"语言"列表中，单击您想使用的编程语言。您选择的编程语言将为网站的默认语言。但是，通过用不同的编程语言创建页面和组件，可以在同一 Web 应用程序中使用多种语言。有关如何使用不同语言创建组件的信息，请参见 ASP.NET 网站中的共享代码文件夹的内容。

（11）单击"确定"按钮。Visual Web Developer 创建新的 Web Services 并打开一个名为 Service 的新类，该类为默认 Web Services。但是，在下面的过程中将用指定的名称创建一个新的 Web Services 且不使用 Service 类。

（12）关闭 Service 类。

2. 创建 Web Services

创建一个 Web Services，它将温度从华氏温度转换为摄氏温度和从摄氏温度转换为华氏温度。

（1）创建 Web Services 的步骤

① 在解决方案资源管理器中，右击网站的名称（http://localhost/TemperatureWebService），然后单击"添加新项"。

② 在"Visual Studio 已安装的模板"之下单击"Web Services"，然后在"名称"框中输入"Convert"。

③ 确保"将代码放在单独的文件中"复选框已选定，然后单击"添加"按钮。Visual Web Developer 创建一个新的 Web Services，它由两个文件组成。可以调用 Convert.asmx 文件以调用 Web Services 方法，且该文件指向 Web Services 的代码。代码本身位于 App_Code 文件夹中的类文件内（Convert.vb、Convert.cs 或 Convert.jsl，具体取决于编程语言）。代码文件包含 Web Services 的模板，以及 Web Services 方法的某些代码。在 Web Services 中可创建两种方法。第一种方法将华氏温度转换为摄氏温度，第二种方法将摄氏温度转换为华氏温度。

（2）创建转换方法

在类内部的 HelloWorld 方法后面添加下面的代码：

```
[System.Web.Services.WebMethod()]
public double FahrenheitToCelsius(double Fahrenheit)
{
    return ((Fahrenheit - 32) * 5) / 9;
}


[System.Web.Services.WebMethod()]
```

```
public double CelsiusToFahrenheit(double Celsius)
{
    return ((Celsius * 9) / 5) + 32;
}
```

注意：在函数名前放置一个属性（[System.Web.Services.WebMethod()] 或 <System.Web. Services.WebMethod()>），作为函数声明的一部分。

输入函数之后，保存该文件。现在，就可以测试 Visual Web Developer 中的 Web Services。

（3）测试 Web Services 的步骤

① 在解决方案资源管理器中，单击 Convert.asmx，然后按 Ctrl+F5 组合键。调用 Web Services，在资源管理器中显示一个页，显示由 Web Services 公开的方法。

② 单击 "CelsiusToFahrenheit"，调用该方法，出现一页，提示您输入 CelsiusToFahrenheit 方法的参数值。

③ 在 "Celsius" 框中，输入 "100"，然后单击 "调用"。出现一个新窗口，显示调用 CelsiusToFahrenheit 方法时 Web Services 返回的 XML。在 XML 中出现值 "212"。

④ 关闭包含方法结果的浏览器。

⑤ 在原始浏览器中，单击 "后退" 以返回到方法列表。

⑥ 单击 "FahrenheitToCelsius" 并测试以确保该方法正在返回预期的结果。如果输入 "212"，则 FahrenheitToCelsius 方法将返回 "100"。

⑦ 关闭浏览器。

3. 使用 Web Services

使用 Web Services 的步骤如下。

① 在 "文件" 菜单上单击 "新建网站"。

② 在 "Visual Studio 已安装的模板" 之下单击 "ASP.NET 网站"。

③ 单击 "浏览"。

④ 单击 "本地 IIS"。

⑤ 单击 "默认网站"。

⑥ 单击 "创建新 Web 应用程序"，Visual Web Developer 创建一个新的 IIS Web 应用程序。

⑦ 输入名称 TemperatureWeb。

⑧ 单击 "打开"。

⑨ 在 "语言" 列表中，单击您想使用的编程语言。

⑩ 单击 "确定" 按钮，Visual Web Developer 创建一个新的本地 IIS 网站和一个名为 Default.aspx 的新页。

4．将 Web Services 作为组件添加

Web Services 是可以在应用程序中引用的组件。因此，必须创建对 Web Services 的引用。

（1）创建对 Web Services 的引用的步骤

① 在解决方案资源管理器中，右击网站的名称，然后单击"添加 Web 引用"，"添加 Web 引用"对话框随即出现，如图 6-4 所示。

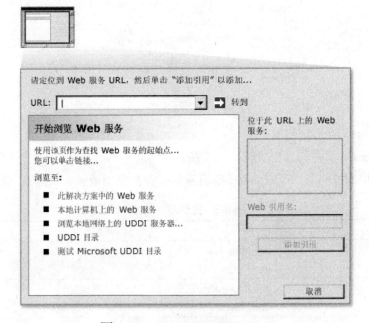

图 6-4 "添加 Web 引用"对话框

② 在"URL"列表中，为 Web Services 输入下面的 URL，然后单击"执行"按钮：

```
http://localhost/TemperatureWebService/Convert.asmx
```

Visual Web Developer 找到 Web Services 后，在"添加 Web 引用"对话框中出现有关 Web Services 的信息。

③ 单击一个方法链接，出现该方法的测试页。

④ 单击"添加引用"，Visual Web Developer 创建一个 App_WebReferences 文件夹，并在这个文件夹中为新的 Web 引用添加一个文件夹。默认情况下，给 Web 引用分配一个与其服务器名称对应的命名空间（在这种情况下为 localhost），记下 Web 引用命名空间的名称。在文件夹中，Visual Web Developer 添加一个引用 Web Services 的.wsdl 文件。它还添加支持文件，如发现（.disco 和.discomap）文件，这些文件包括有关 Web Services 所在位置的信息。

现在可以使用 Web Services。在此演练中，将控件添加到 Default.aspx，然后对控件进行编程，将指定温度同时转换为华氏温度和摄氏温度。当该页运行时，它看起来类似于如图 6-5 所示：

图 6-5　运行视图

（2）调用 Web Services 方法的步骤

① 打开 Default.aspx 页并切换到"设计"视图。

② 从工具箱的"标准"组中，将如表 6-3 所示的控件拖曳到该页并按照指示设置其属性：

表 6-3　控件及其属性

控　件	属　性
Textbox	ID：TemperatureTextbox Text：（空）
Button	ID：ConvertButton Text：Convert
Label	ID：FarenheitLabel Text：（空）
Label	ID：CelsiusLabel Text：（空）

③ 或者，将文本添加到该页作为标题。在本演练中，该页的布局并不重要。

④ 双击"ConvertButton"，为其 Click 事件创建事件处理程序。

⑤ 确保事件处理程序代码与下面的代码匹配：

```csharp
protected void ConvertButton_Click(object sender, EventArgs e)
{
    localhost.Convert wsConvert = new localhost.Convert();
    double temperature =
        System.Convert.ToDouble(TemperatureTextbox.Text);
    FahrenheitLabel.Text = "Fahrenheit To Celsius = " +
        wsConvert.FahrenheitToCelsius(temperature).ToString();
    CelsiusLabel.Text = "Celsius To Fahrenheit = " +
        wsConvert.CelsiusToFahrenheit(temperature).ToString();
}
```

⑥ 按 Ctrl+F5 组合键运行该页。

⑦ 在文本框中输入一个值（如"100"），然后单击"转换"按钮，该页显示将温度值转换为华氏温度和摄氏温度的结果。

5. 调试 Web Services

可以按调试网页的同样方式调试 Web Services。若要启动，则必须配置包含要启用调试的 Web Services 的网站。

（1）在 Web Services 网站上启用调试

① 在"文件"菜单上单击"打开网站"。

② 单击"本地 IIS"。

③ 单击"TemperatureWebService"，然后单击"打开"按钮。

④ 在"网站"菜单上单击"ASP.NET 配置"，以打开网站管理工具。

⑤ 单击"应用程序"，然后单击"应用程序配置"。

⑥ 在"调试和跟踪"下单击"配置调试和跟踪"。

⑦ 选择"启用调试"复选框，网站管理工具为网站创建 Web.config 文件，并将配置选项设置为启用调试。

⑧ 关闭网站管理工具，现在必须对使用 Web Services 的网站启用调试。

（2）在网站上启用调试

① 打开"TemperatureWeb"站点。

② 在"网站"菜单上单击"ASP.NET 配置"以打开网站管理工具。

③ 单击"应用程序"，单击"应用程序配置"，在"调试和跟踪"下单击"配置调试和跟踪"，然后选择"启用调试"复选框。

④ 关闭网站管理工具。

⑤ 在解决方案资源管理器中，右击"Default.aspx"，然后单击"查看代码"。Visual Web Developer 打开该页的代码文件。

⑥ 将指针定位在下面的行中：

```
double temperature =
    System.Convert.ToDouble(TemperatureTextbox.Text);
```

⑦ 按 F9 键在行上设置断点。

6. 测试调试

网站和 Web Services 都配置为可进行调试，所以现在可以尝试调试。将在 Default.aspx 页启动，并且逐句通过代码，直到代码调用 Web Services 为止。调试器将切换到 Web Services 并继续逐句通过代码。

调试页面和 Web Services 的步骤如下。

（1）按 F5 键运行 Default.aspx 页并进行调试。该页显示在浏览器中。

（2）在框中输入一个值（如"100"），然后单击"转换"。Visual Web Developer 开始运行该页的代码，但是遇到有断点的行就停止并突出显示该行。

（3）按 F11 键移到下一行。

（4）再次按 F11 键。因为下一行调用 Web Services，所以调试器进入并单步执行 Web Services，在 FahrenheitToCelsius 方法的第一行处停止。

（5）继续按 F11 键。调试器逐句通过该方法的其余部分，然后返回到调用页。如果继续逐句通过，则调试器将逐句返回到 Web Services 并进入和单步执行 CelsiusToFahrenheit 方法。

（6）关闭浏览器，这也会关闭调试器。

6.3 实验 3 创建网页以显示 XML 数据

6.3.1 实例说明

数据通常是以 XML 格式提供给 Web 应用程序的。但是，XML 数据本质上是分层的，因此您能够在基于列表的控件中使用 XML 数据，如 GridView 或 DropDownList 控件。此演练演示如何将 XML 数据视为表格数据库表中的数据进行处理。

6.3.2 技术要点

* 在网页中显示 XML 数据。

6.3.3 设计过程

1. 创建网站

如果已经在 Visual Web Developer 中创建了一个网站，则可以使用该网站并转到下一部分。否则，按照下面的步骤创建一个新的网站和网页。创建文件系统网站的步骤如下。

（1）打开 Visual Web Developer。

（2）在"文件"菜单上指向"新建网站"，出现"新建网站"对话框。

（3）在"Visual Studio 已安装的模板"之下单击"ASP.NET 网站"。

（4）在"位置"框中单击"文件系统"，然后输入要保存网站的文件夹的名称。例如，输入文件夹名称"C:\WebSites\XMLWalkthrough"。

（5）在"语言"列表中，单击要使用的编程语言，如"Visual Basic"或"Visual C#"。您选择的编程语言将是网站的默认语言，但您可以为每个页分别设置编程语言。

（6）单击"确定"按钮。Visual Web Developer 创建该文件夹和一个名为 Default.aspx 的新页。

2．为数据创建.xml 文件

若要使用 XML 数据，请在网站中创建一个.xml 文件。创建.xml 文件的步骤如下。

（1）在解决方案资源管理器中，右击 App_Data 文件夹，然后单击"添加新项"。

> 注意：将.xml 文件放入 App_Data 文件夹时，.xml 文件就具有了正确的权限，可以允许 ASP.NET 在运行时对该文件进行读写操作。此外，将文件保留在 App_Data 文件夹中可防止在浏览器中查看这些文件，因为 App_Data 文件夹被标记为不可浏览。

（2）在"Visual Studio 已安装的模板"之下单击"XML 文件"。

（3）在"名称"框中输入"Bookstore.xml"。

（4）单击"添加"按钮，即创建了一个仅包含 XML 指令的新.xml 文件。

（5）复制下面的 XML 数据，然后将其粘贴到文件中，改写该文件中的内容。

```xml
<?xml version="1.0" standalone="yes"?>
<bookstore>
    <book ISBN="10-000000-001"
        title="The Iliad and The Odyssey"
        price="12.95">
    <comments>
        <userComment rating="4"
            comment="Best translation I've read." />
        <userComment rating="2"
            comment="I like other versions better." />
    </comments>
    </book>
    <book ISBN="10-000000-999"
        title="Anthology of World Literature"
        price="24.95">
    <comments>
        <userComment rating="3"
            comment="Needs more modern literature." />
        <userComment rating="4"
            comment="Excellent overview of world literature." />
    </comments>
    </book>
    <book ISBN="11-000000-002"
        title="Computer Dictionary"
        price="24.95" >
    <comments>
        <userComment rating="3"
            comment="A valuable resource." />
    </comments>
```

```
  </book>
  <book ISBN="11-000000-003"
     title="Cooking on a Budget"
     price="23.95" >
<comments>
  <userComment rating="4"
     comment="Delicious!" />
</comments>
</book>
<book ISBN="11-000000-004"
     title="Great Works of Art"
     price="29.95" >
</book>
</bookstore>
```

（6）Bookstore.xml 文件包含网上书店可能提供的书籍的信息。请注意.xml 文件的以下特点：

① 元素的属性（Property）值都表示为属性（Attribute）；

② 该文件包含一个嵌套结构——每本书可包含书的属性值，以及一个或多个注释作为独立元素。

（7）保存 Bookstore.xml 文件，然后将其关闭。

3．在列表控件中显示 XML 数据

若要使数据可用于 ASP.NET 网页中的控件，需要使用数据源控件。

（1）配置对.xml 文件的数据访问权限的步骤如下。

① 打开 Default.aspx 文件，然后切换到"设计"视图。

② 在"工具箱"中，从"数据"组中将"XmlDataSource"控件拖曳到页上。

③ 在"XmlDataSource 任务"菜单中，单击"配置数据源"，出现"配置数据源<DataSourceName>"对话框。

④ 在"数据文件"框中，输入"~/App_Data/Bookstore.xml"。

⑤ 单击"确定"。

XmlDataSource 控件使.xml 文件中的数据可供该页中的控件使用。这些数据可以两种格式使用：分层格式和表格格式。绑定到 XmlDataSource 控件的控件可以以它们的适用格式获取这些数据。

这种情况下，Bookstore.xml 文件的层次结构有助于进行关系解释。文件的两个级别（书和注释）可视为两个相关的表。现在即可在列表控件中显示 XML 数据。开始时，可在 GridView 控件中显示一些 XML 数据。

（2）使用 GridView 控件作为 XML 数据的基本显示工具的步骤如下。

① 在"工具箱"中，从"数据"组中将"GridView"控件拖曳到页上。

② 在"GridView 任务"菜单的"选择数据源列表"中，单击"XmlDataSource1"。

③ 按 Ctrl+F5 组合键运行该页，该页在网格中显示 XML 数据。

GridView 控件中显示的数据演示有关如何解释 XML 数据的以下几点：

- 如果 XML 数据被表示为一个数据记录，则在默认情况下，列是从属性（如 ISBN）创建的；
- 子元素被视为独立相关表的一部分。此示例中，GridView 控件没有绑定到文件中的 comments 元素。

4．使用 XPath 表达式筛选 XML 数据

在此演练的第一部分中，使用 XmlDataSource 和 GridView 控件的默认行为来提取.xml 文件中的信息。但是，控件只显示部分 XML 数据。

在演练的这一部分中，将添加另一个 GridView 控件并使用该控件显示主/详细信息。用户将可以在第一个 GridView 控件中选择一本书，而第二个 GridView 控件将显示该书的相关用户注释（如果有的话）。若要显示注释，需要使用 XPath 表达式，该表达式允许您指定要提取的 XML 数据文件的级别。由于只想显示某特定书的注释，因此将动态创建 XPath 表达式，具体取决于用户所选的书。

开始时，向页中添加另一个 GridView 控件，然后配置 GridView 控件以便它显示用户注释。

（1）添加 GridView 控件以显示用户注释的步骤

① 切换到"设计"视图。

② 在"工具箱"中，从"数据"组中将"GridView"控件拖曳到页上，并将其置于第一个"GridView"控件之下。出现"GridView 任务"菜单。

③ 在"选择数据源"框中，单击"新建数据源"，出现"数据源配置向导"。

④ 单击"XML 文件"作为数据源。

⑤ 在"为数据源指定 ID"框中，保留默认值"XmlDataSource2"。

⑥ 单击"确定"按钮，出现"配置数据源"对话框。

⑦ 在"数据文件"框中，输入"~/App_Data/Bookstore.xml"。

您将使用在本演练中已使用过的.xml 文件，但将为第二个 GridView 控件从该文件中提取不同的信息。

⑧ 在"XPath 表达式"框中，输入下面的表达式：

```
/bookstore/book/comments/userComment
```

稍后，您将在代码中动态更改 XPath 属性。但是，现在通过为数据源定义 XPath 表达式，将帮助 Visual Web Designer 中的工具确定控件中最终显示的信息。

⑨ 单击"确定"按钮，出现第二个 GridView 控件，将分级和用户注释显示为示例数据。

⑩ 选择"GridView2"控件，在"属性"中将"可见"设置为"false"。仅当用户在第一个 GridView 控件中选择了书时，才会显示第二个 GridView 控件。

现在可以配置第一个 GridView 控件以允许用户选择书。您还将添加一段代码（该代码基于用户的选择创建一个 XPath 表达式），并将该表达式指定给 XmlDataSource2 控件。最终结果是第二个 GridView 控件显示选定的书的用户注释。

（2）为选定内容配置 GridView 控件的步骤

① 切换到"设计"视图，然后选择第一个"GridView"控件。

② 在"GridView 任务"菜单中，选择"启用选定内容"。一个新列即添加到 GridView 控件中，该列包含一个链接按钮，其文本为"选择"。

③ 在"属性"中，将"DataKeyNames"设置为"ISBN"。可以单击属性框以选择该值。GridView 控件经过这样配置后，即将 ISBN 属性视为 XML 数据中每个元素的主键。

④ 单击"GridView"控件。在"属性"窗口中，从"属性"窗口顶部的下拉列表中选择"事件"。即会显示与该控件关联的所有事件。

⑤ 双击"SelectedIndexChanged"事件的框，即可切换到代码编辑器，并为 SelectedIndexChanged 事件创建一个主干处理程序。

⑥ 将下面突出显示的代码添加到处理程序中。

```
protected void GridView1_SelectedIndexChanged(Object sender, EventArgs e)
{
    String isbn = (String)        GridView1.DataKeys[GridView1.SelectedIndex].Value;
XmlDataSource2.XPath =
    String.Format(          "/bookstore/ book[@ISBN='{0}']/comments/userComment",
isbn);        GridView2.Visible = true;
}
```

⑦ 这段代码执行下面的操作：

- 使用 SelectedIndex 属性（属于 GridView 控件）对数据键的数组进行索引，然后返回选定行的主键。此前，已将 DataKeyNames 属性设置为包含 ISBN 号；
- 创建包含所选 ISBN 的新 XPath 表达式；
- 将这一新 XPath 表达式指定给 XPath 属性（属于 XmlDataSource2 控件）。将新 XPath 表达式指定给 XPath 属性会导致 XmlDataSource 控件重新计算它的返回数据。从而使 GridView 控件重新绑定到数据；
- 将 Visible 属性设置为 true，从而显示第二个 GridView 控件。创建第二个 GridView 控件时，以声明方式将可视性设置为 false，以便在用户选择书之前不会显示该控件。现在可以测试该页。

（3）使用 XPath 表达式测试筛选的步骤

① 查看 Default.aspx 页然后按 Ctrl+F5 组合键运行该页，即会显示该页，其中网格中是书的信息。

② 单击第一本书旁边的"选择"链接，该书的注释即显示在第二个网格中。

③ 单击最后一本书旁边的"选择"链接，不会显示任何注释，因为该书没有注释。

5. 使用自定义布局显示 XML 数据

若要创建数据的自定义布局，可以使用 DataList 控件。在 DataList 控件中，可以定义一个或多个模板。每个模板都包含静态文本和若干控件的组合，其中文本和控件的布局可以随意安排。

在这部分演练中，将使用一个 DataList 控件来显示原来用 GridView2 控件显示的信息。但是，您可以为用户注释创建自定义布局。

（1）使用自定义布局显示 XML 数据的步骤

① 切换到"设计"视图，单击"GridView2"控件，然后按 Delete 键将其从页中移除。

② 在"工具箱"中，从"数据"组中将"DataList"控件拖曳到页上。

③ 在"DataList 任务"菜单的"选择数据源列表"中，单击"XmlDataSource2"，用于 GridView2 控件的数据源将用于 DataList 控件。

④ 在"属性"中，将"可见"设置为"false"。

⑤ 如果智能标记未出现，则请右击"DataList"控件，然后单击"显示智能标记"。

⑥ 在"DataList 任务"菜单中，单击"编辑模板"，然后在"显示"框中单击"项模板"，出现 DataList 控件，其中有一个用于项模板的可编辑区域。该模板包含由静态文本和 Label 控件组成的默认布局，这些控件被绑定到数据记录中的 Rating 和 Comment 列。（DataList 控件能够推断它将显示的数据结构，因为在本演练前面部分中为 XmlDataSource2 控件定义了一个静态 XPath 表达式。）

⑦ 在可编辑区域中，将第一个标题更改为"用户分级："。

⑧ 将标题"注释"更改为"注释："。

⑨ 右击"DataList"控件的标题栏，指向"编辑模板"，然后单击"分隔符模板"，DataList 控件中显示另一个可编辑区域，该区域用于定义将在每个数据记录之间显示的元素的布局。

⑩ 在"工具箱"中，从"HTML"组中将"水平标尺"控件拖曳到该可编辑区域中。

⑪ 右击"DataList"控件，然后单击"结束模板编辑"。

⑫ 右击该页，然后单击"查看代码"，切换到该页的代码。

⑬ 在"GridView1_SelectedIndexChanged"处理程序中，更改下面的行：

```
GridView2.Visible = true;
```

更改为下面的内容：

```
DataList1.Visible = true;
```

现在即可测试自定义布局。

（2）测试自定义布局的步骤

① 查看 Default.aspx 页然后按 Ctrl+F5 组合键运行该页，即会显示该页，其中网格中是书的信息。

② 单击第一本书旁边的"选择"链接。列表中显示第一本书的注释。

③ 单击最后一本书旁边的"选择"链接。不会显示任何注释，因为该书没有注释。

6. 使用转换来重构 XML 数据

本演练中使用的.xml 文件已结构化，因此，每个元素的属性（Property）都表示为属性（Attribute）。在许多情况下，所使用的.xml 文件在结构上完全不同。例如，.xml 文件中的值通常是作为具有内部文本的元素创建的。如果.xml 文件中属性（Property）值不是表示为属性（Attribute）格式，则可以创建一个转换文件（.xslt），该文件可以动态重新设置.xml 文件的格式，以使其与 XmlDataSource 控件兼容。

在本部分演练中，将使用一个.xml 文件，它包含的数据与前面使用的 Bookstore.xml 文件中的数据相同。但是，这些数据的结构与 Bookstore.xml 文件中的结构不同，因此，需要使用转换来动态重新设置数据格式。开始时，将创建另一个.xml 文件。

（1）创建第二个.xml 文件的步骤

① 在解决方案资源管理器中，右击 App_Data 文件夹，然后单击"添加新项"。

② 在"Visual Studio 已安装的模板"之下单击"XML 文件"。

③ 在"名称"框中输入"Bookstore2.xml"。

④ 单击"添加"，即创建了一个仅包含 XML 指令的新.xml 文件。

⑤ 复制下面的 XML 数据，然后将其粘贴到文件中，改写该文件中的内容。

```xml
<?xml version="1.0" standalone="yes"?>
<bookstore>
    <book ISBN="10-000000-001">
        <title>The Iliad and The Odyssey</title>
        <price>12.95</price>
        <comments>
            <userComment rating="4">
                Best translation I've read.
            </userComment>
            <userComment rating="2">
                I like other versions better.
            </userComment>
        </comments>
    </book>
    <book ISBN="10-000000-999">
        <title>Anthology of World Literature</title>
        <price>24.95</price>
        <comments>
            <userComment rating="3">
                Needs more modern literature.
            </userComment>
            <userComment rating="4">
                Excellent overview of world literature.
            </userComment>
        </comments>
    </book>
    <book ISBN="11-000000-002">
        <title>Computer Dictionary</title>
        <price>24.95</price>
        <comments>
            <userComment rating="3">
```

```
            A valuable resource.
          </userComment>
      </comments>
  </book>
  <book ISBN="11-000000-003">
      <title>Cooking on a Budget</title>
      <price>23.95</price>
      <comments>
          <userComment rating="4">Delicious!</userComment>
      </comments>
  </book>
  <book ISBN="11-000000-004">
      <title>Great Works of Art</title>
      <price>29.95</price>
  </book>
</bookstore>
```

⑥ 保存 Bookstore2.xml 文件，然后将其关闭。现在需要一个转换文件，将 Bookstore2.xml 文件中的数据转换为 XmlDataSource 控件所使用的基于属性的格式。

（2）创建转换文件的步骤

① 在解决方案资源管理器中，右击 App_Data 文件夹，然后单击"添加新项"。

② 在"Visual Studio 已安装的模板"之下单击"文本文件"，由于没有转换文件模板，因此可以通过创建具有正确扩展名的文本文件的方式来创建。

③ 在"名称"框中输入"Bookstore2.xsl"。注意请务必使用.xsl 扩展名。

④ 单击"添加"按钮，即创建了一个新的空白文件。

⑤ 复制下面的转换代码，然后将其粘贴到该文件中。

```xml
<?xml version="1.0"?>
<xsl:stylesheet
  version="1.0"
  xmlns:xsl="http://www.w3.org/1999/XSL/Transform"
  xmlns:xsi="http://www.w3.org/2001/XMLSchema-instance"
  xmlns:xsd="http://www.w3.org/2001/XMLSchema"
  xmlns:msxsl="urn:schemas-microsoft-com:xslt"
>
  <xsl:strip-space elements="*"/>
  <xsl:output method="xml"
      omit-xml-declaration="yes"
      indent="yes"
      standalone="yes" />

  <xsl:template match="/">
    <xsl:for-each select="bookstore">
```

```
        <xsl:element name="bookstore">
          <xsl:for-each select="book">
            <xsl:element name="book">
              <xsl:attribute name="ISBN">
                <xsl:value-of select="@ISBN"/>
              </xsl:attribute>
              <xsl:attribute name="title">
                <xsl:value-of select="title"/>
              </xsl:attribute>
              <xsl:attribute name="price">
                <xsl:value-of select="price"/>
              </xsl:attribute>
            </xsl:element>
          </xsl:for-each>
        </xsl:element>
      </xsl:for-each>
    </xsl:template>
  </xsl:transform>
```

⑥ 保存 Bookstore2.xsl 文件，然后将其关闭。

从现在开始，可以用类似于本演练前面部分的方式处理 XML 数据，不同之处在于，在配置 XmlDataSource 控件时可以指定该转换文件。在本演练的最后部分，将创建一个新页，然后重复本演练第一部分中的某些步骤。但是，这次将显示 Bookstore2.xml 文件中的数据。

（3）配置对.xml 文件的数据访问权限的步骤

① 在解决方案资源管理器中，右击网站的名称，然后单击"添加新项"。

② 在"Visual Studio 已安装的模板"之下单击"Web 窗体"。

③ 在"名称"框中输入"Bookstore2.aspx"。

④ 单击"添加"。

⑤ 切换到"设计"视图。

⑥ 在"工具箱"中，从"数据"组中将"XmlDataSource"控件拖曳到页上。

⑦ 在"XmlDataSource 任务"菜单中，单击"配置数据源"，出现"配置数据源"对话框。

⑧ 在"数据文件"框中，输入"~/App_Data/Bookstore2.xml"。

⑨ 在"转换文件"框中，输入"~/App_Data/Bookstore2.xsl"。

⑩ 单击"确定"按钮。

⑪ 在"工具箱"中，从"数据"组中将"GridView"控件拖曳到页上。

⑫ 在"GridView 任务"菜单的"选择数据源"列表中，单击"XmlDataSource1"。

⑬ 按 Ctrl+F5 组合键运行该页。

该页在网格中显示 XML 数据。像以前一样，这些数据将显示在第一页的网格中，即使这次基础.xml 文件的格式不同，也是如此。

6.4　实验 4　使用转换在 Web 窗体中显示 XML 文档

6.4.1　实例说明

本演练演示如何在网页中显示 XML 文档的信息。在本演练中，将创建一个简单的 XML 文件，然后使用 ASP.NET 服务器控件和 XSLT 转换在网页中直接呈现 XML 文件的内容。

6.4.2　技术要点

- 使用转换显示 XML 数据

6.4.3　设计过程

若要在网页中显示 XML 信息，需要提供格式设置和显示信息，例如，需要提供<TABLE>标记、<P>标记或显示信息时所需的任何标记。另外，您必须说明 XML 文件中的数据如何适当地放入这些标记中。例如，XML 文件中的每个元素是否应该显示为一个表行。

提供这些说明的一种方式是创建 ASP.NET 网页，然后使用代码分析 XML 文件并将数据填充到适当的 HTML 标记中。尽管这种方式对于实现这一目的既有些费时又不灵活，但它也是对 XML 文件进行精确的编程控制的一种强有力的方式。

一种更好的方式是使用 XSL 转换语言并创建转换（即 XSL 文件），XSL 转换包含以下信息：
- 模板（基本上是带有适当标记的 HTML 页），它指定应该如何显示 XML 信息；
- XSL 处理指令，它精确地指定如何将 XML 文件中的信息放入模板中。

您可以定义多个转换，然后将它们应用于同一个 XML 文件。通过这样做，您可以以不同的方式使用 XML 信息、以不同的方式进行显示以及从 XML 文件中选择不同的数据等。具有了 XSL 转换之后，您需要将它们应用于 XML 文件，也就是说，根据 XSL 文件之一转换 XML 文件，通过转换对 XML 文件进行处理。输出是一个新文件，已根据转换文件对 XML 信息进行了格式设置。

这也是可以以编程方式执行的过程。但是，您还可以利用 Xml 服务器控件。该控件用作 Web 窗体页上的占位符。您可以将其属性设置为特定的 XML 文件和 XSL 转换，当处理页时，该控件读取 XML，应用转换，然后显示结果。有关 XSL 的更多信息，请参见 XslTransform 类的 XSLT 转换的有关内容。

本演练演示如何使用 Xml 服务器控件显示使用 XSL 转换的 XML 信息。方案很简单。您将具有以下对象：
- 包含多个虚构电子邮件的 XML 文件；
- 两个 XSL 转换。一个只显示电子邮件的日期、发件人和主题，另一个显示整个电子邮件。

您将创建一个网页，允许用户以两种不同的方式显示 XML 信息。该页包含一个"仅标题"复选框，该复选框是默认选中的；因此，默认的转换只显示电子邮件的标题。如果用户清除该复选框，则重新显示具有完整电子邮件内容的 XML 信息。

1. 创建网站和网页

在本部分演练中，将创建一个网站并为其添加新页。在本演练中，将创建一个不需要使用 Microsoft Internet 信息服务（IIS）的文件系统网站。而创建和运行页将在本地文件系统中进行。

创建文件系统网站的步骤如下。

（1）打开 Visual Web Developer。

（2）在"文件"菜单上选择"新建网站"。

（3）在"Visual Studio 已安装的模板"之下选择"ASP.NET 网站"。

（4）在"位置"框中选择"文件系统"，然后输入要保存网站网页的文件夹的名称。例如，输入文件夹名"C:\WebSites"。

（5）在"语言"列表中，单击"Visual Basic"或"Visual C#"。

（6）单击"确定"。

2. 添加 XML 文件和 XSL 转换

在本部分演练中，将创建一个 XML 文件和两个 XSLT 文件。

（1）将 XML 文件添加到项目中的步骤

① 在解决方案资源管理器中，右击"App_Data"文件夹，然后单击"添加新项"。

> **注意**：将 XML 文件放入"App_Data"文件夹时，XML 文件就自动具有了允许 ASP.NET 在运行时对其进行读写的相应权限。另外，"App_Data"文件夹标记为不可浏览，因此可防止在浏览器中查看该文件。

② 在"Visual Studio 已安装的模板"之下单击"XML 文件"。

③ 在"名称"框中输入 Emails.xml。

④ 单击"添加"按钮，创建一个仅包含 XML 指令的新 XML 文件。

⑤ 复制下面的 XML 数据，然后将其粘贴到文件中，并改写该文件中的内容。

```xml
<?xml version="1.0" ?>
<MESSAGES>
  <MESSAGE id="101">
    <TO>JoannaF</TO>
    <FROM>LindaB</FROM>
    <DATE>04 September 2001</DATE>
    <SUBJECT>Meeting tomorrow</SUBJECT>
    <BODY>Can you tell me what room the committee meeting will be in?</BODY>
  </MESSAGE>
  <MESSAGE id="109">
    <TO>JoannaF</TO>
```

```
        <FROM>JohnH</FROM>
        <DATE>04 September 2001</DATE>
        <SUBJECT>I updated the site</SUBJECT>
        <BODY>I've posted the latest updates to our internal Web site, as you requested.
Let me know if you have any comments or questions. -- John
        </BODY>
    </MESSAGE>
    <MESSAGE id="123">
        <TO>JoannaF</TO>
        <FROM>LindaB</FROM>
        <DATE>05 September 2001</DATE>
        <SUBJECT>re: Meeting tomorrow</SUBJECT>
        <BODY>Thanks. By the way, do not forget to bring your notes from the conference.
See you later!</BODY>
    </MESSAGE>
</MESSAGES>
```

⑥ 保存文件并将其关闭。

（2）将 XSL 转换添加到您的项目中的步骤

① 在解决方案资源管理器中，右击“App_Data”文件夹，然后单击“添加新项”。

② 在“Visual Studio 已安装的模板”之下单击“文本文件”，转换文件没有模板，因此可以通过创建具有正确扩展名的文本文件的方式来创建。

③ 在“名称”框中输入 Email_headers.xslt。

④ 单击“添加”按钮。即创建了一个新的空白文件。

⑤ 复制下面的代码示例并将其粘贴到该文件中。

```
<?xml version='1.0'?>
<xsl:stylesheet xmlns:xsl="http://www.w3.org/1999/XSL/Transform" version="1.0">
<xsl:template match="/">
<HTML>
<BODY>
<TABLE cellspacing="3" cellpadding="8">
    <TR bgcolor="#AAAAAA">
        <TD class="heading"><B>Date</B></TD>
        <TD class="heading"><B>From</B></TD>
        <TD class="heading"><B>Subject</B></TD>
    </TR>
    <xsl:for-each select="MESSAGES/MESSAGE">
    <TR bgcolor="#DDDDDD">
        <TD width="25%" valign="top">
          <xsl:value-of select="DATE"/>
        </TD>
        <TD width="20%" valign="top">
```

```
        <xsl:value-of select="FROM"/>
      </TD>
      <TD width="55%" valign="top">
        <B><xsl:value-of select="SUBJECT"/></B>
      </TD>
    </TR>
    </xsl:for-each>
</TABLE>
</BODY>
</HTML>
</xsl:template>
```

⑥ </xsl:stylesheet>保存文件并将其关闭。

⑦ 重复第①步到第④步，但这一次将文件命名为"Email_all.xslt"。

⑧ 将下面的代码示例粘贴到"Email_all.xslt"文件中。

```
<?xml version='1.0'?>
<xsl:stylesheet xmlns:xsl="http://www.w3.org/1999/XSL/Transform" version="1.0">
<xsl:template match="/">
<HTML>
<BODY>
<FONT face="Verdana" size="2">
<TABLE cellspacing="10" cellpadding="4">
  <xsl:for-each select="MESSAGES/MESSAGE">
  <TR bgcolor="#CCCCCC">
  <TD class="info">
      Date: <B><xsl:value-of select="DATE"/></B><BR></BR>
      To: <B><xsl:value-of select="TO"/></B><BR></BR>
      From: <B><xsl:value-of select="FROM"/></B><BR></BR>
      Subject: <B><xsl:value-of select="SUBJECT"/></B><BR></BR>
      <BR></BR><xsl:value-of select="BODY"/>
    </TD>
  </TR>
  </xsl:for-each>
</TABLE>
</FONT>
</BODY>
</HTML>
</xsl:template>
```

⑨ </xsl:stylesheet>保存文件并将其关闭。

3. 向页添加 XML 控件

具有一个 XML 文件和两个转换之后，即可使用它们在网页中显示信息。使用 XML 服务器控件完成该操作。添加 XML 控件的步骤如下：

① 打开或切换到 Default.aspx 页；

② 切换到"设计"视图；

③ 从"工具箱"的"标准"选项卡中，将一个"XML"控件拖曳到该页上。一个表示"XML"控件的灰色框即添加到该页中；

④ 选择该控件，然后在"属性"窗口中设置如表 6-4 所示的属性。

表 6-4　设置的属性及其设置

属　　性	设　　置
DocumentSource	~/App_Data/Emails.xml
TransformSource	~/App_Data/Email_headers.xslt

这将使"XML"控件在默认情况下只显示电子邮件标题。

4．添加控件以更改转换

添加控件更改转换的步骤如下。

（1）将插入点移到"XML"控件前面，然后按几次 Enter 键在"XML"控件上方生成空白。

（2）从"工具箱"的"标准"选项卡中，将一个"CheckBox"控件拖曳到"XML"控件之上的窗体中。

（3）设置"CheckBox"控件的以下属性如表 6-5 所示。

表 6-5　"check Box"控件属性及其设置

属　　性	设　　置
Text	仅标题
Checked	True
AutoPostBack	True，使用此设置则会发送窗体，并且用户一单击该复选框就进行处理

（4）双击"CheckBox"控件。即打开代码编辑器，其中有"CheckBox"控件的 **CheckChanged** 事件的一个处理程序，该处理程序名为"CheckBox1_CheckedChanged"。

（5）添加根据复选框的状态在 Email_headers.xslt 和 Email_all.xslt 之间切换转换的代码。整个 CheckChanged 处理程序应类似于下面的代码示例。

```
protected void CheckBox1_CheckedChanged(object sender, System.EventArgs e)
{
  if (CheckBox1.Checked)
  {
    Xml1.TransformSource = "~/App_Data/email_headers.xslt";
  }
  else
  {
    Xml1.TransformSource = "~/App_Data/email_all.xslt";
```

```
        }
    }
```

5．测试

现在可以看到转换正在工作，测试转换的步骤如下。

（1）按 Ctrl+F5 组合键运行该页。默认情况下，您将看到电子邮件的日期、发件人和主题行。

（2）清除"仅标题"复选框。重新显示该电子邮件，这一次具有不同的布局和完整的文本。

6.5 实验 5 XML 数据显示和 TreeView 控件

6.5.1 实例说明

本节介绍如何使用树形控件来显示 XML 文件中保存的数据以及 TreeView 控件的基本使用方法。

6.5.2 技术要点

- ASP.NET Website。
- ADO.NET 2.0。
- TreeView 控件。
- XML 文档

6.5.3 设计过程

设计过程的步骤如下。

（1）按照 6.4.3 节所述的步骤建立一个"ASP.NET 网站"项目，使用默认命名 WebSite1。

（2）使用鼠标右键单击 WebSite1 项目节点，在弹出的右键菜单中选择【添加现有项】。然后浏览至本机存在的一个 XML 文件，把该 XML 文件作为一个新项添加进来（我们这次使用一个名为 Student.XML 的 XML 文件，该文件的具体内容请参看 2.2 节）。

（3）从左侧的工具箱中将一个【导航】【TreeView】控件拖曳到 Default.aspx 页中。在随后出现的 TreeView 控件快速任务面板中单击"选择数据源"下拉列表框，选择"新建数据源"。

（4）在弹出的"选择数据源类型"对话框中选择"XML 文件"数据源项，单击"确定"按钮。然后在随后的"配置数据源"对话框中，选择我们刚刚添加进项目中的 Student.XML 文件作为数据文件。单击"确定"按钮关闭"配置数据源"窗口。

（5）在 TreeView 控件快速任务面板中单击"自动套用格式"链接，可以打开"自动套用格式"对话框来对 TreeView 控件进行定制。按 F5 键调试运行应用，效果如图 6-6 所示。

图 6-6　浏览器中的运行结果

（6）我们看到，默认情况下，树形控件仅显示 XML 节点的标记名，而不显示数据。我们需要进一步定制。

（7）通过单击"编辑 TreeNode 数据绑定"链接，可以打开"TreeView DataBinding 编辑器"来对 TreeView 的树节点进行定制。在"TreeView DataBinding 编辑器"对话框中，去除掉对话框左下方的 "自动生成数据绑定"复选框中的对勾，因为我们要对数据绑定进行定制。依次选择对话框左上方"可用数据绑定"列表中的如学生集、学生、StuID 等"可用数据绑定"节点，然后单击"添加"按钮将其添加到左下方"所选数据绑定"列表中，参考表 6-6 对其属性进行设置。

表 6-6　所选数据绑定的属性及其属性值

所选数据绑定	属　　性	属　性　值
学生集	DataMember	学生集
	TextField	学校
学生	DataMember	学生
	Text	学生
StuID	DataMember	StuID
	TextField	#InnerText
StuName	DataMember	StuID
	TextField	#InnerText
Grade	DataMember	StuID
	TextField	#InnerText
Class	DataMember	StuID
	TextField	#InnerText

（8）编辑对话框窗口如图 6-7 所示。

（9）再次按 F5 键调试运行应用，效果如图 6-8 所示。

（10）在上面的演示中，我们使用 TreeView 控件与 XML 数据绑定来显示 XML 文档。下面我们简要介绍一下如何使用 TreeView 控件本身，即如何构造树节点和响应树节点的单击事件。

（11）新建一个 ASP.NET 网站。将一个【导航】【TreeView】控件拖曳到 Default.aspx 页的设计视图中，并对该控件进行一些适当的布局调整。

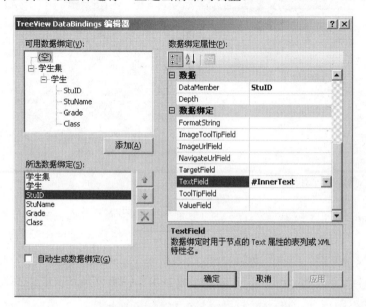

图 6-7　TreeView DataBinding 编辑器　　　　图 6-8　浏览器中的运行结果

（12）在 Default.aspx 设计视图上单击鼠标右键，在弹出的右键菜单中选择【查看代码】，切换到 Default.aspx.cs 代码编辑器中。在_Default 类中增加一个方法 BuildTree，页面载入时将调用该方法来构造 TreeView 控件中的树节点。代码如下：

```
private void BuildTree()
{
    string[] dotnetBooks = new string[] {".NET 技术新手入门", "高级 C#编程"};
    string[] javaBooks = new string[] {"Eclipse"};

    TreeNode computerbookNode = new TreeNode("计算机图书");
    this.TreeView1.Nodes.Add(computerbookNode);

    TreeNode dotnetNode = new TreeNode(".NET 类");
    computerbookNode.ChildNodes.Add(dotnetNode);

    for (int i = 0; i < dotnetBooks.Length; i++)
    {
        TreeNode node = new TreeNode();
        node.Text = dotnetBooks[i];
        dotnetNode.ChildNodes.Add(node);
    }
```

```
TreeNode javaNode = new TreeNode("Java类");
computerbookNode.ChildNodes.Add(javaNode);

javaNode.ChildNodes.Add(new TreeNode(javaBooks[0]));
}
```

（13）将 Page_Load 方法修改为：

```
protected void Page_Load(object sender, EventArgs e)
{
    if (!IsPostBack)
    {
        BuildTree();
    }
}
```

（14）最终，上述代码将构造出类似下面这样的一个树。按 F5 键调试运行应用，运行结果一如图 6-9 所示。

（15）回到 Visual Studio2005 IDE 中，从左侧的工具栏中将一个【标准】【Label】控件拖曳到树形控件的下方，使用默认名称 Label1，并把该控件的 Text 属性修改为 "单击响应"。

（16）选中 TreeView1 控件，在 "属性" 窗口中切换到 "事件选项卡"，双击 "SelectedNodeChanged" 后的单行文本框切换到代码编辑器中。编辑 TreeView1_SelectedNodeChanged 事件响应代码，如下：

```
protected void TreeView1_SelectedNodeChanged(object sender, EventArgs e)
{
    this.Label1.Text = "被选中的节点是：" + this.TreeView1.SelectedNode.Text;
}
```

（17）再次按 F5 键调试运行我们的应用程序。单击树形控件中的某个节点，该节点的文字信息就会被显示在树形控件的下方，运行结果二如图 6-10 所示：

图 6-9　浏览器中的运行结果（一）

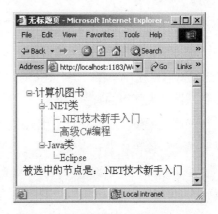

图 6-10　浏览器中的运行结果（二）

6.6　实验 6　调试 XML Web Services

6.6.1　实例说明

本演练的步骤将向您演示如何调试 XML Web Services。它将向您显示如何启动和停止执行以及如何设置断点。

6.6.2　技术要点

- 调试 XML Web Services 的基本步骤。

6.6.3　设计过程

1. 创建并调试 XML Web Services

具体步骤如下。

（1）从"文件"菜单中单击"新建"，然后单击"网站"，"新建网站"对话框随即出现。

（2）在"模板"窗格中，选择"ASP.NET Web Services"。现在指定本地计算机上的目录，或者指定某远程计算机的 URL。

（3）在"位置"下拉列表中，选择"文件系统"，然后在文本框中键入该 XML Web Services 将位于本地计算机目录，并指定唯一的目录名，如 **Website1**。该 XML Web Services 将与该目录具有相同的名称。如果愿意，可以将该目录放置在远程服务器上，或者单击"浏览"按钮浏览其他位置。

（4）在"语言"下拉列表中，选择将要使用的语言。

（5）单击"确定"按钮，Visual Studio 将创建新的项目并显示 Service.cs 模板的代码。

（6）单击下面的行旁边的空白：

```
return "Hello World";
```

出现一个红点并且该行上的文本突出显示为红色。红点表示一个断点。当您在调试器下运行该应用程序时，此调试器将在命中该代码时在该位置中断执行。然后您可以查看应用程序的状态并调试它。有关更多信息，请参见断点的有关内容。

（7）验证"活动配置"是"调试"配置。

（8）从"调试"菜单中选择"开始"或按 F5 键。

（9）即会显示"未启用调试"对话框，选择"添加新的启用了调试的 Web.config 文件"选项，然后单击"确定"。

（10）Internet Explorer 即打开并显示链接 Hello World。

（11）单击"Hello World"链接。在 Internet Explorer 中将打开一个新页。

（12）在新页上，单击"调用"按钮，此时，将命中 Visual Studio 中的断点。现在可以在"监视"窗口中计算变量，查看局部变量并逐句通过代码。

（13）从"调试"菜单中单击"停止调试"。

2．附加到 XML Web Services 进行调试

具体步骤如下。

（1）在 Visual Studio 中，可以将调试器附加到正在运行的进程上。下面的过程将显示如何操作。

（2）在当前项目中，单击包含下列代码的行旁边的空白：

```
return "Hello World";
```

这将设置一个断点。您应看到在空白处出现一个红点，该代码行将被用红色突出显示。

（3）在"调试"菜单中选择"开始执行（不调试）"。XML Web Services 开始在 Internet Explorer 下运行，但未附加调试器。

（4）从"调试"菜单中选择"附加到进程"，还可以单击"工具"菜单上的"附加到进程"。

（5）单击"显示来自所有用户的进程"。

（6）在"可用进程"窗格中的"进程"列中，找到 WebDev.WebServer.EXE，然后单击它。WebDev.WebServer.EXE 进程会加载您的代码并在 Internet Explorer 中显示它。

（7）单击"附加"按钮，您已将调试器附加到正在运行的 Web Services 上。

（8）在 Internet Explorer 中，单击显示"Hello World"的行。一个新的页即打开。

（9）在新页上，单击"调用"按钮，此时，将命中 Visual Studio 中的断点。现在可以在"监视"窗口中计算变量，查看局部变量并逐句通过代码。

6.7　实验 7　从浏览器访问 XML Web Services

6.7.1　实例说明

在发布了使用 ASP.NET 创建的 Web Services 之后，可以使用浏览器通过 HTTP-GET 或 HTTP-POST 调用该服务，以测试其功能。在浏览器中访问其 .asmx 文件，然后单击指向 Web Services 方法的超级链接，或通过在 .asmx URL 后追加查询字符串来直接访问各个方法。

6.7.2　技术要点

- 聪浏览器访问 XML Web Services 的基本步骤。

6.7.3 设计过程

1. 在浏览器中使用 HTTP-GET 测试 Web Services

具体步骤如下。

（1）将 Web Services 部署到 Web 服务器。

（2）访问 Web 浏览器并在地址栏中使用以下格式输入 Web Services 的 URL，其路径部分如表 6-7 所示。

```
http://servername/apppath/webservicename.asmx
```

表 6-7 地址格中使用的路径格式及其值

路径部分	值
servername	部署 Web Services 的服务器的名称
Apppath	虚拟目录的名称以及 Web 应用程序路径的其余部分
webservicename.asmx	Web Services.asmx 文件的名称

例如，假设您已发布了一个名为 StockServices 的 Web Services。发布时，该服务的基 URL 是 http://<servername>/apppath/StockServices.asmx。您可以通过在浏览器的地址栏输入此 HTTP-GET 请求来测试该服务：

```
http://<servername>/apppath/StockServices.asmx
```

服务器显示 Web Services 的 HTML 说明页来响应该请求。

（3）Web Services 的 HTML 说明页显示特定的 Web Services 支持的所有 Web Services 方法。链接到所需的 Web Services 方法，并输入必要的参数来测试该方法和查看 XML 响应。

2. 在浏览器中使用 HTTP-GET 直接测试 Web Services 方法

具体步骤如下。

（1）将 Web Services 部署到 Web 服务器。

（2）访问 Web 浏览器并在地址栏中使用以下格式输入 Web Services 方法的 URL，其参数及值如表 6-8 所示。

```
http://servername/vdir/webservicename.asmx/Methodname?parameter=value
```

表 6-8 输入 Web Services 方法的 URL 参数及其值

参 数	值
servername	部署 Web Services 的服务器的名称
Apppath	虚拟目录的名称以及 Web 应用程序路径的其余部分
webservicename.asmx	Web Services.asmx 文件的名称
Methodname	Web Services 公开的公共方法的名称。如果留为空白，则显示 Web Services 的说明页，其中会列出.asmx 文件中提供的每个公共方法（可选）

续表

参　数	值
parameter	方法所需的任何参数的适当参数名和值。如果留为空白，则显示 Web Services 的说明页，其中会列出 .asmx 文件中提供的每个公共方法（可选）

例如，假设上述过程中的 StockServices Web Services 包含一个名为 GetQuote 的 Web Services 方法；该 Web Services 方法接受股票符号作为参数，以双精度浮点数返回价格。要测试此方法，请在浏览器的地址栏中输入以下 HTTP-GET 请求：

```
http://<servername>/apppath/StockServices.asmx/GetStockQuote?tickerName=MSFT
```

（3）服务器发送包含 XML 文档的响应，该响应显示在浏览器中。对于 GetQuote 示例，XML 包含您所请求的股票的当前价格。结果可能如下：

```
<?xml version="1.0" ?>
<double>74.5</double>
```

3. 在浏览器中使用 HTTP-POST 测试 Web Services

具体操作步骤如下。

（1）将 Web Services 部署到 Web 服务器。更多信息，请参见 XML Web Services 的发布和部署的有关内容。此过程以以下 Web Services 为例，该服务部署为文件 math.asmx，可以从站点 http://www.contoso.com 的虚拟根目录访问：

```
<%@ WebService Language="C#" Class="Math" %>
using System.Web.Services;
public class Math : WebService {
    [ WebMethod ]
    public int Add(int num1, int num2) {
        return num1+num2;
    }

    [ WebMethod ]
    public int Subtract(int num1, int num2) {
        return num1-num2;
    }
}
```

（2）}创建一个 HTML 页，包含一个 method 属性设置为 POST 的窗体。使用以下格式，其参数及值如表 6-9 所示。

```
<form method=POST action='http://www.contoso.com/math.asmx/Subtract'>
    <input type="text" size="5" name='num1'\"></td> -
    <input type="text" size="5" name='num2'\"></td> =
    <input type=submit value="Subtract"> </td>
</form>
```

表 6-9　创建HTML页的参数及值

参　数	值
method	POST。如果您要使用 HTTP-POST 测试 Web Services，则使用 POST
action	指向该 Web Services 方法的 URL。在上面的示例中，math.asmx 是 Web Services，而 Subtract 是 Web Services 方法
type="text"	对于 Web Services 方法的每个参数，创建 input 标记并将 type 属性设置为"text"。这允许您在文本输入控件中输入参数值
name='num1'	Web Services 方法参数的名称。Web Services 方法中有多少个参数，就在窗体上添加多少个文本输入控件。例如，如果 Web Services 方法有三个参数，就需要三个文本输入控件，每个控件都将其 name 属性设置为参数的名称
type=submit	添加一个"提交"按钮，以便可以将数据发送回 Web Services 方法

（3）访问 Web 浏览器，然后输入在第 2 步中创建的 HTML 文档的 URL，将显示在第（2）步中创建的 HTML 文档。

（4）在文本框中为 Web Scrviccs 方法输入适当的值，然后单击"提交"按钮。

例如，如果您在示例的 Subtract Web Services 方法的两个文本框中输入了 6，然后输入了 3，则将返回以下结果：

```
<?xml version="1.0" ?>
<int xmlns="http://tempuri.org/">3</int>
```

6.8　实验 8　使用托管代码访问异步 Web Services

6.8.1　实例说明

在本部分演练中，将创建一个网站并为其添加新页。还将添加 HTML 文本并在 Web 浏览器中运行该页。在本演练中，您将创建一个不需要使用 Microsoft Internet 信息服务（IIS）的文件系统网站。而创建和运行页将在本地文件系统中进行。

6.8.2　技术要点

● 异步访问 Web Services 的基本步骤。

6.8.3　设计过程

此演练根据 Northwind 示例数据库中的 Customers 表和 Orders 表创建新的 SQL Server 数据库文件。然后，此数据库文件可以作为示例数据库，用于在帮助系统中引用本地数据库文件和演练页面。使用 C#异步调用 Web 方法的步骤如下。

（1）声明 Web Services 代理类的一个实例，如下所示：

```
private localhost.Service1 myWebService = new localhost.Service1
();
```

（2）在代码编辑器中，为对应于您想要调用的方法的 MethodCompleted 事件添加事件处理程序。例如，如果要异步调用一个名为 HelloWorld 的方法，您可创建类似如下的方法：

```
private void HelloWorldCompleted(Object sender,
    localhost.HelloWorldCompletedEventArgs Completed)
    {
        // Insert code to implement the method here
    }
```

> **注意**：处理 MethodCompleted 事件的方法必须匹配该事件的签名。这通常需要一个表示发送方的 Object 参数和该方法的 EventArgs 的一个实例，后者驻留在与 Web Services 代理类相同的命名空间中。还可以使用代码编辑器来为您自动创建事件处理程序。

在该类的构造函数中，向该事件的处理程序列表添加 MethodCompleted 事件处理程序，如下所示：

```
private void Form1_Load(object sender, EventArgs e)
{
    myWebService.HelloWorldCompleted += new
    localhost.HelloWorldCompletedEventHandler(HelloWorldCompleted);
}
```

（3）使用该方法的 MethodAsync 形式调用 Web 方法。例如，如果要异步调用一个名为 HelloWorld 的 Web 方法，它将类似如下：

```
HelloWorldAsync();
```

> **注意**：该方法的返回值在 EventArgs 的 Result 属性中可用。

6.9　实验 9　重定向应用程序以面向不同的 XML Web Services

6.9.1　实例说明

本演练演示如何使用"URL 行为"属性、Installer 类和 Web 安装项目创建可重定向，以面向不同的 XML Web Services 的 Web 应用程序。这在下面这些情况下很有用：开发期间需要在本地面向 XML Web Services，并且在部署应用程序时希望使用 XML Web Services 的成品版本。

6.9.2　技术要点

- 关于 Web Services 重定向的使用。

6.9.3 设计过程

1. 创建 Web 应用程序项目

第一步是创建一个包含对 XML Web Services 的 Web 引用的 ASP.NET Web 应用程序项目。

第二步是创建具有对 XML Web Services 的 Web 引用的 Web 应用程序。

对任何有效 XML Web Services 的 Web 引用都可用于本演练。

2. 添加 Installer 类

Installer 类（也称为"安装组件"）是安装期间作为自定义操作调用的.NET Framework 类。在本例中，您将向解决方案添加一个类库项目。在该类库项目中，您将创建一个 Installer 类，并重写其 Install 方法，添加代码以修改 Web 应用程序的.config 文件。有关 Installer 类的更多信息，请参见安装组件介绍。

（1）创建类库项目的步骤

① 用鼠标右击"解决方案资源管理器"中的解决方案节点，单击"添加"按钮，然后单击"新建项目"。

② 在"添加新项目"对话框的"Visual Basic"节点中选择"类库"。

③ 将项目命名为 InstallerClassLibrary。

（2）添加和实现 Installer 类的步骤

① 用鼠标右击"解决方案资源管理器"中的"InstallerClassLibrary"项目节点，单击"添加"，然后单击"类"。

② 在"添加新项"对话框中，选择"安装程序类"，并将"名称"更改为 **WebServiceInstaller.vb**。单击"添加"时，该类将被添加到项目中，并打开 Installer 类的设计器。

③ 双击此设计器以打开代码编辑器。

④ 在 WebServiceInstaller.vb 中，将其代码添加到 Installer 类模块的底部（紧挨在"End Class"声明的上面）；此代码实现 Install 方法。

⑤ 上述代码创建一个记录自定义操作进度的安装日志文件。System.Reflection 命名空间用于定位正在安装的程序集和查找关联的.config 文件。XML 文档模型用于循环访问.config 文件直到找到 appSettings 节。当找到键 servername.service 时，其关联值将更改以包含传入的参数，从而重定向应用程序以使用新的 XML Web Services。

⑥ 在"解决方案资源管理器"中，双击 Web.config 文件将其打开。

⑦ 在 appSettings 节中，复制用于 XML Web Services 关键字的值。输入采用 servername.service 的形式，其中 servername 是 XML Web Services 所在的服务器，而 service 是 XML Web Services 的名称。

⑧ 在代码编辑器中打开 Installer 类模块，将文本"servername.service"替换为您在第⑦步中复制的值。

（3）添加 Web 安装项目的步骤

安装项目用于为应用程序创建安装程序。基于 Windows Installer 技术，安装项目包含在安装期间运行自定义操作和自定义安装用户界面等多项功能。

① 用鼠标右击"解决方案资源管理器"中的解决方案节点，单击"添加"，然后单击"新建项目"。

② 在"添加新项目"对话框的"项目类型"窗格中，展开"其他项目类型"节点，然后选择"安装和部署项目"节点。在"模板"窗格中选择"Web 安装项目"。在"名称"框中将项目命名为 WebAppSetup。单击"确定"按钮后，项目将添加到解决方案中，并且"文件系统编辑器"将打开。

③ 在"属性"窗口中，选择 ProductName 属性并将它设置为 Web 应用程序的名称。

④ 在"文件系统编辑器"中，选择"Web 应用程序文件夹"。

⑤ 在"操作"菜单上指向"添加"，然后单击"项目输出"。

⑥ 在"添加项目输出组"对话框中，从"项目"下拉列表中选择"InstallerClassLibrary"，然后选择"主输出"。单击"确定"按钮后，InstallerClassLibrary 的主输出将添加到 Web 安装项目中。

（4）添加自定义操作

自定义操作用于在安装结束时运行代码，以执行安装期间无法处理的操作。自定义操作的代码可以包含在.dll、.exe、脚本或程序集文件中。添加自定义操作的步骤如下。

① 在"解决方案资源管理器"中选择"WebAppSetup"项目。

② 在"视图"菜单上单击"编辑器"，然后单击"自定义操作"，打开"自定义操作编辑器"。

③ 在"自定义操作编辑器"中选择"安装"节点。

④ 在"操作"菜单上，选择"添加自定义操作"。

⑤ 双击"Web 应用程序文件夹"，然后选择"主输出来自 InstallerClassLibrary（活动）"。

⑥ 在"属性"窗口中，确保"InstallerClass"属性设置为"True"。

⑦ 选择 CustomActionData 属性并输入以下文本：/ServerName=[EDITA1] /ServiceName=[EDITA2] CustomActionData 属性提供两个传递给自定义操作的参数，它们由一个空格分隔。

（5）添加对话框

安装期间会显示用户界面对话框，以收集来自用户的信息，其步骤如下。

① 在"解决方案资源管理器"中选择安装项目。

② 在"视图"菜单上指向"编辑器"，然后单击"用户界面"。

③ 在"用户界面编辑器"中，选择"安装"下面的"启动"节点。

④ 在"操作"菜单上，选择"添加对话框"。

⑤ 在"添加对话框"对话框中，选择"文本框（A）"对话框，然后单击"确定"。

⑥ 在"操作"菜单上选择"上移"，重复该操作直到"文本框（A）"对话框位于"安装地址"对话框之上。

⑦ 在"属性"窗口中，设置如表 6-10 所示的属性：

表 6-10　设置的属性及其值

属　　性	值
BannerText	输入服务器名称和服务名
Edit1Label	服务器名称:
Edit1Value	本地主机 **注意**　指定默认服务器。您可以在这里输入自己的默认服务器名。
Edit2Label	服务名:
Edit2Value	<服务的名称>
Edit3Visible	false
Edit4Visible	false

> **注意**: Edit1Property 属性被设置为 "EDITA1", 而 Edit2Property 属性被设置为 "EDITA2"。它们对应于您在自定义操作编辑器的 CustomActionData 属性中输入的值。安装期间当用户在这些编辑控件中输入文本时, 这些值会通过 CustomActionData 属性自动传递。

(6) 生成安装程序和部署应用程序, 应用程序安装在目标服务器上。

(7) 生成安装项目, 在"生成"菜单上, 选择"生成 Projectname", 其中 *Projectname* 是安装项目的名称。

(8) 将应用程序部署到开发计算机上的 Web 服务器上的步骤

① 在"解决方案资源管理器"中选择安装项目;

② 在"项目"菜单上单击"安装"。

(9) 将应用程序部署到另一台计算机上的 Web 服务器的步骤

① 在"Windows 资源管理器"中, 定位到项目目录并找到生成的安装程序。默认路径将是 \documents and settings\ *yourloginname*\ My Documents\Visual Studio Projects\ *setupprojectname*\ *project configuration* \ *productname*.msi。默认情况下 *project configuration* 为 "Debug";

② 将该目录中的.msi 文件以及其他所有文件和子目录复制到 Web 服务器计算机上;

③ 在 Web 服务器计算机上, 双击 Setup.exe 文件运行安装程序。

6.10　实验 10　使用 SOAP 扩展更改 SOAP 消息

6.10.1　实例说明

可以将 SOAP 扩展插入.NET Framework SOAP 消息处理管道, 以便在 Web Services 或客户端上进行序列化或反序列化的同时, 修改或检查 SOAP 请求或响应消息。此分步指导的主题显示如何生成和运行 SOAP 扩展。

6.10.2　技术要点

- SOAP 消息的使用。

6.10.3　设计过程

此演练根据 Northwind 示例数据库中的 Customers 表和 Orders 表创建新的 SQL Server 数据库文件。然后，此数据库文件可以作为示例数据库，用于在帮助系统中引用本地数据库文件和演练页面。

1．先决条件

从 SoapExtension 派生一个类。从 SoapExtension 派生的类是执行 SOAP 扩展的功能的类。也就是说，如果 SOAP 扩展是加密 SOAP 扩展，那么从 SoapExtension 类派生的类执行加密和相应的解密。

2．保存对代表以后的 SOAP 消息的 Stream 对象的引用

要修改 SOAP 消息，需要获取对可用于获得以后的 SOAP 消息内容的流的引用。获取此引用的唯一方法就是重写 ChainStream 方法，实现该方法的过程如下。

① 重写 ChainStream 方法。

ChainStream 方法具有以下签名：

```
public virtual Stream ChainStream(Stream stream)
```

② 在 ChainStream 实现中，分配作为参数传递的 Stream 实例。

对 Stream 的引用在任何 SoapMessageStage 之前传入 ChainStream 一次。该 Stream 是指在较低优先级的 SOAP 扩展（有关 SOAP 扩展优先级的详细信息，请参见"配置 SOAP 扩展以便与 Web Services 方法一起运行"一节的内容）已执行并更改了 SOAP 消息后 SOAP 消息的 XML。SOAP 扩展应该将该引用分配给成员变量，以便以后 SOAP 扩展检查或修改 SOAP 消息时，在 SoapMessageStage 过程中访问。

但是，传入 ChainStream 的 Stream 不是 SOAP 扩展应该修改的 Stream。

③ 在 ChainStream 实现中，实例化新的 Stream，将对它的引用保存在专用的成员变量中，并返回该引用。演示 ChainStream 方法通用实现的条例如下。

3．初始化 SOAP 扩展特定的数据

从 SoapExtension 派生的类包含两种初始化数据的方法：GetInitializer 和 Initialize。

ASP.NET 基础结构调用 GetInitializer 方法的时间以及传递给该方法的参数取决于 SOAP 扩展的配置。请参见"使用 SOAP 扩展修改 SOAP 消息"和"配置 SOAP 扩展以便与 Web Services 方法一起运行"一节的内容。

（1）在使用属性配置 SOAP 扩展时初始化数据

① 使用以下签名实现 GetInitializer 方法：

```
public override object GetInitializer(LogicalMethodInfo methodInfo, SoapExtension
Attribute attribute)
```

② 如果需要，还可以调用 Initialize 方法，传递 GetInitializer 返回的对象。对于许多 SoapExtension 实现，Initialize 方法可以保留为空。

（2）在配置文件中配置 SOAP 扩展时初始化数据

① 使用以下签名实现 GetInitializer 方法：

```
public override object GetInitializer(Type WebServiceType)
```

② 如果需要，还可以调用 Initialize 方法，传递 GetInitializer 返回的对象。对于许多 SoapExtension 实现，Initialize 方法可以保留为空。

4. 处理 SOAP 消息

在从 SoapExtension 派生的类中，实现的核心部分是 ProcessMessage 方法。ASP.NET 在 SoapMessageStage 枚举中定义的每个阶段都多次调用该方法。

ProcessMessage 方法的以下实现跟踪对 Web Services 的调用。在跟踪过程中，如果 SoapMessageStage 指示参数已序列化为 XML，则将 XML 写入文件。

```
public override void ProcessMessage(SoapMessage message)
    {
        switch (message.Stage)
        {
            case SoapMessageStage.BeforeSerialize:
                break;
            case SoapMessageStage.AfterSerialize:
                // Write the SOAP message out to a file.
                WriteOutput(message);
                break;
            case SoapMessageStage.BeforeDeserialize:
                // Write the SOAP message out to a file.
                WriteInput(message);
                break;
            case SoapMessageStage.AfterDeserialize:
                break;
            default:
                throw new Exception("invalid stage");
        }
    }
```

5. 配置 SOAP 扩展以便与 Web Services 方法一起运行

SOAP 扩展可以配置为使用自定义属性来运行，也可以配置为通过修改配置文件来运行。自定义属性应用于 Web Services 方法。当使用配置文件时，该 SOAP 扩展与配置文件范围内的所有 Web

Services 一起运行。

（1）使用自定义属性配置 SOAP 扩展的步骤

① 从 SoapExtensionAttribute 派生一个类。

② 实现 SoapExtensionAttribute 的两个属性：ExtensionType 和 Priority。SOAP 扩展应该在 ExtensionType 属性中返回该 SOAP 扩展的类型。Priority 属性代表 SOAP 扩展的相对优先级，如"使用 SOAP 扩展修改 SOAP 消息"中的"应用优先级组"中所述。

③ 将自定义属性应用于要与 SOAP 扩展一起运行的每个 Web Services 方法。

（2）在配置文件中配置 SOAP 扩展

① 如果扩展不存在，则将 soapExtensionTypes XML 元素添加到相应的 App.config 或 Web.config 文件的 Web Services。

② 在 soapExtensionTypes XML 元素中，为要与配置文件范围内的每个 Web Services 一起运行的每个 SOAP 扩展添加 add XML 元素。

add XML 元素具有以下属性：

- type：指定 SOAP 扩展的类型以及它所驻留的程序集；
- priority：指定 SOAP 扩展在其组中的相对优先级；
- Group：指定 SOAP 扩展所属的组。

6.11　实验 11　自定义服务描述和代理类的生成过程

6.11.1　实例说明

对于使用 ASP.NET 创建的 Web Services 的服务描述和代理类，其生成过程可以通过创建和安装服务描述格式扩展（SDFE）来加以扩展。具体来说，SDFE 可将 XML 元素添加到服务描述（Web Services 的 Web Services 描述语言（WSDL）文档），并可将自定义属性添加到与 Web Services 通信的方法。

6.11.2　技术要点

- 自定义服务描述和代理类的生成过程。

6.11.3　设计过程

此演练根据 Northwind 示例数据库中的 Customers 表和 Orders 表创建新的 SQL Server 数据库文件。然后，此数据库文件可以作为示例数据库，以便在帮助系统中引用本地数据库文件和演练页面。

1. 定义 XML 和创建 SDFE 类

此演练中的代码示例涉及 SoapExtension 类 YMLExtension 的 ServiceDescriptionFormateExtension

类 YMLOperationBinding。完整的代码出现在"自定义服务描述和代理类的生成过程（示例代码）"主题中。

（1）确定要添加到服务描述的 XML

以下代码示例是一个服务描述的一部分，示例 SDFE 将 XML 元素添加到该部分。尤其是，示例 SDFE 在 WSDL 文档的根 definitions 元素中声明了一个 XML 命名空间前缀 yml，并将该命名空间应用于绑定 operation 元素中出现的 yml:action 元素（以及子元素）。

```
<definitions ...
  xmlns:yml="http://www.contoso.com/yml" >
  ...
  <binding name="HelloWorldSoap" type="s0:HelloWorldSoap">
    <soap:binding transport="http://schemas.xmlsoap.org/soap/http"
            style="document" />
      <operation name="SayHello">
        <soap:operation soapAction="http://tempuri.org/SayHello"
                style="document" />
        <yml:action>
          <yml:Reverse>true</yml:Reverse>
        </yml:action>
      </operation>
    ...
  </binding>
  ...
</definitions>
```

（2）创建一个从 ServiceDescriptionFormatExtension 派生的类

当使用 Visual Studio .NET 时，向 System.Web.Services 程序集添加引用。同时，将 System.Web.Services.Description 命名空间的 using 或 Imports 语句添加到文件中。以下代码示例创建 YMLOperationBinding 类，该类从 ServiceDescriptionFormatExtension 派生。

```
public class YMLOperationBinding : ServiceDescriptionFormatExtension
```

（3）将 XmlFormatExtensionAttribute 应用于该类

此属性指定服务描述生成过程的阶段（也称作扩展点，SDFE 在该扩展点运行）。表 6-11 列出了定义的扩展点以及在每个点生成的 WSDL XML 元素。对于指定的扩展点，相应的 WSDL 元素成为所添加的元素的父级。

表 6-11　扩展点及其说明

扩 展 点	说　　明
ServiceDescription	对应于 WSDL 文档的根 definitions 元素
Types	对应于由根 definitions 元素包围的 types 元素
Binding	对应于由根 definitions 元素包围的 binding 元素

续表

扩 展 点	说　明
OperationBinding	对应于由 binding 元素包围的 operation 元素
InputBinding	对应于由 operation 元素包围的 input 元素
OutputBinding	对应于由 operation 元素包围的 output 元素
FaultBinding	对应于由 operation 元素包围的 fault 元素
Port	对应于由 service 元素包围的 port 元素
Operation	对应于由 portType 元素包围的 operation 元素

将 XmlFormatExtensionAttribute 应用于该类时，还应指定 XML 元素名以及包含要添加到服务描述的 XML 元素的 XML 命名空间。以下代码示例指定在 OperationBinding 扩展点期间，YMLOperationBinding SDFE 向服务描述添加名为<action xmlns="http://www.contoso.com/yml">的 XML 元素。在本示例中，将在随后向该类添加 YMLOperationBinding.YMLNamespace 字段时指定 XML 命名空间 http://www.contoso.com/yml。

```
[XmlFormatExtension("action", YMLOperationBinding.YMLNamespace,
                typeof(OperationBinding))]
public class YMLOperationBinding : ServiceDescriptionFormatExtension
```

（4）也可以将 XmlFormatExtensionPrefixAttribute 应用于该类，以将 XML 命名空间前缀与 SDFE 使用的 XML 命名空间关联。

以下代码示例指定 yml XML 命名空间前缀与服务描述的 definitions 元素中的 http://www.contoso.com/yml 命名空间相关联。另外，前缀用于由 SDFE 添加（而不是使用命名空间添加）的元素。因此，在第（3）步中向服务描述添加的 XML 元素现在可以使用该命名空间前缀，这样，添加的元素是 <yml:action>，而不是<action xmlns="http://www.contoso.com/yml">。

```
[XmlFormatExtension("action", YMLOperationBinding.YMLNamespace,
                typeof(OperationBinding))]
[XmlFormatExtensionPrefix("yml", YMLOperationBinding.YMLNamespace)]
public class YMLOperationBinding : ServiceDescriptionFormatExtension
```

（5）向表示要添加到 WSDL 文档的 XML 的类中添加公共属性和/或字段。以下代码示例在 WSDL 中添加已序列化为<yml:Reverse>value</yml:Reverse>元素的 Reverse 公共属性。

```
private Boolean reverse;
[XmlElement("Reverse")]
public Boolean Reverse
{
  get { return reverse; }
  set { reverse = value; }
}
```

（6）扩展服务描述和客户端代理的生成过程

要扩展 WSDL 的生成过程，请从 SoapExtensionReflector 类派生一个类。要扩展客户端代理的生成过程，请从 SoapExtensionImporter 类派生一个类。

（7）扩展服务描述生成过程

① 创建一个从 SoapExtensionReflector 派生的类，以下代码示例创建 TraceReflector 类，该类从 SoapExtensionReflector 派生。

```
public class YMLReflector : SoapExtensionReflector
```

② 重写 ReflectMethod 方法，在每个 Web Services 方法的服务描述生成过程中会调用该方法。以下代码示例重写 ReflectMethod。

```
public override void ReflectMethod();
```

③ 获取 SoapExtensionReflector 类的 ReflectionContext 属性的值以获取一个 ProtocolReflector 实例。ProtocolReflector 的实例提供了当前 Web Services 方法的 WSDL 生成过程的详细信息。以下代码示例获取 ReflectionContext 属性的值。

```
ProtocolReflector reflector = ReflectionContext;
```

④ 添加填充 SDFE 的代码。以下代码示例将向服务描述添加 SDFE 定义的 XML（如果 YMLAttribute 应用于 Web Services 方法）。

```
YMLAttribute attr = (YMLAttribute)
  reflector.Method.GetCustomAttribute(typeof(YMLAttribute));
// If the YMLAttribute has been applied to this Web service
// method, adds the XML defined in the YMLOperationBinding class.
if (attr != null) {
  YMLOperationBinding yml = new YMLOperationBinding();
  yml.Reverse = !(attr.Disabled); }
```

⑤ 向属性的 Extensions 集合添加 SDFE，该属性表示 SDFE 正在扩展的扩展点。以下代码示例向 OperationBinding 扩展点添加 YmlOperationBinding SDFE。

```
reflector.OperationBinding.Extensions.Add(yml);
```

（8）扩展代理类生成过程

① 创建一个从 SoapExtensionImporter 派生的类。

```
public class YMLImporter : SoapExtensionImporter
```

② 重写 ImportMethod 方法。

对于服务描述中定义的每个操作，在其代理类生成期间都会调用 ImportMethod。对于使用 ASP.NET 创建的 Web Services，每个 Web Services 方法都映射到对服务描述中每个受支持的协议的一个操作。

```
public override void ImportMethod(CodeAttributeDeclarationCollection
                           metadata)
```

③ 获取 SoapExtensionImporter 的 ImportContext 属性的值，以获取一个 SoapProtocolImporter 的实例。SoapProtocolImporter 的实例提供有关当前与 Web Services 方法进行通信的方法的代码生成过程的详细信息。以下代码示例获取 ImportContext 属性的值。

```
SoapProtocolImporter importer = ImportContext;
```

④ 添加代码以对代理类中与 Web Services 通信的方法应用或修改属性。

ImportMethod 传入一个 CodeAttributeDeclarationCollection 类型的参数，该参数表示应用于与 Web Services 方法通信的方法的属性集合。以下代码示例向集合中添加 YMLAttribute，使得当服务描述包含适当的 XML 时，YML SOAP 扩展将与该方法一起运行。

```
// Checks whether the XML specified in the YMLOperationBinding is
// in the service description.
YMLOperationBinding yml = (YMLOperationBinding)
  importer.OperationBinding.Extensions.Find(
  typeof(YMLOperationBinding));
if (yml != null)
{
  // Only applies the YMLAttribute to the method when the XML should
  // be reversed.
  if (yml.Reverse)
  {
    CodeAttributeDeclaration attr = new
      CodeAttributeDeclaration(typeof(YMLAttribute).FullName);
    attr.Arguments.Add(new CodeAttributeArgument(new
      CodePrimitiveExpression(true)));
    metadata.Add(attr);
  }
}
```

2. 配置 SDFE

（1）将 SDFE 配置为与 Web Services 一起运行的步骤如下。

① 在可访问的文件夹中安装包含 SDFE 的程序集。应将 SDFE 安装在承载 Web Services 的 Web 应用程序的\Bin 文件夹下，除非多个 Web 应用程序需要 SDFE。

② 向 Web 应用程序的 Web.config 文件添加包含 add 元素的<serviceDescriptionFormatExtensionTypes>元素，并指定包含 SDFE 的名称和程序集。

以下代码示例将 Sample.YMLOperationBinding SDFE 配置为与所有受 Web.config 文件影响的 Web Services 一起运行。完整的 add 元素应当在一行上。

```
<system.web>
```

```
<webServices>
  <serviceDescriptionFormatExtensionTypes>
    <add type="Sample.YMLOperationBinding,Yml,
        Version=1.0.0.0,Culture=neutral,
        PublicKeyToken=6e55c64c6b897b30"/>
  </serviceDescriptionFormatExtensionTypes>
</webServices>
```

③ </system.web>向 Web 应用程序的 Web.config 文件添加包含 add 元素的<soapExtensionReflector Types>元素，并指定扩展服务描述生成过程的类的名称和程序集。

以下代码示例将 Sample.YMLReflector 配置为与所有受 Web.config 文件影响的 Web Services 一起运行。完整的 add 元素应当在一行上。

```
<system.web>
  <webServices>
    <serviceDescriptionFormatExtensionTypes>
      <add type="Sample.YMLOperationBinding,Yml,
          Version=1.0.0.0,Culture=neutral,
          PublicKeyToken=6e55c64c6b897b30"/>
    </serviceDescriptionFormatExtensionTypes>
    <soapExtensionReflectorTypes>
      <add type="Sample.YMLReflector,Yml,
          Version=1.0.0.0,Culture=neutral,
          PublicKeyToken=6e55c64c6b897b30"/>
    </soapExtensionReflectorTypes>
  </webServices>
</system.web>
```

（2）将 SDFE 配置为与 Web Services 客户端一起运行的步骤

① 在全局程序集缓存中安装包含 SDFE 的程序集。要安装的程序集必须为强名称。有关创建强名称程序集的详细信息，请参见创建和使用具有强名称的程序集的内容。有关安装程序集的详细信息，请参见将程序集安装到全局程序集缓存的内容。

② 向 Machine.config 文件添加包含 add 元素的<serviceDescriptionFormatExtensionTypes>元素，并指定包含 SDFE 的名称和程序集。

以下代码示例将 Sample.YMLOperationBinding SDFE 配置为在计算机上为 Web Services 生成代理类时即运行。

```
<system.web>
  <webServices>
    <serviceDescriptionFormatExtensionTypes>
      <add type="Sample.YMLOperationBinding,Yml,
          Version=1.0.0.0,Culture=neutral,
          PublicKeyToken=6e55c64c6b897b30"/>
```

```
    </serviceDescriptionFormatExtensionTypes>
  </webServices>
```

③ </system.web>向 Machine.config 文件添加包含 add 元素的<soapExtensionImporterTypes>元素，并指定扩展代理类生成过程的类的名称和程序集。

以下代码示例将 Sample.YMLImporter 配置为在计算机上为 Web Services 生成代理类时即运行。

```
<system.web>
  <webServices>
    <serviceDescriptionFormatExtensionTypes>
      <add type="Sample.YMLOperationBinding,Yml,
           Version=1.0.0.0,Culture=neutral,
           PublicKeyToken=6e55c64c6b897b30"/>
    </serviceDescriptionFormatExtensionTypes>
    <soapExtensionImporterTypes>
      <add type="Sample.YMLImporter,Yml,
           Version=1.0.0.0,Culture=neutral,
           PublicKeyToken=6e55c64c6b897b30"/>
    </soapExtensionImporterTypes>
  </webServices>
</system.web>
```

6.12　实验 12　创建分布式应用程序

6.12.1　实例说明

在本演练中，您将创建一个多层的分布式 Intranet 应用程序。此应用程序由三个逻辑层组成：数据层、业务对象层和用户界面层。数据层是 SQL Server 中的一个数据库；业务对象层处理如何访问数据以及如何将数据分发到客户端；用户界面层由基于 Web 的应用程序和传统的 Windows 应用程序组成。

6.12.2　技术要点

- 创建分布式应用程序的基本步骤。

6.12.3　设计过程

1．先决条件

若要完成本演练，您需要：

- 对具有 Northwind SQL Server 示例数据库、配置了集成 Windows 身份验证的服务器的访问权限。Northwind 数据库是可以与 SQL Server 一起安装的示例数据库之一；

- 基本了解在 Visual Studio .NET 中数据是如何处理的。有关更多信息，请参见 ADO.NET 概述的相关内容。

2．分布式应用程序的创建过程

开发分布式应用程序的一个可能的方案是一次创建一层，可能是从数据层开始，然后移到中间层业务规则对象，最后创建用户界面层。在本演练中，已经生成了数据，它们可用于 SQL Server 中的 Northwind 数据库。因此，本演练将从创建业务对象— XML Web Services 开始，然后生成两个用户界面：Web 窗体页和 Windows 窗体。本演练的过程如下。

（1）创建中间层业务对象的步骤：

① 创建 ASP.NET Web Services 项目；

② 创建并配置数据库连接和数据集架构；

③ 从业务对象中公开数据集。

（2）创建用户界面

创建 Windows 用户界面，然后部署解决方案或添加更多功能。

（3）创建中间层业务对象

您创建的业务对象将在 Web 服务器上运行，提供分布式应用程序所需的性能和可伸缩性。另外，您要将业务对象实现为 XML Web Services，这样客户端可以使用标准 Internet 协议从任何平台与您的业务对象进行通信。有关详细信息，请参见使用 XML Web Services 进行 Web 编程的内容。

在本演练中，XML Web Services 组件将保存数据连接和数据集定义。然后将添加 XML Web Services 方法以公开此数据集，这使其他应用程序能够查看和修改此数据集。XML Web Services 将公开两个方法。第一个方法 GetCustomers 将从数据库返回数据集。第二个方法 UpdateCustomers 将使用来自用户的更改更新数据库。

（4）创建 ASP.NET Web Services 项目的步骤

① 在"文件"菜单上，指向"新建"，然后指向"网站"，以显示"新建网站"对话框。

② 在"Visual Studio 已安装的模板"窗格中，选择"ASP.NET Web Services"。

③ 在"位置"框中，输入 Web 服务器（在您的开发计算机上）的名称和项目的名称"http://ServerName/CustomersWebService"，然后单击"确定"按钮。

④ "CustomersWebService"项目将添加到解决方案中。请注意，该 Web Services 是用您为 Visual Studio 选择的默认语言进行初始化的。

⑤ 在"解决方案资源管理器"中，单击"Service.asmx"以选择它。

⑥ 在"属性"窗口中，将"服务"的"文件名"属性设置为"CustomersService"。在此组件中，您将创建与数据存储区的连接并通过数据集获取数据实例。

（5）创建并配置数据库连接和数据集架构

您将向应用程序添加一个数据集，然后使用"TableAdapter 配置向导"生成一个特定于数据库的

Customers 表的类型化 TableAdapter。

（6）创建数据库连接和数据适配器的步骤

① 从"网站"菜单中，选择"添加新项"。"添加新项"对话框打开。

② 选择"数据集"并单击"添加"。

③ 数据集将添加到您的项目中，并且"TableAdapter 配置向导"将启动。

④ 在"TableAdapter 配置向导"中，单击"新建连接"以创建连接。

⑤ "添加连接"对话框打开，其中预先选择了 Microsoft SQL Server 作为数据库类型。

⑥ 在"添加连接"对话框中，输入在其中安装 Northwind 数据库的 SQL Server 的名称。如果在本地计算机上有 SQL Server，请输入"（local）"。

⑦ 为登录信息选择"使用 Windows 身份验证"。

⑧ 从列表中选择"Northwind"数据库。

⑨ 单击"测试连接"以验证您提供的信息，然后单击"确定"按钮以建立连接。

⑩ 将创建一个新数据库连接并添加到"TableAdapter 配置向导"中的下拉框中。

⑪ 请确保在下拉框中选择了您的数据库，然后单击"下一步"按钮。

⑫ 再次单击"下一步"按钮，将连接字符串保存到配置文件中。

⑬ 在"选择命令类型"窗格中，确保选择了"使用 SQL 语句"，然后单击"下一步"按钮。

⑭ 在"输入 SQL 语句"窗格中，输入 SELECT * FROM Customers，然后单击"下一步"按钮。

⑮ 在"选择要生成的方法"窗格中，单击"完成"按钮。

⑯ 您创建了一个到数据库的连接、一个类型化数据集，并生成了与数据库交互的表适配器。

⑰ 从"文件"菜单中，选择"全部保存"。需要配置项目的安全设置以便使用集成安全性。通过关闭匿名访问并打开模拟来执行此操作。

若要为项目配置集成 Windows 身份验证，需要使用"Internet 信息服务"工具更改项目文件并配置项目。

（7）配置集成 Windows 身份验证的步骤

① 启动"Internet 信息服务"工具。可以从"控制面板"的"管理工具"中运行它。（有关启动此工具的更多信息，请参见 Windows 帮助文档。）

② 展开服务器的节点。

③ 展开"默认网站"节点。

④ 用鼠标右击"CustomersWebService"的节点并从快捷菜单中选择"属性"。

⑤ 单击"目录安全性"选项卡。

⑥ 在"匿名访问和身份验证控制"节中单击"编辑"按钮。

⑦ 清除"匿名访问"复选框。

⑧ 选择"集成 Windows 身份验证"复选框。现在，已配置了 XML Web Services 目录。

⑨ 返回 Visual Studio 中的项目，在"解决方案资源管理器"中双击 Web.config 文件。

⑩ 在<system.web>标记后面的行中添加下面的标记，以便为 XML Web Services 配置集成安全性。

```
<identity impersonate="true"/>
```

3. 从业务对象公开 customersDataTable

本演练的下一步是从业务对象公开刚创建的数据集对象。此操作使数据集可供 Windows 或 Web 应用程序使用。

（1）将方法添加到 XML Web Services

① 从"生成"菜单中，选择"生成解决方案"以生成解决方案；

② 在"解决方案资源管理器"中，双击"Service.vb"以打开代码编辑器；

③ 向类的主体添加一行以创建表适配器的新实例；

④ 添加一个名为"GetCustomers"的方法，以向客户端传递一个数据表。此方法返回一个用客户数据填充的数据表。

```
[WebMethod]
public DataSet.CustomersDataTable GetCustomers()
{
    Return myAdapter.GetData();
}
```

⑤ 添加名为"UpdateCustomers"的方法，以便将更改从客户端传递回数据库。此方法具有一个"DataSet.CustomersDataTable"参数，它包含更改的数据，并通过"Customers TableAdapter.Update"方法更新数据库。"Update"方法接受数据集中的更改。数据集返回给客户端。然后，客户端用这个返回的数据集更新它自己的"Customers"数据表实例。有关"Update"方法和接受数据集中的更改的信息，请参见数据适配器介绍的内容。

```
[WebMethod]
    public void UpdateCustomers(DataSet.CustomersDataTable customerChanges)
    {
        myAdapter.Update(customerChanges);
    }
```

⑥ 从"文件"菜单中，选择"全部保存"。

⑦ 从"生成"菜单中，选择"生成解决方案"。

在这里，您创建了一个中间层业务对象，该对象包含绑定到 SQL Server 数据库的数据集。您向中间层"CustomersWebService" XML Web Services 中添加了代码，以便从数据源获取数据并用更改更新数据源。客户端通过"GetCustomers"和"UpdateCustomers" XML Web Services 方法访问这些函数。

（2）创建用户界面

创建了用于数据访问的中间层业务对象并将其公开为 XML Web Services 后，便将创建客户端界面。本演练中有两个方案：传统的 Windows 窗体和 Web 窗体页。两个方案在此示例中被创建为同一解决方案中的不同项目，您不必创建两个界面。

首先创建 Windows 用户界面

Windows 界面使用客户端计算机的功能来处理部分应用程序处理工作。通常，Windows 界面比基于 Web 的界面提供更完善的功能和更丰富的用户体验。服务器上的负载比 Web 前端的负载少，这是因为服务器不必执行所有的应用程序逻辑。另外，Windows 界面可以利用通过操作系统可用的资源，包括对文件系统和注册表的调用。Windows 应用程序（由一个 Windows 窗体组成）将包含一个对"CustomersWebService"的 Web 引用。单击窗体上的"加载"按钮时，数据库中的数据将显示在"DataGridView"控件中。这一加载行为是通过调用 XML Web Services 的"GetCustomers"方法实现的。"DataGridView"控件允许直接编辑，并将数据更改直接传递到基础数据集。此窗体还有一个"Save"（保存）按钮。此按钮的代码将调用 XML Web Services 的"UpdateAuthors"方法，以便将更改保存回数据库。

然后创建 Windows 应用程序，其步骤如下。

① 在"文件"菜单上，指向"添加"，然后选择"新建项目"以打开"添加新项目"对话框。

② 在"Visual Studio 已安装的模板"窗格中选择"Windows 应用程序"。

③ 将项目命名为"CustomersWinClient"并为该项目选择一个位置，然后单击"确定"按钮。"Customers WinClient"项目将添加到解决方案中。Form1 自动添加到项目中并且出现在 Windows 窗体设计器中。

④ 为前面创建的 ASP.NET Web Services 项目添加 Web 引用：

- 在"解决方案资源管理器"中，用鼠标右击"CustomersWinClient"项目，然后单击快捷菜单上的"添加 Web 引用"。
- 单击"此解决方案中的 Web Services"，然后单击"CustomersService"。
- 单击"添加引用"。

现在，可以在应用程序中创建一个 DataSet 数据集的实例了。

（3）将控件添加到窗体的步骤

① 从工具箱的"数据"选项卡中将"DataGridView"控件拖曳到窗体上。

② 从"工具箱"的"公共控件"选项卡中将"Button"控件拖曳到窗体上。将此按钮的"Name"属性设置为"LoadData"，将它的"Text"属性设置为"Load"。

③ 从"工具箱"的"公共控件"选项卡中将另一个"Button"控件拖曳到窗体上。将此按钮的"Name"属性设置为"SaveData"，将它的"Text"属性设置为"Save"。

④ 双击该窗体以打开"代码编辑器"。

⑤ 在类声明下，创建一个 localhost.DataSet 的实例。

（4）为 LoadData 和 SaveData 按钮添加代码的步骤

① 在"视图"菜单上，单击"设计器"。双击"LoadData"按钮为"Click"事件创建一个空事件处理程序。调用 XML Web Services 方法的方式是先创建服务类的一个实例，然后调用服务方法。在本例中，调用"GetCustomers"方法。返回的数据集会与"CustomerData"数据集合并。XML Web Services 的"Credentials"属性用于将您的身份传递给 XML Web Services，该服务接着将它传递给数据库服务器。将如下所示的代码添加到方法中。

> **注意**：如果 XML Web Services 不是在本地计算机上运行的，则需要用运行 XML Web Services 的服务器的名称替换代码示例中的 localhost。

```
private void LoadData_Click(object sender, System.EventArgs e)
    {
        localhost.Service ws =
            new localhost.Service();
        ws.Credentials = System.Net.CredentialCache.DefaultCredentials;
        CustomerData.Merge(ws.GetCustomers());
        DataGridView1.DataSource = CustomerData;
    }
```

② 在"视图"菜单上，单击"设计器"。双击"SaveData"按钮为"Click"事件创建一个空事件处理程序。将以下代码添加到方法中：

```
private void SaveData_Click(object sender, System.EventArgs e)
    {
        if (CustomerData.HasChanges())
        {
            localhost.Service ws =
                new localhost.CustomersService();
            ws.Credentials =
                System.Net.CredentialCache.DefaultCredentials;
            ws.UpdateCustomers(CustomerData);
        }
    }
```

（5）运行应用程序

① 从"文件"菜单中，选择"全部保存"。

② 在"解决方案资源管理器"中选择"CustomersWinClient"，用鼠标右击，然后选择"设为启动项目"。

③ 按 Ctrl+F5 组合键，以运行应用程序。

④ 显示一个包含空 DataGridView 的窗口。

⑤ 单击"加载"以填充该表，进行一些更改，然后单击"保存"按钮以保存所做的更改。

在 6.1.3 节中，您在解决方案中添加了一个 Windows 窗体项目作为 Windows 界面。已将 Windows 窗体连接到创建的 XML Web Services，并使用"DataGridView"和"Button"控件创建用于加载和更新数据的用户界面。

技术凝聚实力 专业创新出版

博文视点（www.broadview.com.cn）资讯有限公司是电子工业出版社、CSDN.NET、《程序员》杂志联合打造的专业出版平台，博文视点致力于——IT专业图书出版，为IT专业人士提供真正专业、经典的好书。

请访问 www.dearbook.com.cn（第二书店）购买优惠价格的博文视点经典图书。
请访问 www.broadview.com.cn（博文视点的服务平台）了解更多更全面的出版信息；您的投稿信息在这里将会得到迅速的反馈。

博文本版精品汇聚

加密与解密（第三版）
段钢 编著
ISBN 978-7-121-06644-3
定价：69.00元
畅销书升级版，出版一月销售10000册。
看雪软件安全学院众多高手，合力历时4年精心打造。

疯狂Java讲义
新东方IT培训广州中心
软件教学总监 李刚 编著
ISBN 978-7-121-06646-7
定价：99.00元（含光盘1张）
用案例驱动，将知识点融入实际项目的开发。
代码注释非常详细，几乎每两行代码就有一行注释。

Windows驱动开发技术详解
张帆 等编著
ISBN 978-7-121-06846-1
定价：65.00元（含光盘1张）
原创经典，威盛一线工程师倾力打造。
深入驱动核心，剖析操作系统底层运行机制。

Struts 2权威指南
李刚 编著
ISBN 978-7-121-04853-1
定价：79.00元（含光盘1张）
可以作为Struts 2框架的权威手册。
通过实例演示Struts 2框架的用法。

你必须知道的.NET
王涛 著
ISBN 978-7-121-05891-2
定价：69.80元
来自于微软MVP的最新技术心得和感悟。
将技术问题以生动易懂的语言展开，层层深入，以例说理。

Oracle数据库精讲与疑难解析
赵振平 编著
ISBN 978-7-121-06189-9
定价：128.00元
754个故障重现，件件源自工作的经验教训。
为专业人士提供的速查手册，遇到故障不求人。

SOA原理•方法•实践
IBM资深架构师毛新生 主编
ISBN 978-7-121-04264-5
定价：49.8元
SOA技术巅峰之作！
IBM中国开发中心技术经典呈现！

VC++深入详解
孙鑫 编著
ISBN 7-121-02530-2
定价：89.00元（含光盘1张）
IT培训专家孙鑫经典畅销力作！

博文视点资讯有限公司
电　话：（010）51260888　传真：（010）51260888-802
E-mail：market@broadview.com.cn（市场）
　　　　editor@broadview.com.cn　jsj@phei.com.cn（投稿）
通信地址：北京市万寿路173信箱 北京博文视点资讯有限公司
邮　编：100036

电子工业出版社发行部
发 行 部：（010）88254055
门 市 部：（010）68279077 68211478
传　真：（010）88254050 88254060
通信地址：北京市万寿路173信箱
邮　编：100036

博 文 视 点 · I T 出 版 旗 舰 品 牌

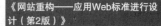

《.NET 平台下 Web 程序设计》读者交流区

尊敬的读者：

感谢您选择我们出版的图书，您的支持与信任是我们持续上升的动力。为了使您能通过本书更透彻地了解相关领域，更深入的学习相关技术，我们将特别为您提供一系列后续的服务，包括：

1. 提供本书的修订和升级内容、相关配套资料；

2. 本书作者的见面会信息或网络视频的沟通活动；

3. 相关领域的培训优惠等。

请您抽出宝贵的时间将您的个人信息和需求反馈给我们，以便我们及时与您取得联系。

您可以任意选择以下三种方式与我们联系，我们都将记录和保存您的信息，并给您提供不定期的信息反馈。

1. 短信

您只需编写如下短信： B10403+您的需求+您的建议

发送到1066 6666 789（本服务免费，短信资费按照相应电信运营商正常标准收取，无其他信息收费）

为保证我们对您的服务质量，如果您在发送短信24小时后，尚未收到我们的回复信息，请直接拨打电话（010）88254369。

2. 电子邮件

您可以发邮件至jsj@phei.com.cn或editor@broadview.com.cn。

3. 信件

您可以写信至如下地址：北京万寿路173信箱博文视点，邮编：100036。

如果您选择第2种或第3种方式，您还可以告诉我们更多有关您个人的情况，及您对本书的意见、评论等，内容可以包括：

（1）您的姓名、职业、您关注的领域、您的电话、E-mail地址或通信地址；

（2）您了解新书信息的途径、影响您购买图书的因素；

（3）您对本书的意见、您读过的同领域的图书、您还希望增加的图书、您希望参加的培训等。

如果您在后期想退出读者俱乐部，停止接收后续资讯，只需发送"B10403+退订"至10666666789即可，或者编写邮件"B10403+退订+手机号码+需退订的邮箱地址"发送至邮箱：market@broadview.com.cn 亦可取消该项服务。

同时，我们非常欢迎您为本书撰写书评，将您的切身感受变成文字与广大书友共享。我们将挑选特别优秀的作品转载在我们的网站（www.broadview.com.cn）上，或推荐至CSDN.NET等专业网站上发表，被发表的书评的作者将获得价值50元的博文视点图书奖励。

我们期待您的消息！

博文视点愿与所有爱书的人一起，共同学习，共同进步！

通信地址：北京万寿路 173 信箱　博文视点（100036）　　　电话：010-51260888

E-mail：jsj@phei.com.cn，editor@broadview.com.cn

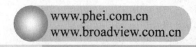

反侵权盗版声明

　　电子工业出版社依法对本作品享有专有出版权。任何未经权利人书面许可，复制、销售或通过信息网络传播本作品的行为；歪曲、篡改、剽窃本作品的行为，均违反《中华人民共和国著作权法》，其行为人应承担相应的民事责任和行政责任，构成犯罪的，将被依法追究刑事责任。

　　为了维护市场秩序，保护权利人的合法权益，我社将依法查处和打击侵权盗版的单位和个人。欢迎社会各界人士积极举报侵权盗版行为，本社将奖励举报有功人员，并保证举报人的信息不被泄露。

举报电话：（010）88254396；（010）88258888

传　　真：（010）88254397

E-mail：　dbqq@phei.com.cn

通信地址：北京市万寿路 173 信箱
　　　　　电子工业出版社总编办公室

邮　　编：100036